Kresley Cole

Diplômée d'un master d'anglais, ancienne athlète et coach sportif, elle s'est reconvertie dans l'écriture, où elle a pleinement trouvé sa voie, et une tout autre forme de célébrité. Récompensée à deux reprises par le prestigieux RITA Award pour sa célèbre série de romance paranormale *Les ombres de la nuit*, elle est lue dans le monde entier. Vampires, Valkyries, loups-garous sont, entre autres, des créatures qu'elle aime à faire vivre dans ses histoires sombres et sensuelles, toujours pimentées d'une pointe d'humour.

Lothaire

Du même auteur
aux Éditions J'ai lu

Dans la collection Crépuscule

LES OMBRES DE LA NUIT

1 – Morsure secrète
N° 9215
2 – La Valkyrie sans cœur
N° 9314
3 – Charmes
N° 9390
4 – Âme damnée
N° 9554
5 – Amour démoniaque
N° 9615
6 – Le baiser du roi démon
N° 9714
7 – Le plaisir d'un prince
N° 9888
8 – Le démon des ténèbres
N° 10144
9 – La prophétie du guerrier
N° 10521
La Convoitée et L'Intouchable
N° 10228

Dans la collection Aventures et Passions

LES FRÈRES MACCARRICK

1 – Si tu oses
N° 10621

En semi-poche

CHRONIQUES DES ARCANES

1 – Princesse vénéneuse

KRESLEY COLE

LES OMBRES DE LA NUIT – 10

Lothaire

Traduit de l'anglais (États-Unis)
par Claire Hagé

J'ai lu

Titre original
LOTHAIRE

Éditeur original
Pocket Books, a division of Simon & Schuster, Inc., New York

Pour Swede, bon camarade,
type formidable et mari hors pair.
J'écris cela à 4 heures du matin,
la remise du manuscrit est pour tout de suite,
et tu es encore assis au bureau avec moi.
Comment veux-tu que je rédige une dédicace surprise
alors que tu refuses de quitter la salle des commandes ?

Remerciements

Mille mercis à Lauren McKenna, qui me relit, et à Louise Burke, qui me publie, deux très grandes dames qui ne cessent de m'encourager.

Un merci spécial à l'équipe de Gallery Books et à Nancy Tonik, qui prend avec patience ma façon toute personnelle de corriger mes épreuves et supporte mes excentricités.

Merci à Robin Hue, mon incroyable agent.

Enfin, merci à vous, mes lecteurs, d'avoir fait tout ce chemin avec moi et de m'avoir soutenue.

Prologue

Château d'Helvita, forteresse de la Horde vampire
Pendant l'hiver russe, en des temps reculés

— Quelle humiliation inédite ce nouveau jour nous amène-t-il ? demanda Ivana l'Audacieuse à son fils Lothaire, tandis que les gardes les escortaient jusqu'au vampire qui se faisait appeler Stefanovich, roi de la Horde vampire et père de Lothaire.

Bien qu'âgé de neuf ans seulement, Lothaire perçut la pointe de bravoure dans le ton de sa mère.

— Et puis, pourquoi te réveiller ? lui demanda-t-elle, comme s'il avait pu expliquer les façons pour le moins rudes de son père.

L'ordre était arrivé à midi, c'est-à-dire bien après l'heure du coucher pour l'enfant.

— Je l'ignore, mère, grommela-t-il en rajustant sa tenue.

Il n'avait eu que quelques secondes pour s'habiller.

— Cette façon de nous traiter… je commence à en avoir assez. Un jour, il ira trop loin, et il le regrettera.

Lothaire l'avait entendue se plaindre à son oncle Fyodor des diatribes et de l'inconstance du roi, et de son comportement de plus en plus bizarre. À voix basse, elle avait avoué :

— J'ai donné tout mon amour à ton frère, et je ne suis rien d'autre qu'une maîtresse maltraitée dans ce royaume, moi, l'héritière du trône de Dacie.

Fyodor avait tenté de la réconforter, mais elle avait répondu :

— Je savais que mon temps à ses côtés était compté et qu'un jour son cœur cesserait de battre pour moi. À présent, je me demande même s'il a un cœur.

Aujourd'hui, ses yeux bleu glacier brillaient d'un éclat dangereux.

— J'étais destinée à mieux que cela.

À chacun de ses pas, les fourrures qui couvraient ses épaules balançaient, et les jupons de sa robe écarlate bruissaient dans un agréable frou-frou qu'il avait toujours associé à sa mère.

— Et toi aussi, mon prince, ajouta-t-elle.

Elle l'appelait « prince », mais Lothaire n'en était pas un. Du moins pas dans ce royaume. Ici, il n'était rien de plus qu'un bâtard de Stefanovich. Un parmi beaucoup d'autres.

Ils suivirent les deux gardes dans l'escalier en colimaçon qui menait aux appartements privés du roi. Les murs dorés à l'or fin étaient froids et suintaient d'humidité. Dehors, le blizzard battait les murailles du château. Des torches éclairaient le chemin, mais rien n'aurait pu atténuer l'aspect lugubre de ces couloirs où chaque pas résonnait.

Lothaire frissonna, impatient de retrouver son lit chaud et le chiot qui dormait sur ses jambes.

Quand ils entrèrent dans l'antichambre, juste avant les appartements de Stefanovich, et que, dans un sinistre grincement, les gardes ouvrirent les portes dorées, Ivana lissa ses cheveux blonds savamment tressés et redressa le menton. Lothaire, de nouveau, trouva qu'elle ressemblait à un ange du temps jadis.

À l'intérieur, sur le mur du fond, s'élevait un immense vitrail sur lequel étaient représentés des symboles de magie noire. L'ouvrage de verre coloré tenait en respect la lumière du jour et offrait une inquiétante toile de fond au roi, installé au bout d'une très longue table de banquet.

Stefanovich n'avait pourtant guère besoin de ce genre d'artifice pour faire peur. Il était bâti plus comme un démon que comme un vampire, avec des épaules plus larges qu'un bât et des poings qui évoquaient deux enclumes.

— Ah, enfin. Ivana Daciano daigne répondre à un ordre, lança Stefanovich.

Chaque jour, ses yeux semblaient un peu plus rouges que la veille, leur reflet cramoisi tranchant sur le blond pâle des mèches qui barraient son front.

La dizaine de courtisans assis à la table avec lui fixèrent Ivana avec une méchanceté non dissimulée. De son côté, elle retroussa les lèvres et montra les crocs. Pour elle, les courtisans étaient de rang inférieur, et elle n'en faisait pas mystère.

À la gauche du roi était assis Fyodor, l'oncle de Lothaire, qui semblait mal à l'aise.

Lothaire suivit le regard d'Ivana jusqu'au siège qui se trouvait à la droite de Stefanovich – une place d'honneur qui était en général réservée à sa mère. Dans les assiettes posées devant la chaise vide, on distinguait les reliefs d'un repas.

Il arrivait que les jeunes vampires absorbent de la nourriture humaine, en plus du sang qu'ils buvaient. Peut-être un autre bâtard de Stefanovich était-il venu vivre avec eux à Helvita…

Le cœur de Lothaire fit un bond. *Je pourrais devenir son ami, et avoir ainsi un compagnon.* En tant que bâtard du roi, il n'avait aucun ami. Sa mère était tout pour lui.

— Il est tard, dit Ivana. Vous devriez tous être au lit à cette heure indue.

Du regard, Fyodor semblait chercher à la mettre en garde, mais elle ne lui prêta pas la moindre attention et poursuivit :

— Que veux-tu, Stefanovich ?

Le roi porta à ses lèvres une chope de sang mêlé d'hydromel et but longuement, avant de s'essuyer les lèvres d'un revers de manche.

— Voir mon arrogante maîtresse et son malingre bâtard. Approche, dit-il en s'adressant à Lothaire.

— Reste ici, mon fils, ordonna Ivana en langue dace.

— Non, je vais obéir, pour t'épargner, répondit Lothaire dans la même langue.

Comme chaque fois, et bien qu'il fût conscient de sa faiblesse, il ferait son possible pour protéger sa mère.

Dans l'expression d'Ivana se mêlèrent angoisse et fierté.

— J'aurais dû savoir que Lothaire Daciano ne resterait pas dans les jupons de sa mère, même face à un tyran aux yeux rouges.

Quand Lothaire s'avança jusqu'au roi, ce dernier secoua la tête d'un air dégoûté.

— Tu ne sais toujours pas te téléporter, alors ?

— Pas encore, mon roi, répondit Lothaire, impassible.

Il avait beau essayer encore et encore, il n'y parvenait pas. Ivana lui avait expliqué que le don de téléportation ne se révélait que tard chez les Daces – ils n'en avaient guère besoin dans leur royaume fermé et à l'abri des regards. Et elle voyait dans l'incapacité de Lothaire à se téléporter une nouvelle preuve qu'il tenait bien plus d'elle que d'un simple vampire de la Horde.

Stefanovich saisit le bras maigre de Lothaire et serra.

— Trop frêle, à ce que je vois.

Lothaire désespérait de grandir et de s'étoffer, de devenir aussi impressionnant que son guerrier de père, ne serait-ce que pour pouvoir mieux protéger sa mère – même si la princesse Ivana n'avait besoin de personne pour se défendre.

— Par tous les dieux, tu me fais honte, mon garçon. J'aurais dû tordre ce cou maigrelet à la naissance.

Lothaire entendait régulièrement ce genre de remarque et s'y était habitué.

Sa mère, en revanche, ne s'y faisait pas.

Dans un hurlement, Ivana s'empara d'une carafe de sang et la lança sur Stefanovich. Elle fit voler en éclats un panneau de verre sombre juste derrière lui, créant une brèche dans laquelle un rai de lumière terne s'engouffra aussitôt.

Les courtisans se mirent à siffler et se levèrent précipitamment, s'éparpillant dans la pièce. Le rai de lumière passa à quelques centimètres du coude immobile de Stefanovich tandis qu'un serviteur se précipitait pour obstruer le trou à l'aide d'un morceau de tissu roulé en boule.

Sous le coup de l'émotion, les yeux bleus d'Ivana avaient viré au noir.

— Mon fils est parfait, dit-elle en montrant de nouveau les crocs, en dehors du fait que tout dans son visage proclame qu'il est ton enfant. Heureusement, il tient son esprit vif de ma lignée royale. C'est un être d'une grande finesse, la marque des Daces !

Stefanovich montra les crocs à son tour. Ses yeux étaient plus rouges que jamais.

— Tu provoques ma colère, femme !

— De la même façon que tu provoques la mienne.

Ivana ne cédait jamais devant lui. Chaque fois que Stefanovich la frappait, elle frappait en retour.

Ivana avait expliqué à Lothaire que les Daces étaient des êtres froidement logiques, guidés seulement par la raison. Apparemment, Ivana l'Audacieuse faisait exception à la règle.

Aussi féroce que la tempête qui faisait rage dehors, elle aiguillonnait Stefanovich pour attirer son attention, le fouettant de sa langue de vipère chaque fois que son regard se perdait dans le vague. Une fois, elle avait avoué à Lothaire que son père rêvait de trouver la femme vampire qui lui était destinée de toute éternité, l'âme sœur qui ferait battre son cœur pour toujours.

La reine légitime qui engendrerait ses vrais héritiers.

Une nouvelle fois, Ivana lissa ses nattes, luttant visiblement pour garder son calme.

— Tu te moques de ton fils à tes risques et périls, Stefanovich.

— Mon fils ? Je ne le considère pas comme tel. Ce garçon n'égalera jamais mon véritable successeur ! De cela, je suis certain.

Il but une nouvelle gorgée de son cocktail.

— Je le suis aussi. Lothaire sera supérieur à n'importe quel autre mâle, et à tous points de vue. C'est un Dace !

Lothaire considérait cet échange avec un malaise grandissant. Il repensait à la mise en garde prononcée autrefois par son oncle Fyodor : « Même Stefanovich peut un jour se montrer jaloux de ton savoir et de ta force. Tu dois plier, afin que son amour pour toi ne se transforme pas en haine. »

Aujourd'hui, la prophétie de son oncle s'était réalisée, Lothaire en était convaincu. Stefanovich avait un regard meurtrier.

— Tu penses que ton espèce est tellement supérieure à la mienne…

Une femme ivre entra soudain dans la pièce en titubant. Une mortelle.

Lothaire en resta pantois, et Ivana porta le dos de sa main à sa bouche.

La femme était habillée comme une reine ; ses vêtements étaient aussi raffinés que ceux d'Ivana. C'était *elle* qui avait dîné à la droite du roi ?

— Une humaine ?

La surprise d'Ivana céda rapidement le pas à la colère.

— Tu oses amener un de ces animaux malades dans ma maison ? Près de mon enfant ?

Elle fit quelques pas pour ramener Lothaire derrière elle.

Les vampires adultes étaient immortels, mais Lothaire était encore vulnérable à la maladie.

— L'humaine s'appelle Olya, et c'est ma nouvelle maîtresse.

— Maîtresse ? s'écria Ivana. Animal de compagnie, tu veux dire. Ceux de son espèce vivent dans des masures de terre et dorment avec leur bétail !

Stefanovich fit un signe à la femme, qui avança timidement, toujours en titubant, vers lui.

— Peut-être, mais elle a le goût du vin et du miel. N'est-ce pas, mon frère ? demanda-t-il en se tournant vers Fyodor.

Ce dernier eut un regard coupable en direction d'Ivana.

Stefanovich hissa sa mascotte sur ses genoux et eut un sourire méchant.

— Tu devrais l'essayer, Ivana.

Il découvrit le bras pâle de la mortelle. Ivana ouvrit de grands yeux, horrifiée.

— Boire son sang à même ses veines ? Je ne plongerais pas plus mes crocs dans un humain que dans n'importe quel autre animal ! Veux-tu que je t'apporte une truie à percer ?

Ils se fixèrent un moment. Leurs regards disaient quelque chose, mais Lothaire ne parvenait pas à comprendre quoi. Enfin, Ivana parla.

— Stefanovich, tu connais les conséquences d'un tel acte, en particulier pour quelqu'un comme toi...

— Ceux de mon espèce vénèrent la Soif. Vénèrent la consommation du sang.

— Alors, vous devez aussi vénérer la folie, car c'est assurément ce qui vous attend.

Ignorant l'avertissement d'Ivana, Stefanovich planta les crocs dans le poignet de la femme, qui poussa un gémissement.

— Tu es répugnant !

Ivana se plaça devant Lothaire pour l'empêcher de voir ce qui se passait, mais il était fasciné et, de derrière les jupes de sa mère, réussit malgré tout à jeter un coup d'œil. Pourquoi lui avait-elle dit de ne jamais percer un autre être ?

Quand il eut terminé de boire, Stefanovich lâcha le bras de la mortelle et l'embrassa à pleine bouche, arrachant un nouveau cri outré à Ivana.

— Boire à leurs veines ne te suffit pas ? Tu t'accouples avec elles aussi ? Tu n'as donc aucune honte ?

Il s'écarta.

— Aucune, dit-il en se léchant les lèvres.

La mortelle gloussa, enroulant une mèche de Stefanovich autour de son doigt.

— Tout cela est méprisable. Je n'en supporterai pas plus !

— Et qu'entends-tu faire, exactement ?

— Quitter ce repaire de sauvages pour toujours. Élimine ta nouvelle mascotte, ou je retourne en Dacie.

— Prends garde aux ultimatums que tu lances, Ivana. Tu risques de ne pas en apprécier les conséquences. Surtout dans la mesure où tu n'arrives pas à retrouver ton pays d'origine.

Lothaire savait, par les récits de sa mère, pourquoi le royaume de Dacie était resté inconnu pendant si longtemps. Les mystérieux Daces voyageaient à la faveur d'une brume qui les enveloppait. Si l'un d'eux sortait de cette brume, il ne pouvait plus se téléporter seul jusqu'à son pays, et ses souvenirs concernant l'emplacement géographique de ce territoire s'effaçaient.

Ivana était tombée amoureuse de Stefanovich au premier regard et l'avait suivi jusqu'à Helvita, abandonnant sa brume, sa famille, son futur trône.

— Je le retrouverai, affirma-t-elle. Même si je dois y perdre la vie, je conduirai Lothaire jusqu'au Royaume du Sang et de la Brume, régi par des immortels civilisés.

Stefanovich éclata de rire, et ses courtisans l'imitèrent.

— Civilisés ? Ces marauds sont plus brutaux que moi !

— Pauvre mâle ignorant ! Tu parles de ce que tu ne connais pas. Tu es incapable de comprendre notre mode de vie. Je le sais, j'ai essayé de te l'enseigner.

— De me l'enseigner ?

Son poing énorme s'écrasa sur la table.

— Ton arrogance te perdra, Ivana ! Quand cesseras-tu de te croire supérieure à moi ?

— Jamais ! Car je le suis, c'est un fait établi !

Les courtisans se turent soudain. Stefanovich serra les dents.

— Retire ce que tu viens de dire, ou je vous jette dans le froid, ton bâtard et toi, dès que le soleil sera couché.

Lothaire sentit sa gorge se serrer, pensant au feu dans sa chambre, aux casse-tête qu'il adorait, sur son bureau, à ses jouets éparpillés sur les tapis de fourrure qui recouvraient le sol. La vie à Helvita était peut-être sinistre, mais il n'en connaissait pas d'autre.

Excuse-toi, mère, ordonna-t-il silencieusement à Ivana.

Elle redressa les épaules.

— Fais ton choix, Stefanovich. C'est l'humaine fétide ou moi.

— Supplie-moi de te pardonner et présente tes excuses à ma nouvelle maîtresse.

Ivana eut un rire méprisant.

— Supplier ? Jamais. Je suis une princesse dace !

— Et moi, je suis un roi !

— Laisse Ivana tranquille, mon frère, murmura Fyodor. Cela devient pénible.

— Elle doit apprendre à rester à sa place.

Stefanovich se tourna vers Ivana.

— Demande pardon à Olya !

Quand la mortelle lança un sourire victorieux à Ivana, Lothaire comprit que son sort et celui de sa mère étaient scellés.

Un mois plus tard...

— Nourris ta haine, mon fils. Fais-la ronfler comme une forge.

— Oui, mère, répondit Lothaire d'une voix rauque tandis qu'ils avançaient péniblement, de la neige jusqu'aux genoux, secoués par le vent violent.

— C'est la seule chose qui nous tiendra chaud.

Le regard d'Ivana brillait de rancune, et ce depuis que Stefanovich leur avait ordonné de quitter Helvita.

Ce soir-là, Lothaire avait perçu le plus léger des hoquets dans le souffle de sa mère, avait saisi une étincelle d'étonnement dans son regard. Elle avait compris qu'elle venait de commettre une erreur.

Mais elle était trop fière pour tenter d'y remédier, pour s'incliner devant une humaine.

Même pour moi.

Toute la cour s'était réunie à l'entrée du château pour assister au départ de Lothaire et de l'arrogante Ivana, jetés dehors avec les seuls vêtements qu'ils avaient sur le dos, condamnés à aller mourir dans le froid. Ce qui se serait produit depuis longtemps si Fyodor n'avait glissé quelques pièces dans la main de Lothaire.

Le chiot de Lothaire l'avait suivi, les yeux écarquillés, le pas mal assuré, paniqué à l'idée de ne pouvoir avancer aussi vite que lui. Devant le regard incrédule de Lothaire, Stefanovich avait attrapé l'animal par la peau du cou et lui avait cassé le dos. Sous les rires des courtisans, il avait jeté la créature agonisante aux pieds de Lothaire.

— Un seul de nos animaux de compagnie mourra aujourd'hui.

Les larmes aux yeux, Lothaire avait regardé sa mère, mais Ivana avait sifflé :

— Je t'interdis de pleurer ! Trouve le réconfort dans la haine que tu as pour lui. N'oublie jamais la trahison de ce soir !

À Stefanovich, elle avait hurlé :

— Tu te rendras compte trop tard de ce que tu avais !

Et maintenant, elle marmonnait d'un ton absent :

— Quand nous arriverons en Dacie, j'aurai fait de toi une âme aussi amère que le froid qui essaie de nous tuer.

— Et c'est quand, qu'on arrive ?

Il ne sentait plus ses pieds, avait le ventre vide.

— Je l'ignore. Je ne peux que suivre mon désir de retrouver mon foyer.

Elle avait expliqué à Lothaire que son père, le roi Serghei, dirigeait la Dacie, pays d'abondance et de paix. Le royaume était cerné par la pierre, caché au cœur d'un massif montagneux. Là-bas, à l'intérieur d'une immense grotte mille fois plus grande qu'Helvita, se dressait un majestueux château autour duquel coulaient d'impressionnantes fontaines de sang. Les sujets du roi venaient y remplir leurs seaux chaque matin.

Lothaire peinait à imaginer un tel endroit.

— Après tant de jours d'errance, j'ai le sentiment que nous approchons, mon fils.

La première nuit, alors qu'ils traversaient la terrifiante Forêt Ensanglantée qui entourait Helvita, elle avait craint que Lothaire ne supporte pas le froid. Encore et encore, elle avait tenté de les téléporter jusqu'en Dacie, mais chaque fois, ils étaient revenus au même endroit.

Il avait survécu, elle s'était épuisée.

Aujourd'hui, elle était trop faible pour se téléporter, alors ils allaient de village en village, à la recherche d'une grange où s'abriter du soleil pendant la journée.

Malheureusement, les villages grouillaient de répugnants mortels. La beauté d'Ivana et la coupe inhabituelle de ses vêtements attiraient leurs regards, les impressionnaient, avant de les inquiéter. Et Lothaire, avec son regard bleu glacier et ses cheveux blond pâle qui dépassaient de sa casquette, ne les laissait pas non plus indifférents.

Ivana ne se privait pas de railler leurs corps sales, couverts de vermine, et leur langue grossière. Sa haine des mortels ne faisait que croître, alimentant celle de Lothaire.

Chaque nuit, juste avant l'aube, elle cachait Lothaire et partait chasser. Parfois, elle rentrait le teint ravivé par le sang, le regard triomphant. Une fente dans son poignet remplissait un gobelet pour lui.

À d'autres moments, elle semblait lasse et triste, maudissait la trahison de Stefanovich et se lamentait sur leur sort. Un matin, alors qu'il s'endormait, il l'avait entendue marmonner :

— Voilà que nous vivons désormais avec le bétail, et que je dois boire à même la chair…

Ivana ralentit, tourna brusquement la tête.

— Est-ce qu'ils nous suivent encore, mère ?

Les humains du bourg qu'ils venaient de quitter s'étaient montrés plus agressifs que tous les autres et les avaient suivis pendant assez longtemps, jusqu'en pleine nature.

— Je ne crois pas. La neige recouvre nos pas tellement vite…

Elle reprit son chemin.

— Bien, c'est l'heure de ta leçon.

Chaque nuit, pendant qu'ils marchaient, elle lui enseignait tout, de la manière de survivre parmi les humains – « Ne bois à leur cou que si tu es affamé, et *jamais* jusqu'à les tuer » – jusqu'à l'étiquette en vigueur à la cour de Dacie – « Toute manifestation d'émotion y est hautement impolie, alors naturellement, j'ai offensé beaucoup de gens. » Et, toujours, elle lui faisait promettre différentes choses, comme si elle allait bientôt mourir.

— Que devras-tu faire, quand tu seras grand, mon prince ?

— Nous venger de cette trahison. J'éliminerai Stefanovich et je prendrai son trône.

— Quand ?

— Avant qu'il ne trouve celle que le destin lui réserve.

— Pourquoi ?

Lothaire répondit docilement :

— Parce que, si son âme sœur l'anime, il deviendra plus puissant, et encore plus difficile à tuer. Et il engendrera un fils légitime avec elle. Or, tant que son héritier vivra, la Horde vampire ne se ralliera jamais à moi, le bâtard de Stefanovich.

— Tu devras absolument faire en sorte que la Horde te jure fidélité. Si tes efforts pour revendiquer le trône ne sont pas couronnés de succès, ses membres te pulvériseront. Attends d'être au sommet de ta puissance.

— Est-ce que je devrai avoir les yeux rouges pour affronter Stefanovich ?

Elle s'arrêta, pencha la tête sur le côté.

— Qui t'a parlé de ça ?

— Quand un vampire tue sa proie en se nourrissant sur elle, il devient plus puissant, mais le sang colore ses yeux.

— C'est vrai. Parce qu'il boit à la source de l'âme. Cela apporte la force, mais aussi une soif inextinguible de sang. Stefanovich est un Déchu. Et cela sera d'autant plus pénible, pour lui en particulier, ajouta-t-elle, évasive.

— Pourquoi ?

Elle fixa Lothaire d'un regard songeur, comme si elle allait prendre une décision à son sujet.

— Ne pense pas à ces choses-là, dit-elle enfin d'un ton plus léger. Ne tue jamais en buvant, c'est tout.

— Alors, comment est-ce que je…

Il rougit de honte.

— Comment pourrai-je être un jour assez fort pour tuer Stefanovich ?

Ivana prit le visage de son fils dans ses mains gelées.

— Oublie tout ce que tu as entendu de la bouche de ton père. Quand tu seras plus âgé, les mâles immortels trembleront devant toi, et leurs femmes tomberont en pâmoison dans ton sillage.

— Vraiment ?

— Tu es parfaitement formé, et tu deviendras un Dace extraordinaire, un vampire craint de tous. Surtout une fois que tu auras été animé.

Elle leva les yeux vers le ciel blanc, laissant la neige tomber sur son visage.

— Quant à ton épouse… elle sera incomparable. Une reine devant laquelle même moi je m'inclinerais.

Lothaire chercha à voir si elle plaisantait, mais non, elle était sincère.

Il espérait qu'il trouverait rapidement sa fiancée. Il savait que, quand il aurait atteint l'âge adulte, son cœur ralentirait peu à peu, jusqu'à ne plus battre, et que ses poumons cesseraient de respirer. Il deviendrait un vampire mort-vivant parmi tant d'autres et n'éprouverait plus de désir pour les femmes.

Une fois, son oncle l'avait pris par le menton et lui avait dit :

— Au moment où tu oublieras combien tu aimais la douceur des cuisses d'une femme, tu rencontreras celle que le destin te réserve, et elle te ramènera à la vie.

Lothaire se fichait complètement de coucher avec qui que ce soit, mais l'idée que son cœur cesse de battre le terrifiait.

— Dans combien de temps la trouverai-je ? demanda-t-il à Ivana.

Elle détourna les yeux et répondit d'un ton étrange :

— Je l'ignore. Cela peut prendre des siècles. En dehors de la Dacie, les vampires femmes sont rares. Mais je sais que tu seras un roi bon et fidèle pour elle. Et que feras-tu lorsque tu auras pris possession du trône de la Horde ?

— Je m'allierai à ton père pour réunir les Daces et la Horde sous le même blason.

Elle hocha la tête.

— Serghei est le seul en qui tu puisses avoir confiance. Mes frères et sœurs sont des comploteurs. Et, bien sûr, tu pourras avoir confiance en ton épouse. Mais que feras-tu des autres ?

— Je dois me servir d'eux puis m'en débarrasser, sans m'attacher à eux, car ils ne comptent point.

— C'est bien, mon fils. Tu es intelligent.

Ils cheminèrent ainsi encore plusieurs kilomètres, Ivana lui enseignant les subtilités des coutumes daces tout en essayant d'ignorer le froid. Le ciel était bas, la neige menaçait de redoubler, et il ne restait que quelques heures avant que l'aube perce l'obscurité.

Lothaire frissonna. Il claquait des dents.

— Silence, ordonna Ivana. Les humains nous ont suivis, finalement.

Elle huma l'air.

— Seigneurs ! Leur odeur m'agresse à un point !

— Que veulent-ils ?

— Nous chasser, murmura-t-elle.

— Où... où pouvons-nous nous cacher ?

Ils se trouvaient dans une vaste vallée, bordée à l'est et à l'ouest par de hauts plateaux. Les mortels arrivaient du nord. Loin vers le sud s'élevaient d'imposantes montagnes.

Ivana regarda autour d'eux avec désespoir.

— Nous devons absolument gagner ces montagnes. Je pense que c'est là-bas que nous trouverons le passage qui mène à la Dacie. Allez, cours ! ordonna-t-elle en le poussant en avant.

Il obtempéra, courut aussi vite que possible, mais la neige était trop profonde et continuait à tomber, mordant son visage.

— Nous n'y arriverons jamais, mère !

Elle l'attrapa par le bras et tenta de les téléporter. Leurs silhouettes s'effacèrent brièvement, mais sans disparaître. Serrant les dents, elle fit une nouvelle tentative, sans succès.

Elle le lâcha, pivota sur elle-même, à la recherche d'une issue. Puis, soudain, elle s'immobilisa et tendit l'oreille. Ses yeux s'écarquillèrent.

— Père ! hurla-t-elle. Je suis ici. Ton Ivana est ici !

Ses paroles résonnèrent dans la vallée. Personne ne répondit.

— Père !

Au loin, les mortels poussèrent des cris. Ils approchaient.

Ivana vacilla. Elle semblait... *perdue*.

— Papa ? Je l'ai senti. J'en suis certaine. Je les ai sentis, lui et d'autres.

Lothaire l'avait perçu lui aussi : des immortels au pouvoir immense avaient parcouru cet endroit. Pourquoi ne venaient-ils pas au secours de leur princesse ?

Des larmes couleur rubis glissèrent sur le beau visage d'Ivana tandis qu'elle se laissait tomber à genoux.

— Nous étions si près du but...

La fière Ivana entreprit de creuser la neige, utilisant ses griffes pour venir à bout des épaisseurs de glace.

L'une après l'autre, ses griffes se cassèrent, et ses doigts se mirent à saigner, mais elle continua.

— Je suis tombée si bas, Lothaire. Quand tu penseras à moi, ne te souviens pas de cela.

À chaque poignée de neige mêlée de glace, le trou s'agrandissait.

— Tu es fils et petit-fils de roi. Ne l'oublie jamais !

Quand la peau de ses doigts commença de tomber, il voulut l'aider, mais elle lui donna une tape sur les mains, d'un air un peu fou. Enfin, elle l'attira dans le trou qu'elle venait de creuser.

— Viens ici. Cache-toi.

— Je dois creuser plus, mère. Il n'y a pas assez de place.

— Si, murmura-t-elle. Il y a assez de place. Et je vais faire en sorte que tu sois à l'abri.

Il ouvrit grand les yeux. Elle allait se battre contre eux ?

— Téléporte-toi loin d'ici toute seule, dit-il, bien qu'il sût qu'elle était déjà trop faible pour y parvenir.

— Jamais ! Quels serments m'as-tu faits ?

— Mère, je...

Elle montra les crocs. Ses yeux étaient devenus noirs.

— Tes serments ! Je veux les entendre !

— J'ai juré de tuer Stefanovich. Et de monter sur son trône.

— À qui feras-tu confiance ?

— À personne en dehors de ton père et de ma reine.

D'autres larmes roulèrent sur les joues d'Ivana.

— Non. À ta reine seule, Lothaire. Serghei et les Daces nous ont abandonnés aujourd'hui.

— Pourquoi ?

— J'ai attiré les mortels trop près, dit-elle dans un sanglot. Il a choisi son royaume et le secret de son emplacement plutôt que nos vies. Je dois payer pour mon arrogance et mon manque de clairvoyance. Il a fait de moi un exemple.

La panique s'empara de Lothaire.

— Comment te retrouverai-je ? Que dois-je faire ?

— Une fois les humains partis, ma famille viendra te chercher. Sinon, tu devras faire tout ce qu'il faut pour survivre. Souviens-toi de ce que je t'ai enseigné.

D'un geste, elle remonta la manche de sa robe.

— Bois, Lothaire.

— Maintenant ? Mais tu ne peux pas te permettre de perdre du sang...

— Obéis !

Elle planta ses crocs dans son propre poignet.

— Penche la tête en arrière et ouvre la bouche.

Il s'exécuta à contrecœur, et elle leva le bras au-dessus de ses lèvres. Son sang était nourrissant. Déjà, le froid se faisait moins mordant.

Elle le fit boire jusqu'à ce que de ses veines ne coule plus qu'un filet, jusqu'à ce que le givre recouvre la morsure.

— Écoute-moi, maintenant. Je vais les éloigner de toi, attirer leur attention. Ils me prendront…

— Non ! hurla Lothaire.

— Écoute-moi ! Quand ils me captureront, tu ressentiras le besoin impérieux de venir à mon secours. Tu dois l'ignorer et rester ici. Ignore ton instinct, ne suis que la raison. Fais ce que je n'ai pas su faire avec Stefanovich. Ce que je n'ai pas su faire des milliers de fois. Jure-le-moi !

— Tu veux que je me cache ? Que je laisse ces créatures te faire du mal ?

Il avait les larmes aux yeux, et en était gêné.

— Oui, c'est exactement ce que je veux. Tu possèdes l'esprit le plus intelligent qui soit, mon fils. Sers-t'en. Ne fais pas les mêmes erreurs que moi. Et je veux que tu me promettes une dernière chose, ajouta-t-elle en lui prenant le menton. Jure-moi sur le Mythos que tu ne quitteras cette cachette qu'une fois les mortels repartis.

Sur le Mythos ? Mais il était impossible de revenir sur un tel serment ! Et comment pourrait-il ne pas la défendre ?

— Lothaire, je… je t'en *supplie*. Jure-le-moi.

Une fière princesse dace qui supplie quelqu'un comme moi ? Il en resta bouche bée. Et les mots sortirent tout seuls.

— Je le jure sur le Mythos.

Elle se pencha et déposa un baiser froid sur son front.

— Très bien. Jamais, tu m'entends, jamais tu ne dois retomber aussi bas qu'aujourd'hui.

Elle entreprit de l'enfouir sous la neige, malgré ses protestations.

— Je veux que tu deviennes le roi que tu es destiné à être.

— Mère, je t'en prie ! Comment peux-tu faire une chose pareille ?

— Tu es mon fils. Mon cœur. Et je suis prête à tout pour te protéger.

Elle plongea son regard dans celui de Lothaire.

— Sache que tout ce qui est bon en moi a commencé avec toi.

Il refusait de croire qu'il la voyait pour la dernière fois, refusait de lui dire à quel point il l'aimait…

— Je sais, murmura-t-elle simplement, avant de le recouvrir de neige.

Réchauffé par le sang d'Ivana, il se recroquevilla sur lui-même, tremblant de peur pour elle. Il regardait autour de lui, sans rien voir.

S'était-elle relevée pour courir en direction des mortels ? Un moment s'écoula, puis il entendit ses efforts pour avancer dans la neige, sentit les vibrations de nombreux pas sur le sol. Il devait y avoir plusieurs dizaines d'humains qui encerclaient Ivana. Il serra les poings, luttant contre le désir violent de courir à son secours.

Mais sa faiblesse et son serment l'empêchaient d'agir.

Il ravala des cris de frustration, qui se transformèrent en larmes brûlantes quand il entendit le cliquètement de chaînes, les cris étouffés d'Ivana et les grognements gutturaux des hommes.

Lothaire avait grandi à Helvita, sous le règne décadent de Stefanovich. Il savait ce que les mortels faisaient subir à sa mère.

Tout en luttant pour ne pas vomir le précieux sang qu'elle lui avait offert, il résolut d'appartenir un jour aux Déchus et de trouver sa force dans le sang d'autres créatures.

Peut-être la soif de sang lui ferait-elle perdre la raison, mais jamais plus il ne se sentirait aussi impuissant qu'en cet instant.

Il lui sembla que plusieurs heures s'étaient écoulées quand les cris d'Ivana se turent. De nouveau, il chercha à voir autour de lui. Il crut apercevoir des volutes de fumée, puis sentir l'odeur de la chair brûlée.

C'était l'aube. Les cris reprirent.

Tandis qu'elle brûlait, Ivana hurla en langue dace :

— N'oublie jamais, mon prince ! Venge-moi !

D'autres paroles suivirent, mais il ne les comprit pas. Puis il y eut des sons inintelligibles… des hurlements d'agonie.

Il y répondit dans un sanglot, en psalmodiant son serment, auquel il ajouta celui-ci :

— Je jure de faire brûler vif le roi des Daces.

Je perdrai la raison bien avant de perdre ma volonté. Heureusement, la seule chose qui soit plus intéressante qu'un fou, c'est un obstiné.

Lothaire Konstantin Daciano,
l'Ennemi de Toujours.

Moi, une main de fer dans un gant de velours ? Fer, mon cul, oui ! (Éclat de rire, puis brusque retour au sérieux.) Essayez plutôt le titane.

Elizabeth Peirce, dite Ellie,
experte en garçons, en psychologie inversée
et en pied de nez aux forces de l'ordre.

La différence entre vous et moi, c'est que je n'ai pas à supporter les conséquences de mes actes. Voilà ce qui fait de moi un être divin.

Saroya la Faucheuse d'Âmes,
divinité de sang, protectrice sacrée
des vampires, déesse de la mort divine.

1

Slateville, Virginie
Il y a cinq ans

— Alors, comme ça, tu voulais m'exorciser ? demanda Saroya la Faucheuse d'Âmes à l'homme blessé qu'elle éclairait de sa lampe torche. Je ne sais pas ce qui est pire, que tu m'aies prise pour un démon…

Elle fit tourner dans sa main le tranchoir dégoulinant de sang, savourant le regard paniqué de l'homme, qui ne quittait pas l'arme des yeux.

— … ou que tu aies cru pouvoir me séparer de mon hôte humain.

En dehors de la mort, rien ne pouvait retirer Saroya de son hôte. Et surtout pas un diacre mortel, venu avec quatre autres jusqu'à ce mobile home infect, au fin fond des Appalaches, pour pratiquer un exorcisme.

Il recula, battant en retraite devant la démarche assurée de Saroya, trébucha sur une des lampes cassées sur le sol et tomba sur le dos, sa main gauche lâchant brièvement le moignon ensanglanté qui lui avait jusque-là servi de bras droit.

Elle poussa un soupir d'aise. Des siècles plus tôt, quand elle était une déesse de mort, elle se serait baissée pour planter ses crocs dans la jugulaire de l'humain et aurait bu jusqu'à la dernière goutte, aurait dévoré son âme. Aujourd'hui, elle était condamnée à posséder mortel après mortel et à revivre sa propre mort, chaque fois.

Sa dernière demeure ? Elizabeth Peirce, une gamine de dix-neuf ans aussi mignonne que pauvre.

Quand le diacre buta sur le corps démembré d'un de ses compagnons, il eut un cri de panique et détourna le regard. En un éclair, Saroya fut sur lui, brandit le couperet et planta le métal dans son cou épais.

Le sang jaillit quand elle retira la lame pour frapper une nouvelle fois. Et une autre. Puis une dernière.

D'un revers de manche, elle essuya son visage éclaboussé de sang, soudain très calme. Songeuse. Les humains se croyaient si particuliers et si intelligents, mais elle les décapitait aussi facilement qu'un poissonnier tranchait la tête d'une grosse pièce.

Le problème des cinq diacres étant résolu, Saroya se tourna vers la seule personne encore vivante dans le mobile home : Ruth, la mère d'Elizabeth. La femme était recroquevillée dans un coin et bredouillait des prières en brandissant un tisonnier.

— J'ai triomphé de l'âme de ta fille, femme. Elle ne reviendra jamais, mentit Saroya, sachant qu'Elizabeth trouverait bientôt un moyen d'émerger de l'inconscience et de reprendre le contrôle de son corps.

De tous les mortels qu'elle avait possédés, Elizabeth était la plus jolie, la plus jeune et la plus forte. Saroya avait du mal à la contrôler si la jeune fille n'était pas endormie ou affaiblie d'une façon ou d'une autre.

C'était une première. Saroya soupira. Elizabeth aurait dû être honorée d'avoir été choisie pour abriter son essence, pour être le temple de son divin esprit vampirique.

Saroya baissa les yeux sur le corps qu'elle avait volé. Elle avait dû se battre avec Elizabeth pour l'habiter. Elle se battait encore, d'ailleurs.

Peu importait. Après des siècles passés à devoir se glisser dans la peau de vieux grincheux bossus ou de mégères à tête de cheval, elle avait enfin trouvé le corps parfait avec Elizabeth. Saroya finirait par venir à bout de sa résistance, elle en était certaine. Le temps et l'expérience avaient nourri sa sagesse, elle avait certains dons, et elle pouvait compter sur un allié de poids.

Lothaire, l'Ennemi de Toujours.

C'était un vampire connu pour sa méchanceté, vieux de plusieurs millénaires, et fils d'un roi. Un an plus tôt, l'oracle de Lothaire l'avait amené à elle. Saroya et le vampire n'avaient passé qu'une nuit ensemble dans les bois tout proches, mais il avait juré de la sortir de cette misérable existence qui était la sienne.

Il n'avait peut-être pas le pouvoir de rendre à Saroya son statut de déesse, mais il parviendrait à faire disparaître l'âme d'Elizabeth de son corps, avant de transformer Saroya en vampire immortelle – la malédiction serait ainsi contournée.

Saroya savait que Lothaire chercherait inlassablement des réponses.

Parce que je suis sa promise.

Son regard se posa derrière la mère d'Elizabeth, sur une petite fenêtre. Au-delà, le paysage venté était désert. Avait-elle espéré qu'un tel massacre ferait venir Lothaire jusqu'à elle ?

Combien de temps encore dois-je l'attendre dans ce pays oublié des dieux ? Sans aucune nouvelle ?

Il avait parlé d'innombrables adversaires cherchant à le détruire, de vengeances à accomplir. « Si la dangerosité d'un vampire se mesure à la carrure de ses ennemis, déesse, alors tu peux avoir peur de moi. Si c'est à leur nombre, alors je n'ai point d'égal. »

Ses ennemis avaient-ils pris le dessus ?

Elle ne resterait pas ici. La famille Peirce avait commencé à enchaîner Elizabeth à son lit la nuit, empêchant Saroya de tuer, alors qu'elle ne vivait que pour cela.

Au souvenir de ce traitement, elle se tourna vers la mère.

— Oui, ta fille est à moi pour toujours. Et quand je t'aurai éliminée, j'éviscérerai ton jeune fils, avant de me répandre sur ta famille comme une maladie.

Elle leva le tranchoir, fit un pas en avant...

Soudain, des points noirs occultèrent sa vision. Elle se sentit mal.

Non, non ! Elizabeth revenait à elle avec toute la délicatesse d'un train de marchandises. Chaque fois, elle refaisait surface comme une noyée que l'on a maintenue sous l'eau, avec une force qui submergeait Saroya. La petite salope allait sans doute reprendre le contrôle de son corps, mais comme d'habitude, elle ouvrirait les yeux sur un nouveau cauchemar.

— Régale-toi, Elizabeth...

Ses jambes se dérobèrent, elle tomba à la renverse sur le tapis, et ce fut le noir.

Bodom bodom bodom bodom...

Ellie Peirce reprit conscience au rythme d'un battement fou qui résonnait dans ses oreilles. Elle était allongée sur le sol du mobile home familial, les yeux fermés, le corps couvert d'une substance tiède et collante.

Autour d'elle, personne ne parlait. Les seuls bruits étaient ceux du feu crépitant dans le salon, de son souffle un peu court et des chiens qui hurlaient à la mort, dehors. Elle ignorait comment elle s'était retrouvée dans cette position, n'avait aucune idée du temps qu'avait duré son inconscience.

— Maman ? Est-ce que ça a marché ? murmura-t-elle en entrouvrant les yeux.

Les diacres avaient peut-être réussi ?

Mon Dieu, je Vous en supplie, faites que l'exorcisme ait marché... C'est mon dernier espoir.

Ses yeux s'accoutumèrent à la pénombre qui régnait dans la pièce, à peine éclairée par le feu. Elle leva la tête pour s'examiner. Son jean usé, son tee-shirt et ses bottes de seconde main étaient trempés.

De sang. Sa gorge se serra. *Ce n'est pas le mien.*

Seigneur. Ses doigts étaient refermés sur le manche d'un tranchoir dégoulinant. *Je leur avais dit de ne pas me détacher avant l'arrivée de mon oncle et de mes cousins.*

Mais le révérend Slocumb et ses collègues du « ministère d'urgence » de la paroisse avaient pensé pouvoir la maîtriser... Quel orgueil !

Un mouvement attira son regard. Un tisonnier ?

Brandi par sa mère.

— Attends !

Ellie roula sur le côté. Le tisonnier frappa le sol, à l'endroit où se trouvait sa tête quelques instants plus tôt. Il y eut des éclaboussures de sang, à la manière d'une flaque dans laquelle on marche.

— Va-t'en, horrible chose ! hurla sa mère en brandissant à nouveau le tisonnier. Tu as eu ma fille, mais tu n'auras pas mon garçon !

— Mais attends, je te dis ! répliqua Ellie en se levant et en lâchant le tranchoir. *C'est moi !*

Elle leva les mains, paumes ouvertes.

Sa mère ne baissa pas le tisonnier. Ses longs cheveux auburn étaient défaits, des mèches folles encadrant son visage sans rides. D'un geste, elle écarta les boucles qui tombaient devant ses yeux.

— C'est ce que tu as dit avant de te mettre à grogner en langue démon et à donner des coups de griffes !

Son mascara coulait sur ses joues, et son rouge à lèvres couleur pêche bavait sur son menton.

— Avant d'assassiner tous les diacres !

— Avant d'assassiner...

Ellie se retourna et se figea en découvrant la sinistre scène.

Cinq cadavres en morceaux étaient dispersés à travers le salon.

Ces hommes avaient été attirés jusqu'ici par les lettres de supplication de sa mère et les preuves qu'Ellie était possédée – des enregistrements d'elle parlant des langues mortes que jamais elle n'aurait pu apprendre, et des photographies de messages écrits en lettres de sang qu'elle ne se rappelait pas avoir tracées. Apparemment, elle avait, entre autres, écrit : « Soumets-toi à moi » en sumérien.

La tête de Slocumb gisait à quelques mètres du reste de son corps. Ses yeux étaient vitreux ; sa langue, molle, apparaissait entre ses lèvres ouvertes. Il manquait un bras à son torse. Elle comprit vaguement qu'il devait s'agir de celui qu'elle voyait sous la table, juste à côté d'un scalp et d'un tas de doigts coupés.

Elle porta une main à sa bouche, luttant contre la nausée. Ils avaient tous les cinq juré d'exorciser le démon. Et celui-ci les avait massacrés.

— C'est… c'est moi ? C'est moi qui ai fait ça ?

— Comme si tu ne le savais pas, démon ! hurla sa mère en gesticulant avec le tisonnier. À d'autres !

Ellie se gratta la poitrine. Elle avait le sentiment que l'être qui l'habitait bougeait sous sa peau. *Je le hais. Je le hais ! Je le HAIS !* Elle ne savait jamais ce qu'il pensait, mais là, elle le *sentait* presque exulter.

Au loin, on entendit des sirènes. Les chiens hurlèrent de plus belle.

— Oh non, maman… Tu n'as pas appelé ce bon à rien de shérif ?

Ellie et sa famille étaient des gens de la montagne purs et durs. Pour eux, tout représentant de l'État était suspect.

En entendant cela, sa mère lâcha le tisonnier.

— Je te reconnais bien là. Tu es vraiment Ellie, alors ? Le démon m'avait dit que, cette fois, tu ne reviendrais pas ! Que tu ne reviendrais plus jamais.

Pas étonnant qu'elle l'ait attaquée.

— Oui, c'est moi, dit Ellie par-dessus son épaule, en se précipitant vers la fenêtre.

Elle écarta les rideaux jaunis par la fumée de cigarette et regarda dans la nuit. Au pied des pentes enneigées, sur la route sinueuse qui montait de la vallée, les lumières bleues de la voiture du shérif illuminaient la montagne. Un autre véhicule de la police la suivait.

— Il fallait bien que je les appelle, Ellie ! Il fallait que j'arrête le démon. Et puis, l'opératrice de police-secours a entendu les cris des diacres…

Que dois-je faire… Que puis-*je faire ?* Dix-neuf ans, c'était beaucoup trop jeune pour aller en prison ! Ellie préférait mourir. Elle avait déjà envisagé le suicide, au cas où l'exorcisme ne marcherait pas.

Car ces cinq diacres n'étaient pas les premières victimes du démon.

Il y avait eu au moins deux autres hommes depuis que la créature s'était emparée du corps d'Ellie, un an plus tôt. Un matin, elle s'était réveillée aux côtés d'un homme d'âge mûr dont la peau refroidissait contre la sienne, la gorge béante, à la manière d'un smiley sanguinolent.

Dans la famille Peirce, personne n'avait su que penser. Un clan rival avait-il amené le corps ? Pourquoi s'en prendre à Ellie ? Et pourquoi avait-elle du sang sur les mains ?

Ses cousins, des taiseux, avaient enterré l'homme derrière la grange en se disant qu'il l'avait probablement mérité.

La famille n'avait que récemment commencé à soupçonner qu'Ellie était possédée, quand le démon avait déposé le corps mutilé d'un employé de la mine au milieu des vieilles peluches de la jeune fille, avant de blasphémer au point que même une mécréante comme Ellie aurait été choquée.

Après ça, sa mère et l'oncle Ephraïm avaient commencé à l'enchaîner chaque nuit, comme les chiens. Elle détestait les chaînes et aurait facilement pu forcer les cadenas, mais elle n'en avait rien fait.

De toute façon, pour certains, c'était déjà trop tard.

Des randonneurs avaient découvert un autel répugnant, dans les bois, avec des ossements humains éparpillés tout autour. La mère d'Ellie avait alors murmuré à Ephraïm :

— Tu penses que c'était Ellie ?

Pas moi ! La maudite chose qui l'habitait était en train de gagner la partie, prenait le contrôle de son corps de plus en plus souvent, de plus en plus facilement.

Bientôt, j'aurai complètement disparu. Ce n'était qu'une question de temps.

Alors que les lumières bleues approchaient, illuminant la montagne malgré le clair de lune, Ellie envisagea brièvement d'aller se laver, puis d'attendre le shérif dehors pour exiger un mandat, et peut-être de se laisser arrêter pour avoir fait une farce à la police. Après tout, ce n'était pas *elle* qui avait commis tous ces meurtres.

Elle pouvait aussi tenter de s'enfuir… Mais elle savait que le représentant de la loi lancerait les chiens sur ses traces ; elle n'arriverait même pas jusqu'au téléphone le plus proche, pas en hiver.

Et cela ne résoudrait pas le problème du démon qui l'habitait…

Elle entendit un bruit sourd, derrière elle, et se retourna. Sa mère, tellement forte d'habitude, s'était laissée tomber à genoux, le visage défait.

— La chose m'a dit qu'elle me tuerait, puis qu'elle s'en prendrait au reste de la famille, jusqu'au bébé Josh.

Joshua, le frère adoré d'Ellie. Elle l'imagina trottiner en grenouillère, ses joues rebondies rougissant alors qu'il riait. Une tante le gardait dans un autre mobile home, un peu plus bas.

À l'idée qu'on puisse lui faire du mal, Ellie fondit en larmes.

— Qu… qu'est-ce que je peux faire ?

À son tour, sa mère se mit à pleurer.

— Si le révérend – Dieu ait son âme – et ses diacres n'ont pas réussi à extirper ce mal de toi… personne ne le peut, Ellie. Peut-être que tu devrais laisser le shérif t'arrêter.

— Tu veux que j'aille en prison ?

— On a fait tout ce qu'on pouvait, soupira sa mère en se relevant pour s'approcher d'elle d'un pas hésitant. Peut-être que les gens de la prison, ou même des psychiatres, peuvent l'empêcher de tuer encore.

La prison… ou la mort ? Ellie sentit sa gorge se serrer. Une fois qu'elle aurait fait son choix, elle ne changerait pas d'avis. Sa mère était peut-être têtue, mais Ellie l'était beaucoup, beaucoup plus. Ses décisions étaient aussi inébranlables que les montagnes qui les entouraient.

Les sirènes résonnaient toujours quand les deux véhicules s'engagèrent dans l'allée, pour venir piler devant le mobile home.

Ellie essuya ses larmes.

— Il y a une solution encore plus efficace que la prison…

Je pourrais emmener le démon avec moi. Si elle sortait en courant, avec du sang sur elle et un fusil entre les mains…

Sa mère secoua fermement la tête.

— C'est hors de question, Elizabeth Ann Peirce !

— Si cette *chose* pense qu'elle va pouvoir faire du mal aux miens…

Elizabeth se griffa le torse d'un geste rageur.

— … c'est qu'elle me connaît bien mal.

On lui avait retiré son propre fusil et ses munitions, mais le Remington de son père était toujours dans le placard. Et le shérif ne pourrait pas savoir qu'il n'était pas chargé.

— Je t'interdis de faire ça, Ellie ! Il y a peut-être encore de l'espoir, un de ces traitements modernes, je ne sais pas…

— Tu veux que je quitte l'immensité de ces montagnes, que je parcours depuis toujours, pour me retrouver entre les quatre murs d'une cellule minuscule ?

Elle serait sans doute condamnée à mort, de toute façon. Assassiner cinq diacres dans les Appalaches ? L'affaire était réglée d'avance.

Sa mère redressa le menton.

— Je ne te laisserai pas faire.

— On savait toutes les deux que ça finirait comme ça. Ma décision est prise.

De toute façon, le démon me tue à petit feu.

Sa mère pâlit un peu plus. Elle savait qu'elle ne ferait pas reculer sa fille.

— Et puis, réfléchis : si je tue ce démon, j'irai au paradis. J'y retrouverai papa, dit Ellie.

Elle ouvrit les bras, et sa mère s'abandonna contre elle en sanglotant.

— Allez, ne fais pas comme si tu ne te doutais pas que ce jour allait arriver. Comme si tu ne t'en doutais pas depuis des mois.

— Seigneur… ma chérie… Je voulais juste… T… tu veux dire une prière ?

Sur la pointe des pieds, Ellie déposa un baiser sur le front de sa mère.

— Je n'ai pas le temps. Si la créature revenait…

Déjà, les adjoints du shérif encerclaient le mobile home. On entendait leurs pas crisser dans la neige, tandis que ce connard de shérif exigeait que Mme Peirce ouvre immédiatement.

Il savait qu'enfoncer les portes était mal vu, dans ces montagnes.

Ellie soupira longuement, plus calme, et se retourna, se forçant à regarder les cadavres. Ces hommes avaient des familles. Combien d'enfants avaient perdu leur père, ce soir, à cause de ce démon ?

Parce que, têtue comme je suis, j'ai voulu espérer.

Ellie passa devant sa chambre, frissonnant à la vue des chaînes au pied de son lit, enroulées à la façon de serpents à sonnette.

Puis elle eut un regard amer en direction des fanions aux couleurs de la Middle State University, dont elle avait décoré ses murs en plastique juste avant que tout cela ne commence.

Elle avait été tellement heureuse à l'idée d'aller à l'université ! Pour pouvoir payer les frais d'inscription et sa chambre sur le campus, elle avait travaillé dans la boutique d'articles de sport de son oncle tous les jours après le lycée, et comme guide touristique pendant toutes les vacances des années durant.

Ellie était allée en cours à la fac juste assez longtemps pour réaliser avec émerveillement : « Merde, mais j'y arrive ! Je suis et je comprends tout ! » Apprendre, revoir, étudier, tout cela lui était venu avec une étonnante facilité.

Puis elle avait commencé à perdre du temps, à se réveiller dans des endroits inconnus. On l'avait renvoyée chez elle avant la fin du premier semestre.

Elle aurait été la première de la famille à décrocher un diplôme universitaire.

Dans la chambre du fond, elle entrevit son reflet dans le miroir, sur la porte de l'armoire. Elle était couverte de sang, ses longs cheveux en étaient trempés. Ses yeux étaient aussi gris et durs que le mont Peirce.

Sur son tee-shirt maculé, on lisait encore : « EPHRAÏM SPORTS : tout l'équipement pour le rafting, la pêche et la chasse. »

Que dirait son oncle de tout cela ?

Elle imagina son visage buriné, son regard franc, tellement semblable à celui de son père. *C'est à toi de jouer, maintenant, Ellie. Personne ne fera les choses à ta place.*

Elle fit coulisser la porte de l'armoire, dans laquelle se trouvait toujours l'équipement de son père – un casque de mineur, des outils de serrurier, une ceinture d'homme à tout faire. Avant de mourir dans la mine, son papa adoré n'avait jamais eu moins de trois boulots à la fois.

La gorge serrée, elle prit le fusil qu'il préférait, un Remington 12 mm à deux coups. Il n'était pas chargé, et aucune munition ne se trouvait dans les parages : l'oncle Ephraïm était passé récupérer toutes les cartouches depuis longtemps, au cas où le démon aurait été pris de l'envie de jouer avec le fusil de chasse.

Le contact familier du fusil entre ses mains était rassurant. Bientôt, tout serait terminé. À cette idée, elle éprouva un étrange sentiment de soulagement.

Quand elle retourna dans le salon, sa mère courut vers elle.

— Je t'en prie, mon bébé… tu ne pourrais pas juste essayer la prison ?

Je suis condamnée, de toute façon. Une injection dans quelques mois, ou une balle tout de suite.

Ellie mourrait comme elle l'entendait – en se vidant de son sang dans la neige, au cœur du massif qu'elle aimait tant.

— Non, la prison, c'est hors de question. Désormais, tu dois penser à Josh. Et au reste de la famille, dit Ellie avant de se forcer à sourire. Je t'aime, maman. Dis à Josh que je l'aime aussi. Tu sais que je vous regarderai, de là-haut. Je veillerai sur tout le monde.

Comme sa mère se mettait à pleurer tout en bredouillant des paroles incompréhensibles, Ellie montra la pièce du fond.

— Va dans ta chambre et restes-y. Tu m'entends ? Ne sors que quand ils t'y forceront, quoi qu'il arrive. Tu me le promets ?

Enfin, sa mère hocha la tête. Ellie la poussa un peu, et sa mère s'éloigna d'un pas traînant, puis referma doucement la porte de sa chambre derrière elle.

Avant de perdre son sang-froid, Ellie tourna les talons et alla jusqu'à la porte d'entrée, Remington en main.

Machinalement, elle tendit le bras vers son manteau, puis serra le poing. *Idiote. Tu n'auras pas froid très longtemps.*

À trois. Ellie inspira profondément plusieurs fois, l'esprit en ébullition. *Je n'ai que dix-neuf ans. C'est trop jeune.*

Un.

Je n'ai pas le choix. Bientôt, il ne restera plus rien de moi.

Deux.

Comment imaginer me réveiller un matin aux côtés de maman et de Josh, morts, leurs yeux vitreux ouverts sur le néant ?

Jamais ! Dans un cri, elle ouvrit grand la porte en brandissant le fusil.

— Feu ! hurla le shérif.

Les balles sifflèrent.

Elle n'en sentit pas une seule. Un homme immense était apparu, venu de nulle part, et s'était interposé entre elle et les adjoints du shérif.

Avec un grognement furieux, il la plaqua à terre, lui arrachant le fusil, tandis que les balles se logeaient dans son dos. Elle le regarda, incrédule. Ses yeux étaient… rouges. Il encaissa au moins cinq balles, mais pas un instant son regard ne quitta celui d'Ellie.

— Cessez le feu !

— Mais d'où il sort, celui-là ?

La peau de l'homme, d'un blanc absolu souligné par la chemise et le trench-coat noirs qu'il portait, évoquait la perfection du marbre. Ses cheveux étaient d'un blond très clair, ses traits ciselés. Et ses yeux… semblaient ceux d'une créature d'un autre monde.

— C'est un autre démon !

Ellie plongea une main dans la neige, à la recherche de son fusil, mais, d'un pied, il lui écrasa le poignet.

Quand elle poussa un cri de douleur, il appuya encore plus fort, retroussant les lèvres pour révéler… des crocs.

— Tu oses mettre en danger la vie de *ma* femme ?

Sa voix était grave, son accent prononcé. Et il semblait très en colère.

— D… de quoi tu parles ?

— De ta tentative de coup d'éclat, Elizabeth. Et tout ça à cause de quelques meurtres ?

Il la toisa d'un regard dégoûté, l'air de dire : « Arrête de faire l'enfant. »

— Les mains en l'air ! Je veux voir tes mains ! ordonna le shérif.

Au lieu de quoi, le démon aux cheveux de paille se baissa vers Ellie et glissa une main sous sa nuque pour l'approcher de lui. De l'autre main, il jeta le fusil au loin.

Quand une nouvelle balle le toucha dans le dos, il émit un sifflement par-dessus son épaule, montrant les crocs.

— Un… *moment*, dit-il sèchement.

Ellie lança un coup d'œil en direction des policiers. Tous semblaient trop stupéfaits pour réagir. Derrière eux, Ephraïm et quelques-uns des cousins d'Ellie arrivaient en courant, fusil à la main.

— Mortels… dit l'homme d'un ton moqueur avant de se retourner vers elle. Bien, écoute-moi attentivement, maintenant, Elizabeth. Je suis Lothaire, l'Ennemi de Toujours, et tu m'appartiens. Après avoir étudié la question, pesé le pour et le contre, j'ai décidé de t'autoriser à aller en prison ce soir.

— T… tu te t… trompes de personne ! Je ne te connais pas…

— Dans ta prison humaine, poursuivit-il, tu seras à l'abri de mes semblables, ce qui signifie que tu seras en sécurité le temps que je poursuive ma quête. Je reviendrai te chercher dans deux ans, à peu près. Mais si tu essaies de te faire du mal, ajouta-t-il en la secouant avec rudesse, et donc de faire du mal à ma femme, je te punirai au-delà de tout ce que tu peux imaginer. Est-ce que tu me comprends ?

— Ta femme ? Mais je suis pas à toi !

— Pas toi, non. L'être magnifique qui vit en toi, en revanche…

— J'y comprends rien ! Qui est en moi ?

Ignorant sa question, il murmura d'une voix rauque :

— Je l'aurai enfin. Ma reine. Pour l'éternité.

Il la fixa de ses yeux rouges, puis avança sa main libre vers le visage d'Ellie. Ses griffes noires brillèrent sous le clair de lune. Elle sursauta lorsqu'il écarta une mèche de cheveux de son front.

— Lâche-moi, démon !

Il la regarda encore, et de sa voix grave, hypnotique, parla comme s'il s'adressait à quelqu'un d'autre.

— Saroya, si tu m'entends, reste endormie jusqu'à mon retour. Je reviendrai pour toi. Quand tous mes projets seront réalisés et toutes mes difficultés effacées.

Saroya ? La chose a un nom ?

À une vitesse surnaturelle, il s'éleva dans les airs au-dessus d'Ellie, prononça d'autres paroles dans une langue inconnue, puis disparut.

Les adjoints du shérif, encore sous le choc, s'approchèrent d'Ellie, bouche bée. La sueur perlait à leur front malgré le froid. L'un d'entre eux lui passa les menottes en silence tandis que les autres pointaient leur arme dans toutes les directions, y compris vers le ciel.

Son oncle et ses cousins semblaient pétrifiés. Ils ne pouvaient rien faire pour la sauver, sinon abattre froidement quatre policiers.

Tout aussi choquée, Ellie réalisa enfin qu'elle allait être prise vivante.

Le démon aux yeux rouges l'avait empêchée de mourir. Elle résolut aussitôt de le tuer pour ça.

2

Maison centrale pour femmes de Ridgevale, Virginie
De nos jours

— La condamnée a-t-elle une dernière déclaration à faire ? demanda solennellement le gardien.

— Non !

Ellie se tortilla, tirant sur les liens qui l'attachaient au chariot-brancard. À chacun de ses battements de cœur affolés, le moniteur ECG tout proche affichait un bondissement. Les deux tuyaux des intraveineuses qui plongeaient dans ses bras se balancèrent.

— Non, je suis prête !

Elle était sur le point de mourir et aurait pu le redouter, mais le sentiment d'urgence qui l'habitait prenait le pas sur ses autres émotions. Après tout, la mort lui avait déjà été refusée…

Et elle sentait le démon s'agiter en elle.

Redoutant que « Saroya » ne s'éveille et n'attaque tout le monde autour d'elle, Ellie n'avait pas voulu de dernier repas, avait refusé toute entrevue avec sa famille ou avec l'aumônier. Elle avait procédé à l'inventaire de ses biens terrestres – un stick à lèvres, des manuels universitaires, quatre dollars en petite monnaie et ses journaux intimes – en quelques instants.

Ellie avait accepté son destin depuis longtemps et attendait de mourir depuis le soir de son arrestation.

Elle avait rédigé des excuses à l'attention des familles des victimes, demandant qu'elles leur soient remises après sa mort.

— Faites vite, je vous en prie, monsieur, supplia-t-elle à l'intention du garde le plus vieux.

Cette injonction déclencha un bourdonnement de murmures dans la salle mitoyenne. Derrière la vitre teintée, les témoins ne savaient comment réagir face à une meurtrière aussi inhabituelle.

Elle était jeune, n'avait pas fait appel de sa condamnation et, à en croire tous les rapports, n'avait jamais eu de comportement violent dans son enfance.

Il y avait bien eu quelques petits accrochages avec les autorités. Des choses anodines – on l'avait surprise à bécoter des garçons dans un parking –, d'autres un peu moins – elle avait pratiqué le braconnage sur des terres communales et avait refusé de témoigner contre des membres de sa famille ou de coopérer avec les autorités.

Mais pas une goutte de sang humain ne lui avait sali les mains, jusqu'à cette folie meurtrière qui avait duré un an.

Saroya ne s'était pas tourné les pouces, loin de là.

— Je suis prête.

Le gardien-chef la regarda, les sourcils froncés, et les deux gardiens qui l'encadraient se dandinèrent, mal à l'aise. Malgré tous leurs efforts – et ceux de Saroya –, ils avaient fini par s'attacher à Ellie, par admirer la tranquille détermination avec laquelle elle avait repris ses études et décroché un diplôme, alors qu'elle n'avait pas d'avenir.

Ellie avait toujours été bon juge de la nature humaine et avait fini elle aussi par apprécier les trois hommes.

— Merci pour tout.

— Dieu te bénisse, Ellie Peirce.

Le gardien-chef se dirigea vers la salle de contrôle. Les deux autres le suivirent. Juste avant de sortir, l'un d'eux posa brièvement une main gantée sur l'épaule d'Ellie. L'autre eut juste un hochement de tête, mais elle vit que son « départ » l'affecterait.

La porte se ferma derrière lui, dans un claquement léger mais assourdissant parce que définitif. *Je suis seule, désormais.* Elle regarda dans leur direction, réalisant que plus personne ne sortirait vivant de cette pièce.

Seule. J'ai si peur.

Souhaiter ma propre mort... Ce n'est pas ce que je voulais...

Elle baissa les yeux sur ses bras, attachés par des sangles aux accoudoirs rembourrés. Ses poignets étaient immobilisés avec du ruban adhésif, paumes en l'air. Les deux tuyaux des intraveineuses, qui devaient mesurer quatre mètres de long, partaient de l'intérieur de ses avant-bras pour rejoindre deux trous dans le mur, derrière elle, et passer dans la salle de contrôle.

Une demi-heure plus tôt, depuis cette salle, un médecin sans nom et sans visage avait amorcé une poche de solution saline. À midi pile, il y ajouterait un mélange de trois produits, et quelques instants plus tard, le cauchemar serait terminé pour toujours.

Il faut en finir avec tout ça. J'y suis presque.

C'était bizarre, ce à quoi on pensait à l'approche de la mort. Combien de gens savaient – à la minute près – quand ils allaient mourir ?

Elle doutait que quiconque se soit rendu à sa propre exécution avec une aussi grande fébrilité qu'elle. Mais elle avait un objectif à atteindre et la ferme volonté d'y parvenir. Loin d'émousser sa détermination, la prison n'avait fait que la nourrir, la renforcer.

Je suis sur le point de gagner. De la battre. Saroya ne s'était manifestée que deux fois depuis cinq ans, dans les premiers mois de son incarcération. Deux codétenues d'Ellie avaient été défigurées de manière permanente.

Elle avait fait cela à mains nues.

En sommeil depuis longtemps, le démon se réveillait. Sentait-il sa propre fin arriver ? *Eh oui, tu vas crever, salope*.

En cet instant, seules deux choses pouvaient lui sauver la vie.

Un appel inattendu du gouverneur.

Ou le copain puissant de Saroya. Celui qui avait les yeux rouges.

Pas un jour n'avait passé sans qu'Ellie pense à ce monstre nommé Lothaire, l'Ennemi de Toujours. Elle l'avait vu apparaître puis disparaître, avait vu les balles l'*agacer*. Les membres de sa famille, les adjoints du shérif et le shérif lui-même en avaient été témoins comme elle, même si ce dernier, toujours à la course aux électeurs, lui avait répété que ses hommes et lui n'avaient rien vu…

Elle se tordit le cou pour regarder la pendule accrochée au mur, derrière elle. Plus que trois minutes avant midi.

Encore cent quatre-vingts secondes, et la mort se glisserait dans les tuyaux.

En dépit de sa détermination, Ellie éprouvait quelques regrets. Elle aurait aimé pouvoir se servir de ce diplôme en psychologie pour lequel elle avait travaillé si dur, aurait aimé avoir une carrière, rencontrer et se lier d'amitié avec d'autres femmes que des meurtrières.

Elle regrettait aussi de ne pas avoir fondé de famille. Peut-être aurait-elle dû prendre moins de précautions pour ne pas finir mère adolescente, comme sa mère et sa grand-mère.

C'est vrai, tiens, elle aurait dû céder aux garçons qui la pelotaient sur les parkings déserts. D'une manière générale, elle aurait dû être moins rigide, un peu plus cool, comme fille.

Inflexible, voilà ce qu'elle était. Mais elle tenait des Peirce, elle n'y pouvait rien. Ellie arrivait toujours à ses fins. *Écartez-vous de mon chemin, ça vaut mieux*.

Nouveau coup d'œil en direction de la pendule. Plus que deux minutes…

Les lumières clignotèrent brièvement, et elle sentit son angoisse monter. Quelques instants plus tard, une nouvelle saute d'électricité provoqua des murmures nerveux dans la salle des témoins.

À la troisième alerte, Ellie se figea, tandis que le moniteur ECG devenait fou. *Rien ne peut arrêter ça !* Son rythme cardiaque se mit à grimper vertigineusement. 150, 170, *190*…

Puis plus rien. Le moniteur s'éteignit après un dernier sursaut.

Il n'y avait pas de fenêtre dans la salle d'exécution. L'obscurité était totale. Les témoins se mirent à taper contre les portes, exigeant d'être évacués.

— Que se passe-t-il ? s'écria Ellie.

Aucun groupe électrogène n'avait pris le relais, aucune lumière de secours n'éclairait les lieux d'un halo blafard.

Elle était dans le noir, attachée à un chariot.

Sur le point de suffoquer, elle se débattit, maudissant ses liens.

— Mais qu'est-ce qui se passe, à la fin ?

Un hurlement d'agonie lui répondit, mais Ellie repoussa la pensée qui lui traversa alors l'esprit. Des coups de feu vinrent alimenter sa peur. Un homme hurla :

— Je ne le vois pas ! Mais putain, où est-ce qu'il a disparu ?

Un nouveau cri d'horreur s'éleva. Un autre homme supplia :

— Je vous en prie, non ! J'ai une famil…

D'horribles gargouillis suivirent.

Alors, elle comprit.

Il était venu. Lothaire, l'Ennemi de Toujours, était revenu la chercher.

Exactement comme il l'avait promis…

3

— Cette petite *súka*… souffla Lothaire avec mépris, tandis que le cou d'un garde craquait dans son poing.

Elizabeth était sur le point d'être exécutée – sans avoir usé des recours possibles – pour un nombre infime de meurtres.

C'était imminent.

Un autre garde tira dans l'obscurité. Les balles s'enfoncèrent dans la peau de Lothaire, qui s'en aperçut à peine.

Il s'était nourri la veille et se sentait fort. Son corps l'était, en tout cas. Son esprit, en revanche…

Il poussa un cri et se rua en avant. D'un coup de griffe, il ouvrit la gorge du gardien. Quand le sang éclaboussa son visage, ses crocs apparurent, affamés. Et ses pensées devinrent confuses.

La folie. Elle est sur mes talons.

Même en cet instant, si crucial. Trop de victimes, trop de souvenirs. Qui reviendraient le hanter à jamais.

Non ! Concentre-toi sur le But Suprême ! Trouve-la, sauve ton âme sœur !

Ses ennemis l'avaient empêché de venir la chercher plus tôt. *Si jamais c'est trop tard*…

Il courut dans les couloirs, voyant sans difficulté dans l'obscurité, mais l'endroit était un véritable labyrinthe.

Blyad' ! Il n'arrivait pas à sentir son odeur, tant celle de l'ammoniaque était forte. Un nouveau couloir apparut devant lui, sur lequel ouvraient d'autres petites pièces. Pour la famille. Pour les visites. Et puis des cellules.

Pas assez de temps. Il avait prévenu Elizabeth, elle ne devait pas faire de mal à sa femme. Et pourtant, elle avait opté pour la condamnation, ordonnant à son avocat de ne pas faire appel, de ne pas chercher à obtenir de report de son exécution.

Lothaire avait vécu plusieurs millénaires, et très peu de choses le surprenaient encore. Mais l'attitude d'Ellie l'avait stupéfié. Se jeter sous les balles était une chose, prévoir son suicide sur plusieurs années en était une autre.

Était-elle affligée, pour son propre malheur, d'une volonté de fer ou était-elle folle, tout simplement ? Il n'aurait su le dire.

En tout cas, elle était une véritable épine dans le pied de Lothaire. Il était connu dans tout le Mythos pour collecter des dettes de sang auprès de mortels en situation critique, marchandant avec eux pour leur faire signer un pacte avec le diable. Il était fier de son registre plein de noms, qu'il conservait précieusement, mais avait déjà rayé deux entrées à cause d'Elizabeth.

D'un oracle qui lui était redevable, il avait exigé d'être tenu informé des détails de son incarcération. Et, quelques minutes plus tôt, un technopathe qui avait une dette envers lui l'avait accompagné jusqu'à la prison pour couper l'électricité dans tout l'établissement et mettre les générateurs hors service afin qu'aucune lumière, aucune caméra ne fonctionne.

Pour que règne la confusion absolue.

C'était là son plan pour aujourd'hui : le technopathe coupe le jus pendant que le vampire massacre tout ce qui se trouve sur le chemin qui mène à sa belle. Pour un stratège comme lui, c'était d'une simplicité risible.

Comme pour se conformer à ce plan, deux gardes tentèrent de l'intercepter dans le couloir, rivant sur lui le faisceau de leurs lampes torches. Devant ses yeux rouges, ils eurent un silence stupéfait, laissant à Lothaire tout le temps nécessaire pour anticiper leur réaction.

Le plus grand va tirer en premier, trois coups, avant de réaliser que je lui ai arraché la colonne vertébrale. Celui de gauche va bredouiller une réponse à ma question, tout en sachant qu'il mourra aussitôt après.

— Les mains en l'air !

Lothaire attaqua. Premier coup, deuxième coup, troisième...

Un hurlement de douleur. Le corps sans vertèbres du gardien le plus grand s'affala sur le sol.

Lothaire jeta sur le côté la ribambelle d'os sanguinolents, puis attrapa l'autre garde par la gorge.

— C'est où, la salle d'exécution ?

Il desserra sa main juste assez pour que l'autre réponde dans un souffle :

— À d... droite, p... puis... deuxième à g... gauche, et tout au fond. Je v... vous en s... supplie...

Crac. Quand le corps du gardien toucha le sol, Lothaire se trouvait déjà dans le deuxième couloir à gauche.

Il avait écarté Elizabeth de ses pensées, convaincu qu'elle était en sécurité. Après tout, il se fichait de ce qu'elle pensait. Seul son corps l'intéressait, le temple qui abritait sa femme.

Sa moitié. Celle qui lui était destinée. À lui, et rien qu'à lui. Une femelle magnifique, assoiffée de sang...

Saroya avait-elle senti venir le moment de l'exécution ? Avait-elle désespérément cherché à se manifester, à se protéger ?

Les griffes noires de Lothaire s'enfoncèrent dans sa paume tant il serrait les poings. Le sang se mit à couler. *Concentre-toi. Concentre-toi !*

Tandis qu'il poursuivait son chemin dans le bâtiment, Lothaire tentait de ne pas penser à son propre emprisonnement, récent. *Raison pour laquelle j'arrive peut-être trop tard pour ma femme.*

Des semaines plus tôt, quand il avait eu connaissance de la date de l'exécution, il avait entrepris de sauver Saroya. Puis il avait été capturé par l'Ordre, une armée de mortels.

Il était parvenu à leur échapper… mais arriverait-il à temps ?

D'autres faisceaux de lampes torches brillèrent, un peu plus loin. Trois gardes en tenue d'assaut escortaient une poignée de civils.

— Y a quelqu'un ? demanda l'un des gardes.

Lothaire envisagea un bain de sang. *Non, concentre-toi !* Cela aurait été agréable, mais égoïste.

Pour gagner du temps, il se téléporta au-delà du groupe, disparaissant un instant pour réapparaître l'instant suivant.

Quand il atteignit la salle des témoins, il se téléporta à l'intérieur. Deux jeunes gens venaient de se ruer dans la salle d'exécution mitoyenne pour garder la condamnée et s'emmêlaient les pinceaux avec leur fusil d'assaut et leur lampe torche.

Alors, pour la première fois depuis cinq ans, les yeux de Lothaire se posèrent sur Elizabeth. Lors de leur dernière entrevue, elle était allongée dans la neige, et son regard d'un gris étrange le fixait, empreint d'une terreur réjouissante.

Aujourd'hui, elle était allongée aussi, mais entravée et vêtue d'un uniforme orange défraîchi. Ses longs cheveux bruns étaient tirés en arrière et lui donnaient un air sévère.

Cette fois encore, elle était terrifiée et tentait de voir autour d'elle dans l'obscurité, mais il n'éprouva aucune compassion pour elle, que de la haine.

Tout cela était sa faute ! Avec sa bénédiction, des aiguilles avaient été plantées dans ses bras…

Un liquide transparent coulait déjà dans les deux tubes.

Lothaire crut que son cœur allait exploser. *Trop tard ?*

Il se téléporta dans la salle avec un rugissement, écarta d'un geste les deux gardes, les jetant tête la première contre les murs.

— Qui est-ce ? s'écria Ellie quand il posa des mains tremblantes sur ses bras délicats pour en retirer les aiguilles. Qu'est-ce qui se passe ? Je n'y vois rien !

Il se pencha pour humer le liquide, faillit tomber à genoux de soulagement. Du sérum physiologique. Pas d'odeur chimique, juste celle de l'eau salée.

Pour en être certain, il fendit un des tubes du bout d'une griffe et laissa couler le liquide sur sa langue.

Pas de danger.

Mais s'il était arrivé quelques secondes plus tard...

Tout en arrachant les électrodes placées un peu partout sur Elizabeth, il souffla d'une voix grave :

— Vilaine petite mortelle. Tu n'as pas été sage, hein ?

Elle étouffa un cri, puis se mit à hurler.

— Arrête ça tout de suite, espèce d'enfoiré ! Laisse-moi tranquille !

Il coupa ses liens, la saisit par le poignet et la mit debout.

Et, juste avant de la téléporter jusque chez lui, il lui promit :

— Maintenant, Elizabeth, tu vas me le payer.

Quand le sol réapparut soudain sous elle, Elizabeth tomba en avant. Elle savait que le monstre l'avait retrouvée. Elle aurait reconnu la voix de Lothaire n'importe où.

Ce timbre grave et cet accent avaient hanté ses rêves.

Prise de nausée, elle comprit qu'elle ne se trouvait plus dans la prison. Sans qu'elle sache comment, il était arrivé à la transporter jusqu'à un salon cossu, dans une espèce de manoir.

Au moment où elle retrouva l'équilibre, elle se sentit soulevée dans les airs.

— Arrête ! Arrête ça tout de suite !

— Je t'avais prévenue, mortelle ! vociféra le démon en la jetant sur le côté.

Avec un cri étouffé, elle s'envola et retomba sur un sofa, à plusieurs mètres de là.

Relève-toi ! Elle avait le tournis... *Ne le perds pas de vue, Ellie !* Elle secoua la tête pour s'éclaircir les idées et se leva en vacillant. Le démon allait et venait devant elle, apparaissant et disparaissant tout en faisant les cent pas.

Il était plus grand que dans son souvenir et, cette fois, semblait encore plus dangereux. Il serrait les poings, son cou était tendu. Ses iris scintillaient d'un rouge profond, des veinules striaient le blanc de ses yeux.

Son visage était éclaboussé de sang, ses cheveux clairs aussi. Comme la première fois, il était vêtu de noir, du trench-coat aux bottes. Des trous de balles constellaient sa chemise.

C'est impossible ! Elle avait été enlevée dans le couloir de la mort d'une prison de haute sécurité ? Par *lui* ?

— Je t'avais dit que je te punirais !

Il lança un long bras sur le côté, brisant une colonne de marbre.

Des éclats tombèrent sur l'épais tapis, aux pieds d'Ellie, et toute la maison sembla trembler. La force du démon était monstrueuse, comme tout le reste chez lui.

— Quand on me désobéit, c'est à ses risques et périls !

Elle aurait dû courber l'échine, se faire toute petite. Au lieu de quoi elle sentait une fureur indicible monter en elle. Ellie avait cru qu'elle allait être enfin libre, qu'elle avait vaincu Saroya. Elle avait été à deux minutes de mourir et *prête* à faire le grand saut. Mais ce démon avait encore fait échouer ses plans.

Il l'avait déjà privée de sa liberté en faisant en sorte qu'elle passe la moitié d'une décennie dans une petite cellule humide.

Cinq années de désespoir.

À ce souvenir, elle ne put s'empêcher de crier :

— Mais qu'est-ce que tu veux de moi, à la fin ? Qu'est-ce que tu veux ?

Du coin de l'œil, elle repéra un vase, s'en empara, le jeta en direction de Lothaire.

— Tu peux pas me lâcher les basques, un peu ?

Le vase était lourd. Il heurta Lothaire en plein torse... et vola en éclats, comme si elle l'avait lancé contre un mur de brique.

Elle le regarda, incrédule, mais déjà sa main s'était refermée sur un lourd chandelier. *Deux minutes. J'y étais presque.*

Elle jeta le chandelier par en dessous.

Lothaire se... *dématérialisa*, et l'objet passa à travers sa silhouette vaporeuse.

Ellie poussa un cri de fureur. Un autre chandelier s'envola, puis un presse-papiers, suivi d'une lampe.

Il se contentait d'éviter les projectiles ?

Mais c'est pas vrai ! À bout de souffle, elle ne cherchait qu'une chose : lui faire du mal, le punir.

Mille huit cent vingt jours sans saison, sans neige ni fleurs, sans amis ni famille. Son petit frère ne se souvenait plus d'elle. Tandis que Josh grandissait sans elle à ses côtés, la vie d'Ellie s'était arrêtée, seulement ponctuée par quelques percées du mal.

Elle n'était plus personne.

Je ne suis plus une personne, je suis la détenue numéro 8793347 de l'administration pénitentiaire de Virginie. Je suis l'hôte de Saroya.

À cause de lui.

Le regard d'Ellie se posa sur une épée couchée dans un écrin d'exposition. Elle bondit, s'en empara, la tira de son fourreau décoratif.

Le métal brillant refléta un éclat de lumière, droit dans ses yeux. Et, en un instant, tout fut clair.

Elle savait ce qu'elle avait à faire.

Tenant l'épée à deux mains, elle se tourna vers lui.

— Je vais t'ouvrir le bide, démon !

Il remonta les lèvres, dévoilant ses horribles canines, puis claqua des doigts dans sa direction. *Allez, viens donc...*

Elle écarquilla les yeux et chargea, pointant l'épée sur le torse de Lothaire.

Au dernier moment, elle la retourna contre elle.

— Non ! hurla-t-il.

Sans qu'elle sache comment, il fut soudain entre elle et la pointe de l'épée, plaqué contre son buste.

La lame s'enfonça dans le bas du dos du démon jusqu'à ce qu'elle heurte l'os.

Ellie retint un cri, sentit les muscles de Lothaire se tendre contre elle, sentit sa fureur monter. Le rouge de ses iris déborda, se répandit dans le reste de ses yeux. Il montra une nouvelle fois les crocs.

— Cela fait deux fois que tu me défies, *súka*. Deux fois que tu commets la même erreur.

Et, d'un revers de poignet, il l'envoya au sol.

Lorsqu'elle se retrouva sur le dos, étourdie, elle faillit éclater en sanglots.

Elle l'entendit retirer l'épée de son dos et la jeter. *Je ne pleurerai pas devant lui. Je ne céderai pas à sa créature.*

Pour trouver du courage, elle repensa à toutes ces années passées en cellule, à regarder les moellons des murs, à les compter, à en suivre les jointures, à tenter d'y voir des formes, des motifs. Elle avait appelé ça la Chaîne du Moellon.

Du moellon, rien que du moellon, toute la journée. Jamais d'interruption des programmes.

Elle serra les dents, roula sur le côté, tenta de se relever. Ses cheveux s'étaient détachés et tombaient devant son visage. Elle écarta une mèche de ses yeux.

— Reste à terre, ordonna-t-il, debout devant elle.

C'était un monstre, un animal. Il avait encore du sang sur le visage. Combien de personnes avait-il assassinées aujourd'hui ?

— Retourne en enfer, connard.

Et elle cracha sur ses bottes.

4

Lothaire l'attrapa par les bras et la plaça devant lui, ignorant la douleur due à sa nouvelle blessure. *Elle a essayé de mettre fin à ses jours. A failli y parvenir…*

— Lâche-moi ! hurla-t-elle en se débattant.

Elizabeth avait failli lui faire perdre celle qu'il chérissait tant, avait désobéi à ses ordres – deux fois – et l'avait embroché sur son épée.

Et *elle* était furieuse contre *lui* ?

Comme elle ne cessait de se débattre, il resserra son étreinte sur ses bras, jusqu'à lui arracher un cri. Enfin, elle se calma.

Contrôle-toi. Il inspira profondément. *Sinon, tu devras renoncer à ta femme*. Il n'allait pas perdre le contrôle alors qu'elle était si près. Il était plus fort que ça. *La fureur… la folie*.

Inspire. Expire. Saroya était entre ses mains, en sécurité pour l'instant. La catastrophe avait été évitée.

Un long moment s'écoula, et il sentit sa colère diminuer, le flou de la fureur se dissiper. Il serra moins fort, mais la garda contre lui.

— Tu as fini ? demanda-t-il sèchement.

Elle prit un air buté.

— Jusqu'à ce que je recommence, marmonna-t-elle.

Elle me défie encore ? Lothaire se savait au bord de la folie, mais sans doute l'humaine avait-elle déjà gagné ce territoire-là.

Puis, à l'instar de sa colère, la douleur s'amenuisa, chassée par une conscience aiguë de sa présence. Perplexe, il plongea le regard dans ses yeux surprenants.

Le sentiment qu'il éprouva fut quasi… hypnotique.

Elle imprégnait tous ses sens. Le corps de sa femme tremblait contre le sien et dégageait une chaleur presque insupportable. Son cœur qui battait à tout rompre, proclamant l'impétuosité de son sang, faisait à Lothaire l'effet d'un chant de sirène. Dans son cou, une veine pulsait, véritable invitation.

De la douleur ? Il n'en éprouvait plus.

Ses yeux se posèrent sur la cascade soyeuse de ses cheveux, qui descendait en dessous de ses épaules. Des ondulations brun foncé qui faisaient ressortir la couleur de ses yeux : un gris fumé, que soulignaient d'épais cils noirs.

Elle était devenue jolie, pendant ces années. Avec des rondeurs. La courbe de ses hanches était agréable, ses seins haut perchés étaient à l'étroit dans son tee-shirt élimé.

Il passa la langue sur une de ses canines en repensant à la première fois qu'il avait vu Saroya. C'était la nuit, et elle se trouvait dans les bois, devant un autel improvisé, couverte de sang sous le clair de lune.

Un seul regard avait suffi pour qu'il sente son cœur sortir de son long sommeil. L'air avait empli ses poumons. Son sexe s'était raidi, impatient, exigeant d'être soulagé pour la première fois depuis des millénaires.

Et là, il se raidissait aussi, au souvenir de la façon dont il avait léché le sang sur la peau si douce de Saroya tout en se caressant. Elle était restée passive contre lui – femelle généreuse, douceur face à sa puissance –, jusqu'à ce qu'il frémisse et répande sa semence sur les feuilles…

Ce qu'elle vit dans son expression arracha à Elizabeth un petit hoquet de surprise. Ses joues rosirent.

— Qu'est-ce que tu veux de moi ?

Les yeux de Lothaire se posèrent sur son cou. Ses crocs palpitaient devant cette chair si tendre. *Te toucher. Te boire et que cela t'excite...*

Non. Non, pas *elle* ! Le désir s'emparait de lui, mais jamais il n'y céderait. Lothaire tuait avec une grande facilité et ne rechignait jamais à agir de façon déloyale, mais trahir sa reine était hors de question.

Surtout pas avec une mortelle sans valeur, une femelle qu'en d'autres circonstances il n'aurait même pas remarquée.

Il lâcha Elizabeth, la repoussa. Il ne satisferait son désir qu'avec sa reine, et personne d'autre.

Quand apparaîtrait-elle ?

Saroya lui avait expliqué en détail comment elle possédait Elizabeth. Chacune ignorait ce que pensait l'autre, même si Saroya était convaincue qu'à certains moments, Ellie saisissait ses intentions – de la même façon que Saroya percevait les changements chez Elizabeth.

La déesse avait du mal à contrôler Elizabeth si elle n'était pas affaiblie physiquement ou psychologiquement, ou si elle ne dormait pas.

De son côté, plus Saroya dormait, plus il lui était facile de prendre le contrôle du corps d'Ellie.

Pourtant, dès que la jeune femme cherchait à reprendre le dessus, Saroya était prise de maux de tête, voyait trouble et sentait un mouvement dans le corps, un changement à l'intérieur.

— Pourquoi n'arrives-tu pas à garder le contrôle ? lui avait demandé Lothaire.

— La mortelle est trop forte, avait répondu Saroya, les yeux brillants.

Il trouvait terrible le fait que sa femme soit tributaire des caprices de l'humaine – une situation qui lui rappelait trop celle de sa mère.

Blyad' ! Si Elizabeth percevait parfois les intentions de Saroya, la déesse ne pouvait-elle sentir la présence de celui que le destin lui réservait ?

Tant qu'elle n'apparaîtrait pas, il lui faudrait faire avec Elizabeth.

— Assieds-toi, lui ordonna-t-il.

Le menton relevé, elle resta debout.

Il se rembrunit. Peu de gens osaient lui tenir tête… surtout juste après un de ses accès de fureur.

Si Lothaire était resté en vie si longtemps, c'était parce qu'il savait anticiper chaque mouvement de ses adversaires. Il devinait comment ils allaient se comporter, souvent avant qu'eux-mêmes ne le sachent. Sa vie était une partie d'échecs sans fin, une progression calculée destinée à le rapprocher chaque fois un peu plus de son But Suprême – fait de royaumes asservis et de vengeances accomplies.

Pourtant, cette mortelle continuait à le surprendre. Quand elle avait retourné l'épée contre elle…

— Assieds-toi immédiatement, ou je reviens avec des chaînes et je t'entrave.

Elle ne bougea pas.

C'était presque dommage qu'elle doive disparaître si vite. La dresser aurait été amusant.

— Très bien.

Il se téléporta jusqu'à une de ses nombreuses cachettes, en l'occurrence une propriété stratégiquement située dans les montagnes de l'Oural, pour en rapporter une paire de menottes.

Alors que des immortels à la puissance et aux capacités indicibles tremblaient chaque jour devant lui, une humaine sans aucun pouvoir, qui n'avait même pas vécu un quart de siècle, lui tenait tête.

Sans aucun pouvoir. Il repensa à la facilité avec laquelle ses ennemis à lui pourraient la tuer. Pourquoi Elizabeth n'avait-elle pas attendu tranquillement dans sa prison ? Ce sauvetage ne pouvait pas tomber à un pire moment !

De multiples factions – démonarchies, vampires de la Horde, Valkyries, Furies, Lycae – étaient à sa recherche, pour se venger ou, mieux encore, le tuer. Dès qu'ils auraient découvert que sa promise était auprès de lui, ils s'en prendraient aussi à Saroya.

Des milliers d'années passées à établir des stratégies étaient sur le point de porter leurs fruits – son But Suprême allait enfin être atteint. Encore fallait-il qu'il ne soit pas préoccupé par autre chose au cours des prochaines semaines.

Le But Suprême était son seul maître. Il le servait sans penser à rien d'autre. Il ne laisserait pas Elizabeth se mettre en travers du chemin.

Il revint avec les menottes. La jeune fille n'avait fait que quelques pas quand elle entendit le cliquetis et se figea.

Ellie se tourna lentement vers Lothaire et écarquilla les yeux en voyant les chaînes entre ses mains.

Quand il avait disparu, elle avait pensé s'échapper. Mais là, elle se contenta de gagner le sofa d'un pas fatigué et de s'y laisser tomber, suppliant intérieurement : *Ne m'enchaîne pas, ne m'enchaîne pas…*

— As-tu peur de moi, humaine ? demanda-t-il en tripotant les chaînes.

Bien sûr qu'elle avait peur ! Ce dingue avait des pouvoirs surnaturels, il venait de tuer plusieurs personnes et, pour une raison qu'elle ignorait, il faisait une fixette sur elle !

Mais Ellie était assez douée pour juger les gens, et elle avait le sentiment qu'il respecterait le courage. Alors, elle répondit franchement.

— Là, tout de suite, oui, j'ai plutôt la trouille. Mais je devrais pouvoir la surmonter.

Sous l'effet de l'émotion, son accent montagnard se faisait plus prononcé.

— Et ces menottes te font peur ?

Le moindre de ses mouvements était menaçant.

Il joue avec moi, ce monstre.

— Oui, elles me font peur. Mais tu ne veux pas m'enchaîner.

Il haussa les sourcils.

— Ah bon ?

— Si Saroya se réveille, je suis sûre qu'elle ne sera pas ravie de se retrouver attachée. Et ce serait bête de gâcher vos... retrouvailles.

Elle avait eu du mal à prononcer ce mot. Que feraient-ils, tous les deux ?

À coup sûr, il voudrait faire enfin l'amour à sa *reine*, vu que, pour une raison inconnue, il ne l'avait encore jamais fait. Ellie était toujours vierge, ce qui signifiait que Saroya n'avait pas eu d'amant quand elle l'avait possédée.

Un moment interminable s'écoula, puis Lothaire laissa tomber les chaînes. Une concession qu'Ellie ne vit pas tant comme une victoire que comme un piège.

Mais, la menace immédiate ayant été contournée, elle le quitta des yeux et regarda autour d'elle.

La pièce dans laquelle ils se trouvaient faisait plusieurs fois la superficie du mobile home dans lequel elle avait grandi. Le mobilier était cossu mais moderne – on se serait cru dans un magazine de design. Les rideaux étaient tirés et occultaient tellement bien l'extérieur qu'elle n'aurait su dire s'il faisait jour ou nuit.

— Où suis-je ?

Il croisa les bras sur son large torse.

— À New York.

— New York, répéta-t-elle un peu bêtement. Pourquoi m'avoir amenée ici ?

Elle n'avait jamais quitté les Appalaches et avait toujours eu envie de voyager. Mais là, tout semblait si irréel...

— Parce que cet endroit est protégé par la magie – on ne peut pas s'en échapper et personne ne peut y pénétrer.

Par la magie ? Elle allait devoir redoubler de vigilance, garder les yeux ouverts.

— Tu vas rester ici quelque temps, jusqu'à ce que je sépare ton âme de ton corps.

— D... de quoi tu parles ?

— Ton corps deviendra celui de Saroya et d'elle seule.

Il avait le pouvoir de lui voler son corps ? Pour toujours ?

— Je me tuerai avant que cela n'arrive, tu m'entends ? dit-elle en se levant d'un bond pour se diriger vers une statue de bronze sur un piédestal.

— Si tu te fais du mal d'une façon ou d'une autre, je tuerai ta mère et ton frère.

Elle s'immobilisa, sentit la peur frissonner en elle.

— Je devrais peut-être même tuer l'un des deux aujourd'hui, pour que tu voies que je ne plaisante pas, dit-il sur le ton de celui qui fait une remarque à propos de la météo. Tu as un message à leur transmettre ?

Seigneur, non ! hurla-t-elle intérieurement. *Non, pas ça !* Pourtant, elle se força à afficher un sourire ironique et s'entendit rétorquer :

— Fais-le. Je m'en contrefous. Aucun de ces connards n'est venu à mon exécution, aujourd'hui.

Elle le leur avait interdit.

Sa famille avait-elle obéi à ses autres ordres ?

Lothaire disparut devant ses yeux. Et, juste derrière elle, elle l'entendit murmurer à son oreille :

— Question bluff, je reconnais que tu es très forte, petite humaine...

Elle sentit son souffle sur sa nuque et fit volte-face.

— ... mais ton cœur battant te trahit, ajouta-t-il.

Il pouvait disparaître, se matérialiser en quelques secondes dans le mobile home de sa mère et assassiner sa famille.

Si elle était encore là.

S'attendant que Lothaire cherche à se venger après son exécution, Ellie avait fait jurer à sa mère de disparaître – avec le reste de la famille – pendant quelques jours.

Les journaux allaient sûrement parler de la mystérieuse disparition d'Ellie, et sa mère serait sur ses gardes. Elle ne reviendrait sans doute pas chez elle avant d'avoir eu des nouvelles de sa fugitive de fille.

Ellie était presque certaine que les siens étaient hors d'atteinte, mais était-elle prête à parier leurs vies là-dessus ?

Non.

Alors, il a gagné. Sa colère retomba d'un coup, et elle s'affala sur le sofa. Elle avait toujours cru qu'elle gagnerait la bataille contre Saroya parce qu'elle pensait qu'au fond, tout n'était qu'une question de volonté.

Mais cet homme… cet animal…

Ses yeux coururent un peu partout sur son torse, sur les traces de balles qu'il ne semblait même pas remarquer, puis croisèrent son regard, si rouge, si froid. Et elle comprit qu'elle ne pourrait pas le battre.

5

Lothaire comprit, en la voyant s'affaisser un peu, que la mortelle s'avouait vaincue.

Au moins avait-elle accepté sa situation, accepté l'idée qu'il avait tous les arguments nécessaires pour s'assurer sa coopération. Il ne lui restait plus qu'à attendre Saroya.

— Laisse-la te posséder, Elizabeth.

— Elle n'essaie plus. Et je ne peux pas la pousser à le faire.

— Mais elle essayait, avant ? Pour échapper à l'exécution ?

Comme Ellie ne niait pas, Lothaire imagina Saroya piégée, donnant des coups de griffes pour prendre le dessus, pour se défendre…

Seigneurs, il détestait cette fille – et il ne pouvait pas la tuer ! Il se remit à aller et venir, luttant pour contrôler sa fureur tout en traitant par le mépris sa fatigue et les picotements provoqués par ses blessures, qui se refermaient vite.

À quand remontait sa dernière vraie journée de sommeil ? À plusieurs jours ? Cela faisait des semaines qu'il ne se reposait pas plus d'une heure ou deux d'affilée.

J'ai besoin de dormir, de rêver. Les souvenirs me viennent dans mon sommeil. Il fallait qu'il commence son œuvre, ses sept petites tâches…

— Si tu peux te débarrasser de mon âme, dit Elizabeth, alors pourquoi as-tu besoin qu'elle me possède ? Et pourquoi m'avoir mise au frais il y a cinq ans ?

Il ralentit le pas.

— Je n'avais pas les moyens de séparer ton âme de ton corps, à l'époque.

— Mais maintenant, tu les as ?

Pas encore. Après des années passées à leurrer, éliminer, manipuler, Lothaire s'était emparé de l'Anneau des Sommes, un talisman au grand pouvoir – celui d'exaucer des vœux. Et il se l'était fait voler lors de sa capture récente.

Des mortels de l'Ordre l'avaient attaqué avec leurs fusils à impulsion électrique, le vidant de sa force. À genoux, le sang l'aveuglant et formant une flaque autour de lui, il avait perçu le bruit assourdissant qu'avait fait l'anneau en raclant le sol quand le chef des mortels, un soldat nommé Declan Chase, l'avait ramassé.

— Tu les as, maintenant ? insista Ellie.

Quelque part dans les méandres de son cerveau, Lothaire savait où se trouvait l'anneau. Il fallait juste qu'il retrouve cette information.

— D'ici à un mois, c'en sera fini de toi.

Cela lui laissait suffisamment de temps pour naviguer à travers des millions et des millions de souvenirs volés. Comme son père avant lui, Lothaire était un *cossash*, un glaneur de mémoire. Une bénédiction pour certains vampires, une malédiction pour les Déchus.

Maudit soit son oncle, qui l'avait tenté avec le pouvoir, il y avait de cela bien des siècles…

— Tu dois boire jusqu'au bout pour être suffisamment fort et détruire mon frère, lui avait dit Fyodor quand ils avaient été de nouveau réunis.

— Mes yeux sont rouges, non ? avait dit Lothaire. J'ai été un fléau pour les humains.

— Tu peux boire des *immortels* jusqu'au bout et leur voler leur force, et même leurs pouvoirs. Rejoins-moi, Lothaire.

— Ivana m'a mise en garde contre cela.

Fyodor avait eu un petit sourire.

— Ta chère mère pensait que tu aurais éliminé Stefanovich depuis longtemps, à l'heure qu'il est…

Impatient, affamé de pouvoir, Lothaire avait commencé à s'en prendre aux immortels. Pourtant, leur âme était tellement plus noire que celle des humains, et leurs souvenirs tellement plus nombreux. Pour un *cossash*, c'était catastrophique.

Son oncle lui avait promis et offert une force incommensurable, mais il était resté très vague sur les effets secondaires.

La folie. Les souvenirs qui revenaient sans cesse. Lothaire était sur le fil du rasoir.

Si Fyodor, un *cossash* lui aussi, avait sombré dans la folie bien longtemps avant de mourir, l'année précédente, Lothaire en revanche était parvenu à ralentir l'allure, à limiter le nombre de ses victimes et l'ingestion de leurs souvenirs, réussissant à revenir sur les berges de la raison. *Tout ça pour atteindre mon But Suprême…*

Il jeta un œil à la mortelle installée sur le sofa. Depuis combien de temps faisait-il les cent pas, perdu dans ses pensées ? Sur le visage d'Ellie, la défaite avait cédé le pas à la fourberie, et elle fixait le tisonnier sur son support, près de la cheminée.

En d'autres circonstances, il aurait admiré son obstination. Mais là, il lâcha d'un ton sec :

— Tu veux que ta famille meure, on dirait.

Elle releva la tête, regarda droit devant elle.

Il se remit à aller et venir, mécontent, repensant à la réaction qu'il avait eue contre elle un peu plus tôt. Il n'avait pas souvenir que son corps ait réagi aussi sauvagement pendant la nuit qu'il avait partagée avec Saroya.

Durant les années qui avaient suivi cette première fois avec elle dans les bois, il avait supporté facilement leur séparation.

Mais là, il sentait le désir frémir en lui. *Ignore-le. Saroya reviendra bientôt.* Et quand elle serait là, il la toucherait, la goûterait. Explorerait ses courbes nouvelles.

— Hou là ! Tes yeux deviennent encore plus... bizarres.

Fais attention à la folie du vampire. Tout le monde dans le Mythos savait que Lothaire approchait du gouffre. Personne ne savait qu'il se trouvait au bord.

La plupart du temps, il avait du mal à faire la différence entre ses propres souvenirs et ceux de ses victimes. Quand il dormait, il se téléportait sans s'en rendre compte dans des endroits inconnus, comme un somnambule. De plus en plus souvent, il était pris de fureurs incontrôlables.

D'ailleurs, il se sentait sur le point d'exploser.

— Je veux que Saroya te possède, dit-il à l'humaine.

— Tu ne pourrais pas plutôt la sortir de moi et la mettre dans le corps d'une femme démon aux yeux rouges ?

— Elle n'est pas plus démon que moi ! Saroya la Faucheuse d'Âmes est la déesse de la mort et du sang, l'antique divinité de la Horde vampire.

— Des v... vampires ? murmura Ellie en se levant, hésitante. Tu es... Non, tu n'es pas un vampire ?

Il lui montra ses canines.

— Tu bois le sang des gens ? Tu les mords ?

— Avec délices, articula Lothaire.

Mais dans un but particulier, désormais. Sa dernière proie, il ne l'avait pas choisie au hasard. Declan Chase, son geôlier. Celui-ci savait forcément où se trouvait l'Anneau des Sommes. Lothaire n'avait plus qu'à attendre que les souvenirs de Chase viennent peupler ses rêves…

Elizabeth se pencha en avant, posa les mains sur ses genoux. Elle haletait.

— Pas de soleil… C'est pour ça que les rideaux sont si bien tirés. Un vampire. Doux Jésus, protégez-moi.

Le sang perla à l'intérieur de son bras, à l'endroit où l'intraveineuse avait percé sa peau.

Le regard de Lothaire se posa dessus et n'en bougea plus. La faim l'assaillit. Il avait été blessé à plusieurs reprises. Sans doute était-ce pour cela qu'il avait tant envie de la goûter. Pas parce que l'odeur de son sang était absolument exquise… et faisait se dresser son membre et s'allonger ses canines. Il passa la langue sur l'une d'elles, savoura le goût de son propre sang.

— Mais regarde-toi ! s'écria Elizabeth.

Il ne s'était pas autorisé à la goûter jusqu'à présent. Son sang ne lui aurait rien apporté et aurait risqué de le rapprocher de la folie. Mais dieux que cet appel était puissant…

— Tu ne vas quand même pas me mordre ? Je te préviens, si tu t'approches, je te mets un coup dans les dents.

En un éclair, il fut derrière elle, un bras autour de sa taille. De sa main libre, il empoigna son épaisse chevelure et tira violemment sa tête sur le côté. Sous ses yeux, une veine palpitait.

Combien de fois avait-il eu envie de mordre dans un cou et s'était-il retenu de le faire ?

Pourtant, jamais ses crocs n'avaient frémi de la sorte, salivant à l'idée d'entrer en elle…

— Ne me touche pas !

Elle se débattit, planta ses ongles dans les avant-bras de Lothaire. Mais il aimait que ses victimes réagissent ainsi. Il avait toujours aimé ça.

Il fit glisser un croc sur la peau dorée de son cou, pratiquant une petite coupure, dont le sang s'échappa doucement.

— Si tu te débats, ça me plaira encore plus, souffla-t-il d'une voix rauque. Et tu aimeras ça si tu ne te débats pas.

Des dizaines de femmes – et d'hommes – avaient pris du plaisir quand il avait bu à leur cou. Cela les excitait, leur donnait faim, d'une certaine manière, et ils s'accrochaient à lui comme s'ils voulaient se sacrifier, se planter sur ses crocs.

Les mortels y étaient particulièrement sensibles. Beaucoup avaient joui dans ses bras.

Serait-ce le cas d'Elizabeth ? Cette idée le fit durcir un peu plus. Il plongea la tête en avant, referma la bouche sur la petite coupure. Quand sa langue toucha une goutte de sang, son corps tout entier tressauta, comme touché par la foudre.

Ce fut comme si un courant électrique brûlant se répandait dans chacune de ses veines, partout dans son corps…

Délicieux.

— M… mais qu'est-ce que tu fais ?

Il lécha la coupure, encore et encore, et réprima un rugissement lorsqu'elle se mit à trembler, sa résistance ébranlée.

Elle se laissa tomber contre lui, le dos collé contre son membre douloureux. Quand il la serra plus fort encore et se frotta contre elle, elle émit un gémissement.

Les mortels aimaient qu'il boive leur sang, mais elle… elle *tremblait* de désir.

— Oh ! Ooooh, non… Oh, je t'en prie !

Sa voix était rauque, son souffle court.

Pourtant, au moment où il ouvrait la bouche pour planter ses crocs en elle et boire plus encore, elle recommença à se débattre.

— Non ! Pas maintenant !

Lothaire s'écarta, la vit pâlir.

Elle vacilla.

— Pas *maintenant*…

Saroya s'éveillait !

— Ne lutte pas contre elle, ma fille ! ordonna-t-il en retenant Elizabeth.

— Non, non, non…

Elle ferma les yeux. Il la prit contre lui, la fit pivoter vers lui.

— Saroya, *reviens à moi*.

Un long moment s'écoula, puis elle rouvrit les yeux, fronça les sourcils, et sa paume jaillit pour s'abattre sur la joue de Lothaire dans une formidable claque.

— Comment as-tu pu me laisser croupir en prison ? Salaud ! Je jonglerai avec ta rate avant la fin de la nuit !

— Saroya, souffla Lothaire, peinant à contrôler sa fureur. Ah, ma fleur… Toi aussi, tu m'as manqué.

6

Quand Saroya leva une nouvelle fois la main pour gifler Lothaire, l'expression du vampire devint menaçante.

— Une, j'ai pardonné, ma déesse. Mais deux, franchement, je ne te le conseille pas.

La main hésita. Lothaire était un tueur, et tant qu'elle était prisonnière de cette enveloppe humaine, Saroya était vulnérable.

Son esprit continuerait d'exister même si l'humaine mourait – il en était ainsi depuis toujours –, mais ce corps était celui que Saroya voulait. Elle était déterminée à le maintenir en vie et à préserver son intégrité. Et pour cela, elle avait besoin de l'aide du vampire.

Ça craignait vraiment.

— Lâche-moi, Lothaire.

Il obtempéra sans un mot. Elle recula d'un pas, le fixant d'un regard scrutateur, pour la première fois depuis des années.

Il n'avait pas beaucoup changé, bien sûr, figé pour l'éternité dans sa forme d'immortel. Il mesurait au moins un mètre quatre-vingt-dix, était mince mais musclé. Ses traits étaient la perfection même. L'ombre dorée de sa barbe naissante couvrait sa mâchoire large et virile et son menton volontaire, creusé d'une fossette. Ses cheveux blonds, raides et épais, tombaient jusqu'à ses épaules. Ils étaient tachés de sang.

— Tu as tué ? Sans m'attendre ?

— Pour parvenir à te sortir de prison, oui.

Enfin, elle avait quitté ce trou à rat !

Elle regarda autour d'elle et trouva l'endroit à peine plus supportable. La décoration alliait goût et sobriété ; les couleurs étaient intenses et les étoffes de prix, visiblement, mais tout était trop propre, trop bien rangé – en dehors d'un tas d'éclats de marbre et de plusieurs vases en morceaux ici et là.

Saroya préférait les choses plus flashy, la soie noire et fluide contre le granit éclaboussé de sang, l'élégance d'une tombe garnie de sacrifices faits en son nom, de trophées de chair et d'os.

— Où m'as-tu amenée ? demanda-t-elle d'un ton affligé.

— À New York. Dans l'une de nos résidences.

— Je suppose que nous en avons un certain nombre.

— Nous possédons des manoirs, des villas, des châteaux. Il suffit de demander.

Comme si elle avait besoin qu'on le lui dise ! Elle baissa les yeux sur son bras, s'arrêta sur une petite entaille rouge presque sèche.

— Tu m'as *mordue* ? Ne mens pas !

Lothaire serra les dents.

— Tu sais bien que je ne peux pas mentir, Saroya.

Les vampires-nés en étaient physiquement incapables. Quand un mensonge franchissait leurs lèvres, ils ressentaient le *rána*, la brûlure, une sensation terrible dans la gorge.

— As-tu osé percer ma peau ?

— « Percer » est un bien grand mot. Mais, en l'occurrence, je n'ai fait que goûter à ta nuque.

Elle porta une main à son cou, le parcourut du bout des doigts. Sans qu'elle sache pourquoi, son corps la gênait, ses seins étaient lourds.

— Tu as bu à mon cou, *cossash* ? Vingt mille ans de souvenirs te feront assurément plonger dans la folie. Tu devais avoir très envie de sang, pour lui voler le sien.

Avait-il légèrement rougi ?

— Je suis prêt à parier que je ne peux pas te voler tes souvenirs quand tu ne contrôles pas le corps d'Elizabeth. Quant aux siens… je pense être capable de gérer vingt-quatre années humaines.

— Combien de temps m'as-tu laissée croupir dans cette prison, Lothaire ?

— À peine cinq ans.

— Qu'avais-tu donc de si important à faire ?

Il haussa les épaules.

— Je devais trouver un moyen de contourner la malédiction qu'on t'a jetée.

— Je suppose que c'est fait. Sinon, je serais encore derrière les barreaux.

— Je t'ai libérée parce que le corps allait être exécuté. Par des mortels.

La honte totale !

— Je percevais une menace, mais une exécution ? Pour un nombre aussi insignifiant de victimes ?

Lothaire se détendit un peu.

— C'est exactement ce que je me suis dit.

— Donc, on n'est pas plus avancés ?

Au moins, maintenant qu'elle était libre, elle allait pouvoir se remettre à tuer. Autrefois, elle s'emparait de l'âme de ses victimes, dont elle tirait sa force, en vrai vampire. Aujourd'hui, elle ne prenait des vies que pour le plaisir.

— Après des années de recherches, j'ai déterré l'Anneau des Sommes.

Elle ouvrit de grands yeux.

— L'Anneau des Sommes ? C'est futé, ça, Lothaire.

C'était génial qu'il ait pensé à cette possibilité ! Ce talisman était bardé de pouvoirs.

— Il me permettra d'éliminer l'âme d'Elizabeth et de faire de son corps un corps immortel. Tu dois redevenir un vampire comme moi.

Les vampires femelles ne pouvaient l'être que par naissance, jamais par transformation. Le sang d'un vampire pouvait transformer un mâle humain en vampire, mais une femelle mortelle comme Elizabeth n'aurait pas survécu à la métamorphose.

Et même une divinité aussi ancienne que Saroya ignorait pourquoi.

L'anneau, lui, permettrait de surmonter ce problème. *Et que pourra-t-il faire d'autre ?*

Elle avait presque envie de sourire – ce qu'elle ne faisait jamais. Puis une pensée vint assombrir sa satisfaction.

— Je croyais que cet anneau avait été perdu il y a des siècles de ça, avec sa propriétaire.

Une sorcière nommée la Dorada, virulente adversaire de Saroya, avait gardé l'anneau. Saroya avait cherché à supprimer la Dorada par tous les moyens, mais jamais ses tueurs n'étaient parvenus à l'éliminer.

— Tu l'as volé à la Dorée ?

Il répondit d'un hochement de tête royal.

— Alors là... Je te savais ambitieux, mais ça, c'est quasiment incroyable ! Même les dieux prennent des pincettes pour traiter avec la Dorada. Surtout les plus mauvais.

Je n'ai jamais été aussi vulnérable que face à elle...

— J'ai affronté la sorcière et ses laquais il y a sept jours, et je suis toujours là.

Il avait survécu à une confrontation avec la Dorée ?

— Elle va s'en prendre à moi pour te punir ! À moins que tu ne l'aies tuée ?

Suis-je enfin libérée de la prophétie ?

— Pas encore.

— Si tu l'as laissée en vie, elle viendra nous chercher.

— Effectivement, répondit Lothaire d'un ton détendu.

— Nous devons utiliser cet anneau pour refaire de moi une déesse, Lothaire. Et vite !

— Même l'Anneau des Sommes a ses limites. S'il pouvait transformer n'importe qui en divinité, la Dorada lui aurait ordonné de le faire pour elle. Je pense que nous devrons nous contenter de rester de simples immortels.

— Quoi qu'il en soit, donne-moi l'anneau !

— Il y a trois semaines, j'ai été piégé par certains de mes ennemis, une organisation baptisée l'Ordre. Ils m'ont emprisonné et me l'ont confisqué.

Saroya avait du mal à le croire – dans le Mythos, peu d'êtres étaient aussi puissants que Lothaire. Mais il ne pouvait pas mentir.

— Pourquoi s'en sont-ils pris à toi ?

— Ils voulaient m'examiner, déterminer quelles étaient mes faiblesses, puis m'exécuter. De nombreux guerriers du Mythos ont également été capturés.

— Ces ennemis doivent être d'une grande intelligence, pour avoir réussi à te piéger.

— Ils ont des armes d'une efficacité redcutable. Mais je récupérerai l'anneau. Je partirai demain soir, une fois que tu seras installée. Et que nous aurons... rattrapé le temps perdu.

— Tu dois détruire la Dorada, Lothaire. Tu le *dois*.

— Je m'en chargerai dès que j'aurai remis la main sur l'anneau. C'est comme si c'était fait.

Quelque peu rassurée, Saroya demanda :

— Combien de temps te faudra-t-il pour récupérer l'anneau ?

— Une nuit ? Un mois ? Je n'en sais rien. J'ai bu le sang de mon geôlier. Lui sait comment trouver l'anneau, et je peux puiser dans ses souvenirs pendant mes rêves. J'en ai déjà vu quelques-uns.

Saroya n'était pas une déesse patiente.

— Ce corps vieillit un peu plus chaque jour.

Lothaire tourna autour d'elle, parcourut ses courbes sans chercher à s'en cacher.

— Il a *beaucoup* changé.

— Miroir ! ordonna-t-elle impérieusement.

Avec un haussement de sourcils un peu las, il tendit un doigt derrière elle, vers un miroir accroché au mur lambrissé.

Saroya s'en approcha et observa son reflet, grimaçant devant son uniforme de détenue.

L'égratignure, dans son cou, attira son attention. Laisserait-elle une cicatrice ? Se refermerait-elle avant qu'elle ne soit transformée en vampire ? Une fois devenu immortel, ce corps serait figé à jamais, son apparence ne changerait plus.

Lothaire se téléporta pour venir se placer derrière elle.

— Tu n'as pas souffert de ton séjour en prison. Ces années ne t'ont rendue que plus belle.

Elle examina sa silhouette. Elizabeth avait-elle perdu du poids ? Saroya s'était résignée à sa nouvelle stature, assez petite – à peine plus d'un mètre cinquante –, mais cette minceur, elle ne parvenait pas à l'accepter.

— Le corps est trop maigre.

Elle se souvint d'une des fois où elle s'était réveillée dans cette cellule infecte. Elle avait lu le journal intime d'Elizabeth et noté que la mortelle faisait de l'exercice chaque jour. Malheureusement, cela se voyait.

Saroya regrettait tant ses propres traits ! Autrefois, elle avait des yeux immenses, avec un iris d'un jaune félin fendu en son centre d'une mince pupille noire. Ses lèvres étaient rouge sang, sa peau pâle comme la lune. Elle mesurait presque un mètre quatre-vingts, et ses rondeurs dégageaient une volupté quasi obscène.

Chaque fois qu'elle descendait de sa dimension divine sur terre, les hommes réagissaient avec un mélange d'admiration et de terreur en la voyant. Une fois qu'elle les avait séduits, ils s'offraient à elle, et elle les marquait du sceau de la mort...

Elle passa les mains sur sa nouvelle silhouette amincie, y chercha de la douceur, du moelleux. *Quelles rondeurs ce corps pourrait-il accueillir avant que Lothaire ne trouve l'anneau ?*

Au moins la poitrine d'Elizabeth avait-elle atteint une taille respectable. Quand Saroya posa les mains sur ses seins, soulagée, les yeux de Lothaire se voilèrent.

Elle retira brusquement ses mains.

— Ce visage est le plus charmant de mes temples, déclara-t-elle abruptement.

Son incarnation actuelle n'était pas comparable à celle qui avait fait d'elle une ensorceleuse aux yeux de chat, mais Saroya avait tout de même réussi à attirer quelques victimes sous cette apparence, des hommes désireux de protéger la jeune fille à l'air vulnérable et de lui arracher son innocence. Moyennant quoi Saroya leur avait arraché le cœur, les yeux et les testicules.

Contrairement à Lamia, sa sœur jumelle, déesse de la vie et de la fertilité, Saroya était une divinité vierge, et elle entendait le rester. Elle défendrait sa chasteté jusqu'à la mort.

La mort des autres.

Pourtant, Lothaire voyait en elle une créature sexuelle et pensait que si elle n'avait jamais pris d'amant dans le corps d'Elizabeth, c'était par fidélité envers lui...

— Charmant, en effet, souffla-t-il d'une voix rauque. Qui as-tu possédé, avant cette humaine ?

— Un professeur de civilisation américaine d'une quarantaine d'années. J'avais beaucoup à apprendre de lui, et je l'ai laissé en vie pendant presque toutes les années quatre-vingt-dix. Ensuite, il y a eu une bossue aux dents de lapin. J'ai sauté d'un immeuble pour m'en débarrasser – un transfert qui n'a pas été aussi instantané que je l'avais espéré.

— Comment ces temples sont-ils choisis ?

— Il est possible que ce soit basé sur une lignée quelconque. Seule celle qui a lancé la malédiction sur moi le sait.

Lamia, puisses-tu aller mourir en Éther !

— Ce que je sais, c'est que je ferai tout ce qui est en mon pouvoir pour rester en Elizabeth – et que tu ferais bien de m'y aider. Je peux t'assurer que je ne trouverai pas meilleure enveloppe, en admettant déjà que tu me retrouves. Il est possible que je possède un homme, ou un bébé, ou un octogénaire. Mais une jeunesse fraîche et innocente, ça m'étonnerait.

Autre raison pour laquelle ce corps était parfait : Elizabeth était vierge, et cela fascinait Lothaire.

Il la prit par la taille, la fit pivoter face à lui. Elle se raidit mais le laissa faire.

— Je suis assez satisfait de ton incarnation, moi aussi. Combien de temps peux-tu la retenir ?

— Elle reviendra ce soir. Elle est d'une force incroyable, Lothaire. Je veux que tu m'en débarrasses.

Il écarta une mèche de cheveux du front de Saroya, ses yeux rouges suivant le mouvement de ses mains.

— Et tu auras tout ce que tu veux dès que j'aurai récupéré l'anneau. En attendant, je vais la dissuader de revenir.

— Tu penses que tu vas réussir à mettre quelqu'un comme elle en sommeil ? Comment comptes-tu faire, alors que tu ne peux pas la torturer pour la soumettre, sous peine d'abîmer son corps ?

Il retroussa les lèvres, montrant ses crocs. Mais il ne souriait pas.

— Laisse-moi m'occuper de notre pitoyable petite mortelle.

Saroya savait une chose sur Lothaire : il méprisait les humains encore plus qu'elle.

— Elizabeth vient d'essayer de se détruire en pensant que cela tuerait mon âme sœur, et je ne peux pas la punir pour ce geste. Alors, sois sûre que la prochaine fois qu'elle s'éveillera sera aussi la dernière.

Saroya n'avait jamais rencontré d'homme aussi sûr de lui. Mais, après tout, il était puissant, intelligent, calculateur et, surtout, très, très beau mec.

Un vrai dieu de la virilité.

La nuit de leur première rencontre, elle l'avait laissé lécher le sang de sa proie sur sa peau, ce qu'il avait fait en se caressant jusqu'à se répandre. Son côté animal l'avait dégoûtée, mais ce spectacle l'avait fascinée, et elle était pourtant bien au-dessus de telles pulsions.

Saroya méprisait tout ce qui touchait au sexe. Le sang et la mort étaient tout ce qu'elle vénérait, alors un acte conçu pour *créer la vie*…

À dire vrai, elle détestait les hommes, ces porteurs de semence qui se croyaient invulnérables. Elle les détestait en bloc.

Et voilà que celui-ci lui caressait la nuque, les yeux fixés sur ses lèvres, avec l'intention très claire de la posséder charnellement. Comment le repousser encore une fois ?

— Comme je te l'ai dit il y a plusieurs années, Lothaire, je ne te céderai pas ce corps tant qu'il ne m'appartiendra pas pleinement.

Il redressa la tête et plongea son regard dans le sien.

— Et comme je te l'ai dit, Saroya, je ne peux pas te prendre tant que tu n'es pas immortelle, car ma force risquerait de te tuer. Mais il existe d'autres moyens de se donner du plaisir l'un à l'autre.

Sale primate libidineux.

— Malgré de très nombreuses occasions, je n'ai connu aucune autre femme depuis que j'ai été animé.

Ça, des occasions, il avait dû en avoir.

— Je suppose que les femmes se jettent à ton cou partout où tu vas.

— À un point que cela en devient agaçant.

Il se tut, l'observa, puis demanda :

— Serais-tu jalouse de me savoir avec une autre ?

— Pas du tout.

Elle se fichait de savoir avec qui il couchait autant que d'une misérable fourmi sur le trottoir.

Elle sentit la main de Lothaire serrer sa nuque. La menace était claire.

— Je ne suis pas un mâle désintéressé. Quand je donne, j'entends recevoir. Aujourd'hui, je t'ai donné la liberté.

Même si cette idée lui répugnait, Saroya savait qu'il lui faudrait le caresser.

— Vampire, je pue la prison, la pauvreté et la peur. Regarde de quoi j'ai l'air, dans ces vêtements atroces. Je veux me sentir belle, désirable. J'ai besoin de vêtements, de bijoux, de cosmétiques. Mes cheveux doivent être coiffés, ma peau lavée.

Elle crut qu'il allait insister, mais il la lâcha et lui tendit la main.

— Alors, bienvenue à New York.

Il tira un rideau, révélant un balcon donnant sur un parc verdoyant et une ville immense. Tout en restant dans l'ombre, il la poussa vers le soleil.

— Tout ce qu'il te faut, nous le trouverons ici.

S'attendait-il que la vue l'impressionne ? Elle se le demandait. Ce qui l'aurait impressionnée, ç'aurait été que cette immense ville soit soumise à sa seule volonté.

7

Son appartement avec terrasse, au dernier étage, avait été transformé en coulisses de la *fashion week*.

Du velours bleu recouvrait la table de la salle à manger, parsemé de pierres précieuses de la taille du poing de sa femme. Des portants de vêtements de luxe avaient été installés le long de tous les murs du séjour. Des chaussures de stylistes réputés étaient éparpillées un peu partout. Quant aux cosmétiques, ils avaient été disposés dans le boudoir.

Et, dans la cuisine, un chef préparait un menu digne d'une reine.

Après avoir pris une douche, Lothaire avait passé quelques coups de fil. Dans l'heure qui avait suivi, son appartement avait été envahi par les stylistes, esthéticiennes et commerçants les plus renommés de la ville, tous venus proposer leurs produits et leurs services.

Tous des mortels.

En temps normal, il aurait préféré avoir affaire à des gens du Mythos, mais il n'aurait pu étouffer les ragots concernant la nouvelle conquête de l'Ennemi de Toujours sans tuer tous les témoins. Cette perspective l'avait fait hésiter. Il appréciait lui-même beaucoup leurs objets luxueux, et bien qu'il ne fût pas encore roi, il s'habillait comme tel…

Il avait donc opté pour les humains – ce qui l'obligeait à porter des lunettes noires.

Depuis déjà plusieurs heures, Saroya était retranchée dans sa suite en compagnie d'esthéticiennes et d'une spécialiste de la cire – allez savoir ce que cela signifiait, il n'en avait aucune idée –, consacrant l'après-midi à faire les dieux savaient quoi dans la salle de bains.

Pour passer le temps, il essaya de s'atteler au nouveau casse-tête mécanique qu'il avait acheté, un polyèdre réalisable en soixante-cinq étapes, mais, comme souvent ces derniers temps, il fut incapable de se concentrer.

En plus, la voix de sa femme parvenait jusqu'à lui et le titillait. Son odeur le maintenait dans un perpétuel état de tension. Comme toujours, la folie rôdait.

Une seule chose pourrait le détendre. Il se téléporta jusqu'au placard de sa suite et ouvrit le coffre-fort qui s'y trouvait. À l'intérieur était caché son bien le plus précieux : un lourd livre de comptes.

Il ne s'en servait pas pour noter ses dépenses et ses revenus, mais ses dettes de sang. Là étaient répertoriés les immortels ayant juré de faire ce qu'il leur demanderait.

Comme un avare comptant son or, Lothaire se mit à lire la liste de ses obligés, tournant chaque page du registre avec révérence…

Il se figea soudain, sentant quelque chose d'étrange. Une présence venue du passé. Un passé très lointain. Il remit le livre dans le coffre-fort, qu'il referma avec un claquement, puis se téléporta jusqu'à la partie ombragée de la terrasse. Dans le ciel, le soleil couchant était voilé par une brume nuageuse.

Était-il suivi, observé ?

Comment anticiper une menace quand il pouvait à peine distinguer la réalité du rêve ?

La nuit tomba, et la présence s'évanouit. Son imagination lui avait-elle joué un tour ?

Déstabilisé, il regagna le salon. Saroya apparut peu après. En la voyant, son inquiétude le quitta.

Il ne regrettait pas d'avoir attendu.

Une longue robe de soirée en soie noire moulait chacune de ses courbes. Un V profond, plongeant jusqu'à sa taille, faisait office de décolleté. De fines lanières de cuir se croisaient sur son torse, maintenant la soie en place sur sa généreuse poitrine.

J'ai envie de voir ses seins. Ce serait la première fois. Lothaire n'avait jamais promené le regard sur son corps nu.

Ses yeux suivaient chacun de ses mouvements dans ce vêtement ingénieux, créé pour faire fantasmer les hommes, qui s'imaginaient dénouant lentement les liens afin de libérer ces formes rebondies.

Saroya traversa la pièce d'un pas nonchalant, juchée sur des talons aiguilles qui lui donnaient l'illusion d'être grande. Ses cheveux humides sentaient le shampooing et dégringolaient dans son dos.

Elle avait été généreusement maquillée. De larges traits de blush sur ses pommettes et une épaisse couche de fond de teint masquaient presque ses traits si fins. Ses paupières affichaient différentes nuances de brun, de noir et d'argent. Ses lèvres étaient rouge vif, sa moue boudeuse d'une sensualité torride.

Et on aurait dit que du sang coulait de chacun de ses ongles vernis. *Très attentionné, le détail, Saroya.*

Dans l'ensemble, elle faisait l'effet d'une bombe sexuelle.

Par tous les dieux, c'était vraiment une belle femme ! Et, bientôt, il la posséderait. À cette pensée, le sexe de Lothaire durcit. Il changea de position, mal à l'aise, ajustant sa longue veste pour cacher son bas-ventre. La pression montait…

La dernière fois que Lothaire avait eu une femme sous lui, il avait trente-trois ans. C'était juste avant que son cœur ne cesse de battre, juste avant qu'il ne devienne immortel. Jusque-là, il avait connu des femmes de toutes les factions du Mythos, au rythme d'une nouvelle chaque soir.

Et voilà qu'il allait de nouveau devoir endurer les désirs insatiables et les pulsions de la jeunesse ?

Entre sa santé mentale précaire et cette érection pour le moins gênante, il n'arrivait plus du tout à se concentrer sur son But Suprême.

Il se mit à aller et venir, en se forçant à se rappeler qu'il ne fallait pas se téléporter devant les mortels.

Je ne peux pas me permettre de me disperser. Il était enfin sur le point de s'emparer du trône de la Horde. Il avait accompli la tâche la plus difficile – éliminer Stefanovich – il y avait déjà bien longtemps.

Même s'il n'avait pu empêcher le vieux roi de se déchaîner contre lui avec une cruauté inconcevable. *La terre qui me recouvre…*

Non ! Concentre-toi sur le But Suprême ! Sur l'anneau. Celui-ci permettrait à Lothaire de détruire Elizabeth et de transformer Saroya en vampire – mesure absolument vitale pour sa femme, et clé du trône de la Horde pour lui.

L'anneau lui donnerait aussi le pouvoir de retrouver et d'éliminer les Daces. De localiser Serghei, enfin.

Un anneau, un seul, lui apporterait une épouse pour l'éternité, deux royaumes et la vengeance qu'il recherchait depuis que sa mère avait été assassinée.

Saroya terminait ses achats d'un air las. D'un doigt, elle indiqua tous les portants et ordonna :

— Mettez ça dans mon placard.

Sa chambre, qui jouxtait celle de Lothaire, possédait un immense dressing, mais Lothaire doutait qu'il puisse tout accueillir.

L'air de plus en plus accablé, Saroya passa ensuite aux bijoux.

— Je prends toutes les babioles.

Huit chiffres de « babioles ». Lothaire soupira. *Les joies du mariage…*

Tous les regards se tournèrent vers lui. D'un geste négligent, il approuva toutes les dépenses. Les humains se firent encore plus obséquieux, si c'était possible, ce qui l'irrita profondément.

Quand Saroya retourna dans sa suite et s'installa dans un fauteuil pour se faire égaliser les cheveux, il la suivit.

— Je n'ai pas droit à un peu d'intimité ? demanda-t-elle.

— Non, répondit-il simplement. Plus maintenant.

Il possédait ce corps autant qu'elle et entendait assister à tout changement qui serait pratiqué sur lui.

— Et ensuite, je veux te voir dans la lingerie que j'ai choisie pour toi, souffla-t-il à son oreille, son regard plongeant sur la courbe de ses seins.

Il lui aurait suffi de tirer sur un des liens pour libérer enfin ces rondeurs dorées.

— Bien sûr, amour, dit-elle d'une manière un peu trop détachée.

Il lui prit le menton, la força à le regarder.

— Saroya, je n'achète pas tout cela pour ton seul plaisir. Ne fais jamais un cadeau sans imaginer ce qu'il va te rapporter par la suite. Le retour sur investissement, c'est très important. Toutes ces choses, je les achète pour que nous en profitions *tous les deux*. De la même façon que nous tirerons grand plaisir de ce nouveau corps ensemble.

Elle se cambra légèrement.

— Un corps pareil est fait pour le sexe, tu ne trouves pas ?

Il serra les dents avant de répondre.

— Je ne peux qu'imaginer, dans la mesure où je ne l'ai jamais *vu*.

— Bientôt, Ennemi de Toujours. Je te le promets.

Lothaire se demanda s'il devait la croire. On savait peu de choses sur Saroya, et les informations étaient souvent contradictoires. D'aucuns disaient qu'elle était aussi frigide – et mortelle pour les hommes – que sa sœur jumelle, Lamia, aimait le sexe, tandis que d'autres prétendaient que Saroya avait participé à des orgies effrénées dans ses temples.

La voir ainsi, maquillée et habillée comme une fille de joie, aurait eu tendance à le faire pencher pour cette dernière option.

Mais, quelle que soit la vérité, Lothaire savait qu'elle ne coucherait pas facilement avec lui, un mâle qui exigeait d'être obéi dans tous les domaines.

Et jamais il ne violerait une femme. Il allait devoir faire appel à toute son expérience pour parvenir à la soumettre...

— Coupez tout, je veux un carré au menton, ordonna Saroya à la coiffeuse.

— Non, non, je ne crois pas, intervint Lothaire de sa voix grave. On les garde longs.

Il n'avait jamais vu de si beaux cheveux, aussi brillants que du vison, dont ils avaient aussi la couleur. Et elle voulait les couper ? Alors qu'il s'imaginait sans cesse y faire glisser ses doigts pendant des heures entières ? Alors que son fantasme était de les serrer dans ses poings tout en faisant aller et venir son sexe dans la bouche de Saroya ?

Celle-ci se raidit.

— Je les veux courts.

Il claqua des doigts, et la coiffeuse s'éclipsa prestement, refermant la porte derrière elle.

— Je les préfère longs.

— Ce sont mes cheveux.

Il eut un regard amusé.

— Ce corps m'appartient autant qu'à toi.

Les yeux de Saroya lancèrent des éclairs.

— C'est moi qui l'habite.

— Et c'est moi qui l'ai fait sortir de prison. C'est moi qui vais le nourrir, le protéger. Sans moi, ce corps serait mort. Par conséquent, il m'*appartient*.

— Tu oublies que je suis une déesse. Ta déesse.

Et une vraie chienne, aussi. Mais, après tout, n'était-ce pas là un point commun à toutes les déesses ?

Il savait qu'il ne devait pas s'attendre à autre chose de la part de Saroya, mais il pouvait la remettre à sa place. Doucement, pour commencer.

— Tu oublies que tu n'as aucun pouvoir. Donc, pour l'instant, c'est *moi* qui suis ton dieu. Arrête de me pousser à bout, Saroya, poursuivit-il en soutenant son regard. Parce que si je me mets à pousser dans l'autre sens, cela risque de ne pas te plaire.

8

Saroya ouvrit la bouche, sur le point d'envoyer Lothaire se faire voir de l'autre côté du soleil, mais sa vision se troubla soudain. Elle porta une main fraîchement manucurée à son front.

Elizabeth essayait déjà de reprendre possession de son corps. C'était comme si la jeune femme se jetait de toutes ses forces contre le mur interne qui les séparait.

Cela rappela à Saroya combien elle avait besoin de cette ennemie. Pour l'instant.

Contrôle ta colère, qui est légitime. Dis-lui ce qu'il veut entendre.

— Lothaire, j'étais une divinité du premier Éther. Je n'ai pas l'habitude de céder le pouvoir. Et aujourd'hui, cela fait trop longtemps que je suis opprimée et entravée. Je comprends que quelqu'un d'aussi puissant que toi ne puisse se représenter combien j'ai dû ramper, à quel point j'ai dû m'abaisser, mais *essaie*, au moins.

Elle perçut aussitôt un changement chez lui. Ses paroles l'avaient touché.

— Je comprends, déesse, dit-il en caressant tendrement son menton. Mais pour ce qui est des cheveux, je ne céderai pas.

Il ne peut pas mentir. Donc, il ne changerait effectivement pas d'avis.

— Alors, je garderai tout ça, dit-elle en soulevant la masse de ses cheveux. Pour ton plaisir.

Le regard de Lothaire s'assombrit sous l'effet du désir.

— Et que feras-tu d'autre, pour mon plaisir ?

Rien. Plus jamais. Cette nuit-là, elle l'avait laissé l'embrasser, mais elle avait eu le plus grand mal à dissimuler le dégoût que cette facette du vampire éveillait en elle.

Si son animation toute récente ne l'avait pas rendu aussi ardent, aurait-il remarqué sa réaction ?

Elle savait qu'il ne serait plus aussi déterminé à retrouver l'Anneau des Sommes pour elle s'il découvrait à quel point sa promise le trouvait repoussant sexuellement. Comment parviendrait-elle à dissimuler cette répugnance s'il se soulageait sur elle maintenant ?

Réprimant un frisson, elle s'obligea à susurrer :

— Tu verras. Pour le moment, laisse-moi accéder à ton désir concernant mes cheveux.

Avant qu'elle ne se lève pour rappeler la coiffeuse, elle lut la méfiance dans le regard du vampire. Et quand les ciseaux se mirent à couper quelques misérables centimètres de sa crinière, il s'installa dans un fauteuil près d'elle, comme s'il entendait protéger chaque mèche de sa chevelure.

Regarder officier la coiffeuse sembla le détendre et l'exciter à la fois. Tandis que la brosse lissait la soie brune de ses cheveux, ses paupières se firent lourdes, et il se pencha en avant, glissant sur le bord de son fauteuil.

De toute évidence, il avait besoin d'elle, et pas seulement pour son trône.

Comment allait-elle pouvoir continuer à le repousser, pendant un mois peut-être ? En lui offrant une autre femme pour détourner son attention d'elle ?

Trouver une fille à mettre dans son lit ne serait pas difficile. Même Saroya reconnaissait qu'il était séduisant, dans ses vêtements sur mesure.

Ses cheveux blonds mi-longs n'étaient plus tachés de sang, et il les avait coiffés de manière un peu désinvolte, obtenant un look parfaitement décadent. Il portait des lunettes noires pour cacher ses yeux et une longue veste pour dissimuler sa réaction physique devant les rondeurs de Saroya. L'ensemble lui donnait un air rebelle, surtout avec cette barbe naissante, à jamais figée ainsi – il pouvait se raser, elle repoussait rapidement à la même longueur.

Les femmes et les hommes le fixaient avec une telle intensité qu'elle *sentait* leur désir.

Il fallait qu'il couche avec quelqu'un. Avec tout ce qui passait, si c'était nécessaire. *Je vais m'en occuper*.

Quand la coiffeuse eut terminé, Saroya se regarda dans le miroir, déçue par le résultat. Mais à quoi aurait-elle pu s'attendre, avec les consignes de Lothaire ?

Les boucles souples et fluides de sa chevelure lui donnaient l'air plus jeune, plus innocent. Moins puissant. Bien qu'elle détestât le sexe, elle mettait un point d'honneur à paraître sensuelle, réceptive à tout désir. Elle se faisait désirable, mais c'était une illusion semblable à celle utilisée par la dionée attrape-mouche.

Saroya aimait attirer ses victimes en leur promettant de réaliser leurs rêves les plus fous – pour finalement leur faire vivre leurs pires cauchemars. Elle adorait imaginer leur dernière pensée, pitoyable : *Je croyais qu'elle me désirait*.

— Je suis satisfait, dit Lothaire.

— Alors, la mortelle aura la vie sauve, déclara Saroya.

La coiffeuse crut qu'elle plaisantait et gloussa, mais se tut brusquement devant l'expression impavide de Saroya.

Lothaire entreprit ensuite de renvoyer tous les mortels encore présents dans l'appartement, ne laissant pas à Saroya le temps de choisir une femme à mettre dans son lit. Sans doute pensait-il avoir contourné les objections de sa femme et croyait-il qu'ils allaient pouvoir commencer à « se donner du plaisir l'un à l'autre ».

Une fois seul avec elle, il se téléporta jusqu'à elle et tendit la main.

Comme s'il avait compris ce qu'il lui restait à faire, l'estomac de Saroya gargouilla.

La main de Lothaire retomba.

— Tu n'as rien mangé de la journée ?

Nouveau gargouillis.

Il soupira, apparemment amusé malgré lui par cette réaction bien humaine.

— J'ai fait préparer un repas pour toi.

— Manger de la nourriture de mortels ? Jamais.

Rien que d'y penser, elle se sentait mal.

— Tu ne peux pas refuser.

— Je mangerai si tu manges.

De la même manière qu'un mortel pouvait boire du sang, Lothaire pouvait manger, mais il était probable que cela ne lui dirait rien.

— Tu sais très bien que je ne mangerai pas, Saroya.

— Je me nourrirai dès que je pourrai à nouveau boire du sang. Cela me manque affreusement.

— Tu ne peux pas le digérer, là ?

Elle secoua la tête.

— J'ai essayé. Aux premiers signes de nausée, j'ai laissé Elizabeth reprendre le contrôle. C'était marrant de penser qu'elle allait se réveiller pour vomir des seaux de sang.

Ces petits riens qui font que la vie vaut le coup d'être vécue…

— Et une fois que je l'aurai forcée à te céder la place, il se passera quoi ? Tu vas devoir nourrir ce corps humain jusqu'à ce que j'arrive à te transformer en vampire.

— Pour ce qui est de la nourriture, je ne céderai pas, dit-elle, reprenant les mots de Lothaire. Laisse Elizabeth nourrir son corps.

— Tu *souhaites* qu'elle se réveille de temps en temps ?

Bien sûr – sinon, il attendrait d'elle qu'elle se nourrisse comme une humaine et comble ses désirs.

— Peux-tu la garder enfermée ici quand je lui cède la place ? As-tu un garde qui pourrait protéger ce corps de la Dorada pendant que tu pars à la recherche de l'anneau ?

Lothaire se fit songeur, son esprit déjà à l'œuvre pour tenter de régler tous les détails. Il avait peut-être des pulsions de primate, mais son intelligence impressionnait Saroya.

— Cet appartement est protégé contre toute intrusion, et il est impossible de s'en échapper. Pour toutes les créatures du Mythos, il est invisible.

— Comment as-tu fait ?

— Je connais un peu la magie ancienne. J'ai utilisé un sortilège druidique pour créer une barrière invisible autour de l'appartement.

Même la Dorada ne pourrait franchir une telle barrière.

— Et où est le verrou ?

Quelque part dans cet appartement, il avait inscrit, gravé ou peint des symboles, une sorte de code. Il était peut-être plus prudent qu'elle sache où, et qu'elle connaisse le code inversé capable d'annuler le sortilège.

— Dans mes appartements. La combinaison est changée chaque jour, ajouta-t-il, anticipant sa question. Au cas où une devineresse de talent déciderait de scruter notre existence dans sa boule de cristal.

Saroya décida de ne pas insister pour l'instant.

— C'est parfait, vampire.

Les précautions prises par Lothaire la rassuraient et la confortaient dans sa conviction : il tenait à ce qu'elle soit en sécurité et à ce qu'elle retrouve sa gloire passée.

Après tout, il était lié à elle pour toujours.

Oui, elle avait confiance. Suffisamment pour refuser de supporter cette enveloppe mortelle plus longtemps que nécessaire.

— Alors, tu vas pouvoir t'occuper d'Elizabeth. Et peut-être lui faire prendre un peu de poids ? Lothaire, si je sais que tu t'en charges, je pourrai dormir jusqu'à ma transformation, et ainsi augmenter ma force.

Elle en avait besoin pour vaincre la volonté de fer d'Elizabeth.

— Tu veux dormir pendant tout ce temps ? Mais je t'ai dit que ça pouvait prendre un mois ! Il faudrait que je me passe de ma femme durant toute cette période ?

Quel animal en rut !

— Pour moi, un mois, c'est comme une seconde. À peine le temps de me ressourcer. Et toi, cela fait si longtemps que tu attends… Et puis, tu n'auras pas le temps de t'occuper d'une femme, vu que tu chercheras cet anneau sans relâche !

Lothaire était furieux et luttait visiblement pour maîtriser sa colère.

— Les circonstances ont changé. Mes besoins sont importants et me détournent de mon objectif. Je ne peux pas me permettre d'être déconcentré.

— Très bien. Demain soir, j'essaierai de la posséder, mentit-elle.

Il lui saisit le poignet et la força à poser la main sur son érection.

— Essayer ne sera pas suffisant, déesse. Je suis un mâle animé. J'entends assouvir mon désir au plus vite. Ce sera avec toi ou avec une inconnue. Je t'écoute.

Saroya retira sa main d'un geste brusque et ouvrit la bouche, sur le point de lui dire de faire cela avec une inconnue. Puis elle comprit que trouver une partenaire pourrait le distraire de sa quête et lui prendre trop de temps. De plus, le temps qu'il passerait avec l'inconnue limiterait celui qu'il passerait avec le corps d'Elizabeth.

Et ce n'était pas raisonnable. Pas avec la Dorada dans les parages.

Une idée lui vint alors. Pourquoi ne pas laisser Elizabeth endurer ses désirs de primate ?

— Tu n'as qu'à te soulager avec Elizabeth.

Enfin, jusqu'à un certain point. Saroya ne tenait pas à ce que son temple préféré soit déformé par un rejeton de Lothaire.

— Me satisfaire d'une humaine ? répondit-il d'un air dégoûté. De *cette* humaine ?

— Je t'autorise à user d'elle selon ta volonté. Mais la possession finale, je veux que tu me la réserves. Et n'abîme pas sa peau avec tes morsures !

— Tu me demandes beaucoup, femme.

Le moment était venu de flatter son ego.

— Mais tout cela est temporaire, mon roi. Je ne veux qu'une chose : être à toi de toutes les façons possibles et régner sur la Horde à tes côtés. Tu es un mâle formidable et puissant. Tu mérites une reine à ta hauteur, Lothaire.

Elle se força à poser une main sur son torse.

— Imagine une éternité ensemble, à ne vivre que pour le sang, à chasser ensemble, à conquérir ensemble...

Cela faisait trop longtemps qu'il rêvait de cela pour ne pas être ému par ses paroles, elle le savait.

Le besoin qu'avait Lothaire de régner sur ses frères n'était pas seulement une obsession, c'était devenu pathologique. Et cela convenait tout à fait aux plans de Saroya. Elle ne cesserait jamais de se battre pour redevenir une divinité, mais pour le moment, elle allait accepter de régner sur un royaume de créatures qui vivaient comme elle-même autrefois, en se nourrissant sur d'autres êtres et en faisant de la nuit leur territoire.

Bien sûr, au bout du compte, son intention était de devenir le chef suprême de ces créatures, tandis que Lothaire tiendrait le rôle de prince consort enamouré.

— En tant que reine, je poserai la couronne sur ta tête et me réjouirai de voir toutes les créatures de la nuit trembler devant toi.

Il semblait soucieux, mais son désir que la prophétie de Saroya se réalise était palpable.

— Bientôt, tu seras mon roi, murmura-t-elle, juste avant que la tête ne lui tourne de nouveau.

Elle s'approcha du lit, s'y laissa tomber.

Il secoua la tête.

— Lutte contre elle ! Reste avec moi !

— Elle revient, dit Saroya en ôtant ses talons aiguilles d'un mouvement agacé. Je ne peux rien y faire, Lothaire. Sers-toi d'elle, c'est tout !

— *Blyad'* ! Tu ne sais pas ce que tu dis. Reviens demain soir, déesse, ou ma colère sera terrible !

Elle cligna des yeux un instant, puis les ferma, et les ténèbres l'emportèrent.

9

Ellie s'éveilla en sursaut, le souffle court.

Chaque fois qu'elle reprenait possession de son corps, elle avait le sentiment de lutter pour avancer dans un tunnel sombre, silencieux, qu'elle finissait par quitter d'une brusque secousse, comme on donne un coup de pied au fond de l'eau pour regagner la surface.

Elle regarda autour d'elle. Elle se trouvait dans une pièce sombre, dans des draps d'une indicible douceur.

Pas en prison… Le souvenir des événements de l'après-midi lui revint, puissante vague qui la submergea.

La bouche de Lothaire contre son cou. Ses crocs griffant sa peau, à la recherche de sang. Sa langue serpentant jusqu'aux gouttes…

Elle frissonna. Il avait goûté son sang. *Seigneur… les vampires existent donc…*

Pour une fille des Appalaches, pays des manieurs de serpents parlant et du légendaire homme-phalène, se croire possédée par un démon n'avait pas été un si grand choc.

Mais l'idée qu'un vampire puisse boire son sang ébranlait tout ce sur quoi était basée son existence.

Et si c'était la vérité, elle n'avait aucune raison de douter que Saroya soit une déesse.

Ellie se cacha le visage d'un bras et gémit.

— Ô Seigneur…

— Je ne suis pas le dieu auquel tu fais référence, dit Lothaire depuis un coin plus sombre encore que le reste de la pièce. Même si, pour toi, ça revient au même.

Elle se redressa brusquement et tenta de scruter l'obscurité. Les yeux du vampire rougeoyaient comme des braises.

— Toi !

Le cauchemar continuait. Les rideaux étaient ouverts sur le paysage nocturne, et une brise fraîche entrait par les portes-fenêtres ouvertes. Au loin se dessinaient les silhouettes des immeubles d'une grande ville.

Encore une journée de perdue. Mais sans doute son temps n'était-il plus qu'un emprunt, désormais.

Elle inspecta son corps. Pas de sang ?

Elle portait une robe longue en soie noire à la limite de l'indécence, ainsi que de nombreux bracelets et bagues. De longs ongles rouges terminaient ses doigts. Pas de particules de peau arrachée en dessous ? Saroya la laissait toujours au milieu d'horribles scènes. Alors, où étaient les cadavres ?

— Est-ce que Saroya… est-ce qu'elle a tué pendant que j'étais inconsciente ?

— Non.

Ellie poussa un soupir de soulagement.

— Ma femme était trop fatiguée. Elle a décidé de se coucher tôt…

Depuis leur dernière entrevue, Lothaire s'était lavé, effaçant toute trace de sang, et avait revêtu une veste longue et un pantalon noirs.

— … mais demain est un autre jour.

— Si ton objectif est de me pourrir la vie, tu peux considérer ta mission comme accomplie.

Elle sortait toujours de ces périodes d'inconscience épuisée et affamée. Et même si elle n'était pas couverte de sang, elle se sentait crasseuse et vidée.

— Alors, demanda-t-elle, qu'est-ce que j'ai raté ? Ah, mais oui, je me souviens, maintenant. Tu es un vampire.

— Effectivement.

Il la regardait différemment, mais pourquoi ?

Tenter de déchiffrer une personnalité quand on passait la moitié de son temps dans les vapes, ce n'était pas simple. Elle n'arrivait pas à saisir son humeur non plus. Il ne semblait pas en colère, ni sous l'emprise de la folie. Il se tenait simplement là, dans une immobilité absolue.

Comme un prédateur.

— Est-ce que tu as encore bu de mon sang pendant que j'étais inconsciente ?

— J'ai réussi à me retenir, répondit-il sur le ton de l'ironie.

Le soulagement redonna du courage à Ellie.

— C'est ça, joue les sarcastiques. N'empêche que tu léchais ma veine comme un pervers avant que je tombe dans les pommes.

— Et tu adorais ça. Tu gémissais et tu te frottais contre moi.

Elle détourna le regard, gênée. Car ce qu'il disait était vrai. Le plaisir qu'elle avait éprouvé avait été incroyable…

— Tu ne te souviens vraiment pas du reste de l'après-midi ?

Elle secoua brièvement la tête.

— Ce doit être rageant, de ne pas pouvoir contrôler son propre corps. Mais si tu détestes autant ça, pourquoi revenir chaque fois ?

— Parce que c'est *mon* corps, dit-elle en pointant son pouce contre sa poitrine, faisant cliqueter ses bracelets. Il est à moi !

— Ah non. Là, je m'inscris en faux. Il m'est destiné. Et bientôt, tu devras le céder à une autre.

Il allait éliminer son âme ! Ellie se souvint de son désespoir quand il avait menacé sa mère et son frère –

avant qu'elle ne se rende compte qu'il lui restait une carte à jouer.

Si elle réussissait à dénicher un téléphone, elle pourrait dire à sa famille de se mettre à l'abri, et le vampire n'aurait plus de moyen de pression contre elle. Elle pourrait alors mettre fin à ses jours – et à ceux de Saroya.

Elle est pas encore coincée, cette sale bête…

— Tu étais prête à mourir, alors pourquoi ne pas céder et la laisser te posséder complètement ? demanda Lothaire. Tu dormirais simplement dans ton enveloppe physique, sans plus éprouver ni douleur ni peur. Et je n'aurais plus besoin de me débarrasser de ton âme.

— J'étais prête à mourir pour éliminer une meurtrière qui tue des gens innocents. Pas pour lui donner carte blanche.

Elle avait prononcé ces derniers mots d'un ton absent. Quelque chose n'allait pas dans son corps.

— Cesse de lutter contre moi, Elizabeth. Tous ceux qui croisent le fer avec moi perdent. C'est comme ça.

— Hein ?

Quelque chose n'allait pas *là en bas*, c'était indéniable.

— Croiser le fer avec moi, répéta Lothaire, agacé. Ça ne sert à rien. Tu perdras de toute façon.

— Ah, ben peut-être que t'as jamais rencontré quelqu'un comme moi. Je suis plus têtue qu'une mule.

— C'est ridicule. Surtout de la part d'une ignorante telle que toi. Je suis âgé de plusieurs millénaires. Des gens comme toi, j'en ai croisé des millions.

— Plusieurs millénaires ? Mais c'est super vieux, ça ! Alors, les suceurs de sang sont immortels ?

— Je vais laisser un moment à ton cerveau chétif pour traiter cette information.

— C'est terriblement attentionné de ta part. Mais peu importe. Je suis quand même plus obstinée que n'importe qui. C'est ma nature.

Mince, mais pourquoi sentait-elle quelque chose de bizarre entre ses jambes ?

Lothaire ouvrit la bouche pour répliquer, mais elle l'interrompit.

— Il faut que j'aille aux toilettes.

Avec un soupir irrité, il indiqua le couloir.

— Par là.

Ellie se leva et grimaça. Ses pieds fraîchement pédicurés étaient douloureux. Une paire de talons aiguilles gisait sur le sol.

Des talons, Saroya ? C'est cruel, ça. Enfant, Ellie avait vécu pieds nus au moins sept mois sur douze. En prison, on lui avait donné des tongs. Les chaussures, c'était déjà difficile, mais les talons, c'était de la torture.

Au bout d'un long couloir, elle trouva enfin la salle de bains. L'endroit était spacieux, le sol en marbre, les meubles assortis. D'épaisses serviettes, trop belles pour qu'on s'en serve, attendaient sur un portant chauffant.

Quand elle se tourna pour se regarder dans le miroir en pied, son reflet lui arracha un cri.

La soie de sa robe noire était d'une incroyable finesse, mais le décolleté descendait si bas qu'on voyait son nombril. Ses seins étaient à peine couverts, et l'étoffe précieuse soulignait très précisément le peu qu'elle cachait.

Avant, elle aurait été mal à l'aise dans une telle tenue, mais en prison, où les douches étaient communes, elle avait renoncé à toute pudeur.

Ses cheveux étaient coiffés avec professionnalisme, ses ongles manucurés, mais plusieurs couches de maquillage recouvraient son visage. Lèvres rouge vif, paupières ombrées façon arc-en-ciel. On aurait dit une star du porno.

Du fond de teint cachait la morsure du vampire. Elle en chercha d'autres, dans son cou et sur sa poitrine, mais n'en trouva pas. Il avait dit la vérité.

Étant donné la façon dont il l'avait léchée, elle aurait parié qu'il allait mordre Saroya pour finir le travail. Pourquoi s'était-il retenu ?

Saroya avait-elle offert sa virginité à Lothaire à la place ? Car, si elle aimait tuer les hommes, elle n'en avait encore jamais accueilli dans son lit.

Ellie remonta la robe sur ses jambes et faillit hurler. Saroya l'avait épilée. Complètement.

— Bordel, mais c'est quoi ce trip ? Qui peut faire un truc pareil ?

Elle était lisse comme une boule de billard.

Elle se sentit rougir. Cette nudité était si ouvertement sexuelle ! Lothaire l'avait forcément déflorée aujourd'hui.

Elle s'assit sur les toilettes, s'examina attentivement, tâta doucement son intimité. Elle n'était pas endolorie. Sa virginité était intacte.

Pas de sexe et pas de morsure, donc ? Mais les vampires faisaient-ils seulement l'amour ? Le souvenir de la langue de Lothaire sur son cou lui revint, et elle ouvrit grand les yeux. Il avait eu une érection, s'était frotté contre son dos, elle s'en souvenait, maintenant !

Peut-être que Saroya la folle s'était refusée à lui. Si c'était vraiment une déesse, peut-être s'estimait-elle au-dessus du sexe.

Alors, pourquoi l'avoir épilée ?

Ellie soulagea sa vessie se lava les mains, puis retourna dans la pièce où l'attendait un immortel d'âge *vraiment* indéterminé.

La lumière était allumée dans la chambre. Des appliques encastrées projetaient un halo diffus sur les murs.

Le visage de Lothaire attira son attention, et elle trébucha. La première fois qu'elle l'avait vu, elle avait été trop pétrifiée pour penser quoi que ce soit d'autre que « démon aux yeux rouges ».

Et puis, un peu plus tôt dans la journée, il était couvert de sang. Mais là ?

Doux Jésus. Il est... beau. Traits taillés à la serpe, cheveux blonds légèrement ébouriffés. Même ses yeux inquiétants n'enlaidissaient pas son visage. Ils lui donnaient juste un air d'ange déchu.

Quand elle parvint enfin à détacher le regard du vampire, elle remarqua d'autres détails autour d'elle. La taille de la pièce, pour commencer.

— On est un peu à l'étroit, non ? ironisa-t-elle, impressionnée par la hauteur sous plafond.

Décorée en différents tons crème, la pièce était si grande qu'elle était divisée en un coin bureau, un coin salon et un coin chambre. Les meubles étaient si luxueux qu'elle avait peur de les toucher.

Pourtant, le matelas, immense, était posé par terre.

— Tu as quelque chose contre les sommiers ?

— Les vampires aiment dormir le plus près possible du sol.

— Mais on n'est pas au rez-de-chaussée.

— Nous sommes vingt-cinq étages au-dessus. J'aime aussi avoir une terrasse.

Et elle qui n'était jamais montée plus haut que trois étages ! Elle aperçut un immense parc, au-delà de la terrasse.

— C'est... Central Park ?

— Oui.

Elle courut dehors. *Regarde toutes ces lumières. Mieux qu'à la télé...*

Au moment où elle atteignait la rambarde, une force inconnue la repoussa en arrière, comme si elle avait heurté un mur invisible. Lothaire l'attrapa alors qu'elle allait tomber sur les fesses et la remit debout.

Et resta derrière elle, tout près.

— Protection magique, tu te souviens ? murmura-t-il à son oreille.

Il lui prit le poignet, la força à toucher la frontière invisible.

Quand elle sentit le flux d'énergie repousser sa main, elle resta bouche bée.

— Tu ne peux pas quitter cet endroit à moins d'être avec moi.

Il la lâcha, mais resta derrière elle.

— D'une prison à l'autre...

— C'est un peu ça, murmura-t-il en posant les mains sur les hanches d'Ellie.

Elle se figea, ne sachant que faire. Aux yeux du monde, ils devaient avoir l'air de deux amants profitant de la vue, plutôt que d'un vampire et de sa prisonnière. Sa peau se hérissa de chair de poule. Il se tenait si près d'elle...

Un long moment s'écoula, puis il la fit pivoter vers lui.

Je serais prête à payer pour savoir ce qu'il a en tête.

— Comment fais-tu pour te déplacer aussi vite ?

— Je ne me déplace pas vite. C'est vous, les mortels, qui vous déplacez très lentement.

Le regard du vampire avait-il ripé du côté de son décolleté ?

— Et comment fais-tu pour disparaître et réapparaître ?

— Cela s'appelle la téléportation. C'est la façon de voyager des vampires.

Il fronça les sourcils, retira ses mains.

— Cela fait bien longtemps que je n'ai pas parlé à quelqu'un qui sache aussi peu de choses sur notre monde. C'est incroyable, mais tu en connais encore moins que sur ton propre monde.

Il se tourna vers la chambre et claqua des doigts pardessus son épaule.

— Suis-moi.

Elle se figea. La seule chose qui, en elle, le disputait à l'obstination était son incapacité à obéir aux ordres.

— Tu crois vraiment que je t'appartiens ?

Il se retourna et la fixa d'un regard vide.

— Oui.

Je le déteste !

— Donc, tout à l'heure, quand tu t'apprêtais à m'expliquer comment les choses allaient se passer, tu allais en gros me dire que je serais ton esclave jusqu'au jour où tu m'éliminerais ?

— En moins de mots, oui.

Il se mit à tourner autour d'elle, d'une façon étrange qui lui ficha les jetons. Alors, elle redressa le menton.

— Et mon âme, tu l'enverras où, exactement ?

— L'envoyer ? Euh... même moi, j'ignore où vont les âmes après leur existence ici-bas. La seule chose qui m'intéresse est d'ôter la tienne de ton corps.

Il tournait, tournait toujours.

— Si je ne me suicide pas avant.

— Tu ne te suicideras pas. Tu as un point faible – ta famille –, et je vais m'en servir pour t'empêcher de te faire du mal.

— Tu es vraiment le genre de type qui tuerait une femme sans défense et un petit garçon ?

Elle posait la question, mais tout chez Lothaire hurlait que oui, il était ce genre de type.

— Je le ferai sans aucune hésitation pour obtenir ce que je veux, répondit-il en soutenant son regard. Je le ferai avec délectation si tu continues à me provoquer.

C'est un animal, alors autant le traiter comme tel, Ellie. Ne montre pas ta peur.

— Supplie-moi de leur laisser la vie sauve, Elizabeth. Implore ma clémence.

Feignant plus d'audace que jamais, elle rétorqua :

— Tu me détesterais encore plus si je faisais ça. Alors, je vais te proposer mieux. Un marché.

Il sembla d'abord intrigué, puis son expression s'assombrit.

— Un marché ? Seuls ceux qui ont du pouvoir peuvent marchander. Et tu n'en as pas.

— C'est là que tu te trompes. J'ai déjà empêché Saroya de s'éveiller à une ou deux reprises, par le passé.

Je peux lui résister encore plus. Je cesserai de manger et de dormir. Je ne penserai plus à rien d'autre qu'à l'enfouir au plus profond de moi, à l'empêcher de revoir la lumière du jour.

Ellie pensait qu'une telle perspective le rendrait furieux, mais sa proposition sembla intéresser le vampire.

— Un bon marché, c'est toujours appréciable. Mais j'aime aussi que mes ennemis me supplient.

— Tu as besoin de moi vivante, mais tu as besoin de plus que ça. Tu as besoin de ma coopération. Alors, qu'est-ce que tu avais prévu de me faire faire, une fois que je t'aurais supplié ?

— J'avais prévu de te donner à manger.

Elle le fixa.

— J'ai faim, en effet. Je pourrais avaler un cheval entier, là, tout de suite. Tu vois comme nous arrivons à nous entendre ?

Il lui prit le menton, le pinça fort.

— Fais attention, minette. Si tu joues avec moi, tu risques de le regretter, ajouta-t-il en se penchant vers elle. Et pour ce *marché,* que veux-tu en échange ?

— Que tu empêches Saroya de tuer.

Il réfléchit un instant, puis déclara :

— Jusqu'à ce que ton âme ait quitté ton corps ? C'est d'accord. Et tu m'obéiras sans poser de questions, sinon ta prochaine incartade entraînera la mort de ta famille. Essaie d'empêcher Saroya de te posséder ou fais-toi du mal de quelque manière que ce soit, et ce sera comme si tu leur tranchais la tête de tes propres mains. Est-ce que tu me comprends, Elizabeth ?

— J... je comprends. Je comprends que ma famille n'a rien à craindre de toi ni de quiconque travaille pour toi du moment que je coopère.

Il haussa les sourcils, apparemment interloqué par sa témérité. Ce devait être nouveau pour lui, qu'on lui tienne tête. Mais que se passerait-il quand l'attrait de la nouveauté se serait évanoui ?

— Je me demandais si tu étais folle. Maintenant, je suis sûr que oui. Suis-moi.

Il tourna les talons et se dirigea vers une autre pièce.

Savourant ce qui était une victoire comme une autre, elle lui emboîta le pas et découvrit d'autres témoignages de sa richesse, un luxe qu'elle n'aurait jamais imaginé – œuvres d'art, tapis persans, appareils électroniques dernier cri. Mais de téléphone, point. Et pas d'ordinateur non plus.

Cet endroit était le paradis absolu, à côté de la prison. L'air y était plus sec, pas chargé d'humidité. Et tandis que dans l'établissement pénitentiaire régnait une odeur d'urine et de moisi, ici, tout sentait le *neuf*.

L'appartement comportait deux ailes, réunies par une immense terrasse. Avec piscine.

Cet endroit était le paradis à côté de n'importe quel autre lieu.

— Il y a combien de pièces, en tout ?

— Sur les trois niveaux, un peu plus d'une dizaine.

— Et tu vis seul ?

— À partir d'aujourd'hui, je vis avec Saroya et, pour quelque temps, une prisonnière.

Un détail lui traversa soudain l'esprit.

— Est-ce qu'on va dîner… ensemble ?

— Tu ne veux pas me voir boire mon dîner ?

La vue du sang n'avait jamais dérangé Ellie. Elle avait chassé le cerf avec son oncle toute sa vie, et même fini par servir de guide lors de chasses qu'il organisait. Ensuite, les crimes commis par Saroya avaient achevé de l'endurcir. Sans parler des fois où cette salope avait bu des seaux de sang…

Mais Ellie n'avait pas songé, en négociant avec Lothaire, à aborder le sujet de ce qu'il boirait ou pas. En tout état de cause, il pouvait même boire à son cou…

— Le sang lui-même n'est pas un problème. Ce qui m'inquiète, c'est sa provenance.

— Un pichet dans le réfrigérateur, en général. Mais ce soir, tu dîneras seule. Je suis ici uniquement pour m'assurer que tu prends du poids, que tes courbes s'arrondissent un peu plus. Saroya te trouve maigrichonne.

Mais elles n'avaient rien de maigrichon, ses courbes !

— Alors, peut-être que tous les deux, vous devriez enlever une fille plus dodue. Une toute prête, quoi, qui répondrait d'emblée à vos exigences.

Il apparut à côté d'elle un instant et referma une main sur un de ses coudes.

— Tu es à moi. Ton corps m'appartient. Tu es réellement ma propriété. Plus vite tu l'accepteras, mieux tu t'en trouveras.

Elle tenta de se dégager, mais il avait une poigne d'acier.

— C'est toi le plus dingue des deux !

— Reviendrai-je avec la tête de ta mère ? En centre de table, ce serait pas mal, non ?

— Je coopère, là !

Ce type était l'être le plus effrayant qu'elle ait jamais croisé. Personne, ni dans les coins les plus reculés des Appalaches ni dans le couloir de la mort, ne lui arrivait à la cheville.

Il la fixa avec un sourire narquois.

— Alors, à qui appartiens-tu ?

Dis-le ! Force-toi à le dire !

— À… à toi.

Il la lâcha.

— C'est bien.

10

— Assieds-toi, dit Lothaire en désignant la salle à manger.

Sur l'immense table avaient été disposés des plats en argent et deux couverts – avec tellement d'ustensiles différents qu'Ellie en resta bouche bée.

Elle regarda autour d'elle.

— Qui a préparé le dîner ?

— Un chef est passé, un peu plus tôt dans la journée, répondit Lothaire, surpris par la persistance de sa propre lucidité.

Avant le réveil d'Elizabeth, il avait regardé sa poitrine se soulever régulièrement, au rythme de sa respiration, et avait senti ses paupières s'alourdir.

— Comment a-t-il fait pour franchir la protection magique ? Je croyais qu'elle formait un portail impénétrable.

— C'est le cas.

En théorie, la barrière ne pouvait jamais être franchie et protégeait Ellie contre les légions d'immortels qui auraient tout donné pour la tuer ou l'enlever – juste pour punir Lothaire ou obtenir quelque chose de lui.

Encore fallait-il qu'ils trouvent cet endroit.

Mais Lothaire, au cours de sa longue existence, avait découvert que lorsque quelqu'un décrivait quelque chose dans le Mythos comme n'arrivant *jamais* ou se produisant *toujours*, la suite lui donnait *en général* tort.

— Je peux l'ouvrir à volonté, bien sûr.

Quand elle voulut s'installer à la droite de la tête de table, il intervint :

— Non, pas là. Pas à cette place. Tu ne t'assieds pas à cette place.

Bien des années plus tôt, il n'avait pas pu empêcher la putain mortelle de Stefanovich de s'installer là, mais aujourd'hui, chez lui, il imposerait ses propres règles à cette humaine.

— Hou là, d'accord, d'accord, on se calme, dit Ellie en se décalant d'une place.

— Bien. Tu peux manger, maintenant.

Avec un regard noir, elle déplia la serviette et la posa sur ses genoux, puis se servit une cuillerée de chaque plat. Lorsqu'elle se mit à manger, prenant de petites bouchées avec délicatesse, il remarqua avec surprise que ses manières n'étaient pas aussi vulgaires qu'il l'avait imaginé.

Au même moment, elle examina une fourchetée de foie gras et la laissa retomber dans son assiette.

— Qu'est-ce que c'est ?

— Ce n'est pas la chère provinciale à laquelle tu es habituée, mais je suis sûr que tu t'en accommoderas.

— Je n'ai plus faim.

Elle avait à peine touché à son assiette.

— Mange. Plus que ça.

Elle se mit à jouer avec la garniture, du bout de sa fourchette.

— Ça, c'est du persil, dit-il.

— C'est la seule chose que je reconnaisse.

— Mange un peu plus *de tout le reste*.

Après un silence qui aurait coûté la vie à d'autres, elle coupa un morceau de queue de homard, le plaça dans sa bouche d'un geste hésitant et le recracha discrètement dans sa serviette.

Deux choses frappèrent Lothaire : elle n'avait jamais mangé de homard, et cette idiote n'aimait pas le homard. Alors que même lui se souvenait du goût que cela avait.

Le saumon n'eut pas plus de succès. Bientôt, il y aurait plus de nourriture dans sa serviette que dans son estomac.

— Tout sent très bon – pour un humain, en tout cas, dit Lothaire. En particulier un humain capable de manger du *cheval*. Cherches-tu à me défier de nouveau ?

— Je suis née et j'ai grandi dans les *montagnes*. Ensuite, je suis allée en *prison*. Je n'ai jamais mangé des trucs pareils. Des fruits de *mer* sophistiqués. Si tu voulais que je mange du poisson, il fallait le sortir d'un sac de chez *Picard*.

Ah, bien.

— Alors, mange le pain.

Elle entreprit de beurrer un petit pain.

— Saroya veut vraiment que je prenne du poids ?

Il hocha la tête.

— Et tu es du même avis ?

Il la trouvait adorable telle qu'elle était, quasiment irrésistible, mais n'avait en réalité pas vraiment de préférence. Si Ellie prenait plus de rondeurs, il aurait plus de ce qu'il aimait déjà. Et c'était Saroya qui occuperait ce corps pour l'éternité.

— Si ma femme le désire, alors je le désire.

— OK, mais tu ne diras pas que je ne t'ai pas prévenu, hein, parce que trop de pain et j'aurai le cul comme un camion.

Elle mordit dans le petit pain.

— C'est noté.

— Tu as un drôle d'accent. Européen ?

Il leva les yeux au ciel.

— C'est l'accent ru...

— Attends un peu... l'interrompit Elizabeth en s'étranglant. Tu as dit « ma femme » ? Tu l'as *épousée* ?

Assis en tête de table, le vampire eut un soupir impatient.

— Le mariage n'est pas nécessaire pour ceux de mon espèce. Les liens qui nous unissent sont bien plus forts.

— Plus forts que quoi ?

— La femme d'un vampire est son âme sœur, l'être que lui a réservé le destin. Saroya est mienne.

Ellie enregistra l'information – *Restons ouverts d'esprit* – puis demanda :

— Comment sais-tu que c'est elle, ton âme sœur ?

Il pencha la tête sur le côté, songeur, comme s'il se demandait s'il devait ou non répondre à cette question.

— Elle m'a animé.

Devant le regard interrogateur d'Ellie, il précisa :

— Chaque vampire mâle adulte n'est qu'un mort-vivant tant qu'il n'a pas rencontré celle que le destin lui réserve. Quand leurs chemins se croisent, elle l'anime, elle ramène la vie en lui. Saroya a refait battre mon cœur, a fait de nouveau respirer mes poumons. Entre autres choses, conclut-il d'une voix rauque.

— Comment peux-tu être sûr que ce n'est pas moi qui t'ai… *animé* ?

Un muscle tressauta sur le visage de Lothaire.

— Parce que le destin ne me ferait pas un tel affront. Je me jetterais sous le soleil de midi si je devais être uni à quelqu'un comme toi.

— Quelqu'un comme moi, répéta-t-elle, songeuse.

On s'était trop souvent moqué d'elle pour qu'elle s'en offusque. Elle avait la peau plus dure qu'une armure.

— Oui, comme toi. Une petite caissière de supermarché ignorante et mortelle.

Il prit le couteau le plus pointu de la série qui bordait son assiette et le fit tourner entre son pouce et son index, l'air ailleurs.

— Caissière de supermarché ? Je n'ai pas eu cette chance. Ce genre de boulot était difficile à trouver. Je travaillais dans la boutique d'articles de sport de mon oncle.

— Alors, tu es encore pire. Une vendeuse qui *aspire* à devenir caissière de supermarché.

— C'est toujours mieux qu'être un démon.

— Saroya n'est pas un démon. Je ne voudrais pas d'un démon non plus.

— Ah oui, c'est vrai, c'est une *déesse*. Et tu es un vampire. Je suppose que les pookas existent vraiment aussi. Et les changeformes ? Oh... et l'homme-phalène, il existe ?

En Virginie, tout le monde avait entendu parler de cet être démoniaque ailé doté d'orbites rouges à la place des yeux. Régulièrement, quelqu'un racontait l'avoir vu voler dans l'obscurité et la poussière de charbon.

Le soir de son arrestation, Ellie avait entendu le shérif plaisanter avec les autres et dire qu'un homme-phalène devait observer la scène du sommet du mont Peirce, amusante rencontre dans un endroit aussi reculé.

— Tout ce dont tu as rêvé un jour existe, dit Lothaire. Toutes les créatures dont vous dites qu'elles sont des mythes. Nous appelons notre monde le Mythos. Et pour ton information, l'homme-phalène est un connard.

Ce dernier point la laissa bouche bée.

— Mais pourquoi ton espèce ne se fait pas connaître des humains ?

— Chaque fois que nous nous faisons connaître comme immortels, nous sommes punis.

— Alors, toutes ces créatures mythiques, elles se baladent partout sans qu'on le sache ?

— Et elles dirigent aussi des gouvernements, font du cinéma, infiltrent des monarchies humaines. Ton espèce a la réputation de ne pas être très fute-fute et de ne pas savoir observer, contrairement aux créatures du Mythos. Alors, nous nous déplaçons librement sur terre, dieux parmi les humains.

Une idée horrible traversa l'esprit d'Ellie.

— Si tu bois mon sang, je deviendrai vampire moi aussi ?

Dis non, dis non, dis non…

Il soupira.

— Si seulement c'était aussi simple.

— Ouf !

Cette réaction ne plut pas au vampire. Il se raidit, posa la pointe de son couteau contre le bout de son doigt et tourna jusqu'à ce que le sang coule.

Il y eut un long silence.

— Lothaire ?

Il ne répondit pas. Le sang coulait toujours.

Ellie tripotait sa serviette. Ce silence inhabituel la rendait encore plus nerveuse.

En prison, le silence n'existait pas, les oreilles étaient perpétuellement agressées par le bruit. Pendant la journée, les détenues tapaient sur les barreaux, les gardes allaient et venaient d'un pas lourd, montant et descendant les escaliers métalliques. L'ensemble évoquait un tiroir à ustensiles mal rangé que l'on ouvrait et fermait sans arrêt.

La nuit, d'inquiétants gémissements, de plaisir et de douleur, résonnaient dans tout le bâtiment. Des cris aussi, parfois. La tueuse en série dont la cellule se trouvait en face de celle d'Ellie aimait beaucoup émettre de petits sifflements à son intention, dans l'obscurité…

Enfin, Lothaire reprit la parole.

— J'ai connu des humains qui me suppliaient de les transformer. La plupart d'entre eux donneraient n'importe quoi pour devenir immortels. C'est un don précieux.

Ellie chercha à poser son regard ailleurs que sur son doigt ensanglanté.

— Jamais je ne souhaiterais un truc pareil.

— Ne jamais tomber malade ? Ne jamais vieillir ?

Ellie avait un don pour l'empathie, pour se mettre à la place des autres. Elle s'efforça d'imaginer ce que cela devait représenter, de vivre des milliers d'années.

Comment savourer chaque jour de sa vie quand celle-ci était infinie ? Comment éprouver de l'émerveillement ou de l'excitation ?

— Je sais pas… Ça doit être fatigant, non ?

Le regard du vampire s'était-il assombri ?

— Donc, si tu ne m'as pas encore changée en vampire, reprit Ellie, et que ce n'est pas si simple à faire, comment allez-vous vous y prendre, Saroya et toi, pour être ensemble ?

— Je suis à la recherche d'un anneau qui a le pouvoir de la transformer en vampire.

— La transformer en vampire ? Dans *mon* corps ? Mais si c'est une déesse, pourquoi est-ce qu'elle se plante en moi comme une tique ?

En guise de réponse, Lothaire la fixa de ses yeux inquiétants, faisant tourner le couteau au-dessus de ce qui ressemblait maintenant à une flaque de sang sur la table.

Bien que terrifiée, Ellie insista :

— Que fait-elle en moi, la caissière minable ? Qu'est-ce qui me prouve qu'elle est… divine ?

— Comprends-moi bien, jeune fille. Je ne mens pas. Jamais. Saroya est victime d'une malédiction qui lui a donné forme humaine.

— Qui a jeté ce sort ? Et pourquoi la mettre en *moi* ?

Voyant qu'il n'avait pas l'intention de lui répondre, elle lâcha :

— Écoute, vous deux, vous allez récupérer mon corps, dans cette affaire. Et moi, je ne récupère rien du tout. Tu étais d'accord pour un marché, du moment qu'il était équitable, mais reconnais que celui-ci ne l'est pas vraiment. Ça te ferait vraiment mal de m'expliquer pourquoi elle a besoin de mon corps ?

Le regard de Lothaire se perdit dans le vague et s'assombrit un peu plus, indiquant à Ellie qu'il dérivait. *Dissociation ?*

Elle lui avait vu ce même regard, un peu plus tôt, quand il faisait les cent pas. Et sur le moment, elle s'était dit que ce vampire n'était pas simplement mauvais.

L'Ennemi de Toujours était peut-être aussi fou à lier.

— Une autre déesse l'a condamnée à vivre dans l'enveloppe d'une mortelle, dit enfin Lothaire.

Il devait lutter pour contrôler sa folie. *Concentre-toi.*

— J'ignore pourquoi tu as été choisie.

— Quelle déesse ?

Saroya avait une jumelle, Lamia. Chaque sœur tirait son pouvoir de la vie : Lamia la créait et la protégeait, Saroya la prenait et se nourrissait d'âmes.

Quand Saroya avait tenté d'augmenter son pouvoir en tuant sans discrimination, rompant ainsi l'équilibre naturel, Lamia s'était alliée à d'autres dieux pour condamner sa sœur à connaître la mort, encore et encore, en tant qu'humaine.

— La malédiction de la mortalité, murmura Lothaire. Peut-on imaginer pire ?

Il baissa les yeux et fut surpris de se voir visser une pointe de couteau dans son doigt.

— Lothaire, pourquoi a-t-elle été maudite ? insista Elizabeth.

Il lécha sa blessure.

— Parce qu'elle est comme moi. Elle a vu une occasion d'obtenir plus, et elle l'a saisie.

Le pouvoir, on n'en avait jamais assez.

— Je ne comprends pas.

— *Do pizdy*. Je m'en fous.

Il ne supportait pas qu'on réagisse comme s'il racontait n'importe quoi. D'ailleurs, il tuait la plupart de ceux qui le fixaient de ce regard intrusif, interrogateur.

Mais il ne pouvait pas faire de mal à l'humaine qui se trouvait devant lui, la femelle aux yeux gris qui était en train de le jauger. Il plongea son regard dans le sien un long moment, surpris de se sentir abattu. Puis, sans quitter son regard, il se pencha vers elle.

— Comment une fille des bois a-t-elle pu se retrouver prise dans un truc aussi… improbable ? Je me pose cette question depuis la première fois que je t'ai vue. Après tout, au départ, je ne voyais pas comment tu pouvais être autre chose qu'une vulgaire humaine, ni comment moi, Lothaire, je pouvais avoir un lien avec toi.

Pourquoi lui parlait-il si librement ? Parce qu'il savait qu'elle emporterait ses secrets dans la tombe très bientôt ?

Elle avait le sentiment que les mots sortaient de sa bouche malgré lui.

— Imagine à quel point j'ai été déçu quand j'ai compris. Lothaire, l'Ennemi de Toujours, le vampire le plus craint sur terre et ailleurs, fils d'un roi, petit-fils d'un autre, promis à une mortelle ? Et une mortelle sans aucune envergure, en plus ! Parce que, si j'ai bien compris, vous êtes pires que des paysans, dans vos montagnes.

Plutôt que de l'indignation, le visage d'Ellie manifesta de la curiosité.

— Attends. C'est moi qui suis arrivée en premier ? Ce n'est pas à cause de Saroya que tu m'as trouvée ? Et tu dis que tu es un prince ?

— Oui, pires que des paysans, répéta lentement Lothaire. Ce qui se fait de plus vil et de plus bas parmi les humains. Des péquenauds complètement arriérés et d'une incommensurable vulgarité.

— Si tu crois me blesser… On m'a traitée de bien pire que ça, figure-toi. Cul-terreux, contrebandière, plouc, gueuse des Appalaches, radasse de mobile home, arriérée, pedzouille à sabots et, plus récemment, racaille du couloir de la mort.

— Aucune référence à la mine ? Je suis déçu.

La tristesse assombrit le regard expressif d'Ellie.

— Mon père est mort dans l'effondrement d'une mine. Depuis, plus personne dans ma famille n'accepte de travailler en sous-sol.

— Et, bien sûr, c'était la faute à la vilaine grosse compagnie minière ?

— Je suis sûre qu'il existe des compagnies minières qui assurent la sécurité de leurs mineurs. La Va-Co n'en fait pas partie. La mine, c'est terminé pour nous.

— Vous préférez vivre dans une pauvreté épouvantable.

— P'têt' bien. En fait, le truc, c'est que les injures ne me blessent que lorsqu'elles viennent de quelqu'un que je respecte.

— J'en déduis que personne ne t'a appris à respecter les êtres supérieurs ?

— Tu te crois supérieur parce que tu es prince ?

Elle avait prononcé ce dernier mot d'un ton dubitatif.

— Je suis le roi exilé de deux factions vampires. Je travaille actuellement à regagner mes trônes.

Pourquoi est-ce que je lui raconte tout ça ? Il se fichait bien qu'elle le respecte ou pas.

— Et je pense que je te suis supérieur parce que tout prouve que tu m'es inférieure. Intelligence, richesse, apparence, lignée… Je continue ?

D'un geste, elle écarta le sujet.

— Comment m'as-tu trouvée ? Puisque tu es riche – ah, et de sang royal, aussi –, qu'est-ce que tu faisais dans un des coins les plus pauvres et les plus reculés d'Amérique ?

Il allait lui répondre de la fermer parce que ça commençait à bien faire, mais elle prit une nouvelle bouchée de saumon et, cette fois, l'avala.

— L'arrivée de mon âme sœur a été annoncée. Un oracle a prédit où et quand je la trouverais. Il n'a pas dit ce que ce serait.

C'était le même oracle qui l'aidait maintenant, une fey qu'il appelait Sorcière.

Il fixa l'assiette d'Elizabeth, qui prit une autre bouchée.

— Je t'ai trouvée quand tu avais quatorze ans, mais tu ne m'as pas animé, à ce moment-là.

Il avait attribué cela à sa jeunesse.

— Alors, j'ai décidé que je ne reviendrais jamais, que je resterais mort-vivant plutôt que d'être attaché pour toujours à une créature aussi fruste que toi.

Même si, déjà, elle affichait un physique prometteur.

— Pourquoi es-tu revenu, dans ce cas ?

— Par pure curiosité.

Pure, peut-être, mais obsessionnelle, aussi. Il n'avait cessé de penser à elle et était revenu à trois reprises.

Quand elle avait quinze ans, jeune femme en devenir, il l'avait trouvée un soir, se baignant avec un garçon de son âge, expérimentant avec ardeur toutes les façons de l'embrasser. À dix-sept ans, elle flirtait avec la splendeur, peau dorée par le soleil, grands yeux clairs et traits d'une beauté saisissante. Mais elle était toujours trop plébéienne pour le tenter.

Et puis, un an plus tard...

— Au moment où j'allais faire le serment de te rejeter à jamais, je t'ai trouvée dans les bois devant un autel de fortune, entourée de cadavres.

L'expression d'Elizabeth s'assombrit.

— Ce n'était pas moi, c'était Saroya.

— Oui, Saroya.

Couverte de sang des pieds à la tête, féroce, brutale, elle l'avait animé sur-le-champ. Le regard de Lothaire se perdit dans le vague tandis qu'il se remémorait cette nuit...

Entre deux hoquets, il demanda :

— Qui es-tu ?

Il savait que la mortelle n'était plus consciente, sentait l'absence d'Elizabeth.

Devant lui se tenait une autre entité.

— Je suis Saroya, vampire. Ta déesse, prisonnière du monde des mortels.

Même son accent avait changé.

Tous les vampires savaient que Saroya avait été attirée en dehors de sa dimension supérieure, maudite par sa sœur, condamnée à vivre à l'intérieur d'humains choisis au hasard et à connaître la mort chaque fois que son hôte arrivait au terme de son existence.

Si Lothaire avait eu un doute concernant son identité, elle l'avait rassuré en lui parlant russe avec un accent aristocrate. Une paysanne inculte de dix-huit ans n'aurait jamais pu connaître cette langue.

Et puis, Lothaire méritait une déesse. Il savait que le destin ne l'aurait jamais affublé d'une promise aux origines aussi modestes qu'Elizabeth Peirce !

Depuis des millénaires, il cherchait à régner sur les vampires de la Horde. Comment auraient-ils pu refuser que Saroya, la protectrice des vampires, soit sa femme, et leur reine ?

— T'ai-je animé ? demanda-t-elle d'un ton soyeux mais menaçant.

— Oui. Je suis Lothaire, l'époux que le destin te réservait, et…

— Destin ou pas, je n'ai pas d'époux, et je n'accepte aucun maître, répliqua-t-elle sèchement. Je suis une déesse !

— Quel dommage, dit-il doucement, ignorant les battements de son cœur et l'insupportable durcissement de son sexe, ignorant le besoin impérieux de la posséder et de plonger ses crocs dans sa chair. Parce que si tu étais mienne, je trouverais le moyen d'éteindre cette âme humaine et de rendre ton corps immortel.

— Lothaire, tu dis ? Un ancien doté de grands pouvoirs, issu de deux lignées royales… Même moi, j'ai entendu parler de toi.

— Et bientôt, je reprendrai le contrôle de mes deux royaumes, ma reine immortelle à mes côtés.

Saroya fit un pas en avant.

— Tu pourrais me rendre immortelle dans ce corps ?

— Avec le temps, je trouverai un moyen. Rien ne pourra m'arrêter.

— Et pourtant, c'est maintenant que tu souhaites me posséder. Pour parachever l'animation.

Tous les vampires devaient se répandre une première fois avec leur promise en touchant son corps. La plupart s'accouplaient avec leur femelle, mais Lothaire savait qu'il ne le pouvait pas. Il se téléporta tout près d'elle et passa une main tremblante sur sa nuque.

— La seule chose qui soit plus grande que mon désir, c'est ma force. Ta forme mortelle est trop fragile pour que je puisse te posséder. Mais je dois en finir.

— Alors, je ne céderai ce corps à personne tant que tu n'auras pas détruit l'âme d'Elizabeth et fait de moi un être entier. En attendant, tu peux soulager ton désir comme tu l'entends...

— Lothaire ?

La voix d'Elizabeth le tira de sa rêverie.

Il lui jeta un regard lourd d'une haine renouvelée, tout au souvenir de cet interlude avec Saroya. Cette nuit-là, ils avaient discuté jusqu'à l'aube, évoquant leurs objectifs. Ce qu'il avait appris d'elle lui avait confirmé qu'elle était faite pour lui.

Saroya le complétait à tous points de vue. *C'est une reine devant laquelle même Ivana aurait baissé les yeux.*

Blyad' ! Comment sa reine pouvait-elle lui demander de se servir d'Elizabeth ? Peut-être Saroya ne voyait-elle pas la dichotomie entre elle et la mortelle, mais pour Lothaire, cela crevait les yeux.

Ce serait prendre une tout autre femme.

Quand Saroya aurait compris un peu mieux la situation, elle ne serait plus aussi prête à pousser Lothaire à prendre du plaisir avec une autre. Il imaginait ce qu'il aurait ressenti, lui, si les rôles avaient été inversés.

Il aurait fait un malheur.

Il avait dédaigné Elizabeth adolescente, mais n'en avait pas moins été surprotecteur. Quand il l'avait vue embrasser ce garçon, Lothaire avait jeté la voiture de ce dernier dans un ravin. Lorsque le gamin était sorti de l'eau pour voir ce qui se passait, Lothaire l'avait jeté dans le vide aussi.

Peut-être que Saroya n'est pas jalouse parce qu'elle n'éprouve rien pour toi... lui murmura une petite voix dans son esprit.

Lui qui se vantait de pouvoir prédire les faits et gestes des autres, voyait-il réellement Saroya revenir pour lui le lendemain soir ?

Il avait beaucoup de mal à le croire, mais la déesse ne semblait pas vraiment tomber sous son charme. C'était absurde, vraiment, mais comment savoir ce qui se passait dans l'esprit d'une femme ?

Lothaire résolut de la gâter un peu plus et de lui montrer de quoi il était capable au lit – histoire de lui faire comprendre qu'elle avait besoin de lui pour d'autres choses que pour la sauver de la malédiction.

Il soupira. Il y avait si longtemps qu'il n'avait pas couché avec une femme qu'il n'était pas sûr de pouvoir faire des prouesses. Un méchant sourire se dessina sur ses lèvres. *Peut-être devrais-je m'entraîner sur Elizabeth.*

Un soubresaut de désir effaça son sourire. Il la regarda. De grands yeux gris curieux croisèrent les siens.

L'idée n'était pas si mauvaise.

Ou alors j'essaie seulement de justifier mon envie de toucher une humaine.

Non, le corps partagé de sa femme lui mettait les idées sens dessus dessous. C'était là la seule raison de son désir.

À moins que je ne ressemble plus à mon père que je ne veux bien l'admettre.

11

— J'ai du travail, dit le vampire avant de téléporter Elizabeth jusqu'à sa chambre. Tu restes ici jusqu'à mon retour.

Il la planta là, vacillante. S'habituerait-elle jamais à la téléportation ?

— Du travail ? Pour remonter sur tes trônes ?

— Tu poses toujours autant de questions ?

— Tu réponds toujours une fois sur dix ?

Sa réplique lui valut un nouveau regard menaçant.

— Dis-moi juste une chose, reprit-elle, imperturbable. Si Saroya compte tant que ça pour toi, pourquoi l'as-tu laissée en prison ?

— On m'avait assuré que tu serais physiquement en sécurité derrière ces barreaux.

— Et psychologiquement ?

— Ça, je m'en contrefichais. Tout ce qui m'intéressait, c'était ton corps.

Le macho de base, quoi.

— De quoi est-ce qu'il fallait me protéger ?

— Je suis l'Ennemi de Toujours. Ceux qui cherchent à m'atteindre en faisant du mal à Saroya sont innombrables.

— Ils veulent lui faire du mal dans *mon* corps.

Il la saisit par le menton. Sa peau était étonnamment chaude.

— Comme je te l'ai expliqué, tu es protégée, ici. La seule personne dont tu dois avoir peur, c'est moi.

Donc, cet appartement était le pire endroit pour elle. Ellie savait crocheter une serrure, mais s'évader d'une prison invisible, c'était autre chose. S'il existait des serrures magiques, existait-il des crochets magiques aussi ?

— Et mes affaires ? Brosse à dents, sous-vêtements, etc. ?

— Tout ce dont tu as besoin est dans la salle de bains. Quant aux vêtements – il se dirigea vers l'entrée de la chambre et ouvrit une porte –, ils sont ici.

Le dressing devait faire la taille de son vieux mobile home.

Elle y entra, ébahie. Robes, manteaux, pantalons, il y en avait partout, ainsi que plusieurs dizaines de paires de chaussures, des chemisiers, des pulls…

Elle tourna sur elle-même, les yeux écarquillés.

— Ce sont les plus beaux vêtements que j'aie jamais vus !

Lothaire s'appuya contre l'encadrement de la porte.

— Tu ne m'étonnes pas beaucoup. La haute couture des Appalaches n'a pas très bonne réputation.

Elle savait qu'il cherchait à l'insulter, mais préféra prendre cela sur le ton de la plaisanterie. Elle avait essayé de se battre pied à pied avec lui et avait perdu. Alors, elle allait essayer autre chose.

Sa mère avait toujours dit : « On attire plus avec du miel qu'avec du vinaigre. Et quand on n'a ni l'un ni l'autre, il reste la chevrotine. »

Ellie en avait conclu qu'elle avait dû avoir recours à la chevrotine assez tôt dans sa vie.

— Appalaches et haute couture ? Tu peux mettre une pièce dans le pot à oxymores, dit-elle.

Elle se dirigea vers le fond du dressing, passant en revue les divers portants.

Chez elle, elle ne possédait presque pas de vêtements. Deux jeans usés, un jean coupé pour l'été, quelques tee-shirts, du matériel de montagne. Et, en prison, elle avait eu droit à quatre uniformes à porter en alternance.

Ici, le choix était stupéfiant.

— Tu as acheté tout ça pour Saroya ?

Il semblait plus détendu que dans la salle à manger, son regard était un peu moins hostile.

— Oui.

Ellie tenta d'imaginer quelle avait pu être la réaction de la déesse.

— Elle a dû devenir dingue.

— Elle voulait tout, et toutes les babioles qui allaient avec.

— Et tu as tout acheté ? Comme ça ? dit Ellie avec un claquement de doigts.

— Évidemment. C'est ma femme.

— Tu dois vraiment l'aimer.

Il ne répondit pas, se contentant de croiser les bras.

— Et elle, elle t'aime ?

— Je te l'ai dit, c'est la femme que le destin me réserve.

S'il avait dit la vérité en déclarant qu'il était incapable de mentir – ce qui était sans doute un mensonge en soi –, alors Ellie pouvait voir dans ses mots une façon d'éluder la question.

— Est-ce que tu aimes Saroya ?

— Quand les mortels me posent des questions sans arrêt, en général, je leur arrache la langue et je les regarde se vider de leur sang.

Plutôt que d'être horrifiée, Ellie pensa : *Là, c'est certain, il ne veut pas répondre ! Y aurait-il de l'eau dans le gaz ?*

— C'est bon à savoir, le coup de la langue, dit-elle d'un ton léger, tout en laissant courir un doigt sur le cuir souple d'un manteau. Je peux l'essayer, celui-là ?

Lothaire haussa les épaules en guise de réponse, et elle passa le manteau, puis en serra les pans devant elle, fermant à demi les yeux de bien-être.

— Lothaire, jamais je n'aurais même imaginé que des trucs pareils existaient...

— Je te le répète, je n'accepte que ce qu'il y a de mieux.

Comme une déesse pour femme plutôt qu'une mortelle ? Une divinité plutôt qu'une pauvre fille des montagnes, qu'il avait observée pendant des années, déçu du choix que le destin avait fait pour lui ?

Et dire que pendant tout ce temps, elle ignorait qu'un vampire la regardait !

Comme s'il venait de prendre une décision, Lothaire se dirigea vers une coiffeuse cirée. Il en ouvrit un tiroir peu profond, puis revint se placer au même endroit, vers la porte du dressing.

— Qu'est-ce qu'il y a, là-dedans ?

Des bijoux. Énormes. Brillants.

— Nom d'un dahu...

Elle se mit à haleter.

— Alors là... là... j'en ai le souffle coupé.

Il se téléporta jusqu'à elle aussitôt et lui prit le bras – plus doucement, cette fois.

— Je te remercie, Lothaire. Ce scintillement m'a presque rendue aveugle.

Comment ne pas penser qu'une seule de ces pierres aurait pu nourrir sa famille pendant plusieurs années ? Et même convaincre la compagnie minière de leur lâcher les baskets...

— Tu réagis ainsi alors que jamais tu ne posséderas de tels bijoux ?

— Ça n'empêche pas qu'ils soient jolis, rétorqua-t-elle, sur la défensive. Et les voir me fait plaisir.

Elle tenta de se dégager, mais il la fit pivoter vers lui.

Elle leva les yeux, se demandant ce qu'elle aurait éprouvé si un homme lui avait acheté des bijoux comme ceux-ci. *S'il m'aimait au point de tuer pour m'avoir.*

Lothaire parut songeur, tout à coup. Ellie remarqua que ses sourcils, lignes dorées sur un visage ciselé à la peau aussi lisse et pâle que le marbre, étaient d'un blond plus foncé que ses cheveux.

Comme s'il ne pouvait s'en empêcher, il passa une main dans les cheveux d'Ellie.

En temps normal, elle aimait bien cela, se sentait chaton câlin sous ce genre de caresse. Mais, cette fois, c'était un tueur qui la touchait. Les doigts écartés dans ses cheveux, il regardait les mèches glisser, suivait leur mouvement.

Il recommença, plusieurs fois... et elle sentit qu'elle se détendait.

Il laissa retomber sa main.

— Je vais te laisser seule dans ta suite pendant un moment. Tu seras vraiment seule, insista-t-il, comme s'il anticipait une remarque à ce sujet de la part d'Ellie.

Il se tourna vers une porte de côté, qui donnait sur une autre chambre. *La sienne ?* Tiens, tiens, comme c'était pratique.

— Il n'y a pas de moyen de t'échapper, pas de téléphone. Tu peux considérer cet endroit comme ta nouvelle cellule.

Elle le suivit.

— Hé, attends ! Qu'est-ce que je suis censée faire, moi ?

— Va te coucher à l'aube, entraîne ton corps à dormir le jour.

— Et demain ? Et après ? Tu as dit qu'il me restait peut-être un mois à vivre. Je fais quoi, moi, pendant ce temps ?

— Tu prends du poids.

Il lui claqua la porte au nez.

Ellie fixa le bois massif, serrant les poings.

— Connard !

Elle actionna la poignée. Verrouillée !

Elle regarda autour d'elle. *Ma nouvelle cellule ?* La pièce était spacieuse, mais Ellie était enfermée. Et elle détestait cela !

Elle sortit en courant sur la terrasse, inspira de longues bouffées d'air nocturne.

New York était à ses pieds, tout de lumière et d'énergie. Elle aurait tellement aimé descendre dans les rues ! Il y avait tant de lieux à explorer, à découvrir, tant de gens nouveaux et intéressants à rencontrer.

Mais elle n'en aurait jamais l'occasion. À cause des barrières magiques. Et des déesses, et des buveurs de sang qui se prenaient pour Dieu le père.

Elle rentra, attrapa le tabouret posé devant la coiffeuse et le jeta en direction de la limite invisible. Il rebondit directement dans la chambre, droit sur elle. Elle éclata d'un rire hystérique, puis le tabouret la heurta au menton. Elle aurait une marque.

Ah ah ! Saroya n'a plus qu'à aimer le noir et le bleu ! Elle était sur le point de se cogner la tête contre la poignée de la porte quand elle se rappela qu'en se faisant du mal, elle mettait sa famille en danger.

Elle se dirigea donc vers la salle de bains. Dans le miroir, maquillée et vêtue comme elle l'était, elle crut voir Saroya. Pour la première fois, elle voyait à quoi la déesse voulait ressembler.

Elle ouvrit le robinet d'eau chaude pour se nettoyer le visage.

— Je te déteste plus que l'enfer, Saroya.

Pour un psychologue, une situation pareille aurait été pain bénit.

Elle se regarde dans le miroir et déteste ce qu'elle voit ? Les affirmations positives deviennent des accusations ?

Merde, je devrais être morte, à l'heure qu'il est ! Mais cette salope avait encore contrecarré ses projets.

— Tu as peut-être gagné cette bataille, Saroya, mais la guerre, c'est moi qui vais la gagner. Je te détruirai. Je ne sais pas encore comment, mais je te détruirai.

Mais, si courageuses fussent-elles, ces paroles n'effaçaient pas les regrets qu'éprouvait Ellie.

Elle aurait aimé avoir une seconde chance, la possibilité de vivre. Pourquoi était-ce à elle de faire ce sacrifice ? Pourquoi avait-elle été choisie ?

Mais elle s'était depuis longtemps résignée. Les mains sous le filet d'eau, elle soupira :

— Le bouquet final est pour bientôt. Et rien ne l'empêchera.

Puis elle se frotta le visage plus énergiquement que jamais, pour se débarrasser des peintures de guerre de Saroya.

Nouveau regard dans le miroir. *Ah, là, c'est moi*, se dit-elle, même si elle sentait la déesse tapie en elle, la rongeant comme un cancer.

Ellie s'essuya le visage et retourna dans le dressing. Après avoir passé en revue les tenues à sa disposition, elle opta pour un jean et un simple chemisier bleu marine. Et comme elle se sentait plus *Ellie* qu'autre chose, elle resta pieds nus.

Incapable de s'en empêcher, elle retourna jeter un coup d'œil aux bijoux. Lothaire les lui avait montrés sans un mot, sans se vanter.

Pourquoi tenait-il à ce qu'Ellie les voie ? S'attendait-il à sa réaction ? Pensait-il qu'elle deviendrait hystérique, comme Saroya ?

Elle se rembrunit. Lothaire n'avait rien dit qui indiquât que la déesse et lui s'appréciaient, encore moins qu'ils s'aimaient. Il n'avait parlé que de destin et d'*animation*.

Elle se posait tant de questions à son propos. Aimait-il la déesse ? Pourquoi n'avait-il pas couché avec sa promise ? Tous les vampires étaient-ils aussi impitoyables que lui ?

Elle aurait aimé avoir le temps de l'étudier. Là, son diplôme aurait pu lui être utile. Si elle s'était dirigée vers la psychologie, c'était entre autres parce qu'elle avait toujours eu un don pour se mettre à la place d'autrui. Pour un psy, c'était une qualité précieuse.

Mais la psychologie était la science du comportement humain, et Lothaire n'était pas humain…

Elle allait donc devoir travailler un peu plus dur et recourir à tous les moyens nécessaires pour découvrir ce qui motivait Lothaire.

Quand elle quitta le dressing, elle se souvint qu'un peu plus tôt, ils étaient sortis *à pied* par la porte principale de sa suite, mais étaient revenus par téléportation. Contrairement à la porte de communication avec la chambre de Lothaire, la porte principale ne devait donc pas être verrouillée.

Je n'aurai même pas à la crocheter, si ça se trouve…

Quand Lothaire sortirait, elle irait peut-être visiter le reste de l'appartement. Allait-elle oser lui désobéir ? Il ne le saurait probablement jamais.

Avec cet objectif en tête, elle se mit à genoux devant la porte de la chambre du vampire et tendit l'oreille.

Elle entendit un bruit de draps froissés, puis un juron étouffé. Il était allé se coucher, après lui avoir dit qu'il avait du travail ? Et la nuit n'était-elle pas… sa journée ?

C'était bien digne d'un mec, ça !

Attends… Il a gémi, là ?

Jamais je n'arriverai à dormir avec une érection pareille.

Lothaire avait beau être épuisé, il sentait son sexe palpiter, exiger le soulagement. Impossible de faire comme si de rien n'était. Il ne pouvait pas se mettre sur le ventre sans enfoncer son sexe dans le matelas, ne pouvait pas se mettre sur le dos sans que ses mains descendent pour caresser son membre.

Mais se répandre seul, alors qu'il avait enfin trouvé sa femme ? Hors de question !

Il plissa les yeux quand la mortelle s'agenouilla devant la porte de communication. *On a fini de hurler et de jeter des choses, Elizabeth ?* Il entendait son souffle léger, par-dessous la porte.

Elle l'espionnait ? Lothaire était un maître en la matière, et il adorait ça.

Au cours de sa longue existence, il avait regardé un nombre inimaginable de gens faire l'amour. Il était voyeur et n'en éprouvait aucune honte. Il avait remarqué que chaque couple, à l'approche de l'explosion, atteignait un point de non-retour, où les sens et les inhibitions s'envolaient, un point au-delà duquel plus rien ne pouvait les séparer.

Lothaire, lui, ne s'était jamais abandonné ainsi. Il savait toujours ce qu'il faisait et pouvait s'interrompre à tout instant.

Ce soir, il craignait qu'en approchant de l'explosion, il ne franchisse une ligne et ne jette Elizabeth dans son lit. Il lui arracherait ses vêtements et enfoncerait ses crocs et son sexe si profondément en elle qu'il ne pourrait plus distinguer son corps de celui de l'humaine…

Non. Je ne m'abaisserai pas à baiser une mortelle.

Lothaire pouvait attendre le retour de Saroya, le lendemain soir. Il attendrait, se jura-t-il, alors même que son esprit lui soufflait : *Elle ne viendra pas.*

Mais comment trouver le sommeil ? Il alluma le métronome, à côté de son lit. *Tic… tic… tic…* C'était apaisant, mais pas suffisamment pour lutter contre la douleur persistante entre ses jambes.

Peut-être aurait-il dû prendre quelque chose, comme le faisait régulièrement son ancien geôlier, Declan Chase, un soldat irlandais de la Horde surnommé la Lame.

Lothaire se redressa, prit son front entre ses mains. Ne s'était-il évadé de l'île-prison de l'Ordre qu'hier ? Il avait le sentiment que plusieurs semaines, déjà, s'étaient écoulées.

Moins de vingt-quatre heures plus tôt, Chase avait été blessé mortellement. Lothaire avait donné son sang à la Lame, en échange de sa liberté – il était prêt à tout pour retrouver Saroya avant l'exécution.

Une fois encore, il avait dû passer un marché : tenter de changer Chase en vampire, pour sauver Saroya.

Cela faisait des siècles que Lothaire n'avait plus essayé de créer un vampire. *Suis-je redevenu un géniteur ?* Mais le fait qu'il ait donné son sang à Chase ne garantissait rien. Celui-ci était-il seulement resté en vie ?

Mon ennemi. Et peut-être mon enfant. Il se rembrunit. Cette pensée n'avait rien d'agréable. D'autant que Chase l'avait torturé pendant sa détention.

Chase avait été atrocement torturé pendant sa jeunesse et savait donc ce qu'il faisait endurer aux autres. Pourtant, la douleur qu'il lui avait infligée avait fait rire Lothaire, alors que même sa peau était réduite en cendres.

Chase n'avait pas compris. Il ne savait pas qu'aucune torture ne pouvait être pire que celle que Lothaire avait endurée quand, caché dans la neige, il avait entendu sa mère être sauvagement violée puis brûlée vive. Aucune cruauté n'était comparable à celle que Stefanovich avait déployée contre lui des années plus tard.

La terre qui me recouvre, les racines qui me traversent.

Oublie tout cela ! Ou bien regarde l'abîme...

Quoi qu'il se soit passé entre Lothaire et Chase, ils avaient mêlé leurs sangs et étaient liés, désormais. Cela signifiait que Lothaire pouvait atteindre l'esprit de Chase, pouvait fouiller dans ses souvenirs.

Peut-être que dormir n'est pas nécessaire. Il lui fallait seulement s'approcher de Chase.

La femme de Chase était une Valkyrie. Elle avait dû l'emmener avec elle jusqu'à Val-Hall, le domaine, en Louisiane, qui abritait son coven – et où régnaient brouillard éternel, éclairs et foudre, et cris de Valkyries.

Un endroit que Lothaire connaissait bien. Il faisait partie des rares vampires à en avoir vu l'intérieur et à être encore en vie.

Il pouvait y aller maintenant et trouver Chase.

Mais d'autres le cherchaient aussi. Partout dans le Mythos, des immortels voulaient un morceau de Declan Chase, le croquemitaine qui avait rôdé dans la nuit et enlevé des dizaines d'entre eux, pour pratiquer sur eux d'horribles expériences.

Prem's !

Car Lothaire était certain de le trouver avant les autres...

12

— Alors, on renforce la garde ? lança Lothaire à Thaddeus Brayden, un des détenus avec lesquels il s'était évadé de la prison de l'Ordre.

Le jeune homme faisait les cent pas devant le manoir des Valkyries, apparaissant et disparaissant au gré des bancs de brouillard qui montaient du bayou tout proche.

Thaddeus fit volte-face et perdit son expression guerrière dès qu'il vit Lothaire – réaction que ce dernier avait peu l'occasion de provoquer.

— Faut croire que oui, monsieur Lothaire ! On est comme qui dirait assiégés, déclara-t-il avec son accent texan.

Avec son jean délavé, son tee-shirt et ses bottes de cow-boy, il avait l'air ridiculement humain. Thaddeus, qui n'avait découvert son immortalité qu'un mois plus tôt, était un nouveau venu dans le Mythos, mais il allait pouvoir être utile à Lothaire.

— Comment vous avez fait pour franchir les limites de Val-Hall, alors que personne d'autre n'y arrive ? demanda-t-il en regardant derrière Lothaire.

Avec un sourire en coin, Lothaire se retourna vers la foule d'immortels massés derrière le portail, maintenus à distance par un sortilège de fermeture wiccae semblable à sa propre barrière druidique, mais moins efficace. *Facile, pour moi.*

Comme il l'avait prévu, toutes ces créatures du Mythos voulaient se venger de la Lame. Ce qu'ils ignoraient, c'était que Chase n'avait été que le bras armé de l'Ordre, dont le vrai chef, le commandant Webb, lui avait fait subir un lavage de cerveau alors qu'il n'était encore qu'un jeune garçon.

Webb, le mortel qui avait pris l'anneau à Lothaire et avait quitté l'île avec, se cachait quelque part. Lothaire ignorait encore où.

Mais Chase devait le savoir.

Lothaire souhaitait tout le succès possible à ces immortels assoiffés de sang, mais savait qu'ils ne parviendraient jamais à franchir les limites de Val-Hall, et encore moins la seconde ligne de défense des Valkyries.

Les spectres.

Vêtues de haillons rouges, ces revenantes fantomatiques de guerrières mortes au combat voletaient autour du manoir dans un tourbillon d'où émergeait à l'occasion un visage squelettique.

Les Valkyries avaient embauché l'Antique Fléau – et sa garde en principe impénétrable – pour protéger le manoir après une récente incursion vampire.

Lothaire n'y avait-il pas participé, d'ailleurs ? *Ah, si. J'y étais, c'est vrai.*

— Je te l'ai déjà dit, Thaddeus. J'ai des pouvoirs que les autres n'imaginent même pas. Et tu peux les avoir aussi, *cousin*. Il suffit de boire à des proies de choix.

Thaddeus éclata de rire. Pourtant, Lothaire était on ne peut plus sérieux. Des siècles plus tôt, il avait vidé de son sang un sorcier qui savait neutraliser les sortilèges wiccae. Lothaire se souvenait encore de son goût, se souvenait encore de l'improbable allié qui l'avait aidé à ce moment-là…

Thaddeus s'avança en tendant la main.

— En tout cas, je suis content de vous voir.

Lothaire fixa la main d'un regard glacial, jusqu'à ce que le jeune homme la laisse retomber avec un sourire.

Le vampire avait beau être odieux, Thaddeus persistait à ne penser que du bien de lui.

Lors de leur première rencontre, en prison, Lothaire était affamé et avait jeté son dévolu sur Thaddeus. *Jeune, pas encore trop de souvenirs, c'est mieux*. Le gamin n'avait survécu que parce qu'il était en partie vampire.

— Je suppose que vous êtes venu pour Chase, hein ? Je pourrais demander aux Valks si elles sont OK pour vous laisser entrer, mais… j'ai l'impression qu'elles vous ont un peu dans le nez, dit-il en baissant les yeux, tapotant le sol du bout de ses bottes en serpent.

— Je ne demande pas les choses. Je les prends. Si je voulais vraiment entrer à Val-Hall, même les spectres ne pourraient pas m'en empêcher.

Si j'avais mis ce qu'il fallait dans mes bagages…

Mais il n'avait pas besoin d'entrer dans le manoir. Être près de Chase lui suffisait.

Thaddeus haussa les sourcils, surpris, mais avec Lothaire il savait qu'on pouvait s'attendre à tout. Les exploits accomplis par le vampire sur l'île avaient complètement éberlué le jeune homme.

— Chase tient le coup… mais c'est limite. Il n'a toujours pas repris connaissance.

La Lame avait été transpercée par une épée.

— Il fallait s'y attendre, Thaddeus.

— Mes amis m'appellent Thad.

L'Ennemi de Toujours conversant avec un ado appelé *Thad*, amateur de foot et scout à ses heures ? Enfin, avec une créature mi-fantôme, mi-vampire nommée Thaddeus. Lothaire préférait ça. Pour son standing.

Mais de toute façon…

— Nous ne sommes pas amis, dit-il avant de se rembrunir.

Ces mots lui avaient brûlé la gorge, comme s'il avait menti.

Comment était-ce possible ? Thaddeus était tout le contraire de Lothaire. Un brave gamin puceau dévoué à sa famille et à ses amis. En dehors du fait que, comme Lothaire, il passait pour être carrément beau mec – enfin, bien moins que le vampire, quand même –, ils n'auraient pas pu être plus différents.

— Il faut quand même que je vous dise que Regin vous en veut encore à mort de nous avoir trahis, dit Thad en shootant dans un caillou.

Regin la Radieuse était une guerrière valkyrie. Avec Lothaire, Thaddeus et, pour finir, Chase, elle avait fait partie du groupe de six personnes qui s'étaient alliées dans le seul but de quitter l'île sur laquelle elles étaient emprisonnées. Une bande de chouettes copains, mais pas chouettes, et pas copains. Lothaire leur avait sauvé la vie, en échange de serments prêtés par Chase.

Si Chase survit, il aura son nom dans mon livre de comptes.

Tous les six, ils avaient erré pendant une semaine sur l'île, luttant côte à côte contre leurs ennemis communs, jusqu'à ce que Lothaire passe un accord avec leurs adversaires, qu'il avait fini par trahir aussi.

— J'ai vu une ouverture, et je l'ai prise. Regin a pourtant pardonné à Chase tout ce qu'il lui avait fait subir, non ? ajouta-t-il, songeur.

Avant que Chase ne se souvienne qu'il avait aimé Regin dans une autre vie, il avait suivi les ordres de Webb et torturé la Valkyrie, l'avait regardée dans les yeux tout en lui administrant un poison qui provoquait d'atroces douleurs dans tout le corps.

Pour être ensuite submergé par le remords.

— Regin savait que DC n'était pas quelqu'un de mauvais, au fond. Mais pour vous, elle est certaine du contraire.

Quelle moralisatrice, cette Valkyrie ! Regin avait sans doute tué des milliers de créatures du Mythos au cours de sa très longue existence, et pourtant, on l'admirait pour cela. Lothaire ? On le vilipendait.

— J'espère que votre sang fera l'affaire, pour DC, dit Thaddeus. Si ça lui sauve la vie, ils seront bien obligés de vous pardonner, non ?

— Tu es d'une naïveté affligeante, vraiment.

Et puis, tout le monde ne survivait pas à la métamorphose.

Thaddeus hocha la tête, l'air grave.

— J'ai beaucoup entendu parler de vous, monsieur Lothaire. Et jamais en bien. Je prends toujours votre défense, mais on dirait que la moitié de ces gens du Mythos a vraiment une mauvaise opinion de vous.

Lothaire avait toujours trompé les autres avec joie, et de façon répréhensible.

— Pour être précis, je dirais que le pourcentage est plus proche de quatre-vingt-dix que de cinquante. Et leur opinion est justifiée. En me défendant, tu ne fais que passer pour un pitoyable ignorant, ou pour un être franchement obtus…

Il se tut, son esprit soudain reparti vers sa maison. *J'ai hâte de retrouver ma femme.*

Cette pensée le surprit. Pourquoi se sentait-il aussi lié à elle maintenant ? Jusqu'à présent, il l'avait toujours quittée facilement, et voilà qu'il souffrait de son absence. *Blyad' !*

— D'après Regin, vos yeux rouges, ça veut dire que vous êtes en train de devenir fou.

— Je suis bien sûr qu'elle a exprimé cela de manière beaucoup plus… imagée.

Regin était une grande gueule qui se trouvait drôle et adorait être le centre d'attention.

Thaddeus se passa une main sur la nuque.

— Elle a dit : « Lo-lo, Lotho, *loco*. C'est le nom qu'ils me donnent, et qui veut dire fou. » Enfin, un truc comme ça. Elle prétend que vous allez devenir encore plus barré que Nïx. C'est vrai ?

Nïx la Savante, la sibylle valkyrie. Son éternelle ennemie. Elle avait fait échouer plus de complots vampires que tous les oracles des autres factions réunis.

— Plus fou que Nïx ? Impossible.

Elle était bien, bien plus folle que Lothaire. Il se demanda si elle avait vu l'arrivée de Saroya. La seule chose de bien, avec Nïx, c'était qu'elle était tellement dingue qu'elle oubliait parfois ses visions.

Mais si elle s'en était souvenue ? Peut-être conspirait-elle déjà contre lui. *La reine blanche et le roi noir s'affrontent sur l'échiquier...*

— Vos yeux changent de seconde en seconde, grommela Thaddeus. C'est pire que ce que j'avais vu jusque-là.

Laisser ma femme seule n'est pas si facile. Des mercenaires et des tueurs de toutes les factions étaient en permanence à ses trousses. Quand une créature du Mythos riche et puissante avait envers lui une dette de sang, elle choisissait en général de lancer ses meilleurs guerriers sur ses traces, avec pour mission de lui rapporter sa tête.

— Ce sont les risques du métier. Mais les avantages sont absolument fantastiques.

— Qu'est-ce que vous dites, monsieur Lothaire ?

Et maintenant, ils allaient s'en prendre à elle. Mais non. Techniquement, Saroya ne pouvait pas être tuée.

Mais je la veux dans le corps si agréable d'Elizabeth. Au souvenir de ses yeux gris, de ses lèvres charnues et de ses courbes dignes des fantasmes les plus fous, il conclut une nouvelle fois que garder ce corps pour Saroya était de la première importance.

Sans parler de son sang délicieux. *Elle a le goût du vin et du miel*. Exactement comme l'avait dit le père de Lothaire. Rien que d'y penser, il sentit ses crocs s'acérer.

— Comment ça, du vin et du miel ? demanda Thaddeus. Je comprends rien à ce que vous dites.

J'ai parlé à haute voix ? Comme pour se remettre les idées en place, Lothaire secoua la tête et fit sans le vouloir un pas en arrière, heurtant la ligne des spectres.

— Attention ! s'écria Thaddeus.

Avant que Lothaire ait eu le temps de s'écarter, des coups de griffes lui avaient tailladé le visage.

— Ça va, monsieur Lothaire ?

Douleur. Éclair de lucidité. S'y raccrocher. *Ne montre aucune faiblesse, ne manifeste aucune folie.*

Quand le sang coula sur sa lèvre, il l'essuya d'un rapide coup de langue, y trouva une note dominante du sang d'Elizabeth mélangé au sien, et cela le calma.

Les spectres ralentirent, et celle qui était leur chef le fixa d'un regard fantasmagorique.

— Je sais comment vous détruire, dit Lothaire d'une voix sourde. Touche-moi une seule fois encore, Fléau, et je t'en ferai la démonstration.

La créature poussa un cri, et Lothaire sourit méchamment.

— Hé, mais je te connais, toi. On s'est rencontrés, quand tu étais jolie.

À la place du visage spectral, l'espace d'un instant, apparut son ancien visage, celui d'une magnifique guerrière macédonienne.

— On a baisé, à l'époque, non ? demanda Lothaire, songeur.

La créature poussa un nouveau cri furieux, puis fut emportée par la force du tourbillon généré par ses congénères.

— C'est bien ce que je me disais, fit Lothaire.

Mais il fallait en revenir à Chase.

— Qu'est-ce que vous lui voulez, à DC ? insista Thaddeus.

— Il faut que je pénètre dans son esprit pour lire dans ses pensées.

— Comment ?

À bout de patience, Lothaire répondit sèchement :

— J'ai bu son sang, et ensuite, je lui ai offert le mien. Cela a créé un lien entre nous pour l'éternité.

— Alors, c'est ce que vous vouliez dire, quand vous avez mis Regin en garde contre des liens indéfectibles ?

En partie, oui.

Thaddeus se planta devant Lothaire.

— Et pourquoi est-ce que je devrais vous laisser vous mélanger les idées, ou je sais pas quoi, avec DC ?

Lothaire eut un petit rire amer.

— Que peux-tu faire pour m'en empêcher ? Allez, laisse-moi passer, maintenant.

Il faillit ajouter : « Ou je tue ta mère adoptive chérie et ta grand-mère pour te punir de ton insolence », mais le *rána* monta dans sa gorge.

Ce qui signifiait qu'il avait été sur le point de proférer un mensonge. *Pourquoi n'éliminerais-je pas deux humaines complètement insignifiantes ?* Pourquoi se sentirait-il uni en quoi que ce soit à Thad ?

Parce qu'une fois, quelque chose m'a touché chez ce garçon. Une manifestation de loyauté…

Thaddeus redressa les épaules.

— Je pourrais donner l'alarme.

Et je pourrais te trancher la gorge avant que tu aies ouvert la bouche pour crier. Mais à cause de ce qu'ils avaient vécu ensemble, Lothaire l'épargnerait, ce soir.

— Je veux utiliser les souvenirs de Chase pour retrouver le commandant Webb, celui qui a ordonné ton enlèvement et toutes ces expériences horribles. Celui qui peut encore faire du mal à *ta* famille.

Celui qui détient la clé de mon avenir, sous la forme d'un anneau.

Les crocs du jeune homme s'allongèrent.

— Moi aussi, je veux le retrouver, celui-là.

— Tu ne penses tout de même pas que j'ai besoin d'aide pour me venger ?

Et si j'en avais besoin ? Lothaire avait encore tant de vengeances à accomplir ! Il se souvenait d'Olya, cette humaine, à Helvita, et de son désir de la tuer. Elle avait été vidée de son sang par Stefanovich bien avant que Lothaire ne puisse la retrouver.

Il se souvenait des mortels qui s'étaient acharnés sur sa mère. « Venge-moi ! » avait-elle hurlé.

Aujourd'hui seulement, Lothaire était sur le point de les faire payer. Tous. *Trouver Serghei, enfin...*

— Je me fiche que vous en ayez besoin ou pas, monsieur Lothaire. Moi aussi, je rêve de me venger. Et puis, on est amis. Et entre amis, on se protège. Exactement comme on l'a fait, vous et moi, sur l'île.

Dans la précipitation de l'évasion, il était possible que Lothaire ait sauvé le gamin une ou deux fois, sans rien recevoir de Thaddeus en échange, mais simplement parce que cela servait ses propres objectifs.

Il avait aussi mis à plusieurs reprises la vie de Thaddeus en danger.

— Nous verrons ça plus tard, lâcha sèchement Lothaire, pour couper court à la discussion.

La « discussion », dans son idée, consistant en un bref « Je peux venir avec vous ? » venant de Thaddeus, auquel il répondrait d'un tout aussi bref « Pas question, va te faire foutre ».

— J'espère bien, monsieur Lothaire. Alors, dites-moi ce que vous cherchez exactement, dans cette fusion d'esprits, là ?

Sous la fenêtre de la chambre de Chase, et hors de portée des spectres, Lothaire répondit :

— Chase a forcément visité le repaire de Webb. Si j'arrive à accéder à ce souvenir-là, je pourrai me téléporter directement là-bas, comme si j'y avais déjà mis les pieds.

— Alors vite, faut y accéder, et on règle tout ça !

— Pour commencer, il va falloir que tu la fermes.

Thaddeus hocha la tête d'un air décidé.

— D'accord.

Lothaire calma son propre souffle, puis son rythme cardiaque, et écouta celui de Chase. Quand il monta en puissance dans ses oreilles, comme un tremblement répétitif, Lothaire ferma les yeux, mais continua de voir… cette fois dans l'esprit fatigué de Chase.

Et il n'y trouva que du noir. Du vide.

Aucune pensée, aucun rêve. *Est-il au seuil de la mort ?*

Seigneurs, avoir l'esprit aussi… reposé ? Peut-être cela valait-il le coup de mourir, finalement. Lothaire chercha plus profondément encore, en vain. Il n'y avait que le silence.

Il ne trouverait aucune pensée concernant Webb avant longtemps, et il ne pouvait pas fouiller toutes les cicatrices de l'esprit de Chase à la recherche d'un souvenir en particulier. Autant essayer de chercher dans sa propre tête. Au moins savait-il où se trouvaient les trous noirs, les sables mouvants et les points de non-retour.

Il quitta l'esprit de Chase avec un soupir de frustration. Il n'avait rien tiré de son intrusion, aucune information utile.

Il serra les poings. *Chto za huy ! Il me faut cet anneau !* Il en était privé, alors que c'était le *sien* !

— C'est bon, vous avez trouvé Webb ? demanda Thaddeus. Notre mission va pouvoir avancer ?

— *Notre* mission ? Je n'ai rien vu qui puisse m'aider dans *ma* quête ! Je t'interdis de parler de cela – et de quoi que ce soit me concernant – à quiconque.

— Pourquoi est-ce que je devrais avoir des secrets pour mes autres amis ? Vous leur voulez du mal à eux aussi ?

Lothaire n'avait pas le *temps* de leur faire du mal.

— Non. Pas encore, ajouta-t-il pour empêcher le *rána.*

— D'accord, dit Thaddeus après une hésitation. Je vais garder ça pour moi. Mais j'ai besoin de savoir comment vous contacter. C'est quoi, votre numéro ?

Lothaire le fixa longuement.

— Mon numéro ? Pour quoi faire ?

Thaddeus leva les yeux au ciel.

— Une dernière fois : parce-qu-on-est-a-mis. Je veux vous aider à trouver Webb et assurer vos arrières rapport à la Dorada. Tout le monde dit qu'elle vous cherche.

C'était vrai. La dernière fois que Lothaire l'avait vue – momifiée, hideuse –, elle hurlait : « Aaaaannnn-neauuuuuu » en lui courant après dans les couloirs de la prison, flanquée de ses laquais wendigos.

Il leur avait fait une drôle de surprise, à tous…

— Lothaire ? Hou hou ?

— *Quoi ?*

— Je disais que j'aimerais bien rencontrer vot'dame.

Lothaire se tendit, regarda le jeune homme.

— Ma dame ?

— On raconte que vous avez trouvé votre promise.

— « On », c'est-à-dire Nïx ?

Lothaire découvrit ses crocs, sentit la salive couler sur sa langue. Certes, il avait souvent joué avec ses ennemis en menaçant leurs familles et avait ri de leurs réactions de panique tandis que lui-même restait froid et calculateur.

Mais là, c'était terminé.

— Beaucoup de gens parlent de la récompense offerte pour votre dame… continua Thaddeus, sans se rendre compte que Lothaire était au bord du meurtre.

En un éclair, le vampire fut sur lui et referma ses mains autour de son cou.

— Quelle récompense ? Qui l'offre ? souffla-t-il en serrant, serrant…

Tu es fou, Lothaire ! Pourquoi n'avait-il pas fait comme s'il s'en fichait ? Pourquoi révéler, par sa réaction, les sentiments irrépressibles qu'il éprouvait à l'égard de Saroya ?

Quel idiot j'étais, autrefois, de me dire que jamais je ne m'attacherais suffisamment à quelque chose, pour ne jamais avoir de point faible !

— Je... je sais pas exactement ce que c'est, lâcha Thaddeus... Mais on dit que sa valeur est immense. Et je sais pas qui l'offre...

Immense valeur ?

— Quelqu'un a lancé des chasseurs sur nos traces ? Alors, il m'envoie des repas avec qui je vais pouvoir m'amuser. Si ma promise ne les trouve pas avant moi.

Lothaire lâcha Thaddeus en le poussant. Le jeune homme s'étala dans la poussière.

— Je le savais ! s'exclama ce dernier entre deux inspirations sifflantes. Je savais que vous aviez une copine. C'est à cause de deux, trois choses que vous avez dites... C'était pour ça que vous étiez prêt à tout pour quitter l'île.

L'air ravi de sa découverte, il se releva et s'épousseta comme si de rien n'était.

— C'est pour ça que vous nous avez tous baisés les uns après les autres. Je savais bien que vous n'étiez pas aussi mauvais que le disaient Regin, Nïx, Cara, et Emma, et...

— Ça suffit !

Les soldats de l'armée Vertas – les soi-disant « gentils » du Mythos – jouaient les pères la pudeur. Et pourtant, ils voulaient punir une femme qui ne leur avait jamais fait de mal ?

Bande d'hypocrites.

Je dois faire d'elle une immortelle le plus tôt possible. Saroya devait pouvoir se défendre et se téléporter pour échapper à ses ennemis si nécessaire.

— Alors, elle est *quoi*, finalement ? insista Thaddeus. C'est pas une vampire, déjà, parce que Regin m'a expliqué qu'il n'y avait plus de vampires femelles. C'est une démone ? Une sorcière ?

Je n'arrive plus à réfléchir. Ma tête... Pourquoi Thaddeus s'intéressait-il tant à sa femme ?

— Ils t'ont mis ici pour ça ? Pour me tirer les vers du nez ?

— Ben bien sûr que non !

Même si Lothaire mettait Saroya à l'abri derrière une frontière magique, rien, dans le Mythos, n'était jamais absolument infaillible. La panique lui étreignit la poitrine.

Rentre. Ne la laisse plus jamais seule.

— Toi, dit-il à Thaddeus, oublie que tu me connais.

13

Quand Lothaire regagna l'appartement, il trouva Elizabeth qui sortait de sa chambre.

Alors qu'il le lui avait interdit.

Elle s'était lavé le visage, et même si Lothaire rechignait à l'admettre, il trouvait cela beaucoup mieux. Elle avait aussi mis un jean qui épousait amoureusement les rondeurs de son joli petit cul – et ce détail à lui tout seul effaça l'essentiel de sa colère.

Alors, comme ça, on part à l'aventure ? Il imagina son petit cerveau de mortelle essayant de se familiariser avec son nouvel environnement et décida de la suivre pour observer ses réactions, tout en restant invisible.

Quand elle entra dans la première chambre et que les lumières s'allumèrent automatiquement, elle fit volte-face en demandant : « Qui est là ? » Puis elle ressortit, et les lumières s'éteignirent.

— Oh.

Dans le salon, elle appuya sur un bouton indiquant TV. Quand celle-ci sortit d'une console, Elizabeth ouvrit des yeux comme des soucoupes.

La salle de projection lui tira un « Hou là ! » que Lothaire prit comme un équivalent plouc de « Génial ».

Dans la cuisine, elle jeta un coup d'œil au réfrigérateur et grimaça à la vue des pichets de sang. Tandis que Lothaire se demandait ce qu'avait dû penser le chef mortel un peu plus tôt dans la journée en voyant la même chose, elle en renifla un et le reposa prestement. Elle inspecta ensuite les différents placards, qui étaient tous vides, avant de passer en revue tout l'électroménager en chantant le générique des *Jetson*.

Il ne chercha pas à comprendre.

En fait, l'exploration d'Elizabeth se résuma essentiellement à appuyer sur des boutons et à faire des bonds en arrière en poussant de petits cris. On l'aurait crue dans un territoire totalement étranger, voire hostile, qu'elle abordait avec un mélange de méfiance et d'étonnement.

Dans l'entrée principale, elle leva les yeux vers le lustre en cristal et le contempla longuement, penchant la tête d'un côté puis de l'autre, suivant des yeux les volutes complexes de chaque pampille. Les prismes de lumière se reflétaient dans ses grands yeux gris. Elle avait un regard… *intelligent*. Peut-être y avait-il là plus qu'il ne s'était autorisé à voir.

Il observa la forme délicate de son profil. Sous cet angle, il pouvait voir que ses lèvres étaient légèrement plus charnues au centre, d'où leur forme d'arc.

Elle était si fragile… La toucher devait être comme effleurer un fil de soie. La posséder serait impossible. Il fallait qu'elle soit plus forte.

S'imaginer en proie à un accès de fureur, impatient de se répandre loin en elle…

Il se passa une main sur le visage. S'il la prenait dans cet état, il la déchirerait de part en part, lui briserait tous les os.

Elle se frotta la nuque sous l'épaisseur soyeuse de ses cheveux, puis ramena une mèche derrière son oreille, soudain intimidée. Avait-elle senti qu'il l'observait ?

Certains humains possédaient une sorte de sixième sens. Très peu s'y fiaient.

Un vampire t'épie comme une proie. Le sens-tu, Elizabeth ?

Elle fronça les sourcils, regarda autour d'elle.

Me sens-tu, moi ?

Quelques instants passèrent, puis sa méfiance sembla se transformer en résolution et elle regagna la première chambre d'un pas décidé. Là, elle déplaça la table de nuit et se mit à genoux.

Que fait-elle ? se demanda-t-il distraitement, concentré sur ses fesses rondes et ses cuisses élancées. Puis il entendit la déchirure du papier peint et se téléporta jusqu'à elle pour voir ce qu'elle fabriquait.

Elle cherchait une prise téléphonique. Sans téléphone ? Pourquoi ?

Elle cherchait pour rien, il n'y avait aucune prise téléphonique dans l'appartement. Elles avaient toutes été retirées, et les trous dans les murs comblés.

À la troisième chambre, elle avait dû arriver à cette conclusion, car elle resta assise par terre et souffla pour écarter une mèche de son visage.

— Putain de sa mère.

Et maintenant, elle va mettre son visage dans ses mains et pleurer pendant que je la regarderai sans rien faire.

Mais Ellie se donna une tape sur la cuisse, se leva et se dirigea vers la cuisine. Dans un tiroir, elle prit un couteau à beurre et un tranchoir, alla vers la console de la télévision et l'écarta du mur.

Là, elle s'agenouilla de nouveau, ses nouveaux outils à côté d'elle.

Il regarda, interloqué, divers éléments électroniques prendre les airs et finir au milieu de la pièce – quelques vis, une prise murale, des morceaux de fil électrique…

Le boîtier du câble disparut soudain de son étagère, tiré par-derrière.

Une nouvelle fois, Lothaire se téléporta plus près, pour voir de quoi il retournait exactement. Il la trouva allongée sur le ventre, en train de bricoler le boîtier.

— Allez, allez, soufflait-elle en se mordant la lèvre. Envoie un signal, petit bouton.

Elle voulait faire passer un message par le câble ! Lothaire n'était pas souvent surpris, mais là, c'était un véritable feu d'artifice. Elizabeth se révélait plus futée qu'il ne l'avait imaginé. Et cette découverte n'était pas vraiment désagréable.

Il allait l'empêcher d'aller plus loin quand elle lâcha :

— Non. Non ! Putain, Motorola, je te déteste !

Elle se redressa pour s'asseoir contre le mur, genoux contre la poitrine, et cette fois, ses yeux brillèrent. *Ah, voilà. Là, elle va pleurer, comme prévu, et je vais rigoler.*

Mais la tristesse d'Ellie s'évanouit aussi vite qu'elle était venue. Elle donna un coup de poing sur le sol et entreprit de tout remettre en place, grossièrement du moins, cachant les éléments qu'elle avait démontés.

De nouveau, elle semblait déterminée, et elle regagna sa chambre. Qu'allait-elle faire, maintenant ?

C'est drôle, j'ai hâte de le savoir.

C'est alors qu'il la vit se pencher sur la serrure de la porte de communication avec sa chambre.

Non. J'y crois pas.

Même si l'aube approchait, Ellie n'entendait toujours pas Lothaire dans sa chambre. Et elle voulait entrer.

Elle testa la poignée. La serrure était standard, à gorges et à goupilles, et ne serait pas difficile à crocheter.

Mais s'il rentrait ? Elle hésita, se rappelant très nettement la façon dont il l'avait projetée à l'autre bout du salon, ses yeux scintillants à ce moment-là.

Il a peut-être un téléphone. Allez, vas-y.

Elle courut dans la salle de bains chercher ce qu'il lui fallait. Dans une trousse à manucure, elle trouva une pince à épiler qu'elle força pour en écarter largement les bras, avant d'en tordre un à angle droit en s'appuyant sur le bord d'un meuble. Pour glisser dans le barillet, comme tendeur, ce serait parfait. Une épingle à cheveux en guise de râteau ferait le reste.

De retour devant la porte, elle inséra la pince dans le trou de la serrure, puis le râteau, et progressa de goupille en goupille, ajustant la tension chaque fois.

Tension. Râteau. Tension. Râteau. Tension...

Clic.

— T'es la meilleure.

Elle entrouvrit la porte, glissant ses outils dans la poche de son jean.

La chambre de Lothaire était aussi spacieuse que la sienne et disposée de la même façon, mais les couleurs étaient plus masculines, dans des tons d'ocre et de terre pour le papier peint et la moquette. Aux murs étaient accrochés des tableaux disposant tous d'un éclairage particulier. Les toiles avaient beaucoup de classe, comme si toutes étaient des exemplaires uniques.

D'épaisses tentures cachaient les portes-fenêtres donnant sur le balcon. Le lit était défait, les draps froissés. Était-ce un métronome, sur sa table de nuit ?

À l'autre bout de la pièce se trouvait un bureau apparemment très ancien, jonché de casse-tête sophistiqués. Plusieurs étaient terminés, quelques-uns étaient en cours de réalisation.

Elle en prit un, constitué d'anneaux et de fils métalliques. Un truc pareil ne pouvait que casser la tête, effectivement... Un autre était équipé d'un mécanisme. Des cubes et des triangles argentés se combinaient pour former une troisième forme.

Juste à côté était posé, ouvert, un ouvrage intitulé *Casse-tête mécaniques, le principe de Goldberg*. La théorie géométrique appliquée à la fabrication de casse-tête ? Lothaire avait-il *créé* certains de ces objets ?

Son regard glissa à gauche du bureau. Sur le sol, éparses, se trouvaient des piles de lettres, dans une langue – et un alphabet – qu'elle ne connaissait pas.

Craignant le retour de Lothaire, elle inspecta rapidement la salle de bains. Étonnamment, elle était tout ce qu'il y avait de plus normal. Mousse à raser, rasoir, savon, brosse à dents. *Faut qu'ils soient bien blancs, ces crocs.*

L'armoire à pharmacie ne contenait aucun médicament. Sans doute les vampires ne tombaient-ils jamais malades.

Dans le placard, elle trouva des vêtements de prix – des dizaines de pantalons, de vestes sur mesure, tous noirs. Et des bottes cirées sur les rayons à chaussures.

Il aime se saper, le vampire. Elle huma une de ses vestes, à la recherche de son odeur virile – douce, boisée, avec, semblait-il, un léger effluve de pin...

Aussi hypnotique que ses regards. Réalisant qu'elle avait les paupières lourdes, elle se secoua mentalement et s'écarta de la veste.

Dans un tiroir, il avait rangé méticuleusement lunettes de soleil, montres, boutons de manchette et pinces à billets gravées. Au fond du placard, elle aperçut une série d'épées alignées sur une étagère recouverte de feutre. L'alignement était parfait, comme s'il s'était servi d'une règle pour les ranger.

Ces épées ne semblaient pas décoratives, comme celle avec laquelle elle s'était presque transpercé le ventre, mais ressemblaient plutôt à de véritables armes – ce qui lui rappela que Lothaire était un guerrier brutal et impitoyable.

Qu'est-ce que je fais ici, moi ? Ta curiosité te tuera, Ellie.

En plus, elle n'avait pas trouvé grand-chose dans cette chambre qui fût susceptible de l'aider à lutter contre Lothaire, et certainement rien qui puisse l'aider à s'évader.

Après la montée d'adrénaline liée au crochetage de la serrure, elle se sentit tout à coup saisie d'une grande fatigue et ne songea plus qu'à son lit. Elle redoutait la venue de Saroya, mais il fallait qu'elle dorme. La nuit précédant son exécution, elle n'avait pas fermé l'œil.

L'exécution. Des souvenirs du matin même l'assaillirent – le système d'injection, les secondes qui s'écoulaient, les cris –, mais elle les repoussa sans ménagement.

Pense à demain, ne t'attarde pas sur le passé.

D'une façon ou d'une autre, avant que Lothaire ne remette la main sur cet anneau, Ellie trouverait un moyen de communiquer avec sa famille. Une fois qu'elle serait certaine que les siens allaient bien et qu'ils étaient en sécurité, elle ferait enfin ce qu'il fallait. *Règle tes problèmes, Ellie.*

Saroya et elle n'existeraient plus. *Je peux encore mourir, même si c'est un peu en retard sur le programme.*

Épuisée, Ellie tourna les talons pour regagner sa chambre. Avait-elle déjà vécu une journée aussi éreint...

— Peut-on savoir ce que tu fais ici ?

14

Ellie fit volte-face, ses cheveux glissant sur ses épaules telle une vague sombre. Lothaire.

— Tu as crocheté la serrure de ma chambre ? Pénétré dans mon intimité ? s'emporta-t-il, furieux de cette intrusion, furieux de sa propre réaction.

Quand la mortelle avait humé sa veste, les yeux mi-clos, un gémissement avait failli s'échapper de sa gorge, tandis que son sexe devenait dur comme de la pierre.

Il se déplaça jusqu'à elle et la saisit à la gorge. La peur la fit reculer. Son cœur battait si fort qu'il le *sentait*.

— Je t'ai dit que je ne ferais aucun mal à ce corps ! Et pourtant, tu cherches à esquiver ?

— Tu plaisantes, j'espère ? s'écria-t-elle d'une voix étranglée.

— Calme ce cœur, noms des dieux !

Son instinct lui hurlait de la protéger, de la réconforter, mais le besoin de la punir venait contrecarrer cet instinct, ce qui décuplait sa fureur.

Il aurait dû se contenter de la renvoyer dans sa chambre, puis de dormir, et pas seulement pour rêver aux souvenirs des autres. Il était à cran, sentait la folie approcher dans l'ombre, le guetter.

Mais sa colère exigeait d'être apaisée.

— Tu recules comme une lâche. Es-tu lâche ? Dois-je ajouter ce qualificatif à tous les adjectifs que j'utilise pour te décrire ?

— Va te faire foutre, vampire ! hurla Ellie en retour, repoussant le bras de Lothaire, qui se laissa faire. Je suis pas lâche. J'ai plus de jus, c'est tout ! Ne prends pas mes réflexes pour de la peur ! Et arrête un peu avec ton intimité, ajouta-t-elle, les poings serrés. Je te rappelle que ta sorcière sans abri a installé sa maison en carton *dans mon corps* !

Il sentit qu'il réagissait mieux à la colère d'Ellie, que sa vision s'éclaircissait. Seigneurs, les rumeurs disaient donc vrai : il était bien en connexion avec les humeurs de sa femme, il y répondait. Et Elizabeth était un fragment de Saroya, une sorte d'avatar de sa femme.

— Calme-toi, Elizabeth, ordonna-t-il sans desserrer les dents.

Il savait ce qui pourrait les calmer tous les deux. Le plaisir. Une seule morsure, et elle le supplierait de l'amener à la jouissance.

Il se demanda si les autres rumeurs concernant les âmes sœurs étaient vraies. *Me donnera-t-elle plus de plaisir que je n'en ai jamais imaginé ?*

Attends ta vraie femme ! Saroya le mérite !

Elizabeth soutint son regard.

— Regarde-moi, Lothaire. Je me calme, d'accord ?

— Alors, réponds à la question. Que fais-tu dans ma chambre ?

— Pure curiosité. Je voulais en savoir plus sur toi.

— Tu voulais trouver comment faire échouer mes plans ? Et qu'as-tu découvert sur moi que tu ignorais ?

— Deux, trois petites choses.

Quoi ? Quoi ? À son tour, il était curieux – il n'avait pas la moindre idée de ce qu'elle allait dire. Il s'installa à son bureau et, avec un geste impatient, lança :

— Je t'écoute.

Elle inspira un grand coup, puis se jeta à l'eau.

— Tu es insomniaque. Tu parles et tu écris au moins deux langues mais tu as du mal à te concentrer suffisamment pour écrire longuement. Tu souffres de troubles obsessionnels compulsifs en ce sens que tu amasses les biens et que tu les ranges parfaitement, ce qui m'amène à penser qu'en dehors de ces murs, la vie que tu mènes n'a rien à voir avec celle à laquelle tu aspires. Tu n'avais aucun ami dans ton enfance, et c'est pareil aujourd'hui. Tu es narcissique, mais ça, je l'ai vu tout de suite.

Il pencha la tête sur le côté, impressionné malgré lui, mais n'en laissa rien paraître dans le ton qu'il adopta.

— D'abord, je ne suis pas narcissique.

Elle ouvrit la bouche pour le contredire, mais il reprit :

— Je *connais* Narcisse de Thespies. Nous avons peut-être quelques traits en commun, mais j'étais là en *premier*, donc il est lotharique, et non le contraire. Ensuite, je parle et j'écris *huit* langues. Enfin, pour ce qui est de mon obsession de l'ordre, il suffit de regarder mon dressing pour tirer cette conclusion. L'insomnie était facile à deviner : mes draps sont froissés et en tire-bouchon.

— Et le métronome. Tu t'en sers pour te détendre.

Bel sens de l'observation, l'humaine.

— Quant au fait que je n'ai – dis-tu – pas d'amis ?

Là, elle avait mis dans le mille. Il n'y avait guère que son jeune admirateur halfelin.

Mais Lothaire se rappela soudain. Il avait eu un vrai compagnon, autrefois. *Jusqu'à ce qu'il me trahisse.*

— Je l'ai compris en voyant les casse-tête, dit Elizabeth. C'est un passe-temps solitaire, ça. Et il y en a de très, très anciens, donc je suppose que tu t'y intéresses depuis longtemps, sans doute depuis ton enfance.

De nouveau, il était étonné. Décidément, cette mortelle était distrayante.

— Écoute, Lothaire, cela ne se reproduira pas. Je vais retourner dans ma chambre, et...

— Assieds-toi, dit-il en montrant un petit canapé à côté de son bureau.

Elle hésita, puis se posa tout au bord de l'assise, droite comme un i.

— Détends-toi, mortelle.

— Comment pourrais-je me détendre, alors que j'ignore ce que tu vas faire ?

Son regard se posa soudain sur le côté du visage de Lothaire. Il leva la main sur les entailles, qu'il avait oubliées. *Putain de spectre.*

— En ce qui me concerne, je vais essayer de décompresser, après la pression de cette journée et de cette nuit.

Elizabeth resta quand même bien droite sur le canapé, malgré la fatigue. De larges cernes commençaient à ombrer son regard.

— Comment as-tu appris à crocheter les serrures ?

— Pendant les week-ends, mon père travaillait comme homme à tout faire et pratiquait un peu la serrurerie.

— Avant de mourir à la mine ? Il avait deux boulots, et vous viviez quand même dans cette pauvreté crasse ?

Elle redressa le menton. Ses yeux lançaient des éclairs.

Si fière. Et si peu de raisons de l'être.

— Ça t'a plu, de fouiller dans mes affaires ?

— Tu m'as observée. Pendant combien de temps ?

— À ton avis ?

— Est-ce qu'il t'arrive de répondre à une question de façon directe ?

Il avait pris l'habitude d'éluder les questions. Son incapacité à mentir l'avait rendu habile dans ce domaine. On le lui reprochait rarement, néanmoins.

— Et toi ? Tu es presque aussi douée que moi pour ça.

— Très bien. Oui, ça m'a plu, de fouiller dans tes affaires. J'ai vu des choses que je n'avais jamais vues auparavant. Je vais sans doute rêver de ce lustre, ce soir... Dès que j'aurai fini de rêver des bijoux, ajouta-t-elle en se mordant la lèvre.

Il s'était étonné lui-même de vouloir les montrer à Elizabeth. Mais peut-être avait-il simplement cherché une réaction, quelle qu'elle soit, une réponse à son cadeau.

Saroya, de ce point de vue-là, s'était révélée... peu démonstrative.

— Tu penses réellement que tu vas rêver de cela ? demanda-t-il. Il est plus probable que tu revives les événements de ces dernières vingt-quatre heures.

Il n'était pas certain qu'elle ait totalement compris ce qui lui était arrivé, trop concentrée qu'elle était sur ses illusoires projets d'évasion – ou de suicide.

Mais quand elle aurait accepté l'idée que, pour elle, la route s'arrêterait bientôt, tout ce qu'elle avait enduré lui reviendrait à l'esprit.

On se souvient toujours du malheur à un moment ou à un autre.

Allait-il faire l'expérience de la mort imminente d'Elizabeth dans ses rêves ? Après tout, il avait bu suffisamment de son sang pour cela.

— Je préfère ne pas y repenser aujourd'hui, dit-elle.

— C'est aussi simple que ça ? Tu préfères ne pas y penser, et ton esprit obéit à ta volonté ?

Elle haussa les épaules.

— En quelque sorte, oui.

Il se pencha en avant sur son siège.

— Bien. Alors, *moi*, ce soir, j'ai appris que tu étais d'un orgueil que rien ne justifie. Tu penses avoir une volonté de fer, l'esprit vif...

— Je ne suis pas velléitaire, ni particulièrement lente à la comprenette.

— ... et tu aimes analyser les choses. Je me demande ce que tu vas penser de ça...

Il se téléporta jusqu'à son coffre-fort et en sortit son registre. C'était la première fois qu'il montrait sa comptabilité à quelqu'un. Mais Elizabeth serait bientôt morte, et il était curieux de savoir ce qu'elle allait dire de cela.

Il s'installa de nouveau à son bureau et ouvrit l'épais volume.

— Approche. Viens voir mon registre.

Elle se leva, hésitante, puis alla se placer à côté de lui.

— Jamais vu un livre de comptes comme celui-là.

Il n'y avait que deux colonnes. *Endetté. Ciblé.*

— Parce que, dans ton mobile home au fond des Appalaches, tu en voyais beaucoup ?

— Ce qu'il y a de bien avec les blagues sur les Appalaches, c'est qu'on ne s'en lasse jamais.

Il haussa les sourcils.

— Il s'agit de la liste de toutes les créatures du Mythos qui ont une dette de sang envers moi.

— Elles sont drôlement nombreuses…

Il inclina la tête. Tout ça pour son But Suprême.

— Cela représente des milliers d'années de… comptabilité.

Sans relâche, il s'était servi de son don pour deviner les réactions des autres et avait fait en sorte de se trouver toujours au bon endroit au bon moment pour obtenir des serments.

Nïx était peut-être la reine de la prédiction, mais il était le roi du discernement.

Reine blanche contre roi noir. Sa dernière rencontre avec la devineresse, sur l'île-prison, lui revint à l'esprit.

— À bientôt, pour notre prochain match, lui avait-il dit.

Mais elle avait répondu :

— Il n'y aura pas de prochain match, vampire.

Qu'avait-elle voulu dire par là ?

— Dis-moi comment ça fonctionne, demanda Elizabeth, le tirant de ses pensées.

— Si un immortel se trouve dans une très mauvaise passe, je vais accepter de l'aider. Mais mon aide a un prix : il doit jurer de faire tout ce que je lui demanderai. L'expression « Vendre son âme au diable » vient de moi.

Et s'il disait ça avec fierté...

C'est parce que j'en suis fier.

— C'est pour ça que tu avais l'air intéressé, quand je t'ai proposé un marché.

— Exactement.

Une nouvelle fois, il trouvait facile de discuter avec Elizabeth. C'était comme si les mots jaillissaient de lui, comme s'il avait attendu toute sa vie de pouvoir révéler ces choses.

Je devais avoir besoin d'une confidente, de quelqu'un qui ne pourrait jamais révéler mes secrets. La plupart des hommes de légende sont comme cela.

— Mais tu *aides* vraiment les autres ?

— Donc je ne suis peut-être pas aussi mauvais qu'on le dit ?

Il eut un rire forcé.

— La plupart du temps, c'est moi qui fais en sorte que les gens se retrouvent dans des situations désespérées. Par exemple, je blesse mortellement une femme aimée, et ensuite, je propose de la sauver.

— Les personnes dont les noms sont « ciblés » ne sont pas au bout de leurs surprises, alors, hein ?

Elizabeth était plus intelligente qu'il ne l'avait cru au début.

— Exactement.

Son regard quitta les pages du registre pour se poser sur le visage d'Ellie, qu'il examina comme il aurait examiné un tableau attirant mais sans intérêt à première vue, et dont il aurait découvert différentes couches et nuances.

Il secoua brusquement la tête. Non, ce n'était que si Saroya avait été là qu'il aurait éprouvé ce désir, cette fascination, même.

— Qu'est-ce que tu leur demandes, en général ?

— Rien de particulier.

Les gens partaient toujours du principe qu'il leur prendrait leur premier-né. *Putain, mais je suis pas le nain Tracassin, moi !* Qu'aurait fait Lothaire de tous ces mioches braillards ? Il aurait ouvert un chenil, peut-être ?

— Mais quand je passerai à l'action pour reprendre mes trônes, il faudra payer la note.

Et le monde tremblera.

Un sourire incurva ses lèvres à la lecture de quelques-uns des derniers noms inscrits dans le registre. Deux membres de la famille royale du clan lycae MacRieve ; Nérée, un dieu de la mer ; Loa, la prêtresse vaudoue ; Gamboa, un baron de la drogue démon ; Rydstrom Woede, le roi des démons furies.

— Tout ça pour récupérer tes trônes ?

— Oui. Je suis prêt à tout.

Pour cela, il avait combattu aux côtés d'une Valkyrie qu'il détestait, alors qu'il ne rêvait que de se venger d'elle ; il s'était allié à différentes démonarchies, en convaincant certaines qu'il était l'incarnation du diable, chargée de les renvoyer en enfer ; il avait juré fidélité à un roi vampire qui lui avait pris son trône.

— Si tes royaumes sont si importants pour toi, comment se fait-il que tu les aies perdus ?

— Je ne pense pas que tu comprennes les machinations politiques dont sont capables les vampires.

Elle pencha la tête.

— Et parmi tous ces gens, là, aucun ne se rebelle jamais ?

— Un serment fait dans le Mythos ne peut pas être brisé.

— Alors, je suis étonnée qu'ils ne cherchent pas tous à te tuer.

— Oh, mais c'est ce qu'ils font. En permanence. Et désormais, ils vont s'en prendre à toi aussi, persuadés qu'ils pourront t'échanger contre leur dette ou empocher une récompense pour ta capture. Et puis, il y a aussi les redresseurs de torts, dont l'objectif est de venger tous les meurtres que j'ai commis. Et j'en ai commis beaucoup.

Il la regarda dans les yeux. Elle ne détourna pas le regard. À vrai dire, il eut même l'étrange impression que c'était *elle* qui scrutait son visage.

L'insecte veut comprendre la loupe.

— C'est pour ça qu'on t'appelle l'Ennemi de Toujours ?

— En partie. Mais aussi parce que je me répands sur le monde comme une épidémie tous les deux siècles environ et que je tue un très grand nombre de personnes avant de disparaître.

Parfois malgré lui.

— Est-ce que ma tête est vraiment mise à prix ?

Quand Lothaire découvrirait qui était à l'origine de cela, le sang coulerait.

— Ma femme est déjà probablement la cible numéro un dans tout le Mythos. Maintenant, des milliers de gens vont se battre pour la récompense – et ils croiront que c'est toi, ma femme. Ils auront recours à des oracles pour suivre tes déplacements. Alors, si, d'une manière ou d'une autre, tu parvenais à franchir la barrière magique qui te maintient ici, tu serais enlevée en quelques secondes. Et ils te feraient des choses terribles.

Elle haussa les sourcils.

— Pour que tu emploies le mot « terrible », j'imagine que ça doit être quelque chose, en effet. Mais s'ils me proposent la mort, n'oublie pas que je *veux* mourir.

— Certains te tueraient. Mais la plupart te *garderaient*. Un dieu de la mer à l'anatomie démesurée rêverait de plonger dans tes profondeurs et de te prendre ta virginité. Mes ennemis vampires te garderaient en vie pour s'alimenter et te perceraient la peau chaque nuit pendant des décennies. Les démons t'enfermeraient dans leurs célèbres harems, où tu serais vendue à toutes les créatures prêtes à payer de belles sommes pour pouvoir humilier la femme de Lothaire. Tu apprendrais toutes les façons les plus dégradantes de faire briller les cornes des démons.

Ellie sentit sa gorge se serrer.

— Des harems, de la prostitution et des cornes, alors ?

— Ce que j'ai prévu pour toi ne te semble plus aussi insupportable, tout à coup ?

Elle regagna le canapé et s'assit, un peu moins raide.

— Si j'ai bien compris, mon avenir, tel que tu l'envisages, se résume à ceci : dans un délai de trente jours, tu enverras mon âme… au pays des âmes, et ma famille n'aura jamais rien à craindre de toi.

— C'est à peu près ça, répondit Lothaire, utilisant son expression favorite.

Ellie penserait qu'il faisait allusion au nombre de jours, alors qu'en réalité il évoquait la partie « envoyer l'âme ». L'âme d'Ellie serait éteinte…

— Quand tu dis « à peu près », tu parles du nombre de jours ou du reste ?

La petite sorcière.

— Ta question aurait dû être : « Pourquoi le nombre de jours peut-il varier à ce point ? »

— Lothaire, pourquoi le nombre de jours peut-il varier à ce point ?

— Je t'ai dit qu'il me fallait un anneau spécial pour transformer Saroya en vampire. Le même anneau libérera ton âme de ton corps. Et il me faudra des semaines pour le localiser.

— Je vois. Je ne me plains pas, hein, mais si tu dois partir à la recherche de ce truc, pourquoi essayais-tu de dormir, ce soir ? C'est un peu ton boulot à plein temps, cette quête, non ? Tu ne devrais pas être en train de battre le pavé, là, tout de suite ?

À l'entendre, Lothaire était une feignasse.

Personne ne travaillait plus dur que lui sur ses sept petites missions de rien du tout : trouver l'anneau, se débarrasser de l'âme de l'humaine, transformer Saroya en vampire, tuer la Dorada, regagner la couronne de la Horde, retrouver Serghei pour le brûler vif, conquérir le trône dace.

Il ne s'accordait aucun plaisir, ne connaissait aucune distraction. Il ne faisait qu'œuvrer à son But Suprême.

Épuisé à la simple évocation de tout ce travail, il se cala contre le dossier de son fauteuil. Et cette fois encore, il eut le sentiment que c'était elle qui le scrutait.

— Désormais, travailler et dormir ne font qu'un pour moi.

— Je ne comprends pas.

— Quand je bois directement à la veine de ma victime, j'emmagasine sa mémoire. Je vois tous ses souvenirs dans mes rêves. Je sens la morsure du froid sur sa peau, la douleur de ses blessures, et même sa mort entre mes mains. Récemment, j'ai bu le sang d'un homme qui sait où se trouve l'anneau. Il ne me reste plus qu'à chercher ce souvenir dans sa mémoire, mais c'est plus facile à dire qu'à faire. Il y a beaucoup de souvenirs au milieu desquels je dois naviguer.

Ellie passa un doigt sur la morsure, dans son cou.

— Est-ce que tu vas voir les miens dans ton sommeil ?

— C'est probable. J'ai tellement hâte de visionner ces souvenirs attendrissants de ragoût d'écureuil dégusté devant l'âtre du mobile home.

Elle ouvrit la bouche, sans doute pour lui adresser une remarque bien sentie, mais ne dit rien.

— Comment fais-tu la différence entre un vrai rêve et ce qui vient de la vie de quelqu'un ?

— Je ne rêve que de souvenirs, et seulement des souvenirs des autres.

— Pas étonnant que tu sois fou. Mais je joue un rôle dans le maintien de ta raison, non ?

— Saroya joue un rôle. Toi, tu n'es qu'une enveloppe pour elle.

— Donc, si l'anneau signifie ma mort, chaque fois que tu dors, je me rapproche de la mort ?

— C'est un peu résumé, mais en gros, oui.

Elle détourna le regard et demanda doucement :

— Est-ce que tu pourras me prévenir ?

— Non. Tu ne prévenais pas les cerfs que tu chassais, si ?

— C'étaient des animaux !

— Es-tu beaucoup plus que cela ? demanda-t-il, songeur. Et que ferais-tu, si je te prévenais ?

— Je voudrais écrire à ma famille.

— Ah. La dernière lettre d'Ellie. Comme c'est émouvant ! Mais vois-tu, dans le Mythos, il n'y a pas de place pour le sentimentalisme.

Il croisa les bras, et Ellie sembla prendre note de ce qu'il venait de dire.

À vrai dire, il avait éprouvé quelque chose, un peu plus tôt, lorsqu'il avait réalisé que Chase pouvait mourir et, avec lui, le seul espoir qu'avait Lothaire d'engendrer une lignée vampire. *Ne laisserai-je donc rien derrière moi ?*

Il y avait de cela bien longtemps, Lothaire avait engendré des vampires, mais tous étaient morts avant lui. Et ensuite, il avait perdu l'envie d'avoir une descendance.

Tout le monde mourait avant lui. *Et maintenant, vais-je grommeler sans arrêt, me plaindre de mon âge ?*

— As-tu déjà fait quelque chose pour quelqu'un sans attendre une quelconque rétribution ? demanda Ellie.

— Laisse-moi réfléchir… il y a longtemps… encore plus longtemps… Ah oui. Pendant l'âge de fer, j'ai croisé un mortel mourant sur un champ de bataille. Il voulait que je fasse passer un message à sa femme et à ses enfants. J'étais d'humeur badine. « Tu n'as qu'à le leur donner toi-même », ai-je répondu. Et je l'ai transformé en vampire. Quand il a retrouvé sa famille, sa femme a couru vers lui en pleurant de joie, ses enfants sur ses talons. Tandis que les gamins sautaient de joie autour d'eux, il a pris sa femme dans ses bras, l'a serrée contre lui. C'était un moment tellement poignant, vraiment émouvant… jusqu'à ce qu'elle éclate comme un grain de raisin juteux.

Elizabeth était atterrée.

— Les vampires et les humains, ça ne le fait pas. Vous êtes trop fragiles. Si je perdais le contrôle de moi-même et que je pose les mains sur ton corps… *Plop.*

Ellie resta silencieuse.

Pourquoi serais-je prêt à tuer pour savoir à quoi elle pense en cet instant précis ?

Sans doute parce que j'aime tuer.

Visiblement désireuse de changer de sujet, elle demanda :

— Est-ce que tes proies tombent toujours dans tes filets ?

— Quatre-vingt-seize virgule quatre pour cent du temps, oui.

— Quel… ennui, dit-elle en faisant la moue.

— Comment ?

— Et le plaisir, dans tout ça ? La surprise ?

— La vie n'est pas une partie de plaisir.

— Pour la plupart des gens, peut-être, dit Ellie en repliant les jambes sous elle, s'installant plus confortablement sur le canapé. Mais si j'étais aussi riche que toi, je ferais en sorte qu'elle le soit.

— Si tu n'étais pas d'une pauvreté abjecte, tu saurais que l'argent ne fait pas le bonheur.

— Dit l'homme qui a toujours eu des sous…

— Que ferais-tu si tu étais à ma place ? Pour t'amuser ?

— Je dépenserais de l'argent pour ma famille. Et je voyagerais.

Elle leva les yeux, fixa le plafond, comme si elle imaginait toutes les contrées à parcourir.

— J'irais voir tous les Grands : la Grande Muraille de Chine, les Grandes Pyramides, la Grande Barrière de corail. J'irais voir la mer. Je ne l'ai jamais vue.

Elle n'avait jamais quitté les Appalaches, jamais vu un océan, a fortiori une plage. Il avait du mal à imaginer une chose pareille. Elle ne connaissait pas l'odeur de l'air marin, n'avait jamais senti la caresse des vagues sur ses pieds. Comment réagirait-elle ?

Sans doute pas comme il s'y attendrait.

— J'ai parcouru le monde, Elizabeth. Plusieurs fois. C'est très surfait. Et je n'ai aucune famille pour qui dépenser de l'argent.

De ses doigts fins, elle suivit les dessins du tissu qui recouvrait le canapé.

— Donc, maintenant, la seule chose qui te distrait, c'est de lire ton registre ? C'est quoi, le dernier nom inscrit dans tes colonnes ?

— Un mortel nommé Declan Chase. Il est entre la vie et la mort. C'est lui qui possède le souvenir de l'anneau.

— Entre la vie et la mort ? Tu lui as fait du mal ?

Avait-elle étouffé un bâillement, là ?

— Pas moi. Un démon l'a transpercé avec une épée, hier. Mais je lui ai donné mon sang pour qu'il devienne immortel.

— Hou là, c'est super important, ça, non ? Vu que les mortels te supplient de le faire, et tout. C'est bien toi qui m'as dit que c'était un truc qui n'avait pas de prix ?

Elle posa la tête sur l'accoudoir.

— Je voulais vraiment être lié à lui. Même si j'ai fait celui qui donne son sang à contrecœur.

Lothaire se souvenait du subterfuge, une machination simple mais élégante, et de l'apogée – Chase inconscient, sa bouche qu'on ouvrait de force pour y faire couler le sang de Lothaire, alors même que celui-ci savait que la Lame considérerait cela comme un empoisonnement.

— Maintenant, je peux le localiser partout dans le monde, à n'importe quel moment, continua Lothaire. Je peux lire dans ses pensées s'il est à proximité. Oui, mortelle, quand les conditions sont réunies, je suis capable de lire dans les pensées. Une supériorité de plus sur vous, les humains.

Elle va pousser un cri de surprise, porter les mains à ses tempes, redoutant que je ne lise dans ses pensées en ce moment même…

Silence. Il la regarda et serra les poings.

Elizabeth dormait comme un bébé.

Il s'était enfin ouvert, avait eu une vraie conversation avec quelqu'un – lui avait même montré son putain de registre –, et elle s'était endormie ? Elle l'avait trouvé *ennuyeux* ?

Súka ! Il fut tenté de la téléporter en plein milieu d'un combat de goules, histoire de voir si cela, au moins, la tiendrait éveillée !

Il s'approcha d'elle et l'observa, complètement dérouté par le comportement de cette mortelle.

Et par son incapacité à le prévoir.

Par-dessus les battements de son propre cœur, il entendit le souffle régulier d'Elizabeth. Endormie, elle semblait douce, plus jeune encore. Si belle, et manquant terriblement de potentiel.

Elle paraissait plutôt intelligente – *sauf quand elle me défie* –, et pourtant, en dehors de sa beauté, il n'y avait rien qui sortît de l'ordinaire chez elle, aucune réussite dont elle aurait pu se vanter.

À force de parcourir les montagnes, elle était devenue assez athlétique, mais elle n'était pas une sportive de haut niveau. Elle ne jouait d'aucun instrument et ne parlait qu'une langue. Et encore, avec un vocabulaire très limité.

Sans Saroya, Elizabeth aurait vécu une existence sans intérêt, exactement comme son horrible mère –

vêtements de seconde main et parfum bon marché dans un mobile home pouilleux au toit plein de fuites.

Au moins, maintenant, Elizabeth servait-elle un dessein supérieur.

Tandis que son souffle devenait profond, ses lèvres s'entrouvrirent, et ses battements de cœur le bercèrent. On aurait dit un métronome… ou les vagues qu'elle ne verrait jamais.

Elle est si jeune, cette mortelle… À la contempler comme il le faisait en cet instant, il en aurait presque oublié qu'il détestait les humains.

Presque.

Un bâillement soudain interrompit les pensées de Lothaire. Regarder Elizabeth dormir l'avait calmé. Sa femme – ou, du moins, son corps – avait le pouvoir de l'apaiser. *Un outil dont je peux me servir ?*

Il défit la ceinture de son épée, retira ses bottes et sa chemise. *Maintenant, je vais dormir*.

Maintenant, les souvenirs viendraient.

Tes jours sont comptés, jeune Elizabeth, songea-t-il en se téléportant jusqu'à son lit.

15

Un gémissement réveilla Ellie. Un gémissement *masculin*.

Elle entrouvrit les yeux et se rendit compte qu'elle était recroquevillée sur le canapé, dans la chambre du vampire. D'un geste endormi, elle tendit la main vers une lampe, qu'elle alluma, et vit Lothaire.

Il était dans son lit et dormait.

Elle se leva, s'approcha de lui, curieuse de savoir si elle le trouverait toujours aussi beau maintenant qu'elle était reposée et moins bouleversée.

Une fois à côté du lit, elle poussa un soupir résigné. Comment pouvait-il être aussi mal en point psychologiquement – et moralement – et offrir pourtant une apparence aussi époustouflante ?

Vêtu en tout et pour tout d'un jean taille basse, il était allongé sur le ventre, la tête posée sur son avant-bras. Ses cheveux blonds étaient épars ; ses yeux si déconcertants, clos.

Son visage était d'une perfection dérangeante, avec ce fier nez patricien et ces pommettes larges. Même la barbe naissante qui couvrait sa mâchoire volontaire attirait Ellie. Elle se retint de toucher ses lèvres du bout des doigts pour voir si elles étaient aussi fermes qu'elles en avaient l'air. Elle n'avait jamais prêté attention aux lèvres des hommes jusque-là, mais celles-ci, elle les trouvait sexy.

Maintenant que ses blessures s'étaient refermées, la peau lisse de son dos semblait exiger qu'on la caresse. Ces épaules si musclées...

Il poussa un autre gémissement, fronça les sourcils. *Il rêve ?*

S'il revivait réellement les souvenirs de toutes ses victimes – depuis des milliers d'années –, comment faisait-il pour ne pas devenir fou ?

Il ne rêvait sans doute pas déjà de l'anneau. Peut-être voyait-il les souvenirs d'Elizabeth ?

Elle n'avait rien fait dont elle ait vraiment honte, mais elle ne voulait pas qu'il sente à quel point elle aimait sa famille ou qu'il voie dans quelles difficultés les siens se démenaient à présent.

La dernière fois qu'elle avait parlé à sa mère, le retour des hommes Peirce à la mine avait été évoqué, et sa mère avait dit : « Je préférerais mourir, Ellie », avant de se sentir gênée d'avoir fait un tel commentaire à sa fille enfermée dans le couloir de la mort...

Quand Lothaire se retourna sur le dos, Ellie déglutit lentement. Son torse était aussi dur que de la pierre, avec des pectoraux et des abdominaux parfaitement dessinés. Des poils d'un blond plus sombre, presque doré, couvraient le centre de sa poitrine, et une fine ligne soyeuse descendait jusqu'à son nombril, et plus bas encore.

Les sens affamés d'Elizabeth la poussèrent à le dévorer du regard, au point qu'elle faillit en oublier la haine qu'elle éprouvait pour cet être. Doux Jésus, le vampire était si... beau.

La perfection faite homme, surtout avec ces yeux clos. *Je pourrais le regarder toute la journée.*

Non ! Cet homme était un *assassin* qui voulait la mettre dans son lit. Et il était en partie responsable de son emprisonnement.

Mieux valait ne pas ressentir d'attirance pour lui, c'était risquer de perdre la tête. Elle envisagea même brièvement d'aller ouvrir les rideaux pour laisser entrer le soleil, mais renonça. Il était trop rapide et se téléporterait loin de la lumière.

Alors, à contrecœur, Ellie quitta la pièce, décidée à prendre une douche, à s'habiller et à se préparer mentalement pour le round suivant avec le vampire.

Dans sa chambre, elle verrouilla la porte de communication avec celle de Lothaire – comme si cela allait l'empêcher d'entrer ! Puis elle ouvrit les rideaux qui donnaient sur la terrasse... et resta bouche bée.

Était-ce vraiment la fin de l'après-midi ? Épuisée ou pas, elle n'arrivait pas à croire qu'elle avait dormi aussi longtemps. En prison, elle avait ouvert les yeux à 6 heures précises tous les matins, du début à la fin de sa peine.

Elle se dirigea vers la salle de bains, où elle trouva de luxueux produits de toilette. La promesse d'une douche bien chaude – et sans le regard des gardiennes – était réellement séduisante.

Sous le jet chaud, elle laissa échapper un long soupir de contentement et entreprit de se savonner.

Très vite, ses mains ralentirent leurs mouvements, s'attardèrent ici et là, se firent caressantes. Cela faisait si longtemps qu'elle n'avait pu se toucher de la sorte – totalement nue et à l'abri des regards – qu'elle avait presque oublié les sensations que de telles caresses procuraient.

Elle tenta de ne pas penser au torse musclé de Lothaire, se dit qu'elle refaisait simplement connaissance avec son propre corps.

Quand elle se caressa un sein, un petit soupir tremblant lui échappa. Bon sang, comme cela lui manquait de ne pas être caressée et entendre des grognements masculins de contentement en réponse aux caresses qu'elle prodiguait !

Ellie avait toujours aimé les hommes, avait toujours flirté avec eux. Elle avait embué les vitres de tant de cabines de camionnettes qu'elle avait fini par se faire une réputation.

C'était Ellie, la vierge facile – toujours partante pour les conversations coquines, les caresses poussées, les frottements endiablés… tant que son jean restait fermé.

Et puis elle avait été enfermée, privée de flirt, de rires et de caresses.

En prison, la callosité des mains d'hommes sur ses seins, leurs gémissements affamés au creux de son oreille lui avaient manqué. « Laisse-moi te prendre, Ellie… Je ne mettrai que le bout, je te jure… »

Elle posa un avant-bras sur la paroi de marbre de la cabine de douche et laissa descendre sa main libre vers son ventre, et plus bas. Maintenant qu'elle était complètement glabre entre les jambes, elle percevait intensément chaque sensation – le glissement des gouttes sur sa peau, l'effleurement de ses ongles longs…

Elle était trempée et tellement tentée d'aller au-delà de la simple exploration… Elle se mordit la lèvre, regarda autour d'elle, redoutant de voir Lothaire surgir dans la salle de bains et la prendre sur le fait.

Que ferait-il ?

Quand il l'avait plaquée contre lui, la veille, elle avait senti la puissance de ses muscles et l'énormité de son érection.

Au souvenir de la dureté de ce sexe, son propre sexe se contracta.

Sur sa nuque, le jet la fit frémir. Le vampire l'avait goûtée, à cet endroit, avait semblé se délecter de sa saveur et l'avait exprimé par un grognement.

Pour une raison qu'elle n'aurait su expliquer, cela lui semblait d'un érotisme torride. C'était comme s'il la désirait tellement qu'il lui fallait incorporer une partie d'elle à son propre être.

Elle eut un hoquet.

Que serait-il arrivé si Saroya ne l'avait pas possédée à ce moment-là ? Le vampire lui aurait-il caressé les seins ? Elle se souvenait de la tension en elle, du désir d'être touchée. En cet instant, elle avait été incapable de l'arrêter, plongée dans une stupeur sensuelle par la bouche de Lothaire.

Aurait-il déposé de petits baisers plus bas, et plus bas encore ? Les lèvres charnues du vampire se seraient-elles refermées sur un de ses mamelons, tandis que, ses sourcils blonds froncés par le plaisir, il l'aurait parcourue de ses mains pâles ?

Non ! Mais qu'est-ce qui clochait, chez elle ? Elle détestait ce vampire, et pourtant, elle fantasmait sur lui ! Elle retira ses mains et ferma le robinet. Appuyée contre le marbre, elle retrouva son souffle, reprit le contrôle de ses désirs.

Dans les films, les vampires apparaissaient toujours comme des êtres d'un charme hypnotique. Lothaire avait certainement un effet de ce genre sur elle, quelque chose de surnaturel qui la séduisait.

Même si l'explication la plus plausible était qu'après tant d'années en prison, elle était en manque.

Elle se sécha, puis se rendit dans le dressing, de nouveau stupéfaite par tout ce qui s'y trouvait. Elle aurait pu passer des heures à inventer des tenues, elle qui avait toujours sauté les pages mode des magazines parce qu'elle savait qu'elle n'aurait jamais de quoi se créer un « style personnel ». À vrai dire, elle jalousait un peu les femmes qui avaient les moyens – et le temps – de suivre la mode.

Je n'ai toujours pas le temps. Se rappelant qu'il lui restait un mois tout au plus, elle choisit rapidement un pantalon beige et un pull bleu à col boule. Sans chaussures, l'ensemble n'était pas terrible, alors elle enfila une paire de ballerines couleur tabac.

Le vampire était-il levé, maintenant ? Allaient-ils avoir une nouvelle discussion – ou une nouvelle dispute ? Et à quoi était due cette sensation un peu étrange au creux de son ventre ? Était-ce de la faim ou de la nervosité ?

Rapidement, elle tressa le haut de sa chevelure et laissa le reste descendre librement sur ses épaules. Pour le maquillage, elle hésita un moment, puis opta pour une touche de gloss.

Un hurlement lui parvint soudain de la chambre de Lothaire, suivi d'un autre, et d'un autre encore… chaque fois plus puissant.

Puis ce fut le silence.

16

Quand Lothaire s'éveilla, il était allongé dans la neige. Même s'il faisait à coup sûr encore jour à New York, la lune le baignait de sa lumière jaune.

Téléportation par somnambulisme. Encore. *Et où suis-je tombé, aujourd'hui ?* Cela allait-il se produire chaque fois qu'il s'endormait ?

Il regarda autour de lui et reconnut aussitôt les environs. C'était un endroit où il retournait souvent, un territoire qui lui appartenait à présent.

Le champ dans lequel sa mère avait trouvé la mort.

Il se souvenait avec une grande précision de la mort d'Ivana et de la nuit qui avait suivi. Un soir calme comme celui-ci, il avait enfin trouvé la force de quitter son cocon de neige…

Le soleil venait tout juste de se coucher quand il commença à griffer la neige. Les humains étaient partis depuis longtemps, mais Lothaire avait attendu, terrorisé, jusqu'au crépuscule.

Enfin, il brisa la couche extérieure de glace et courut à la recherche de sa mère… espérant l'impossible. Puis il aperçut ce qui restait de la fière Ivana – des cendres noires sur le blanc éblouissant de la neige.

Avec un hurlement étranglé, il se précipita dans cette direction, mais une brise légère souffla soudain, éparpillant les cendres dans toute la clairière.

— *Non, non ! Mère !*

Pleurant, voulant à toute force toucher au moins un fragment d'elle, il se rua en avant…

Et se téléporta *à la place, effleurant du bout des doigts les cendres emportées par la brise.*

C'était la première fois qu'il se téléportait. Le choc fut brutal. S'il avait disposé de cette faculté quelques heures plus tôt, il aurait pu éviter le sacrifice d'Ivana.

Il tomba à genoux, éprouvant une haine amère envers lui-même. Je l'ai laissée tomber. *Les larmes roulèrent sur ses joues… jusqu'à ce qu'il perçoive une présence.*

Les Daces, tout autour de lui, cachés par la brume.

Sa mère lui avait dit qu'ils viendraient peut-être le chercher, une fois les humains partis. Et ils étaient là.

— Lothaire, *murmurèrent-ils à la manière du vent.*

Il se leva d'un bond, pivotant sur lui-même.

— Montrez-vous !

La haine qu'il éprouvait pour lui-même se dirigea sur eux. Il entendit la voix de sa mère qui lui disait : « Ne suis que la raison. » Mais il en était incapable.

La fureur brûlait en lui tout comme le soleil avait brûlé Ivana.

— Espèces de lâches ! Où étiez-vous hier soir ? Où est Serghei ? hurla-t-il. Montrez-moi vos visages !

— Lothaire…

Il se téléporta en direction de la voix, plongeant dans la brume en montrant les crocs. Et ne vit personne. Les yeux écarquillés, il comprit qu'ils étaient la brume… et qu'en s'y trouvant à son tour, lui aussi devenait brume.

— Vous l'avez laissée brûler ! hurla-t-il, la gorge douloureuse à force de crier. Battez-vous contre moi !

Tout autour de lui, il entendit leurs murmures : « … elle était maudite… », « … il se téléporte dans la brume… », « … du sang de la Horde… », « … manque… », « … fureur… ».

— Oui, le sang de la Horde coule dans mes veines ! Pour mieux vous détruire !

C'est alors qu'ils s'évanouirent. La brume se dissipa, simplement.

La nuit redevint calme, le silence profond, la solitude absolue...

Au cours des siècles, Lothaire était revenu ici souvent, à la recherche du peuple de sa mère, à la recherche de Serghei.

Mais c'était la première fois qu'il se téléportait aussi loin en dormant. Il ne portait qu'un jean, et la neige mordait ses pieds nus, tandis qu'une brise glacée aspirait la chaleur de son torse.

Je déteste cet endroit. Lothaire avait encore en mémoire l'odeur de la chair d'Ivana brûlant en cette aube glaciale.

Parce que son père, Serghei, le roi des Daces, l'avait rejetée.

Le grand-père que Lothaire n'avait jamais, au cours de sa vie sans fin, réussi à trouver.

Sur le moment, Lothaire n'avait pas saisi l'ampleur de la souffrance de sa mère. Depuis, il avait connu la torture à de nombreuses reprises, avait senti à son tour sa peau brûler sous le soleil.

Aujourd'hui, il comprenait le calvaire auquel Serghei avait soumis Ivana. *Je sens encore ses cendres sur le bout de mes doigts...*

À ce souvenir, la fureur monta en Lothaire, aussi vive qu'au premier jour. N'aurait-elle pourtant pas dû s'amenuiser ?

Il se sentait au bord de la folie, désireux d'en découdre, de massacrer son ennemi jusqu'à ce que la neige soit rougie par le sang.

— *Affronte-moi, Serghei !* hurla-t-il. *Salaud de lâche !*

L'espace d'un instant, il crut sentir la présence des Daces. Ou n'était-ce qu'une réminiscence de son rêve ?

— Montrez-vous ! Venez vous battre, noms des dieux !

Est-ce maintenant que je vais sombrer irrémédiablement dans la folie ?

Un autre hurlement sortit de sa poitrine. *Je veux du sang. Un carnage. Des os qui éclatent.*

La fulgurance du plaisir quand la chair cédait sous ses crocs.

Je suis au bord du gouffre, et je fixe l'abîme. Et l'abîme me fixe en retour.

Au moment où il comprit qu'il était sur le point de perdre cette bataille, l'image de sa femme lui vint à l'esprit. L'image de sa peau percée, lui offrant son nectar vermeil. *Plonge tes crocs en elle, plonge-les le plus profond possible…*

Il ouvrit grand les yeux. *Elle est seule. Sans garde.*

Aussitôt, il se téléporta jusqu'à l'appartement. Il avait besoin de la protéger. Besoin d'elle. Il enfouirait son visage dans ses cheveux et s'enivrerait de son odeur entêtante. Il imaginait cette scène si clairement…

Il trouva Elizabeth sur la terrasse, en plein soleil.

Pas elle. Non, pas elle. Il ne voulait que Saroya.

— Laisse Saroya te posséder, dit-il d'une voix rauque.

Elle se tourna vers lui.

— Ah, tu es de retour… Seigneur ! Tes yeux !

— Laisse-la te posséder !

L'abîme.

— Elle n'essaie pas.

Il jeta la tête en arrière et hurla.

— Lothaire ?

La peur étreignait sa voix, et pourtant, elle s'approcha de lui, les mains en avant.

— Qu… que t'est-il arrivé ? C'est de la *neige* que je vois sur ton jean ?

Il la fixa et souhaita de toutes ses forces qu'elle vienne à lui. *Oui, c'est ça, approche-toi.* Elle fit un pas vers l'obscurité, puis un autre. Ses mains tremblaient. *Je les veux sur moi. Viens et touche-moi, femme.*

Touche-moi, et je vivrai peut-être encore une nuit.

Les yeux du vampire étaient plus effrayants que jamais, brillants d'un mélange de fureur et d'*angoisse*. Le rouge zébrait le blanc, lui donnant un regard plus sinistre encore.

Et pourtant, ce regard aimantait Ellie.

Le torse nu de Lothaire se soulevait au rythme de sa respiration, et il serrait les poings, chaque tressautement de muscle trahissant la violence qui l'habitait. Ses crocs brillaient, acérés.

Malgré tout cela, elle s'avança vers lui, mue par l'envie de dégager ce visage des cheveux rabattus par le vent, par le besoin de sentir cette peau d'une absolue perfection.

Quand elle le rejoignit dans la pièce, il se passa quelque chose qu'elle ne comprit pas tout de suite. Il se plaça tout près d'elle, très près, avec une grâce soyeuse et possessive à la fois.

Elle réalisa alors qu'il cherchait à ne pas effrayer sa proie. Elle ne put s'empêcher de frissonner, mais s'ordonna de ne pas sursauter.

Parce qu'elle sentait que cela pourrait… l'exciter.

Bientôt, ils furent si près qu'elle dut lever la tête pour croiser son regard. Le désir flagrant qu'elle y lut la laissa bouche bée.

Mais de quoi a-t-il besoin ? Que veut-il ?

Et pourquoi avait-elle le sentiment qu'elle mourrait si elle ne pouvait pas poser ses mains sur cette peau ?

— Elizabeth, lâcha-t-il soudain, le regard fou.

Peut-être pouvait-elle le toucher, satisfaire sa curiosité, sans qu'il s'en souvienne ?

— Est-ce que… est-ce que je peux te toucher ?

Il frémit, puis souffla :

— *Oui.* Touche-moi.

Pour tester sa réaction, elle commença par ramener une longue mèche blonde sur le côté, pour lui dégager le visage. Comme il s'approchait un peu plus, elle posa d'un geste hésitant ses paumes à plat sur son torse, contre sa peau glacée. D'où revenait-il ? De quelle contrée enneigée ?

Il tressaillit, ses muscles tremblant sous les mains d'Ellie.

— Elizabeth, murmura-t-il d'une voix hachée, tu me *brûles*.

Comme elle allait retirer ses mains, il ajouta :

— *Encore*.

— D... d'accord.

Elle écarta les doigts sur son torse, jusqu'à recouvrir ses pectoraux inflexibles, ses mamelons plats.

Elle ne comprenait pas cet homme, ce vampire mauvais au regard angoissé. Il n'avait toujours pas posé une main sur elle. Avait-il peur ?

— Si je perdais le contrôle de moi-même... avait-il prévenu.

Mais elle sentait qu'elle l'apaisait, que sa présence avait un impact sur lui, physiquement et mentalement.

D'ailleurs, bientôt, il sembla moins agité, et ses paupières se firent lourdes.

Ellie était tout aussi affectée par ce contact. Sentir sous ses doigts le relief doux des muscles du vampire qui la suppliait de poursuivre son exploration l'enivrait.

Quand elle glissa ses ongles entre les poils dorés, il ferma les yeux.

— C'est mieux ? demanda-t-elle.

Sa voix rauque la mettait mal à l'aise, mais elle était en manque de contact physique depuis cinq ans, alors comment aurait-elle pu ne pas apprécier un homme comme lui ?

Tout en muscles, et ébouriffé.

Il rouvrit les yeux et riva sur elle un regard haineux. Avec un juron étouffé, il repoussa ses mains et se dirigea vers la cuisine.

Comme il ne s'était pas téléporté, elle en déduisit qu'il souhaitait qu'elle le suive.

Impressionnée malgré elle, elle regarda les muscles de son dos rouler sous sa peau, lignes parfaites qui allaient en s'affinant jusqu'aux hanches…

Même sa démarche est sexy. Lothaire marchait comme un roi puissant devait marcher. Enfin, dans son imagination.

Dans la cuisine, il ouvrit le réfrigérateur, s'appuyant sur la porte tandis qu'il sortait un pichet de sang. Entre ses mains immenses, on aurait dit un petit pot à lait.

Il leva le pichet et but à la régalade, le vidant de son contenu sous le regard fasciné d'Ellie, qui se laissa tomber sur une chaise.

Elle saisit le coup d'œil qu'il eut dans sa direction, comprit qu'il prenait note de son souffle court, de ses pommettes qui rosissaient.

Maintenant qu'elle l'avait touché, elle était encore plus attirée par lui – attirée comme un insecte par une ampoule allumée.

Peut-être était-il un brin moins intimidant, débarrassé de ses vêtements sur mesure et de ses bottes hors de prix ? Et sa façon de boire directement au pichet était si virile… Comment faire autrement que d'y réagir ?

Même si un filet de sang coulait maintenant de la commissure de ses lèvres.

Vampire. Sang. Et pourtant, elle ne parvenait pas à détacher son regard de cet être. *Comment un spectacle pareil peut-il m'exciter à ce point ?*

Ayant fini de boire, il s'essuya la bouche d'un revers de main.

— Tu t'es bien rincé l'œil ? Après avoir bien tâté ce qui te faisait saliver ? Ne t'inquiète pas, j'ai l'habitude que les femmes de toutes espèces me considèrent avec lubricité.

Elle sentit monter la gêne en elle, mais la surmonta. Elle avait une date limite tamponnée sur sa vie, une date qui approchait à grands pas. Alors, pas question de perdre du temps avec un sentiment comme la gêne. Pour quelque raison que ce soit.

Et elle résolut de ne pas se mettre la rate au court-bouillon parce qu'elle se sentait attirée par un vampire dingue et brutal qu'elle mourait d'envie de tuer.

Elle pencha la tête sur le côté, songeuse, et lâcha, en toute franchise :

— Ben, au moins, l'extérieur est plutôt réussi.

Et, devant l'expression de Lothaire, elle ajouta :

— Oh, arrête ton char, là. Dans une vie aussi interminable que la tienne, personne ne t'a jamais dit que t'étais vraiment moche à l'intérieur ?

Les plus faibles que lui se risquaient rarement à insulter Lothaire. Mais, bien sûr, Ellie *voulait* mourir.

— Tu ne réussiras pas à me pousser à te tuer, dit-il. Pas ce soir, en tout cas. Mais continue à provoquer ma colère, et je te punirai de bien d'autres façons.

Il était à cran, d'une humeur massacrante. Il avait dormi pendant plusieurs heures, et pourtant, les seuls souvenirs dont il avait rêvé avaient été les siens, chose qui ne s'était pas produite depuis des lustres.

En conséquence de quoi il n'avait obtenu aucune information sur l'anneau.

S'il ne parvenait pas à pénétrer les souvenirs de Declan Chase, il serait obligé de repartir sur les chemins, à la recherche de l'anneau.

Quand il avait pour la première fois suivi le conseil de son oncle et bu le sang d'un immortel à sa source, Lothaire en avait accepté le risque : la folie. Mais il avait fini par se convaincre que son esprit était trop fort pour être vraiment affecté par celle-ci. Peut-être deviendrait-il seulement plus diabolique encore, au détriment de sa conscience.

Pas un instant il n'avait imaginé qu'il se téléporterait dans son sommeil ou qu'il connaîtrait ces accès de fureur, ces moments où les battements de son cœur l'empêchaient d'entendre l'ennemi avancer derrière lui.

Pas un instant il n'avait imaginé perdre ses capacités de stratège. Dans le passé, il avait sans difficulté orchestré des complots impliquant des dizaines de personnes, sur plusieurs décennies, prévoyant la réaction de chaque joueur comme s'ils n'étaient tous que des pions sur un échiquier.

Aujourd'hui, la simple résolution d'un casse-tête était trop ardue pour lui. Il ne parvenait plus que rarement à dormir, et quand c'était le cas, il n'arrivait pas à tirer de ses rêves les informations dont il avait besoin.

Une autre chose était étrange. Il n'avait « absorbé » aucun souvenir d'Elizabeth. Pas un seul. Elle était la dernière personne dont il avait bu le sang, alors pourquoi n'avait-il rien vu de sa mémoire ?

Ce repos ne lui avait apporté qu'une chose positive : toutes ses blessures s'étaient parfaitement refermées. À son âge, il pouvait se passer de nourriture pendant plusieurs semaines, mais devoir se régénérer avait excité son appétit.

Il se servit un verre de sang, appréciant le glouglou épais du liquide. Il allait boire devant la mortelle, l'air de rien, juste pour l'emmerder.

Mais elle ne fit aucun commentaire sur son petit déjeuner, se contentant d'un :

— Je n'ai rien trouvé dans le frigo qui me fasse envie.

— Ne t'inquiète pas. Je nourrirai mon nouvel animal de compagnie.

— Animal de compagnie ? répéta-t-elle, les yeux brillants. Je ne savais pas qu'on pouvait haïr quelqu'un comme je te hais.

— J'aide souvent les autres à découvrir jusqu'où peut aller leur haine. C'est un de mes talents.

Il sembla réfléchir un instant à sa propre situation, elle-même déroutante, puis ajouta :

— Ce doit être déconcertant pour toi d'être attirée par un homme que tu détestes.

— Non. J'ai compris ce qui se passait.

— Alors là, je suis intrigué malgré moi. Dis-moi un peu ce que ton petit cerveau de mortelle a bien pu piger.

Elle le fixa, les yeux plissés.

— J'ai toujours aimé les hommes. Avant la prison, j'ai eu ma part de petits copains. Je passais beaucoup de temps sur les parkings le week-end.

La jalousie monta soudain en lui, et il se demanda bien pourquoi. Elizabeth n'était pas son âme sœur.

Le regard d'Ellie se perdit au-delà de Lothaire, comme si elle se souvenait d'un ancien petit ami. Les yeux dans le vague, elle fit tourner une mèche de cheveux entre ses doigts, se caressa la lèvre supérieure avec.

Ces cheveux. Ces lèvres…

— Ça me manque, le parking, murmura-t-elle d'un ton absent, en rougissant. C'était chaud, un peu précipité… Le parking, quoi.

Il était à deux doigts de lancer son poing dans quelque chose quand elle plongea son regard dans le sien.

— Ces cinq dernières années, j'ai vu en tout et pour tout neuf hommes. Réfléchis-y juste une seconde, et tu comprendras pourquoi même quelqu'un comme toi peut finir par être appétissant.

— Même quelqu'un comme moi ? répéta-t-il, offusqué. Mes attributs naturels n'auraient donc rien à voir avec ta réaction ? dit-il en indiquant d'un geste ample son physique plus qu'avantageux.

Il était devenu un adulte en parfait état de marche.

Exactement comme on le lui avait promis.

Mais moi, parviendrai-je à tenir mes promesses ?

— Lothaire, ce n'est pas parce que je suis gravement en manque de sexe que ça fait de toi un super coup.

En manque de sexe ? Il repensa à la fois où il l'avait vue dans la rivière, en train d'embrasser ce garçon. Ses doigts pétrissaient ses épaules, sa bouche parcourait la sienne. Le gamin avait d'abord eu l'air stupéfait, puis il avait fermé les yeux et s'était laissé submerger par le désir.

Un voile rouge descendit devant les yeux de Lothaire. Elizabeth s'était contorsionnée contre ce garçon, comme si elle ne parvenait pas à être suffisamment près de lui…

Lothaire jeta son verre à travers la cuisine. Celui-ci explosa contre le mur dans une gerbe de sang et d'éclats coupants, tandis que le vampire se téléportait jusqu'à Ellie et la prenait par les bras pour la forcer à se lever.

Ellie sentit son cœur battre à tout rompre et ouvrit grand les yeux sous l'effet d'une peur délicieuse…

17

Les mains d'Ellie se plaquèrent sur le torse du vampire quand les lèvres de celui-ci descendirent jusqu'à son cou.

— Mais qu'est-ce qui ne va pas, encore ?

Contre sa peau, il répondit dans un grognement :

— Ce corps m'appartient, désormais. Il ne sera plus jamais touché par un autre. Laisse Saroya te posséder, maudite gamine !

Il lui donna un rapide coup de langue.

— Oh ! Je… je ne peux pas… En fait, elle n'essaie même pas !

Va-t-il boire une nouvelle fois à mon cou ?

La peau du vampire était plus chaude qu'à son retour, et elle se réchauffait encore sous ses doigts.

Un autre coup de langue provoqua en elle une vague de frissons. La pointe de ses seins durcit, sensible, sa poitrine se mit à palpiter.

— Tu as besoin que je te touche. Efface-toi et laisse-la venir à moi, ordonna-t-il d'une voix rauque. Je comblerai ce corps de plaisir, et à ton réveil, la douleur du désir aura disparu.

— Mais je ne sais pas comment m'effacer ! s'écria-t-elle. Seigneur, je n'arrive plus à penser quand tu fais *ça* !

Il embrassait goulûment son cou, sans mordre, mais avec un empressement affamé. Et elle se demanda si elle n'avait pas prononcé ces derniers mots en gémissant.

Si, c'était sans doute ce qui s'était produit, car il s'écarta d'elle et l'observa pour jauger sa réaction. Elle haletait, fixant du regard ses lèvres, sa bouche sexy.

Il défit le bouton du pantalon d'Ellie.

— Tu me détestes...

La peur lui serra la gorge. L'impatience, aussi.

— ... mais tu vas quand même me laisser faire ce que je veux de toi.

Ses doigts se refermèrent sur la fermeture Éclair et, lentement, il la descendit, en lui murmurant des mots en russe.

— Je... je te déteste plus que tout ! Mais ta... ta bouche est si délicieuse dans mon cou... Tu dois exercer une sorte de contrôle surnaturel sur moi, un truc de vampire.

Il fallait bien trouver une explication au désir animal qu'elle éprouvait pour lui.

Quand il ouvrit son jean et effleura du bout des doigts la dentelle de sa culotte en soie, Ellie se mordit la lèvre, luttant pour garder les yeux ouverts. Glisserait-il sa main un peu plus bas, pour découvrir à quel point elle était trempée ?

Il contrôlait déjà sa vie, son avenir, et maintenant ses désirs ? Elle devait souffrir d'un accès de folie temporaire, ce qui était compréhensible après tout ce qu'elle avait vécu ces derniers temps.

Tout ce qu'*il* lui avait fait subir.

À cette évocation, elle le haït de nouveau de toutes ses forces. Elle secoua brusquement la tête, comme pour se réveiller, et plongea son regard dans celui du vampire.

— Non. Je ne te laisserai pas faire ce que tu veux, dit-elle en lui saisissant le poignet pour l'empêcher de descendre un peu plus bas. Parce que je ne te désire pas et que je ne te désirerai jamais.

Un muscle tressauta dans la mâchoire de Lothaire.

Qu'allait-il faire ? L'embrasser encore ou la tuer ? Elle l'ignorait.

Il se détourna et donna un violent coup de poing dans le mur le plus proche. Un nuage de poussière de plâtre se répandit dans la cuisine.

— Comme si moi, je te désirais ! Je te déteste à un point que c'en est douloureux ! Et je ne peux pas te tuer !

— Pas encore.

Il lui fit face.

— Tu as raison. Pas encore. Mais bientôt.

Il disparut, pour réapparaître quelques secondes plus tard, complètement habillé.

Son souffle était encore haletant sous un pull gris sombre fait d'une très belle matière – probablement du cachemire ou quelque chose de cher dans ce genre –, qui moulait ses muscles à la manière d'une seconde peau. Son pantalon noir était de toute évidence du sur-mesure. Il portait aussi une ceinture et une épée au côté.

Beau à tomber.

— Nous allons faire un tour.

Une occasion de s'enfuir ?

— Où m'emmènes-tu ?

— Voir une sorcière.

Lothaire téléporta Elizabeth jusqu'à une vieille bicoque en bordure d'une plage déserte des Outer Banks, une série d'îles au large de la Caroline du Nord. Il avait besoin de toute urgence de consulter son oracle, une fey connue sous le nom de Sorcière.

— Où sommes-nous ? murmura Elizabeth. Tu as dit que tes ennemis me trouveraient si je sortais de chez toi.

— Pas ici. Ses pouvoirs de protection sont identiques aux miens.

Elizabeth était donc en sécurité. Et, de toute façon, il n'avait pas le choix, il devait consulter Sorcière – son esprit était de plus en plus confus.

Dangereusement confus.

Quelques instants plus tôt, il avait décidé d'arracher le pantalon d'Elizabeth et de l'allonger sur la table de la cuisine pour la baiser. L'espace d'une seconde, il avait trouvé que c'était une très bonne idée.

Qu'elle prononce mon nom en gémissant avant que je la laisse jouir sans cesser d'aller et venir dans sa petite chatte, en la sentant mouiller pour moi.

Non, non ! Concentre-toi ! En dehors du fait qu'il attendait la venue de Saroya pour le soir même, il risquait de tuer Elizabeth. S'il perdait le contrôle et qu'il la prenait avec toute sa puissance…

Ses narines s'écartèrent, et il serra les poings. Sa soif de sang rivalisait avec sa soif de sexe. Déjà, ce matin, il avait été tout près de lui percer la peau…

Sorcière l'aiderait à reprendre le dessus, à faire le tri dans ses souvenirs, pour qu'il puisse se débarrasser d'Elizabeth le plus rapidement possible

L'oracle était la seule personne à qui il avait confié son But Suprême. Sorcière avait prédit la venue de celle que lui réservait le destin et lui avait dit comment la trouver. Elle avait aussi fait en sorte que le corps d'Elizabeth soit protégé durant son emprisonnement.

Pendant des années, Sorcière avait gardé ses secrets…

Les volets de sa maison étaient clos, empêchant le soleil d'entrer à l'intérieur. L'oracle l'attendait.

Tandis qu'Elizabeth examinait la pièce réunissant le salon et la cuisine, Lothaire tenta d'imaginer comment elle voyait tout cela.

Au plafond séchaient des ailes de chauve-souris et des touffes d'herbes diverses. Des carcasses d'animaux gisaient sur un billot, à différents stades de découpe.

Sur une cuisinière dernier cri bouillonnaient différentes mixtures, tandis qu'à côté, alignés sur des établis en bois, des ballons de verre étaient posés sur des réchauds allumés.

Sa collection de crânes de démons était disposée sur une étagère – tous semblaient humains, si l'on omettait les cornes et les crocs. Des têtes de goules occupaient une autre étagère, leur visage putride figé dans une expression d'horreur. Plusieurs bocaux étaient remplis de phallus de centaures conservés dans le formol.

— Sorcière ! appela Lothaire.

L'oracle était en réalité une fey assez jeune qui avait été transformée en vieille bique sans pouvoir pendant quelques siècles avant de retrouver récemment sa forme première, celle d'une petite brune au physique agréable et aux oreilles pointues.

Balery était son vrai nom, mais elle préférait qu'on l'appelle Sorcière.

Lothaire aimait lui rappeler son passé de vieille bique le plus souvent possible. Parce que c'était lui qui l'en avait sortie. *Encore un nom dans mon registre.*

Sorcière émergea d'une petite pièce à l'arrière de la bicoque.

— Lothaire. J'en étais sûre, dit-elle en essuyant ses mains pleines de sang sur son tablier maculé de taches.

Elle portait des vêtements modernes – jupe courte, bottes, tee-shirt –, mais aussi, accrochée à sa ceinture, une aumônière noire tout à fait antique contenant des os de divination.

En dehors de ses talents d'oracle – qui s'étaient affaiblis à force de ne pas être utilisés –, Sorcière était également une spécialiste des poisons et des potions.

Elizabeth fixa d'un air horrifié les mains ensanglantées de la fey et se rapprocha de Lothaire, comme si elle recherchait sa protection

Il l'entendit se murmurer à elle-même : « Garde l'esprit ouvert, garde l'esprit ouvert » et crut la sentir glisser un doigt dans un passant de sa ceinture.

— On colle le buveur de sang, maintenant ?

La peur d'Elizabeth était si humaine, si peu royale... Encore un exemple de son infériorité face à la courageuse Saroya.

Sa tentative de coup d'éclat, cinq ans plus tôt ? Le fait qu'elle l'ait rejoint dans l'ombre, tout à l'heure ? De simples manifestations de sa faiblesse d'esprit, décida Lothaire.

— Disons que là, tout de suite, entre deux maux je choisis le moindre.

Il eut un rire sinistre.

— Tu ne pourrais pas être plus loin de la réalité.

— C'est elle, la sorcière ? murmura Elizabeth. Elle n'en a pas l'air, comme ça. Est-ce qu'elle se transforme la nuit, ou un truc de ce genre ?

Sorcière soupira devant tant d'ignorance.

— Je vois que tu es venu avec l'*humaine*, dit-elle d'un ton dédaigneux.

— Mes ennemis savent déjà qu'elle est entre mes mains.

— Après quelques heures seulement ?

— Nïx.

Il n'avait pas besoin d'en dire plus.

— Il faudrait qu'on remette à jour nos clés de codage toutes les heures.

Il approuva d'un mouvement de tête. La fey tourna autour d'Elizabeth, les oreilles aux aguets.

— Elle est encore plus jolie que dans mes visions.

— Attendais-tu autre chose de celle qui m'est destinée ?

— Des visions ? intervint Elizabeth, oubliant sa timidité et se dégageant de Lothaire pour fusiller Sorcière du regard. C'est toi qui as dit à ce monstre comment me trouver ?

Sorcière l'ignora comme elle aurait ignoré les jappements d'un chien.

— Son corps procréera bien, même après la métamorphose, dit-elle à Lothaire.

Il avait été tellement obnubilé par l'acte de reproduction qu'il n'avait pas un instant pensé au résultat. À quoi ressembleraient ses descendants, issus de ce corps ? Les vampires se reproduisaient avec parcimonie, mais il se prit à imaginer de nombreux enfants tout blonds, avec des yeux gris et un regard décidé.

— Je veux beaucoup d'héritiers.

C'était étonnant, tout de même, de se dire que le corps d'Elizabeth continuerait son parcours et produirait des petits pour d'autres.

L'expression d'Elizabeth, d'abord interloquée, vira à l'horreur.

— Mes enfants, souffla-t-elle en serrant les poings. Élevés par toi et ta chienne vicieuse.

Si elle le frappait, comme elle en mourait d'envie, elle se briserait les os.

Quand Sorcière lui pinça la hanche – une façon d'évaluer la marchandise –, elle fit volte-face et se mit en position de combat. Lothaire se téléporta aussitôt entre elles deux et arrêta le poing d'Elizabeth.

— Ne touche jamais cette fey. *Jamais.* Sa peau est empoisonnée.

Sorcière était une Venefican, une femme venimeuse. Durant son enfance, on lui avait donné de petites doses de poison régulièrement, jusqu'à ce que sa peau devienne mortelle et le reste. Elle avait aussi été formée comme courtisane. Associées, ces deux capacités faisaient d'elle l'arme parfaite.

— Et pour couper court à toute idée suicidaire de ta part, ajouta Lothaire, sache qu'elle saura te guérir avant que tu ne meures. Mais pas avant que tu n'aies connu la pire agonie qui soit.

Elizabeth se dégagea brusquement et redressa le menton.

— C'est une petite humaine pas commode, on dirait, hein ? dit Sorcière.

— Elizabeth n'a pas encore compris quelle est sa place dans le grand ordonnancement du monde.

D'un geste contrôlé, il la poussa vers le coin cuisine.

— Assieds-toi, tais-toi et ne touche à rien.

Elle hésita avant de s'installer sur un tabouret de bar, le poil encore hérissé de colère.

— Alors, qu'est-ce qui t'amène aujourd'hui ? demanda Sorcière.

— Je suis venu pour une potion. J'ai besoin de m'éclaircir les idées pour atteindre mes souvenirs.

Je suis si proche de mon But Suprême. Ensuite, il aurait tout ce qu'il avait toujours désiré. *Ensuite, je comprendrai enfin l'incompréhensible...*

— J'ai besoin de me concentrer.

Sur autre chose que les courbes d'Elizabeth.

Sorcière plissa ses yeux de biche.

— Tu ne vois pas d'inconvénient à discuter affaires devant elle ?

Il haussa les épaules.

— Elle ne sera plus de ce monde très longtemps. Mais d'ici là, elle a quand même besoin de se nourrir.

— Va voir dans la pièce du fond, dit Sorcière à Elizabeth. Tu y trouveras un coffre vert décoré de feuillage. Ouvre-le et dis-lui ce que tu as envie de manger. Surtout, n'ouvre pas le coffre noir décoré de toiles d'araignées.

Comme Elizabeth fixait l'oracle d'un œil méfiant, Lothaire intervint :

— Fais ce qu'elle te dit. Tu dois suivre ses ordres de la même façon que tu suis les miens.

Elizabeth se leva en soupirant et se dirigea vers la pièce indiquée. Lothaire entendit un grincement, puis la voix d'Ellie.

— Hou... Miam ! J'y crois pas !

D'où il se trouvait, il lança :

— Prends quelque chose de nourrissant

Elle attendit avant de répondre, juste pour le faire mariner. Mais lâcha quelques instants plus tard :

— Des gaufres à la myrtille ! Et du sirop d'érable ! Gé-nial !

Parfait.

Elle réapparut, chargée d'une assiette pleine et de couverts, et s'installa à la table toute proche. Maintenant qu'elle avait à manger, elle se comportait comme si tout ce qui se passait autour d'elle l'indifférait, mais Lothaire savait que ses petites cellules grises fonctionnaient à plein régime, voyait dans son regard une étincelle calculatrice.

Et pourtant, je suis incapable de prédire ce qu'elle va faire.

Elle enfourna délicatement une fourchetée de son petit déjeuner.

— Mmm... qu'est-che que ch'est bon.

Une autre bouchée, puis une autre encore. Elle savourait son repas d'une façon presque sensuelle. Auraitelle le même comportement au lit ? Savourerait-elle avec la même gourmandise le goût de sa peau ? se demanda Lothaire. *Tout comme je savourerais la sienne.*

Sorcière lui disait quelque chose et il aurait voulu se concentrer, mais il était distrait par le tintement de la fourchette sur l'assiette d'Elizabeth et ses petits soupirs de contentement. Il réalisa qu'il la fixait, proprement fasciné, tandis qu'elle faisait tourner un morceau de gaufre dans le sirop.

— C'est bon ? demanda-t-il d'une voix rauque.

— En prison, la bouffe est immonde. Alors oui, on peut dire que là, je me régale. Et puis, je trouve assez jouissif de pouvoir faire un truc que toi, tu ne peux pas faire.

— Ah bon ? Je ne peux pas ?

Il se téléporta jusqu'à la table et s'assit à côté d'elle. D'un air de défi, Elizabeth lui tendit un morceau de gaufre.

— Tu veux goûter ?

— Tu n'imagines pas à quel point.

— C'est de la gaufre. Mince, tu es un buveur de sang. Dommage… dit-elle en feignant la contrariété.

Il fallait qu'il efface cette expression du visage d'Ellie. À tout prix. Il savait que Sorcière l'observait, stupéfaite, mais il s'en moquait. Il attrapa le poignet d'Elizabeth et engloutit le morceau de gaufre.

Elizabeth eut un demi-sourire de surprise.

— T'as du sirop sur les lèvres. Là.

Elle lécha son pouce et, d'un geste rapide, essuya le sirop sur la bouche de Lothaire. Entre eux, l'air crépitait d'électricité. Lothaire hésita, prêt à lui saisir la main pour planter ses crocs dans son poignet et se rincer la gorge…

Sorcière toussota.

— Hum… L'*anneau,* Lothaire ?

Il se leva à contrecœur.

— Tu ne l'as toujours pas aperçu dans tes visions ?

Elle lui fit de la place pour qu'il s'assoie sur le plan de travail, écartant une pile de ce qui ressemblait à des crânes d'oiseaux.

— Je n'ai pas eu plus de chance que toi. Il est caché, par des pouvoirs magiques très puissants. Chaque fois que j'essaie de découvrir l'endroit où il se trouve, mes pouvoirs en sortent affaiblis.

Je sens que la mortelle me regarde. En conséquence de quoi il avait du mal à la quitter des yeux. Il se passa une main dans les cheveux.

— Peux-tu m'aider à me concentrer ?

— Peut-être. Mais nous avons aussi d'autres problèmes. La Dorada.

La Reine du Mal sorceri. Quelques semaines plus tôt, il l'avait localisée, endormie dans un tombeau ancien, au fin fond de l'Amazonie. Elle était à demi morte, momifiée dans son sarcophage depuis des siècles, l'Anneau des Sommes passé à son pouce.

Bien qu'entourée de sorts de protection, dont l'un garantissait son réveil, elle n'avait pas réussi à empêcher Lothaire de lui arracher le doigt et de lui voler l'anneau.

Et aussi d'inonder son tombeau en provoquant un raz de marée.

Je n'aurais sans doute pas dû lui voler de manière aussi effrontée l'objet qu'elle tenait en adoration, la réveillant et provoquant peut-être le déclenchement de l'apocalypse.

Et j'aurais probablement dû lui laisser son pouce...

— J'ai vu la Dorada, dans mes visions. Je l'ai sentie, continua Sorcière. Rien n'arrêtera la Reine du Mal. Elle veut te punir, et elle est prête à tout.

Une « Reine » était une sorcière qui exerçait plus de pouvoir que toute autre sorcière sur une chose en particulier. Quand la Dorada était en pleine possession de ses pouvoirs, elle contrôlait les êtres mauvais – parmi lesquels se trouvait Lothaire.

Mais il s'en était jusque-là assez peu préoccupé, imaginant qu'avec l'anneau il pourrait aisément la vaincre. Il n'avait pas prévu que Declan Chase le capturerait au moment où il s'apprêtait à passer l'anneau à son propre doigt.

— Je m'occuperai d'elle quand j'aurai retrouvé l'anneau, dit-il. Nous avons un peu de temps. Il y a une semaine, j'ai réussi à la faire tomber dans un gouffre infernal.

Quand tout était allé de Charybde en Scylla sur l'île et que les prisonniers immortels avaient réussi à s'échapper des cellules de l'Ordre, les wendigos zombies de la Dorada l'avaient attaqué. Il les avait tous éliminés, exploit qui méritait d'être noté dans la mesure où il mourait de faim, se remettait lentement de lourdes séances de torture qui avaient affaibli ses pouvoirs magiques et ne parvenait plus à se téléporter. Ensuite, il avait retourné toute sa haine contre la Dorada...

Sorcière jouait avec un flacon d'où s'échappait de la fumée.

— Elle est déjà sur tes talons.

— Elle s'est remise aussi vite que ça ?

Après s'être débarrassé des wendigos, il avait sauté par-dessus une faille dans le sol pour atteindre la Dorada et la pousser dans le vide. Mais, en tombant, elle lui avait attrapé la jambe. Alors, il avait fait ce que n'importe qui aurait fait en pareille situation : il lui avait écrasé le visage à coups de bottes jusqu'à lui enfoncer le crâne. Un de ses yeux avait jailli de son orbite, et elle avait lâché prise, disparaissant dans un trou profond de plusieurs centaines de mètres.

— Oui, la Dorada se remet des blessures que tu lui as infligées – et de sa momification. Lothaire, si tu as eu du mal à avoir le dessus sur elle la dernière fois, imagine ce que ce sera quand elle se sera régénérée. Elle contrôlera toutes les créatures du mal d'ici à quelques semaines, ou même quelques jours...

Alors, elle pourrait lui ordonner de la retrouver à midi dans le désert équatorial, ce dont même lui ne sortirait pas vivant.

Elizabeth toussota, cachant un sourire derrière sa main.

— Tu trouves ça drôle ? demanda Lothaire.

— D'après ce que j'entends, on dirait bien que tu as failli te faire mettre la pâtée par une fille. Je sais pas qui c'est, cette Dorada, mais moi, je lui souhaite toute la chance du monde.

Sorcière en resta bouche bée. Lothaire brisa d'un coup de poing le tabouret qui se trouvait à côté de lui. Les morceaux de bois volèrent dans la pièce.

Et, sous leur regard ébahi, la mortelle ramassa calmement ceux qui étaient tombés dans son assiette et ses cheveux, les mit de côté et termina sa gaufre.

18

De la discussion des immortels, qui se parlaient devant elle comme si elle n'était qu'un bébé dans sa chaise haute, Ellie était arrivée à différentes conclusions.

Un : Lothaire avait du mal à retrouver l'anneau qui signait l'arrêt de mort d'Ellie.

Deux : il peinait à se concentrer quand il était en colère.

Trois : Ellie devait le pousser à bout le plus souvent possible.

Quatre : elle risquait de mourir chaque fois qu'elle le mettait en colère. Et cela ne lui posait aucun problème. *Gagnant-gagnant*.

Pourtant, en cet instant, l'expression hargneuse du vampire faisait quelque peu fléchir son courage. Pour se remonter, elle se rappela qu'elle était déjà comme morte.

Ellie avait autrefois lu un article sur le stress post-traumatique des soldats en temps de guerre. Elle se souvint de ce qu'un officier de l'armée disait à ses nouvelles recrues, avant leur départ pour le front : « Vous êtes morts le jour où vous vous êtes engagés. Vous êtes *déjà* morts. Alors, pourquoi ne pas être courageux, maintenant ? »

Je suis morte le jour où Saroya s'est installée en moi. Alors, pourquoi ne pas emporter avec moi la santé mentale de Lothaire ?

— J'avais été torturé et privé de sang pendant des semaines quand j'ai affronté la Dorada, tonna Lothaire, vibrant de colère.

Ellie le regarda comme si elle était *gênée* pour lui.

— Mais elle, elle était encore momifiée, ou un truc comme ça, non ? Ou en train de se régénérer ? Et à t'entendre, c'était David contre Goliath.

Du coin de l'œil, elle vit Sorcière manquer de s'étrangler. Lothaire se téléporta jusqu'à elle, serrant les poings si fort que le sang en coula bientôt.

— Elle était protégée par une dizaine de gardes wendigos que j'ai éliminés.

— Mais c'est quoi, un wendigo ? Si ça se trouve, c'est rien qu'un gentil lapinou du Mythos. En tout cas, toi, tu sembles considérer cela comme un véritable exploit.

— Les wendigos sont des zombies affamés, intervint Sorcière. Ils sont contagieux même pour les immortels, frappent rapidement, avec des griffes et des crocs longs comme des lames de couteau. Il est arrivé qu'un seul d'entre eux parvienne à éliminer toute une espèce d'immortels. Alors une dizaine…

— Tu as un faible pour Lothaire, toi, non ? dit Ellie d'un ton badin.

Cette fois, ce fut Sorcière qui s'avança vers elle, l'air méchant.

— Cette insolence… murmura Lothaire, incrédule.

— Mais je rigoooole… Et vous, vous partez bille en tête ! Plus sérieusement, Lothaire, tu devrais t'occuper de la Dorada avant de te demander où se trouve ce fichu anneau.

— Si tu ne te tais pas, grommela Sorcière, je te couds les lèvres moi-même.

Ellie haussa les épaules.

— Bon, ben si vous ne voulez pas connaître mon avis…

— Je t'ai dit de la *fermer* !

Mais Lothaire leva la main.

— Ma nouvelle mascotte aime plaisanter.

Puis il se tourna vers Ellie.

— Je t'écoute.

— Si la Dorada peut contrôler toutes les créatures du mal, alors il faut que tu profites du fait qu'elle n'y arrive pas encore pour lui régler son compte. Je suis bien placée pour savoir qu'il est impossible de lutter contre quelqu'un qui vous contrôle complètement.

— Si je trouve l'anneau, il me servira à la vaincre.

— Tu m'as dit qu'il te faudrait peut-être un mois pour le trouver.

— C'est peu probable. Mais possible.

— La Dorada sera au top de sa forme en une fraction de ce délai. Il faut toujours s'attaquer en premier au problème qui comporte une variable temps.

— C'est une déduction sensée, mais tu ne possèdes pas toutes les informations nécessaires à cette prise de décision. Le lieu où se trouve l'anneau peut changer. Si je ne mets pas la main dessus avant, je peux le perdre pour toujours.

— Et ce serait si *dommage* que ça ?

Au moment où Ellie comprenait qu'elle était allée trop loin – atteignant par là même son objectif –, il déclara sèchement :

— Il faut que je parle à Sorcière en privé.

— Et tu veux que j'aille où, exactement ?

— Tu voulais voir l'océan ? Il est juste là, dehors. Vas-y. Mais fais attention.

L'excitation s'empara d'Ellie.

— C'est vrai ?

— Nous sommes dans les Outer Banks.

Elle se leva d'un bond et courut vers la porte.

— Dans cinq, quatre, trois… murmura Lothaire.

— Mais de quoi parles-tu ? demanda Sorcière.

— La petite mortelle s'apprête à foncer tête baissée dans la…

— *Aaaaah !*

Il eut un sourire mauvais.

— … limite.

— Ce n'est pas tellement ton style de tourmenter ta proie, Lothaire.

— Mais si, mais si. Sauf qu'en général, ce n'est pas ma proie qui commence à me chercher des poux.

— Elle a toute sa tête ? Les mortels pètent les plombs si facilement…

— Elle veut me provoquer, attiser ma folie pour que j'attaque et que je la tue.

Sorcière ajouta une pincée de cristaux verts à un liquide qui pétilla brièvement.

— Ah bon ? Elle profite *déjà* de ta plus grande faiblesse ? C'est qu'elle est étonnamment intelligente, alors, non ? Es-tu certain que ce n'est pas elle, ton âme sœur ?

— Fais attention à ce que tu dis, Sorcière, grommela Lothaire, fulminant à l'idée qu'on puisse supposer qu'Elizabeth était sa femme. Tes précédents employeurs ont peut-être pardonné ton impudence, mais ce ne sera pas mon cas.

— Je n'ai jamais prédit que Saroya serait ta femme.

— D'une certaine manière, si. « Une grande et courageuse reine adorée des vampires, qui gardera le trône pour toi. » C'est ce que tu as dit. Ellie Ann Peirce, des Appalaches profondes, n'a aucune chance d'inspirer de l'amour à un vampire tel que moi.

Elizabeth n'était pas de sang royal, ni noble, et n'était pas vampire non plus. Elle n'appartenait même pas à la frange la plus inférieure des créatures du Mythos.

Saroya, elle, était une divinité.

Sorcière se pinça les lèvres. Toujours pas convaincue ? Comment était-ce possible ? Il était pourtant évident que la femme de Lothaire était une déesse.

Il avait l'intention de fonder avec elle une dynastie qui durerait pour l'éternité. La mère de cette dynastie ne pouvait pas être une mortelle, encore moins une paysanne inculte.

— Tu te souviens de la première fois où je suis allé trouver Elizabeth ? demanda-t-il. Je suis revenu et je t'ai dit que ce devait être une erreur. Je me suis moqué de toi et de ta vision, jusqu'à ce que je découvre que Saroya, la possession, tout cela avait un sens. Cela a été comme une révélation. Et je te rappelle tout de même que, jusqu'à ma rencontre avec Saroya, je n'étais pas animé.

— Je pourrais essayer encore une fois de voir de quoi il retourne, histoire d'être sûre.

— Autant essayer de voir si le ciel est bleu. Pourquoi gâcher tes pouvoirs là-dessus alors que tu arrives à peine à m'aider un peu ? Entre autres choses, tu étais censée localiser la reine valkyrie. Et là encore, rien.

Sorcière allait répondre, mais Lothaire l'en empêcha.

— La déesse de sang l'emporte sur la mortelle de Ploucville. Point barre. Le simple fait d'envisager une autre possibilité est ridicule. Jamais je ne renoncerai à Saroya. Cela m'est physiquement impossible. Si tu reviens une nouvelle fois là-dessus, de quelque façon que ce soit, je te tranche la gorge. Compris ?

— Compris, murmura Sorcière.

Bien. Au moins existait-il une femme qui savait s'avouer vaincue devant lui. Sorcière n'était pas lâche, mais elle savait choisir ses combats.

— Bon, revenons à la Dorada. Je ne veux pas me servir de l'anneau pour la vaincre.

Il avait prévu de ne pas s'en servir plus de trois fois. Même si l'Anneau des Sommes était simple d'utilisation, c'était un des talismans les plus capricieux du Mythos. Il pouvait réaliser presque tous les rêves, mais plus l'on s'en servait, plus il interprétait les vœux de façon erronée.

Jusque-là, Lothaire avait entendu parler de deux de ses propriétaires. L'un avait émis comme premier vœu de posséder une fortune en or. Des coffres remplis d'or étaient apparus devant sa porte. Le quatrième vœu d'un autre homme avait été le même. L'or était tombé du ciel et avait enseveli sa famille.

Et l'anneau ne permettait pas de revenir sur un vœu exaucé.

Lothaire pouvait soit mettre la Dorada en attente et risquer une interprétation erronée de son vœu plus tard, soit l'affronter dès maintenant et prendre le risque que, pendant ce temps, l'anneau quitte le repaire de Webb.

Le plus logique était effectivement de commencer par affronter la sorcière.

— Trouve-la pour moi, dit Lothaire, et je l'affronterai.

Sorcière hocha la tête.

— Je serai aux aguets, autant que mes visions me le permettront.

— Et pour ma confusion d'esprit et mon manque de concentration ?

— Ta femme doit pouvoir calmer tes esprits autant que mes potions.

— Et que veux-tu que je fasse ? Que j'emmène Saroya avec moi pendant que je me bats pour récupérer mon anneau ?

Elle refuse d'apparaître, de toute façon, lui souffla une petite voix.

Non, ce soir, elle viendrait. Il le fallait. Cela suffirait-il à apaiser son esprit ?

De toute façon, il lui fallait quand même une potion.

— Je ne peux pas l'exposer au Mythos. Mes ennemis la pulvériseraient.

— Alors, retourne auprès d'elle le plus vite possible. Parle-lui. Touche-la.

— Ce n'est pas pratique. Prépare-moi plutôt quelque chose.

— Il existe un remède, mais j'ai besoin de cinq pampres de frêne pour le fabriquer, et on n'en trouve pas dans cette dimension. Je vais devoir visionner un endroit où il y en a.

— J'attends.

Elle prit l'aumônière en tissu noir qu'elle portait à la taille et l'ouvrit sur la table, révélant des dizaines de petits os de différentes formes, qu'elle jeta comme on jette les dés sur un plateau de jeu, avant d'étudier avec la plus grande concentration la position dans laquelle ils étaient tombés.

— Je vois une meute de changeformes gloutons dans les forêts de Moldavie. Ils utilisent ces pampres pour guérir leurs esclaves mortels après des accouplements trop violents.

— Comment trouverai-je leur antre ?

Après une hésitation, elle jeta de nouveau les os.

— Il est situé quelque part à moins d'une journée de voyage du temple de Riora.

Riora, la déesse de l'impossible.

— Je connais cet endroit.

Il restait approximativement six heures avant le lever du jour en Moldavie. Il se téléporterait depuis le temple, kilomètre après kilomètre, tout en revenant voir toutes les heures si Saroya s'éveillait.

— Je pars tout de suite. Je veux que tu sois prête à concocter la potion dès mon retour.

— Il y aura des dizaines de mâles, l'avertit Sorcière. Et si tu t'assurais le concours d'une ou deux lames, parmi tous ceux qui te doivent un service ? Seul un fou se risquerait à attaquer seul une meute de changeformes.

Il haussa les sourcils. *Ce qui signifie ?*

19

La rive.

Ellie la contemplait, les mains plaquées contre la barrière invisible.

Elle était si près qu'elle sentait l'air iodé, entendait le ressac. Mais elle ne pouvait rien toucher.

La limite n'allait pas plus loin que la véranda de Sorcière, comme le savait de toute évidence Lothaire. Ellie avait encore mal au front.

Ce qu'elle voyait était si différent de ses montagnes adorées ! Ce paysage était tellement vaste, ouvert à l'infini…

Elle se raidit quand Lothaire se téléporta derrière elle et laissa tomber ses bras, furieuse qu'il l'ait surprise à fixer ainsi l'océan.

— Tu me laisses approcher jusque-là, mais tu refuses que je touche le sable, que je mette la main dans l'eau ?

— C'est comme avec les bijoux, répondit-il, visiblement amusé. Estime-toi déjà heureuse d'avoir vu cela.

— Je te déteste encore plus que l'enfer, dit-elle doucement.

— Je sais. Si cela peut te soulager, sache que tu n'as plus que quelques jours à me supporter. Avec la potion de Sorcière, je pourrai rêver à l'anneau dès ce soir. Tiens, si ça se trouve, demain, tu seras morte !

— J'envisage de revenir te hanter.

— Alors, il faudra que tu attendes ton tour. Pour le moment, reste là, je reviens dans quelques heures. Ou jamais.

— Je sais ce que je préférerais.

Lothaire disparut en étouffant un juron. Ellie demeura immobile, cherchant un moyen de s'évader. Mais elle n'en savait pas assez sur ce monde pour échafauder quelque plan que ce soit.

Elle resta tout au bord de la limite invisible jusqu'à ce que la lumière du jour disparaisse au-delà de l'océan dans une symphonie d'orange et de mauve. De tels spectacles pouvaient faire regretter à une fille d'être déjà morte.

Le cœur lourd, elle regagna la bicoque de Sorcière et s'installa sur un des tabourets.

La fey travaillait à une potion et semblait épuisée. La sueur perlait sur sa lèvre supérieure, et des boucles rebondissaient comme des ressorts devant son visage rougi par la concentration et l'effort. Même le bout de ses oreilles pointues avait rosi. Et malgré cela, Sorcière était d'une beauté remarquable, avec son regard chaud, mélancolique, et ses traits gracieux.

Sur les deux immortels qu'Ellie avait rencontrés jusqu'à présent, deux étaient d'une beauté surnaturelle.

Sorcière prit ce qui ressemblait à des œufs durs bleus et entreprit de les écraser au pilon dans un mortier. Quand son tablier s'entrouvrit, Ellie se figea. Accroché à sa ceinture pendait un téléphone.

Elle résolut de mettre Sorcière de son côté, peut-être d'obtenir d'elle qu'elle puisse passer un coup de fil. Avec cette idée en tête, elle retourna vers le coffre à nourriture et ordonna :

— Deux Coca. Avec de la glace.

Deux verres de Coca pleins de glaçons apparurent. Pour quelqu'un comme Ellie, qui adorait manger, ce coffre était comme l'Arche d'alliance.

Elle prit les verres, alla en poser un devant Sorcière.

— Tu ne ressembles pas à une sorcière, je trouve.
— Et moi qui espérais ne pas te décevoir
— C'est quoi, ton vrai nom ?
Silence.
Le regard d'Ellie se posa sur un vieux grimoire posé près du mortier.
— C'est un livre de sorts ? demanda-t-elle en le prenant pour faire glisser ses doigts sur la couverture. J'ai jamais vu de cuir aussi souple et doux.
— C'était un humain qui s'occupait beaucoup de sa peau.
Ellie lâcha l'ouvrage en frissonnant.
— Tu vois vraiment l'avenir ?
— Oui.
— Est-ce que je peux ouvrir une fenêtre ?
— Non.
— Tes oreilles sont pointues.
— Et tes yeux fonctionnent.
— Je pourrais écraser ça pour toi, proposa Ellie. Pourquoi tu ne me mettrais pas au boulot ?
— Il me semble que les ordres de Lothaire étaient : « Assieds-toi et ne touche à rien. » Je te suggère d'y obéir, Elizabeth.
Cette attitude un brin condescendante hérissa Ellie.
— Je suis pas une gamine.
— Pour nous, ça ne change rien.
— Et si je t'assommais pour te prendre ton portable ?
La fey leva les yeux au ciel.
— Essaie, pour voir. Mortelle.
C'est mon intention.
— Disons que je t'aurai prévenue. Sorcière.
— En admettant que tu parviennes à t'en emparer, tu n'aurais pas le code PIN.
Encore ce ton compatissant.
— Tu peux m'appeler Ellie, si tu veux, dit-elle, plus conciliante.
— Je ne veux pas.

Sorcière écarta une mèche de cheveux de son visage, d'une main toute bleue.

— Écoute, reprit-elle. Si c'est le moment où tu essaies de faire amie-amie avec moi pour que je t'aide, remballe ton boniment. Je ne sers que les intérêts de Lothaire.

— Et ceux de Saroya ? Tu t'en fiches, qu'une tueuse psychopathe soit sur le point d'être lâchée dans la nature ?

— Si c'est là le vœu de Lothaire, alors c'est le mien aussi.

— Tu le crains à ce point ?

— Je lui dois la vie. Et, de toute manière, ce serait idiot de ne pas craindre l'Ennemi de Toujours.

— Vous êtes ensemble, tous les deux ?

— Bien sûr que non. Il a une femme à qui il reste fidèle.

— Mais Saroya et Lothaire n'ont jamais eu de relations intimes.

Enfin, je ne crois pas…

— Je refuse de discuter de cela avec toi…

Lothaire apparut dans la pièce, faisant sursauter Ellie. Il portait un long trench-coat parfaitement ajusté, était à bout de souffle. Des traces de terre maculaient sa joue, et il avait de la boue plein les jambes.

— Saroya a-t-elle essayé de s'éveiller ?

— Elle est absente pour le moment, répondit Ellie sur le ton de la secrétaire. Je peux prendre un message ?

— Tu m'as juré que tu la laisserais te posséder !

— Elle n'essaie même pas !

Et pourquoi était-il si pressé, tout à coup ? Le vampire n'avait pas vu la déesse depuis plusieurs années, et voilà qu'il fallait absolument qu'il la trouve !

— Que dis-tu ?

— Pas-un-signe. Rien.

Lothaire donna un coup de poing dans le mur, puis disparut.

Sorcière soupira en regardant son mur et se remit au travail.

— Est-ce qu'il est toujours aussi... à cran ?

Même quand Ellie et Lothaire avaient eu une conversation à peu près normale, elle l'avait senti bouillonnant, agité par quelque chose.

— Tu ne devrais pas le pousser à bout. C'est stupide de ta part. S'il perd le contrôle de lui-même, tu mourras – et ça ne sera pas beau à voir.

Note : découvrir ce qu'elle entend par « pas beau à voir ».

— Qu'est-ce qu'il faudrait que je te donne, pour que tu m'aides ? J'ai juste besoin de passer un petit coup de fil.

— Rien de ce que tu possèdes. Et tais-toi, maintenant.

Deux minutes s'écoulèrent, puis Ellie demanda :

— Tu as des toilettes ?

— Tu veux t'échapper ?

— Je veux faire pipi, en fait.

D'un geste, Sorcière indiqua un couloir.

— N'ouvre pas les fenêtres ni les volets. Où que ce soit dans cette maison.

— OK.

Une fois dans la salle de bains, Ellie ferma la porte et se mit à aller et venir.

— Qu'est-ce que je vais faire ? murmura-t-elle. Qu'est-ce que je peux faire ?

— Viens avec moi, murmura une voix en guise de réponse.

Une voix. Qui venait du miroir ! Ellie s'aplatit contre la porte.

— Qu... qui c'est ?

Garde l'esprit ouvert !

— Je suis la cavalerie, venue à ton secours.

Une main de femme apparut juste à côté du reflet stupéfait d'Ellie, semblant sortir de l'*intérieur* du miroir.

La cavalerie ? Le cœur d'Ellie fit un bond. Puis elle se souvint de ce que les ennemis de Lothaire lui feraient s'ils mettaient la main sur elle. *Harems, prostitution et cornes.* Elle se retourna, ouvrit la porte et regagna la cuisine en courant.

— Sorcière ! s'écria-t-elle. Il y a… il y a quelque chose *dans le miroir*, quelque chose qui veut que je vienne avec elle.

Sorcière lâcha les feuilles qu'elle était en train de trier et saisit une machette.

— Dans le miroir ? C'est Mariketa l'Attendue. Elle a dû faire tous les miroirs du monde à la recherche de ton reflet.

— Qui c'est, cette Mariketa ?

— C'est la chef de la Maison des Sorciers, une célèbre bande de mercenaires.

Arme en main, Sorcière se dirigea vers la salle de bains.

Hou là, ça sent le sapin pour Mariketa. Ellie suivit Sorcière d'un pas prudent.

— Des sorciers mercenaires ? Tu te fiches de moi ?

— Ils ont décrypté le code de notre barrière. Une partie, au moins.

Devant la porte, Sorcière se tourna vers Ellie.

— Entre et dis-lui que tu veux partir avec elle.

— Euh… d'accord.

Ellie entra, se plaça face au miroir.

— Coucou, la cavalerie ? T'es encore là ?

— J'ai pas que ça à faire, femme de Lothaire, répondit la voix. J'ai une soirée bière et disco au bowling, ce soir.

Mariketa semblait si humaine, si normale qu'Ellie commença à se demander si elle avait bien fait de prévenir Sorcière. Surtout quand celle-ci s'approcha du miroir en brandissant sa machette.

— Je n'arrive pas à franchir le verre du miroir, à cause d'un sort de limite complètement démodé. Mais toi, tu peux plonger la main dans le miroir et attraper la mienne. Je m'occupe du reste.

Sorcière lui fit signe de répondre.

— OK, alors, dit Ellie. J'arrive.

La fey glissa sa main dans le miroir, comme si elle la plongeait dans l'eau.

— C'est bon, dit Mariketa, je te tiens.

— Non, répondit Sorcière. C'est *moi* qui te tiens.

Sa machette fit voler le miroir en éclats. Un hurlement retentit.

— *Aaah ! Espèce de salope !*

La fey fit un bond en arrière, tandis qu'un jet de sang jaillissait du miroir. Ellie eut un haut-le-cœur. Sorcière tenait la main coupée de Mariketa.

Alors qu'une sorte de bête féroce hurlait dans le miroir, l'énergie monta dans l'air, faisant se dresser les cheveux d'Ellie sur sa tête.

Avec le sang, Sorcière se mit à tracer d'étranges symboles sur le verre, terminant juste au moment où un éclair de foudre arrivait sur elles à la manière d'une torpille.

— Tiens bon… Tiens le coup, murmura Sorcière.

La foudre ricocha sur le panneau de verre et disparut dans l'obscurité. On entendit un autre cri.

— Tu me le paieras, fey !

Et ce fut le silence.

Le miroir, de nouveau intact, absorba les symboles jusqu'à leur disparition totale.

Sorcière se laissa tomber contre le mur.

— Ils connaissaient une partie suffisante de notre code pour te trouver. Dieux obscurs, ça n'est pas passé loin !

— Tu m'as sauvée. Merci.

Sorcière pâlit.

— C'est vraiment passé trop près. J'aurais dû changer le code il y a une heure. Tu n'étais plus invisible pour nos ennemis. Lothaire me tuera quand il le saura.

— Il ne le saura pas forcément. Je n'ai pas une égratignure.

— Tu ne le connais pas.

— Mais si je ne lui dis rien ?

— Et que me demanderas-tu, en échange ?

Le regard d'Ellie se posa sur le téléphone de Sorcière.

— Tu le sais très bien.

— J'ai juré sur le Mythos de ne jamais trahir Lothaire. Même si je voulais te laisser téléphoner, il est impossible de briser un serment fait sur le Mythos.

— Alors, qu'est-ce que tu as à me proposer de *possible* ?

Le regard de Sorcière partait dans tous les sens. Elle semblait très inquiète.

— Je ne sais pas. Je n'arrive pas à réfléchir.

— Tu ferais mieux de te grouiller. Il pourrait revenir bientôt. Tiens, peut-être que tu pourrais répondre à vingt questions, pour moi.

— Je peux, mais je me réserve le droit de ne pas répondre à certaines, si celles-ci vont à l'encontre des intérêts de Lothaire. Quelqu'un d'intelligent en apprendra autant des questions auxquelles je refuserai de répondre que de celles auxquelles je répondrai.

Comme, par exemple, je viens d'apprendre qu'il est possible d'aller à l'encontre des intérêts de Lothaire et que tu me trouves intelligente ?

— Alors, promets de me donner des infos sur ce monde et sur les immortels en général.

— Aide-moi à nettoyer, et tu ne le regretteras pas.

— Euh… il va falloir que tu me le jures sur le Mythos.

Sorcière la considéra, les yeux mi-clos.

— J'ai un sentiment très défavorable, en ce qui te concerne. Mais je veux rester en vie. Alors, je jure sur le Mythos de te donner des informations sur notre monde.

— Parfait. Dis-moi ce qu'il faut faire.

Sorcière lui donna une poudre à répandre sur le lavabo et la machette pour faire disparaître le sang, tandis qu'elle désintégrait la main de Mariketa dans un récipient.

Quand tout fut rentré dans l'ordre, Sorcière se tourna vers Ellie.

— En fait, peu importe qu'on ait tout nettoyé ou pas. Tu vas nous trahir. Parce qu'il lira en toi comme dans un livre ouvert.

Ellie regagna son tabouret.

— Écoute, c'est exactement comme quand les poulets enquêtent sur une distillerie ou un labo clandestins. Même si je suis prise avec une bouteille d'alcool de contrebande entre les mains, je nie. Je deviens un mur. C'est pas moi le maillon faible, dans cette histoire.

— Je sens le sang de sorcière, dit Lothaire derrière elle.

La fey se retourna un peu trop brusquement, mais Ellie garda son sang-froid.

— Ouais, c'est quand même dingue, cette façon que vous avez d'envoyer des trucs pareils par porteur spécial, vous les monstres, dit-elle en tapotant les doigts sur le plan de travail de la cuisine. Je pense que je vais le signaler, quand je m'évaderai.

Lothaire fixa Sorcière un long moment.

— Pour quelle potion avais-tu besoin de sang de sorcière ?

— J'ai renforcé le sort de limite contre les sorciers en particulier, comme tu m'avais parlé de cette récompense, et tout… La Maison des Sorciers ne reculera devant rien pour capturer Elizabeth, tu le sais.

Il scruta son regard, visiblement méfiant.

— Tu es prévoyante.

— Je suis voyante, c'est déjà pas mal.

Bien envoyé.

— À part ça, tes recherches se passent bien, Lothaire ?

— J'approche du but.

Il reporta son regard scrutateur sur Ellie.

— Saroya ? demanda-t-il simplement.

— Pas un signe.

— Si je découvre que tu as réussi à la retenir…

— Mais non, enfin, merde !

Lothaire eut alors le regard le plus terrifiant qu'Ellie avait jamais vu chez un homme. Elle frissonna, saisie d'une brusque envie de chercher un abri où se cacher. Puis Lothaire disparut.

Elle allait pousser un énorme soupir de soulagement quand elle se souvint d'un vieux truc de flic. Elle lâcha dans un souffle :

— Reste concentrée, Sorcière, c'est un piège. Il va revenir.

20

Elles complotent quelque chose.

Lothaire revint chez Sorcière quelques secondes à peine après son départ, espérant surprendre un regard complice ou un soupir de soulagement.

Il s'était fait invisible, mais il trouva la fey occupée à remuer sa préparation, tandis qu'Elizabeth pianotait toujours du bout des ongles sur le plan de travail.

Préoccupé, il retourna à sa tâche. *Si, elles complotent quelque chose.* Mais il n'avait pas le temps de s'en occuper.

Ces dernières heures, il avait fait des kilomètres et des kilomètres dans une très vieille forêt, après avoir traversé le temple vide de Riora.

Comme il ne pouvait se téléporter que vers les endroits où il s'était déjà rendu ou qu'il voyait, il avait du mal à couvrir de grandes distances. Il lui était presque plus facile de courir en suivant les traces des animaux qui le fuyaient. *Même les autres prédateurs me craignent…*

Ce voyage pouvait l'aider à atteindre son But Suprême, mais il se prenait à penser sans cesse à Elizabeth, se rappelant son expression devant l'immensité de l'océan. Son désir.

La satisfaction qu'il avait éprouvée à la frustrer s'était curieusement révélée moins intense qu'il ne l'avait prévu.

Pourquoi ne cessait-il de penser à elle ? Pourquoi la revoyait-il sans arrêt fondre sous ses caresses, chez lui ?

Parce que même quelqu'un comme moi peut finir par être appétissant.

Il n'avait jamais eu de souci avec les femmes, jusqu'à présent. Et voilà que, désormais, il en avait deux dans sa vie qui semblaient n'être là que pour l'empoisonner.

L'une ne paraissait pas le désirer, l'autre le désirait, mais uniquement parce qu'elle avait été privée d'homme. *Ta bouche est si délicieuse…*

Que ferait-il si Saroya ne s'éveillait pas d'ici à ce soir ? Il trahirait sa femme ?

Si Lothaire avait besoin d'être fidèle, ce n'était pas tant par sentimentalisme que par sens logique. Il avait étudié les grands couples royaux du Mythos, et historiquement, ceux qui détenaient ensemble le pouvoir ne couchaient pas avec d'autres. Les hommes ne prenaient pas de concubines, et les femmes n'allaient pas voir ailleurs en toute discrétion.

Le couple présentait un front uni au reste du monde, sans aucune faille dans laquelle les ennemis auraient pu s'infiltrer. Chacun faisait preuve d'une loyauté absolue, mais envers l'autre uniquement.

Lothaire ne pouvait pas discuter les faits.

Il avait pensé former ce genre de couple avec Saroya, avait tout prévu en ce sens. Mais, techniquement, Elizabeth et Saroya n'étaient qu'une seule et même personne. Si sa femme ne voyait pas la différence, peut-être devait-il cesser de s'encombrer de scrupules. Il pouvait profiter d'Elizabeth et être fidèle quand même…

Il se tendit, sentant l'odeur des changeformes. Il la suivit jusqu'à l'entrée d'un terrier et s'enfonça sous terre.

Dans la terre. Reste concentré. Cinq pampres de frêne. Je rentre. Je sors.

Il suivit un boyau étroit jusqu'à une grotte au plafond voûté – leur lieu de réunion, d'où partaient d'autres galeries, dans toutes les directions. Autour d'un feu étaient installées leurs couches. Des bancs en pierre longeaient les parois.

Des racines pendaient du plafond, évoquant autant de mains cherchant à vous saisir. *La terre qui retombe sur moi...*

Ne pense plus à cela. Ne regarde pas dans l'abîme. Oublie. Concentre-toi !

Les changeformes émergèrent peu à peu des autres galeries. Bientôt, des dizaines d'entre eux l'entourèrent, tous sous leur forme humaine, mais tendus, agressifs.

— Un vampire ose pénétrer dans notre territoire et approcher nos femmes ? lança le plus grand, le mâle dominant.

— Oser est un grand mot.

Seul un fou se risquerait à attaquer seul une meute de changeformes ? L'ennui faillit faire bâiller Lothaire. Combien de meutes avait-il affrontées et massacrées ? Il avait cessé de compter depuis longtemps.

— Je cherche des pampres de frêne. Donnez-m'en, et je vous épargnerai tous.

— Mais qui es-tu, à la fin ? demanda le mâle alpha.

— Je suis l'Ennemi de Toujours.

L'alpha ouvrit de grands yeux.

— Tu as tué mon père et mes trois frères aînés.

— Ça alors, railla Lothaire. C'est la première fois qu'on me dit un truc pareil.

Il avait tué tellement de pères, de mères, de frères et de sœurs qu'il avait dû à lui seul influer lourdement sur la densité de population du Mythos. *C'est ma modeste contribution à la protection de l'environnement.*

Un homme râblé, qui n'avait pas de cou, s'avança.

— La sangsue s'en est prise à une lignée d'alpha ? Alors elle va mourir.

— Laissez-le tranquille, intervint un changeforme plus trouillard – ou plus sage.

D'autres murmurèrent leur approbation.

— Vous êtes tous fous ? s'emporta l'alpha. Nous sommes trente. Il est seul.

— Mais... c'est l'Ennemi de Toujours, insista le trouillard, du bout des lèvres, avant de se tourner vers Lothaire. Nous sommes à court de pampres de frêne, et notre fournisseur n'en aura pas avant plusieurs semaines. Je le jure sur le Mythos.

— La ferme, putain ! aboya l'alpha.

Pas de pampres. Lothaire aurait dû se téléporter loin d'ici aussitôt, pour ne pas attiser sa soif de sang et ne pas prendre le risque de boire celui de ces animaux dans le feu de la bataille...

— Regardez-moi ça, railla celui qui n'avait pas de cou. Il va se téléporter, retourner se réfugier auprès de son roi... Oh, mais j'y pense... Il a été tué, ton roi, au printemps dernier, c'est ça ? Assassiné dans son propre château.

Le roi que Lothaire avait servi. Le roi qu'il n'avait pas su protéger.

Celui que j'ai pleuré et dont j'ai fêté la mort en même temps.

Une colère sourde monta en Lothaire. Son esprit se referma soudain. Autour de lui, tout ralentit, au point que les battements de cœur effrénés des changeformes devinrent pesants, comme autant de balanciers d'horloge battant dans l'huile.

L'alpha va frapper avec les griffes de sa main gauche, dominante. Je lui couperai le bras de la main droite puis la jugulaire de la main gauche. Le trouillard attaquera par-derrière, sans conviction. Un coup de pied dans cette direction lui écrasera la cage thoracique. Celui qui n'a pas de cou va s'emparer d'un banc et gesticuler avec, me laissant tout le loisir de lui ouvrir le torse et de lui arracher le cœur.

Les autres réagiront de manière incontrôlable, se transformeront et attaqueront en masse.

— Tu aurais mieux fait de te taire, dit Lothaire en découvrant ses crocs. Maintenant, vous avez tous gagné le droit de mourir.

21

— Alors, c'est quoi, ma récompense ? T'as eu drôlement chaud à tes petites fesses de fey, hein ? Sans moi, tu plongeais.

Peu après le retour inopiné de Lothaire, Sorcière s'était retirée, expliquant qu'il lui fallait vérifier quelque chose. Elle venait de réapparaître et regardait Ellie avec une étrange intensité.

— Va voir cette bibliothèque, dit Sorcière en indiquant une série d'étagères un peu de travers. Cherche un très vieux volume intitulé *Le Livre du Mythos*. C'est une encyclopédie de notre monde, qui se met à jour elle-même.

— Une encyclopédie ?

Bingo ! Ellie trouva l'épais volume et l'ouvrit. Les pages étaient légèrement moisies ; le texte écrit à la main, dans une écriture ancienne, mais lisible.

— Si Lothaire revient et te trouve avec, je nierai t'avoir montré où elle se trouvait.

— *No problem.*

Quelques instants plus tard, Ellie s'installa avec le livre dans une chaise longue, sous la lune presque pleine.

Elle chercha d'abord « Déesse de sang », puis « Saroya », puis « Faucheuse d'Âmes », mais ne trouva rien de tout cela. Découragée, elle passa à l'entrée

« Vampires ». Là, il y en avait, des informations ! Elle se plongea dans l'histoire des différentes factions.

— Je ne pense pas que tu comprennes les machinations politiques dont sont capables les vampires, lui avait lancé Lothaire d'un ton méprisant.

Il était donc impératif pour elle de les comprendre.

« Les Abstinents » formaient une armée relativement récente d'humains transformés, dirigée par Kristoff, un vampire-né surnommé le Visiteur des Charniers. Tous avaient juré de ne jamais boire le sang à même leurs victimes – de *s'abstenir*. Ils avaient les yeux clairs, l'esprit fort. Kristoff résidait dans son château de Mont Oblak.

Les Daces étaient une autre faction de buveurs de sang – du moins le supposait-on. On parlait d'eux comme étant les premiers vampires. D'après la rumeur, ils vivaient dans un royaume caché à l'intérieur d'une montagne, dont le château noir n'avait jamais été localisé par les autres créatures du Mythos. Personne ne pouvait prouver leur existence non plus.

La Horde était la faction principale de vampires, peuplée essentiellement par les Déchus – des vampires aux yeux rouges comme Lothaire, qui avaient tué en buvant le sang de leur proie. Ils étaient dirigés par Tymur le Fidèle, ainsi surnommé parce qu'il jurait fidélité au roi qui s'installait sur le trône, quel qu'il soit.

Même si celui-ci avait éliminé son maître précédent.

Depuis la mort du roi Demestriu, Tymur et d'autres vampires loyalistes s'étaient emparés du château d'Helvita, la résidence royale, et y attendaient l'arrivée du successeur de Demestriu. Ils n'accepteraient qu'un héritier légitime, de sang royal, qui tenait la Soif – le besoin pour les vampires de boire le sang à sa source – pour sacrée.

Lothaire n'avait de toute évidence aucun mal à boire sur ses victimes. Il était donc légitime ?

D'après ce qu'elle avait compris, il s'intéressait soit au trône de Dacie, soit à celui de la Horde. À moins que ce ne soit aux deux. Mais comment pouvait-il être sûr de l'existence de la Dacie ? Était-il possible qu'il soit un vrai Dace ?

Cette idée laissa Ellie songeuse quelques instants, puis elle entreprit de mémoriser tout ce qu'elle pouvait, se répétant chaque détail.

Abstinents. Kristoff. Oblak. S'abstiennent de boire sur leurs victimes. Yeux clairs.

Horde. Tymur. Helvita. Composée des Déchus, tueurs aux yeux rouges.

Daces. Existent, ou pas ? Château en Dacie. Les premiers vampires. Couleur des yeux inconnue.

Ellie passa ensuite aux caractéristiques propres à chaque espèce de vampires. Les vampires-nés ne pouvaient effectivement pas mentir sans en être malades. *Il faudra que je fasse attention aux techniques de détournement des questions chez Lothaire*. Ils pouvaient se téléporter dans le monde entier, mais pas échapper ainsi à certains pièges magiques, ni à l'étreinte d'un opposant plus fort qu'eux.

Les mâles atteignaient en général l'immortalité aux alentours de trente ans et devenaient alors des morts-vivants jusqu'à ce qu'ils trouvent celle que le destin leur réservait, et qui les animait.

Ce qui signifiait que Lothaire était resté sans baiser pendant des milliers d'années.

Des milliers d'années.

Concentre-toi, Ellie !

Quand elle en eut fini avec la section vampires, elle chercha une autre entrée. Lothaire n'avait-il pas dit que Sorcière était une fey ?

Les fey du domaine de Grimm étaient des maîtres dans l'art de l'empoisonnement. *C'est noté*. Ils possédaient leur propre royaume magique appelé Draiksulia. *Alors, que fait Sorcière en Caroline du Nord ?* En général, ils étaient en guerre contre les vampires et contre différentes monarchies démons, ou démonarchies.

Pourquoi Sorcière travaille-t-elle pour Lothaire, dans ce cas ?

Ellie poursuivit sa lecture, découvrant l'existence des nymphes, des goules et des cerunnos – d'énormes créatures semblables à des serpents doués de parole. Elle frissonna devant l'immonde illustration représentant un wendigo et éprouva malgré elle un certain respect envers Lothaire, qui en avait éliminé un si grand nombre.

Dans le Mythos, il existait des factions puissantes, comme les Valkyries, les Lycae et les Sorciers. Apparemment, les Wiccae étaient des mercenaires doués de pouvoirs magiques qui vendaient leurs services au plus offrant. Et, d'après ce qu'elle lisait, la main de leur chef repousserait à coup sûr.

Les vampires n'étaient pas les seuls à posséder des pouvoirs de régénération.

Sorcière et Lothaire avaient également parlé de la Dorada, une Reine du Mal sorceri, aussi Ellie passa-t-elle rapidement sur « Changeforme », « Diable de sable », « Sasquatch »...

« Sorceri. » La plupart des sorceri étaient capables de contrôler la matière ou des entités vivantes, et ce de différentes façons. Une sorceri obtenait le titre de Reine si son pouvoir dépassait celui de tous les autres dans un domaine précis.

La Dorada pouvait donc réellement contrôler le mal.

Ellie ne put s'empêcher de chercher ensuite à « Alien ». Elle trouva à la place « Accession », phénomène magique se produisant tous les cinq cents ans, qui poussait les factions du Mythos à se faire la guerre tout en permettant la formation de couples.

L'Accession était un moyen de réguler la population des immortels. Et elle était justement sur le point de se produire...

Quand le ciel s'éclaircit, elle leva les yeux, dépitée. Le jour n'allait pas tarder à poindre, et elle n'en savait guère plus que…

Le livre se ferma brusquement et lui fut arraché des mains.

— Tiens, tiens. Qu'avons-nous donc là ?

Lothaire. Debout devant elle. Couvert de sang et de morceaux de… peau. Ses yeux lançaient des éclairs.

Merde.

Quand il se téléporta à l'intérieur, elle le suivit. Lothaire alla agiter l'épais volume sous le nez de Sorcière.

— Pourquoi avait-elle ça entre les mains ?

— Je l'ai vu sur l'étagère, et je l'ai pris en cachette, expliqua précipitamment Ellie. Je voulais juste en savoir plus sur ce monde si nouveau pour moi.

— Tu n'y passeras pas suffisamment de temps pour que cela te soit d'un intérêt quelconque, rétorqua Lothaire.

— Cette mortelle est impossible à surveiller, Lothaire, dit Sorcière sans cesser de remuer une potion sur le fourneau. Et comme tu le sais, elle est futée. Mais dis-moi, as-tu trouvé les pampres ?

Il secoua la tête. Et, comme s'il avait senti le regard d'Ellie sur lui, il fit volte-face et demanda d'un ton rageur :

— Qu'est-ce qu'il y a ?

— Tu es couvert de… de morceaux de peau et de cartilage.

Il se regarda.

— Et alors ?

— Tss, tss… Tu t'es battu avec tes copains de bac à sable ? Tu as joué à la bagarre avec les autres petits vampires ?

— *Poshyol ty*. Va. Te. Faire. Foutre. Est-ce que Saroya a essayé de s'éveiller ?

— Elle est complètement out. À mon avis, on est proche de l'hibernation, là. Pas un frisson, rien. Ce qui signifie qu'elle ne sera pas là avant un moment.

La fureur s'empara de Lothaire. Il attrapa Ellie par un bras et la téléporta dans sa chambre, à New York – l'encyclopédie toujours à la main.

Quand il la lâcha, elle fit la grimace en regardant sa manche.

— Tu m'as mis de la peau partout !

Tandis que Lothaire faisait les cent pas dans la pièce, elle ramassa une lettre froissée et s'en servit pour se nettoyer. Elle aurait aimé aller prendre une douche, mais elle devait au moins essayer de récupérer le livre.

— J'avais pas fini de le lire.

Il fronça les sourcils et regarda l'épais volume, comme s'il avait oublié ce qu'il tenait.

— Tu devrais vraiment me laisser le lire, Lothaire. Figure-toi que tu m'impressionnes, maintenant que j'ai vu une image de wendigo. C'est pas rien, de zigouiller un monstre pareil.

Il tourna brusquement la tête dans sa direction, l'air de dire : « Mais qui es-tu ? », puis, préoccupé, se dirigea vers son coffre et y plaça le livre.

— Tu peux pas être furax à ce point juste parce que j'ai ouvert un vieux bouquin tout moisi, quand même, dit-elle lorsqu'il revint vers elle. Ni parce que tu as joué à la bagarre avec d'autres petits vampires.

— C'étaient des *changeformes* !

— J'ai pas encore eu le temps de lire le chapitre changeformes, figure-toi. Alors, j'ai du mal à me faire une idée du genre de combat que tu as livré. Mais je suis sûre que, à tes yeux, c'était un exploit.

Il s'approcha d'elle, l'air franchement dément, et la saisit à la gorge, serrant juste assez pour qu'elle comprenne qu'il fallait le prendre au sérieux.

Elle fit comme si de rien n'était.

— Ou alors t'es en colère parce que Saroya ne s'est pas manifestée.

Étant donné l'échange très « chaud » qu'il y avait eu entre eux, Ellie l'avait cru pressé d'attaquer les choses sérieuses avec Saroya, avant d'écarter cette idée. Il ne pouvait tout de même pas rester en érection aussi longtemps… si ?

Certes, si l'on tenait compte du fait que cela faisait cinq ans qu'il n'avait pas vu sa promise…

— Lothaire, pourquoi étais-tu si certain que Saroya allait s'éveiller ? En général, elle ne fait rien. Surtout s'il n'y a personne à tuer ou à mutiler dans les parages.

Il la lâcha en étouffant un juron et retira son trench-coat maculé de taches.

— Est-ce que tu as quelque chose de très important à lui dire ? Un meurtre à planifier, un méchant à rayer d'une liste…

Ne trouvant plus ses mots, Ellie se laissa tomber sur le canapé. Elle voyait maintenant parfaitement l'érection de Lothaire, qui tendait le tissu de son pantalon.

C'est donc là qu'il y a le feu.

Quand elle réussit à détacher le regard de ce membre massif, elle leva les yeux. Il était tendu, les épaules redressées, et la fixait d'un regard rouge et affamé.

Le vampire avait réellement besoin de passer aux choses sérieuses. Et Saroya était aux abonnés absents !

Donc, finalement, tout cela n'était qu'une histoire de désir ? Pas de meurtres ou de complots ?

Mais elle s'y connaissait, elle, en désir. Elle avait suffisamment d'expérience, après ses années de pelotage dans des cabines de camionnettes. Elle avait aussi beaucoup appris en gardant juste les oreilles bien ouvertes. Elle avait grandi dans les Appalaches, merde.

Sans compter que les femmes de sa famille avaient fait en sorte qu'Ellie sache s'y prendre avec le sexe opposé, dans la mesure où, autrefois, tout reposait sur les hommes.

Elle se souvenait des mots de sa grand-mère :

— Un homme, c'est comme une chaudière à charbon, Ellie. Si tu en trouves un que tu veux garder, tu dois l'alimenter tous les jours, le faire brûler d'amour pour toi et relâcher la vapeur régulièrement, sinon ça ne fonctionnera jamais comme il faut.

Elle aurait pu donner une bonne leçon à Saroya, mamie Peirce !

Ellie regarda Lothaire aller et venir d'un pas agressif, imaginant la douleur qu'il devait ressentir, là en bas. Et dans la bouche, aussi. Il n'arrêtait pas de se passer la langue sur les crocs.

Ils sont acérés, et pourtant ma peau ne porte pas de nouvelle marque. Son sexe est au bord de l'explosion, et pourtant mon corps est intact.

Saroya, cette idiote, avait eu le temps, la veille, de se constituer une nouvelle garde-robe, de s'épiler les parties intimes et de se faire faire les ongles, mais elle avait laissé son vampire dans cette situation ?

Puis elle l'avait abandonné en compagnie d'une autre femme… qui lui ressemblait trait pour trait ?

Si elle est assez bête pour le laisser frustré, pensa Ellie en souriant, *alors je devrais peut-être l'alimenter et lui faire relâcher un peu de vapeur. Le faire fonctionner à* mon *avantage.*

Elle se figea.

Et si elle… réussissait ?

Pourrait-elle le faire changer d'avis ? Le tenter jusqu'à ce qu'il la préfère à Saroya ?

Elle ouvrit de grands yeux. S'il existait un moyen de se débarrasser d'elle, Ellie, peut-être l'inverse était-il possible… Alors, elle pourrait inciter Lothaire à rejeter Saroya !

Je pourrais reprendre possession de mon corps ! De ma vie !

Le vampire continuait ses va-et-vient dans la pièce, à la vitesse de l'éclair. Ses mouvements étaient aussi confus que les pensées d'Ellie. Pour la première fois depuis plusieurs années, elle se disait : *Je ne suis peut-être pas obligée de mourir.*

Elle pouvait coucher avec Lothaire, s'il le fallait. Elle pouvait fermer les yeux et faire comme s'il n'était pas un monstre, comme si elle ne haïssait pas jusqu'à la moelle de ses os. Sûrement.

Tu n'avais pas vraiment l'air dégoûtée quand il te léchait dans le cou, Ellie.

À ce souvenir, elle sentit ses seins se durcir, mais fit comme si elle ne remarquait rien.

Réussirait-elle à le laisser faire ? Prendrait-elle le risque d'être blessée, voire mise en pièces ?

Mais avait-elle le choix, en réalité ? S'il suffisait d'un anneau pour qu'il se débarrasse d'elle... Tôt ou tard, il le trouverait.

Alors, Saroya remporterait la bataille.

Jamais.

Je vais séduire Lothaire. Devenir irremplaçable à ses yeux. Mais elle savait qu'il lui faudrait faire beaucoup plus que simplement séduire son corps.

Qu'est-ce qui me ferait envie, si j'étais un immortel avec des milliers d'années au compteur ?

De l'énergie. De la surprise. De l'excitation.

Ellie pouvait le tenir en haleine, faire en sorte qu'il se pose sans cesse des questions. Elle pouvait séduire son esprit aussi !

Alors, ensemble, ils ficheraient un grand coup de pied dans le derrière de Saroya, et Ellie pourrait prendre ses bijoux !

Je ne suis pas obligée de mourir. Mon avenir est de nouveau entre mes mains. Elle allait utiliser tout son arsenal, mettre à profit toutes les leçons qu'on lui avait jamais enseignées, toutes ses bêtises de parking, tous ses vices, toutes ses victoires.

Elle allait opposer sa sagesse campagnarde au savoir ancestral et surnaturel des vampires.

Mon destin est de convaincre un vampire qu'il me désire plus qu'il ne désire une déesse.

Lothaire allait et venait, furieux. L'aube était arrivée, le jour s'était levé. La nuit avait pris fin.

Et Saroya était toujours en sommeil. Ce qui signifiait qu'elle n'avait aucune envie de le voir. Elle savait pourtant que le désir du vampire ne pouvait être étouffé. Et que, dans son membre, la pression devenait douloureuse.

La chienne ! J'avais raison dès le départ. J'avais vu clair en elle. Saroya voulait attendre jusqu'à un mois avant de s'éveiller, alors qu'il se battait pour leur avenir ?

Qu'était-il arrivé à la loyauté, à l'unité censée régner entre eux ?

Plutôt que de lui acheter ces fichus vêtements, la veille, il aurait mieux fait de la prendre de force !

Il poussa un hurlement et lança le poing en avant, faisant voler en éclats un service à whisky ancien.

Jamais il n'avait voulu une femme qui ne le désirait pas en retour.

— Lothaire ? murmura Elizabeth. Il faut que je te dise quelque chose.

— Alors parle !

— C'est un peu gênant. Je n'ai pas envie de le hurler depuis l'autre bout de la pièce, dit-elle en remontant ses cheveux pour les nouer sur le sommet de son crâne.

Elle jouait avec ces mèches soyeuses comme si elle savait à quel point cela l'excitait. Les yeux rivés à son cou, il pouvait imaginer qu'elle le dénudait rien que pour lui.

Une invitation. Son sexe palpita encore plus violemment.

— Dis-moi.

De l'index, elle lui fit signe.

— Tu veux bien venir vers moi ?

Il passa la langue sur un de ses crocs, puis se téléporta pour se placer face à elle.

— *Quoi ?*

Elle se leva, se hissa sur la pointe des pieds. Quand elle posa ses mains délicates sur son torse, il faillit se mettre à trembler.

— Lothaire, lui souffla-t-elle à l'oreille. Je vois bien que tu bandes comme un taureau.

Voilà qui était… inattendu. De nouveau, il manqua de trembler.

— Tu crois que je ne m'en suis pas aperçu ?

— Je voulais juste que tu saches que d'autres pouvaient s'en apercevoir aussi.

— Regarde-le, dit-il en la forçant à baisser la tête. Tu penses vraiment que je suis barré au point de croire qu'un truc pareil peut passer inaperçu ?

Il lui lâcha le menton, mais elle continua de fixer son membre. Lothaire renversa la tête en arrière. *Je sens son regard sur mon sexe.*

Il se vit la pousser à se mettre à genoux, puis glisser son sexe entre ses lèvres. Il lui ordonnerait de le sucer jusqu'à que qu'il ne reste plus rien de lui…

— Tu voudras peut-être revenir, après, murmura-t-elle.

— Après quoi ?

— Après que tu te seras occupé de ça.

— Tu penses que je vais me soulager tout seul.

Une seule caresse, et il la rejoindrait pour chercher à se répandre avec elle. Ou plutôt avec Saroya.

Ma femme. Qui ne daigne pas me voir. Alors, qu'elle aille se faire foutre. Il allait se servir de cette mortelle pour trouver du plaisir. Et si l'envie l'en prenait, il ferait jouir son petit corps délicieux, jouir à un point que la déesse le sentirait encore lorsqu'elle apparaîtrait enfin.

— C'est toi qui vas me soulager, ma fille.

Elizabeth ne manifesta ni peur ni surprise, se contentant de l'observer de ses grands yeux gris.

— Tu ne vas pas chercher à lutter ?

— Non. Tout ce que je te demande, c'est de prendre une douche d'abord, pour nettoyer tout ce sang.

— Qu'est-ce que tu mijotes ? soupira-t-il avec un sourire en coin. Tu vas essayer de faire en sorte que je te désire plus que je ne désire Saroya, peut-être ?

Elizabeth haussa les sourcils.

— Jusque-là, j'ai prédit chacun de tes mouvements sur ton échiquier. Je te laisse décider seule de celui-ci.

— C'est peut-être exactement ce que j'avais prévu.

Nouveau sourire en coin.

— Alors, je vais te laisser la possibilité de me montrer à quel point tu as envie de me satisfaire. Quand je reviendrai de ma douche, je veux que tu portes l'ensemble de lingerie en soie rouge et que tu t'agenouilles devant moi.

Au moment où il se téléportait en direction de la salle de bains, il l'entendit murmurer :

— Je ferai en sorte que tu sois... satisfait.

22

Ellie dissimula sa surprise, attendant que le vampire s'en aille.

Il avait l'intention de se servir d'elle de cette manière ? Tout dans la superficialité ?

Il se fourvoyait, à bien des égards. D'abord, elle n'avait jamais pratiqué de fellation. Elle avait toujours limité ses « échanges » avec les garçons à des frotti-frotta pas bien méchants – pour aller jusqu'à l'orgasme, mais en restant habillée. Pas d'échange de fluides, pas de maladies. Et pas de grossesse. L'idéal en ce qui la concernait.

Ensuite, elle avait besoin que Lothaire la désire au point de la choisir, elle, plutôt qu'une divinité.

S'il ne voyait en elle qu'un réceptacle à vampire, elle ne pourrait pas séduire à la fois son corps et son esprit.

Ellie avait pensé qu'il recherchait l'émerveillement, la surprise, l'excitation. Elle réalisait maintenant que le moyen le plus sûr de le surprendre serait de désobéir à ses ordres.

Elle décida d'aller prendre une douche pour réfléchir à une solution.

D'un côté, elle devait lui obéir pour ne pas mettre sa famille en danger. Si seule sa vie avait été en jeu, elle n'aurait pas hésité une seconde.

De l'autre, si son plan fonctionnait, elle pouvait décrocher le jackpot – son corps n'appartiendrait plus à Saroya, et elle aurait peut-être la possibilité de fuir

Lothaire, de préférence avec des bijoux plein les poches pour améliorer l'ordinaire de sa famille.

Après une douche rapide, elle passa un peignoir et s'assit à sa coiffeuse. Comme Lothaire avait semblé être assez sensible à ses cheveux, elle les attacha de manière un peu lâche sur le haut de sa tête, pour pouvoir les détacher facilement devant lui. Puis elle se servit des produits de maquillage de Saroya. Du mascara, du gloss, un peu d'eye-liner.

Mais pour ce qui était de la tenue, Ellie hésitait. Ouvrant son tiroir à lingerie, elle contempla d'un œil dubitatif l'ensemble rouge.

Le porter ne la gênait pas en soi – ce n'était pas une question de pudeur. Mais elle ne voulait pas que son entrevue avec Lothaire se déroule exactement comme il semblait l'avoir prévu : elle en dessous rouges le soulageant avec sa bouche, et lui repartant sans un mot.

Pour finir, elle mit des sous-vêtements sexy, mais enfila par-dessus un jean et un débardeur – rouge, en guise de compromis. Elle chaussa même des bottes à talons aiguilles.

Une fois prête, elle se regarda dans le miroir. Le jean et le débardeur étaient très moulants, les bottes super sexy. Mais il manquait quelque chose…

Après une hésitation, elle retira le haut, ôta son soutien-gorge, puis remit le débardeur. *Ça devrait le faire.*

Elle essaya de se voir avec les yeux de Lothaire. *À quoi est-ce que je ressemble pour un vampire vieux de plusieurs milliers d'années ?* Le jean marquait nettement les courbes de ses hanches et de ses fesses. Ses seins pointaient sous le coton fin du débardeur. Il aurait probablement envie de les toucher.

Imaginer ses mains sur elle fit durcir la pointe de ses seins. *Je ne vais pas m'en vouloir de désirer un enfoiré comme lui.* Elle avait envie de lui parce qu'elle était en manque, émotionnellement et physiquement, depuis son séjour en prison.

Sa tenue était sexy, mais pas autant que ce qu'il lui avait demandé de porter. *Je joue avec des jetons que je n'ai pas les moyens de perdre, là*. Elle poussa un soupir, envisageant de se changer…

Lothaire apparut alors dans sa chambre, les cheveux encore mouillés, portant des vêtements de luxe. Elle se demanda pourquoi il s'était rhabillé, mais imagina qu'il cherchait à l'intimider – ou qu'il avait décidé de partir tout de suite après sa pipe.

Que la fête commence, alors.

Il semblait à cran. Son corps n'était que tension.

— Je t'avais donné un ordre, dit-il en la prenant par le coude. Et tu me défies, alors que je suis déjà au bord de la fureur ? Je pourrais te tuer sans même y réfléchir.

— Mais tu ne le feras pas.

— Je pourrais. Même sans en avoir l'intention. Au cas où tu ne l'aurais pas remarqué, je suis fou.

— Moi, je crois que tu es juste paumé, répondit-elle, impassible.

Le vampire sursauta.

— Et puis, Lothaire, pose-toi cette question : est-ce que ce ne serait pas donner un grand coup de pied dans l'échiquier ? Tu n'es pas barré au point de prendre le risque de tout perdre, quand même, si ?

Il la jaugea du regard. *Faudrait que j'apprenne à jouer aux échecs, moi*, se dit Ellie.

— Tu savais ce que tu risquais, si tu me désobéissais.

Elle se força à lui offrir son plus joli sourire.

— Oh, je ne pensais pas que tu voulais *vraiment* me voir porter ça.

Il haussa les sourcils, et elle se sentit défaillir.

Réunissant tout son courage, elle ajouta :

— Enfin, pas la première fois…

— Et pourquoi ça ?

— C'est important d'être à l'aise dans ses vêtements. Et moi, je suis plus à l'aise en jean.

Il la serra un peu plus fort.

— Tu penses vraiment que ton confort m'intéresse ?

Courage, Ellie !

— Je t'ai dit que je te satisferais, non ?

Il la lâcha et, par la porte de communication entre leurs chambres, gagna le canapé qui se trouvait de son côté, certain qu'elle le suivrait. Il s'y installa, allongea les jambes devant lui et croisa les mains derrière sa tête.

— Je suis prêt à être satisfait, lâcha-t-il d'un ton sarcastique. Et, bien sûr, à te laisser m'entraîner loin des griffes de Saroya. À toi de jouer.

Il semblait étouffer un rire cruel.

— Je crois que tu connais mon plan… et que tu ne me donnes pas une seule chance de réussir.

— Pas une.

— Mais tu vas quand même me laisser essayer ?

— J'accueille avec plaisir cette initiative, une des plus inspirées venant de toi. Même si je pense que ce n'est pas très juste, parce que, en prison, tu n'as guère eu le temps de roder tes dons de séduction. Quoique… Qui sait ce qui se passe, derrière les barreaux…

Il se moquait d'elle, et cela lui faisait mal. Vraiment mal.

— Tu trouves ça drôle ?

— À mourir de rire.

— Et que pensera Saroya de ce que nous sommes en train de faire ?

— Je lui conterai précisément toutes tes tentatives maladroites pour la supplanter, afin que l'on puisse en rire ensemble.

Ellie battit des paupières. Oui, il se moquait d'elle, et c'était douloureux, mais il ne l'avait pas dissuadée pour autant de le séduire. Non, il n'avait fait qu'agiter un foulard rouge devant un taureau. *Il n'a jamais eu affaire à une fille de la montagne*.

Une fille terre à terre, qui jurait comme un charretier et dont la vie était en jeu.

Elle se savait capable de le séduire. Au lycée, elle se rappelait avoir entendu des garçons parler d'elle, une fois.

— T'as déjà été sur le parking avec Ellie Peirce ? Putain, ça te change la vie !

Elle avait alors décidé qu'elle en savait suffisamment sur les hommes pour être dangereuse. Lothaire la sous-estimait, et il allait s'en mordre les doigts.

Elle redressa les épaules et le rejoignit, notant qu'il avait les yeux rivés à ses seins. Son érection était énorme et faillit la faire hésiter, mais elle l'enfourcha et, à genoux sur le canapé, se pencha vers lui.

— Cette fois, c'est moi qui décide, Lothaire.

— Toi ?

— Oui. C'est moi qui fais tout le boulot. Toi, tu restes assis et tu te reposes après ta dure journée passée à faire le mal. Sauras-tu garder tes mains en dehors de tout ça ?

— C'est peu probable.

— Tu disais que si tu me touchais, tu pourrais me faire mal.

— Raison pour laquelle je préfère mener le bal, Elizabeth.

— Allons, ne me dis pas que tu as peur de la petite vierge mortelle ? Bien sûr, j'ai quand même un peu d'expérience, et ça pourrait te plaire.

Il lui prit le menton.

— Ah ah… Je vais enfin découvrir tes petites spécialités de parking ?

Elle se dégagea, mais sourit.

— Quand on n'a qu'un marteau…

— Tous les problèmes ressemblent à des clous.

Évidemment, il connaissait son expression préférée.

Il se lécha un croc distraitement.

— J'ai hâte de découvrir ta façon de… conduire.

Alors, je vais t'offrir un voyage que tu n'es pas près d'oublier.

23

Elle s'entête à me désobéir tout en me souriant d'une façon qui m'empêche de penser.

Qu'avait-elle donc en tête ? L'idée qu'il puisse jeter son dévolu sur cette paysanne mal dégrossie plutôt que sur une déesse vampire était tout bonnement ridicule.

Mais il était très curieux de voir comment elle allait s'y prendre.

— Montre-moi en quoi tu es supérieure à une divinité, je t'en prie. À moins que tu ne te dégonfles ?

Il n'allait pas tarder à s'ennuyer, il le sentait, et lui arracherait assez vite ce débardeur moulant pour pétrir enfin ses seins tentateurs. *Ma langue sur ses mamelons...*

— Peut-être que ce n'est pas la seule raison qui me pousse à être avec toi, dit Ellie.

— Explique-toi.

— Je vais bientôt mourir. Peut-être que je n'ai pas envie de mourir vierge.

— Mais je ne te baiserai pas. Ça, je le réserve pour ma femme.

Elle fit la moue.

— Alors, j'en ai envie parce que ça fait des lustres qu'un homme ne m'a pas touchée.

La pointe de ses seins semblait si dure qu'il aurait presque cru qu'elle désirait réellement sentir ses mains sur elle.

— Je ne suis pas un homme.

— Non, c'est vrai. Mais tu feras l'affaire.

Elle leva les bras et libéra sa chevelure soyeuse, qui tomba en cascade sur ses épaules. Les boucles rebondirent sur ses seins, en titillant la pointe. Et son odeur submergea Lothaire...

Attends un peu... Je ferai l'affaire ?

Elle se pencha soudain en avant et défit un bouton de la chemise du vampire, puis un autre, et en écarta les pans pour dénuder son torse.

Avec un petit sourire, elle se pencha un peu plus encore et posa ses lèvres sur sa peau. Elle le sentit se tendre.

Un petit coup de langue lui arracha un juron. Elle défit un nouveau bouton, l'accompagna d'un autre baiser. Et elle recommença. Ses baisers étaient légers. Doux, mais sexy.

Quand elle lui retira complètement sa chemise, elle en avait déposé une longue série, de la clavicule au nombril, et remontait par le même chemin. Arrivée à proximité d'un mamelon, elle s'arrêta juste au-dessus et il sentit son souffle chaud, avant qu'elle ne l'effleure du bout des lèvres. Son sexe raidi palpita dans son pantalon.

Comme il la regardait, elle joua avec la pointe de son sein du bout de la langue, puis l'aspira. Il allait pousser un grognement quand elle... le mordit. Incapable de se contrôler, il donna un coup de reins en avant.

— Tu aimes ? demanda-t-elle.

— Je te ferai la même chose, et on verra si ça te plaît.

Elle passa à l'autre sein et murmura :

— Promis ?

— Tu veux jouer avec moi ? Je te percerai, je te boirai. Retire ce débardeur et regarde-moi faire.

Elle se redressa et leva lentement, très lentement, son débardeur, dénudant son ventre, puis la naissance de ses seins...

Plus haut, plus haut... Elle allait enfin lui montrer ses seins...

Elle lâcha le débardeur, qui retomba.

— C'est moi qui mène la danse. Et je ne suis pas encore prête à ôter le haut.

Il attrapa une épaisse mèche de ses cheveux, y enroula le poing.

— Comprends-moi bien, Elizabeth… commença-t-il.

Il allait lui dire que les petits jeux s'arrêtaient là, qu'il en avait assez, mais le *rána* s'abattit sur lui. *Je ne peux pas mentir.*

Donc… il n'en avait pas assez ?

Peut-être même que j'aime ça ?

Non, pas avec elle ! Il tira brusquement sur les cheveux d'Ellie. Plutôt que de fondre en larmes, elle dit simplement :

— Bon, on dirait que c'est toi qui vas mener la danse, alors. C'est dommage, tu ne verras pas la chose pour laquelle je suis vraiment, *vraiment* douée.

Qu'elle aille au diable. Elle avait encore une fois réussi à aiguiser sa curiosité. Il se remémora le plaisir qu'il avait éprouvé à la regarder simplement démonter le boîtier du câble. Il ne s'attendait pas du tout qu'elle agisse ainsi, à ce moment-là ; quelles autres surprises avait-elle encore en stock pour lui ?

— Mmm. Douée comment ?

— Sans doute plus encore que tu n'es doué pour tuer.

— Je te donne cinq minutes pour m'impressionner. Et sache que mes dons en matière d'assassinat sont excessivement affûtés. Tu as intérêt à me faire hurler de plaisir.

— Pour ça, Lothaire, quatre minutes me suffisent. Maintenant, si tu as fini de papoter, j'aimerais te montrer mes seins.

Il faillit s'étrangler. *Cache ton étonnement. Ne manifeste aucune réaction.* Sourcils froncés, il la lâcha pour qu'elle puisse retirer son débardeur.

Quand il la vit torse nu, il émit un sifflement.

La poitrine de cette mortelle était… divine. Rebondie, ferme, sous une peau dorée et lisse. Avec la pointe rose dressée vers le haut.

Tandis qu'il la fixait, fasciné, elle s'assit sur son entrejambe, lui arrachant un grognement.

— Eh bien, vampire, tu es venu équipé pour la chasse à l'ours !

— Tu peux m'expliquer ce que cela veut dire ?

— Dans les montagnes à ours, les chasseurs ne s'aventurent qu'armés jusqu'aux dents, même s'ils ne cherchent que du petit gibier. Donc, ce que je veux dire, c'est que t'es sacrément bien monté et que tu bandes comme un taureau.

— Le superlatif est un mode qui me va à tous points de vue.

— Ben voyons.

Elle posa les mains à plat sur son torse et se pencha en avant pour l'effleurer de ses seins. Puis, du bout des doigts, elle lui caressa les seins, tout en déposant de tendres baisers sur sa joue, au coin de ses lèvres, donnant çà et là de petits coups de langue.

— J'aime bien ton goût, Lothaire.

Quand elle était aussi lascive, elle retrouvait son accent des montagnes. Sa voix devenait rauque, excitante.

Et, sans savoir vraiment pourquoi, Lothaire trouvait cela sexy en diable.

— Tu as un goût... *superlatif*.

Se moquait-elle de lui ? Nouvelle caresse sur son sein. Il n'arrivait plus à réfléchir.

C'est alors qu'elle se mit à parler. Elle lui suça le lobe de l'oreille, puis lui murmura comment elle se sentait – « trempée, excitée » –, comment elle le sentait, lui – « dur, raide comme le fer » –, lui chuchota qu'elle voulait le lécher partout, de la tête aux pieds, en s'arrêtant entre les deux pour vraiment prendre du plaisir.

— Tu aimerais entrer en moi, vampire ? Je voudrais que tu me combles.

Oui, oui, j'aimerais, pensait-il tout en luttant pour résister au désir.

Mais, au fond, il réalisait que les jeux d'Ellie risquaient de beaucoup lui plaire.

Ce qui, pour Ellie, avait commencé comme un exercice, un moyen de se protéger, lui échappa bientôt totalement.

Le simple regard de Lothaire sur elle l'excitait. À le voir, on aurait cru qu'il voulait la *dévorer*.

Allait-il réellement mordre son sein ? À cette idée, ses mamelons durcirent un peu plus encore, comme s'ils le mettaient au défi d'essayer.

La perfection de sa peau de marbre attirait les lèvres d'Ellie. Son corps tout entier, ferme, tentateur, la faisait haleter. Et, chaque fois qu'elle inspirait, son odeur boisée, virile, était comme une morsure.

— J'adore ton odeur, aussi.

— Je sais. J'ai vu ta réaction quand tu as senti ma veste.

Elle était trop excitée pour être gênée, trop fascinée par cette musculature, par cette promesse d'une puissance implacable.

— Tes muscles sont durs, vampire. J'aime les sentir sous mes mains.

— Ma queue est dure aussi, lâcha-t-il d'une voix rauque.

En disant ces mots, il se raidit un peu plus sous elle, tressauta. Et Ellie sentit son propre sexe palpiter, impatient.

— C'est bon, hein ? Juste au moment où je me disais que je ne pouvais pas bander plus fort, je durcis encore.

Cet accent un peu rude, ce ton provocateur… Le désir s'empara d'elle comme jamais auparavant. Elle fixa la bouche du vampire en se léchant les lèvres. Elle avait envie de l'embrasser. Mais ses crocs n'allaient-ils pas la couper ?

Bientôt, cela n'aurait plus d'importance…

Elle perdait le contrôle. Quand elle était excitée, elle n'arrivait plus à réfléchir, elle ne pensait plus qu'à atteindre l'orgasme. Jamais elle ne s'était sentie vraiment proche de son partenaire, jamais elle n'avait éprouvé de communion avec lui.

Tout ce qui comptait, c'était de jouir.

Son intention n'avait jamais été de faire grimper un type aux rideaux. Le fait que, sous elle, il jouisse toujours lui aussi n'était qu'une heureuse coïncidence.

Et là, la couture de son jean et le gland de Lothaire se trouvaient tout contre son clitoris engorgé. Elle allait se mettre à bouger sur lui et trouver le rythme adéquat, qui la mènerait jusqu'à l'explosion.

— Je te sens bien, tu es chaude, murmura-t-il. Retire ton pantalon.

Renoncer à cette perfection-là ? Elle posa son index sur les lèvres du vampire avec un sourire indulgent.

— Laisse-moi faire, je sais ce qu'il me faut.

24

Lothaire referma la main sur la gorge d'Ellie et la repoussa.

— Tu es vraiment folle, alors ?

Dans le regard d'Elizabeth, toujours pas de peur. Elle avait les yeux mi-clos, semblait ailleurs.

— Tu flirtes avec ma fureur, tu cherches à la provoquer ?

— Non, ce n'est pas vraiment ce que j'essaie de provoquer, là, tout de suite. Je suis occupée à autre chose.

De ses deux mains, elle ramena ses cheveux en arrière, en fit un chignon. Le parfum sublime de sa crinière enveloppa le vampire, tandis que ses seins balançaient sous l'effet du mouvement. Les pensées de Lothaire se brouillèrent.

Non ! Il était en colère, il devait la remettre à sa place.

— Tu as eu tes cinq minutes. Maintenant, il est temps…

Il ne termina pas sa phrase. Ellie s'était mise à bouger sur lui.

Dieux tout-puissants ! Il la regarda se balancer langoureusement, faire basculer son bassin, frotter son sexe contre son membre turgescent. Bientôt, elle poussa un gémissement, et Lothaire, son instinct de vampire prenant le dessus, observa les changements chez sa proie. Elle haletait, ses pupilles étaient dilatées.

Le rouge de ses joues gagnait progressivement son cou, puis sa poitrine, en durcissait un peu plus la pointe.

Il avait déjà vu des amants atteindre le point de non-retour, quand toute inhibition était tombée, quand plus rien ne pouvait les séparer. Elizabeth en était à ce point-là.

Et il se dit qu'il allait lui aussi l'atteindre, pour une fois.

— Lothaire, tu regardes mes seins… Tu as toujours envie de me mordre ? demanda-t-elle en baissant les bras, lâchant ses cheveux pour le prendre par les épaules.

— Penche-toi en avant. Je ne me servirai que de ma langue.

Elle frémit.

— C'est ce que tu veux ?

— Oui.

Elle se pencha *en arrière*.

Cette audace séduisait le démon autant qu'un pichet de sang frais, mais la colère continuait à gronder en lui.

— Tu veux que je les suce, non ?

— J'en meurs d'envie.

— Alors obéis-moi, Elizabeth ! Immédiatement !

Les yeux clos, la tête en arrière, elle murmura juste :

— Non.

Il était le maître, elle lui appartenait. Elle allait s'occuper de lui. Au moment où Lothaire tendait le bras pour l'attirer contre lui et amener son sein à ses lèvres… il perçut l'odeur de son excitation.

Ce fut comme une drogue dont il sut immédiatement qu'il ne serait jamais sevré.

— Tu es trempée. Pour moi.

Elle noua ses mains derrière le cou du vampire, pour mieux onduler sur lui.

— Je mouille comme jamais. Je suis étonnée que tu ne le sentes pas à travers mon jean.

La savoir excitée au point de tremper sa culotte et son jean…

De nouveau, le prédateur en lui prit le dessus, l'exhortant à la dominer, à la mordre. Il s'imagina la plaquant sur le dos, lui écartant les cuisses pour la forcer à le prendre en elle… ou pour lécher son sexe.

Mes crocs sur ses chairs intimes et engorgées…

— Ne me mets pas en colère, Elizabeth. Je sens que je perds le contrôle.

Elle lui prit la main, amena son index jusqu'à ses lèvres. Quand elle le glissa dans sa bouche pour le sucer, il sentit tressauter son sexe.

Puis elle plaça son doigt mouillé sur la pointe d'un de ses seins. Fasciné, il se mit à la caresser, lentement.

— Je la sens palpiter.

Ellie poussa un petit cri et écarta un peu plus les genoux, pour mieux descendre sur lui. Plus il tournait autour de la pointe de son sein, plus ses ondulations gagnaient en intensité.

Il allait se répandre si elle n'arrêtait pas très vite. *Frayer avec une mortelle ?* Mais c'était si bon… Il ne pouvait plus s'empêcher de donner des coups de reins sous elle. Elle se mit à gémir de plaisir, prit de nouveau les mains de Lothaire pour les poser sur ses seins. Quand il en sentit les pointes au creux de ses paumes, il faillit exploser.

— Elle en veut, la petite Elizabeth, hein ? dit-il en la plaquant un peu plus sur lui. C'est ça, que tu veux, hein ?

— Oui… là…

— Tu vas jouir ?

S'il jouissait, elle jouirait aussi.

— Oui, j'y suis presque… mmm…

Elle se mordit la lèvre, là où il aurait voulu en faire autant, puis posa le regard sur la bouche de Lothaire.

— Vampire, je vais jouir sur toi… Je vais jouir et hurler, si tu me laisses prendre tes lèvres. Tu veux bien ?

— Tu aimes dire des obscénités, mais montre-moi ce que tu sais faire d'autre avec ta langue.

Elle ravala un petit hoquet. Il sentit une nouvelle montée du désir en elle, et au même moment, elle effleura sa bouche.

Ses lèvres étaient douces, souples. Quand elle glissa sa langue dans sa bouche, la sienne alla à sa rencontre, l'enlaça, tourna autour.

Visiblement séduite, elle referma ses bras autour de son cou, comme si elle ne voulait plus le laisser partir, comme s'il n'était pas encore assez près.

Quand elle se mit à sucer doucement sa langue, les yeux de Lothaire se révulsèrent.

Elizabeth !

Comment pouvait-il trouver cela aussi bon ? Ce que l'on racontait sur celle qui vous était destinée était donc vrai ? Avec elle, le plaisir était infini.

Mais non, Ellie était une mortelle, ce n'était pas sa femme. *Je la prends pour ma femme.* Mais, tout en se disant cela, il sentait ses crocs s'allonger... *Bois à son cou...*

— Te mordre... grogna-t-il contre sa bouche.

Elle ne s'écarta pas. Avait-elle fait oui de la tête ?

Peu importait. Il planta un croc dans sa lèvre inférieure, comme s'il mordait une prune. Le sang d'Ellie coula sur sa langue, et tout son corps fut agité de tressautements.

— Aaah !

Il sentit l'essence d'Ellie courir dans ses veines, comme une fièvre gagnant tout son être. La frénésie s'empara de lui, et sa semence monta dans son membre, goutte après goutte, tandis qu'il poussait son sexe contre celui d'Ellie.

Rien n'était plus délicieux.

Il lécha, suça. Sa vision se troubla. *Je veux la dévorer, m'imprégner d'elle.*

Trop fort. Elle est trop fragile.

Trop mortelle.

Sans savoir comment, il s'écarta pour reprendre son souffle et guetter sa réaction, conscient que le sang allait la dégoûter.

Il voulait voir ce dégoût, pour se rappeler que cette humaine ne comprendrait jamais sa façon de vivre.

Elle avait les yeux mi-clos, mais fixait sa bouche d'un regard féroce. Comme si elle n'avait pas remarqué le sang coulant de sa lèvre, elle glissa les mains dans les cheveux de Lothaire, y ferma les poings et l'attira brusquement vers elle pour un nouveau baiser, pour lécher sa langue pleine de sang.

Bordel, mais cette fille est une bombe !

En tremblant, Lothaire posa une main derrière sa tête, plaqua l'autre sous ses fesses et l'attira contre lui, collant sa poitrine nue contre son torse. Elle le chevaucha, la pointe de ses seins frottant sa peau luisante de sueur.

Fais-moi jouir comme ça. Je m'en fous. La tête lui tournait, son sexe était gorgé de semence, le gland tumescent de désir. *N'arrête pas. Continue, c'est tout.*

Entre deux baisers, il souffla :

— Tu vas jouir, je le *sens*…

Il savait que s'il glissait la main entre ses jambes, son jean lui mouillerait la main. Il voulait glisser les doigts en elle, lécher le miel de son sexe.

Elle tira plus fort sur ses cheveux, se mit à onduler plus vite. *Encore. Encore plus vite.*

Son sang dans ses veines. Ce frottement brûlant sur son membre…

— Aaah ! Quoi que tu fasses… n'arrête pas ! Continue, oui, oui !

Leurs langues s'emmêlaient, la pression montait…

Le corps de Lothaire se raidit, se cambra. Sous l'effet du plaisir, il lâcha les lèvres d'Ellie, renversa la tête et poussa un rugissement.

— *Elizavetta ! Oui, ouiiii !*

Pendant quelques instants, son esprit se déconnecta, et il ne perçut plus rien que les battements du cœur d'Ellie. Puis il entendit son propre grognement.

— Femme, tu me fais… *jouir* !

La semence jaillit de sa queue, avec une telle puissance qu'il se mit à jurer en russe. Il hurla encore à chaque jet, sans pouvoir se contrôler, toujours un peu plus fort.

Sur lui, Ellie elle aussi s'abandonnait à la frénésie du plaisir, et il pensa : *Suis-moi, Elizavetta, suis-moi et jouis toi aussi*.

— Lothaire ! hurla Ellie. Je jouis ! Je jouis ! Ouiiii !

Elle ferma les yeux, se laissa submerger par l'orgasme. Vague après vague, le plaisir la secoua, extase absolue.

Chaque vague se faisait plus intense, à tel point que cela finit par l'inquiéter. Elle ouvrit brusquement les yeux.

— Lothaire ? murmura-t-elle tandis que son sexe se contractait sur du vide, que les spasmes la secouaient. Ça n'arrête pas !

Il la regarda et se mit à lui parler dans une langue qu'elle ne connaissait pas. Dans ses yeux brillaient la férocité et la faim.

Ces yeux… m'y perdre à jamais…

Enfin, la vague de l'orgasme retomba, lentement. Ellie s'allongea sur Lothaire avec un gémissement, le visage contre son cou.

Je perds pied.

Elle n'avait jamais éprouvé une chose pareille. Avoir un orgasme et *jouir* étaient deux choses bien différentes, elle le découvrait aujourd'hui.

Lothaire passa un bras autour de ses épaules et l'amena sur le côté, en veillant à ce que sa poitrine reste contre son torse. Elle n'avait d'autre endroit que ce torse, justement, pour poser la main, et ce fut ce qu'elle fit. Sous sa paume, le cœur du vampire battait à tout rompre.

En manque, émotionnellement et physiquement, se répéta-t-elle. C'était uniquement pour cette raison qu'elle venait de hurler son plaisir et de s'abandonner dans les bras d'un vampire qui avait juré sa mort.

Un vampire qui lui avait mordu la lèvre pour goûter son sang.

Après une hésitation, il posa le menton sur le sommet de sa tête. Ellie était en train de se dire qu'ils étaient deux amants comme tous les autres quand il lui saisit le poignet et poussa sa main dans la moiteur de son pantalon.

— Sens un peu ce que tu m'as fait faire, petite Elizabeth pleine de zèle.

Sans hésiter un instant, elle referma la main sur son membre humide et encore raide. Quand il palpita, en réaction à son contact, elle poussa un petit soupir. C'était la première fois qu'elle touchait le sexe d'un homme.

Elle avait envie de le voir, de l'embrasser. Tailler des pipes, comme il disait, ne l'avait jamais attirée, mais avec lui… Elle se lécha la lèvre supérieure, imaginant qu'il s'agissait de son gland tumescent.

— Si je n'étais pas dans cet état, je te ferais nettoyer. Avec la langue, dit-il d'un ton bourru, avant de se redresser pour effleurer son oreille du bout des lèvres.

Sa voix rauque la fit frissonner. Elle se demandait s'il était sérieux, et quelle serait sa propre réaction, quand il ajouta :

— La morsure ne t'a pas gênée.

— J'étais… comment dire ? en pleine action. Je t'ai satisfait, non ? Tu as hurlé de plaisir, ajouta-t-elle en le serrant contre elle.

Mais Lothaire se raidit soudain et serra fort son poignet.

— Tous tes efforts ont été vains, minette, dit-il en retirant brusquement la main d'Ellie. Ces tentatives pitoyables destinées à t'attirer mon affection ont échoué. Tu n'arrives pas à la cheville de Saroya.

Et, sans un mot de plus, il disparut.

25

Je me laisse aller avec une humaine, exactement comme mon père.

Horrifié par son propre comportement, Lothaire se téléporta jusqu'à sa salle de bains et se déshabilla pour prendre une douche. Tandis que l'eau glissait sur lui, il posa les mains à plat contre le mur, pour tenter de retrouver son calme.

Dans le feu de l'action, il avait réellement désiré *dévorer* Elizabeth, avait été pris de frénésie au point de se remettre à parler sa langue maternelle.

Jamais il n'avait perdu le contrôle de lui-même à ce point, jamais il n'avait joui aussi fort – avec le sentiment de voler en éclats, avant de se reconstituer lentement, comme un puzzle.

Et il ne l'avait même pas possédée.

Il n'oublierait jamais son regard quand elle l'avait pris par les cheveux et l'avait attiré contre elle pour ce baiser sanguinolent.

Je n'oublierai jamais cette explosion de semence tandis que ma femme jouissait sur moi.

Non, non… elle n'était pas sa femme. C'était Saroya qui l'avait animé. Elizabeth s'était juste trouvée au bon endroit au bon moment.

Si Saroya avait daigné se manifester, ç'aurait été pour elle qu'il aurait éjaculé de manière aussi stupéfiante, et elle seule aurait occupé ses pensées en ce moment.

Bien sûr.

Pourtant, il ne cessait de se remémorer ce qui venait de se passer avec la mortelle, et cela l'excitait de nouveau… à peine quelques instants après un orgasme pareil ?

Il baissa un regard intrigué sur son membre dressé. *Non, ça ne va pas être possible.*

Il s'était moqué des intentions d'Elizabeth, s'était préparé à rire de son manque d'expérience, avait attendu d'elle qu'elle feigne le désir. Au lieu de quoi elle avait cherché frénétiquement à atteindre l'orgasme et avait réussi à faire jaillir sa semence sans se servir de sa bouche ni de ses mains.

En le chevauchant. Lascivement. Ce qui l'amenait à l'imaginer nue, chevauchant d'autres choses. *Mes cuisses, ma bouche…*

Elizabeth avait mentionné un nombre assez important de petits amis. Sur combien de garçons exactement s'était-elle entraînée pour arriver à bouger de la sorte ?

Combien avaient été comme lui, fascinés, incapables de faire autre chose que jouir et se répandre sous elle ? Les crocs de Lothaire s'aiguisèrent, agressifs, tandis qu'il l'imaginait avec un autre.

Au moins aucun de ces « petits amis » ne lui avait-il pris sa virginité. Pourquoi n'avait-elle pas cédé ? Lothaire n'avait pas été là pour interrompre tous ses petits jeux en compagnie de jeunes mâles, et de toute évidence, elle aimait le sexe – et cette façon particulière qu'elle avait de le pratiquer.

J'aime assez, moi aussi.

Il eut un sourire méchant. *La virginité d'Elizabeth m'appartient, à moi seul.*

Mais son sourire s'effaça. Jamais il ne la connaîtrait de cette façon. Il ne pouvait posséder que Saroya.

Jamais il ne ferait l'expérience de la passion débridée d'Elizabeth ? Jamais il ne glisserait son membre dans son sexe trempé ?

Il ne serait donc rien d'autre qu'une conquête de plus pour elle.

Son poing jaillit brusquement, termina sa course dans le mur. Le marbre se fendit. Son érection retomba.

Tuer tous ceux qui l'avaient connue ainsi, telle était sa nouvelle obsession. Il les annihilerait. Les vampires de la Horde étaient connus pour se fixer brusquement sur une idée et agir de façon impulsive. Au moment où il ne pensait plus qu'au meurtre et qu'une huitième tâche s'ajoutait aux sept précédentes, il entendit Ellie entrer dans la salle de bains.

La curiosité reprit le dessus. Qu'allait-elle faire ?

Il se retourna, posa un bras sur la paroi vitrée, le front juste en dessous.

— Tu reviens me voir, minette ? demanda-t-il d'un ton léger, alors qu'il se sentait tout sauf détendu.

Elle était toujours torse nu, les épaules bien droites. Il serra les poings, tandis que son sexe se raidissait une nouvelle fois.

Elle le défia du regard. Elle semblait prête à tout. D'un geste, elle fit passer ses cheveux par-dessus ses épaules.

— Je suis venue te rappeler quelque chose.

Quoi ? Quoi ? Il était ravi, s'amusait presque. Mais il répondit d'un ton las :

— Mmm ? Me rappeler quelque chose ?

Pourquoi sa voix était-elle rauque ?

Ah oui, c'est vrai. J'ai hurlé comme un dingue, tout à l'heure.

Elle ramassa le pantalon qu'il avait laissé sur le sol.

— Quand tu rapporteras mes « tentatives maladroites » à Saroya, n'oublie pas de lui raconter le moment où je t'ai chevauché comme un étalon paresseux et où tu as juté dans ton froc plus vite qu'un gamin de quinze ans qui malaxe un nichon pour la première fois, dit-elle en jetant le pantalon dans la cabine de douche avant d'ajouter : Il a besoin d'une bonne lessive, celui-là.

Puis elle tourna les talons et sortit d'un pas tranquille.

Il la regarda disparaître. Et un large sourire se dessina sur ses lèvres, sans la moindre trace d'ironie.

Après avoir pris une douche et passé une des chemises de nuit les plus sobres – longue, en soie blanche –, Ellie alla se coucher.

Appréciant le moelleux du lit, elle soupira d'aise.

Jamais je n'aurais imaginé que des draps puissent être aussi doux. Qui aurait cru qu'elle se retrouverait un jour vêtue de soie, blottie dans la literie la plus raffinée qui soit, au creux d'un lit immense – même si ce n'était qu'un matelas posé sur le sol ?

Elle était retenue dans une prison aux allures de paradis, par un geôlier aux yeux rouges doublé d'un fantasme sexuel ambulant.

Un geôlier qui avait éveillé quelque chose en elle, ce soir, quelque chose qu'instinctivement elle redoutait de ne jamais trouver chez un autre.

Elle commença à paniquer, se demandant comment elle allait pouvoir vivre sans l'extase qu'elle venait de connaître avec Lothaire, puis se souvint que, de toute façon, elle n'allait pas vivre du tout, point.

Ohé, on arrête de rêver !

Elle finit par se calmer, les idées ralentissant peu à peu leur course effrénée dans son esprit. Elle allait s'endormir quand elle fut prise d'une sorte de vertige. Elle rouvrit les yeux et vit qu'elle se trouvait debout dans la chambre de Lothaire. *Il m'a téléportée ? Encore ?*

— Distrais-moi, ordonna-t-il en s'installant derrière son bureau.

Il avait le torse et les pieds nus, les cheveux encore mouillés, pas coiffés. Magnifique. *Trop*.

Elle se frotta les yeux.

— Te distraire… Ça ne figurait pas dans la description de poste, ça.

— Si je me souviens bien, la description de poste était « Faire tout ce que j'ordonne ». Par ailleurs, je constate que tu t'habilles exactement pour le poste que tu convoites, et pas pour celui que tu as, et ma femme doit me distraire.

— Danse, petit singe, danse. C'est ça ? Lothaire, je suis épuisée, là.

— *Do pizdy*. Je m'en fous. Assieds-toi. Fais-moi la conversation.

Elle marqua une hésitation avant de s'installer sur le petit canapé, mais finit par s'y laisser tomber en poussant un soupir.

— Je m'aperçois que je me pose des questions à ton propos, si étonnant que cela puisse paraître. Mais ma curiosité est plus forte que tout.

— Que veux-tu savoir ?

— Pourquoi es-tu encore vierge ?

Elle ne voulait pas lui donner la vraie raison – à savoir qu'elle redoutait de tomber enceinte d'un ado boutonneux et de devoir renoncer à ses rêves de toujours : une carrière enrichissante, un mari aimant, et enfin, quand elle se sentirait prête, des enfants.

Alors, à la place, elle dit juste :

— Je suppose que Saroya, d'une manière ou d'une autre, a réussi à résister à ton charme chaque fois que vous êtes partis chasser ensemble.

— Je n'ai jamais chassé avec elle.

— Elle y allait toute seule ? Et elle tuait des gens, comme ça ? Pourquoi ?

Il haussa les épaules.

— Au départ, tuer la nourrissait. Aujourd'hui, je suppose que c'est devenu une habitude.

— C'est absurde.

— Imagine que tu n'aies plus besoin de manger pour vivre, mais que tu puisses manger quand même. Est-ce que tu renoncerais au goût de la nourriture, au rituel des repas ?

Il n'avait pas tort. Ellie adorait manger.

— Tu n'as pas répondu à ma question, dit-il. Aucun gardien, en prison, n'a tenté de te dépuceler ?

— La plupart étaient corrects.

— Mais pas tous ? Est-ce que certains ont essayé de te... toucher ?

L'expression de Lothaire s'assombrit, et il sembla à Ellie que ses crocs s'allongeaient.

Il va encore péter un câble. Et quand le regard du vampire se vida, tous ses sens se mirent en alerte rouge.

— Ton cœur bat trop vite, putain ! rugit-il. Fais-le ralentir !

— Peut-être que j'y arriverais, si t'arrêtais de me crier dessus, hurla-t-elle à son tour.

— Ta vie est entre mes mains, et pourtant, tu me manques de respect à tout-va !

— Parce que tu n'as pas gagné le mien, de respect !

— Je pourrais rêver de l'anneau aujourd'hui. Et ce serait la fin, pour toi.

Elle croisa les bras.

— Ça te plaît, hein, de garder une épée pointée sur ma gorge ? Tu essaies de me faire plonger dans la folie, comme toi ? De me faire craquer psychologiquement avant que je ne craque physiquement ?

— Serait-ce seulement possible ? demanda Lothaire, très sérieux.

Bien, il s'était un peu calmé, au moins.

— Jusqu'à quel point vais-je tenir, à ton avis ?

— Jusqu'à ce que je décide que ça suffit.

— Et tu penses que ça m'ira ? Tu tortures tout le monde de cette façon ?

Il se figea soudain et lâcha, d'un ton glacial et menaçant :

— Tu n'as aucune idée de ce que torturer veut dire.

— Parce que toi, tu le sais ? Tu n'as fait que pratiquer, ou tu as aussi été de l'autre côté du manche ?

— Les deux.

Elle aurait aimé ne pas souhaiter en savoir plus. Mais…

— Comment as-tu été torturé ?

— Imagine la pire agonie possible, multiplie-la par mille et endure cela chaque seconde pendant six cents ans. Et je ne te parle que d'une fois parmi d'autres. Nombreuses.

— Six siècles ?

Il exagère. Forcément.

— C'est pour cela que tu es fou ?

— En partie. Et aussi à cause des souvenirs.

— As-tu vu les miens la dernière fois que tu as dormi ?

— Jusqu'à présent, aucun souvenir de poussière de charbon, ni de fuites dans le toit, ni du parfum âcre des gibiers divers cuisant dans le vieux saindoux.

Dans sa bouche, c'était horrible, mais que n'aurait-elle donné pour retrouver tout cela, dans l'instant !

— Tu m'as observée plus que tu ne le laisses croire.

— Il fallait que j'en sache plus sur toi, que je fouille tes affaires, que j'épie ton effrayante famille.

— Tu es venu chez moi, dans ma maison ? s'exclama-t-elle.

— Non, *moi*, j'ai une maison. Toi, tu vivais dans un taudis sur roues.

— Qui nous appartient.

Contrairement au terrain sur lequel il était installé. L'employé de la Va-Co que Saroya avait tué n'était pas venu dans le coin par hasard. L'endroit était bourré de charbon, et la Va-Co avait commencé à faire pression sur la famille pour qu'elle vende. Quand cela n'avait pas marché, l'entreprise était allée voir la banque qui avait prêté de l'argent aux Peirce pour acheter le terrain. Or, même si Ruth et Ephraïm, ainsi que le reste de la famille, trimaient dur pour rembourser, ils étaient sur le point de ne plus pouvoir honorer leurs mensualités.

— Tu es si fière, murmura Lothaire, perplexe. Et je n'arrive pas à comprendre pourquoi.

Elle ravala une remarque bien sentie. *Calme-toi, Ellie. Tu as besoin d'informations.*

— Dis-moi comment est Saroya.

— Vicieuse, méprisante, intrépide. C'est une reine devant laquelle les autres reines s'inclineraient.

Ellie haussa les sourcils.

— Une femme vicieuse qui ne dit rien quand tu passes autant de temps en compagnie de la ravissante Sorcière ?

— La fey et moi n'avons pas de liaison.

— Et Saroya est d'accord pour avoir tous les héritiers que tu envisages ?

— Elle m'en donnera autant que je le désirerai.

Tiens, il ne veut pas répondre à ma question.

— Tu n'as pas hâte de commencer à engendrer ta lignée de petits princes vampires ?

— Je ne peux pas la posséder tant qu'elle n'est pas dans un corps immortel. Sinon, je risquerais de la blesser, avec ma force. Tu te souviens ? *Plop.*

— Voilà donc pourquoi cela prend du retard.

À moins qu'il n'y ait autre chose ? Saroya pouvait malgré tout *satisfaire* le vampire. La déesse n'appréciait peut-être pas le sexe ?

— J'ai du mal à imaginer ce genre de puissance.

— Il existe quatre choses qui rendent un vampire plus puissant que ses frères : la soif de sang, un cœur qui bat, le sang dace et l'âge. Je suis un vampire dont la soif de sang a rougi les yeux, un Dace avec un cœur qui bat. J'ai vécu plusieurs millénaires, devenant plus puissant chaque jour de cette interminable vie.

Génial, elle avait été enlevée par le vampire Hulk.

— Tu es un vrai Dace ?

— Ah oui, j'oubliais. Tu as beaucoup lu, après les cours. Ma mère était Ivana Daciano, héritière du trône de Dacie. Je suis Lothaire Daciano, désormais héritier légitime.

— Mais on pense que les Daces n'existent pas.

— Bien sûr que si, ils existent. Les immortels sont aussi nuls que les humains, à certains points de vue. Ils pensent que ce qu'ils ne voient pas n'existe pas.

— Tu t'intéresses au trône de la Horde *et* à celui de Dacie ?

Comme il répondait d'un hochement de tête affirmatif, elle ajouta :

— Si tu es aussi puissant que tu le dis, tes sujets doivent être impatients de te voir sur le trône, non ?

Il eut un petit rire.

— J'ai l'intention de soumettre un royaume et de réduire l'autre en cendres.

— Et ensuite ?

Il fronça les sourcils.

— Que veux-tu dire ?

— Réduire en cendres, soumettre... Tu dois bien avoir une raison pour faire tout ça.

— C'est gratifiant, rien d'autre.

— Mais ça va durer encore combien de temps ? Cent ans ? Mille ? Tu as bien un objectif final, tout de même, non ?

Il se leva brusquement, furieux.

— J'ai un *But Suprême* !

Ça y est, il perd de nouveau la boule. Il se mit à grommeler en russe, puis secoua la tête par saccades tel un dément – comme s'il venait de voir ou de sentir quelque chose que personne d'autre n'avait vu ou senti.

— Ce « But Suprême », là, c'est ton objectif final ? C'est quoi ?

Il se mit à aller et venir, le regard perdu dans le vague.

— Sept petites missions.

— Dis-moi.

Et, comme s'il récitait une liste, Lothaire égrena :

— Trouver l'anneau. Me débarrasser de l'âme d'Elizabeth. Métamorphoser Saroya. Tuer la Dorada. Vaincre la Horde. Trouver et tuer Serghei. Conquérir la Dacie.

Se débarrasser de mon âme. Il avait dit cela avec une telle facilité ! Et qui était Serghei ?

— Écoute, vampire, ça m'ennuie de te dire ça, mais toutes ces missions n'ont rien à voir avec un objectif final.

Il fit volte-face et la regarda.

— Tiens ta langue, petite mortelle, ou je te règle ton compte !

Elle se tut, et il se remit à faire les cent pas, se téléportant parfois.

Puis, au bout d'un long moment, il lança, l'air furieux :

— Mais de quoi parlais-tu, exactement ?

— Un objectif final, c'est un résultat, pas le processus qui permet d'y parvenir.

— Peut-être que le processus me suffit. Qu'il me satisfait.

— Alors, dans ce cas, l'objectif final, c'est le plaisir. Les « petites missions » restent le processus.

— Mon objectif final est de me venger par le sang. Je ne travaille qu'à cela. Depuis des millénaires.

— Euh... ça fait aussi partie du processus, remarqua-t-elle d'une petite voix.

— Aaah ! rugit Lothaire en plantant son poing dans le mur, encore une fois. La ferme !

D'un ton aussi décontracté que possible, Ellie expliqua :

— Pour la plupart des gens, l'objectif est d'avoir une vie de famille agréable et une carrière enrichissante, dont il résulte du plaisir et du bonheur.

— Et que sais-tu du bonheur, toi ?

Il s'était calmé et semblait très intéressé par le sujet.

— Je l'ai connu pendant l'essentiel de ma vie, jusqu'à mes récentes mésaventures.

— Comment as-tu pu être heureuse dans ce mobile home, alors que tu étais forcée de chasser pour manger et que tu ne possédais pratiquement rien ?

Elle battit des paupières. Lothaire ne cherchait pas à l'insulter. Il était réellement curieux d'en savoir plus.

— J'ai profité des bons moments vécus avec ceux que j'aime, en surmontant le plus rapidement possible les mauvais moments. Ce qui est fait est fait. Je ne m'attarde jamais sur le passé.

— C'est simpliste.

— Disons que ce n'est pas compliqué.

— C'est un bonheur fait d'abstraction.

— Et pourtant, c'est un bonheur que l'on peut construire. On peut apprendre à être heureux. Tu disais que tes capacités de tueur étaient très affûtées. Qu'en serait-il si tu avais consacré autant d'efforts à la recherche du bonheur ?

— Je n'aurais pas survécu pendant toutes ces années.

— Peut-être que tu peux le trouver en partageant les mêmes intérêts que Saroya.

— Laisse-la en dehors de ça.

— Elle est un instrument de ton bonheur. Qu'aime-t-elle faire ?

— Saroya chasse, comme tu le faisais.

— Là, je t'arrête tout de suite.

Cette idée lui donnait envie de donner un coup de poing dans le mur, elle aussi.

— M'as-tu déjà vue laisser pourrir des carcasses de cerfs partout dans la montagne, sans raison aucune ? Tu ne peux absolument pas me comparer à elle. Jamais je ne tuerais pour rien. Jamais je ne montrerais un tel mépris pour la vie.

— Le sujet est délicat, on dirait. Aurais-je trouvé une faille dans ton armure ?

— Que tu me compares à elle me met hors de moi. Nous n'avons *rien* en commun.

— C'est vrai. Tu es...

— Arrête ton numéro, l'interrompit-elle. Je sais. Je suis inférieure à elle dans tous les domaines, etc.

Il eut l'air étonné et continua :

— Quant à avoir des intérêts communs, Saroya et moi régnerons ensemble, protégerons et éduquerons nos enfants.

Mes enfants !

— J'imagine ce qu'une déesse du mal va pouvoir enseigner à ses mômes...

— Tu ne parviendras pas à semer le doute en moi. Je vois clair dans ton jeu, figure-toi.

— Ce n'est un jeu que si je te mens. Sinon, c'est juste une série de remarques. Et j'ai de vrais doutes sur l'instinct maternel de Saroya. Quant à tes compétences de père, n'en parlons pas.

Cette dernière remarque sembla le laisser songeur.

— Lothaire, as-tu déjà réfléchi à ce que ce serait pour toi d'avoir un enfant ?

— Ce serait un risque – même si rares sont ceux qui oseraient s'en prendre au rejeton de Saroya. Aucun de mes ennemis vampires ne s'y risquerait, en tout cas.

Il alla sur la terrasse et regarda la ville. Une brise légère souleva ses cheveux, et elle vit ses épaules se raidir.

— La brume monte, dit-il d'un ton étrange.

Elle n'arrivait à rien. Ne tirait rien d'utile de lui.

— Le maître a-t-il été suffisamment distrait ? Je suis fatiguée. La mortelle inférieure a besoin de se reposer.

Il se retourna.

— Tu dormiras ici.

Devant le regard incrédule d'Ellie, il ajouta :

— Je n'exagère pas quand je dis qu'une menace pèse sur toi. J'avais espéré que l'on puisse avoir des chambres séparées, pas par égard pour ton intimité, mais parce que je ne voulais pas t'avoir sous les yeux. Malheureusement, nous n'avons pas ce luxe.

— Très bien.

Elle se leva, alla prendre un coussin et une couverture dans sa chambre et revint s'installer sur le canapé.

— Ne me touche pas dans mon sommeil, dit Lothaire. Ne m'approche pas.

Comme il soutenait son regard, elle se souvint des hurlements sinistres qu'elle avait entendus en provenance de sa chambre, la dernière fois qu'il avait dormi.

— Ne me touche pas, quoi qu'il arrive, termina-t-il.

26

Où suis-je, cette fois ?

Lothaire s'éveillait de nouveau dans la neige, pendant la journée cette fois. Le soleil hivernal sur son torse nu était comme un cuir à rasoir passant et repassant sur sa peau jusqu'à ce qu'elle soit à vif.

Une main en visière, il regarda autour de lui, le cœur battant. *Seigneurs, non…*

Il était à genoux au milieu d'une forêt dont les arbres pleuraient du sang. Le soleil filtrait à travers leurs branches, éclairant leurs troncs noueux et leur écorce suintante.

Une nouvelle fois, il était retourné sur un des lieux de son passé : la Forêt Ensanglantée, qui bordait le domaine du château d'Helvita.

J'ai grandi derrière ces murailles. Et plus tard, j'ai connu la torture dans ces bois.

La pression constante de la terre qui l'enfouissait, comme si elle se nourrissait de lui, le digérait…

Il n'était pas revenu là depuis la mort du roi Demestriu. Aujourd'hui, sans roi au château, les vampires loyalistes tenaient le trône et attendaient le successeur de Demestriu, qui devait répondre à deux critères : tenir la Soif pour sacrée et être un membre légitime de la famille royale.

Dirigés par un soldat nommé Tymur le Fidèle, ils avaient jusqu'à présent renvoyé tous les prétendants.

À la seconde où il le verrait, Tymur assassinerait Lothaire.

Pourquoi suis-je revenu là où règne la traîtrise ? Pourquoi son subconscient se focalisait-il sur ce souvenir de torture ?

Dans son cou, il sentit la morsure du métal froid. Une véritable épée, ou le fruit de son imagination ?

Lentement, il tourna la tête et vit deux sentinelles, un démon cornu et un cerunno. On avait dû leur ordonner de l'arrêter pour l'interroger.

Le démon pouvait fuir en se téléportant, et la rapidité des cerunnos était légendaire. Pourtant, ils ne bougèrent pas d'un pouce.

Ils n'ont pas la moindre idée de qui je suis.

— Qui ose fouler le sol de cette terre sacrée ? demanda le démon.

Lothaire montra les crocs.

Je me téléporterai à une telle vitesse que même eux ne pourront me suivre. J'apparaîtrai derrière le démon pour lui murmurer mon nom à l'oreille. Il frémira de peur avant que je lui arrache la tête. Le cerunno s'enfuira, mais je m'emparerai de l'épée du démon et la lancerai. Elle se plantera dans son épine dorsale…

— L'Ennemi de Toujours, souffla Lothaire à l'oreille du démon, avant de l'empoigner par les cornes et de tourner.

La tête se détacha du corps dans une explosion de tendons déchirés et de vertèbres brisées. Lothaire regarda le corps de la sentinelle tomber à terre.

Je me suis trompé. Le démon n'avait pas frémi de peur en entendant le nom de Lothaire. Il s'était pissé dessus.

La seconde sentinelle avait déjà entamé sa retraite et rampait dans la neige, contournant les arbres. Lothaire saisit l'épée du démon et la lança en direction du cerunno, le frappant dans le dos. La créature s'effondra.

La tête déjà ailleurs, Lothaire se téléporta jusqu'au cerunno et enjamba son corps de serpent encore tressautant pour en retirer l'épée.

Tandis qu'il lui coupait la tête d'un coup, il comprit que son esprit avait dû chercher à lui dire quelque chose en l'envoyant ici. Mais quoi ? Il n'en avait pas la moindre idée.

Il s'était téléporté directement en territoire ennemi, sans arme, pour se réveiller complètement désorienté à cause du soleil. *Si le démon avait frappé en premier, je serais mort*.

Au moins n'avait-il pas revécu les tortures subies ici. Cela l'aurait à coup sûr précipité dans le gouffre de la folie.

Et j'aurais appelé cette chute de mes vœux.

Des souvenirs le hantaient, mais pas un seul concernant l'anneau. Après plusieurs heures de sommeil, il n'avait toujours pas de nouvelle piste.

Ses deux adversaires éliminés, Lothaire essaya de ne pas remarquer que les troncs des arbres semblaient se pencher sur leurs cadavres. Dans cette forêt, les arbres n'avaient besoin ni de soleil ni de pluie. Comme la plupart des êtres vivants dans ce royaume vampire, ils se nourrissaient de sang. Lothaire fit de son mieux pour ne pas entendre les grognements des troncs affamés, les sifflements des branches...

Avec un frisson, il se téléporta dans son appartement. Il avait encore besoin de dormir, de rêver, mais le risque de se téléporter de nouveau pendant son sommeil l'inquiétait. Allait-il devoir se procurer des liens magiques qui l'en empêcheraient ? S'enchaîner à son lit chaque fois qu'il se couchait ?

Dans sa chambre, il trouva Elizabeth dormant d'un sommeil paisible. Elle dégageait une douce chaleur, une vraie douceur, à mille lieues de la violence à laquelle il venait de s'adonner.

Il la regarda, laissant cette escarmouche dans la Forêt Ensanglantée rejoindre ses souvenirs, s'ajouter aux rêves cumulés de presque un million de nuits, tous gorgés de torture, de guerre et de mort. *Du sang jusqu'aux chevilles et des hurlements, sans arrêt.*

Oui, Elizabeth était bien loin de tout cela. Et elle devait le rester…

Se forçant à détourner le regard, il baissa les yeux sur l'épée dégoulinante qu'il ne se rappelait même pas avoir en main.

Je perds la raison. D'un geste entraîné, il frotta la lame, et le sang s'envola.

Décontenancé, il jeta l'arme, s'assit à son bureau et se prit la tête entre les mains.

Il sentait la folie gagner du terrain, voyait l'abîme se rapprocher. *Que vais-je faire ?* Pour la première fois depuis bien longtemps, il n'avait pas de réponse à cette question. Être si près de son But Suprême et renoncer maintenant ? Céder ?

Jamais !

Il redressa la tête et posa les yeux sur son casse-tête le plus sophistiqué. *Esprit contre esprit ?*

Un courant d'air dans la pièce.

Elizabeth s'était éveillée, se demandant si une fenêtre était restée ouverte.

Mais le froid venait de Lothaire, de retour d'une nouvelle expédition mystérieuse, de la neige encore tassée sous ses semelles et une épée ensanglantée au poing.

Elle avait soulevé à peine les paupières, gardant une respiration régulière, et l'avait observé tandis qu'il la fixait avec une expression insondable. Pour finir, il s'était laissé tomber dans son fauteuil, derrière son bureau.

Ensuite, il avait contemplé un de ses casse-tête avec un air de défi, comme s'il se donnait deux options : le résoudre ou mourir.

Et là, il semblait progresser dans le bon sens, plaçant des morceaux ici et là, tournant la structure pour y insérer un triangle.

La façon dont bougeaient ses doigts si pâles la fascinait. Bien que terminés par des griffes noires, ils étaient longs et élégants, comme ceux d'un chirurgien.

Pourtant, Lothaire se servait de ses mains non pour sauver, mais pour détruire.

Quand elles cessèrent brusquement de manipuler le casse-tête, la tension emplit aussitôt la pièce et monta, comme si une bombe à retardement allait exploser. Une flamme s'alluma dans les yeux rouges du vampire et, en hurlant, il lança l'objet à travers la chambre, avec une telle violence qu'il se désintégra en route et que les dernières pièces s'encastrèrent dans le mur.

Seigneur, il est tellement puissant. Elle retint son souffle. *Un des êtres les plus puissants qui soient, apparemment.*

Mais son geste n'avait pas assouvi la soif de destruction du vampire. Elle le regarda, stupéfaite, briser les meubles, jeter les lampes à terre. D'un revers de main, il balaya tout ce qui se trouvait sur son bureau, et les casse-tête s'éparpillèrent sur le sol.

Il se figea soudain, l'air dépité. Avait-il des regrets ? De toute évidence, la vue de ses casse-tête adorés brisés et épars lui était insupportable. Le souffle court, les yeux brillants dans le noir, il tomba à genoux.

Je devrais peut-être l'aider, pour l'amadouer ?

— Qu'y a-t-il, Lothaire ? demanda-t-elle en rassemblant son courage pour le rejoindre.

— C'était si simple, avant, répondit-il, l'air absent, étudiant une pièce sous tous les angles. Un jeu d'enfant.

Elle s'agenouilla en face de lui.

— Tout va bien. Calme-toi, vampire, murmura-t-elle en classant les pièces par forme et taille avant de les poser en petits tas sur le bureau.

Il leva la tête et la regarda. Mais ses yeux semblaient voir flou. Il paraissait… vulnérable, malgré les crocs, les griffes, les yeux rouges. Et même s'il avait probablement ôté une vie quelques minutes plus tôt.

— Nous ne vivrons jamais près de la forêt de sang. Les arbres y pleurent le sang et le boivent. Jamais plus.

Il parlait comme un homme en proie à la folie, son accent plus marqué que jamais.

Elle aurait aimé lui demander ce qu'il voulait dire, mais préféra lui répondre à la place :

— Bien sûr que nous n'y vivrons pas. Pourquoi y es-tu allé, toi ?

— Je me téléporte dans mon sommeil. Jusqu'à mes ennemis. Combien de temps encore le destin me laissera-t-il en sortir indemne ? Combien de fois encore pourrai-je avoir une épée sur la gorge et m'en tirer avant qu'elle ne me décapite ?

— Tu ne peux pas empêcher la téléportation ?

— Si. Avec des chaînes. Je déteste les chaînes.

— Moi aussi.

— Quand j'étais enfant, j'ai été pris dans un filet. Je n'ai pas réussi à me téléporter pour en sortir. Le métal était froid et lourd sur ma peau. Ils voulaient m'arracher la tête et les crocs.

— Qui ?

— Regarde le petit lord vampire en haillons, dit-il avec un rire méchant, prenant un autre accent. Il doit avoir faim.

Il poussa un long soupir avant d'ajouter :

— J'ai été épargné. Mais dans quel but ?

Sans crier gare, il posa le casse-tête qu'il avait entre les mains et prit Ellie dans ses bras, les téléportant tous les deux jusqu'au lit.

— Quand je serai dans le château, je les abattrai.

— Euh… tous les arbres de la forêt ?

Cette question sembla l'apaiser.

— Oui, beauté, répondit-il en écartant une mèche de cheveux du front d'Ellie. Je savais que tu serais d'accord avec moi.

Dehors, la pluie se mit à tomber, et la pénombre régna bientôt dans la chambre, tel un cocon les protégeant du reste du monde. Se souviendrait-il seulement de cette conversation ? Peut-être pouvait-elle en profiter pour obtenir d'autres informations.

— Lothaire, parle-moi de ta vengeance. Dis-moi en quoi tes sept missions y participent.

Il leva la tête, fixant un point qu'elle ne voyait pas.

— Je vengerai ma mère. Elle est morte pour moi alors que rien ne l'y obligeait. Serghei aurait pu la sauver.

— Et Serghei, c'est...

— Son père. Celui qui n'a pas levé le petit doigt quand des dizaines d'hommes l'ont violée avant de la brûler.

Ellie dut faire un effort pour ne pas rester bouche bée. D'une voix d'outre-tombe, Lothaire poursuivit :

— Aucun enfant ne devrait avoir à entendre ces choses-là. Les Daces l'ont abandonnée. Ils ne se sont manifestés que lorsqu'il ne restait plus d'elle qu'un petit tas de cendres éparpillées par le vent. Mais ils me le paieront.

Il a assisté au viol et à l'assassinat de sa mère ? Pourquoi le père d'Ivana n'avait-il rien fait pour sauver sa fille, pour épargner son petit-fils ?

Peu importe, Ellie. Le passé de Lothaire ne te concerne pas, si tragique soit-il.

— Et l'anneau, qu'est-ce qu'il vient faire dans tout ça ?

Ellie savait que Lothaire voulait s'en servir pour transformer Saroya en vampire – *et se débarrasser de moi* –, mais en quoi cela servait-il sa vengeance ? Conquérir sa femme aurait dû constituer une mission à part entière, sans lien avec son projet de revanche.

— Quels sont les pouvoirs de l'anneau ?

— Il fait presque tout ce que son propriétaire désire. Pendant un certain temps. C'est un talisman très puissant, et pourtant d'une utilisation si simple qu'elle en est trompeuse. Il suffit de le faire tourner autour d'un doigt et de faire un vœu. Mais pas trop.

— Que veux-tu dire ?

Il ne répondit pas, resta silencieux et lui caressa les cheveux.

Comprenant qu'elle ne tirerait rien d'autre de lui sur ce sujet, elle dit simplement :

— Tu vas le trouver bientôt, j'en suis sûre.

Il lui décocha un sourire lumineux, révélant des dents blanches parfaitement alignées et des crocs à peine effrayants. Quand il souriait, Lothaire Daciano était d'une beauté stupéfiante.

— Oui, je sais. Et tu seras ma reine pour toujours.

— Oui, Lothaire. Pour toujours.

Il glissa un doigt sous le menton d'Ellie, sans le pincer, cette fois.

— Tu veux être avec moi ?

Cette tendresse inattendue, ajoutée à sa vulnérabilité, serra le cœur d'Ellie.

— Je t'ai attendue pendant une éternité, souffla-t-il en lui caressant la joue du dos de la main avec une expression de manque qui, bizarrement, lui donna envie de pleurer. Je ne savais même pas à quoi tu ressemblais. Pendant des siècles, je t'ai imaginée, je t'ai cherchée dans tous les visages.

— Es-tu content de ce que tu as trouvé ?

Cette fois, le sourire victorieux de Lothaire lui fit battre le cœur.

— Je pourrais regarder Saroya pendant des heures.

Ellie préféra prendre ça comme un compliment. Elle le regarda. Lothaire semblait plus jeune, quand il souriait.

— Quel âge avais-tu quand tu es devenu immortel ?

— J'avais trente-trois ans lorsque mon cœur a cessé de battre. Depuis, je n'ai plus jamais eu de femme.

Exactement comme l'avait supposé Ellie. Des milliers d'années sans sexe.

— Es-tu vraiment mauvais, Lothaire ?

— Oui, répondit-il sans la moindre hésitation.
— As-tu réellement l'intention de me faire du mal ?
— Quand j'aurai trouvé l'anneau, oui. Pour toi, je ne suis rien d'autre que la mort, dit-il en lui caressant tendrement l'autre joue.
— Est-ce que je vais avoir mal, lorsque tu arracheras mon âme de mon corps ?
— L'anneau t'apportera peut-être de la douleur. Je ne sais pas.
C'était affreusement vague.
— Tu n'auras aucune pitié pour moi ?
— De la pitié ? Mon père m'a supplié de lui en accorder, une fois. Je l'ai décapité et jeté aux chiens.
Le sourire de Lothaire devint sinistre, mais il était toujours aussi beau. On voyait un peu plus ses crocs, voilà tout.
— Il détestait les chiens.
— T… tu as tué ton père ?
Elle sentit qu'il se tendait.
— Peut-être qu'il n'aurait pas dû m'enterrer vivant pendant six siècles.
— *En… enterré* ?
— Inhumé. Dans mon tombeau. Avant ma mort.
Seigneur Dieu ! La veille, elle avait admis qu'avec Lothaire, elle perdait pied. Aujourd'hui, elle se rendait compte que tout ce qui le concernait était trop complexe pour elle. Ce monde fait de haine, de torture et de meurtre, elle n'était pas taillée pour.
Pas étonnant qu'il préfère Saroya.
Pourtant, sans réfléchir, elle leva la main et lui caressa délicatement le menton.
— Je suis désolée que tu aies enduré tout cela…
Il tourna brusquement la tête et lui mordit un doigt.
— Aïe !
On aurait dit un animal enragé. Quand le sang apparut, il lui saisit le poignet et porta sa main à sa bouche, refermant les lèvres sur le bout de son doigt. Dès qu'il

commença à aspirer, Ellie vit ses yeux se fermer, son corps tout entier se relâcher.

Elle réalisa alors avec stupéfaction qu'elle réagissait à ce plaisir. Regarder les lèvres de Lothaire sucer son doigt la faisait fondre. Quand la langue du vampire se mit à tourner autour de la morsure, elle sentit une onde de chaleur se répandre dans son bas-ventre.

Pourquoi ne l'avait-elle pas laissé sucer ses seins ? Pourquoi n'avait-elle pas laissé cette bouche affamée titiller leur pointe durcie ?

Il la lâcha soudain et la fixa d'un regard intense.

— Je te veux.

Sa gorge se serra. Qu'allait-il faire, maintenant ?

— Lothaire ?

— Est-ce que tu veux que je te caresse ?

Le voulait-elle ? Allait-il lui faire mal ? S'il pouvait la caresser avec la même délicatesse qu'il avait remonté ce casse-tête…

Juste avant de le jeter contre le mur.

Ellie avait prévu de le séduire pour l'éloigner de Saroya. *Je ne vais quand même pas renoncer à la première difficulté ?*

Il posa sa main chaude sur son sein et, de ses doigts habiles, en caressa la pointe à travers la soie de sa chemise de nuit. Elle lâcha un petit cri, perdit toute envie de résister.

Il posa les lèvres dans son cou et fit glisser la pointe de ses crocs sur sa peau.

— Réponds-moi. Oui ou non, Elizabeth, avant que je cesse de faire comme si ta réponse avait de l'importance.

Quand il fit remonter sa chemise sur ses cuisses, elle frissonna de désir et s'abandonna.

— Oui. *Oui…*

27

Le brouillard se dissipa. Lothaire ne rêvait pas.

Une de ses mains était posée sur un sein délicat, l'autre remontait lentement un pan de soie sur les cuisses fermes d'Elizabeth.

Comment s'était-il retrouvé dans cette position ? Il n'en avait pas la moindre idée. Aucun souvenir. Pourquoi avait-il goûté son sang délicieux ? Pourquoi ne parvenait-il pas à s'en souvenir ?

Attends un peu… L'avait-elle interrogé ? Tandis qu'il reprenait ses esprits, il comprit que l'humaine avait cherché à profiter de lui.

— Tu es allée à la pêche aux infos ?

Le silence d'Ellie était éloquent.

— Espèce de petite salope !

Il voulait la punir… et il n'y parvenait pas. *Blyad' !* Que fallait-il qu'il fasse encore pour trouver l'anneau et se débarrasser enfin d'elle ?

En proie à un intense sentiment de frustration, il se leva, la repoussant si brusquement qu'elle lâcha un cri.

Mais comme elle tentait de se redresser sur le lit, sa chemise de nuit remonta sur ses jambes, et un court instant Lothaire entrevit son sexe.

Glabre ? Aussitôt, il se téléporta vers le lit, la força à s'allonger de nouveau.

— Aurais-tu une surprise pour moi ? Je le vois bien, maintenant. Écarte les cuisses !

Elle rabaissa sa chemise.

— Non !

Une main sur chaque genou, il la força à écarter les jambes.

Rouge de honte, elle se débattit, mais il était bien plus fort qu'elle, et il ne tarda pas à caler ses hanches entre ses cuisses.

— La dernière fois, j'ai fait ce que tu voulais. Maintenant, on va faire ce que je…

La vue du sexe d'Ellie l'empêcha de finir sa phrase. Un calice luisant s'ouvrant à la manière d'une corolle.

Comme il posait la main sur elle, un grognement lui échappa.

Il ne voulait pas la désirer ainsi, mais ce sexe trempé et le parfum de luxure qui en émanait eurent raison de sa volonté. Quand elle avait besoin d'être satisfaite, il éprouvait instinctivement celui de la rassasier.

Sous sa paume, elle était brûlante, incroyablement douce. Cette fois, son grognement fut admiratif.

— Laisse-moi partir ! dit-elle en cherchant à le repousser.

On voulait lui retirer son trophée ?

— Tu es à moi, Elizabeth ! dit-il en plaquant la main sur son sexe moite d'un geste possessif. Ceci m'appartient. Tu ne peux pas me refuser ce que je possède déjà.

Quand elle planta ses ongles dans son bras, il éclata d'un rire cruel.

— On dirait les griffes d'un chaton ! Comprends-moi bien, femme : ton corps m'appartient, et j'entends en tirer du plaisir jusqu'à la fin de mes jours. Je vais le lécher, le baiser comme bon me semblera.

Sous l'effet de la peur, Ellie s'était mise à trembler et fixait le vide d'un regard dénué d'expression.

Maudite humaine, je ne vais pas pouvoir, comme ça.

Certes, il la détestait et aimait la pousser à bout, surtout depuis qu'elle l'avait interrogé.

Certes, il était furieux de ne pas avoir trouvé de nouvelle piste concernant l'anneau pendant son assoupissement, et il entendait se défouler sur elle.

Mais maintenant, il bandait à un point que c'en était douloureux, ce qui signifiait qu'il brûlait de retrouver l'Ellie à la sexualité désinhibée qui l'avait chevauché sur le canapé. *Je la veux plus trempée encore, je veux qu'elle s'abandonne.*

Au prix d'un réel effort, il lâcha d'un ton plus calme :

— Reste tranquille, minette. Je ne te ferai pas de mal ce soir.

Tiens… ce n'était pas un mensonge ?

Mais il la sentait toujours aussi fébrile.

— Tu ne me fais pas confiance ?

Elle secoua la tête.

— Je veux juste te caresser un peu, jouer. Regarde-moi faire.

Pour illustrer son propos, il frotta doucement son index sur le clitoris d'Ellie. Une fois, deux fois…

Elle serra le bras de Lothaire un peu moins fort. Une autre caresse, tout aussi légère, et elle se détendit enfin.

— Voilà, c'est bien.

Cette fois, quand il la caressa de nouveau, elle se cambra.

— Tu es très réactive, je vois, dit-il en glissant un doigt entre les plis veloutés et soyeux de son sexe. Tu es magnifique, à cet endroit, Elizabeth, souffla-t-il d'une voix rauque. Tu es exquise, même, ajouta-t-il pour ne pas mentir.

Elle le fixait, observait son expression.

— Mets les bras au-dessus de ta tête. Et ne les bouge plus.

— Pourquoi ?

— Parce que c'est moi qui décide. Allez. Lève les bras.

Elle hésita, puis obtempéra. Aussitôt, il empoigna sa chemise en soie et l'arracha. Cette fois, elle était nue comme un ver.

Dieux tout-puissants !

— Lothaire ! Tes yeux…

— J'avais besoin de… de te voir. Comme cela, lâcha-t-il, le souffle court.

Une taille minuscule qui s'élargissait pour former des hanches aux courbes divines, des seins généreux qui le faisaient saliver, une peau de la couleur du miel…

Et cette chaleur entre ses cuisses…

Lothaire pensait mériter toutes les bonnes choses qui se présentaient sur son chemin, considérait même qu'elles lui étaient dues. Mais, devant cette créature offerte devant lui, la tête lui tourna de tant de bonne fortune.

Quand elle se remit à trembler, il s'allongea sur le côté, tout près d'elle. Cette position ne laissait rien ignorer du désir qui palpitait en lui. Lentement, il effectua un mouvement circulaire sur le petit clitoris d'Ellie.

Elle poussa un cri.

— Tu me rends folle, vampire.

— Bien sûr, Elizabeth. C'est normal.

Nouvelle caresse.

Ce mâle était l'incarnation même du sexe.

Comparés à Lothaire, les garçons qu'Ellie avait connus n'étaient que des brutes maladroites.

Elle avait affaire aujourd'hui à un immortel séducteur très doué de ses doigts, et qui se servait de ce don – et de son esprit calculateur – pour faire avec elle des choses que la morale réprouvait.

Un immortel dont les yeux avaient semblé prendre feu lorsqu'il avait découvert son corps nu.

Quand il humecta son doigt pour mieux la caresser, elle se détendit complètement et ouvrit largement les cuisses.

— Tu en veux plus ? souffla-t-il en pressant son membre raide contre sa hanche.

Du bout des lèvres, il lui caressa le cou, l'oreille, en murmurant des mots en russe. Son souffle chaud la fit frissonner de manière incontrôlable.

— Qu... qu'est-ce que tu as dit ?

— Des obscénités. Je t'ai dit que tu avais la chatte la plus jolie que j'aie jamais vue, et ensuite, je t'ai dit ce que j'allais lui faire.

Ellie poussa un gémissement.

— Lothaire !

— Sois gentille, murmura-t-il d'une voix rauque. Touche-toi. Montre-moi comment tu te caresses, comment tu aimes jouir.

Son accent, ses mots, sa voix étaient autant de caresses vicieuses qui la faisaient vibrer de tout son corps.

Elle obtempéra aussitôt, glissant une main entre ses jambes pour se caresser le clitoris, tandis que son autre main se posait sur son sein. Lothaire ne le lui avait pas demandé, mais cela sembla beaucoup plus plaire.

— Tu ne glisses pas tes doigts en toi ? demanda-t-il sans quitter ses mains des yeux.

Elle secoua la tête.

— Tu ne sais pas, c'est ça ? Mais bientôt, tu découvriras comme c'est bon, de sentir quelque chose en toi.

— Lothaire...

— Quand ton corps sera devenu immortel, je mettrai mon sexe loin en toi, je me répandrai au plus profond de ton être. Je le glisserai là aussi, dit-il en levant la main vers la bouche d'Ellie pour y glisser le pouce.

Comme elle le suçait, obéissante, il soupira.

— Oui, c'est ça. Ah, douce Lizvetta, je te prendrai au crépuscule, à minuit et à l'aube.

Imaginant que son pouce était une autre partie de son anatomie, Ellie téta avec délices.

— Je sens ta petite langue. Est-ce que tu vas me faire jouir rien qu'en me suçant le pouce ?

Il retira sa main, frotta son pouce trempé sur la pointe d'un de ses seins, puis sur l'autre.

— Lothaire, je vais…

— Tu ne m'attends pas ?

Il se redressa, défit son pantalon, le retira et s'agenouilla entre les cuisses d'Ellie.

Avec une peur mêlée de respect, elle regarda ce corps nu, ce membre énorme – plus beau que tout ce qu'elle aurait pu imaginer. Ce sexe était si raide, si tumescent qu'elle en distinguait chaque veine. Le gland était magnifique, et de sa fente perlait un liquide.

— Je veux te toucher, lâcha-t-elle enfin. Pour découvrir ce que tu aimes.

Il la fixa d'un regard insondable – *cela lui plaisait-il qu'elle lui parle comme ça* ?

— Tu es occupée à autre chose, pour l'instant, dit-il en montrant les doigts d'Ellie, avant d'empoigner son sexe et de se dresser au-dessus d'elle.

Lentement, il amena son gland entre ses seins, ravalant un cri au contact de sa peau. Puis il promena son sexe sur un mamelon, et sur l'autre, jusqu'à ce qu'elle gémisse. Enfin, il plaça son sexe entre ses deux seins, qu'il pressa doucement pour s'en faire un fourreau, et, avec un grognement, donna un coup de reins, rejetant la tête en arrière.

— Seigneur…

Je pourrais jouir rien qu'en le regardant faire.

Maintenant chacun de ses seins entre le pouce et l'index, il donna un nouveau coup de boutoir, puis un autre.

— Je vais éjaculer sur ton cou si je continue.

Elle gémit, imaginant la semence brûlante se répandant sur sa peau.

— Fais ce que tu veux !

Mais il avait déjà ramené son sexe sur le ventre d'Ellie. Fascinée, elle regarda le gland trempé laisser une trace sur sa peau.

— Plus bas, vampire. Appuie-le contre mon sexe. Laisse-moi bouger contre toi.

— Tu veux que nos sexes se touchent ? Tu veux me sentir sur tes lèvres rasées ? Alors, embrasse-moi. Redresse-toi et embrasse-moi.

Ellie eut le sentiment que le vampire cherchait à la mettre à l'épreuve. Mais dans quel but ?

Abandonnant son clitoris, Elizabeth s'appuya sur les bras pour se redresser et posa sa bouche sur celle de Lothaire, glissant lascivement sa langue entre les lèvres du vampire.

Seigneurs, elle me rend fou. Il s'écarta.

— Plus fort. Embrasse-moi comme si ne pas jouir très vite, c'était mourir.

Elle ne quittait pas ses lèvres des yeux.

— Oui !

Il la saisit par les cheveux et la tira vers lui.

— Fais-le !

Elle poussa un cri guttural et, quand il prit sa bouche, chercha sa langue, la téta encore. Il se sentit perdre pied.

Alors… elle donna un petit coup de langue hésitant sur un de ses crocs, se coupant délibérément. Il se figea, stupéfait, mais ne put s'empêcher de se dire : *Oui, oh oui ! Encore…*

Elle lécha l'autre croc. Plus fermement.

Elle veut partager un autre baiser de sang avec moi ?

Cette fois, le plaisir fit tressauter son membre, mais l'idée qu'elle puisse désirer une chose pareille éveilla un soupçon en lui. C'était trop intense, venant d'elle. C'était *trop*.

Trop inoubliable.

Il s'écarta de nouveau. Furieux contre elle, ravi qu'elle fasse cela. Il était au bord de l'explosion.

— Allonge-toi, dit-il, reconnaissant à peine sa voix. Lève les bras, comme tout à l'heure.

Elle obéit, et il la récompensa en faisant glisser son membre vers son sexe trempé.

Elle referma aussitôt les jambes autour de sa taille et s'arc-bouta. *Cette humaine est vraiment très chaude*…

Alors, lentement, il plaça son membre contre cette fente brûlante. *Merde !*

Il dut serrer son poing autour de son gland pour ne pas éjaculer dans l'instant.

— Tu es trempée… souffla-t-il.

De sa main libre, il ramena doucement les plis intimes d'Ellie autour de son sexe, comme il l'avait fait avec ses seins. Et il se mit à aller et venir sur son clitoris.

— Oh… oui… oui ! lâcha-t-elle en agrippant ses hanches.

— Elizabeth, ne bouge pas ! Je t'interdis de jouir maintenant !

— Trop tard ! Je… je ne peux plus m'arrêter ! s'écria-t-elle en secouant la tête, le corps parcouru d'un long frisson.

Il sentit ses ongles se planter dans ses fesses tandis qu'elle ondulait frénétiquement du bassin, frottant son sexe contre le sien. Il allait exploser dès qu'il la lâcherait, il le savait. *Je ne peux pas résister*…

Il écarta un peu plus les jambes, se cala contre les cuisses d'Ellie et s'abandonna à un violent va-et-vient sur elle. Ses seins bougeaient au rythme de ses coups de boutoir, leur pointe rose tressautait… *C'est trop*…

Les yeux rivés à ceux, mi-clos, d'Ellie, il grogna :

— Tu veux ma semence.

— *Oui !*

— Alors, regarde-moi… *jouir*.

Il retira sa main et, dans un dernier coup de reins, explosa.

— Ah ! Elizavetta ! hurla-t-il en se répandant sur son ventre.

Et tandis que, jet après jet, il l'inondait, Ellie eut un second orgasme.

En souriant.

— Lizvetta ?

Quand ce fut terminé, il se laissa tomber à côté d'elle avec un grognement. Son sexe tressauta encore longtemps contre sa cuisse. *C'est trop*. Il fallait qu'il prenne ses distances avec elle.

Et pourtant, il resta allongé là, un bras en travers de sa poitrine, une jambe repliée sur les siennes.

Puis il fronça les sourcils. Ils allaient bien ensemble.

Aussi bien que deux pièces d'un puzzle.

Le corps d'Ellie bourdonnait, sa peau la picotait tandis qu'elle sentait la respiration du vampire dans son oreille.

Ils restèrent allongés un moment ainsi, reprenant leur souffle. Il effleura même sa tempe du bout des lèvres.

— Regarde ce que je t'ai fait faire, dit-elle avec un sourire coquin, passant le doigt dans la semence du vampire.

Au moment où Ellie se disait qu'elle progressait, avec lui, il s'écarta, en proie à une soudaine fureur.

— Interroge-moi encore une fois comme tu l'as fait, et tu me supplieras de mourir.

Avant de disparaître, il ajouta :

— Et, pour information, sache que tu n'es toujours pas à la hauteur de Saroya.

Ellie resta allongée, sous le choc, se demandant si ce qui venait de se passer était bien réel. Mais elle en avait encore la preuve un peu partout sur le ventre.

Jusque-là, elle avait trouvé érotique qu'il jouisse sur elle. Maintenant, elle se sentait humiliée par un tel geste.

Un bras sur le visage, elle sentit les larmes lui monter aux yeux. Non seulement elle n'avait pas réussi à le séduire et à le détourner de Saroya, mais en plus, il s'était encore moqué de sa tentative.

Ça fait mal…

Elle ne se laissait jamais aller à pleurer, même en prison. Mais, en cet instant, elle n'était pas sûre d'arriver à contenir ses larmes.

Une fois de plus, elle avait pris son pied avec quelqu'un qui l'avait menacée et avait menacé sa famille, à plusieurs reprises. Avec un assassin.

Quelqu'un que je hais profondément.

Elle allait éclater en sanglots quand elle sentit quelque chose bouger dans sa poitrine. Saroya. *Je me demande ce que la déesse pense de tout ce sperme sur son ventre…* Si elle détestait réellement tout ce qui avait trait au sexe…

Pour la première fois, Ellie décida de se laisser posséder sans lutter.

— C'est pour tous les seaux de sang que j'ai vomis. Cadeau. Amuse-toi bien avec, déesse.

28

— Espèce de petite salope !

Saroya se redressa dans le lit, fixant avec horreur son ventre couvert de sperme.

C'est pour ça que j'ai été obligée de me manifester. La semence de Lothaire lui avait fait l'effet d'une brûlure, d'un acide jeté sur sa peau.

La vie, dans chacune de ces maudites particules.

Elle se rua dans la salle de bains et s'essuya avec frénésie, se frottant avec un linge humide jusqu'à s'irriter la peau.

Lamia aurait bien ri.

Si Saroya s'était manifestée au moment où l'avait demandé le vampire, était-ce le traitement qu'il lui aurait réservé ? La dégradation ? Elle savait qu'elle n'aurait jamais pu cacher son dégoût.

Quand elle se sentit à peu près propre, elle se regarda dans le miroir. Elle avait des bleus en haut des bras et à l'intérieur des cuisses. Et sur sa bouche, était-ce du sang ? Il lui avait coupé la langue avec ses crocs !

Quelle brute.

Le premier réflexe de Saroya fut de disparaître. Mais, de toute évidence, Lothaire avait satisfait ses « besoins », et s'il était encore dans l'appartement, c'était peut-être le bon moment pour l'affronter.

Saroya entreprit de se préparer, regrettant l'époque où elle avait à son service des dizaines de domestiques pour l'aider à prendre son bain, à s'habiller et à se parer. Aujourd'hui, elle devait tout faire seule.

Après s'être maquillée – elle-même –, elle choisit dans l'abondante garde-robe qui lui avait été allouée une robe noire moulante, des talons aiguilles et un collier en métal.

Satisfaite du résultat, elle entra dans la chambre de Lothaire, qu'elle trouva à son bureau, fixant d'un air absent le casse-tête qu'il tenait entre les mains. À quoi pensait-il ? À ce qui venait de se passer avec Elizabeth ?

Partout dans la pièce, le sol était jonché de débris. Avait-il été victime d'une de ces fureurs dont il avait parlé ? *Voilà qui n'augure rien de bon*. Peut-être était-ce pour cette raison qu'il avait… abusé de l'humaine. Pour évacuer sa rancœur.

Il leva la tête. Un sourire mauvais se dessina sur ses lèvres.

— Ah… Saroya daigne enfin s'éveiller pour moi.

— Tu ne me prends pas pour Elizabeth ?

La mortelle et elle n'étaient pas de simples jumelles. Elles partageaient un corps, tout de même.

— Quand t'es-tu éveillée ? demanda Lothaire, ignorant sa question.

— À temps pour trouver tes .. *restes* sur mon ventre. Elizabeth m'a laissée prendre possession d'elle juste pour que je puisse en profiter.

Il eut un petit rire.

— C'est tout ce que tu mérites. Je t'ai attendue, hier soir, mais tu as refusé de me rejoindre.

— Et tu comptais me proposer ça ?

— Tout aurait dépendu de tes compétences. Je ne jouis pas comme une fontaine pour n'importe qui.

Quel toupet !

— J'en déduis que la mortelle s'est montrée talentueuse.

— Étonnamment, oui.

Qu'Elizabeth ait su le satisfaire à ce point aurait pu l'effrayer, mais elle était Saroya, déesse du sang et de la mort. Et puis, Lothaire lui était destiné.

Il ne pouvait pas plus la renvoyer que le soleil pouvait refuser de se lever.

— J'aurais peut-être traité ma femme différemment, dit-il. En tout cas, une chose est sûre : c'est toi qui aurais dû me donner du plaisir.

Saroya examina ses ongles. Ce ne serait *jamais* elle. Cela faisait vingt millénaires qu'elle évitait de se soumettre à la volonté d'un mâle.

Il n'y a bien que Lothaire pour croire qu'il sera celui qui m'asservira. Elle leva les yeux. L'Ennemi de Toujours ferait bien de ne pas persister dans cette voie, après qu'il l'aurait métamorphosée. Sinon, elle n'aurait plus qu'à savourer la dernière pensée du vampire : *Je croyais qu'elle me désirait*.

Lothaire s'attendait qu'*Elizabeth* déboule dans sa chambre pour lui reprocher sa sortie et faire quelques commentaires bien sentis.

N'étais-je pas impatient qu'elle revienne, même ?

Au lieu de quoi Saroya l'avait une nouvelle fois défié.

Il était furieux contre la déesse, qui ne s'était pas manifestée, mais l'était plus encore contre Elizabeth, qui se montrait sexy à un point… inconcevable.

Cette façon qu'elle avait eue de lécher ses crocs… Ses gémissements gutturaux…

Jamais rien ne l'avait excité autant que la passion avec laquelle elle s'adonnait au sexe. Loin d'être dégoûtée par la semence du vampire sur son ventre, cela avait paru l'exciter.

— Regarde ce que je t'ai fait faire, avait-elle plaisanté d'un air coquin.

Ne pense pas à elle. Ta femme est devant toi.

Celle qui ne s'était pas éveillée pour lui.

— Pourquoi n'es-tu pas venue, comme promis ?

— Elizabeth ne m'a pas laissée venir.

La jolie petite menteuse. Là encore, qu'était-il arrivé à la loyauté ? À la confiance ?

— Si c'est vrai, elle sera punie. Sévèrement. Je me demande cependant comment elle a réussi à t'en empêcher… alors qu'elle dormait.

Si Saroya ne s'était pas manifestée, c'était peut-être par peur. *La déesse du sang qui redouterait de me voir ? Impossible.*

— As-tu avancé, dans ta quête de l'anneau ?

Elle changeait délibérément de sujet, mais il la laissa faire, décidant de ne pas insister, de surmonter son ressentiment.

Ivana lui avait dit qu'il serait un homme bon et fidèle envers sa femme. Quelle que soit la raison pour laquelle Saroya avait refusé de le rejoindre, Lothaire allait repartir sur de nouvelles bases avec elle.

— Non, toujours pas. Mais il est possible que je voie les souvenirs de ma cible la prochaine fois que je dormirai. Sinon, j'envisage d'enlever sa Valkyrie et de la forcer à coopérer.

En admettant que Declan Chase soit vivant. Lothaire le saurait ce soir.

— Comme tu le sais, poursuivit-il, il n'est de meilleure monnaie d'échange qu'une personne aimée.

Bien sûr, il était aussi possible que Lothaire tue la femme de Chase dès l'instant où elle se mettrait à parler. Regin la Radieuse était capable de venir à bout de la patience d'un moine fey.

— Tes plans me semblent solides. Et la Dorada ?

— Mon oracle la cherche. Pour l'instant, elle ne s'est pas approchée de toi.

Il nota le soulagement de Soraya, mais ne fit pas de remarque.

— Maintenant que tu es là, avec moi, tu vas pouvoir passer la nuit avec moi. Assieds-toi, dit-il en indiquant le canapé.

Elle traversa la pièce et obtempéra. Il se téléporta jusqu'à son dressing pour mettre une chemise, car c'était tout de même plus convenable.

— Comment as-tu su que c'était moi, et pas la mortelle ? lança-t-elle en direction du dressing.

Les mains de Lothaire se figèrent sur un bouton. Il l'avait compris parce que Elizabeth était plus… jolie.

Il ne pouvait plus se voiler la face – les deux femmes n'étaient pas une seule et même personne. La déesse se tartinait le visage de maquillage, masquant jusqu'aux charmantes taches de rousseur qu'elle avait sur le nez. Et elle marchait avec raideur, pas avec cette démarche chaloupée si sensuelle.

Les yeux d'Elizabeth étaient plus brillants, et il lui arrivait de sourire.

Non, non. Saroya marchait différemment parce que c'était une déesse. Qui se comportait comme telle. Pas de façon vulgaire, comme Elizabeth.

Lothaire rejoignit Saroya.

— Je sais reconnaître ma femme, tout de même, répondit-il.

Il s'installa à son bureau. Saroya s'était perchée sur un accoudoir du canapé, le plus loin possible de lui. Même Elizabeth n'avait pas fait cela, alors qu'elle le craignait. *Peu importe*.

— Parle-moi, Saroya.

— De quoi ?

— De ce qui te passe par la tête.

Un peu plus tôt, il s'était tenu assis là avec la mortelle, et ils avaient échangé des propos pleins d'esprit. L'espace d'un instant, cela lui avait même fait oublier ses soucis. Pouvait-il en attendre autant de Saroya ?

— Très bien. Je veux du personnel de maison.

— Je ne peux faire confiance à personne en dehors de Sorcière.

— Alors, je la veux. Fais d'elle ma servante.

— Je doute que cela fonctionne. Certains immortels ne font pas de bons esclaves. Et c'est son cas, hélas. Et puis, j'ai besoin qu'elle mette à *mon* service ses talents d'oracle.

— Cela me déçoit profondément, Lothaire.

— Ce n'est que temporaire. Nous devons faire des sacrifices aujourd'hui, mais nous en serons récompensés demain.

Il y eut un silence.

— Y aurait-il *autre chose* qui te traverse la tête ? demanda-t-il enfin, d'un ton plus dur qu'il ne l'avait souhaité.

— Mes pensées sont occupées par l'anneau.

Nouveau silence.

Lothaire, qui avait toujours mené une existence solitaire, maniait mal l'art de la conversation.

— Quel est ton souvenir préféré, Saroya ?

Cette question en valait une autre, non ? Il faisait de son mieux.

— Pourquoi ?

— Réponds, c'est tout.

Elle regarda ses ongles.

— Une fois, pour m'amuser, j'ai choisi deux de mes acolytes vampires, un homme et sa femme, et j'ai menacé la vie de leurs deux enfants. Évidemment, les parents étaient prêts à tout pour les sauver. Alors, j'ai obligé le père à jurer sur le Mythos qu'il mangerait sa femme morceau après morceau, en commençant par les pieds.

Saroya soupira avant de continuer :

— Ensuite, il a tout fait pour revenir sur son serment, pour le contourner. Au moins pour apaiser les souffrances de sa femme. Mais il était lié par son serment, et la régénération de sa femme – un truc vraiment casse-pieds – a fait que cela a continué pendant plusieurs décennies. À vrai dire, il n'avait toujours pas terminé quand j'ai de mon côté été l'objet d'une malédiction.

Ces serments sur le Mythos, sur lesquels il était impossible de revenir… C'était une épée de Damoclès au-dessus de la tête des immortels, qui redoutaient tous de devoir un jour en prêter un.

Saroya haussa les épaules.

— Je leur ai assuré à tous les deux que j'élèverais leurs enfants pendant qu'ils étaient occupés, mais je me rappelle avec délices avoir bu leur sang jusqu'à la dernière goutte.

Les épaules de Lothaire se raidirent. *Quel genre de mère Saroya serait-elle ?*

— Tu t'attaques aux enfants ? Je te l'interdis désormais.

— Quoi ? Tu me donnes des ordres, Lothaire ? Comprends bien que je suis une déesse – l'âge ne signifie rien pour moi. Mes acolytes n'étaient que des corps avec lesquels j'ai aimé jouer. Jeunes, vieux… L'âge n'a aucune importance.

— Si tu t'en prends aux enfants, tes ennemis s'attaqueront aux tiens.

Elle cligna des yeux.

— Je n'en ai pas.

— Mais tu en auras. *J'*en aurai.

Maudite soit Elizabeth, pour avoir instillé le doute en lui !

— Si tel est ton désir, vampire. Je ferai de mon mieux pour t'obéir. C'est bien ce que tu veux, non ?

Il est possible que je veuille une femme qui obéisse à mes ordres… puis fasse tout le contraire. Il écarta prestement cette pensée de son esprit.

— Dis quelque chose de drôle, Saroya.

— Quoi ?

— As-tu de l'humour ? Es-tu vive d'esprit ?

Comme Elizabeth l'était. *Tu es un poids plume face à un poids lourd…*

— Lothaire, je réduis d'autres êtres en esclavage pour qu'ils me distraient. Qu'ils essaient, en tout cas.

Nouveau silence.

Il ne cessait de repenser à cette nuit dans les bois avec Saroya, à cette entente immédiate qui était née entre eux. À moins que, en proie aux effets bouleversants de l'animation, il ne se soit mépris ?

— La première nuit, quand je t'ai trouvée, nous avons parlé pendant des heures. Pourquoi est-ce que nous dire trois mots aujourd'hui est un supplice ?

— Je suis un peu perdue, Lothaire. J'ai l'impression d'auditionner pour un rôle que j'ai déjà décroché. Un rôle qui m'appartient sans aucun doute possible. La mortelle serait-elle parvenue à semer la discorde entre nous ?

Il tâcha de ne rien laisser paraître. *La mortelle y est parvenue.* Jusqu'à ce qu'une petite humaine le défie, il n'avait jamais pensé à autre chose qu'à monter sur deux trônes et à atteindre les buts qu'il s'était fixés.

Et voilà qu'il en venait à se demander ce que serait l'éternité en compagnie de la femme qu'il avait devant lui.

Non, non. La plupart des immortels avaient du mal avec leur âme sœur, au début. Surtout s'ils venaient de factions ou de cultures différentes. Lothaire ne faisait pas exception à la règle. *De ce point de vue, en tout cas*.

Comme tous les autres hommes du Mythos, Lothaire finirait par gagner les faveurs de sa femme. Il pouvait se montrer charmant, s'il était d'humeur. Il pouvait la pousser à réagir, en tout cas.

— Si nous ne parlons pas, que proposes-tu que nous fassions ce soir, ma fleur ?

— Nous pouvons chasser. Massacrer. Répandre le sang d'innocents.

Lothaire ne comprenait pas le besoin qu'avait Saroya de tuer. Si ce n'était pas pour boire du sang, alors dans quel but ? Tuer ses ennemis et ceux qui se mettaient en travers de sa route, il comprenait. Il adorait ça, même. Mais Saroya assassinait ses proies sans raison. Et Lothaire avait juré de ne plus la laisser faire.

— Non, pas de chasse. Les seuls endroits où tu sois complètement cachée de mes ennemis, c'est ici et chez mon oracle.

Même s'il lui était possible de la téléporter pour la maintenir à l'abri des regards.

Il existait aussi un tatouage druidique qui, si elle le portait, effacerait sa piste. Il pouvait s'en procurer l'encre magique auprès de l'un de ses obligés. *Mais, pour l'instant, je préfère garder cette information pour moi.*

— Malheureusement, Saroya, ta tête est mise à prix.

— Mise à prix ? s'exclama la déesse. Rends-moi mon statut de déesse, et je réglerai leur compte à tous tes ennemis, j'amènerai sur eux la folie et la peste jusqu'à ce que, couverts de pustules, agonisants, ils rampent à tes pieds, implorant ta pitié !

Il sourit.

— Ah, j'aime bien, quand tu parles comme ça.

— Pour toi, je serai une reine crainte et respectée. Dès que tu auras trouvé l'anneau.

Elle scruta le visage de Lothaire, y vit briller l'intérêt…

— En attendant, je te laisse avec Elizabeth, dit-elle. Il me semble que ça va plutôt bien, avec ton jouet mortel.

— Bien ?

Quand elle avait joui alors qu'il éjaculait sur elle ?

— Oui, je suppose qu'on ne s'entend pas mal. C'est bien que tu ne sois pas jalouse, parce que nous nous sommes laissés aller à la débauche, tous les deux.

Manifeste ton mécontentement. Montre que cela te gêne un peu.

Au lieu de quoi Saroya manifesta… de l'incrédulité.

— Tous les deux ? Tu n'as pas eu à la forcer à te soulager ?

— Regarde-moi, Saroya, répliqua-t-il, un tantinet vexé. Elle ne peut pas s'empêcher de me toucher.

— Mais ça ne lui pose pas de problème ? Alors qu'elle sait que tu es à une autre femme ?

De toute évidence, Saroya ne ressentait pas la force du lien vampirique comme lui. Et il n'y avait qu'une seule façon d'éveiller ce genre de sentiments : le sexe.

— Cette autre femme me propose justement de me servir d'elle pour la remplacer. Et puis, Elizabeth s'est mis dans la tête qu'elle était capable de me détourner de toi.

— C'est hilarant.

— Ah bon ? Je ne te vois pas rire, pourtant. Tu pourrais sourire, au moins, non ? Allez, tu as un joli sourire.

Le visage de Saroya resta impassible.

— Tu veux dire qu'*Elizabeth* a un joli sourire. Est-ce qu'elle te fait son petit sourire timide, Lothaire ? Est-ce que tu la trouves mignonne tout plein ? Peut-être que tu la préfères à moi, finalement ?

Serait-il possible qu'Elizavetta soit mienne ? Hurler son nom vers les cieux lui avait semblé… naturel.

Mais cette pensée était si repoussante qu'il l'écarta aussitôt.

— Tu joues avec le feu, déesse. Je pourrais m'énerver.

— Le grand Lothaire n'est certainement pas du style à s'attacher de cette façon. Ce serait une folie.

Était-ce l'abandon d'Elizabeth qui l'avait excité, ou simplement le corps de sa femme ? Il allait en avoir le cœur net. Et pas plus tard que tout de suite.

— M'attacher ? À vrai dire, j'avais plutôt en tête de tester celle qui la remplace.

— Quel toupet ! Je me souviendrai de cette insulte !

— Approche, et je me ferai pardonner.

— Je vois ton regard. Il n'est pas comme d'habitude. Je pensais que tu serais épuisé pour le reste de la nuit.

— Quand je suis inspiré, je suis capable de recommencer dix fois. Allez, approche. *Immédiatement*. C'est un ordre, cette fois.

Elle plissa les yeux, mais se leva et le rejoignit à contrecœur. Il l'attira sur ses genoux.

— Détends-toi, Saroya.

Allongé à côté d'Elizabeth, une jambe sur elle, un bras sur sa poitrine si douce, il avait eu la sensation qu'ils se complétaient.

Avec Saroya, il avait le sentiment d'essayer d'imbriquer deux pièces d'un casse-tête qui n'allaient pas du tout ensemble. *Non, non. Ton esprit est en proie à une profonde confusion.*

— Je serai gentil avec toi. N'as-tu pas envie de m'embrasser ? De connaître mes caresses ?

— Tu vas me faire mal. Elizabeth n'a aucune idée de l'étendue de ta force. Moi, si.

— J'ai réussi à ne pas lui faire mal. Deux fois.

— Tu t'es servi d'elle *deux fois* ? Et elle ne t'a pas repoussé ?

De nouveau, Saroya était incrédule.

— Laisse-moi te montrer pourquoi elle s'est laissé faire.

— Tu dis que tu ne lui as pas fait mal, mais moi, j'ai mal, en ce moment même. J'ai des bleus, j'ai l'impression d'avoir été rouée de coups. Et toi, Lothaire, as-tu des marques ? Des blessures ?

— Bien sûr que non.

— J'en ai partout sur le corps.

— Alors, je serai encore plus doux avec toi. Avec ma femme, je ferai encore plus attention, ajouta-t-il en prenant le visage de Saroya entre ses mains. Détends-toi, et je te promets de ne t'apporter que du plaisir.

Elle va fermer les yeux, se raidir un peu plus encore, comme figée par le froid.

Il posa la bouche sur celle de la déesse, une fois, puis une autre, la titilla du bout de la langue. Puis il passa à un baiser plus profond, et elle réagit...

Exactement comme il l'avait prédit.

Il s'écarta.

— Tu es devenue froide. En fait, tu n'as pas du tout envie que je te touche.

Elle avait les yeux fermés, les lèvres pincées. Et le pire, c'était qu'il devait penser à Elizabeth pour continuer à bander.

— Jamais je n'arriverai à me détendre, j'ai trop peur que tu ne me fasses mal, Lothaire, dit-elle en rouvrant enfin les yeux. Imagine partir au combat alors que tu es mortel. Sans pouvoir de régénération, sans vitesse de déplacement, sans rien. Imagine-toi vulnérable. Serais-tu aussi pressé de te jeter dans la mêlée – même si tu adorais te battre ?

Elle n'avait pas tort. *Essaie de te convaincre, Lothaire. Tu ne peux pas mentir aux autres, mais à toi, si.*

— Quand je serai vampire, ce sera différent, insista Saroya. Mais pour le moment, je te supplie d'être patient. Je supplie mon homme d'être compréhensif.

Oui, quand elle sera vampire…

Mais quelque chose en lui refusait l'idée que sa femme puisse être frigide. Il devait réussir à pousser Saroya à le désirer.

— Ton corps de mortelle ne ressent donc rien d'autre que de la douleur ? Tu dois bien avoir des désirs.

— Non. Apparemment, tu as satisfait ces pulsions très récemment.

Blyad' ! Il avait gaspillé ce plaisir avec Elizabeth !

Saroya lui tapota l'épaule d'un geste maladroit.

— Mais bientôt, tu vas trouver l'anneau, et je serai à toi pour toujours, et de toutes les manières. En attendant, sers-toi de la mortelle.

— Tu n'as pas peur que je ne tombe amoureux d'elle ? demanda-t-il, alors qu'il connaissait la réponse.

Le fait que l'on puisse ne pas la désirer plus que toute autre dépassait l'entendement de Saroya. Son arrogance était un puissant remède contre les doutes de ce genre.

Et il ne put s'empêcher de penser qu'il y avait là une leçon à apprendre, pour lui.

— Pas le moins du monde, Lothaire. Si tu la choisissais, il te faudrait renoncer à toute prétention au trône de la Horde et à tout ce pour quoi tu te bats depuis des *milliers* d'années. Et puis, tu es intelligent. Je sais que tu vois clair dans son jeu. Elle cherche à te manipuler, mais tu ne nous laisserais jamais devenir de simples pions entre les mains d'une vulgaire mortelle.

Un pion. Ivana et lui avaient été des pions entre les mains des mortels, autrefois. *Demande pardon à Olya…*

Jamais plus.

— Tu as vu la famille d'Elizabeth, continua Saroya. Tu aimerais qu'elle devienne la tienne ? Parce qu'elle voudra vivre avec les siens.

Il retint un frémissement.

— La vie était un enfer, dans ce mobile home. La survie, plutôt, d'ailleurs. Tu t'imagines vivre dans ce truc ?

Lothaire aurait préféré mourir.

— J'ai une idée, vampire, reprit soudain Saroya. Emmène-moi chez ton oracle.

— Pourquoi ?

— Tu m'as demandé ce que j'aimerais faire ce soir. Eh bien, je veux lui poser une question sur l'avenir.

Il soupira et, se flagellant encore d'avoir donné du plaisir à Elizabeth, se téléporta avec Saroya chez Sorcière.

Dès qu'ils apparurent dans la cuisine de la fey, Sorcière lâcha à l'intention de Saroya :

— Oh. C'est toi.

— Comment le sais-tu ? Avant même que je ne dise un mot ? demanda Saroya, méfiante.

— C'est à cause du maquillage, murmura Sorcière. Des kilos de fond de teint et de mascara.

— Tu viens de signer ton arrêt de mort, déclara Saroya d'un air satisfait. Quand tu ne nous seras plus d'aucune utilité, Lothaire m'apportera ta tête. Je m'en servirai pour attraper les mouches.

Les yeux de la fey devinrent vert sombre. Elle enrageait.

— Cela n'apparaît pas dans *mon* avenir, déesse…

— Je te présente ma femme, intervint Lothaire, que tant d'hostilité stupéfiait. Ce n'est pas Elizabeth. Donc tu dois la respecter.

— Très bien.

Mais les yeux de Sorcière brillaient encore de colère.

— Tu as aidé Lothaire à voir son avenir, dit Saroya. Je voudrais que tu répondes à une question sur le mien.

— Je ne peux jeter les os qu'un certain nombre de fois par jour.

Devant le regard menaçant de Lothaire, Sorcière ajouta :

— Mais je vais essayer.

— Demande à tes osselets si la Horde acceptera Lothaire comme roi si je suis sa reine.

— Ce n'est pas si simple…

— Si, ça l'est. Il est moitié dace. Les Daces ne s'embarrassent pas de considérations futiles. Ils se concentrent exclusivement sur leurs objectifs. L'objectif numéro un de Lothaire est de devenir roi de la Horde. Je veux savoir si je suis la clé qui lui permettra de monter sur le trône.

— Fais-le, Sorcière.

À contrecœur, Sorcière prit sa petite aumônière en cuir, l'ouvrit, jeta les os et se pencha au-dessus.

— Alors ? demanda Lothaire.

Ce fut comme si on arrachait les mots de la gorge de l'oracle.

— La Horde t'acceptera si Saroya est à tes côtés… et si elle est vampire. Tymur le Fidèle et ses hommes renonceront au château d'Helvita et te jureront fidélité.

Tymur à genoux devant moi pendant que je décide si je le décapite ou non… Quelle perspective enivrante !

— Voilà, Lothaire, dit Saroya. Comme je te l'ai promis, je poserai cette couronne sur ta tête blonde. Tu seras roi, comme le voulait Ivana l'Audacieuse. Et une fois que tu dirigeras la Horde, tu te serviras de cette armée pour prendre le trône de Dacie. Il est si près. Nous t'attendons, mon roi.

Roi. Son cœur battait si fort qu'il en avait mal à la poitrine. *Couronne, monarque, pouvoir*. Il ferait ériger un monument à sa mère dans l'ancien château de Stefanovich. *À moins que je ne le fasse raser, jusqu'à la dernière pierre*.

— Bien, dit Saroya. Puisque c'est réglé, si nous faisions livrer quelques petites choses à l'appartement ? Ta reine a envie de rubis. Et de diamants œils-de-chat. Et peut-être d'un tour de cou incrusté d'émeraudes…

29

— Lothaire m'a laissée tomber, murmura Ellie d'un ton étonné qui reflétait son état d'esprit.

Ces sept dernières nuits, il l'avait déposée chez Sorcière comme on dépose un gamin insupportable chez la baby-sitter, avant de repartir à la recherche de l'anneau, plus que jamais déterminé à la remplacer pour toujours.

Mais au lever du soleil, ce matin, il n'était pas revenu la chercher. Il était 15 heures, et elle savait désormais ce que cela faisait d'être le dernier enfant qui attend à la crèche, quand tous les autres sont partis avec leurs parents.

— Qu'est-ce que je suis censée en déduire ? demanda-t-elle, les yeux dans le vague, avant de boire une gorgée de sa bière.

Sorcière et elle étaient installées sur des chaises longues, sur la véranda de la fey, avec de quoi grignoter, des magazines et un seau plein de glace et de Corona Light.

Depuis le coup de la sorcière dans le miroir, la fey était beaucoup plus gentille avec elle. Sans doute parce qu'elle savait qu'Ellie allait mourir.

De son côté, Ellie avait fini par lui pardonner d'avoir mis Lothaire sur son chemin – après tout, ce n'était pas la faute de Sorcière si Saroya s'était installée en elle.

— N'en tire aucune conclusion, Elizabeth, dit Sorcière. Il est en retard, c'est tout. Et on va prendre un peu de bon temps en l'attendant.

Devinant que Saroya n'aimerait probablement pas être bronzée, Ellie avait décidé de se la jouer Saint-Tropez en passant la journée dehors, luisante de lotion à la noix de coco. Elle avait toujours bronzé facilement, mais cinq années d'emprisonnement l'avaient laissée vraiment pâlichonne.

Plus maintenant. *Tu sens comme ça brûle, cocotte ?*

Et comme Saroya voulait qu'elle prenne du poids, Ellie avait décidé d'en perdre. En l'occurrence, elle suivait un régime orge et houblon.

— Il s'est produit quelque chose, après le dernier réveil de Saroya, dit Ellie. Depuis, Lothaire se comporte différemment avec moi.

À croire que tous les progrès qu'elle avait faits avec lui avaient été réduits à néant.

Quand Ellie avait ouvert les yeux, le regard de Lothaire sur elle exprimait le dégoût. Comme si elle l'avait trompé.

Peut-être Saroya s'était-elle laissé séduire. Peut-être avait-elle tiré les leçons des tentatives d'Ellie. *Mais je suis toujours vierge, pourtant.* Bien sûr, Lothaire lui avait expliqué pourquoi ils ne pouvaient pas coucher ensemble.

— Si ma peau n'était pas venimeuse, je te tapoterais la main pour te réconforter, dit Sorcière.

Avoir une amie était aussi nouveau pour elle que pour Ellie.

Chaque soir de cette semaine, une fois que la fey avait fini de travailler, elles avaient papoté en buvant des bières.

Je bois des coups avec une fey oracle. C'est mon nouveau quotidien.

Elles parlaient potions, chasse, Mythos. Et Ellie en savait désormais un peu plus sur le célibat de Sorcière.

Des siècles plus tôt, Sorcière était tombée raide dingue d'un démon – une espèce absolument hors de portée pour une fey comme elle. Le guerrier musclé avait douté de l'amour de sa « délicate petite fey », en particulier du fait de son très jeune âge. De son côté, elle avait douté qu'il puisse supporter sa peau venimeuse suffisamment longtemps pour faire d'elle sa femme. Ils avaient décidé de se retrouver dix ans plus tard sous le pommier d'or de Draiksulia – si elle était toujours dans les mêmes dispositions à l'égard du démon, et s'il avait trouvé un antidote au poison de la fey.

Mais à cause de la malédiction dont elle avait été victime, Sorcière était arrivée au rendez-vous avec plusieurs siècles de retard. Depuis, elle cherchait le démon – mais même ses os restaient muets à ce sujet.

Et chaque fois qu'elle parlait de lui, le marron de ses yeux se teintait de vert, sous le coup de l'émotion.

— Dis... est-ce que tu penses que Lothaire est mort ? demanda soudain Ellie, troublée de se sentir presque inquiète pour son geôlier.

Geôlier, et bientôt bourreau...

— Il va revenir, Elizabeth.

Et comment dois-je réagir à cette perspective ?

— Je le saurais, s'il était mort, reprit Sorcière en jetant un coup d'œil à son minuteur.

La fey travaillait à une potion expérimentale destinée à neutraliser le sort qui protégeait une des ennemies de Lothaire, une Valkyrie connue sous le nom de Regin la Radieuse. En découvrant qu'elle était protégée par un sort, Lothaire s'était exclamé :

— Salope de Nïx !

Allez savoir ce que cela signifiait...

— Il a peut-être été distrait et a temporairement perdu son chemin, ajouta Sorcière.

C'était plausible. Intellectuellement parlant, il était plutôt sur la pente descendante. Un matin, alors qu'il venait la chercher au lever du soleil, il était apparu couvert de sang et délirant à propos de ses ennemis.

— Ils me suivent ! Tu n'es pas en sécurité.

Deux nuits plus tôt, elle s'était réveillée à sa place, sur le canapé, et l'avait trouvé agenouillé à côté d'elle, lui caressant les cheveux.

— De plus en plus dur de savoir quand je suis éveillé... avait-il murmuré. Je ne vais pas pouvoir vivre ainsi très longtemps.

Parfois, il s'adressait à elle en russe, comme s'il s'attendait qu'elle lui réponde dans cette langue.

Elle n'avait plus jamais cherché à l'interroger, sinon pour lui demander, chaque jour, si elle allait mourir le soir.

— Pas encore, répondait-il toujours d'un air absent.

Mais, la veille, il n'avait pas répondu. Il avait juste regardé au loin.

Ellie ouvrit une nouvelle bière et glissa un quartier de citron dans le goulot de la bouteille.

— Est-ce que tu peux me dire pourquoi Saroya n'essaie même pas de me posséder ? Elle devrait se faire un peu de souci pour lui, non ? Pourquoi est-ce qu'elle ne cherche pas à tout prix à le voir ? Si j'étais méchante et que Lothaire m'ait couverte de bijoux et de vêtements, je serais pendue à ses basques.

— Tu crois ? demanda Sorcière en scrutant le visage d'Ellie. Même après tout ce qu'il t'a fait ?

Comme chaque fois, Ellie entendit le ton moqueur du vampire. « Tu n'arrives pas à la cheville de Saroya. » Elle s'était crue imperméable aux insultes, mais celles de Lothaire avaient fait mouche. « Je te suis supérieur parce que tout prouve que tu m'es inférieure. Intelligence, richesse, apparence, lignée... » Le mépris dans son ton, son sourire narquois... Elle soupira. *La vérité de ses propos*.

Son ego en avait pris un coup.

Mais elle avait ensuite entraperçu d'autres facettes du vampire. Le Lothaire séducteur, charmeur, dont les baisers l'embrasaient. Le vampire dont l'accent la faisait fondre...

— Tu te demandes s'il est possible que je tombe amoureuse de lui ? dit Ellie, essayant d'imaginer ce qu'être aimée par Lothaire pouvait signifier.

Mais mieux valait ne pas rêver à l'impossible, elle le savait.

— Même si, par je ne sais quel miracle, il éprouvait des sentiments pour moi, jamais je ne pourrais l'aimer. Il faudrait que je sois folle pour aimer mon geôlier. Et je ne suis pas folle. Si je m'intéresse à lui, c'est uniquement parce qu'il en va de ma vie.

Elle but une longue gorgée de bière avant d'ajouter :

— À ce propos, existe-t-il ne serait-ce qu'une seule petite chance que je sois son âme sœur ?

— Il est extrêmement rare que des mortels soient destinés à des créatures du Mythos, répondit Sorcière, semblant choisir ses mots avec beaucoup de précaution. Si je prends tous les couples qui se sont formés lors de la dernière Accession, je ne vois pas un seul humain dans le lot. De toute façon, Lothaire méprise les mortels plus que tous les autres êtres.

— Pourquoi ?

— Je ne te le dirai pas, et je te suggère de ne pas lui poser la question.

— Mais il est *possible* que je lui sois destinée. Pourquoi tu ne ferais pas une prédiction, que je sois fixée ?

— Tu sais bien que je ne peux lancer les os qu'un certain nombre de fois par jour.

Ellie avait demandé à Sorcière comment fonctionnait le lancement d'os. Elle avait répondu que c'était comme scanner un texte dans un livre. Si on le faisait trop souvent, les mots devenaient flous.

— Mais imagine que je sois sa promise, insista Ellie. Si tu sers les intérêts de Lothaire, comment penses-tu qu'il réagira quand il comprendra qu'il a tué sa seule et unique compagne pour l'éternité ? Tu ne crois pas qu'il sera un peu en colère ?

Sorcière détourna le regard.

— J'ai confiance en son jugement.

— Dis-moi pourquoi tu lui es redevable à ce point.

— D'accord, dit Sorcière en prenant une autre bière, qu'elle ouvrit d'une pichenette avec l'ongle du pouce. Il y a des siècles de cela, j'ai commencé à travailler pour un sorcier très puissant et ses sœurs. Une de mes prédictions lui a déplu, alors il m'a jeté un sort. Je suis devenue, en apparence, une vieille bique au physique repoussant. Le sort devait durer jusqu'à la mort du sorcier, et ça, ça craignait vraiment si l'on considère la difficulté qu'il y a à tuer ces créatures. Et si je te dis qu'en plus, il était surnommé l'Immortel, tu auras compris ma situation.

Ses doigts se serrèrent autour du goulot de sa bouteille. Ellie crut que celle-ci allait éclater quand Sorcière desserra le poing.

— Sans Lothaire, je serais encore emprisonnée dans les oubliettes humides d'un château. Il a trahi tous ses alliés et a rompu un accord de paix pour me libérer.

— Lothaire a fait ça pour toi ?

Sorcière eut un petit rire.

— Non. Il avait d'autres raisons, que je ne connais pas. Ma liberté a seulement été une heureuse coïncidence, mais malgré tout, cela a fait de moi sa débitrice, et mon nom s'est inscrit dans son célèbre registre…

Son minuteur sonna.

— Je reviens tout de suite, dit-elle en se levant. Fais attention aux coups de soleil, quand même.

Restée seule, Ellie reprit son magazine de tourisme. Elle parcourut un article sur Bora Bora, sans réellement le lire. En réalité, elle pensait à tout ce qu'elle ne pourrait jamais faire.

Revoir sa famille. Faire le tour du monde. Avoir sa propre maison. Avoir des enfants. Son idée du foyer idéal ? Un chalet rien qu'à elle sur le mont Peirce.

Elle n'aurait jamais d'homme pour la chérir. Elle avait longtemps rêvé au compagnon qui partagerait sa vie, avait imaginé à quoi il ressemblerait.

En tout point contraire à Lothaire.

Penser à tout cela pouvait faire regretter à n'importe qui d'être au seuil de la mort.

Au seuil. Ellie en avait plus qu'assez. Au moins, dans le couloir de la mort, elle avait pu compter les jours qu'il lui restait avant d'être enfin exécutée. Les pages du magazine se froissèrent sous ses poings.

Depuis, elle flottait entre la vie et la mort, dans une sorte de salle d'attente infernale.

Elle avait envie de hurler, d'étrangler Lothaire. Elle finissait par comprendre qu'on puisse trouver du plaisir à tuer.

Elle aurait tant voulu avoir une autre occasion de croiser le fer avec lui, surtout maintenant qu'elle savait comment décrypter sa façon de parler. Elle avait analysé les propos du vampire, et elle était presque sûre qu'elle saurait, dorénavant, deviner quand il éludait une question et quand il cherchait à perdre son interlocuteur.

Si elle lui demandait : « Aimes-tu le bleu ? » et que c'était le cas mais qu'il ne voulait pas l'admettre, il prenait en général un ton railleur pour répondre : « Est-ce que j'ai une tête à aimer le bleu ? »

Pour éviter de mentir, il commençait ses réponses par « Peut-être » ou « Je parierais ». Ou alors il disait quelque chose d'outrancier, pour déstabiliser son interlocuteur et lui faire oublier de quoi il parlait.

Elle appelait cela le lothairien.

Et elle était d'accord avec lui sur un point : si elle voulait avoir la moindre chance de survivre, elle devait le séduire.

Une partie d'elle-même avait encore envie de tenter le coup. Si elle le poussait à la posséder jusqu'au bout, peut-être pourrait-elle semer le doute entre Sarova et lui.

À moins qu'elle ne lui fasse la gâterie qu'il espérait. Elle se souvenait de ce que disait sa cousine Sadie, la traînée de la famille, qui sévissait dans toute la région : « Si tu veux faire passer une idée jusqu'au cerveau d'un homme, parle à sa quéquette. C'est sa troisième oreille. »

Réfléchir aux moyens de séduire Lothaire n'avait bien sûr absolument rien à voir avec le fait qu'Ellie avait envie de lui comme un camé de sa drogue.

Il avait éveillé quelque chose en elle, il n'y avait aucun doute là-dessus.

Toute la semaine, elle avait eu envie de sexe, envie de sentir les mains du vampire sur elle, et s'était repassé le film de leurs ébats. La nuit, elle rêvait qu'elle le prenait dans sa bouche, avant de le laisser entrer loin en elle.

Elle s'était caressée plusieurs fois sous la douche, mais sans jamais parvenir à se détendre suffisamment pour jouir vraiment. Elle craignait sans arrêt que Lothaire n'apparaisse soudain et ne la surprenne... avant de se moquer d'elle avec un rire méchant.

Elle soupira, tourna une page et décida d'arrêter les frais. *De toute façon, je n'ai jamais eu ma chance avec lui.*

Ce qui signifiait qu'elle n'avait plus vraiment de choix, question stratégie. *Je suis pratiquement déjà morte, de toute façon. Comme les soldats qu'on envoie au front.*

Cette idée avait quelque chose de libérateur. Chercher à séduire Lothaire l'avait mise sous pression et l'avait épuisée. Surtout depuis qu'il l'évitait.

Mais, cette fois, c'était terminé. Elle était résolue, et elle ne changerait pas d'avis.

Alors, pourquoi les pages de son magazine étaient-elles trempées de larmes ?

Je la déteste. Je la désire.

Cela faisait une semaine que Lothaire avait pris ses distances vis-à-vis d'Ellie, la laissant chez Sorcière ou l'ignorant chaque fois qu'ils étaient obligés d'être ensemble.

Et jamais il n'avait eu plus besoin d'elle qu'en ce moment.

Toute la journée, il avait suivi la piste de Declan Chase, qui avait survécu sans l'aide de Lothaire.

En réalité, Chase était depuis toujours un berserk immortel, mais il l'ignorait lui-même.

Sans relâche, Lothaire avait tenté de l'approcher suffisamment pour pouvoir se glisser dans son esprit, mais sa femme, Regin, était munie d'un sort qui repoussait le vampire.

Et cette *súka* ne quittait pas Chase d'une semelle.

Après les avoir épiés quelques jours – jusque dans leurs ébats amoureux pour le moins enthousiastes –, Lothaire avait regagné son appartement, fatigué mais à cran, désirant sa femme plus que jamais.

La dernière fois que Saroya avait fait surface, il avait juré de ne plus s'intéresser à la mortelle. Ensuite, il avait dépensé des sommes folles pour satisfaire la déesse, qui avait accepté de revenir… deux semaines plus tard.

Mais en attendant, que faire ?

Être séparé du corps de sa femme affectait le sien, ainsi que sa santé mentale. Il se téléportait de plus en plus pendant son sommeil, était pris de fureurs répétées, et il lui arrivait même de perdre totalement conscience quand il chassait.

Au lieu de visions concernant l'anneau, il rêvait de choses qu'il pensait avoir oubliées depuis longtemps, des souvenirs improbables. *Mes propres souvenirs*.

Un bébé aux cheveux blonds qui me tend les bras.

La Valkyrie Helen attendant un enfant, regardant son époux d'un air triste.

Nïx disant : « Patience, Lothaire. Tu dois apprendre la patience. »

Surtout, Lothaire avait recommencé à percevoir cette présence mystérieuse. Les Daces. Il était presque sûr de les avoir sentis devant son immeuble, à plusieurs reprises. Mais aucun ne s'était montré.

Le suivaient-ils, ou était-ce juste le fruit de son imagination ?

Tant de changements, tant de bouleversements… *Et je pense à Ellie en permanence, je ne parviens même plus à contrôler mon désir.*

Avant d'aller la chercher, il savait qu'il devait évacuer un peu de la pression accumulée pendant une semaine.

Allongé sur son lit, il défit doucement sa braguette pour soulager son sexe en érection. Tout en se caressant, il se demanda si Elizabeth s'était donné du plaisir depuis les moments qu'ils avaient passés ensemble.

Il s'était tant préoccupé de son propre manque qu'il n'avait pas un seul instant pensé à celui d'Elizabeth.

C'était une femme qui aimait le sexe. Elle s'était probablement soulagée elle-même.

Il l'imagina ici, chez lui, caressant son sexe encore intact. Cette fente délicate et nue, tumescente de désir, trempée…

Cette évocation fit se dresser son membre, et son poing tressauta. Suivrait-elle sa suggestion ? Glisserait-elle un doigt en elle ? Deux ? Ou l'attendrait-elle, pour qu'il lui apprenne ?

Dans sa bouche, il sentit ses crocs saliver, s'allonger pour elle. Il passa sa langue sur l'un d'eux, suça son propre sang en rêvant qu'il s'agissait de celui d'Ellie. Ses reins se cambrèrent, et il lâcha un grognement avant de murmurer en russe :

— Attends-moi, Lizvetta. Attends-moi…

Il se caressa plus vite, donna bientôt de furieux coups de reins, poussant puissamment son sexe dans son poing. La semence monta…

Pourtant, il ralentit soudain le mouvement. Et si elle l'avait effectivement attendu ?

Je veux sentir ses mains sur moi. Je veux qu'elle me voie jouir. Elizabeth avait aimé le regarder éjaculer. S'il allait la chercher, il parviendrait sans doute à la convaincre de recommencer. Peut-être même accepterait-elle de le prendre dans sa bouche.

Oui, c'était une bonne idée. Il allait se soulager avec elle, se servir d'elle comme un outil de plaisir. Et peut-être ainsi recouvrer son équilibre mental.

Avec cet objectif en tête, il referma sa braguette avec difficulté, passa un imperméable pour cacher son érection et se téléporta chez Sorcière.

Occupée aux fourneaux, la fey leva à peine les yeux. *Elle me fait la tête ?*

— Elizabeth est dehors, dit-elle simplement.

Il trouva la mortelle en plein soleil, en train de lire un magazine de voyage, un seau plein de glace et de bières à portée de main.

Elle portait un bikini minuscule. Quatre triangles de tissu rouge cerise maintenus par des liens.

Sa peau dorée luisait d'huile à bronzer. Parfum noix de coco – une odeur exotique, et par conséquent érotique pour le vampire.

Il resta un instant bouche bée, sentit son sexe se mettre encore une fois au garde-à-vous. *Si j'avais imaginé qu'un tel spectacle m'accueillerait !*

Pour pouvoir la contempler à loisir, il retourna chez lui chercher des lunettes de soleil et revint aussitôt.

Il ordonna à Sorcière d'aller faire un tour, téléporta une chaise à l'ombre, à l'abri du soleil, et retira son imperméable.

Ensuite, il regarda, subjugué, le soleil darder ses rayons sur le corps d'Elizabeth, le chauffant, y laissant sa marque. Jamais il n'avait vu une peau aussi souple.

Les dents parfaitement alignées d'Elizabeth semblaient encore plus blanches, par contraste avec son hâle. Il remarqua une délicate pointe d'auburn dans sa chevelure soyeuse – étant des Appalaches, elle avait certainement un ancêtre écossais.

Son bikini, plus que toute autre chose, fascinait le vampire. Ce tissu littéralement accroché à ses formes parfaites... exactement aux endroits où il voulait la mordre...

Elle corna la page qu'elle venait de lire. Dans un magazine comme celui-là, ce geste ne pouvait avoir qu'une signification : elle rêvait d'un voyage.

Un voyage qu'elle ne fera jamais.

Lothaire fut étonné par sa propre réaction, puis il se souvint qu'il n'avait jamais de regrets une fois sa décision prise. Et sa décision de sacrifier Ellie remontait à cinq ans déjà. Tout ce qu'il voulait, c'était se servir de ce joli petit corps en attendant.

— Enlève le haut, minette.

Elle sursauta.

— Arrête de m'appeler comme ça, connard !

— Mais tu es une minette. Ma petite chatte de compagnie. Je te nourris, je te loge, je te caresse. Et tu me distrais. Maintenant, fais ce que je te demande.

— Si j'avais su que je passerais la journée ici, j'aurais pris quelques affaires.

— C'est donc pour cela que tu es en colère.

— C'est cela. Je n'ai aucune autre raison d'être en colère, sinon.

— Ah, j'ai dû te manquer.

— Pas autant que je t'ai manqué, moi, de toute évidence, dit-elle en soulevant ses lunettes de soleil pour écarquiller les yeux devant l'érection de Lothaire.

— Je t'ai donné un ordre.

Elle passa le bout d'un des liens de son maillot sur sa lèvre inférieure.

— Tu veux voir mes seins ? demanda-t-elle d'un ton enjôleur, avec un de ces sourires éblouissants dont elle avait le secret.

Il se redressa sur sa chaise, tendu, impatient.

— Demande plutôt à Saroya, lança Ellie.

Son sourire avait disparu. Elle se pencha vers le seau et attrapa une bière en enroulant son index autour du goulot.

Pas très raffiné, se dit Lothaire tandis qu'elle buvait. *Mais bizarrement... excitant.*

— Tu n'essaies même pas d'être un peu gracieuse... Je me trompe ?

— Non.

Elle suça bruyamment un quartier de citron.

— Elizabeth, je t'assure que ce n'est pas le bon jour pour faire une chose pareille.

— Mais il le faut bien ! Figure-toi que les jours me sont comptés et qu'ils passent beaucoup trop rapidement pour que je remette *quoi que ce soit* à plus tard.

Refusant de mordre à l'hameçon, il acquiesça.

— C'est vrai. Le temps passe très vite. Mais en ce qui concerne ton haut… Ferme-la et retire-le.

Elle éclata de rire, but une nouvelle gorgée.

— Va te téléporter ailleurs, voir si s'y suis, vampire.

— Tu n'as plus envie de me séduire pour me faire oublier ma femme ?

— Non. J'ai décidé que rien ne justifiait que je joue les traînées pour toi.

— Et ton autre raison ? Être avec un homme, sentir ses mains sur toi…

— C'était bon, Lothaire, mais pas à ce point.

— Tu as joui plutôt rapidement, pourtant.

Il aimait ces joutes oratoires. Les gens discutaient si rarement avec lui…

— Tu veux vraiment qu'on aborde le sujet ? Parce que toi, ô grand roi, tu as joui *dans ton froc*, je te rappelle.

Il la fixa d'un regard dur.

— Mais n'est-ce pas ce qui est arrivé à chacune de tes conquêtes ? Ce n'est pas parce que je ne suis ni pauvre, ni bête, ni vulgaire que tes charmes me laissent indifférent. Bien. Maintenant, retire le haut.

Ellie ne bougea pas.

— Tu me désobéis parce que tu penses que je ne te punirai pas, dit-il sèchement.

— Et si on jouait à un petit jeu ? Tu réponds à mes questions, et je tire ça – elle indiqua un des triangles de son soutien-gorge – un petit peu vers la droite.

30

Elizabeth et ses petits jeux... auxquels il prenait peut-être plus de plaisir qu'il ne voulait l'admettre.

— Vas-y.

— Où étais-tu ? demanda-t-elle.

— Je pistais mes ennemis, Declan Chase et Regin la Radieuse. Chase est un personnage clé dans ma recherche de l'anneau.

Elle tira le petit triangle vers la droite, juste assez pour révéler... la marque de son maillot.

Merde, en plus, il trouvait ça sexy. Sa peau hâlée devait être brûlante.

— Je croyais qu'il te suffisait de rêver de ses souvenirs.

— Mais ses souvenirs s'avèrent très difficiles à saisir, répondit Lothaire d'un ton absent. Heureusement, nous avons échangé nos sangs, alors je peux lire dans son esprit si je m'approche suffisamment de lui.

Nouveau décalage vers la droite.

— Qui est Nïx ? Tu l'as insultée, l'autre jour.

Le drame de ma vie.

— C'est une sibylle valkyrie que je connais depuis toujours. Elle adore mettre son nez partout, en particulier là où il n'a rien à faire.

La reine blanche, qui voyait l'avenir comme une déesse.

— Tu as eu une liaison avec elle ?

Comment répondre à cela ?

— Nous avons été... beaucoup de choses l'un pour l'autre, répondit Lothaire, se souvenant de sa rencontre avec Nïx, à peine un mois après la mort de sa mère.

Il mourait de faim, était blessé, boitait sur le chemin qui descendait d'un col reculé, en pleine montagne, et ne savait plus où aller. Un filet métallique était tombé sur lui, l'empêchant de se téléporter.

— Regardez-moi cette petite sangsue en haillons, avait dit une Valkyrie brune tandis qu'elle et ses comparses dégringolaient le long d'une paroi rocheuse. Elle a faim, on dirait.

Il avait montré les crocs, avait craché du sang et des résidus d'os. Tandis que les Valkyries se disputaient pour savoir qui allait le décapiter, l'une d'entre elles s'était interposée. Il l'avait trouvée adorable, avec ses cheveux de jais et ses yeux dorés.

— Épargnez-le, mes sœurs, avait-elle dit. Il est spécial.

— Spécial comment, Phénïx ?

— Je ne sais pas. À vrai dire, la seule façon pour moi de voir qu'il joue un rôle dans notre histoire, c'est en regardant *ton* avenir, Helen. Vous êtes liés, tous les deux, je ne sais pas vraiment comment.

— Comme d'habitude, tu parles de manière sibylline, avait grommelé Helen en replaçant d'un geste furieux son épée dans son fourreau. Cet être est un parasite affligeant. Je mourrais de chagrin si je devais être liée à quelqu'un comme lui.

Mais elles l'avaient épargné, et la Valkyrie aux yeux dorés lui avait jeté discrètement quelques piécettes tandis qu'elles s'éloignaient sur leurs étalons blancs.

Il n'avait revu Nïx que bien longtemps après, alors qu'ils cherchaient tous deux à capturer un sorcier dont le château était assiégé par une armée de démons pierres, une des démonarchies les plus violentes qui soient.

Nïx avait prévu de laisser la vie sauve au sorcier, afin qu'il puisse accomplir une mission encore indéfinie dans l'avenir. Lothaire voulait boire son sang et s'emparer ainsi de ses connaissances légendaires.

Tous deux avaient décidé de travailler ensemble. Ils laisseraient les démons vaincre l'armée du sorcier et pénétrer dans la forteresse protégée par des sorts. Puis Lothaire et Nïx arriveraient la bouche en cœur pour enlever le sorcier.

Tandis qu'ils attendaient la fin des combats, surveillant la scène depuis un promontoire, Lothaire, pour s'occuper, avait joué avec un de ses casse-tête, composé d'anneaux, tout en écoutant le verbiage de la Valkyrie. À sa grande surprise, il était tombé d'accord avec tout ce qu'elle disait.

Elle n'avait pas tari d'éloges sur le sorcier, qui ne s'était pas marié, n'avait pas fait d'enfants et était dépourvu d'amis.

— Il n'a aucun point faible. Le roi démon pierre ne pourra pas le forcer à lui révéler sa magie.

Cette vulnérabilité-là, c'était justement ce que cherchait toujours Lothaire chez ses proies. Raison pour laquelle il n'avait jamais eu d'amis lui-même. *Un choix, et non un manque…*

D'un doigt terminé par une griffe, Nïx avait montré les soldats en train de combattre et fait des commentaires.

— Celui-là, c'est un idiot. Celui-là, c'est pire. Hou là, un idiot qui vient de perdre une corne… Oh, regarde ! Regarde celui-là ! disait-elle de temps en temps, prédisant une mise à mort particulièrement sanglante sur le champ de bataille.

Au début, il s'était contenté d'acquiescer d'un grommellement, puis la conversation avait pris un tour un peu plus personnel.

— Tu n'as pas de compagnon, Valkyrie ? avait-il demandé.

Elle l'intriguait, même si elle était d'une espèce ennemie.

— Pendant un moment, j'ai été fiancée à Loki. Mais les choses ne se sont pas très bien passées, pour des raisons *évidentes*. Donc, maintenant, je drague tout ce qui bouge sans aucun état d'âme.

Devant le regard interdit de Lothaire, elle avait ajouté :

— Au XXIe siècle, ce sera super à la mode, tu verras.

— Si tu es une sibylle, dis-moi mon avenir.

— Je ne peux pas. Je ne vois jamais rien sur toi. C'est très rare, tu sais, que quelqu'un me bouche la vue à ce point.

Un peu avant l'aube, lassé d'attendre, Lothaire avait dit :

— J'en ai assez, Phénïx. Reste si tu veux, moi, je m'en vais

Les yeux de la Valkyrie étaient devenus brumeux.

— Patience, Lothaire. Tu dois apprendre la patience.

Qu'elle le sermonne ainsi l'avait mis hors de lui.

— Le jour où j'obéirai aux ordres d'une folle qui déclenche la foudre sera celui de ma mort ! avait-il déclaré en se levant.

Puis, avec un rire méchant, il s'était téléporté.

Mais, au moment où il allait disparaître, il avait aperçu un démon approchant du promontoire, l'épée au poing. *Laisse la Valkyrie à son destin*, s'était-il dit. *Elle n'est rien pour toi. C'est une ennemie !*

Pourtant, il avait hésité. Sans doute était-il moins endurci à l'époque. Ou peut-être n'avait-il rien de mieux à faire. Toujours est-il qu'il était revenu à ses côtés pour abattre le démon, au moment où les murailles du château s'effondraient.

Au cours des années qui avaient suivi, Nïx et lui avaient combattu des ennemis communs, apprenant à se connaître, à se faire confiance, au moins suffisamment pour assurer les arrières l'un de l'autre lors de chasses particulièrement difficiles. Mais Lothaire n'avait jamais appris la patience, et son obstination les avait poussés à l'affrontement. La lucidité de Nïx, elle, s'était lentement estompée.

Malgré tout, ils avaient beaucoup de points communs, et une forme de respect était née entre eux. Il se rappelait lui avoir avoué un jour : « Phénïx, tu es la seule... »

— Lothaire !

Il releva la tête.

— *Quoi ?*

Elizabeth le regardait, les sourcils froncés.

— Toi et Nïx ?

Il secoua la tête, comme pour sortir de sa rêverie.

— Nous appartenons à deux armées différentes du Mythos, celle du Pravus et celle du Vertas. Elle dirige le Vertas ; quant à moi, je me range tantôt aux côtés du Pravus, tantôt aux côtés de personne, en fonction de ce qui sert mon But Suprême.

— C'est ton ennemie, alors. Comment se fait-il que tu ne l'aies jamais tuée ?

Difficile question.

— Nïx est mon ennemie, répondit Lothaire après un long silence. Mais c'est aussi le seul être que je connaisse qui soit aussi vieux et savant que moi.

Aussi fou et fatigué.

— Nous avons partagé beaucoup de choses.

Donc, si elle venait à disparaître, la vie du vampire en serait affectée.

— J'ai décidé, il y a longtemps, que je pouvais toujours la tuer, mais que je ne pourrais jamais la ressusciter.

— Je vois.

Quand Elizabeth but une nouvelle gorgée, quelques gouttes de condensation tombèrent de la bouteille sur sa poitrine, roulèrent doucement vers le bas. Il les suivit des yeux, et le présent redevint beaucoup plus séduisant que le passé.

— J'ai répondu à ta question, il me semble, dit-il, haussant un sourcil en direction du haut de son maillot.

Avec un soupir exaspéré, elle tira le tissu encore un peu vers la droite.

— Est-ce que tu penses à moi quand je ne suis pas avec toi ?

— Je pense à ta mort prochaine. Un beau sacrifice pour Saroya.

— Il me reste combien de temps ? demanda Elizabeth en tirant sur son maillot.

— Une semaine, peut-être.

Elle détourna le regard, but une autre gorgée, tira sur son maillot. Encore un coup, et elle découvrirait la pointe de son sein.

— Et quand tu penses à moi, est-ce qu'il t'arrive d'éprouver de la tendresse ?

Il avait souvent pensé à la destruction de son âme, et il était possible qu'il ait ressenti un frémissement de *quelque chose*.

— Est-ce que j'ai la tête d'un type capable d'éprouver de la tendresse, jeune fille ? Tu deviens ridicule, avec tes questions.

Comme elle ouvrait de grands yeux, il s'emporta :

— Quoi ? Qu'est-ce qu'il y a ?

— Rien.

— Bon, je t'ai répondu, il me semble. À toi d'honorer ta part du marché

— Mmm... Et si j'avais changé d'avis ? dit Ellie en passant sa bouteille froide entre ses seins, exactement à l'endroit où le sexe de Lothaire s'était glissé, une semaine plus tôt. Tu ne préférerais pas voir... et toucher ?

— J'ai passé ces sept journées à regretter de ne pas pouvoir le faire. Et maintenant, c'est tout à fait mon intention.

Avant qu'elle ait pu réagir, il s'était téléporté devant elle, en plein soleil. D'un geste, il la saisit et les téléporta jusqu'à l'appartement. Le soleil avait laissé son odeur chaude dans ses cheveux, imprimé de nouvelles taches de rousseur sur son nez. Peau dorée, marques de bronzage ô combien tentatrices… Sa peau était *brûlante*.

— Lâche-moi ! dit-elle en essayant de le repousser. Qu'est-ce que tu veux, à la fin ? Il reste encore un demi-centimètre carré de mon corps sur lequel tu ne t'es pas encore répandu ? C'est ça ?

— Ces journées passées loin de moi t'ont rendue plus audacieuse. Fais très attention. Mais je vais te calmer.

Elle se débattit plus violemment encore.

— Je te déteste !

— Le sentiment est réciproque, lâcha-t-il d'une voix rauque, le *rána* lui brûlant la gorge.

Blyad' ! Évidemment qu'il la détestait.

C'était une mortelle, qui ignorait jusqu'au danger qu'il représentait pour elle. Il referma une main autour de la gorge d'Ellie.

— Je pourrais t'étouffer si facilement…

— Eh ben, vas-y ! hurla-t-elle, l'air crâne. Arrête d'en parler, à la fin, et fais-le !

— Tu ne parviendras pas à me pousser à arracher la vie de ce corps, dit le vampire. Alors, cesse d'essayer. Si j'avais dû te tuer de mes mains, je l'aurais fait depuis longtemps.

L'espace d'un instant, Ellie crut le voir étonné, comme s'il avait réalisé, en le disant, que c'était vrai.

Tu ne peux pas mentir, vraiment ? Quand il lâcha son cou, elle recula en titubant.

— Je ne te crie pas dessus parce que tu voulais me tuer, je crie parce que tu me rends malade. Tu es censé être un cerveau du Mythos, mais tu décides de choisir Saroya ? Comment peux-tu être idiot au point de ne pas voir ce que tu as sous les yeux ?

— Sous les yeux ? Tu veux parler de la mortelle qui braille des insultes avec un accent péquenaud à couper au couteau ? L'humaine inculte qui n'a jamais rien fait de sa vie ? Peut-être que je suis juste assez intelligent pour ne pas m'abaisser à fréquenter une créature comme toi.

— Je ne suis pas inculte. J'ai un diplôme !

— C'est vrai, tu as fini le lycée. De toute façon, un diplôme n'est pas forcément synonyme de culture. Tu n'es jamais sortie de l'État où tu es née, tu n'as jamais rencontré d'autres gens que ceux de ton entourage.

— Parce que je suis *jeune* ! J'ai été mise en prison à l'adolescence ! Tu n'as aucune idée de ce que j'aurais fait si ta connasse de binôme n'avait pas pris mon corps en otage. Tu ne peux pas jouer sur les deux tableaux – rire de mon ignorance tout en en étant responsable !

— Aucune idée de ce que tu aurais fait ? Je parie que tu te serais installée dans une caravane miteuse, avec des mômes baveux accrochés à ton tablier, et la télé allumée toute la journée.

Du lothairien. Elle en était certaine.

— Non, tu ne penses pas que c'est ce que j'aurais fait. Tu n'y crois pas une seconde, à ce scénario.

Le vampire la fixa, interloqué. Puis il se reprit et lâcha d'une voix blanche :

— Bon, ça devient lassant, cette conversation, Elizabeth. Tais-toi et retire ton maillot.

— Demande à Saroya de le faire ! À moins qu'elle ne te déteste autant que moi ?

Un muscle tressauta dans la mâchoire du vampire, lui indiquant qu'elle était allée trop loin. *Je m'en fous. Je suis déjà morte.*

— Tu cherches ma colère parce que tu n'en as jamais vraiment été l'objet. Je vais remédier à cela tout de suite.

Il la plaqua contre lui.

— Allons faire un tour.

— Tu as dit que tes ennemis me trouveraient !

Et feraient de moi une pute à démons !

— J'ai le pouvoir de nous soustraire à leurs regards. Et, je te le répète, celui que tu dois craindre, c'est moi.

En un éclair, il la téléporta jusqu'à une grotte. Mais la téléportation n'était pas totale, et ils restèrent dans une sorte de crépuscule brumeux.

Malgré cela, elle sentit immédiatement l'odeur de terre humide, de pourriture, et entendit les mouches voler. Et quand ses yeux s'accoutumèrent à la pénombre, elle vit les cadavres.

Les corps sauvagement découpés de jeunes hommes. Des dizaines et des dizaines de corps.

Du sang, des membres arrachés, des crânes pulvérisés. Partout, sur les parois de la grotte, des lambeaux de chair sanguinolente.

Elle aurait vomi si elle avait été d'une constitution moins robuste. Ou si elle n'avait pas été témoin d'une scène similaire, chez elle, cinq ans plus tôt.

Quand elle réussit à maîtriser les tremblements de sa voix, elle demanda :

— C'est toi qui as fait ça ?

— Tu vois maintenant ce dont je suis capable, Elizabeth. J'ai massacré toute la meute, dans son antre, et j'ai trouvé ça d'un ennui mortel. Mon rythme cardiaque n'a même pas augmenté, ma soif de sang ne s'est pas accrue. J'ai bâillé à m'en décrocher la mâchoire en arrachant une tête. La dernière chose que celui à qui elle appartenait a entendue, ce sont mes excuses, parce que c'est impoli, tout de même, de bâiller comme ça. Tu ferais mieux de redouter ma fureur, Elizabeth. Comprends-tu maintenant pourquoi la simple mention de mon nom fait naître la peur dans le cœur de ceux qui me connaissent ?

— Mais je l'ai compris, que tu étais effrayant, malade et pervers, ça va ! Je sais que l'Ennemi de Toujours et que Saroya la Faucheuse d'Âmes sont faits l'un pour l'autre. Comme deux pièces d'un casse-tête qu'on force à s'emboîter.

Une nouvelle fois, les paroles d'Ellie touchèrent une corde sensible. Elle sentit la main du vampire se resserrer sur son bras. Son visage tout entier promettait la douleur.

— C'est à cela que ressemble ta vie ?

— Presque toutes mes nuits, oui. Depuis des millénaires, répondit-il avec un sourire méchant.

— Alors, j'éprouve de la pitié pour toi. Oui, parfaitement. Elizabeth, ta *minette*, la paysanne que tu méprises, « le corps » a pitié de toi. Hou, je vois ton petit muscle qui se remet à tressauter, là. Je vais avoir des ennuis, moi ! Mais que se passe-t-il ? Tu ne supportes pas qu'on te dise la vérité ? Serais-je la première à le faire depuis un bout de temps ?

Avait-elle entrevu une étincelle dans ses yeux rouges ?

— La vérité, répéta-t-il d'une voix grave. Et comment est-il possible que tu aies pitié de *moi* ?

— J'ai vingt-quatre ans. J'ai passé près d'un quart de mon existence dans le couloir de la mort. Et malgré cela, j'ai connu plus de bonheur dans cette courte vie que toi dans ton existence sans fin.

31

Comment osait-elle ?

— Comme d'habitude, tu parles de choses que tu n'as même pas cherché à comprendre !

— *Moi ?* Je parie que tu ne sais même pas ce que c'est que le bonheur !

« Bien sûr que je le sais ! » aurait aimé rétorquer Lothaire. Mais il se tut.

Il pensait l'avoir connu enfant, auprès de sa mère, mais ne se souvenait que très vaguement de ces années-là. Trop de temps avait passé, trop de haine l'avait animé.

Et comment retrouver ce qu'il avait éprouvé à l'époque, quand il n'avait plus rien éprouvé d'approchant depuis ?

Il avait souvent observé les autres, étudié leur façon d'être. Il avait vu deux sœurs sorceri glousser en se racontant des blagues pas drôles. Il avait regardé des Lycae se bagarrer, puis rire à s'en tenir les côtes. Eux connaissaient le bonheur. Lothaire, non.

Il se savait différent des autres. Pourtant, il n'aurait pu affirmer qu'il était malheureux, car, pour le devenir, n'aurait-il pas fallu qu'il ait été heureux, d'abord ?

— Alors, tu sais ce que c'est ? demanda Elizabeth.

Je ne peux pas mentir. Contentement, joie, satisfaction… Tous ces sentiments étaient un mystère pour lui.

Une des raisons qui le poussaient à se battre pour atteindre son But Suprême était qu'il était sûr d'éprouver un contentement bien réel, une fois qu'il aurait accompli tout ce qu'il s'était juré de faire.

Elle le regarda, bouche bée.

— Tu ne sais pas. Et c'est moi qui suis ignorante ? Dans mon mobile home miteux, j'ai vécu ce que ton esprit n'arrive même pas à appréhender !

— Je ne te tuerai peut-être pas, mais je pourrais te faire souffrir, briser tes os si fragiles.

— Tu le ferais. Tu blesserais la personne qui peut t'apprendre à être heureux !

Ellie se prit soudain la tête entre les mains.

— Oh… Seigneur… Maintenant ?

Saroya s'éveille ?

— Elizabeth, ne cède pas. Nous n'en avons pas terminé !

Elle le fixa d'un œil rageur.

— Je respecte les termes du contrat, c'est tout. Si Saroya veut prendre le contrôle, je dois lui céder la place, c'est bien ça, non ?

— Petite peste ! Je t'interdis de t'en aller !

La voix de Lothaire résonna dans la grotte.

— Hou là… je sens que je glisse… C'est parti… Je m'éclipse sous tes yeux. Envoyez Saroya ! Et voyons si la Faucheuse d'Âmes peut te rendre heureux !

Et elle s'effondra.

Lothaire l'attrapa au vol, juste au moment où Saroya demandait :

— Où suis-je ? J'ai senti du sang et de la violence.

Il poussa un grognement furieux. Elizabeth s'était moquée de lui, avait eu le dernier mot, puis s'était délibérément laissé posséder ! *Je vais l'étrangler, la chienne !*

— Lothaire, qu'est-ce qui ne va pas ?

Saroya se rembrunit, tenta de tenir debout seule. Mais il ne la lâchait pas, la gardait contre lui.

— Pourquoi suis-je habillée ainsi ? Oh, ma peau !

Reprends le contrôle, avant de pulvériser Saroya dans un accès de fureur. Inspire. Souffle.

— La mortelle est un peu… énervante.

Et surprenante. Elle continuait à l'étonner, quel que soit le tour que prenaient les choses.

— Tu n'arrives pas à gérer une humaine ?

Saroya regarda autour d'elle.

— Quel splendide massacre ! C'est toi ?

Elizabeth avait été dégoûtée. Saroya, elle, l'acceptait tel qu'il était, exultait de le savoir ainsi.

— Il n'y a pas de survivants ? Tu les as tous liquidés ? Égoïste, va, dit-elle en poussant une jambe tranchée du bout du pied. Pourquoi as-tu amené Elizabeth ici ? Est-ce que cela concerne l'anneau ?

— Je progresse, sur ce point.

— Donc, tu n'as pas d'anneau à me donner, et il n'y a plus personne à tuer. Moi qui n'ai pas tué depuis des années !

Cette fois, elle shoota carrément dans une tête en décomposition, puis grimaça de douleur.

— Tu ne penses donc jamais qu'à toi ?

— Oui, répondit Lothaire d'un ton absent.

Ils ne pouvaient pas rester ici. Le temps était compté, quand il téléportait quelqu'un. En un instant, ils regagnèrent son appartement à New York. Il lâcha Saroya.

— Emmène-moi là où il y a des vivants, Lothaire ! Tiens, emmène-moi là où habitait Elizabeth. J'ai promis à sa mère que je la tuerais. J'exige de pouvoir le faire.

— Exige tout ce que tu veux, ça n'arrivera pas.

Après tout, il éprouvait une certaine gratitude envers cette paysanne qui avait mis Elizabeth au monde. Sans cette mortelle, Lothaire n'aurait pas eu de corps pour sa femme.

— Je refuse de rester si c'est pour être traitée de la sorte.

Saroya se mit à vaciller.

Maintenant, c'était elle qui s'effaçait ? Alors là, pas question !

— Si tu cèdes délibérément la place à Elizabeth, je marquerai ce corps. J'ébouillanterai ce visage. Je lui arracherai un œil.

Saroya se redressa immédiatement. De toute évidence, Lothaire était d'une humeur massacrante. Au sens propre.

— Qu'est-ce que tu veux ?

— Tu vas répondre à mes questions.

Elle soupira, affligée.

— Non, mais vraiment, Lothaire, qu'est-ce qui te prend ? C'est moi qui devrais être furieuse. Elizabeth fait bronzer ma peau, et tu ne l'en empêches pas ?

Il se téléporta d'un mur à l'autre.

— J'ai besoin de certaines informations.

— Lesquelles ?

— Il y a des années, nous avons parlé de régner ensemble. Est-ce toujours ce que tu désires ?

— Évidemment. Ce dont j'ai peur, c'est que *toi*, tu changes d'avis.

— Nous avons parlé trône, pouvoir, vengeance. Mais qu'adviendra-t-il de nous ?

— Que veux-tu dire ?

— Quand j'aurai exercé ma vengeance et que nos têtes seront couronnées, que se passera-t-il ?

— Nous irons à la conquête d'autres territoires, dit Saroya. Ensemble, nous pourrions régner sur le monde entier, tout en cherchant un moyen pour moi de redevenir une déesse. J'ai moi aussi des ennemis que je suis impatiente de châtier. L'aurais-tu oublié ?

— Ta sœur Lamia.

— Entre autres.

La Dorada, aussi.

— La Reine du Mal a juré de se venger de toi – autant dire de moi.

Saroya faillit raconter à Lothaire tout ce qu'elle avait fait à la sorceri, puis décida de se taire. Il n'avait pas besoin de savoir pourquoi elle envoyait des tueurs sur la piste de la Dorada depuis des siècles.

Il n'a pas besoin de connaître la prophétie énoncée par un oracle vampire mort il y a une éternité.

— Si tu ne la réduis pas à néant, elle me tuera, Lothaire. Je le sens.

— La Dorada ne peut pas te trouver. Personne, dans le Mythos, ne connaît cet appartement. Si tu restes ici, ou chez Sorcière, tu es cachée aux yeux du monde. Et pour le reste, je sais comment dissimuler ton corps. Crois-tu vraiment que je laisserais La Dorada enlever ma femme et partir ainsi avec tout mon avenir ?

Saroya se calma. Elle n'avait jamais fait confiance à personne, mais Lothaire était un des guerriers les plus redoutables du Mythos, et un des vampires les plus forts à avoir jamais vu le jour.

Il se pinça l'arête du nez.

— Et une fois la Dorada vaincue, comment envisages-tu notre existence ?

— Nous annihilerons tous nos autres ennemis, et nous deviendrons l'équipe la plus puissante que le monde ait connue.

De plus en plus impatient, Lothaire reprit :

— Mais une fois le boulot terminé, à l'aube… nous ferons quoi ?

Elle se recoiffa.

— Je ne comprends pas.

— Sais-tu ce qu'est le bonheur ?

— C'est regarder la lumière s'éteindre dans les yeux d'un homme bon. C'est avoir des sujets qui rampent devant soi. C'est avoir le pouvoir de vie et de mort.

— Non, Saroya. Jamais je n'aurais pensé te dire cela, mais… tout ce que tu viens de décrire, ce sont des *processus*. Pas des résultats. Tu ne sais pas plus que moi ce qu'est le bonheur… conclut Lothaire avec un rire amer.

— Toi, tu as le béguin pour ta petite concubine mortelle. Oh, mais regarde-toi, on dirait presque que tu la défends. Comme si c'était elle, ta femme.

Ce qui était probable. Saroya avait d'abord cru qu'elle était responsable de l'animation de Lothaire, mais plus maintenant. S'il éprouvait des sentiments pour une créature aussi répugnante, c'était forcément que quelque chose de plus profond se tramait là-dessous.

Mais jamais il ne croirait qu'Elizabeth était l'âme sœur que le destin lui réservait. Pour un homme de son rang et de son milieu, une telle idée était inenvisageable.

Si Lothaire n'avait pas accepté la chose, depuis le temps, c'était parce qu'il ne le voulait pas.

Le doute rongeait l'assurance de Lothaire, la minait.

En admettant qu'il parvienne à accepter l'idée qu'Elizabeth était sa femme – ce qui était loin d'être gagné –, il ne pouvait rien y faire. Son avenir était déjà en marche. Il était inextricablement lié à son destin, contraint de rejeter l'âme d'Elizabeth, mais pas seulement...

Non, ce ne pouvait pas être elle.

Les humains l'avaient toujours tellement rebuté que Lothaire n'avait pas envisagé un seul instant qu'Elizabeth puisse être sa femme.

Pourtant, il semblerait que ce soit le chemin que je prends maintenant...

Il était possible qu'Elizabeth ne l'ait pas animé lors de leurs premières rencontres, du fait de son très jeune âge. En général, les femmes des autres espèces ne déclenchaient pas d'animation avant d'être adultes.

À dix-sept ans, Elizabeth ne l'avait pas animé. Quand elle avait eu dix-huit ans, un seul regard sur Saroya avait réveillé le cœur et le corps de Lothaire.

Était-ce dû à l'arrivée de Saroya ? Ou à l'âge d'Elizabeth ?

Non, non, non. La déesse l'emporte sur la mortelle qui vit dans un mobile home.

La mortelle lascive qui aimait lui lécher les crocs et jouer avec sa langue.

De tous les couples formés lors de la dernière Accession, de toutes les histoires d'amour et de haine entre âmes sœurs, aucune n'avait impliqué un humain.

Pourquoi aurais-je tiré la paille la plus courte ? Même le « mortel » de Regin la Radieuse s'était révélé être un berserk cent pour cent Mythos.

Saroya s'approcha de lui.

— Dis-moi, comment aurait réagi ta famille face à Elizabeth Peirce ? Ivana l'aurait-elle acceptée ?

Ivana serait entrée dans une rage folle. Son seul héritier rejetant une déesse pour un « animal » inférieur ? Où était la logique d'un tel geste ?

Stefanovich aurait ri.

— L'héritier des Daces ne vaut pas mieux qu'un vampire de la Horde.

Et il aurait demandé à Lothaire si Elizabeth avait le goût du vin et du miel.

Et j'aurais été forcé de répondre oui.

— Tu sais très bien qu'Elizabeth ne peut pas être ta femme, dit placidement Saroya. En dehors du fait que je suis une déesse, et donc l'épouse idéale pour un roi comme toi, réfléchis un peu : aucun vampire n'aurait terrorisé sa promise comme tu as terrorisé Elizabeth.

Elle avait raison. Son instinct ne l'aurait-il pas empêché de faire du mal à Elizabeth ?

Au lieu de quoi il lui avait fait subir le couloir de la mort, l'avait rabaissée à la moindre occasion, avait évoqué sans arrêt sa mort imminente – une mort qu'il comptait lui infliger.

Il l'avait tourmentée psychologiquement. *Regarde bien l'océan que tu ne toucheras jamais, les bijoux que tu ne posséderas jamais. Désire l'homme qui ne voudra jamais de toi, éprouve le plaisir que jamais plus tu ne connaîtras...*

La bile monta dans la gorge de Lothaire. *Ce n'est pas Elizabeth. Ce n'est pas elle, point*.

Même son oncle Fyodor n'avait pas torturé sa femme de cette façon, alors que c'était une ennemie. « Je sais que tu seras un roi bon et fidèle pour ta femme », lui avait dit Ivana.

Mais il n'avait été ni l'un ni l'autre avec Elizabeth. Il avait fait de sa vie un enfer.

Ce n'est pas elle. Pas elle.

Pourtant, tandis que son agitation croissait et que le doute se faisait lancinant, il n'avait qu'une envie : toucher Elizabeth.

Pas parce qu'elle était sa femme, mais parce qu'elle lui donnerait du plaisir, lui ferait oublier, l'espace d'un instant, toute cette confusion.

— Force-la à refaire surface, lâcha-t-il d'un ton sec.

Saroya cligna des yeux.

— Tu me renvoies ?

— Oui.

— Pourquoi n'essaies-tu même pas de me séduire ?

— Tu n'éprouves aucun désir pour moi. Tu n'en as jamais éprouvé. Je peux attendre l'humaine. Elle me désire, elle.

— Comment peux-tu être sûr que ce ne sera pas mieux, avec moi ?

— Parce que ça ne peut être mieux avec personne.

Le dire l'ébranla puissamment. La *vérité* clamée haut et fort.

Suis-je prêt à renoncer à ce plaisir ? Avait-il le choix ?

— Qu'est-ce qu'elle a de mieux ? demanda Saroya. Dis-moi ce qu'elle te fait qui te met dans un état pareil. Ses cuisses s'écartent pour te souhaiter la bienvenue ? Elle gémit quand tu l'embrasses ?

La frustration montait en lui. Il ne supportait plus la femme qu'il avait devant lui.

— Elle te regarde avec désir ?

— Je lis dans ses yeux qu'elle va mourir si je ne la baise pas.

— Eh bien, je vais travailler cette expression en face d'un miroir. Pour le jour où *nous* ferons l'amour.

— Arrête de chercher à me tromper ! Tu n'as aucune intention de coucher avec moi ! Les rumeurs sur ta virginité sont fondées. Tu n'as jamais connu d'homme.

— Parce que je n'avais pas rencontré celui que le destin me réservait.

— Je te croyais au-dessus du mensonge, déesse, dit Lothaire d'un ton glacial. Surtout avec un simple vampire comme moi.

Un long silence suivit, puis Saroya lâcha, d'un ton presque victorieux :

— C'est vrai. Tu as raison. Oh, Lothaire, tu es si arrogant que tu étais incapable d'imaginer qu'une femme ne puisse pas te désirer. Mais moi, je suis au-dessus de ces désirs primitifs.

— Tu avoues ouvertement ta traîtrise ? Tu n'as jamais eu l'intention de partager mon lit !

Elle m'a menti. M'a trahi. Déjà !

— Ta femme est une déesse. Je suis née différente. Le sexe compte donc tant pour toi ? Nous parlons de conquérir des royaumes ensemble ! Est-ce si important de coucher avec moi ? Les concubines sont là pour ça !

Il pouvait entretenir un harem, prendre une femme différente chaque soir. Il n'avait pas besoin d'une épouse pour assouvir ce genre de besoin.

— Je n'avais pas prévu d'avoir d'autres femmes. Les femmes sèment la discorde.

— Tu n'es vraiment pas un type comme les autres. Ce n'est pas une question de sexe, c'est une question de personne. Je me trompe ?

Comme il ne répondait pas, elle écarquilla les yeux de surprise.

— Tu es en train de tomber amoureux de la mortelle ! Mais tu dois prendre conscience d'une chose : très bientôt, tu détruiras son âme !

— Tu penses que je suis à ta merci ?

— J'en suis certaine.

— Je pourrais me servir de l'anneau pour forcer la Horde à me suivre.

— L'anneau est difficile à utiliser, son pouvoir est instable. Tu auras besoin de moi à tes côtés pour diriger les vampires. Sinon, ton statut sera constamment remis en question.

Lothaire ne pouvait le nier. S'il tenait la Soif pour sacrée, il n'avait pas la légitimité qui lui aurait permis de régner sur la Horde. Tout comme Sorcière l'avait prédit, sa femme serait la clé qui l'aiderait à garder le trône.

— Sans moi, Lothaire, tu devras faire face à une éternité de sédition. Comment conquerras-tu la Dacie si ton royaume est agité par une rébellion permanente ?

— Dans ce cas, je vais peut-être vous garder toutes les deux. Tu seras ma reine, et elle sera notre petit secret. Une concubine cachée qui ne se manifestera que pour entrer dans mon lit.

Parfait, non ?

Il méritait une déesse pour reine, mais méritait aussi une jeune femme nubile pour apaiser son désir.

— Tu veux que je partage ce corps, Lothaire ? C'est hors de question.

— Et moi, je dis que tu le partageras.

— Tu te souviens de la fin de notre conversation, dans les bois, la première nuit ? demanda Saroya d'une voix de velours. Moi, je m'en souviens J'y repense souvent.

Lui aussi y avait souvent repensé…

Il se téléporta tout près d'elle et passa une main tremblante sur sa nuque.

— La seule chose qui soit plus grande que mon désir, c'est ma force. Ta forme mortelle est trop fragile pour que je puisse te posséder. Mais je dois en finir.

— Alors, je ne céderai ce corps à personne tant que tu n'auras pas détruit l'âme d'Elizabeth et fait de moi un être entier. En attendant, tu peux soulager ton désir comme tu l'entends, mais avant, jure-moi que tu feras tout ce que tu m'as proposé. Jure-le sur ton Mythos, pour sceller ce pacte entre nous.

Ils se regardèrent dans les yeux, et il eut le sentiment que le temps avait ralenti sa course pour lui permettre d'apprécier l'importance de ses propres paroles.

— Je jure sur le Mythos que je ferai tout ce qui est en mon pouvoir pour éteindre à jamais l'âme d'Elizabeth et faire de ce corps un corps immortel.

Saroya sembla vaguement surprise, puis satisfaite.

— C'est très bien, mon roi...

— Tu as juré, Lothaire, dit Saroya. Par ce serment, tu es désormais contraint de trouver l'anneau, afin de rendre ce corps immortel – et de le débarrasser d'Elizabeth.

Il avait eu raison, cette nuit-là. Ses paroles avaient été décisives. Mais pour une autre raison que celle qu'il imaginait.

— Libère-moi de ce serment.

Une esquisse de sourire se dessina sur les lèvres de Saroya. Elle savourait cet instant.

— Je jure sur le Mythos que jamais je ne te libérerai. Les serments sont des actes contraignants, non ? Tu te souviens de mes acolytes ? Ton destin est scellé, Lothaire.

Il l'est. Lothaire le savait. Son chemin était tracé.

— Rassure-toi, vampire. Si tu ne t'écartes pas de ta route, tu auras bientôt tout ce que tu désirais. Tout ce qu'Ivana désirait pour toi.

Mais il était possible qu'il désire *autre chose*, désormais.

— Bien. Souhaites-tu que je fasse revenir ta concubine temporaire, Lothaire ?

Il la regarda en plissant les yeux.

— Oui, *ma fleur*. Fais en sorte qu'elle ait pris un bain, qu'elle soit vêtue de soie rouge et m'attende dans mon lit. Ah, et les paupières et les joues en Technicolor, tu oublies.

32

Ellie s'éveilla, le corps parcouru de frissons.

Lothaire était allongé à côté d'elle et laissait courir le dos de ses doigts de son nombril à sa poitrine.

Elle portait un ensemble culotte et caraco assez sexy. Il était nu.

— J'aime bien quand tu es en rouge, dit-il d'une voix rauque qui la fit frissonner un peu plus encore. Je t'attendais.

— Qu… qu'est-ce que tu fais ?

— J'ai décidé de te donner la possibilité de te faire pardonner ton insolence de tout à l'heure.

— *Mon* insolence. Saroya est repartie d'elle-même ?

Ce qui signifiait…

— Seigneur, c'est elle qui m'a… livrée ici, dans ton lit ? Ou est-ce que tu viens juste d'en finir avec elle sur ces draps ?

Ellie n'avait pas l'impression qu'ils avaient été intimes. Mais comment en être certaine ?

— L'un ou l'autre. De toute façon, cela n'a pas d'importance.

— Tu as raison. Dans les deux cas, c'est malsain. Saroya et toi, vous êtes malsains.

Elle voulut le repousser, mais il ne bougea pas d'un pouce.

— Ne me touche pas !

Il lui saisit les poignets sans aucune difficulté et les plaqua sur le lit, au-dessus de sa tête. Puis, de sa main libre, il couvrit un de ses seins et le pétrit délicatement.

— Ne me touche pas, je te dis ! hurla Ellie. Je ne veux pas de toi !

Il se pencha pour l'embrasser, mais elle détourna le visage. Comme il lui maintenait le menton, elle serra les lèvres, refusant son baiser.

— Qu'est-ce qu'il y a ? demanda Lothaire avec impatience. Je veux que tu sois comme les autres fois ! Quand tu fondais pour moi.

— C'était avant que je comprenne à quel point tu es détraqué.

— À cause de quelques changeformes décapités ? Arrête, Lizvetta. Ce n'est pas comme si je passais mon temps à astiquer la colonne de tous les gnomes qui passent.

Elle resta bouche bée.

— Tu es incroyable ! Un monstre brutal, misérable et sans amis. Joli à l'extérieur, et c'est tout, ou presque. Seigneur, trouve-le, ton anneau, qu'on en finisse !

— Je veux que tu sois comme l'autre fois ! C'est un ordre !

— Va te faire foutre, vampire. Lâche-moi !

Et comme il ne le faisait pas, elle haussa le ton.

— *Lâche-moi, lâche-moi, lâche-moi !*

— Dieux des enfers, tais-toi ! hurla-t-il à son tour.

Mais, cette fois, il la lâcha.

Elle quitta précipitamment le lit.

— Pourquoi serais-tu infidèle à Saroya ? La première fois, on s'est retrouvés tous les deux parce qu'elle était en retard ; la deuxième, ça s'est fait comme ça, mais à mon avis, c'était prémédité. Pourquoi tu n'attends pas ta femme ? Ce n'est pas moi que tu veux, tu m'as répété cent fois que j'étais inférieure à Saroya. Je te promets de la laisser me posséder.

— Reviens ici immédiatement, ordonna Lothaire, sans prêter la moindre attention aux propos d'Ellie.

— Est-ce qu'elle est repartie parce qu'elle ne voulait pas de toi ?

Il eut un petit rire.

— Quelle femelle ne voudrait pas de moi ?

Bel exemple de lothairien ?

— Moi ! Tu m'as demandé pourquoi j'étais encore vierge ? C'est à cause d'hommes comme toi. Des hommes stupides, égoïstes ! Je ne veux pas de toi !

— Mais bien sûr que si, Elizabeth. Le simple fait de me regarder te fait mouiller.

— Te regarder me rappelle le genre de mec avec qui je devrais être.

— Et de quel genre d'homme s'agit-il, exactement ? Ivrogne, pauvre, ridicule ?

— Non. Je ne l'ai jamais rencontré, mais je le vois comme s'il était en face de moi. Il a de petites rides au coin des yeux quand il sourit et la peau hâlée parce qu'il travaille en plein air. Un travail honnête a durci la peau de ses mains. Ensemble, nous irons chasser et nous ferons à manger pour notre famille. Il m'épousera et il aimera les miens. Il me donnera un garçon et une fille, conclut-elle d'une voix qui s'était adoucie.

Lothaire plissa les yeux.

— Non. Il ne fera rien de tout cela. Tu ne connaîtras jamais d'autre homme que moi. Maintenant, reviens au lit et arrête de te comporter comme s'il s'agissait d'un événement exceptionnel. Nous avons déjà connu le plaisir ensemble, et tout ce que je veux, là, c'est échanger un ou deux orgasmes.

— Tu crois que je vais te laisser me traiter comme de la merde et te permettre ensuite de prendre ton pied avec moi ? Tu n'as rien fait pour mériter que je sois à tes côtés.

— Tandis que ton mari honnête, bronzé et imaginaire te mérite, lui ? Tu peux penser à lui autant que tu veux, c'est moi qui t'arracherai des cris de plaisir ce soir. Je peux faire en sorte que tu en aies envie. Une seule morsure, et tu me supplieras de te caresser.

— Un GHB vampire ? Sinon, t'arrives pas à conclure ?

— En fait, tu veux que je fasse des efforts, c'est ça ? Alors je vais en faire, Elizabeth. Pour obtenir ce que je désire, la séduction est aussi une possibilité.

Il riva son regard de prédateur à celui d'Ellie, qui se sentit aussitôt proie sans défense, et objet de désir.

Bientôt, elle ne maîtrisa plus son souffle, qui se fit haletant, et elle se sentit devenir écarlate.

Quelques secondes plus tard, elle était près du lit. Quelques secondes encore, et elle s'allongeait, sous la pression ferme de la main du vampire.

Avant qu'elle ait pu penser à se défendre, il avait fait glisser les bretelles de son caraco sur ses épaules…

Au comble de l'indignation, elle lui donna un violent coup de poing, mais avec la vitesse surnaturelle qui était la sienne, Lothaire eut tôt fait de lui saisir les poignets d'une seule main.

— Attention, tu vas te faire mal. Tout en me faisant beaucoup rire. Allez, détends-toi, maintenant.

Elle se tendit un peu plus.

— Douce Lizvetta, dont le sang est aussi chaud que la peau…

Une fois de plus, il lui immobilisa les mains au-dessus de la tête.

— Laisse-moi voir si j'arrive à te donner la fièvre, avec mes caresses.

De sa main libre, il fit rouler la pointe d'un de ses seins entre le pouce et l'index.

— Tu aimes ça ?

— Non !

— Menteuse. Et ça ?

Il pinça l'autre pointe. Ellie se cambra.

— Non !

— Sois gentille et dis-moi que tu as envie de moi.

— Pas question !

Il se pencha sur un sein. Elle sentit son souffle chaud sur sa peau et peina à garder les yeux ouverts.

Il ne l'avait jamais sucée là, jusqu'à présent. Il en avait eu envie, dès la première nuit, mais elle ne l'avait pas laissé faire. La deuxième fois, il s'était concentré sur autre chose. Cette fois, ses intentions étaient claires.

— Regarde comme ils sont beaux, ces petits boutons rose foncé.

Quand sa langue tourna autour du premier, elle réprima un cri.

— Ils se dressent, comme pour me supplier de les goûter. On dirait de délicieuses baies prêtes à être cueillies. Si je ne me retenais pas, j'y planterais mes crocs.

Il mordilla doucement et tira.

Elle entendit un gémissement et eut du mal à croire qu'un bruit aussi charnel puisse venir d'elle. Les lèvres de Lothaire dessinèrent un sourire avant de se refermer sur la pointe et de l'aspirer. Sa langue se déchaîna alors, aussi brûlante que sa bouche.

Quand il se redressa pour scruter la réaction d'Elizabeth, elle haletait, luttait pour ne pas s'arc-bouter.

— Ah, je vois que ça te plaît.

Il fit de même sur l'autre pointe et, cette fois, laissa ses doigts parcourir son corps, tourner autour de son nombril.

— Et tu as aimé, aussi, quand je t'ai touchée là, non ? souffla-t-il en glissant une main dans sa culotte.

— Non ! cria-t-elle tandis que l'index de Lothaire se frayait un chemin entre ses plis intimes.

— Tu veux que j'arrête ?

Il abandonna son sein, retira sa main.

— *Lothaire…*

— Supplie-moi de continuer. Dis-moi que tu as envie de moi. Que tu me désires, moi et moi seul.

Elle secoua la tête.

— Je te sens trembler, je te sens mouiller. Pourquoi te montrer si têtue ?

Têtue ? C'était justement ce qu'elle ne parvenait pas à être avec lui. Parce que, en cet instant, tout ce qu'elle voulait, c'était qu'il lui fasse l'amour avec la bouche et avec les mains.

— Pendant sept jours, je n'ai pensé qu'à ça, Lizvetta. Constamment. Et je sais que tu avais besoin de moi de la même façon.

La vulnérabilité que trahissaient ses paroles faillit la faire céder. Mais Lothaire, impatient, redevint agressif.

— Et puis merde ! J'ai une semaine de foutre en réserve pour toi, et tu es déjà au bord de l'orgasme, dit-il en recommençant à la caresser entre les jambes. Tu ne me supplies peut-être pas avec des mots, mais ton corps me réclame, lui.

Attends un peu. Une semaine de foutre ? Malgré la vague montante du plaisir, Elizabeth comprit ce que cela signifiait. Saroya ne l'avait donc vraiment pas satisfait, ce soir ? Le sexe était important – fondamental – pour lui, et pourtant Saroya n'accédait pas à ses désirs.

Ellie avait peut-être vu juste, Saroya n'avait jamais cédé. La déesse du sang n'était peut-être pas une déesse au lit ?

— Lothaire, dis-moi que je n'arrive pas à la cheville de Saroya.

Les caresses ralentirent.

— Quoi ?

— Tu m'as très bien entendue. Tu me le diras juste après avoir joui, alors je voudrais qu'on en finisse tout de suite. Dis-moi : « Tu n'arrives pas à la cheville de Saroya. » Ensuite, je pourrai me détendre – et je serai toute à toi.

— Je suis occupé, là, grommela le vampire en reprenant ses caresses, plus appuyées cette fois.

Concentre-toi, Ellie !

— Dis-moi juste ces quelques mots, et je ferai tout ce que tu voudras.

— De toute façon, très vite, tu feras tout ce que je veux.

Il ne peut pas le dire. Lothaire éprouvait quelque chose pour elle. Quand elle avait mentionné un autre homme, le vampire avait semblé jaloux. Un peu plus tôt, elle lui avait demandé s'il avait des pensées tendres pour elle, et il avait éludé la question.

Ce qui veut dire que la partie – celle où je n'ai droit qu'à un coup – n'est pas encore jouée.

Séduction.

Peut-être ferait-elle mieux de donner au vampire exactement ce qu'il demandait. *La troisième oreille, tu disais, Sadie ?* Et justement, Ellie avait un message à lui faire passer à tout prix.

Je veux vivre, me libérer de Saroya !

— Lothaire, je crois qu'à tes yeux, je suis à la hauteur.

— Crois donc ce que tu veux.

Il retira sa main et s'allongea, au comble de l'agacement. Mais, cette fois non plus, il ne nia pas.

J'ai encore ma chance avec lui !

— Elle ne te désire pas comme je te désire, n'est-ce pas ?

Il serra les poings, tandis que la fureur se peignait sur son visage.

— Je croyais t'avoir dit de tenir ta langue…

Lothaire ne voulait pas que la mortelle comprenne que Saroya ne le désirait pas, mais bien sûr, rien n'échappait à Elizabeth.

Il était à bout de nerfs, sentait la fureur monter. Son sexe et ses bourses étaient gonflés de désir au point d'être douloureux. Caresser les seins d'Elizabeth, en sucer les pointes n'avait fait qu'intensifier la douleur.

Elle roula sur le côté et prit son visage entre ses mains. Quand il accepta enfin de lui faire face, elle souffla :

— Il est impossible que Saroya te désire plus que moi, Lothaire. Personne ne le peut.

Il avait dit presque la même chose d'elle.

— J'ai mal tellement je te désire, ajouta-t-elle à mi-voix.

Seigneurs, comme il aimait entendre cela. C'était comme un baume sur son ego.

— Redis-le. Dis-moi à quel point tu souffres.

— Non, je vais te le montrer.

Quand elle se pencha pour poser ses lèvres sur celles de Lothaire, il fit de son mieux pour se contrôler – il prit sa bouche lentement, pour un baiser langoureux, sa langue enlaçant paresseusement la sienne.

Et comme avant, elle fondit pour lui. *Oui, Lizvetta ! Voilà ce dont j'ai besoin venant de toi*.

Mais pourquoi le lui donnait-elle maintenant ? Il s'écarta.

— Qu'est-ce qui t'a fait changer d'avis ?

— Est-ce que ça a une importance ?

— Normalement ? *Do pizdy*. Mais là, je me méfie.

— J'ai cru que tu venais de coucher avec Saroya et que tu essayais de nous avoir toutes les deux la même nuit. Cela m'a mise en colère. J'étais jalouse, quoi.

Jalouse ? Enfin ! Et tellement à propos, car la jalousie était encore vive dans le cœur de Lothaire à cause de l'époux imaginaire d'Elizabeth, même s'il ne comprenait pas pourquoi.

Elle se redressa et embrassa son oreille, la caressa du bout des lèvres, puis descendit poser sa bouche dans le creux de son cou. Un autre baiser l'amena sur son torse.

Descendrait-elle jusqu'en bas ? Lothaire se mit sur le dos. Son membre se dressa, impatient.

— Mon pauvre vampire, dit-elle en donnant un petit coup de langue sur un de ses seins, lui arrachant un frisson. Tout ce que tu voulais, c'était moi en lingerie rouge et une bonne pipe.

Sans savoir pourquoi, il se tendit plus encore.

— Vais-je enfin avoir ce que je désire ? demanda-t-il d'une voix rauque.

— Non, dit-elle en se déshabillant complètement. Juste une pipe.

— Je suppose qu'il va falloir que je m'en contente.

Elle sourit.

— J'ai faim de toi, Lothaire.

— Vraiment ?

— Quand je t'ai sucé le pouce, j'ai imaginé que c'était ton gland. Et j'en ai rêvé, aussi.

Lentement, elle descendait…

Alors, c'est de cela qu'elle rêve ?

— Ton attitude est pour le moins… surprenante.

— Mais il faut que tu saches que je n'ai jamais fait ça, alors je vais être moins… pro que quand je t'ai chevauché.

L'insolente…

Elle parcourut son torse de longs coups de langue, le lécha comme un bonbon. Lorsqu'elle atteignit son nombril, elle glissa les doigts dans les poils drus qui en partaient. Déjà, il basculait le bassin, sentait le plaisir monter.

— Tu vas devoir être patient avec moi, je tâtonne…

Patient ? Lothaire n'avait pas été sucé depuis des lustres. Il ne tiendrait pas jusqu'au bout de ses *tâtonnements*…

Sans prévenir, il se téléporta pour aller se mettre debout, au pied du lit.

— Je vais t'apprendre, ce sera mieux.

33

M'apprendre ? s'étonna Ellie, émerveillée par le spectacle qu'offrait Lothaire. Le voir ainsi debout, dans toute sa splendeur dénudée, la troublait – et allumait en elle un feu ravageur.

D'un regard attendri, elle parcourut les courbes et les creux d'une musculature parfaite, descendant en pente douce depuis les larges épaules jusqu'aux hanches étroites, s'arrêtant sur les fesses fermes et, pour finir, sur l'érection fière, puissante.

— Viens ici, ordonna le vampire. Assieds-toi au bord du lit.

Elle obtempéra, et il empoigna son sexe, qu'il plaça juste devant sa bouche.

— Lèche le bout.

Elle regarda ce membre massif, se sentit rougir. Une partie d'elle-même n'arrivait pas à croire qu'elle s'apprêtait à faire cela.

Je vais sucer un vampire.

Elle déglutit, se pencha et donna un petit coup de langue hésitant. Ce simple contact arracha un gémissement à Lothaire – et la fit sourire de surprise. La peau était si douce, à cet endroit, si *sensible*.

— Encore, lâcha-t-il. Et regarde-moi.

Elle leva les yeux et passa la langue sur la fente.

— Est-ce que tu as senti mon goût ?

— C'est un petit peu salé.

— Déjà. Je ne vais pas tenir très longtemps.

— Ne dis pas ça ! Je commence juste !

Le vampire sembla surpris, lui prit la main et la referma sur son sexe. Elle le sentit palpiter sous ses doigts. Tout en lui montrant comment le caresser, il lâcha dans un souffle :

— Ta main… si douce.

Quand elle heurta ses testicules, il sursauta, ravala un cri.

— Je t'ai fait mal ?

Il trouva la question amusante.

— Non, tu ne m'as pas fait mal. Mes couilles sont lourdes, chargées de semence. Elles ont besoin de sentir ta main.

Écartant un peu plus les jambes, il lui montra comment les prendre, les soupeser. Elle s'exécuta, fascinée.

— Fais glisser ta langue autour de mon gland.

Elle sembla comme envoûtée quand une nouvelle goutte de liquide perla, mais leva les yeux vers Lothaire au moment de l'essuyer avec la langue.

Tous les muscles de son torse se contractèrent. C'était magnifique. *Et ça rien qu'avec ma langue ?* L'euphorie montait en elle, l'émerveillement…

L'excitation.

Et c'était compréhensible, étant donné l'odeur enivrante du vampire, son goût délicieux, ses réactions tellement viriles.

— Je crois que je vais aimer ça, Lothaire, dit-elle juste avant d'enrouler sa langue autour du gland turgescent.

— Suce-moi. Je veux être dans ta bouche.

Elle acquiesça d'un mouvement de tête et, sans plus hésiter, le prit entre ses lèvres. De nouveau, un grognement résonna dans le torse du vampire. Son plaisir lui donna de l'audace, et elle le prit plus loin, le lécha tout en le suçant.

Quand il laissa tomber sa tête en arrière, Ellie réalisa qu'elle aimait vraiment ça.

Les mains tremblantes, il glissa ses doigts dans sa chevelure.

— Comment trouves-tu cette première expérience ?

Elle aspira un peu plus fort, puis murmura :

— Je pourrais faire ça toute la nuit.

Ses pauvres testicules semblaient réellement douloureux. Elle se pencha en avant et passa la langue dessus. Lothaire vacilla. Elle ne put s'empêcher de sourire.

— *Ah ! C'est bien, ma belle !*

Quand elle reprit son sexe dans sa bouche, il maintint sa tête en place et bascula le bassin, entamant un va-et-vient. Puis, au prix d'un réel effort, il la lâcha et serra les poings.

— As-tu seulement une idée… de la difficulté que j'ai à ne pas… te baiser comme ça ?

Il avait envie de ça ? Elle allait donc faire ce qu'il fallait avec sa main et sa bouche.

Sans hésiter, elle serra son membre dans sa main et se mit à aller et venir, tout en faisant de même avec la bouche.

— Oui ! C'est ça !

Un grognement sourd ébranla Lothaire. Son sexe durcit encore, et au même moment, le goût salé s'accentua dans la bouche d'Ellie.

— Regarde-moi, dit-il en prenant son visage entre ses mains.

Il n'était que muscles et puissance, mais la maintenait avec délicatesse.

Alors qu'elle le prenait tout entier dans la bouche, elle plongea son regard dans celui, rougeoyant, du vampire.

— Je vais jouir, Lizvetta. Sois gentille, prends tout… et tu ne le regretteras pas.

Elle accepta d'un mouvement de tête et reprit ses va-et-vient, impatiente de le faire jouir, de le sentir, de le goûter.

— Je vais jouir…

Il se figea soudain.

— Je vais jouir sur ta langue, ta langue si douée pour les caresses !

Et, dans un rugissement bestial, il éjacula, propulsant de puissants jets de semence jusque dans la gorge d'Ellie.

Elle sentit le violent frisson qui le parcourut, sentit son sexe palpiter entre ses lèvres tandis qu'il hurlait son plaisir.

Le liquide chaud se répandit dans sa bouche, pendant que Lothaire continuait à manifester sa satisfaction.

— Oui ! Oui, Lizvetta !

Longtemps encore, il poussa son sexe dans la bouche d'Ellie, comme s'il ne maîtrisait plus les mouvements de son bassin.

Quand, enfin, il poussa un dernier grognement et se retira de sa bouche, elle se laissa tomber sur le lit, reprenant son souffle, incapable de dissimuler sa surprise.

C'était tellement excitant. Tellement… primitif. Elle étira les bras au-dessus de sa tête et sourit.

— Tu as aimé ? dit-il avec un sourire mauvais.

Était-il en *colère* contre elle ?

— Tu es tellement surprenante, Elizabeth…

Trop fort. Cette fois encore, le plaisir avait été indicible.

Comme si Elizabeth avait cherché à marquer son esprit avec ce genre de souvenir.

La curiosité avec laquelle elle l'avait exploré… La façon dont ses lèvres charnues s'étaient refermées autour de son sexe, dont ses petites joues s'étaient creusées tandis qu'elle le pompait… Son sourire après avoir accepté goulûment sa semence…

Elle lui avait dit qu'elle le hanterait, après sa mort. Il la scruta d'un regard méfiant.

C'est bien possible.

— Est-ce que j'ai fait quelque chose de mal ?

Lothaire appuya un genou contre le lit.

— Écarte les jambes.

— Je suppose que la réponse est non.

Elle ouvrit les cuisses, et il durcit de nouveau, mais cela ne le surprit pas, cette fois. Avec elle, il était insatiable.

Cela n'allait pas du tout dans le sens de ses projets. *Je m'en inquiéterai plus tard.*

Il plaqua une main sur le sexe d'Ellie – dieux tout-puissants, elle avait réellement aimé le sucer et avaler sa semence ! Elle était trempée de désir, prête à être pénétrée, peut-être pas avec son sexe, mais avec ses doigts.

Il en glissa un en elle, conscient que c'était probablement la première fois qu'on la touchait de cette manière.

Elle lâcha un cri.

— Lothaire... c'est tellement bon !

— Est-ce que tu as envie de me sentir, là ?

— C'est... c'est ça, ma récompense ? Tu vas coucher avec moi ?

L'apparent délice avec lequel elle accueillait cette nouvelle le plongea de nouveau dans la perplexité. *C'est trop.*

— Non. Tu es une mortelle, tu n'es donc pas assez forte pour résister à mes pulsions.

Elle n'est pas du tout faite pour moi ! Nous différons à tout point de vue !

— Alors, je vais me servir de mes doigts.

Il bougea celui qu'il avait glissé en elle. Elle était trop étroite, et son hymen le gênait.

— Il faut que je le brise.

— Que... De quoi parles-tu ? Tu me fais mal, là, Lothaire.

Il lui faisait mal ? C'était ce qu'il *voulait*. Car elle l'obsédait désormais plus que tout, le détournait de sa quête, de sa vengeance, de ses serments.

Quelque chose ne va pas chez moi. Je méprise son espèce ! Il introduisit un autre doigt en elle. Les yeux toujours rivés aux siens, il lui ordonna :

— Prends-les, Elizabeth. Prends-les loin en toi.

Quand il fut suffisamment loin, il écarta brusquement les doigts, lui arrachant des larmes.

— Ne fais pas ça.

— Si, je le fais ! Ta virginité m'appartient !

Et il retira ses doigts, pour les introduire de nouveau d'un mouvement brusque.

— S'il te plaît… arrête.

Elle voulut s'écarter mais, de sa main libre, Lothaire la prit par le cou. Elle tourna la tête, ferma les yeux.

Elizabeth ne pouvait pas être sa femme. *Je n'aurais pas laissé celle que le destin me réserve, ma fragile épouse, moisir pendant cinq ans dans le couloir de la mort*. Évidemment que ce n'était pas elle. Jamais il n'aurait défloré sa femme d'un coup de doigt cruel…

Je n'aurais pas juré d'anéantir son âme.

Rassuré, il se détendit un peu, parvint à canaliser sa colère.

— Ne t'inquiète pas. Tu verras, ça vaut la peine de souffrir.

Sans réfléchir, il écarta une mèche du front d'Ellie, tout en attendant qu'elle s'habitue à être pénétrée ainsi.

— Ça fait encore mal ?

Les yeux brillants, elle lui fit comprendre que oui, et quelque chose, dans la poitrine du vampire, se noua. Comment pouvait-on faire du mal à quelqu'un comme elle ? *Si belle, si confiante.*

— Tendre petite mortelle… Je vais m'appliquer, tu vas voir.

— Attends… attends encore un peu.

— Chuuuut…

Il retira ses doigts et s'agenouilla au pied du lit.

— Je t'ai promis une récompense...

Il baissa la tête, lui embrassa le nombril et descendit...

— Attends ! Tu ne peux pas ! Tu viens juste de... Arrête !

Une nouvelle fois, elle chercha à s'écarter, mais il la plaqua sur le lit et glissa ses mains sous ses fesses.

— Qu'est-ce que tu fais ? s'écria-t-elle.

— Je prends ce qui m'appartient.

Il la souleva et la porta à ses lèvres comme un bol, posant ses lèvres entre ses cuisses et glissant sa langue entre les plis du sexe d'Ellie.

— Lothaire ! Non... oh ! Oooh !

Il goûta la douce morsure du sang virginal mêlé de nectar et faillit se répandre sur le sol.

— J'ai tant rêvé de te goûter, Lizvetta, souffla-t-il.

Et il mordilla, lécha, dévora.

Quand elle se cambra pour venir à sa rencontre, il glissa de nouveau un doigt dans la moiteur de son étroit fourreau et bougea en elle, jusqu'à ce qu'il trouve les chairs les plus intimes, délicatement ourlées.

Son point le plus secret, le plus caché, était tumescent, attendant qu'un homme vienne s'en emparer.

— Est-ce qu'un homme t'a déjà touchée là ?

Il la caressa du bout du doigt.

— Lo-thaire ! hurla-t-elle en s'arc-boutant.

— Tu sembles surprise. J'en déduis que cela te plaît ? Et que cela valait bien la peine de souffrir un peu au début ?

Il la caressa de nouveau, et cette fois, titilla son clitoris à petits coups de langue.

— Mon Dieu... haleta Ellie en s'agrippant au drap.

— Je t'avais dit que je t'apprendrais le plaisir.

— Continue... N'arrête pas !

Il cessa de bouger son doigt en elle et étouffa un petit rire contre ses lèvres trempées.

— Salaud ! cria-t-elle en remuant le bassin, se contorsionnant pour tenter de remettre le doigt de Lothaire à l'endroit où c'était si bon. Lothaire, arrête de m'exciter !

— T'exciter ?

Il était sur le point d'exploser. Son membre lui faisait mal. Déjà, il sentait les premiers frémissements…

— T'exciter, c'est le moins que je puisse faire, dans la mesure où tu es sur le point de me faire éjaculer sur le tapis.

Haletante, elle se redressa, s'appuya sur les coudes, les yeux écarquillés.

— Tu vas…

Il appuya son doigt juste au bon endroit, et elle retomba sur le dos en poussant un cri étranglé, les cuisses ouvertes.

34

Ellie entendit le vampire rire de nouveau, mais moins spontanément. Elle baissa les yeux et le regarda, penché sur elle, la fouillant de sa langue.

— Mmm... Tu es trempée, trempée... grognait-il, affamé.

Elle était en feu, et il la maintenait au bord de l'extase. L'effrayante intensité qu'elle avait déjà ressentie avec lui la submergeait encore une fois, plus puissante encore.

Et soudain... quelque chose frémit en elle.

Non. Non, c'est impossible.

De nouveau, un frémissement.

— Supplie-moi de te laisser jouir, dit Lothaire. Et je...

— Non... non !

Saroya cherchait à prendre le dessus. Deux fois le même jour ?

Lothaire leva la tête.

— *Non ?*

— Elle essaie de s'éveiller ! Lothaire, je veux aller jusqu'au bout. Ne me force pas à céder ! Je t'en prie, il faut que je jouisse !

— Obéis-moi, Lizvetta. Reste avec moi.

— Je... je vais essayer.

— Regarde-moi.

Elle soutint son regard, presque hypnotisée tant elle avait l'impression de fixer des charbons ardents.

— Ce plaisir est pour toi, et pour toi seule. Reste avec moi pour le connaître.

Saroya lui avait déjà trop pris. Ellie refusait de renoncer à cela aussi. Elle résista de tout son être.

Elle lutta, lutta…

Et la menace retomba.

— Je… je crois que je l'ai repoussée.

— Bien.

Il effleura l'intérieur de sa cuisse, huma sa peau, de façon presque animale.

— Tu vas recommencer, alors ? demanda Ellie.

De sa main libre, il caressait son membre. Un sourire se dessina sur ses lèvres, et il se pencha sur elle.

Tout en bougeant son doigt en elle, il prit son clitoris entre les lèvres et joua avec. Elle ouvrit de grands yeux étonnés et, bientôt, les ferma.

Le baiser de Lothaire se fit plus insistant. Une vague de chaleur se répandit en elle, toujours plus loin, tandis qu'il continuait à la caresser.

Le ressort se tendit jusqu'à…

Elle hurla.

— Aaah ! Lothaire ! Mon Dieu !

Stupéfiant. Extatique. Le sexe d'Ellie, agité de spasmes étourdissants, se contracta autour du doigt du vampire.

Elle se redressa, un gémissement sourd dans la gorge, et agrippa la tête de Lothaire pour se frotter contre sa bouche tandis que la langue du vampire la fouillait toujours plus profondément.

Bons dieux, j'adore comme elle bouge !

Son poing enserrait son sexe, allait et venait de plus en plus vite, et Lothaire poussait un grognement entre chaque coup de langue qu'il donnait dans les replis soyeux et trempés du sexe d'Ellie.

L'orgasme de la mortelle répandit une coulée de nectar sur sa langue, et il la lécha plus fort. Encore. Il en voulait plus. Son goût devait rester avec lui pour l'éternité.

Elle voulut le repousser, mais il ne supportait pas cette idée. Bientôt, elle hurla de nouveau son plaisir.

Sa femme n'était pas encore allée jusqu'au bout. Quand elle referma ses cuisses autour de sa tête et s'arc-bouta contre sa bouche...

C'en fut trop. Il explosa, éjacula avec une puissance dépassant l'entendement.

Sa semence gicla par longs jets, se répandit à ses pieds tandis qu'il léchait et léchait encore les orgasmes d'Ellie.

Quand, enfin, il se sentit vidé et qu'elle s'écarta de sa bouche, il tenta de reprendre son souffle. Il ne se sentait pas capable de tenir debout, aussi déposa-t-il de petits baisers sur les cuisses d'Ellie avant de s'allonger sur le lit. Puis il la prit dans ses bras.

Elle se pelotonnera contre moi, essoufflée, comblée, posera un bras sur mon torse et une jambe sur les miennes. Je la tiendrai ainsi, et elle s'endormira. Deux pièces d'un casse-tête qui s'emboîtent parfaitement...

Elizabeth éclata en sanglots, cachant son visage dans ses mains.

— Qu'y a-t-il ? s'alarma Lothaire. Tu as encore mal ?

— Noooon... hoqueta-t-elle. Je... je veux juste aller dans ma chambre.

Décidément, l'ego du vampire prenait coup après coup, ce soir. *Mon âme sœur ne veut pas de moi, et quand je donne du plaisir à ma maîtresse, elle se met à pleurer.*

Il se savait un peu rouillé, mais c'était ridicule.

— Mais pourquoi tu pleures, bordel ?

— Tu vas vraiment le f... faire... Tu vas te débarrasser de mon âme.

— Et c'est seulement maintenant que tu l'acceptes ?

— Ce soir… c'était mon lot de consolation, c'est ça ? Tu voulais que je connaisse le plaisir, en guise de cadeau d'adieu. M… merci d'avoir participé, Elizabeth, et au revoir ?

Il se prit la tête entre les mains. Car elle avait sans doute raison. Et quelques orgasmes, c'était bien peu pour compenser ce qu'il s'apprêtait à lui faire.

Rien ne pouvait pardonner une chose pareille.

Les larmes roulaient sur les joues d'Ellie.

— Mais nous avons… je veux dire, ce qu'on vient de ressentir… tout le monde ne le ressent pas forcément, si ? Tu dois bien éprouver quelque chose pour moi, non ?

— Que j'éprouve quelque chose ou non n'a pas d'importance. Je me sers des gens et je m'en débarrasse. C'est ainsi que j'ai toujours fait, lâcha Lothaire d'une voix blanche.

— Est-ce qu'il t'est déjà arrivé de te débarrasser de quelqu'un et de le regretter ?

— Jamais.

Elle s'essuya les yeux d'un revers de bras.

— Mais *moi*, tu vas me regretter. Je pourrais te rendre heureux, Lothaire. Quand tu prendras conscience de ce que tu avais, il sera trop tard.

Lothaire se rembrunit. Ivana n'avait-elle pas dit la même chose à son père ? D'un geste hésitant, il attira Ellie contre lui, plaça une main derrière sa tête, l'autre sur ses reins, et la tint ainsi. Elle le laissa faire, puis l'enlaça à son tour.

— Tu m'as enlevée. Tu vas me tuer. Pourquoi est-ce que je te laisse me réconforter ?

Parce que j'ai fait en sorte que tu n'aies personne d'autre vers qui te tourner.

— Tout est malsain, entre nous… faussé. Alors que cela pourrait être autrement.

— Chut…

Il se mit à la bercer. C'était la première fois qu'il réconfortait quelqu'un ainsi, et il se sentait maladroit.

— J… je te déteste tellement, hoqueta Elizabeth.

— Je sais.

— Q… quand je ne serai plus là, est-ce que t… tu parleras de moi à mes enfants ? Est-ce q… que tu t'occuperas d'eux ?

— Calme-toi, maintenant. Calme-toi, Elizabeth.

— Pourquoi vous ne p… pouvez pas me laisser t… tranquille, Saroya et toi ? Tout ce que je d… demande, c'est de v… vivre.

Pourquoi sentait-il un nœud se former dans son estomac ? Soit il était en train d'acquérir une conscience, soit Ellie Ann Peirce était la femme que le destin lui réservait.

Dans les deux cas, pour lui, c'était la catastrophe. Car, dans les deux cas, ce ne serait pas Elizabeth qui mourrait, ce serait lui.

La seule façon de revenir sur un serment fait sur le Mythos, c'était de mourir.

Ce n'est pas ma femme. Ce n'est pas ma femme…

35

Les hurlements de Lothaire réveillèrent Elizabeth à l'aube.

Elle cligna des yeux, étonnée de se voir nue et dans le lit du vampire – dans ses bras. Il était torse nu, ne portait qu'un jean noir.

Comment s'étaient-ils retrouvés ainsi ? Elle ne se souvenait pas d'avoir pleuré jusqu'à ce que le sommeil l'emporte, tandis qu'il lui caressait doucement les cheveux.

Elle avait sangloté longtemps. Alors que, d'ordinaire, elle mettait un point d'honneur à ne jamais pleurer, elle avait versé un océan de larmes.

Mais comment aurait-il pu en être autrement ? La veille, elle avait connu, en quelques instants, le plus sublime des plaisirs et la plus brutale des douleurs. Entre les mains du même homme.

Et maintenant, il était de toute évidence en proie à d'horribles cauchemars. Revivait-il quelque souvenir insupportable ?

Malgré tout ce qu'il lui avait fait subir, tout ce qu'il comptait encore lui infliger, elle se sentit compatir.

Doucement, elle se dégagea et s'agenouilla à côté de lui.

— Lothaire ? murmura-t-elle, la gorge sèche.

Tous les muscles de son torse semblaient sous tension, et il était couvert de sueur. Il hurla quelque chose en russe, remua les doigts comme s'il était à l'agonie.

Que faire ? Est-ce qu'il faut que je le touche ?

Il hurlait à intervalles réguliers, mais restait absolument immobile. On eût dit qu'il ne pouvait pas bouger.

— Lothaire, réveille-toi.

— Non ! rugit-il, les yeux fermés. Nooooon !

Son bras jaillit, frappa. Elizabeth s'envola.

Elle atterrit dans un bruit sourd au milieu de la chambre. Mentalement, elle passa son corps en revue, puis, étonnée de ne s'être rien cassé, se mit debout.

Je ne peux rien faire pour lui. Il ne mérite pas ma compassion, de toute façon !

D'un pas hésitant, la tête un peu lourde, elle regagna sa chambre et enfila une chemise de nuit. Puis, assise sur son lit, les genoux repliés contre sa poitrine, elle se balança doucement tandis que les cris de Lothaire montaient en puissance.

Balanci-balança… Jamais elle n'avait entendu personne crier de la sorte. *Et moi, vais-je hurler de douleur quand il anéantira mon âme ? Aura-t-il pitié de moi ?*

Il lui avait dit que non…

— Elizavetta ? appela le vampire.

Elle ferma les yeux, comme si cela pouvait l'empêcher d'entendre. Il l'avait appelée ? Pourquoi elle, et non Saroya ? *Parce qu'il a besoin de moi… Non, ignore-le, Ellie !*

— *Elizavetta ?*

Il semblait tellement… perdu.

— Et merde, murmura-t-elle en se levant pour retourner dans la chambre de Lothaire. Même un animal, je ne pourrais pas le laisser souffrir comme ça…

En le voyant, elle se figea. Des traînées rouges coulaient de ses yeux. *Mon Dieu, est-ce que ce sont… des larmes ?*

Quel genre d'horreur pouvait donc faire pleurer ce vampire si insensible ? Les larmes aux yeux à son tour, Ellie le rejoignit sur le lit.

— Je ne veux pas que tu souffres, vampire ! dit-elle en écartant les cheveux de son front.

Qu'avait-il ? Qu'avait-*elle* ? Elle ressentait le besoin de chasser sa douleur et ne comprenait pas pourquoi.

— Lizvetta ? souffla-t-il, un peu plus calme, déjà.

Elle caressa son visage si beau.

— Je suis là.

Il se détendit un peu plus encore.

Le vampire pensait peut-être pouvoir très bien s'en sortir sans elle, mais elle n'en était pas si certaine. Il aurait beau la mépriser autant qu'il voudrait, de toute évidence, il avait besoin d'elle.

Troublée par cette prise de conscience, Ellie continua de lui caresser le front, imaginant de nouveau ce qu'être aimée de Lothaire pouvait signifier.

S'il cessait un jour de vouloir la tuer, il se pourrait bien qu'elle soit tentée de le découvrir.

Mais, aussitôt, elle secoua la tête. *Arrête de rêver à des choses qui n'arriveront jamais.*

C'est alors que, sous sa main, elle réalisa que Lothaire *disparaissait* peu à peu.

— Oh non. Non, non, non ! Réveille-toi !

Quand il se téléportait en dormant, il pouvait être tué, c'était lui-même qui l'avait dit !

Une partie d'Ellie, celle qui s'était toujours battue pour sa survie, lui hurlait de le laisser partir. Mais une autre partie – qu'elle ne cernait pas encore très bien – la poussa à le saisir par les épaules pour le secouer.

Sans succès.

— Lothaire, ne t'en va pas !

Ne valait-il pas mieux l'abandonner et sauver sa peau ?

Elle secoua plus fort encore.

Mais, au lieu de ramener Lothaire, tout ce qu'elle parvint à faire fut de l'accompagner dans l'inconnu. *Bon Dieu, mais c'est quoi, ce cauchemar ?* fut sa dernière pensée.

Reste lucide, *s'ordonna Lothaire tandis que la terre pesait sur lui. Combien de temps avait passé depuis que son père l'avait enterré là, dans sa fosse éternelle ?*

Combien de siècles depuis qu'on l'avait condamné à pourrir dans une forêt d'arbres de sang ? Sa punition, pour avoir tenté de tuer Stefanovich.

Il avait échoué. Car j'ai été trahi. Par la seule amie que j'aie jamais eue.

Des chaînes le maintenaient dans la terre. À cause d'elles, il ne pouvait pas se téléporter, et il était trop faible pour les briser. Dans l'impossibilité de mourir sous la lumière du soleil ou par décapitation.

Il sentait qu'une nouvelle racine avait trouvé son corps et le sondait. Bientôt, elle se glisserait en lui, y chercherait la chair régénératrice et le sang de son enveloppe corporelle.

Des racines parcouraient tous ses membres. Des vers se repaissaient de lui.

Il aurait voulu hurler son agonie, mais il était pris au piège, ne pouvait pas bouger ni même ouvrir la bouche et ce qui restait de ses lèvres.

À quand remontait la sentence prononcée par son père ?

Sa mère l'avait enseveli dans la neige pour le protéger, son père dans la terre pour le torturer…

Avait-il senti quelque chose bouger, au-dessus de lui ?

Des vibrations. Parfois, Stefanovich venait couper la gorge d'un mortel sur cette tombe, laissait son sang imbiber la terre. Lothaire le sentait, mais sans jamais pouvoir l'atteindre.

Toujours hors de portée. La folie le gagnait ; il sentait la raison l'abandonner, heure après heure.

Avait-il entendu des pelles entrer dans la terre ?

Non, personne ne creuse. *Combien de fois avait-il imaginé un tel scénario ?*

Qui aurait creusé pour venir le chercher ? Qui se serait préoccupé assez de lui pour faire une chose pareille ? Ses amis ? Sa famille ? Lothaire n'avait personne sur qui compter. Chaque seconde qu'il passait dans ce trou le lui rappelait.

Pourtant, il sentit la pression s'alléger, au-dessus de lui. La chaîne rattachée à son cou avait-elle bougé ?

Brusquement, il fut tiré vers le haut, les racines arrachées de son corps, emportant avec elles des lambeaux de peau et de chair.

Enfin, la surface ? Il y a trop de lumière, trop de lumière ! Après tant de temps passé dans l'obscurité, même la nuit étoilée était douloureuse pour ses yeux. Il voulut siffler, essaya de protéger ses yeux avec ce qui restait de son bras.

— Ah, Lothaire.

Fyodor ? Mon oncle ?

— Depuis le temps que je te cherche…

Sauvé. Mon oncle est venu à mon secours. *Si Lothaire avait encore eu assez de sang dans les veines, il aurait pleuré.* Quelqu'un m'attendait, dehors. Quelqu'un m'est resté fidèle !

— Ça fait six siècles que je te cherche !

Six siècles ? Six cents ans dans la terre ? Jamais je n'aurais cru…

— Et maintenant, mon neveu, je vais te libérer de tes chaînes. À deux conditions.

Des conditions ? Lothaire aurait voulu hurler : « N'importe quoi ! Demande-moi n'importe quoi ! », mais ses lèvres et sa langue avaient été dévorées. Il était prêt à tout accepter, jusqu'à la damnation – rien ne pouvait être pire que ce qu'il avait vécu.

— Sinon, je te remets directement dans ton trou, et tu ne me reverras jamais.

Comment peux-tu me dire une chose pareille, mon oncle ? La trahison…

— *Mon frère t'a fait du mal, Lothaire. Mais tu n'aurais pas dû l'affronter avant d'être suffisamment fort. Je vais t'aider à te régénérer, et je t'apprendrai la puissance, pour que, cette fois, tu puisses le vaincre. Tout ce que je demande en retour, c'est ta loyauté et sa tête. Je suis l'héritier de Stefanovich. La Horde m'acceptera parce qu'il n'a pas de fils légitime. Et je trouverai un moyen de te céder le trône si je meurs.*

Il me libère dans le seul but de chasser son frère, il me sort de ma cage comme une créature de l'enfer.

Fyodor fit couler du sang dans la bouche de Lothaire jusqu'à ce que ce dernier puisse parler.

— *Jures-tu de m'être fidèle, à moi, ton futur roi, jusqu'au jour de ma mort ? dit Fyodor.*

Lothaire aurait voulu hurler sa fureur, dire à son oncle d'aller au diable, mais il ne pouvait pas.

— *Je… je le jure, lâcha-t-il avant de vomir de la terre et du sang. Sur le Mythos.*

Jamais je n'oublierai cette trahison, mon oncle. Jamais.

— *Alors, bienvenue dans le monde des vivants, Lothaire. À ton nouveau départ.*

Ébloui par la lumière blanche des étoiles, Lothaire détourna alors le regard. Et derrière Fyodor, cachée dans les bois, il aperçut celle qu'il appelait autrefois son amie…

Émergeant de son rêve, Lothaire planta ses griffes dans son torse nu et tomba à genoux, de retour au cœur de la Forêt Ensanglantée. Et tandis qu'il hurlait à la mort en direction du ciel étoilé, des larmes roulèrent sur ses joues.

Je ne peux pas continuer à vivre ainsi. L'abîme s'ouvrait devant lui. *Enfin, je tombe…*

Il s'effondra devant l'arbre immense qu'il avait fait pousser, en contempla l'écorce et le sang qui en coulait avec horreur.

Mon sang. Il voulait tomber dans l'abîme, bordel !

La raison n'apportait que la douleur. Il éclata d'un rire bref, soulagé, en se sentant tomber… tomber…

— L… Lothaire ?

Il entendit le faible appel d'Elizabeth. Était-il en train de rêver d'un des souvenirs de la mortelle ?

Il sentit sa peur et se leva d'un bond.

Non, elle ne peut pas être là. C'était impossible.

— Je t'en prie… insista-t-elle.

Il fit volte-face et n'en crut pas ses yeux. Elle était là, à quatre pattes dans la neige, et rampait vers lui.

Elizabeth était bien ici. Ses lèvres étaient livides, son expression figée.

— Il f… fait t… trop froid.

La folie attendra.

— Lizvetta ! s'écria-t-il, prêt à se téléporter.

Mais des ennemis apparurent derrière elle. Une épée se posa sur la gorge de Lothaire, l'arrêtant. C'était l'épée de Tymur le Fidèle.

Tymur et son gang de démons, de cerunnos et de vampires les encerclaient.

Pour me la prendre. Tous sont venus pour me la prendre.

— Ah, Lothaire. Il me semble que j'ai là quelque chose qui t'appartient, dit Tymur, dont la barbe négligée tombait jusque sur la poitrine. Si tu te téléportes ou si tu nous résistes, tu ne la reverras jamais.

D'autres hommes de main de Tymur s'approchèrent de Lothaire et le rouèrent de coups, le frappant à la tête et au dos, certains à l'aide de courtes épées. Il ne pouvait rien faire pour se protéger, rien faire pour protéger Ellie.

Sa vision se troubla. *Du sang partout autour de mes pieds ? Le mien ?* Du sang noir, coulant de son cœur noir. Il se sentit perdre connaissance, lutta pour ne pas quitter Elizabeth des yeux.

Tymur empoigna la mortelle par les cheveux pour la forcer à se redresser.

Ses doux cris. *Je ne peux pas l'aider.* Le regard terrifié d'Ellie croisa celui de Lothaire.

Et tout devint clair. Au plus profond de lui, la certitude vit le jour, courut dans ses veines.

C'était elle. Elizabeth était celle que le destin lui réservait. Son âme sœur.

Seigneurs, c'était elle. « Quand tu te rendras compte de ce que tu avais, il sera trop tard. »

Était-ce trop tard ? Sa femme, aux mains des créatures les plus dangereuses du Mythos. *Je me suis allié à ces êtres. Je suis pire qu'eux.*

— Alors là, elle est bien bonne, celle-là, s'exclama Tymur en riant, le regard rougeoyant de satisfaction. Le fléau du Mythos uni à une mortelle ? Tu aimes les défis, toi. Il est tellement difficile de les garder en vie, ces mortels…

— Si tu la touches, ma colère sera sans bornes. Je frapperai ta maison, tes descendants… Je ne vivrai plus que pour me venger, cracha Lothaire, la bouche pleine de sang.

Combien de fois avait-il vécu la même situation, mais dans le rôle de Tymur ? Combien de fois avait-il posé le fil de sa lame contre la gorge d'une femme, riant de voir la panique s'emparer de son mari, le besoin animal qu'il avait de la protéger ?

Mais moi, je marchandais avec eux.

Elizabeth leva les mains pour les mettre sur ses oreilles en murmurant :

— Ce n'est pas vrai, ce n'est pas vrai…

— Que veux-tu, Tymur ? La récompense ?

— C'est tentant, mais en fait, je vais plutôt garder cette charmante petite humaine. Et chaque fois que nous boirons à ses cuisses, mes hommes et moi, nous porterons un toast à l'Ennemi de Toujours, le salaud qui a cru pouvoir nous diriger.

— Tu ne la toucheras pas !

Un cerunno se pencha sur Elizabeth et passa sa langue fourchue sur sa joue, tout en enroulant sa queue autour de ses genoux. Le regard gris d'Ellie s'agrandit et perdit toute expression. Elle entrouvrit les lèvres, laissa retomber ses bras et fixa le vide.

La panique s'empara de Lothaire.

— Non, Lizvetta !

— Oh, doux seigneurs. Elle perd la boule, on dirait, rigola Tymur avec un claquement de langue. Ça arrive souvent, avec les mortels. Dommage. Elle va tout rater. Quant à toi, je vais te remettre en terre et te laisser nourrir l'arbre de sang quelque temps encore. J'ai l'impression que tu lui as manqué.

Lothaire frissonna, alors qu'il était trempé de sueur.

— Combien de temps es-tu resté là-dessous, la dernière fois ? demanda Tymur, songeur. À moins que… Si tu me donnes ton registre légendaire, Lothaire, je te rends la fille.

Toutes les dettes que j'ai collectées, en échange d'Ellie ? Après toutes ces années passées à obtenir ces serments ?

Une partie de lui faillit hurler : « Prends-le, ce foutu registre ! Prends-le, mais rends-moi Ellie ! »

Mais une autre partie était toujours le Lothaire d'*avant*. Il se disait qu'il pourrait se téléporter, puis retrouver Elizabeth, plus tard, et la reprendre à ses ennemis.

Mais, par tous les dieux, c'est maintenant que je la veux !

— Alors ? J'attends ta décision, Lot…

Tymur s'interrompit. Une brume venait soudain de tomber. Les membres du gang se regardèrent, mal à l'aise.

— Vérifiez le périmètre, ordonna-t-il.

Mais, déjà, quatre hommes apparaissaient. Immenses, très pâles, armés d'épées.

Lothaire n'en croyait pas ses yeux. Ils étaient arrivés par la brume. *Des Daces*.

Quand les démons et les cerunnos se lancèrent à l'attaque, les Daces les massacrèrent froidement, méthodiquement. Ils se battaient sans manifester la moindre émotion, frappant avec une précision toujours létale.

Et, peu à peu, ils se rapprochaient d'Elizabeth.

— Emparez-vous de la mortelle, ordonna le plus grand. Et emmenez-la au château.

Mais ni Lothaire ni les Daces ne pourraient l'atteindre avant que Tymur ne se téléporte avec elle loin d'ici. *Loin de moi.*

Tandis que Lothaire se débattait, le vampire attrapa une nouvelle fois Elizabeth par les cheveux et la força à se lever. Elle ne manifesta aucune résistance.

Pourtant, quand Tymur voulut les téléporter, rien ne se produisit. Lothaire regarda autour de lui. Dans la brume, aucun démon, aucun vampire de la Horde ne parvenait à se téléporter.

Le chef des Daces s'approcha de Tymur. *D'Elizabeth.*

S'il emmenait la mortelle vers son royaume caché, Lothaire ne la retrouverait peut-être jamais. La panique redoubla en lui. Avec toute la force qu'il lui restait, il repoussa ses gardes, réussissant enfin à se libérer, et chargea, massacrant un ennemi, puis deux, trois... Bientôt, il ne resta plus, hormis les Daces, que Tymur et deux de ses hommes de main.

Tymur pivota et lâcha Elizabeth pour se défendre contre Lothaire. La mortelle tomba dans la neige, le regard toujours dénué d'expression.

Qu'arriverait-il si elle ne recouvrait jamais ses esprits ? La fureur s'empara de Lothaire, courut en lui à la vitesse de l'éclair. La soif de sang se fit irrépressible.

— Tu as commis une énorme erreur, Tymur. Et maintenant, tu vas mourir.

Il se rua en avant et plongea sur le vampire, l'éloignant d'Elizabeth. L'impact fut d'une telle violence que l'on entendit le craquement des os. Tymur hurla, à l'agonie. Lothaire tira son épée.

Tymur leva les yeux vers lui. Il se savait perdu. Et quand Lothaire retroussa les lèvres pour montrer ses crocs et jeta son épée, il s'affaissa sur lui-même.

— Tu aurais fait de ma femme une esclave destinée à satisfaire ta soif de sang ? *Ma* femme ?

Sa voix était méconnaissable, transformée par la folie.

Mon Elizabeth ? Mû par la fureur, il lacéra le visage de Tymur à coups de griffes, plongea son poing dans sa cage thoracique ouverte, en retira des viscères et hurla son plaisir quand des jets de sang allèrent tacher la neige immaculée.

Quand, enfin, il lui arracha la tête, il ne restait plus autour de lui que les Daces. Lentement, ceux-ci les encerclèrent, Elizabeth et lui, le regard attentif, mais insondable.

La soif de sang continuait à battre dans les veines de Lothaire et, avec elle, l'envie d'accomplir un carnage. Il posa les yeux sur le sang qui jaillissait encore du cou sectionné de Tymur et se lécha les lèvres.

Le corps bougeait encore, l'excitait. Lothaire ravala un grognement, sentit ses griffes s'enfoncer dans la tête qu'il n'avait pas lâchée.

Les Daces accepteraient-ils de le voir tomber sur sa proie, cédant à la frénésie du sang, à cette soif, à cette fièvre ?

Les battements de cœur d'Elizabeth ?

Apaisants… à la manière des vagues. Tel un phare dans le lointain. Sa vision s'éclaircit, et il aperçut sa silhouette délicate, au cœur de la boucherie dont il était responsable.

Lâchant la tête de Tymur, il alla s'agenouiller devant elle, face aux Daces. Leur chef avait les yeux couleur de glace. Son expression en avait la froideur. *Mes yeux avaient cette couleur, autrefois.*

— Tu as failli la perdre pour toujours, *cousin*, dit-il en langue dace. Et elle n'est pas encore tirée d'affaire, ajouta-t-il avec un regard sur les lèvres bleuies d'Elizabeth et son expression perdue.

Cousin ? Lothaire poussa soudain un hurlement et téléporta Elizabeth loin de cet endroit sinistre.

36

Ellie entendait discuter Sorcière et Lothaire, sans parvenir à comprendre ce qu'ils se disaient.

Mais elle ne pouvait pas réagir.

Après avoir disparu avec Lothaire, elle s'était soudain retrouvée dans un endroit glacial, abandonnée au milieu d'arbres noirs et sans feuilles d'où suintait du sang. *La forêt de sang dont il n'arrêtait pas de parler ?* Au loin, elle avait aperçu un château plus inquiétant que tout ce qu'elle aurait pu imaginer.

Puis des démons cornus et des cerunnos l'avaient encerclée. Lire la description de serpents qui marchaient était une chose, être capturée par ces créatures en était une autre, bien différente.

Tout ce qu'elle avait vu… cela ne pouvait pas être vrai.

Et tout ce qu'elle avait entendu, les allusions à la torture subie par Lothaire…

Il lui avait dit qu'il avait été enterré pendant six cents ans. Aux prises avec un cauchemar sinistre, il était donc inconsciemment retourné dans… sa tombe ?

Au début, elle avait juste voulu se retirer un moment, laisser Saroya endurer cette insupportable scène. Mais la déesse ne s'était pas éveillée, et Ellie était tombée dans un état de stupeur. De ce qui s'était passé ensuite, elle ne gardait que des souvenirs flous – des cris, des bruits d'épées, et les rugissements diaboliques de Lothaire.

Et maintenant, elle n'arrivait pas à refaire surface, ne parvenait pas à parler. Lothaire l'avait assise bien droite sur une chaise, mais elle ne réussissait pas à se lever.

— Je t'avais mis en garde, vampire ! s'écria Sorcière en enveloppant les épaules d'Ellie dans une couverture. Il arrive que les mortels *se cassent*.

— Alors répare-la !

— Comment veux-tu que je sache ce qu'il faut faire pour traiter une mortelle en état de choc ? Elle est catatonique, bordel !

— Je m'en fous ! Guéris-la !

— Mais pourquoi l'as-tu emmenée à Helvita ? À quoi tu t'attendais ? Tu as déjà de la chance que les éléments ne l'aient pas tuée.

— Je me suis téléporté dans mon sommeil, et j'ai dû l'attraper au passage.

Non, c'est moi qui t'ai attrapé. Quelle idiote !

— Peu importe, de toute façon ! s'emporta Lothaire. Arrête de pinailler et répare-la !

— J'ai cru comprendre que son esprit t'indifférait. C'est plutôt son corps qui t'intéresse, non ? Saroya ne sera pas affectée par ce qui arrive à Ellie, vampire. Tu peux dormir tranquille.

Bonne remarque. Pourquoi Lothaire faisait-il une jaunisse ?

— Silence ! Laisse-moi réfléchir !

Il y eut un silence, puis il maugréa :

— Je me souviens que c'est déjà arrivé à quelqu'un. Mais qui ? Bons dieux, qui était-ce ?

Sorcière et lui se mirent à aller et venir, tout en parlant, chacun de leur côté.

— Il veut que je répare un être humain ! Avec quoi ? du whisky ? un sparadrap ?

— C'était un homme. Il était exactement dans cet état ! Bordel, mais qui était-ce ?

Puis, soudain, Lothaire s'écria :

— Je sais !

Et il disparut.

Du côté de Sorcière, des bruits de papier laissèrent supposer qu'elle feuilletait un livre de sorts.

— Elizabeth, le vampire va péter un câble. Et comme il est peu probable qu'il se punisse lui-même, tu dois te réveiller !

Le dois-je vraiment ? Ellie n'était pas sûre de vouloir vivre dans un monde comme le Mythos. Un monde où un père enterrait son fils vivant pendant des siècles. Un monde où les monstres étaient légion. *La langue fourchue, sur ma joue...*

À cette évocation, un voile tomba de nouveau sur ses pensées. Pendant combien de temps, elle n'aurait su le dire.

Soudain, elle entendit Sorcière.

— Qui c'est, celui-là ? Lothaire, tu plaisantes, j'espère ?

Un autre homme se trouvait là ?

— J'm'appelle Thaddeus Brayden, m'dame, répondit une voix grave. Mais vous pouvez m'appeler Thad.

Lothaire avait embarqué Thaddeus dans la cour de Val-Hall, en disant simplement :

— J'ai besoin de ton aide pour réparer Lizvetta.

Les Valkyries avaient hurlé leur désapprobation.

— Tu ne peux pas faire ça ! Laisse-le tranquille, vampire !

Ce à quoi Lothaire avait répondu, avec éloquence :

— Allez vous faire foutre !

— Euh... vous pouvez m'expliquer ce qui se passe ? demanda Thaddeus à Sorcière. M. Lothaire est pas très clair dans ses explications. Et puis... c'est le sang de qui, sur lui ?

La fey regarda Lothaire. D'un hochement de tête, celui-ci lui fit comprendre qu'elle pouvait avoir confiance. *Dans une certaine mesure.*

— Cette gamine est nouvelle dans le Mythos, commença Sorcière, et elle vient d'assister à un combat à l'épée. Lothaire a gagné, mais elle, elle a vu des créatures du Pravus.

Le visage de Thaddeus s'éclaircit.

— Pigé. Il m'en a pas fallu plus pour baisser le rideau, quand ça m'est arrivé.

Et Thaddeus appartenait au Mythos, même si, à l'époque, il l'ignorait. Elizabeth était une mortelle. *Elle est si faible. Faible !*

Qu'adviendrait-il s'il ne revoyait plus son petit air buté ? S'il ne sentait plus sa passion ? *Tu allais la faire mourir, de toute façon*, lui souffla son esprit. *C'est peut-être ma promise, mais elle ne peut pas être ma reine.*

Luttant pour parler calmement, Lothaire demanda :

— Et qu'a-t-il fallu pour que tu « remontes le rideau », Thaddeus ?

— Il a fallu les soins d'une gentille Valkyrie et d'une fey, pendant quelques semaines.

— Des semaines !

Lothaire se tourna vers Sorcière.

— Tout est entre tes mains.

Elle fixa longuement son livre de sorts, comme si elle le suppliait de lui donner une solution.

— Euh… juste une suggestion, monsieur Lothaire, dit Thaddeus. Vous croyez pas que ce serait mieux si vous teniez Lizvetta dans vos bras ? Je dis ça comme ça, hein…

Si je la prends dans mes bras, je vais la serrer trop fort tant mon désespoir est grand.

— Attends ! s'écria Sorcière. Les pampres peuvent aider les mortels aussi. Je dois pouvoir lui libérer l'esprit avec la potion que je te destinais.

— Excellente idée. Mais il y a un petit problème : je n'ai pas trouvé la moindre trace de pampres là où tu m'as envoyé !

— Je connais un autre endroit. Je ne t'en avais pas parlé, parce que c'est un coin impossible...

— Dis-moi !

— Chez Nérée.

Elle n'eut pas besoin d'en dire plus. Le dieu de la mer.

— Il a une dette envers moi, dit Lothaire.

Mais, redoutant l'arrivée du vampire – *pensant que je viendrais chercher son premier-né* –, Nérée avait recruté, pour protéger son antre, des gardes figurant parmi les immortels les plus impitoyables qui aient jamais vécu.

— Sorcière, commence ta cuisine.

— Mais comment réussiras-tu à franchir le barrage des sentinelles pour lui faire payer sa dette ?

— Il est probable que je n'y arriverai pas.

Sur ces mots, Lothaire se téléporta jusqu'à une falaise battue par les vents et se prépara à affronter un dieu.

37

Où est passé Lothaire ? se demanda Ellie.

Était-il en danger ? Elle ignorait pourquoi cela la préoccupait. En dehors du fait qu'elle était catatonique, rien n'avait changé entre eux… si ?

Le jeune homme se pencha sur elle, puis lui fit doucement bouger la tête pour la regarder en face. Mais elle voyait toujours trouble.

— Alors, vous êtes la femme de Lothaire… Je savais qu'il serait d'accord pour que je vous rencontre ! Il joue les types bourrus, mais en vrai, il est pas comme ça.

Je ne suis pas sa femme, je suis juste une paysanne qu'il baise en attendant de la tuer. Enfin, c'était ce qu'elle pensait quelques heures plus tôt, quand elle s'était mise à pleurer dans ses bras.

Mais après la réaction qu'avait eue Lothaire, tout à l'heure, elle ne savait plus trop quoi penser.

— Lizvetta, c'est ça ? demanda le nouveau venu avec un accent du Sud.

Pas de la montagne, mais du Sud, ça, oui, elle en était sûre.

— Elle préfère qu'on l'appelle Ellie, dit Sorcière.

— Et vous ? Je ne peux pas appeler Sorcière quelqu'un d'aussi joli que vous… Vous avez peut-être un deuxième prénom ?

Ellie eut l'impression qu'il souriait en disant cela.

— Lothaire n'aimerait pas que vous m'appeliez…

— Ne vous inquiétez pas pour Lothaire…

— Très bien. Je m'appelle Balery.

Elle n'a pas voulu me le dire, mais à lui, oui ?

— Enchanté, Balery.

— Et vous, Thaddeus, vous êtes quoi ? Vous me semblez mortel.

— Merci. Mais en fait, je suis moitié vampire, moitié fantôme.

Sorcière – Balery – avait ravalé un petit cri. Pour quelle raison ?

— Ouais, je fais souvent cet effet.

De nouveau, Ellie entendit de l'amusement dans le ton du jeune homme.

— Rapport à mon pouvoir vraiment balèze, et puis aussi au fait que je suis d'une espèce rare, poursuivit-il, avant de se tourner vers Ellie pour lui dire : Je m'appelle Thad. Je suis un ami de M. Lothaire. Je suis venu pour vous aider.

Mais d'où sortait cet énergumène ? Sa voix grave résonnait de bonté, mais s'il était ami avec Lothaire et à moitié vampire, cela ne faisait-il pas de lui un être mauvais ?

— M. Lothaire est venu me chercher parce que j'étais encore humain il n'y a pas longtemps de ça. Enfin, je croyais que j'étais humain. Et quand j'ai vu certaines des créatures que vous avez croisées aujourd'hui, je suis devenu catatonique. Carrément flippant, comme truc, hein ?

Ce que j'ai vu…

Thad lui prit les mains. Les siennes étaient grandes, calleuses, chaudes.

— Mais vous êtes en sécurité, maintenant. Plus personne ne vous fera du mal. On va vous protéger.

En sécurité. Protégée. Pendant cinq ans, Ellie avait rêvé qu'on lui parle ainsi.

Mais elle ne parvenait toujours pas à accommoder sa vision, ne distinguait même pas les traits de Thaddeus.

— Quand j'étais dans les vapes, continua-t-il, une Valkyrie très gentille nommée Regin la Radieuse et une fey appelée Natalya m'ont pris sous leur aile.

Regin la Radieuse, celle que Lothaire harcelait ? Hou là.

Je déteste ce monde.

— Chaque jour, ces dames me parlaient, de tout et de rien, du quotidien. Et un jour, je me suis senti suffisamment bien pour lever les yeux et regarder à nouveau autour de moi. Et c'est ce que je vais faire avec vous, ajouta-t-il en serrant délicatement les mains d'Ellie entre les siennes. Je vais vous parler. Parce que j'ai nulle part où aller et que je suis très bien ici. Je me cache de ma mère adoptive. Elle est géniale, mais elle me prend pour un lycéen, et un lycéen mortel, en plus. Mais moi, les lycées de mortels, ras le bol. Alors, tous les jours, de 8 heures à 15 heures, je dois trouver de quoi m'occuper en dehors de la maison. La plupart du temps, je traîne avec les Valkyries, mais elles sont nulles au foot. Tout ce qui les branche, c'est la fumette avec les sorcières, les jeux vidéo et crier à vous percer les tympans.

Ah. C'est plutôt mieux que dans Le Livre du Mythos...

— Et puis, tiens, si vous refaites surface, je vous raconterai des histoires sur M. Lothaire. Je vous dirai comment il m'a sauvé la vie, plusieurs fois.

Tiens, Sorcière avait-elle cessé de remuer sa potion en entendant cela ?

— Alors, de quoi est-ce que je vais vous parler pour commencer ? demanda Thad, réfléchissant à voix haute.

Ellie l'entendit ensuite claquer des doigts.

— Ah, je sais...

D'une voix apaisante, il lui expliqua que les Valkyries provoquaient la foudre lorsqu'elles étaient en proie à une forte émotion et que, dans ces moments-là, le ciel était aussi illuminé qu'un soir de feu d'artifice. Il lui parla d'une Valkyrie un peu fée marraine, appelée Nïx, qui lui avait trouvé une monitrice vampire, laquelle lui apprenait à se téléporter – et à se faire livrer du sang à domicile. Il lui raconta qu'avec sa mère et sa grand-mère, ils vivaient désormais à La Nouvelle-Orléans, dans une belle maison.

Entre chaque histoire, il faisait une petite pause et lui rappelait que jamais il ne laisserait personne lui faire de mal, qu'elle était en sécurité.

Le temps passant, Ellie réussit à focaliser son regard sur lui. Elle voyait désormais qu'il était grand, musclé, brun. *Beau.*

— Vous revenez, Ellie, dit-il avec un large sourire.

Oh, ce sourire ! Avec des *fossettes*. Si vrai. Si ouvert.

— C'est bien. Continuez comme ça, c'est tout. Rien ni personne ne vous fera de mal.

Elle voulut parler, bouger. Essaya, encore et encore.

Je peux y arriver. Esprit contre esprit. *Il suffit de renvoyer Saroya en coulisse.* Ellie entama sa progression vers la lumière.

— C'est ça, parfait. Revenez jusqu'à nous.

Lutter, lutter… Respirer profondément.

— *Bon… jour ?*

— Bienvenue !

— Dieux merci, lâcha Sorcière avant d'ajouter à mi-voix : On a tous sauvé notre peau, cette fois.

38

Quand Ellie sortit de la douche, Sorcière l'attendait avec des vêtements propres.

— Thad refuse de partir tant que Lothaire ne sera pas revenu. Il pense que tu as besoin de « protection » en attendant que son « pote » revienne.

— De toute évidence, il ne t'a jamais vue manier la machette.

Ellie prit les vêtements – un tee-shirt et un short en jean qu'elle avait laissés lors d'un précédent passage.

— De toute façon, il ne pourrait pas s'en aller. Sans un portail ou une escorte, personne, hormis Lothaire, ne peut se téléporter jusqu'ici, ou d'ici. J'avais prévu de le retenir jusqu'à ce que Lothaire décide quoi faire de lui.

— Où Lothaire m'a-t-il emmenée ? Quel était cet endroit affreux ?

— Il t'a téléportée par accident jusqu'à la capitale de la Horde, Helvita.

— Ah oui, j'ai lu quelque chose sur ce château. C'est là qu'il a été torturé ?

Sorcière ne confirma pas, ne nia pas non plus.

— Pour en revenir à ce garçon, sache que si tu lui dis quoi que ce soit sur ta situation, Lothaire le tuera. Un seul mot, et tu signes son arrêt de mort. Alors, ne lui demande pas de t'aider à t'évader.

Ellie enfila le short.

— Je ne dirai rien.

— Je t'ai vue zyeuter son téléphone avant de te retirer pour prendre ta douche.

— Ah oui ? Et moi, je t'ai vue qui me regardait zyeuter son téléphone.

Sorcière croisa les bras.

— Et c'est pour ça que tu ne lui as pas demandé si tu pouvais t'en servir ? Par peur de représailles de ma part ?

— C'est vrai, je ne voulais pas que tu lui coupes la main. Mais j'avais aussi une autre raison.

Comme Sorcière la regardait d'un air interrogateur, Ellie lâcha :

— Je suis la femme de Lothaire, non ?

La fey se détourna brusquement pour arranger une serviette sur le porte-serviettes.

— Pourquoi tu me poses encore cette question ?

Ellie passa le tee-shirt.

— Pendant la bagarre, là-bas, il y a eu un moment où il a paru… frappé de stupeur en me regardant.

Ces dernières vingt-quatre heures avaient été de véritables montagnes russes pour Ellie. La veille, elle avait accepté son sort. Aujourd'hui, quelque chose avait changé.

Comment pouvait-elle croire que Lothaire l'éliminerait, après avoir vu dans son regard cette panique, cette évidente inquiétude ?

— Peu importe que tu le sois ou pas, Elizabeth. Il a besoin de Saroya pour obtenir la couronne de la Horde.

— Parce qu'il n'est pas le souverain légitime.

Sorcière acquiesça d'un hochement de tête hésitant.

— Pourquoi ne se sert-il pas de l'anneau pour l'obtenir, cette couronne ? Lothaire m'a dit qu'il avait tous les pouvoirs, ou presque.

— On ne peut s'en servir qu'un petit nombre de fois avant qu'il ne se mette à dérailler. Et puis, sans Saroya à ses côtés, il aurait à faire face à d'innombrables rébellions.

— Je ne comprends pas. Saroya n'a aucun pouvoir.

— La Horde n'acceptera qu'un héritier de la famille royale vampire, ou l'époux d'une héritière vampire…

— Ou d'une ancienne déesse vampire.

— Exactement. Et comme Lothaire a prévu de se servir de la Horde pour s'emparer du trône des Daces, Saroya lui permet d'obtenir *deux* couronnes.

Contrairement à Ellie.

Peu importe que je sois ou non celle que le destin lui réserve. Il aurait fallu qu'il la désire plus qu'il ne désirait ces deux trônes.

— Je te le répète, dit Sorcière, tu ne dois rien dire à Thad qui puisse se mettre en travers des plans de Lothaire.

— J'ai compris. Mais toi, tu ne lui racontes pas que j'ai fait de la prison pour meurtre, OK ?

Sorcière opina du chef, et elles regagnèrent la cuisine ensemble. Thad se leva dès qu'il les vit.

Quel gentleman.

Il portait un jean usé qui mettait en valeur ses jambes puissantes, et un tee-shirt noir qui moulait ses pectoraux à la perfection.

Ce gamin était bâti comme un pilier de rugby.

— Vous avez retrouvé des couleurs, Ellie. Vous serez en pleine forme quand M. Lothaire reviendra.

Tandis que Sorcière se remettait à la préparation de sa potion, Ellie s'installa à côté de lui.

— Racontez-moi comment vous vous êtes rencontrés, vous et mon pote, lui demanda Thad, les yeux brillants d'excitation.

De près, elle constata qu'ils étaient couleur noisette, avec de petites taches d'un bleu éclatant.

— Euh… c'est Sorcière qui nous a réunis, répondit Ellie d'un ton vague.

Il fronça les sourcils en entendant le terme « Sorcière ».

— Enfin, je veux dire que Balery a *vu* qu'on allait se rencontrer, et tout.

— Ces oracles… toujours à essayer d'aider les gens, dit Thad avec un sourire en direction de la fey.

Mords-toi la langue, Ellie.

— Et toi… tu ne peux pas vraiment être *ami* avec Lothaire, si ?

— Mais bien sûr que si, madame, répliqua-t-il fièrement, bombant le torse. Et je suis pratiquement sûr d'être son seul ami.

Pourquoi eut-elle un pincement au cœur en entendant cela ? Après ce qui s'était passé la veille, elle détestait Lothaire plus que jamais. Non ?

Mais si, mais si. Pourtant, quelque chose l'émouvait. Ellie n'osait pas mettre de nom sur ce sentiment, cela aurait fait d'elle une idiote.

Et je ne suis pas une idiote, encore moins quand il s'agit de Lothaire.

Il avait peut-être une façon différente de la regarder, mais il comptait toujours faire disparaître son âme. Sans parler de ce voyage à Helvita, ce matin…

— Pourquoi tu m'appelles « madame » ? Je ne suis pas beaucoup plus vieille que toi. On dirait que tu as à peine vingt ans.

— Je viens d'en avoir dix-sept, répondit Thad. Tout le monde pense que je suis plus vieux, parce que je suis grand et costaud.

— Ça, on peut le dire, murmura Sorcière.

Puis elle se racla la gorge et, haussant la voix, demanda :

— Et comment as-tu rencontré Lothaire ? Je trouve un peu étonnant qu'un gars comme toi soit ami avec lui.

— On a tous les deux été enlevés par des militaires humains et emprisonnés sur une île. Là, les mortels nous ont torturés et ont fait des expériences sur nous.

— Mon Dieu, mais c'est horrible ! s'écria Ellie en lui prenant la main l'espace d'un instant. Pourquoi vous avoir fait subir des choses pareilles ?

— Ces gens appartiennent à une organisation appelée l'Ordre. Pour eux, les immortels sont des erreurs de la nature. Des *ernats*, comme ils disent. Des abominations, quoi. Leur but est de nous exterminer. Tous.

— Comment as-tu été pris ?

— C'est ça le plus dingue. J'étais juste passé chercher une copine pour l'emmener au ciné. Tout ce qui comptait pour moi, c'était d'être un bon scout, de rentrer à l'heure, et peut-être d'arriver à embrasser ma copine…

Il ponctua son propos d'un petit clin d'œil en direction d'Ellie, qui se retint d'agiter une main pour se faire de l'air.

— Et puis paf ! Quand j'ai rouvert les yeux, j'étais enfermé en compagnie de toutes ces créatures…

— Ça a dû être terrifiant.

— Ah, ça, c'était pas un pique-nique au bord de l'eau, c'est sûr. Et la cellule ! Vous avez pas idée de ce que c'est, de passer ses journées en cage.

Je n'en ai pas idée ? Ton pote *m'a laissée moisir en taule pendant cinq ans.*

On se calme, Ellie, on se calme, et on tient sa langue.

— J'ai été torturé une seule fois, pas trop fort, mais M. Lothaire ? Ils l'ont brûlé jusqu'à réduire sa peau en cendres, au point qu'on pouvait voir ses os. Ils l'ont affamé. Et lui, il riait, et il leur embrouillait le cerveau, aux humains.

Ellie l'imaginait sans peine.

— Et puis, quand tous les prisonniers se sont soulevés, il m'a sauvé la vie, plusieurs fois. Il ne pensait qu'à une chose : quitter cette île. On en a déduit qu'il avait quelqu'un à retrouver. On savait pas que c'était vous !

Il y eut un silence, pendant lequel Thad sembla se souvenir d'un détail en particulier.

— Ce qui est sûr, c'est que M. Lothaire est fou de vous.

Non, pas de moi.

— Et vous, Ellie, vous faites quoi ?

Eh bien, jusque très récemment, j'avais un poste à durée déterminée dans le couloir de la mort, mais ces derniers temps, je suis devenue le jouet d'un vampire.

Bientôt, je serai sacrifiée pour que la Faucheuse d'Âmes et l'Ennemi de Toujours puissent avoir des enfants.

— Ce que je fais ?

Ellie croisa le regard d'avertissement de Sorcière et reprit d'un ton faussement enjoué :

— Au fait, tu veux boire quelque chose, Thad ? J'ai une petite soif, moi. Il faut que je te montre ce coffre…

Trois heures plus tard, Ellie demandait d'une voix hésitante au coffre :

— *Hola, por favor… tequila cuervo… gracias…*

Sans vraiment s'en rendre compte, Sorcière, Ellie et Thad avaient déjà vidé deux seaux de Corona.

Thad lui avait dit n'avoir jamais goûté la tequila… il n'y avait qu'un moyen d'y remédier !

— Citron vert. Sel. Un autre seau de Corona. Et des chips, merci.

Quand Ellie apporta sa récolte sur la terrasse, elle trouva Thad occupé à réparer le gond d'un volet à l'aide d'un couteau suisse. Le vrai scout, toujours prêt.

Sorcière et elle étaient en maillot de bain, Thad torse nu. Le ciel était clair, sans nuages, mais Thad n'avait aucun problème avec le soleil – son hâle était là pour le prouver.

— Je suppose que c'est ma moitié fantôme, avait-il expliqué avec un haussement d'épaules.

Dans son dos, Ellie mima un félin essayant de le griffer. Sorcière sourit derrière sa bière.

Ellie leur ouvrit une bouteille chacun et se laissa tomber dans une chaise longue pour regarder la sueur glisser sur les pectoraux de Thad.

Est-ce que c'est du désir, que je ressens, là ? Ou est-ce que j'apprécie juste ce type carrément sexy ?

C'était exactement avec ce genre d'homme qu'elle avait imaginé faire sa vie. Gentil, beau, attentionné.

Alors, pourquoi était-elle attirée par un suceur de sang brutal et austère comme Lothaire ?

À cause de ce que j'ai subi, et parce que j'étais en manque de sexe ?

Ou parce que c'était un esprit brillant et un séducteur ? *Ce regard brûlant…*

Peut-être devait-elle chercher à savoir si elle désirait réellement Lothaire, ou si elle avait juste besoin d'un homme, n'importe lequel.

Pourquoi ne pas vérifier ça avec Thad ? Les innombrables Corona qu'elle avait bues lui disaient que c'était une excellente idée.

Quand son minuteur sonna, Sorcière se leva en titubant, pointa un doigt en direction du ciel et lança : « Potion ! » comme elle aurait pu crier : « Eurêka ! », avant de s'éloigner d'un pas hésitant en direction de la cuisine.

Restée seule avec Thad, Ellie se tourna vers lui.

— Merci de m'avoir ramenée à la réalité, ce matin.

Elle but une nouvelle gorgée de bière pour se donner du courage et ajouta :

— Tu es mon héros.

— Y a pas de problème, ma belle, répondit-il, encore occupé avec son volet.

Ellie avait découvert qu'il était né et avait grandi au Texas. *Une sacrée belle plante venue du Texas…*

— Je peux te serrer dans mes bras, pour te remercier ? demanda-t-elle d'une voix un peu rauque.

Il se tourna vers elle, intrigué, passa une main sur sa joue.

Sans lui laisser le temps de répondre, elle jeta les bras autour de son cou, glissant les doigts dans ses cheveux bouclés, juste au niveau de la nuque.

Seigneur, qu'est-ce qu'il sent bon. Les pectoraux de Thad se tendirent contre sa poitrine. Sa peau était moite.

— Ou te faire un bisou, même ? insista-t-elle en se hissant sur la pointe des pieds.

Thad devint rouge comme une tomate.

— Euh… vous êtes la femme de M. Lothaire, ce qui veut dire que vous êtes prise. *Vraiment* prise. Et moi, je suis…

Ellie posa les lèvres sur celles du jeune homme et le serra contre elle. Il se figea.

Mais ses lèvres étaient fermes, avaient un petit goût de citron vert et de sel. *Pas mal*. Elle accentua un peu la pression de sa bouche, et les lèvres de Thad finirent par s'entrouvrir.

Il sent bon. Il est agréable à toucher. Et son goût… miam !

Alors, où est le désir *?*

Et merde ! Elle devait bien admettre désormais ce qu'elle avait su, instinctivement, dès le début. *Je ne retrouverai avec personne d'autre la passion que je connais avec Lothaire.*

Elle allait s'écarter quand Sorcière réapparut.

— Par tous les dieux du mal ! s'écria-t-elle. Qu'est-ce que c'est que ça, Elizabeth ? Tu veux la mort de cet enfant ?

Thad et Ellie reculèrent tous les deux en marmonnant des excuses. La fey montra la maison à Ellie.

— Va te nettoyer le visage, et tout de suite !

Puis elle se tourna vers Thad.

— Toi, tu t'assois. Tu iras ensuite.

Puis elle rentra à la suite d'Ellie et claqua la porte de la salle de bains derrière elle.

— Allez, on frotte, on frotte ! Il faut te débarrasser de son odeur !

Ellie s'exécuta. D'accord, les Corona avaient peut-être eu tort, et ce baiser n'était pas l'idée du siècle.

— Tu ne diras rien à Lothaire ?

— Vous étiez sous ma responsabilité. Deux gamins pubères et complètement ivres, que j'ai laissés seuls. Lothaire ne doit jamais l'apprendre ! Mais qu'est-ce qui t'a pris de faire un truc pareil ?

— Je voulais juste… Il fallait que je sache pourquoi ce que j'éprouve pour Lothaire est si fort. Si c'était parce que je sors de prison et que je suis en manque, ou parce que c'est *lui*.

L'expression de Sorcière s'adoucit.

— Même si c'était vraiment une fausse bonne idée, je ne peux pas te reprocher ta curiosité. J'imagine ce que tu dois ressentir. Est-ce qu'au moins, tu as eu ta réponse ?

— Il n'y a que Lothaire qui me fasse de l'effet. Pour ce qui est de la passion, en tout cas.

Ellie fronça les sourcils. Et s'il existait réellement un avenir avec un vampire comme lui ? Un avenir à trouver, à construire, quelque part…

Pour son salut, elle avait séduit le corps et l'esprit du vampire, avec un certain succès. Mais elle avait oublié son cœur.

Et si elle décidait de gagner le cœur du vampire, parce qu'elle voulait tenter l'expérience de la vie à ses côtés ?

— Je vais faire en sorte que Lothaire tombe amoureux de moi. Je veux dire, vraiment amoureux.

Je vais mettre son cœur dans ma ligne de mire. Tu peux te téléporter, vampire, mais tu ne peux pas te cacher.

— Et s'il te sacrifie pour Saroya, pour ses couronnes ? demanda Sorcière. Tout ce que tu auras gagné, c'est de rendre les choses plus difficiles pour vous deux.

Ellie s'interdirait d'aimer Lothaire. Jamais elle ne tomberait amoureuse de lui. Et quand elle avait décidé quelque chose, elle ne changeait jamais d'avis.

— Alors, il faut que je fasse en sorte qu'il m'aime plus que deux royaumes vampires.

— On peut savoir comment ?

Ellie sourit.

— Je vais trouver. Il me faut juste un autre verre. Maintenant, laisse-moi aller réconforter ce pauvre Thad.

39

One love, one heart... let's get together and feel all right...

Quand Lothaire réapparut chez Sorcière, du reggae et des éclats de rire venaient de la terrasse. Une capsule sauta, des verres tintèrent.

La potion bouillonnait, apparemment prête, mais la cuisine était déserte. Elizabeth était-elle dehors ? Avait-elle repris connaissance sans la potion ?

Lui qui s'était fait tout un film... *Sorcière fabrique la potion, puis je la fais boire à Elizabeth, et son regard gris buté retrouve son éclat. Elle me voit et passe les bras autour de mon cou pour manifester sa reconnaissance...*

Les pampres au creux de son poing serré, Lothaire se rendit invisible et se dirigea vers la terrasse. Elizabeth, Sorcière et Thad y trinquaient joyeusement, avalant cul sec des verres de tequila.

Un soulagement intense l'envahit. Elizabeth était consciente, ses yeux brillaient. Elle portait un short en jean et un haut de bikini. Comme Thaddeus ne la lorgnait pas sous toutes les coutures, il aurait la vie sauve.

Elizabeth était indemne, le gamin se comportait en gentleman avec elle, et Lothaire constata que Sorcière avait changé le code de la limite depuis son départ. Tout allait pour le mieux.

Malgré cela, il était furieux contre eux trois. Mais il ignorait pourquoi. Il savait juste que *son* oracle, *sa* femme, *son*… ami n'auraient pas dû boire et s'amuser ensemble alors que *lui* n'était pas là.

Il plissa les yeux. Ceci avait un petit air de… mutinerie, mais il n'aurait pas su dire exactement en quoi.

Il les écouta discuter entre deux gorgées. Thaddeus racontait des choses sur lui ?

— Lothaire, c'est le type le plus drôle qui soit, dit-il.

— Ouais, c'est ça, pouffa Ellie. Et les cerunnos sont des gros boute-en-train, aussi ?

— Je plaisante pas ! Quand on s'est évadés, autour de nous, c'était l'enfer. Partout, ça se battait, ça explosait, on entendait des cris d'horreur. Et Lothaire a déboulé de nulle part, calme comme il sait l'être. La dernière fois qu'on l'avait vu, il se battait contre une bande de vampires, y en avait vraiment beaucoup. Quelqu'un, dans notre petit groupe, lui a demandé comment il avait fait pour s'en sortir, et du tac au tac il a juste répondu : « Je suis bon, c'est tout. »

Tandis que Sorcière et Ellie éclataient de rire, Lothaire s'appuya contre l'encadrement de la porte, repensant à ce moment. Il s'en souvenait parce que, ensuite, Thaddeus s'était montré loyal envers lui.

Le groupe allait s'envoler à bord d'un petit avion avec Declan Chase, et peut-être réussir à s'évader, et refusait d'emmener Lothaire. Mais Thaddeus avait insisté pour qu'ils le laissent monter.

Lothaire avait décliné l'offre, bien sûr. Puis il avait ordonné à des démons ailés d'abattre l'avion, pour lui ramener Chase.

Mais Lothaire n'oublierait jamais que Thaddeus l'avait défendu – alors que le gamin n'avait rien à gagner.

C'était une des rares fois où l'on avait fait preuve de loyauté envers lui depuis la mort de sa mère…

— Encore, raconte d'autres trucs ! lança Elizabeth en agitant sa bouteille.

Tout autour de sa chaise longue gisaient des paquets de chips vides, et cela fit sourire Lothaire.

— Une nuit, on se reposait dans ce labo sinistre, commença Thaddeus. Il y avait des instruments de torture accrochés un peu partout, mais Lothaire avait l'air complètement ailleurs. Il a grimpé sur le toit d'une cage pour dormir un peu, mais avant, il nous a dit : « Avertissement à quiconque envisagerait de m'approcher pendant mon sommeil : je l'étranglerai avec ses propres viscères. » C'est dingue, non ? Qui peut dire un truc pareil ?

Nouveaux éclats de rire.

J'avais bu le sang de Chase, et j'avais hâte d'accéder à sa mémoire.

Thaddeus reposa bruyamment son verre de tequila.

— Et dans la montagne, sur un sentier, Lothaire a dit à ce berserk carrément costaud de faire bien attention, « sinon, je risque de retomber dans ma période de jeunesse dite de *skull-fucking* ».

Elizabeth s'étrangla avec sa bière, qui passa par le nez, et Thaddeus jeta la tête en arrière pour rire à gorge déployée. Sorcière ne les imita pas. Elle savait que Lothaire ne plaisantait pas.

Ah, cette jeunesse espiègle...

— Et puis, il a un courage de folie, reprit Thaddeus d'un ton trahissant le véritable culte qu'il vouait au vampire.

Mais Elizabeth est pendue à ses lèvres. Tout ce qu'il dit sur moi la fascine. Plutôt satisfaisant.

— Ah, ça, je veux bien le croire, dit-elle. Je sais qu'il a tué tout une meute de wendigos.

Thaddeus écarta cette remarque d'un geste.

— C'était au début, ça. Plus tard, il a massacré tout une armée de ces bestioles. Il nous a sauvé la vie à tous. Et il ne le faisait que pour une chose : te retrouver.

Le sourire d'Elizabeth disparut. Lothaire entendit presque ses pensées. *Ce n'était pas moi qu'il essayait de retrouver.*

— Sur l'île, c'est moi qui ai deviné en premier qu'il avait une petite amie, continua Thaddeus. Quand Lothaire partait un peu en vrille, il me murmurait des trucs sur sa jeune femme qui le regardait avec effroi, ce qui, vous l'avouerez, est un peu bizarre à entendre.

— Me revoilà, l'interrompit Lothaire.

Ils sursautèrent de concert et se retournèrent.

Il ne se rappelait pas avoir raconté ces choses à Thaddeus. *Jeune ? Effroi ?* Certainement pas une description correspondant à Saroya.

Ai-je donc toujours su, au fond, qu'Elizabeth était ma femme ?

— Lothaire, sain et sauf, dit justement cette dernière, qui avait retrouvé le sourire.

Tout comme toi. Après les larmes de la veille – et la terreur de ce matin –, elle était heureuse de le voir indemne ?

— Bien sûr, répondit-il, avant de se tourner vers Thaddeus. Je vois que tu fais comme chez toi.

Le jeune homme baissa les yeux sur sa bière.

— Je me suis dit que je pouvais rester un peu, peut-être vous aider à protéger votre dame.

— Est-ce toi qui as ramené Elizabeth à la réalité ?

— Je l'ai un peu aidée.

Lothaire le remercia d'un hochement de tête un peu sec.

— Sorcière, je voudrais te parler.

Il se téléporta à l'intérieur et jeta les pampres sur la table.

Elle le suivit.

— Ah, tu les as trouvées.

Ça n'avait pas été facile. Les sentinelles avaient été aussi féroces qu'il l'avait prévu, mais il avait réussi à déjouer leur défense et à arriver jusqu'à Nérée.

Quand le dieu, soulagé, lui avait tendu les pampres, il avait interrogé Lothaire à propos de sa nouvelle femme, celle à propos de laquelle les spéculations allaient bon train, partout dans le Mythos.

— Est-ce que je la connais ?

— Ce n'est personne, avait répondu Lothaire, en toute honnêteté.

— Je pensais vraiment que tu exigerais mon premier-né.

— Qu'est-ce que tu veux que je fasse d'un putain de bulot ? avait rétorqué Lothaire, se téléportant avant que Nérée ne puisse le frapper.

— Le bouillon est prêt, dit Sorcière en froissant les pampres avant de les jeter dans la marmite. Même si on n'en a plus vraiment besoin…

La fey avait-elle la diction un peu hésitante ?

— Comment a fait Thaddeus ?

— Il lui a parlé, lui a dit qu'elle était en sécurité, protégée. C'est incroyable comme elle a réagi à quelque chose d'aussi simple. J'imagine que se sentir en sécurité était assez nouveau pour elle.

Lothaire ignora le ton un peu sentencieux de la fey, l'attribuant à l'alcool, et se concentra sur le résultat : Elizabeth allait bien, et Thaddeus s'était, une fois de plus, montré loyal envers lui.

Cet halfelin finirait peut-être par faire un allié fiable…

Rassuré sur l'état d'Elizabeth, Lothaire allait enfin pouvoir réfléchir à la bataille de ce matin et à ses conséquences.

Était-il réellement le cousin de ce Dace ? Avait-il d'autres parents en Dacie ?

Peut-être était-il sur le point de trouver ce royaume, et donc Serghei. Il ne voyait que cela pour expliquer qu'ils aient voulu enlever sa femme.

Maintenant que Tymur le Fidèle avait été éliminé, les machinations politiques chez les vampires allaient repartir de plus belle. Les Abstinents allaient probablement chercher à prendre le trône, dirigés par Kristoff, le vampire-né – contre qui Lothaire nourrissait une animosité particulièrement vive et qui, autrefois, s'était rebellé contre la Horde. Kristoff avait interdit à son armée de boire du sang sur les êtres, ce qui violait un des deux principes sacrés de la Horde : celui de la Soif.

En dehors de Kristoff, il y avait une autre prétendante, bien que très improbable…

— J'ai jeté les os pour trouver la Dorada, mais elle est trop loin de nous à présent, dit Sorcière.

— Très bien, répondit Lothaire d'un ton absent.

Il se souvenait soudain qu'il n'avait pas anticipé les mouvements de Tymur, ne l'avait pas tué avec son détachement habituel. En défendant Elizabeth, Lothaire avait renoncé à son arme la plus efficace et s'était reposé sur son instinct.

C'est elle.

Lisant à la perfection dans ses pensées, Sorcière demanda :

— Tu le sais, n'est-ce pas ? Tu sais que c'est Elizabeth. Peut-être ne me trancheras-tu pas la gorge si je parle de ça…

Il avait été si arrogant pendant sa conversation avec Sorcière, écartant l'idée d'une épouse mortelle, la taxant d'absurde. Il ne s'était même pas donné la peine de lui dire à quel point il était pris au piège avec Saroya.

— Comment réussiras-tu à lui faire oublier tout ce que tu lui as infligé ? demanda Sorcière. Elle n'y arrivera pas si facilement que ça, si toutefois elle y parvient. Tu peux me faire confiance sur ce point.

— Peu importe que ce soit ma femme. Je ne peux pas la garder. Mes plans ne doivent pas changer.

Sorcière le fixa en clignant des yeux.

— Tu n'as tout de même pas l'intention de… Lothaire, si tu vas jusqu'au bout de ce truc, cette histoire te détruira.

— Je serai détruit si je n'accomplis pas ce que j'ai fait le serment d'accomplir.

— Ta mère n'aurait pas voulu cela pour toi.

— Tu supposes que je parle des promesses que j'ai faites à Ivana. J'en ai peut-être fait d'autres, idiot que je suis…

Elizabeth entra d'un pas léger, bronzée, pieds nus, le sourire aux lèvres.

Et si sexy que, l'espace d'un instant, Lothaire perdit le fil de la conversation.

— Dis donc, Lothaire, Thad nous a beaucoup parlé de toi. Tu es un vrai héros, dit-elle en s'approchant d'une démarche chaloupée qui lui donna des palpitations. Et en plus, tu es allé chercher des pampres pour moi ?

Sorcière choisit cet instant pour baisser le feu sous sa marmite et quitter la cuisine, direction la véranda.

Avant même qu'il ait décidé de tendre la main vers elle, Lothaire enlaçait la taille d'Elizabeth.

— Tu es bien sûre que je l'ai fait pour toi ? demanda-t-il en la soulevant pour l'asseoir sur le plan de travail.

— Oui, oui. Tu n'avais pas besoin de soigner mon esprit, pourtant. Maintenir mon corps en bonne santé aurait dû suffire.

Il se glissa entre ses genoux.

— Peut-être que tu ne devrais pas m'attribuer des intentions que je n'ai pas.

— Et peut-être que tu devrais arrêter de parler en lothairien.

Du bout de l'index, elle dessina des arabesques sur le torse de Lothaire.

— Que veux-tu dire ?

— Tu poses des questions plutôt que d'avoir à mentir. Ou tu dis des trucs comme « peut-être que tu » ou « je présume que tu ». Si, si, vampire, je vois parfaitement clair dans ton jeu.

Qu'elle ait compris aussi rapidement ses manœuvres le déconcerta, mais il resta impassible.

— Est-ce que tu t'es inquiétée pour moi, aujourd'hui ? Entre deux tequilas ?

Elle soupira.

— Et aussi, tu changes brusquement de sujet. Mais oui, je me suis inquiétée pour toi, Leto.

— Comment m'as-tu appelé ?

— Par tes initiales. Lothaire, l'Ennemi de Toujours. C'est un peu négatif, quand même. Leto, ça te va mieux.

De chaque côté des cuisses d'Ellie, les griffes du vampire creusèrent le bois.

— Ennemi de Toujours, ce n'est pas qu'un nom, c'est un titre. Survivre dans le Mythos nécessite de l'audace et du courage. J'ai *gagné* le droit d'être appelé ainsi.

— Eh bien, aujourd'hui, tu viens de gagner le droit d'avoir un surnom.

— Pourquoi maintenant ?

— Je suis pompette, tu es super canon et j'ai envie de t'embrasser. Tu avais besoin d'un surnom.

Personne ne lui en avait jamais donné. Personne ne s'était jamais senti suffisamment à l'aise avec lui pour oser…

— Pourquoi cette marque… d'affection ? Hier soir, tu pleurais. Tu ne m'en veux pas de t'avoir emmenée à Helvita ?

— C'est moi qui t'ai attrapé le bras, avoua-t-elle. Tu as commencé à disparaître, alors j'ai essayé de te secouer, pour te réveiller.

— Tu t'inquiétais pour moi ?

Le plaisir que cette idée lui procura fut vite effacé par l'irritation.

— Je t'avais pourtant ordonné de ne pas me toucher ! Pourquoi m'avoir désobéi ?

— Tu m'as appelée. Tu as répété mon nom plusieurs fois. En criant.

Donc, une partie de lui avait su qu'Elizabeth était sa femme.

— Et tu m'avais dit que tu pouvais être tué si tu te téléportais dans ton sommeil ! Vu le genre de créature qui t'attend partout où tu vas, je t'ai cru.

Il sentit ses épaules se nouer.

— Que te rappelles-tu ?

— Des images sans queue ni tête jusqu'à un certain point, puis plus rien. Mais peu importe, je suis remise.

— Comment pourrais-tu l'être ?

— J'ai un avenir vers lequel regarder.

Et, d'un ton solennel, elle annonça :

— J'ai décidé de te garder, Leto.

En proie à une véritable tourmente intérieure, Lothaire trouva pourtant le moyen de répondre calmement :

— Tiens donc ? Vraiment ?

— Même si tu t'es comporté comme le plus gros connard possible.

Ses yeux rougeoyèrent.

— Insolente.

— Je suis ta femme, non ?

— La simple idée que ma femme soit une mortelle est ridicule.

Même si la mortelle en question m'épuise de désir.

— Encore du lothairien ! Tu ne m'as pas répondu.

— Combien de fois t'ai-je répété que tu étais d'une espèce inférieure ?

Au lieu de se sentir insultée, Elizabeth sourit.

— Je dois t'appeler comment ? Mon petit mari ? Ma moitié vampire ?

Il allait la remettre à sa place quand elle se pencha et lui murmura à l'oreille :

— Si tu bois un petit coup à mon cou, est-ce que tu seras soûl ?

Son corps tout entier se tendit.

— Il n'y a qu'une façon de le savoir.

— Alors, ramène-moi jusqu'à ton lit et fais-moi des trucs très spéciaux en me murmurant des choses cochonnes.

Il réprima un grognement.

Comme ils sortaient, il s'arrêta sur la terrasse et lança à Thaddeus :

— Sorcière t'ouvrira un portail temporaire pour que tu puisses rentrer chez toi, *fils*. Laisse-lui ton numéro de téléphone avant de partir. Et, bien sûr, tu ne parles de cet endroit à personne.

— Pas de souci, monsieur Lothaire.

Mais, cette fois encore, le jeune homme évita son regard.

40

— Tu as quelque chose de changé, dit le vampire dès qu'ils furent dans sa chambre.

J'ai compris deux, trois trucs sur moi.

— Ah bon ? Tu trouves ?

Et sur toi.

Il s'était mis à lui tourner autour avec son air de prédateur.

— Si seulement j'arrivais à mentir avec autant de facilité que toi... Mais je découvrirai ton secret.

— À quoi tu rêvais, quand tu t'es téléporté ? demanda Ellie, pour changer de sujet.

Elle le regretta presque aussitôt en voyant s'allumer une lueur d'angoisse dans le regard de Lothaire.

— À un souvenir. Un de mes souvenirs. Une chose dont je ne veux pas parler.

Elle voyait tout à fait de quoi il s'agissait.

— Ah bon.

— Tu n'insistes pas ?

— Tu m'en parleras quand tu seras prêt.

Cela sembla réellement lui faire plaisir. Il l'attrapa et l'attira contre lui pour humer ses cheveux.

— Tu sens le sel, le soleil et la tequila. C'est exotique, pour moi.

Il inspira profondément, comme s'il cherchait à s'imprégner de l'odeur d'Ellie...

Soudain, il sursauta, se raidit et la repoussa.

— Pourquoi ai-je aussi senti une trace de Thaddeus ? Alors que tu n'es plus à côté de lui ?

— On a dû se serrer l'un contre l'autre.

Mais elle se sentit rougir. Et son cœur battait plus vite, non ?

— Tu... *mens*. Et pourquoi mentirais-tu, sinon pour...

Des flammes s'allumèrent dans les yeux de Lothaire.

— Non, Lothaire, ce n'est pas ce que tu crois !

— Alors, dis-moi ce que c'est, souffla-t-il, avant de hurler : Ou je commets un meurtre !

— J... je l'ai embrassé.

— Alors, tu l'as *tué*.

— Thad ne m'a pas rendu mon baiser ! Il était stupéfait, il est resté sans bouger. Et ensuite, il était mortifié.

— Ma punition sera encore plus dure, alors ! Catin ! Je devrais t'attacher nue à un pieu au carrefour des démons !

Et, poussant un hurlement, il planta son poing dans le mur. La pièce tout entière vibra. Il frappa une nouvelle fois, puis lui fit face.

— L'as-tu... touché ?

— Non ! Et de toute façon, quelle importance ? Tu n'arrêtes pas de me répéter que je ne suis pas ta femme ! Que c'est Saroya ! Qu'est-ce que ça peut te faire, qu'une femme que tu vas bientôt tuer ait donné un innocent baiser à un garçon ?

— Dis-moi pourquoi tu l'as fait ! Qu'est-ce qui t'a poussée à l'embrasser ?

— J'ai mes raisons !

Il posa une main ensanglantée sur la gorge d'Ellie.

— Dis-le-moi ou je brise ton joli petit cou.

Rien n'avait changé chez Lothaire. *Rien*.

— Tu ne peux pas. Alors, arrête de me chanter toujours la même chanson, vampire.

Elle se dégagea, furieuse.

— Non, mais je peux tuer ta famille ! Je peux te laisser choisir qui meurt et qui reste en vie, si tu veux.

Seigneur, non, pas eux.

— Je t'en prie, ne fais pas ça, Lothaire…

Déjà, il la téléportait en direction de chez elle.

— Ramène-moi à l'appartement, et je te dirai…

Elle se tut en voyant que l'endroit où elle avait vécu n'était plus qu'une ville fantôme.

Pas de lumières, pas de bruits de voix, pas de télévision allumée dans les mobile homes. La famille Peirce avait disparu.

— Où sont-ils donc, bordel ? demanda Lothaire en les téléportant jusqu'au mobile home où Ellie avait grandi.

C'était la première fois qu'elle revenait ici depuis la nuit des meurtres.

Il y avait des affaires un peu partout. Visiblement, sa mère avait tout sorti à la hâte, et ils étaient partis depuis un moment.

L'endroit était désert. Ellie réprima un air victorieux.

Lothaire la regarda, la téléporta dehors. Elle balaya du regard la montagne plongée dans l'obscurité totale.

— Dis-moi où ils sont !

— Partis.

Elle inspira profondément l'air de la montagne, redressa les épaules.

— Ils sont à jamais hors de ta portée.

Ici, chez elle, elle reprenait des forces. Cet endroit avait été le théâtre de siècles de lutte et de vie laborieuse, de sang perdu et de douleur endurée.

En cet instant, Ellie était convaincue d'avoir été *taillée* pour la vie ici. Grandir en ce lieu l'avait préparée à affronter un ennemi tel que Lothaire.

— Mmm… dit-elle en se tapotant la lèvre. Tu peux pas les tuer, tu peux pas me faire de mal. J'ai l'impression que t'as vraiment un jeu pourri, Leto.

La dernière fois qu'elle s'était trouvée sur le seuil de son mobile home, Elizabeth avait risqué sa vie pour tuer Saroya, en courant vers une pluie de balles.

Et maintenant, après tout ce qu'il lui avait fait, elle le narguait.

L'ai-je réellement crue lâche ?

— Alors, qu'est-ce qui est pire, Lothaire ? Que je sois une péquenaude humaine basse de plafond ? Ou que la péquenaude ait été meilleure que toi ?

Cette audace... délicieuse !

Non, tu es furieux contre cette catin !

Et complètement fasciné par elle. Désir et possessivité s'éveillaient en lui, ainsi qu'autre chose, qu'il ne parvenait pas à définir.

Puis il se souvint d'elle, embrassant un garçon, des années auparavant. Et Thaddeus... Il imaginait sans peine son regard stupéfait !

La jalousie l'enflamma.

— Sorcière ne t'aurait jamais laissée les appeler.

— Non.

— Ça ne peut pas être Thaddeus.

Sa famille était partie depuis trop longtemps.

— Dis-moi comment tu les as prévenus !

— Sinon ? demanda-t-elle en riant.

— Je les trouverai.

— Ils sont cachés comme seuls les gens de la montagne savent se cacher. Regarde les choses en face, Lothaire, tu as perdu cette partie. Tu joues en attaque, je joue en défense. Ce plan-là, je l'ai mis en route il y a plus de cinq ans.

Lothaire la téléporta jusqu'à son appartement.

— De quoi parles-tu ?

Le menton redressé, Ellie se débattit. Au bout d'un moment, il la lâcha.

— Je savais bien que tu mettrais tes menaces à exécution si j'arrivais à tuer ta reine. Alors, j'ai fait jurer à ma mère de disparaître avec toute la famille pendant quelque temps.

Faire disparaître tous les Peirce de cette montagne ?

C'était comme vider une fourmilière. Et pourtant, il n'y avait plus personne.

— Tu as fait en sorte que ta réputation d'Ennemi de Toujours te précède, pour que tes ennemis aient peur de toi, dit-elle en posant son index sur le torse de Lothaire. Moi, mon meilleur atout, c'est que depuis toujours, les gens comme toi me sous-estiment. Je suis la gourde que personne ne voit jamais venir.

Elle le regarda droit dans les yeux. Il avait l'estomac noué par le désir. Elizabeth l'inattendue, avec cet acharnement dans son regard gris… Saroya était brutale et vicieuse, mais Elizabeth était futée et charmeuse.

Elle avait discrètement tissé sa toile autour de lui, l'agrandissant à chaque occasion.

Car « inattendue », c'était juste une autre façon de dire « sous-estimée », non ?

— Alors non, Lothaire, aucun mal ne sera fait à ma famille ce soir. Ni jamais. Est-ce que c'est clair ?

Limpide, pensa-t-il en ouvrant la bouche. *Je sais exactement qui tu es, désormais. Je sais qui tu seras*.

La marche à suivre était évidente. Même lui était capable de reconnaître qu'il éprouvait un désir jusque-là inconnu pour cette mortelle. Quelque chose de plus fort que le désir, même. Et cela malgré la déesse qui vivait en elle.

— Lothaire, je t'ai posé une question !

Il plissa les yeux. Une idée venait de lui traverser l'esprit.

— Si tu pensais ta famille en sécurité, pourquoi avoir obéi à mes ordres ? Pourquoi avoir feint d'avoir peur pour eux ?

Elle haussa les épaules et lui décocha un regard supérieur, comme pour le mettre au défi de faire quelque chose. Un grognement de désir résonna dans la poitrine du vampire.

Son petit écart pardonné – pour l'instant –, il se pencha pour l'embrasser.

41

— Bas les pattes, espèce de monstre ! dit Ellie en tentant de le repousser. Je refuse de t'embrasser. Tu allais faire du mal à ma famille !

Et tu m'as fait quitter ma montagne une nouvelle fois...

— Je n'allais faire de mal à personne. J'avais prévu de t'effrayer, c'est tout. Pour que tu reviennes à la raison.

Il peut mentir.

— Mais il semblerait qu'effectivement j'aie des cartes vraiment pourries, parce que tu refuses de réagir comme je l'ai prévu.

— Et c'est toi qui dis ça...

Qu'elle ait gagné une manche ne l'avait pas mis d'humeur assassine. Cela l'avait *impressionné*.

Et l'expression qu'elle avait surprise dans son regard l'avait touchée. Ajoutée à la bouffée de plaisir provoquée par l'air vif de sa montagne – l'odeur de la forêt, de la terre –, elle lui donnait presque... de l'espoir.

Il m'a arrachée à l'endroit auquel j'appartenais, mais peut-être qu'un jour l'homme qui se tient devant moi m'y ramènera.

— Dis-moi pourquoi tu as embrassé le gamin, dit Lothaire d'un ton las.

— Pour voir si je désirais n'importe quel homme après mon séjour en prison, ou si c'était juste toi.

— Et ?

Il retient son souffle. Seigneur Dieu, elle avait peut-être vraiment ses chances avec Lothaire.

— Je n'ai ressenti aucun désir pour lui, parce que… c'est toi que je voulais.

La fierté s'alluma dans les profondeurs grenat de ses yeux.

— Moi. Bien. Je ne veux… je ne voulais pas avoir à décapiter Thaddeus. Ni à t'attacher au carrefour des démons.

— Tu es sérieux ? Oh, Lothaire, c'est génial ! C'est ce que j'appelle un tournant dans notre relation…

— La ferme.

Elle sourit. Le regard du vampire s'arrêta sur ses lèvres.

— Tu veux un vrai baiser, maintenant ? De celui qui est vraiment ton homme ?

Vraiment mon homme. Elle vacilla. Lothaire ne l'avait jamais traitée comme sa femme. Son regard sur elle était brûlant, possessif.

— Oui, mais je veux qu'il dure bien plus longtemps qu'une semaine…

Je veux vivre !

Il prit son visage entre ses mains pâles.

— Je te garde, Lizvetta.

Les yeux d'Elizabeth se mirent à briller.

— Tu veux dire que… je ne vais pas mourir ?

Quel monstre aurait pu tuer quelqu'un comme elle ?

J'en avais l'intention. Je lui aurais même infligé pire que la mort.

— Tu ne mourras jamais ! Je te garde pour toujours.

Parce qu'elle allait devenir… sa *reine*.

À Helvita, il avait compris qu'Elizabeth était celle que le destin lui réservait. Aujourd'hui, il couvait du regard la reine délurée qu'il s'était choisie.

Il trouverait un moyen de se défaire des serments qu'il avait faits à la déesse. Après tout, il était Lothaire, non ? Il trouverait une solution.

— Et Saroya ?

— Je m'occuperai d'elle.

— Comment ?

— Il y a toujours l'anneau, non ? Tu vas vivre, et je m'occuperai de Saroya. Mais en échange…

Il la prit par les épaules, la regarda bien en face.

— … je t'ordonne d'oublier ce qui s'est passé entre nous *avant*.

— Que veux-tu dire ?

— Sorcière m'a dit que tu n'arriverais pas à surmonter la façon dont je t'ai traitée.

— Ooooh… Tu veux parler des menaces de mort contre les miens et moi ? Des tourments psychologiques et des moqueries sans fin ? Des cinq ans passés dans le couloir de la mort ?

Il se renfrogna.

— Si tu veux vivre, tu dois tout oublier, comme tu as oublié les difficultés de ton passé. Tu m'as dit que tu avais déjà réussi à tourner la page !

— C'est vrai, et je la tournerai encore. Tout ce que je te demande, c'est de ne *jamais* faire de mal à ma famille. Marché conclu ?

— Encore une forme de serment… grommela-t-il. J'ai une condition, moi aussi. Dans les semaines à venir, ne me pose aucune question sur ce que je fais. Tu devras me faire confiance pour décider seul ce qui est le mieux pour nous deux.

Elle hésita.

— D'accord, dit-elle enfin.

— Alors, je jure sur le Mythos de ne jamais faire de mal à ta famille.

— Et je jure de te laisser décider ce qui est le mieux pour nous. Pendant trois semaines.

Cette dernière précision lui fit froncer les sourcils, mais il ne releva pas.

— Tu as aussi dit que tu pouvais me rendre heureux. Alors, au travail… souffla-t-il en glissant un doigt sous le menton d'Elizabeth.

— J'ai entendu dire – mais ce n'est sans doute qu'une rumeur sans fondement – que le sexe rendait les hommes heureux. Tu veux qu'on fête notre accord ?

Il la serra dans ses bras.

— Tu penses peut-être que je ne veux pas te posséder ?

Elle leva la tête pour le regarder.

— Tu as peur de me faire mal, non ?

— Quand un humain fait mal à sa femme pendant l'amour, que se passe-t-il ?

— Je suppose qu'elle marche un peu bizarrement pendant quelque temps…

— Je suis capable de soulever un train, Elizabeth. Que t'arriverait-il ?

Pour la première fois de sa longue existence, il regrettait cette puissance, même s'il avait chèrement payé pour la posséder. Aujourd'hui, c'était un obstacle.

Sans parler de ses instincts vampires. Il n'était pas un mortel transformé, mais un vampire-né, sans aucun réflexe humain pour tempérer ses pulsions de prédateur.

— Imagine que tu essaies de lutter avec un papillon tout en sachant que tu ne dois pas lui toucher les ailes. Nous sommes un peu dans la même situation.

Elle fit courir son index sur le torse de Lothaire.

— Et si le papillon se pose sur toi en douceur ? demanda-t-elle d'une voix sensuelle.

Il se raidit.

— Je t'écoute.

— Plutôt que de me frotter à toi, comme je l'ai fait quand on était sur le canapé, je pourrais te chevaucher…

La curiosité du vampire était indéniablement piquée. Mais il secoua la tête.

— Je n'ai pas couché avec une femme depuis des millénaires. Qu'est-ce qui te fait croire que je parviendrai à me contrôler ?

— Je sais que tu y arriveras, c'est tout.

Ellie avait pris sa décision. Elle irait jusqu'au bout. Même s'il n'avait pas expressément confirmé la chose, elle savait qu'elle était sa femme et était convaincue qu'il ne la ferait pas souffrir.

Et aussi, quelque part, elle tenait à sceller leur accord. Pour le voler définitivement à Saroya. *Fais attention à ton cœur, Ellie.* Voir Lothaire jaloux l'avait déjà troublée plus que de raison.

— C'est ta première fois, Ellie, et c'est loin, très loin d'être la dernière. Je ne peux pas prendre le risque que tu souffres ou que tu aies peur

La main d'Ellie descendit et le caressa à travers son pantalon, lui tirant un grognement.

— Tu ne m'as jamais fait peur, quand on était tous les deux.

Enfin, pas trop.

— Tout ce que j'ai éprouvé, c'était du plaisir.

Après un peu de douleur.

— Avec toi, j'ai lutté contre mon instinct.

— Que veux-tu dire ?

Il passa une main sur son visage fatigué.

— Les vampires ne baisent pas comme les humains. Pour nous, l'acte sexuel, c'est la possession, la domination, le sang. Si je suis en toi, ces pulsions seront encore plus fortes. Quand tu deviendras vampire, je n'aurai pas à me contrôler autant.

— Moi ? Devenir vampire ?

Waouh. Elle n'avait jamais envisagé un truc pareil. Saroya, oui, mais elle…

— Quand je t'ai dit que je te gardais pour *toujours*, je le pensais vraiment.

L'intensité de son ton et le croc qu'elle entrevit la troublèrent. Il faudrait qu'ils discutent de tout cela, mais un autre jour.

— J'ai une idée. On va se déshabiller et s'amuser un peu sur le canapé. Si je trébuche et que je tombe pile sur ton sexe, ce ne sera pas ta faute…

— Tu veux perdre ta virginité en me chevauchant ?

— Euh… c'est déjà fait, d'une certaine manière, non ?

Avait-il rougi ?

— Ce serait plus facile pour toi si je m'allongeais sur toi. Par-derrière.

Elle ne l'avait jamais vu aussi hésitant. Mais, au moment où elle allait renoncer, il soupira bruyamment.

— Je ne peux pas lutter… Maintenant, je ne pense plus qu'à toi « tombant pile sur mon sexe ». Je peux presque le sentir.

Il lui arracha le haut de son maillot, puis défit à la hâte sa ceinture et retira son pantalon. Son membre en érection sortit comme un diable de sa boîte.

Les téléportant jusqu'au lieu de prédilection de leurs ébats, il s'assit sur le canapé, magnifique et nu, tandis qu'elle enlevait son short.

— Tu es nerveux, Lothaire ?

— Ça fait un bail… dit-il en laissant courir son regard sur le corps d'Ellie. Et je veux que ta première fois soit…

— Superlative ?

Sur les lèvres de Lothaire se dessina le sourire le plus sexy qu'elle avait jamais vu chez un homme et, l'espace d'un instant, elle s'emmêla dans les ficelles du bas de son maillot.

Elle se doutait que Lothaire apprécierait le spectacle. Ses yeux étaient brillants d'excitation, il avait le souffle court. Une de ses jambes bougeait sans cesse.

Nue, elle s'installa sur lui, à genoux.

— Je vais entrer en toi, dit-il comme si, jusqu'à présent, il en avait douté.

Son membre se dressa, impatient, à la rencontre du sexe d'Ellie.

— Tu es prêt pour la chasse à l'ours, encore ? le taquina-t-elle, provoquant un nouveau sourire chez le vampire.

— Je suis effectivement venu équipé pour la chasse à l'ours...

Doucement, il se redressa et effleura le cou d'Ellie du bout des crocs.

— ... et j'ai trouvé un papillon.

Elle frissonna. Il pouvait être si charmeur, si séduisant quand il le voulait.

— J'ai envie de t'embrasser, Lizvetta.

Sans hésiter, elle vint à sa rencontre, posa les lèvres sur celles du vampire.

Mais il prit les rênes et, lui inclinant la tête en arrière, la força à accepter les intrusions puissantes de sa langue dans sa bouche, jusqu'à ce qu'elle ait le sentiment qu'il lui faisait l'amour avec la langue.

Elle poussa un petit cri quand il glissa un doigt en elle par-derrière, s'introduisant en elle au rythme de ses coups de langue. Quand un deuxième doigt rejoignit le premier, elle pensa : *Il me prépare.*

Le baiser se fit de plus en plus profond. Plus brutal, aussi. Et les doigts du vampire continuèrent, à l'unisson.

Non, il me prévient.

Mais il ne réussissait qu'à enflammer son imagination. Elle avait vu sa façon de bouger ; que pouvait-il faire d'autre avec ce corps à se pâmer ? Quelles étaient ces pulsions qu'il évoquait sans cesse ?

Avec Lothaire, elle avait connu des moments très intenses, mais ils avaient toujours trouvé l'extase au bout du chemin.

Quand il s'écarta, mettant fin au baiser, elle était haletante et brûlante de désir.

— Je suis prête, Lothaire.

Il lui avait dit que l'expression « pactiser avec le diable » venait de lui. Eh bien, Ellie était sur le point de lui vendre son âme.

— Tu es vraiment confiante. Tu penses que je ne vais pas te faire mal, dit Lothaire en secouant la tête, se demandant à quel moment exactement il avait accepté de la posséder charnellement.

Il s'engageait sur une voie dont il pressentait qu'elle était irréversible. Faire demi-tour n'était déjà plus possible. Un homme meilleur que lui aurait lui aussi été prêt à tout pour posséder cette adorable créature au regard gris brûlant de désir, à la peau dorée et aux marques de bronzage sexy, dont les longues boucles venaient effleurer la pointe des seins.

Alors, un vampire qui cherchait sa reine depuis la nuit des temps…

— Oui, j'ai confiance. Tu es mon homme, murmura-t-elle. Tu vas bien t'occuper de moi, ce soir.

Comment ces mots pouvaient-ils lui nouer l'estomac ? Le faire prier pour qu'elle ne souffre pas ?

— Alors, je ne peux pas te toucher, dit-il en croisant les mains derrière sa tête. Pas avant d'être certain d'y arriver.

— Tu en parles comme d'une épreuve.

C'en sera une.

— Sache juste que tu es seule à bord.

— Très bien. Je devrais pouvoir y arriver. Ça doit pas être si dur que ça, quand même…

— Dur comme de l'acier.

Elle haussa les sourcils.

— Alors, on est fait pour s'entendre, parce que moi, je me sens chaude comme une forge.

Elle prit son sexe et, sans se presser, se mit à le caresser, de haut en bas… Il sentit sa volonté l'abandonner.

— Vas-y, Lizvetta, souffla-t-il, reconnaissant à peine sa voix. Chevauche-moi.

Elle se mordilla la lèvre et, après un hochement de tête, descendit sur lui.

Quand le bout de son membre rencontra les plis moites et veloutés du sexe d'Ellie, il faillit exploser.

— Dieux tout-puissants ! Tu es *vraiment* étroite.

Elle écarta les genoux, mais ne réussit à faire entrer que le gland.

— S'il te plaît, Lothaire…

Ne la touche pas ! S'il agrippait ses hanches, il la pénétrerait d'un coup, déchirerait ses chairs si tendres. Derrière sa tête, il serra les mains au point de se briser les doigts.

— Tu… t'en sors très bien.

De nouveau, elle écarta les genoux, mais elle ne pouvait rien faire d'autre.

— Je ne peux pas descendre plus bas. J'ai *besoin* d'aller plus bas !

— Mais comment pensais-tu faire, exactement ? demanda-t-il sèchement.

Elle cligna des yeux.

— Je pensais que je glisserais sur toi.

— Alors, j'ai besoin que tu mouilles vraiment. Que tu sois trempée.

Il s'écarta un peu pour contempler les seins d'Ellie tendus par le désir. Sous ses yeux, sa peau souple rosit, lui offrant, tentatrice, tous les endroits dans lesquels il pourrait planter ses crocs.

— Prends tes seins, amène-les à ma bouche.

Elle s'exécuta et, sans quitter son regard, il s'empara d'une pointe, referma ses lèvres dessus, joua avec du bout de la langue…

— Lothaire !

Tandis qu'il l'aspirait, elle se mit à bouger sur lui, à onduler pour mieux s'empaler sur son sexe.

Il avait le sentiment d'être au bord de l'explosion, sur le point de se vider alors qu'il n'avait que son gland en elle. Avec un grognement, il perça la pointe de son sein d'un tout petit coup de dent et sentit le sang couler sur sa langue. Exquis ! En aurait-il jamais assez ?

Elle hurla. De douleur ? Non. Elle se cambrait sur lui, bougeait toujours.

— Lothaire, suce-moi plus fort.

Il obéit, et quand il se força à arrêter, elle gémit, porta son autre sein à la bouche du vampire.

— Tiens.

Il procéda de la même manière, puis, contre la pointe mouillée de salive et de sang, il lâcha d'une voix rauque :

— Je n'en peux plus.

Agrippée à ses épaules, elle murmura :

— Moi non plus.

Et il ne l'avait toujours pas pénétrée.

— Tu es vraiment trop gros.

Elle voulut s'écarter. *S'éloigner de moi ?* Les crocs de Lothaire s'effilèrent, son instinct prit le dessus…

Téléporte-la jusqu'à ton lit. Et enfile-la.

Prends son sang, inonde-la de ta semence.

Il la prit par la taille, l'empêchant de bouger, se retenant de planter ses griffes en elle.

— Non, Lizvetta.

— Mais on n'y arrive pas !

— On y arrivera. Je ne te lâcherai pas avant de t'avoir possédée jusqu'au bout.

Pardonne-moi. Il donna un brusque coup de reins ; elle remonta puis redescendit sur son membre, glissant un peu plus loin.

— Lothaire ! s'écria-t-elle avec un mélange de désir et de douleur. Lâche-moi !

— Non. Parce que pour l'instant – nouveau coup de reins – tu n'es pas – un coup plus puissant encore – *à moi* ! grogna-t-il en la touchant au plus profond de son être.

Elle laissa tomber sa tête, étouffant un cri, tremblant de tout son corps contre le torse de Lothaire.

— Regarde-moi. Est-ce que je t'ai fait mal ? demanda-t-il, ignorant les petites voix intérieures qui lui hurlaient : *Enfile-la jusqu'au bout ! Possède-la ! Qu'elle comprenne une bonne fois pour toutes à qui elle appartient ! À qui elle devra obéir !*

Elle se mordit la lèvre.

— Oui, ça fait mal.

Non, jamais je ne te ferai de mal ! Il tenta de se reprendre, psalmodiant intérieurement : *But Suprême. But Suprême. Elizabeth est ma reine. Je ne peux pas l'effrayer.*

Pas une seconde elle ne se douta du combat qu'il livra contre lui-même tandis qu'elle se mettait à bouger sur lui. Il posa ses mains sur ses fesses et sentit sa chair bouger de la plus sensuelle des façons tandis qu'elle testait son propre corps, s'habituait à l'avoir en elle.

Merde, il palpitait en elle, il allait jouir ! *Non, contrôle-toi !* Il serra les dents. La sueur perla à son front.

Quand elle ondula délibérément du bassin, ils se regardèrent, ignorant tous deux comment elle réagirait. Ses paupières devinrent lourdes... Un gémissement s'échappa de ses lèvres.

Il frissonna en réponse à cet abandon et réalisa soudain qu'il était en train de regarder *sa* femme expérimenter ce plaisir pour la première fois. Ce fut une véritable récompense pour lui.

J'ai attendu cela tellement longtemps. Je l'ai attendue si longtemps.

— Mais maintenant, c'est de plus en plus agréable, dit-elle en posant son front contre celui de Lothaire. Je sens les battements de ton cœur en moi.

Et tu ne vas pas tarder à les entendre de plusieurs façons.

— Tu ne pourras jamais revenir en arrière, Lizvetta. Je t'ai possédée, tu es à moi.

Mais pas complètement. Il fallait encore qu'il la morde au cou. *Un rituel*. Cette marque serait le signe qu'il la possédait. Le sceau qui symboliserait leur union.

Plante tes crocs en elle.

Ses yeux venaient de se poser sur un endroit, dans son cou, quand Ellie murmura :

— Jamais je n'aurais imaginé que ce serait comme ça, Lothaire. Jamais je ne me suis sentie aussi proche de quelqu'un.

Il ramena ses yeux dans ceux d'Ellie et, d'une voix grave, avoua :

— Moi non plus.

Elle sourit.

— Super.

Ne lui fais pas de mal. De la douceur, rien que de la douceur. *Ne lui fais pas peur*.

Ce soir, Lothaire, tu n'as pas le droit de jouer au vampire avec elle.

— Tu as tout changé, petite mortelle, lui dit-il en russe.

Comment puis-je te désirer autant ? Et renier ce que je suis ?

Car il éprouvait pour elle quelque chose d'incroyablement fort. De tout son être, il voulait la posséder, la protéger.

Personne ne ferait de mal à la femme qu'il avait dans les bras, pas même lui.

42

Quand Ellie se redressa et tenta de glisser sur lui la première fois, Lothaire ouvrit de grands yeux, avant de les refermer.

Était-il aussi étonné qu'elle par le sentiment de communion qui était né entre eux ?

Dans les yeux de Lothaire, le flou des iris semblait avoir disparu. Leur contour était plus net, et son regard plus lucide quand il le plongea dans celui d'Ellie.

Connexion…

Jamais, dans le passé, Ellie n'avait connu cela avec un autre, jamais elle n'avait regardé dans les yeux d'un garçon pour y chercher autre chose que le besoin de jouir.

Or, avec Lothaire… c'était tout le contraire.

C'était plus que du sexe. C'était un lien qui se nouait, comme une promesse faite l'un à l'autre.

Elle avait cru savoir quel genre d'homme elle voulait. Elle comprenait aujourd'hui qu'elle avait toujours eu besoin de cet amant vampire avec ses yeux rouges affamés et ses années de désir refoulé.

Refoulé pendant tout ce temps pour moi.

Quand elle commença à le chevaucher, lentement d'abord, elle prit le visage du vampire entre ses mains et l'embrassa, mettant dans son baiser tous les sentiments qui bouillonnaient en elle. Il l'accueillit avec une langue impatiente et des lèvres déterminées.

Protège ton cœur, Ellie. Mais ce baiser si possessif… comment se garder d'une chose pareille ?

Et toutes ces sensations qui l'assaillaient… La pointe de ses seins frottait contre le torse puissant du vampire, dont les larges mains posées sur ses fesses étaient comme un fer rouge.

Quand elle s'écarta, à bout de souffle, il murmura d'une voix rauque :

— Tu es en train de tomber amoureuse de moi. Je le vois à ton expression.

Elle avait du mal à réfléchir, mais elle savait une chose : elle ne voulait pas qu'il ait ce genre de pouvoir sur elle.

— Je ne suis pas en train de tomber amoureuse de toi.

Ou peut-être que si.

— Bien sûr que si.

Protège ton cœur !

— J… je n'ai jamais dit ça.

— Ah, mais moi, je le sais.

— Lothaire, tu es toujours aussi bavard pendant l'amour ? C'est chiant, vraiment. Si tu tiens à discuter, je peux faire du thé…

Il eut un rire un peu triste, puis grogna quand Ellie fit onduler son bassin. Et poussa son sexe en elle.

— Lizvetta ! Encore… Continue.

Elle était déjà au sommet de la vague, mais voulait le voir prendre du plaisir. Il ne s'agissait pas que de son plaisir à elle, elle avait aussi besoin de satisfaire son homme. Elle ralentit le rythme.

C'était une erreur.

— Bouge sur moi ! Plus vite, plus fort ! ordonna-t-il en la saisissant par les cheveux et en l'attirant à lui pour lécher son cou. Je veux tout de toi, et si tu ne me le donnes pas, je le prendrai !

Il lâcha ses cheveux pour s'emparer de ses seins.

Elle enroula ses bras autour de son cou et le chevaucha avec abandon. Pourtant, quand elle regarda ses yeux, elle vit qu'ils avaient perdu de leur clarté.

Un grognement sourd monta de la poitrine de Lothaire tandis qu'en elle son sexe grossissait encore. Ses lèvres se retroussèrent, laissant apparaître ses crocs.

— J'ai besoin de te baiser à fond.

Il semblait en proie à la folie, ses yeux étaient en feu.

La peur s'empara d'Ellie.

— Lothaire...

Il la prit dans ses bras, les téléporta jusqu'au lit et s'abattit sur elle.

Quand il s'enfonça en Elizabeth, Lothaire poussa un véritable rugissement. Voilà ce qu'il voulait, ce dont il avait besoin.

Il était un vampire-né, elle était son âme sœur. Et elle était écartelée, sous lui.

Dans le brouillard d'un plaisir enivrant, il sentit qu'elle se raidissait. *Non, elle peut me prendre jusqu'au bout.* Il se retira pour la pénétrer de nouveau, plongeant brutalement dans ce sexe si étroit.

— T... trop fort, gémit-elle.

— *Quoi ?* Mais je *veux* que ce soit fort ! Et tu vas me donner ce que je veux !

— S'il te plaît, vas-y plus doucement avec moi...

Elle se redressa pour l'embrasser dans le cou, déposant çà et là de petits baisers aussi légers que des ailes de papillon.

Sa mortelle. Si délicate. Il pouvait la briser si facilement.

But Suprême ! Cette créature est ma reine. *Et je suis sur le point de la faire souffrir à cause de cette maudite force.*

Mais comment se retenir de plonger en elle, quand, à chaque poussée, l'étroit fourreau le caressait, paradis moite et soyeux qui accueillait son sexe à la manière d'une langue, avant de l'enserrer comme un poing...

Personne ne lui fait de mal, et moi non plus.

Il serra les dents, se redressa sur un bras et, de sa main libre, descendit vers son clitoris, qu'il caressa du pouce.

— Fais monter ton bassin vers moi. Monter et descendre.

Faisant appel au peu de maîtrise qu'il lui restait, il s'empêcha de donner des coups de reins jusqu'à ce que ses muscles se mettent à trembler sous l'effort et que la sueur roule sur son torse.

Alors... sa femme se mit à bouger sous lui.

— Ah ! Oui, c'est ça !

Il baissa la tête, aspira la pointe raidie d'un sein.

— Plus vite, souffla-t-il en donnant un petit coup de croc dans le bouton rose, comme s'il l'éperonnait.

— Oh !

Elle aimait cela. *Elle est trempée.* L'odeur de ce sexe délicieux lui fit crier :

— Plus fort !

Les mains d'Ellie se plaquèrent sur les fesses du vampire, pour mieux le faire entrer en elle. Ses gémissements montèrent en puissance, se firent plus urgents.

— Tu me donneras ça chaque fois que je le désirerai... Laisse-moi te faire ce que je veux. Tu es ma femme, Lizvetta. Et j'ai bien des années à rattraper.

— Je suis vraiment à toi ? demanda-t-elle en haletant.

— Jusqu'au jour de ma mort.

Il était tendu comme la corde d'un arc. La pression, dans son sexe, l'incitait à bouger les hanches, à s'enfoncer en elle. Ses pulsions de vampire se faisaient de plus en plus insistantes. Malgré cela, il réussit à rester immobile.

Mais il fallait qu'il marque le cou d'Ellie. Ses crocs s'impatientaient, plus acérés que jamais.

— J'ai besoin de te mordre.

— Oui ! Mords-moi !

— Je parle d'une vraie morsure. Dans ton cou.

Sans hésiter, elle tourna la tête sur le côté, lui offrant la peau dorée de son cou.

— Je vais essayer de ne pas te faire mal…

Je dois mordre sans la déchirer. Il découvrit ses crocs, en posa la pointe contre la peau d'Ellie.

Ils s'enfoncèrent profondément, comme si elle l'avait attiré contre elle.

Perfection.

Il l'entendit hurler :

— Ô Seigneur ! Oui !

En proie à un véritable délire sensuel, il avala la chaude goulée. *Dévore-la jusqu'au bout.* Le sang d'Ellie coulait librement, comme s'il allait droit au cœur du vampire, les unissant.

Elle se cambra sous lui. Il sentit ses ongles griffer sa peau.

— Lothaire ! Je… je jouis !

Il émit un grognement féroce contre elle, savourant le plaisir de porter sur lui les marques de sa femme. *Dévore-la.* Lorsqu'elle jouit, il sentit le sexe d'Ellie se contracter, enserrer le sien, le presser, exiger son dû.

Donnant, donnant. Prends…

Non. Il ne pouvait pas prendre plus de sang, ne pouvait pas non plus lui donner sa semence. *Je ne peux pas me répandre en elle.* Même s'il en ressentait désespérément le besoin.

Sans vraiment savoir comment, il trouva la force de mettre un terme à sa morsure, à cette perfection. Il lâcha le cou d'Elizabeth.

Elle s'arc-bouta sous lui, remuant la tête, les yeux clos. *Elle jouit encore ?*

— Ah, seigneurs, je te sens jouir !

La pression, dans son sexe, lui fit renverser la tête en arrière et hurler :

— Lizvetta ! Tu es à moi !

Au dernier moment, il se retira, juste comme son sperme jaillissait, et se répandit, jet après jet, sur le corps tendre d'Ellie.

Lothaire se laissa retomber à côté d'Ellie, le cœur battant, donnant encore quelques coups de reins contre sa cuisse.

— Tu es mienne, désormais, souffla-t-il en passant la langue sur la marque de sa morsure.

Je vois trouble. J'ai du mal à reprendre mes esprits. Le vampire lui tournait la tête. Et elle n'avait jamais été plus heureuse.

Il se redressa sur un coude, se pencha vers elle pour dégager de son front les mèches trempées de sueur, s'interrompant entre chaque geste pour l'embrasser.

— Pourquoi t'es-tu retiré ? demanda-t-elle quand elle retrouva la parole.

— Je ne veux pas te mettre enceinte.

Elle fronça les sourcils.

— Tu disais que tu voulais des héritiers.

— Nous n'aurons pas d'enfants tant que tu ne seras pas vampire. Demain, Sorcière te donnera une potion de contraception qui fera effet un mois ou deux.

Et il ne me pose même pas la question ? Un peu cavalier, tout de même.

— Est-ce que j'ai mon mot à dire ?

— Il y a une heure, tu as accepté que je prenne des décisions pour nous deux.

Ah, c'est vrai. Elle sourit, malgré tout.

— Tu as raison. Et vive les potions.

— Je te guiderai comme il faut, si tu me fais confiance, dit-il, énigmatique.

Elle le regarda dans les yeux. Pouvait-elle avoir une confiance aveugle en un homme comme lui ? Elle se força à approuver, d'un mouvement du menton.

— Tu vas aussi avoir besoin d'un tatouage de dissimulation. J'ai beaucoup de choses à te montrer en dehors de ces murs, Elizabeth.

— Quoi ?

Elle était distraite, car déjà, le sexe de Lothaire se redressait, prêt pour un deuxième round.

— Rien de moins que le monde entier, ma belle…

À la fin de la nuit, quand elle lui demanda de lui faire l'amour encore une fois, une toute petite, il secoua la tête.

— Même si j'ai toujours très envie de toi.

Il l'attira contre lui, et elle posa la tête sur son torse.

— Je vais bien, dit-elle d'une voix déjà gagnée par le sommeil. Ta mortelle est capable d'affronter même les grands méchants vampires.

Il glissa un doigt sous son menton, lui fit lever la tête.

— Nous parlerons à ton réveil.

Et, cette fois, il semblait réellement la regarder.

— Tes iris sont clairs, maintenant.

— Mon esprit a trouvé le repos.

Elle se pelotonna contre lui.

— Cela me rend heureuse, Lothaire.

— Tu m'as donné du plaisir, cette nuit, dit-il en l'embrassant sur les cheveux. Avant toute chose, tu m'as donné du plaisir.

C'est bien lui. Lothaire est mon homme. Pactiser avec le diable ? *C'est mal ? Tant pis. Va pour le mal, alors.*

Comme elle glissait lentement vers le sommeil, elle se sentit protégée, choyée.

— Je suis contente que tu m'aies choisie.

— Je le suis aussi, dit-il avant d'ajouter, dans un murmure berçant et doux : Mais ne me trahis jamais, Lizvetta.

Quand Elizabeth se fut endormie, Lothaire resta éveillé, désireux de profiter de ce moment de paix si rare.

Elle respire sur mon torse. La tension se retire de chaque muscle. Une douce chaleur m'envahit.

Sa femme. Marquée de son sceau. C'était la chose la plus exquise qu'il eût jamais possédée.

Il glissa les doigts dans sa chevelure brillante. Ses pensées étaient limpides, d'une clarté bouleversante. *Je trouverai un moyen de rompre mes serments*. Sa situation n'était rien d'autre qu'un casse-tête à résoudre.

Et je suis le maître des casse-tête.

Son regard tomba sur celui de sa collection, d'une difficulté diabolique, qui comportait dix-huit pièces. Il fallait soixante-cinq mouvements successifs et précis pour l'assembler – sans commettre un seul faux pas.

Doucement, il reposa la tête d'Elizabeth sur l'oreiller, l'embrassa sur le front et se téléporta jusqu'à son bureau.

Soixante-cinq mouvements d'une facilité déconcertante plus tard, il tenait le casse-tête achevé entre ses mains sidérées.

Alors, un sourire mauvais se dessina sur ses lèvres. *Lothaire, le retour.*

43

Jamais je ne m'y habituerai, songea Ellie tandis que les vagues venaient lui lécher les pieds, sur une plage isolée, en France. Une douce brise caressait son corps vêtu uniquement d'un bikini.

Depuis presque trois semaines, Lothaire la téléportait sur toutes les plages du monde au clair de lune – après que Sorcière avait fait à Ellie un tatouage super cool autour de la cheville, de style un peu druidique. Elle avait eu un peu mal, mais cela en avait valu la peine, puisqu'elle avait ensuite découvert le monde.

— Cet endroit est magnifique, vampire.

Presque aussi beau que toi…

Il était pieds nus et ne portait qu'un jean taille basse. Les embruns avaient mouillé ses cheveux et humecté son torse. Au clair de lune, sa peau brillait, ses yeux rougeoyaient.

Il avait déjà vu cette expression émerveillée sur son visage, chaque fois qu'il lui avait fait découvrir un endroit nouveau, mais il ne la quittait pas des yeux.

— Merci de m'avoir amenée ici.

Il répondit d'un simple hochement de tête.

Après cette première nuit de sexe torride et intense, Ellie s'était éveillé courbatue mais heureuse, imaginant que les choses seraient désormais différentes entre eux. Mais Lothaire l'avait de nouveau déposée chez Sorcière, comme si rien n'avait changé.

Enfin, à part le baiser brûlant et renversant qu'il lui avait donné avant de partir. Puis il était revenu, tôt, et lui avait demandé :

— Si tu pouvais aller n'importe où dans le monde, tu irais où ?

— Bora bor...

Elle n'avait pas eu le temps de terminer qu'il les avait téléportés là-bas. Quand elle était chez Sorcière, elle s'occupait en feuilletant des magazines de voyage, et ensuite, en fonction des pages qu'elle avait cornées, il l'emmenait sur place voir à quoi cela ressemblait vraiment.

Apparemment, Lothaire était déjà allé partout. Elle n'avait pas encore trouvé d'endroit qui lui fût inconnu. Il lui avait montré tous les « Grands » – Grande Muraille de Chine, Grandes Pyramides d'Égypte, Grande Barrière de corail. Et puis aussi les Maldives, les forêts d'Asie, la banquise, la jungle...

Elle baissa les yeux sur l'eau, qui lui arrivait aux chevilles.

— Euh... Lothaire, pourquoi est-ce que l'eau scintille ?

— C'est la phosphorescence.

À chaque destination, il lui apprenait de nouvelles choses sur la région. Il semblait tout savoir, aussi, et elle avait cru comprendre que faire son éducation lui plaisait beaucoup.

— Fausse forêt quoi ?

Il lui épela le mot, puis le lui expliqua.

— C'est dû à de micro-organismes qui produisent de la lumière quand on les dérange.

— Vraiment ?

Elle agita l'eau un moment, fascinée.

— Tu sais, ce n'est pas la dernière fois que tu vois ce phénomène.

À deux reprises on avait mis des dates limites à son existence. Elle avait vécu avec l'idée que sa vie aurait une fin rapide. Depuis, elle peinait à se défaire du sentiment que la mort l'attendait au tournant.

— Avant de partir, est-ce qu'on peut marcher un peu et ramasser des coquillages ?

À l'appartement, elle avait consacré toute une étagère aux coquillages qu'elle rapportait.

— Si tu veux.

Ils marchèrent en silence, chacun perdu dans ses pensées.

Tout n'avait pas été parfait entre eux, ces dernières semaines, bien sûr. Quand ils parvenaient à passer la nuit ensemble, Lothaire devait s'enchaîner au lit. Comme il l'avait dit lui-même :

— Plus de voyages improvisés pour ma femme.

Et puis, il y avait le problème de la chienne qui squattait Ellie et de l'anneau qu'il fallait trouver. Sans parler de la tension constante qu'elle sentait en lui, comme s'il se battait contre une force qui l'habitait.

Une nuit, après lui avoir fait l'amour, il avait murmuré :

— Si seulement je pouvais te dire tout ce qui me pèse. Tu m'aiderais à y voir plus clair.

Le simple fait qu'il ait envie de se confier à elle signifiait beaucoup pour Ellie.

Pourtant, elle avait beau insister, il refusait de lui parler. Peut-être était-il impatient de la transformer en vampire. Cela pouvait-il expliquer la fatigue qui tirait ses traits si parfaits ?

De son côté, Ellie n'était pas si pressée d'être transformée.

L'idée de changer d'espèce la terrifiait. Comment ne pas regretter toutes les choses auxquelles elle allait devoir renoncer ? Le poulet frit, les gaufres de sa maman, la bière.

La lumière du soleil.

— Tu ne regrettes jamais de ne pas pouvoir passer une journée à paresser au soleil ? avait-elle demandé à Lothaire.

— Je ne peux pas regretter ce que je ne connais pas.

— Mais moi, cela me manquerait.

— Nous verrons…

Mais sa famille, surtout, lui manquerait.

— Tu ne les reverras jamais, lui avait dit Lothaire. C'est moi, ta famille, désormais. Tu as pris mon nom dès l'instant où je t'ai marquée. C'est envers moi et moi seul que tu dois être loyale.

Elle aurait sans doute pu s'accommoder de cette déclaration, mais d'autres choses la préoccupaient.

Elle avait appris qu'il n'existait pratiquement aucune femme vampire dans tout le Mythos, parce qu'elles avaient toutes succombé à une sorte de peste frappant les immortels, mais qui n'avait touché qu'elles.

— Et si j'attrape la peste, quand tu m'auras transformée ? avait-elle demandé.

— Ce sera le cadet de tes soucis. Tu auras bien d'autres choses à redouter – des tueurs, des guerres, des bourreaux.

— Ton monde est toujours aussi violent ?

— Le Mythos est un univers… impitoyable, avait-il reconnu.

Pour pouvoir y survivre, Elizabeth devrait devenir plus agressive. Insensible, même. Il lui avait expliqué que ceux qui survivaient le plus longtemps étaient les immortels les plus célèbres, ceux dont la réputation était fondée sur des coups d'éclat ou des actes de bravoure.

En prison, elle avait fait tellement d'efforts pour conserver son humanité, et voilà qu'on attendait d'elle qu'elle la rejette en bloc. Avait-elle suffisamment envie de vivre avec Lothaire pour cela ? De changer aussi radicalement ?

Si elle l'aimait, elle en serait capable. Mais elle ne l'aimait pas. Pas du tout. Esprit contre esprit. *Seule une idiote l'aimerait…*

Par ailleurs, chaque fois qu'elle redoutait de tomber amoureuse de lui, ils finissaient par se disputer à propos de quelque chose.

Quelques nuits plus tôt, alors qu'il consultait encore une fois son cher registre, elle avait ramassé les débris résultant d'une de ses nombreuses crises de fureur et lavé leurs draps.

Il avait été horrifié.

— Tu… tu as nettoyé ?

— Il fallait bien que quelqu'un le fasse. Et je n'aime pas dormir dans des draps sales.

— En attendant que nous puissions engager du personnel, nous changerons de chambre ! De maison, s'il le faut ! Ma femme ne fait pas le ménage !

— Tu essaies sans arrêt de me faire changer, de modifier la façon dont je parle et me comporte. Tu veux même me faire changer d'espèce pour que je m'adapte à toi. Mais toi, quand changeras-tu quelque chose pour t'adapter à moi ?

— Un vieux singe n'apprend plus de nouvelles grimaces. Et puis, c'est à la femme de s'adapter à son époux.

Ellie s'était mordu la langue pour s'empêcher de crier. Certaines fois, elle se mordait si fort qu'elle en saignait.

Ils se disputaient aussi à cause de la jalousie de Lothaire, qui n'avait aucune raison d'être. Un soir, il l'avait emmenée dans une petite crique où, adolescente, elle allait souvent nager.

— Pourquoi m'as-tu amenée ici, Lothaire ?

— Tu aimais cet endroit, avant.

Elle avait adoré cet endroit. Pourtant, le plaisir engendré par un geste aussi attentionné s'était aussitôt évanoui.

— Comment le sais-tu ?

Le vampire avait dû l'y voir, *la nuit*.

— Tu m'épiais ?

— J'épie tout le monde. Toi comme les autres. Bientôt, tu viendras épier avec moi.

Alors, elle avait compris.

— Mon Dieu… C'est toi qui as fait du mal à Davis, le garçon avec qui j'étais. Tu nous as vus ensemble, et tu l'as jeté dans un ravin. Il s'est cassé les deux jambes !

— Il a survécu ? s'était étonné Lothaire, avant d'ajouter à mi-voix : Plus pour très longtemps.

Ellie avait eu toutes les peines du monde à l'empêcher de partir à la recherche de son petit ami de l'époque pour l'assassiner.

Faire en sorte qu'il pardonne à Thaddeus était tout aussi laborieux.

— Écoute, Lothaire, sois raisonnable, avait dit Ellie. Il veut juste venir nous voir chez Sorcière. Et il peut aider à me protéger quand tu es loin.

— Hors de question.

— C'est ton meilleur ami.

Non que Lothaire soit nécessairement attaché à Thaddeus, mais le jeune homme avait plus d'affection pour Lothaire que quiconque dans le Mythos.

— Qu'est-ce qui me dit que tu ne le *mortifieras* pas avec des baisers ?

— Mon amour pour toi, et pour toi seul, te le dit ! Et puis, tu sais que tu peux avoir confiance en lui. N'importe quel autre homme m'aurait rendu mon baiser.

Comme il ne disait rien, elle s'était écriée :

— Mais je rêve ! Tu es jaloux d'un gamin de dix-huit ans !

— Dix-sept.

Elle avait tout de même fini par avoir gain de cause. Du moins l'avait-elle cru jusqu'à ce que, chez Sorcière, il plaque Thad contre un mur en le fixant d'un regard mauvais.

— Elizabeth Daciano est *ma* femme.

Thad avait dégluti avec difficulté.

— Et c'est une femme drôlement bien, monsieur Lothaire, ça, c'est sûr.

— Garde tes lèvres pour toi aujourd'hui, gamin, sinon tes vertèbres iront s'aligner sur le manteau de notre cheminée…

Mais après leurs disputes, chaque fois que Lothaire voyait Ellie songeuse, il la surprenait avec de nouveaux cadeaux. Il lui avait rapporté des bijoux du monde entier. Rien que pour elle. Sans doute les autres lui appartenaient-ils aussi, mais les nouveaux avaient quelque chose de spécial, parce que le vampire les avait choisis pour elle.

Ou bien il la surprenait en lui faisant l'amour d'une nouvelle façon. Son vampire sensuel avait d'innombrables cartes dans son jeu, qu'il dévoilait l'une après l'autre, se contrôlant de mieux en mieux.

Pourtant, à chaque nouvelle position qu'elle découvrait, Ellie se demandait avec combien de magnifiques immortelles il l'avait pratiquée avant elle. Une fois, il lui avait dit avoir eu une nouvelle femme chaque nuit : courtisanes fey, serveuses nymphes, et de temps en temps une bergère démon.

Mais jamais une *humaine*, bien sûr…

Il la prit soudain par la main. Celle d'Ellie s'emboîtait parfaitement dans la sienne, comme si c'était un gant fait sur mesure. Elle leva les yeux vers lui et soupira.

Lothaire était comme un dieu aux cheveux clairs.

Il s'arrêta, fit mine de dire quelque chose, mais referma la bouche et reprit son chemin.

Je serais prête à tuer pour lire dans tes pensées… Ellie ne voulait pas risquer de briser leur trêve fragile, ne voulait pas gâcher cette période de lune de miel. Mais dès que ce serait possible, il lui faudrait savoir comment ils allaient s'y prendre pour évincer la déesse.

La nuit où ils s'étaient juré d'être l'un à l'autre, elle avait été trop troublée pour comprendre quelque chose de fondamental. Quand elle lui avait demandé comment ils allaient se débarrasser de Saroya, Lothaire avait répondu :

— Il y a toujours l'anneau, non ?

Du lothairien pur sucre.

Elle avait été tout aussi hypocrite en promettant qu'elle surmonterait ce qu'il lui avait fait subir. Sur le moment, elle aurait juré n'importe quoi. Elle avait compris qu'elle avait poussé le vampire dans ses derniers retranchements, et elle voulait *vivre*, nom de Dieu !

Maintenant, même si elle lui tenait la main et s'appuyait sur ce bras fort, elle se demandait s'il allait pouvoir tenir sa promesse.

Elle désirait réellement surmonter son ressentiment, plutôt que de mentir à Lothaire et de « faire comme si ». Mais comment oublier la façon dont il l'avait traitée, quand sa façon d'agir aujourd'hui la lui rappelait sans arrêt ?

En lui disant qu'elle ne reverrait plus sa famille, il lui rappelait les menaces cruelles qu'il avait proférées contre ceux qu'elle aimait. Sans parler du fait qu'à cause de lui elle avait connu le couloir de la mort. Elle tentait de se convaincre qu'en l'emprisonnant il avait empêché Saroya de tuer, qu'il avait sauvé des vies.

Elle devait se le répéter souvent.

Et même si Ellie avait pris la potion contraceptive de Sorcière, il se retirait toujours quand ils faisaient l'amour. Non qu'elle ait envie de tomber enceinte tout de suite, mais elle se disait qu'il devait être horrifié à l'idée d'engendrer un héritier à moitié humain.

Du coup, chaque fois qu'il répandait sa semence ailleurs qu'en elle, elle y voyait une insulte de plus.

Faible mortelle, humaine stupide. Personne ne l'avait jamais rabaissée à ce point.

Il n'avait pas changé d'avis sur elle, ne l'avait pas acceptée telle qu'elle était. Il attendait juste avec impatience le moment où elle deviendrait *autre*.

Hormis le fait qu'ils appartenaient à deux espèces différentes, ils étaient de deux mondes incompatibles. Il était de sang royal, elle était… Ellie Peirce. *Me considère-t-il encore comme une paysanne arriérée et vulgaire ? Il aurait sans doute honte de moi en présence d'autres personnes.*

C'est si douloureux…

Et comment pouvait-elle se sentir bien avec lui, quand elle percevait à tout instant le danger – et le mal – qu'il représentait toujours ?

Elle avait été *fière* de lui parce qu'il n'avait pas voulu décapiter son ami.

Étrange façon de juger quelqu'un, Ellie…

Il s'arrêta, l'attira contre lui.

— Si tu pouvais avoir n'importe quel cadeau, que demanderais-tu ? Peu importe le prix.

La brise balaya ses cheveux en travers de son visage.

— Le remboursement du prêt de ma famille, pour qu'elle possède enfin son terrain. Et peut-être une maison à moi près de chez eux.

— Elizabeth… commença-t-il d'un ton menaçant.

Au clair de lune, ses yeux brillaient comme ceux d'un animal pris dans les phares d'une voiture.

— Bon, alors peut-être quelque chose pour Balery. Tu pourrais la supprimer de ton registre !

À maintes reprises, la fey avait aidé Ellie à mieux comprendre l'énigme que représentait Lothaire. L'autre soir, Ellie avait admis qu'elle aurait été dingue de lui s'il avait pu changer quelques petites choses.

— Tu dois comprendre qu'il est né et a été élevé dans un monde différent du monde des humains, et à une autre époque, avait répondu Sorcière. Il y a des lustres de ça, il a grandi dans le château maudit que tu as entraperçu, sous le règne d'un despote cruel qui était aussi son père. Même si Lothaire est un des êtres les plus intelligents que j'aie jamais croisés, il ignore absolument tout de la psychologie féminine. Votre relation sera sa première vraie relation amoureuse, et l'apprentissage va sans doute prendre très longtemps...

— Sorcière ne s'est pas encore acquittée de sa dette envers moi, répondit Lothaire. Et puis, je parlais d'un cadeau pour toi... Mais n'y pensons plus, ajouta-t-il, agacé. Il te faudra juste supporter que je te rapporte d'autres bijoux.

— Tu es vraiment très riche, Leto ?

Il s'était habitué à ce qu'elle l'appelle ainsi et aimait plutôt cela, car ils étaient les seuls à connaître ce surnom. Tout comme elle aimait désormais qu'il l'appelle Lizvetta, avec son accent russe.

— *Notre* fortune est indécente. Mais en conformité avec notre rang de roi et de reine. Je subviendrai toujours à tes besoins.

Et aux miens seulement. Peut-être, plus tard, pourrait-elle mettre quelques bijoux au clou et envoyer un peu d'argent à sa famille.

Il tira sur son bras.

— L'eau est chaude. Viens nager avec moi.

Souris, Ellie.

— Encore cette expression... Je ne vais pas tarder à avoir droit à une partie de jambes en l'air, c'est ça ?

Ils se déshabillèrent en quelques instants, et il plaqua les mains sur les fesses d'Ellie, les claquant juste ce qu'il fallait.

Elle le surprit en gémissant aussitôt.

— Tu as vu juste, souffla-t-il en pétrissant ses rondeurs, avant de la soulever pour qu'elle referme ses jambes autour de sa taille. Tu vas devoir mettre les jambes en l'air.

Quelques instants plus tard, dans les vagues, Ellie hurlait son plaisir, criant le nom de Lothaire comme une prière en agrippant ses épaules.

Juste après, il poussa un cri violent et se retira. Le souffle court, il répandit son sperme entre leur deux corps glissants.

Il fait tellement attention à ne pas me mettre enceinte. Le lien qu'elle avait éprouvé la première fois qu'ils avaient fait l'amour n'était plus là.

Quand il s'écarta enfin, elle se retourna pour se nettoyer, les yeux embués de larmes.

— Lizvetta ? dit-il en lui caressant la joue avec une délicatesse incroyable pour un être aussi puissant. Je t'ai fait mal, mon amour ?

Comment pouvait-il la faire fondre aussi facilement ? Quand il la regardait ainsi, toutes les défenses d'Ellie s'effondraient.

— Non, ce n'est pas ça.

— Tu es mienne, dit-il de sa voix rauque. Ta vie m'appartient. Ne lutte pas contre cela.

Son ton était si tendre qu'elle faillit le prendre dans ses bras et lui dire combien elle tenait à lui.

Mais elle se força à lui dire la vérité.

— Parfois, j'ai des doutes...

— Des doutes ?

D'un geste brusque, Lothaire referma son poing sur les cheveux d'Ellie. Dans son regard, le désir avait cédé le pas à la menace.

— Le temps du doute est terminé. Il n'y a plus lieu d'en parler, femme.

— Lothaire...

— Si jamais nous étions séparés, je te ramènerais près de moi. Où que tu sois, je te retrouverais.

De la part de n'importe quel autre homme, ces paroles auraient été synonymes d'un avenir prometteur. Dans la bouche de Lothaire, ils n'étaient rien d'autre qu'une menace.

Une de plus.

Attention à ce que tu dis !

— Où que tu sois, Elizavetta, répéta-t-il, les yeux rougeoyants.

Quel contraste avec les sentiments profonds exprimés un peu plus tôt !

Elle avait l'impression que deux hommes se tenaient devant elle. Un qui avait besoin d'aimer et d'être aimé, et l'autre qui voulait juste la femme que le destin avait, croyait-il, désignée comme sienne. Ni l'un ni l'autre ne savait *comment* aimer.

— J'ai bien compris, Lothaire.

Ces dernières semaines, elle avait fait tellement attention à ce qu'elle disait qu'elle se demanda comment elle y arrivait encore. La coupe n'était pas loin d'être pleine.

44

Elle ne m'aime pas, pensa Lothaire en déposant Elizabeth chez Sorcière.

Et cela le laissait perplexe.

Il donnait du plaisir à sa femme, la gâtait, la protégeait. Il voulait lui offrir l'immortalité et faire d'elle une reine. Il était le plus bel homme qu'elle avait jamais rencontré.

Et pourtant, elle ne se livrait pas complètement, il le sentait.

Cela le rendait fou. Pourquoi persistait-elle à s'accrocher à sa famille misérable ? À sa vie d'avant ?

Il n'avait pas de réponse – car il n'arrivait toujours pas à rêver des souvenirs de sa femme.

— Thaddeus m'a demandé de tes nouvelles, dit Sorcière en les accueillant, les mains et le visage tachés d'une pâte violette. Il voudrait t'accompagner dans ta mission de vengeance, pour assurer tes arrières.

— *Do pizdy*. Il ferait mieux d'oublier qu'il m'a rencontré un jour.

Sorcière ne le contredit pas.

— As-tu essayé de lui expliquer qui tu es vraiment ?

— Je le lui ai *montré*. J'ai bu à son cou dans les dix secondes qui ont suivi notre rencontre, juste après qu'il m'a tiré d'un mauvais pas.

Et, de ces quelques gouttes, il avait obtenu les souvenirs de Thaddeus avec une facilité déconcertante. Il en avait déjà « visité » quelques-uns, avait rêvé qu'il courait au soleil, en avait senti la chaleur sur sa peau.

Pas étonnant que sa femme redoute de ne plus pouvoir en profiter.

— Pourquoi plus personne ne croit-il que je suis méchant ?

— Oh, mais je le crois, moi. Je t'assure, dit Elizabeth avant de se diriger vers la salle de bains. Je vais prendre une douche, pour me débarrasser du sel. Ne pars pas avant que j'aie terminé !

En la regardant s'éloigner d'un pas nonchalant, il pensa : *Elle ne me croit pas mauvais. Pas vraiment.*

La veille, quand il était passé la chercher chez Sorcière, Elizabeth dormait. Il l'avait prise doucement dans ses bras, et elle s'était pelotonnée contre lui, confiante. En la regardant, troublé, il s'était dit : *Elle ne sait toujours pas ce dont je suis réellement capable, n'a aucune idée de ce que j'ai fait.*

Et elle ignore ce que je suis prêt à faire pour la posséder à jamais.

Avec un soupir, il s'installa à la table.

— Est-ce qu'Elizabeth parle de moi ? demanda-t-il à voix basse.

Sorcière fit oui de la tête.

— Et ? Quels sont ses sentiments pour moi ?

— Ils changent en fonction de ton comportement, répondit Sorcière en jetant des feuilles dans une casserole. Je suis curieuse de voir comment vont tourner les choses.

Il se rembrunit.

— Fais attention, Sorcière.

Il était de nouveau d'une humeur de chien. Il avait passé la journée à rêver de ses propres souvenirs. Complètement inutile.

— Elle ne m'a pas dit qu'elle t'aimait, si c'est ce que tu veux savoir.

C'était en effet cela. Il avait besoin qu'Elizabeth tombe amoureuse de lui, car alors seulement il croirait à sa loyauté.

Un mâle moins sûr de lui aurait pu croire qu'elle le détestait encore pour tous les péchés qu'il avait commis envers elle et attendait juste le moment où elle pourrait enfin lui échapper.

Et échapper à Saroya.

— Tu ne vois donc pas ses pensées, dans tes songes ?

Il se pinça la base du nez.

— Aucune.

Pourtant, il continuait à boire son sang. Mais quand il dormait, Elizabeth était comme un espace vide dans son esprit. Et il avait beau l'inciter à le faire, elle ne lui parlait jamais de ses sentiments.

Pourtant, chaque nuit, elle faisait ou disait toujours quelque chose qui rappelait à Lothaire combien sa famille lui manquait.

Peut-être était-il un amant mesquin et jaloux, mais il savait que si elle restait fidèle aux siens, elle ne pourrait jamais lui être totalement fidèle, à lui. La situation serait propice à la trahison, parce qu'en cas de conflit, elle choisirait forcément l'intérêt des siens avant celui de Lothaire.

Et, soyons réalistes, comment pourrais-je éviter d'être en conflit avec ces humains mal dégrossis ?

Couper tout contact avec eux était la meilleure solution. Les journaux et la télévision avaient annoncé qu'Elizabeth avait été mortellement blessée lors d'une tentative d'évasion avortée. Sa famille la croyait sans doute morte.

— Tu es en train de lui céder ton cœur, remarqua Sorcière.

Il regarda en direction de la salle de bains.

— Elle m'est... très chère, admit-il après une hésitation. S'il devait m'arriver quelque chose, je te charge de la protéger. Trouve un moyen de la libérer.

La fey hocha la tête.

— Puisqu'on parle de ce qui pourrait t'arriver, la Dorada a été *sentie* dans le Sud, pas loin du coven des Valkyries, en Louisiane.

La sorceri avait jusque-là vécu en Amazonie, et maintenant, elle était en Louisiane ? Il était prêt à parier que l'horrible momie et ses laquais wendigos se cachaient dans les marais.

— J'irai ce soir.

Il se téléporterait jusqu'à un bar du bayou, *Chez Erol*, fréquenté par des tas d'immortels. La Dorada s'était peut-être rendue dans cette région à cause de l'énergie dégagée par toutes les créatures du Mythos. À moins qu'elle n'ait senti que Lothaire s'y était trouvé récemment.

— Saroya s'est-elle éveillée ? demanda Sorcière.

— Une fois. Pendant le sommeil d'Elizabeth.

Qui ne s'était rendu compte de rien.

Lothaire avait aussitôt tourné sa fureur contre Saroya.

— Tu savais que tu n'étais pas ma femme !

— En es-tu si sûr ?

Comment avait-il pu se laisser prendre ?

— Tu n'es pas à moi. Je m'offrirais au soleil de midi, si le destin avait uni mon existence à la tienne.

N'avait-il pas dit la même chose à Elizabeth ? Se rendre compte de la façon dont il l'avait insultée, à plusieurs reprises, l'avait fait vaciller.

— Tu savais dès le début que le destin n'avait noué aucun lien entre nous.

— Je me suis servie de ton arrogance, je l'ai retournée contre toi. C'est une arme puissante. Et puis, au fond, tu savais qu'Elizabeth était ta femme, mais tu refusais de l'accepter. Ce qui est compréhensible, puisque au bout du compte, tu la rejetteras et tu me prendras, moi, parce que tu veux toujours ces couronnes.

Elle avait regardé le corps endormi d'Elizabeth avec mépris.

— Même si, de toute évidence, tu t'accouples avec elle.

— Je trouverai un autre moyen de gagner mes royaumes.

— Si tu découvres le moyen, pour un vampire, de rompre un serment fait sur le Mythos, fais-moi signe...

Ses serments l'entravaient comme des fers, le forçant à emprunter une voie dont il ne pouvait s'écarter.

Ils le forçaient à chercher l'anneau sans relâche. Pour passer du temps avec Elizabeth, il devait résister à cette pulsion, mais n'y parvenait que sur de courtes périodes.

Elle réapparut, douchée, habillée, chargée d'une assiette pour le petit déjeuner.

— Tu seras gentil avec les autres petits vampires, quand tu partiras en chasse ?

Lothaire ignora le regard interrogateur de Sorcière. Il savait que l'oracle se demandait quel était son But Suprême, désormais. Lothaire espérait juste que celui-ci resterait aussi clairement inscrit dans son esprit qu'il l'était depuis des millénaires.

— Bien sûr, dit-il en se levant. D'ailleurs, j'y vais.

— Embrasse-moi, au moins. Comme si j'allais te manquer, exigea Elizabeth d'un ton tellement impertinent que Lothaire eut envie de lui faire bien autre chose. Sinon, j'aurai l'impression que tu n'es pas gentil avec moi.

Il esquissa un sourire. Il aimait son accent, désormais. Même s'il ne trouvait toujours pas très sexy son côté paysan, il savait désormais que c'était un atout pour elle – en l'entendant parler ainsi et en la voyant si belle, les gens la sous-estimaient.

Exactement comme il l'avait fait. *La gourde.* Mais plus maintenant. Chaque jour avec elle lui montrait que c'était une femme formidable.

Quand ils voyageaient, elle absorbait les connaissances comme une éponge, volontaire, enthousiaste. Lui apprendre des choses était agréable, gratifiant. Et visiter tous ces lieux en sa compagnie les lui faisait voir sous un jour nouveau, les rendait plus excitants encore.

Avec elle, il se sentait jeune, *vivant*.

Elizabeth Daciano était une drogue, pour un homme comme Lothaire.

Alors, pourquoi ne parvenait-il pas à se défaire du sentiment qu'elle lui échappait ?

Il se pencha pour l'embrasser, s'imprégnant de son odeur apaisante.

— T'inquiéteras-tu pour moi, en mon absence ?

Elle fit non de la tête.

— Mais je plaindrai tous ceux qui te froisseront.

Il s'affaissa légèrement. *Comme une drogue, Elizavetta.*

À contrecœur, il se téléporta. À peine avait-il réapparu sur le parking de *Chez Erol* qu'il perçut une présence. La Dorada était dans les parages.

Il tombait une pluie fine, et le tonnerre grondait au loin. De l'intérieur du bar miteux montait de la musique à plein volume. Les odeurs mêlées d'un si grand nombre d'ennemis regroupés au même endroit lui firent regretter de ne pas avoir emporté de bombe magique. *J'aurais pu tous les éliminer d'un coup…*

Non. Concentre-toi.

S'approchant de l'eau noire, il repéra une vieille cabane de chasseur au fond d'une petite baie. Il s'y téléporta, s'accroupit sur le toit et attendit la Dorada.

La pluie s'intensifia. Il n'entendait plus que les bruits du marais – déplacements de reptiles, cri d'une Valkyrie égarée. Il huma l'air humide, y perçut une trace de la pourriture qu'était la peau de la Dorada, mais sans parvenir à en remonter la piste.

Autrefois, il aurait attendu là jusqu'à l'aube, guettant son ennemie, imaginant leur combat à venir dans les détails les plus répugnants.

Aujourd'hui, il était impatient. Il savait que plus il resterait éloigné d'Elizabeth, plus ses pensées deviendraient chaotiques.

Un éclair zébra le ciel, illuminant momentanément le bayou. Un peu partout dans le marais, les yeux de créatures du Mythos brillèrent. Aucun n'appartenait à sa proie.

Où es-tu, Dorada ? Il n'avait pas le temps de la poursuivre…

Il tourna brusquement la tête, ayant de nouveau perçu son odeur, et se téléporta. Il atterrit un peu plus loin, se mit à tourner sur lui-même. L'odeur semblait venir de partout.

Je vais donc fouiller chaque centimètre carré de cet endroit perdu. Et, moitié courant, moitié se téléportant, il arpenta l'endroit, disparaissant à travers les buissons, courant entre les arbres.

Le vent se leva, rabattant la pluie, dispersant l'odeur. Mais il continua, l'esprit aussi confus que les broussailles qu'il traversait. *Trouver la Dorada. La tuer. Alors, plus rien n'entravera ma quête de l'anneau.*

Il avait envisagé d'annuler la dette de la Lame en échange de l'endroit où se cachait Webb. Après tout, Chase détestait sûrement Webb : sans rien lui dire, le commandant avait « étudié » Regin.

Mais Lothaire savait que Chase ne lui dirait rien. Il méprisait le vampire plus encore que celui qui avait ordonné que l'on ouvre sa femme – sans anesthésie.

Avançant dans un épais bouquet de cyprès, Lothaire plongea sous une branche et surprit une bande de changeformes crocodiliens et de nymphes occupés à se donner du plaisir.

Les créatures le regardèrent, se mirent à hurler et disparurent dans toutes les directions.

Il ne les gratifia même pas d'un sifflement. Cette odeur… Pourquoi ne parvenait-il pas à la suivre sur le sol ?

Non, négocier avec la Lame ne serait pas possible. Puiser dans ses souvenirs était le seul espoir, pour Lothaire, de retrouver l'anneau. Mais les souvenirs de la Lame lui échappaient, il ne voyait plus que les siens.

Le dernier en date ? Lothaire avait revécu la nuit où il avait enfin capturé Stefanovich pour Fyodor, des lustres après la fin de son calvaire.

En proie à une fureur incontrôlable, Lothaire tortura Stefanovich pendant des heures – des jours –, se délectant des supplications de son père. Quand Fyodor le lui ordonna, Lothaire leva son épée pour donner le coup de grâce et réalisa que le cœur du roi battait.

— Blyad' ! *Il a été animé, mon oncle !*

Fyodor sembla horrifié.

— Alors, il a peut-être engendré un héritier secret.

Il posa lui-même son épée sur la gorge de Stefanovich et, en la tranchant lentement, demanda :

— Où est ta femme ?

— Elle se meurt, répondit Stefanovich avec difficulté. Comme les autres.

Les femmes vampires avaient été, en grand nombre, victimes d'une sorte de peste. Le roi Stefanovich y voyait là un tel signe de faiblesse – des immortels succombant à une maladie ! – qu'il n'en avait rien dit à personne, ce qui avait donné lieu aux rumeurs les plus folles…

— Et ton héritier, où est-il ? demanda Lothaire, prêt à recommencer la torture.

— Là où tu ne le trouveras jamais, bâtard.

Mais Lothaire l'avait trouvé.

Avançant, telle une ombre, aussi silencieux que la mort, il se pencha sur le berceau. Un nouveau-né aux cheveux clairs le regarda, attrapa son doigt dans sa petite main…

Pourquoi avait-il revu cette scène ? Qu'essayait de lui dire sa conscience ?

Quand l'aube approcha, il ralentit, puis s'arrêta. Il était en sueur, et sur son visage, la transpiration se mêlait à la pluie.

Il eut un regard accusateur en direction du ciel, toujours traversé d'éclairs. Il n'avait trouvé aucune piste menant à la Dorada. La présence qu'il avait sentie ne l'avait mené nulle part.

Encore une nuit pour rien. *Est-ce maintenant que je vais perdre la raison pour de bon ?* Il se prit la tête entre les mains.

Il n'avait guère pensé à ses couronnes, mais son inquiétude pour Elizabeth ne le quittait pas, le minait, le rongeait, comme la terre l'avait rongé, des siècles plus tôt.

J'ai tant envie d'elle ! Que vais-je faire ?

Il finirait par trouver l'anneau. Alors, trois scénarios s'offriraient à lui.

Il pouvait émettre le souhait de remonter le temps et effacer tous ses serments. Il en profiterait pour éloigner Saroya, puis pour prendre le temps de faire la cour à Elizabeth et la traiter comme une reine.

Il pouvait aussi souhaiter remonter le temps mais ne pas y parvenir – il était possible que ses serments l'empêchent de se servir de l'anneau de cette façon. Il avait juré de faire *tout ce qui était en son pouvoir* pour éliminer Elizabeth et changer son corps en un corps immortel pour Saroya.

Ce qui signifiait que toute tentative de faire autrement pourrait se voir contrée.

En dernier recours, il pouvait confier Elizabeth à Sorcière, puis s'immoler sous le soleil et disparaître.

Mettre un terme à ma propre vie, après avoir survécu si longtemps ?

Mais tenter de se suicider serait rompre les serments faits à Saroya. Lui serait-il seulement possible de résister à cette compulsion – et à la douleur – assez longtemps pour mourir pour Elizabeth ?

Dans les trois cas, il partait du principe qu'il retrouvait le talisman susceptible de détruire sa femme.

Le *risque*…

Il ne pouvait parler à personne de sa situation, ne pouvait pas demander d'aide sans rompre le pacte passé avec la déesse.

Il ne pouvait même pas demander à Elizabeth de le quitter. Non que cela ait une importance. L'anneau fonctionnerait, où qu'elle soit.

Dans le labyrinthe mortel qu'il avait lui-même bâti, il ne trouvait pas d'issue.

Je suis piégé par ma propre arrogance, par mon insatiable besoin de vengeance. Mes défauts nous seront-ils fatals ?

Toutes les dettes de sang qu'il avait accumulées au fil du temps ne lui étaient d'aucune utilité pour se soustraire à celle qu'il avait lui-même contractée. Son espoir – ou le destin de sa femme – reposait dans l'anneau.

Il se tendait pour se téléporter et rejoindre Elizabeth, se perdre dans son corps et son odeur, quand il entendit une Valkyrie crier plus fort que le tonnerre et la pluie.

Serait-il possible que se soit Nïx ? Si dangereuse fût-elle, elle avait toujours semblé le comprendre. Peut-être lui accorderait-elle une faveur. Elle lui devait bien ça.

Au bord du gouffre, il décida de ravaler sa fierté et d'aller voir la seule personne susceptible de le sortir de là.

Il se téléporta jusqu'à Val-Hall et attendit dans le brouillard.

Quelques instants plus tard, Nïx sortit par la porte principale, agitant une mèche de cheveux noirs en direction des spectres qui tournoyaient un peu partout.

Il s'agissait d'un péage à acquitter. Lothaire savait que lorsque l'Antique Fléau en aurait récupéré suffisamment pour réaliser une tresse d'une certaine longueur, les spectres pourraient asservir les Valkyries pour un temps donné.

Les puissantes Valkyries deviendraient alors des esclaves. Il attendait ce jour avec impatience.

Nïx s'approcha de lui sous la pluie d'un pas nonchalant. Par le passé, elle lui avait dit qu'elle ne pouvait pas voir son avenir.

Ce qui tombait bien, puisque, malgré son don pour le discernement, il ne parvenait jamais à la cerner.

Pour l'heure, il comptait sur sa capacité à lire dans son esprit – pouvoir en principe réservé aux dieux.

Mais que faisait-elle avec une putain de chauve-souris sur l'épaule ?

Sur son tee-shirt rose, on pouvait lire : « Ami-ami ? » *Quelle subtilité, Nïx. Vraiment.*

Elle s'arrêta à quelques pas de lui. Ils restèrent ainsi face à face, se jaugeant l'un l'autre.

Ses longs cheveux noirs étaient mouillés et balayés par le vent, son regard doré insondable. Sa large jupe était déchirée.

À peine quelques semaines plus tôt, il l'avait vue sur l'île-prison. Ce soir, elle semblait plus mince, fatiguée. Elle avait toujours été d'un petit gabarit, mais là, elle paraissait encore plus petite.

Malgré tout, elle était magnifique, tout en courbes, aussi parfaite physiquement qu'elle était barrée mentalement.

Elle pencha la tête sur le côté, comme si elle cherchait à voir dans celle de Lothaire.

Intérieurement, il la supplia d'y parvenir et de voir – de comprendre – ce dont il avait désespérément besoin. *Aide-moi à me sortir de là.*

— Nïx, il faut qu'Elizabeth soit à moi, réussit-il à articuler.

Il ne pouvait pas en dire plus, ne pouvait rien expliquer. Le simple fait de dire cela repoussait déjà les limites de son serment. Et le simple fait de voir Nïx le vidait de sa force.

Elle sourit, le regard vide.

— Le roi noir cherche l'aide de la reine blanche, alors ?

Au-dessus d'eux, un éclair illumina le ciel et le visage de Nïx. Ses traits agréables se firent plus durs, et son visage devint inquiet tandis qu'elle murmurait :

— Lothaire, tu t'es trompé sur une chose. Quand tu te penches vers lui, l'abîme ne te regarde pas. Il te fait un clin d'œil.

Puis elle tourna les talons et s'en alla.

Lothaire en resta sans voix. Elle avait déjà repassé la barrière des spectres quand il retrouva la force de hurler.

— Espèce de salope ! lança-t-il, tout en se disant : *Je suis perdu…*

Ce jour-là, tandis qu'il dormait, Elizabeth serrée contre lui, Lothaire rêva de l'anneau.

45

Les souvenirs de Chase à propos de l'anneau s'étaient révélés chaotiques et confus. Rien que de très ordinaire pour Lothaire, qui put se téléporter directement où se cachait Webb, dans les montagnes Rocheuses canadiennes.

Jamais je n'aurais pensé au Canada.

Un peu plus tôt, en se réveillant, il avait fait comme si de rien n'était et avait déposé Elizabeth chez Sorcière.

Mais, en l'embrassant avant de s'en aller, il avait eu du mal à s'arrêter.

Pour l'heure, il se trouvait devant un ranch à l'allure banale, mais qui devait être protégé par ce qui se faisait de mieux sur terre en matière de sécurité.

Chase s'y connaissait bien dans ce domaine, et, par voie de conséquence, Lothaire aussi. Il déjoua tous les systèmes et franchit sans difficulté toutes les barrières, matérialisées ou non. Puis il se fit à demi réel et se téléporta dans les couloirs faiblement éclairés. Invisible aux yeux mortels, il entra dans les appartements privés de Webb. Le coffre devait se trouver dans un mur, et l'anneau à l'intérieur.

Il trouva Webb assis à son bureau, au téléphone, visiblement tendu. Dans son état, Lothaire entendait aussi son interlocuteur.

Webb parlait à Declan Chase, la Lame.

Intéressant.

— Tu n'imagines pas à quel point ton appel me touche, dit Webb.

— Je n'ai aucune intention de rétablir le contact avec vous, répondit Chase avec son accent irlandais prononcé. Mais pour vous remercier de m'avoir sauvé la vie, j'ai décidé de vous prévenir.

— Me prévenir de quoi ?

— L'Ennemi de Toujours a bu mon sang, quand nous étions sur l'île. Il a mes souvenirs, ce qui signifie qu'il finira par rêver de votre ranch, de votre système de sécurité, de tout. Il viendra. Pour vous, et pour l'anneau.

Je suis déjà là, songea Lothaire en réprimant un rire. *Le temps est la clé de tout, Chase.*

— Il n'aura pas la combinaison, et j'ai mis en place des contre-mesures, répondit le commandant. Mais je vais quitter le ranch avec l'anneau dès ce soir, pour qu'il ne le trouve pas. À moins que tu ne veuilles t'en occuper, ajouta-t-il après un silence. Reviens dans la course, Declan. Nous avons besoin de ta force. Il reste encore beaucoup à faire pour empêcher les immortels de prendre la terre. Et de faire de nous des esclaves.

Comme si on en avait envie !

— Je n'ai plus de liens avec l'Ordre, dit Chase. Contentez-vous de garder l'anneau hors de portée du vampire. C'est étrange, mais je préfère encore le savoir avec vous qu'avec Lothaire.

Hou, tu me fais mal, là, Chase.

— Tu vas réellement t'allier avec tous ces ernats ? As-tu oublié que ces monstres ont torturé et assassiné tes parents ? Qu'ils ont cherché à te faire subir le même sort ? Je t'ai sauvé d'eux !

— Je suis un de ces ernats, Webb. Je suis né berserk.

Ah, on dirait que le lavage de cerveau effectué par l'Ordre a vécu…

Le visage de Webb était bouffi de fureur, mais il garda un ton paternel, inquiet.

— Fils, tu n'as pas les idées claires. Cette femelle t'a tourné la tête.

— Je ne suis pas votre fils, rétorqua Chase. Et cette « femelle » sera bientôt ma femme. Il vaut mieux que ce soit elle qui me tourne la tête plutôt que vous.

Ça, c'est discutable.

— J'ai dit à l'Ordre que tu étais mort sur l'île. Et je m'en tiendrai à cette version, mais seulement si tu cesses de lutter contre notre mission.

— Vous m'avez dit que j'étais soit de votre côté, soit du leur, répondit Declan. Vous aviez raison. Attaquez un seul de mes alliés, et je répliquerai.

Il raccrocha.

La Lame remonte un peu dans mon estime.

— C'était Chase qui te mettait en garde contre moi ? dit aussitôt Lothaire. Dommage. Si seulement il avait appelé plus tôt…

Webb fit volte-face. Il était armé d'un lanceur de charge et tira.

Lothaire éclata de rire tandis que le courant électrique passait dans son torse.

— Je ne suis qu'à demi réel, Webb. Tu ne peux pas me toucher. Mais moi, je le peux.

Il se matérialisa brièvement pour arracher son arme à Webb, lui brisant le bras au passage.

Webb hurla de douleur et glissa son autre main sous le bureau.

— Non, non, tu ne touches pas à l'alarme, dit Lothaire en lui attrapant la main.

Il serra à peine et la lui broya, aussi facilement qu'il aurait cassé une noix.

Tandis que l'homme criait, Lothaire sourit, conscient d'être terrifiant. Il avait le visage de la mort.

— Maintenant, humain, tu as deux possibilités. Si tu me donnes la combinaison de ton coffre et que tu me dis quelles contre-mesures sont en place, il se peut que tu aies la vie sauve. Sinon, je te torture jusqu'à ce que j'obtienne l'information, puis je bois ton sang et tes souvenirs, pour que je puisse trouver ta famille et la punir aussi. Tu en as bien une cachée quelque part, non ?

— Jamais ! Je ne te le dirai jamais !

— Très bien. Moi, je préfère quand il y a de la bagarre.

Il tortura Webb jusqu'à ce que l'homme le supplie de le laisser tout lui dire. Lothaire prolongea un peu la séance, puis l'écouta.

— J'ai une dernière question, dit-il en se redressant au-dessus du corps mutilé de Webb. Qui a donné mon nom à l'Ordre ? Qui m'a mis sur la liste des immortels à capturer ?

Du sang bouillonna au coin des lèvres de Webb quand il se mit à rire.

— Vampire, allons... tu le sais, au fond de toi. Tu le *sais*.

En entendant cela, Lothaire se décomposa. Il avait eu quelques doutes, certes, mais cela ne pouvait pas être vrai.

— C'est impossible.

Entre deux quintes de toux, Webb lâcha :

— Si. Tu sais qui t'a donné à nous.

Il mentait forcément. Et il n'y avait qu'un moyen d'en être sûr.

Le regard de Lothaire se posa sur le cou de l'homme. Avait-il devant lui la victime qui le plongerait dans l'abîme ? Serait-il capable de se retenir de boire jusqu'au bout ?

Je dois prendre le risque.

— Je vais te mordre, dit-il en hissant Webb pour le mettre debout. Mais résiste, ça pimente la chose.

Et il perça la jugulaire, grimaçant. Le sang du commandant était immonde à côté de celui d'Elizabeth, mais la mise à mort imminente incitait Lothaire à sucer plus fort encore. Le corps de Webb, secoué de soubresauts, se faisait déjà plus léger.

Quand il cessa de bouger, Lothaire le lâcha et recula en titubant. *Mais qu'est-ce qu'il a dans le sang ?*

Une brume narcotique l'enveloppait, puissante, violente. Lothaire était en plein trip, trop shooté pour se demander pourquoi. Dos au mur, il se laissa glisser à terre, ferma les yeux pour ne plus voir la pièce tourner.

Comme Webb rendait son dernier soupir, des images se mirent à défiler dans l'esprit de Lothaire à la vitesse de la lumière. S'immergeant dans la mémoire du commandant, il tomba dans un demi-sommeil.

Il lui sembla que plusieurs heures s'écoulaient avant qu'il ne trouve le souvenir qu'il cherchait…

Webb n'avait pas menti sur l'identité de celui qui avait trahi Lothaire.

La bile monta dans la gorge du vampire, une bouffée de haine pure le galvanisa. Il entrouvrit les yeux. Tous ceux à qui il avait fait confiance étaient morts ou l'avaient trahi.

Elizabeth peut encore faire l'un ou l'autre. Ou les deux.

Trahi à jamais. Stefanovich, Serghei, Fyodor, Saroya, et même la seule personne que Lothaire avait appelée son amie…

Mais pas Elizabeth. Jamais.

Il se releva, donna un coup de pied dans le corps sans vie de Webb – *bon débarras, connard* – et se dirigea vers le coffre.

Il fallait maintenant désamorcer toutes les protections. *Appuie sur un bouton, tape un faux code, fais tourner la poignée. Tape le vrai code.*

C'était comme l'enchaînement des mouvements d'un casse-tête. S'il n'y avait pas eu autant de choses en jeu, Lothaire y aurait pris du plaisir.

La porte du coffre s'ouvrit dans un grincement. Là. Une pochette en velours.

Il en sortit l'anneau et le passa à son doigt. Ce faisant, il sentit un pouvoir inimaginable irradier de ce simple jonc en or.

Sans perdre une seconde, Lothaire fit tourner l'anneau et émit mentalement son vœu. *Retourner dans le passé pour annuler les serments faits à Saroya la Faucheuse d'Âmes*.

Rien. Lothaire ne sentit pas la poussée de puissance qu'il avait éprouvée dans le passé avec d'autres talismans, de moindre importance.

Peut-être l'anneau interdisait-il les voyages dans le temps. Il corrigea son vœu : *Effacer les serments faits à Saroya*.

Là encore, rien. Seigneurs dieux, l'anneau avait refusé d'agir ! Les serments restaient valables. Il sentit monter en lui le besoin impérieux d'éliminer sa femme.

La mort était le dernier coup à jouer sur l'échiquier. Celle d'Elizabeth ou la sienne ?

Par la fenêtre du bureau, il regarda dehors. Le soleil se levait. Au loin, des rais de lumière rasaient les sommets.

On aurait dit des doigts qui s'accrochaient. Son instinct lui dictait de se mettre sous terre, pour leur échapper.

Pouvait-il se sacrifier pour Elizabeth ? Une partie de lui-même n'arrivait pas à croire que Lothaire, l'Ennemi de Toujours, au cœur d'une noirceur absolue, envisage une chose pareille. Pour épargner Elizabeth, donnerait-il sa vie, comme l'avait fait Ivana pour le protéger, bien des années auparavant ?

Il n'envisageait cela que parce la mort d'Elizabeth lui serait insupportable. Car comment un vampire pouvait-il survivre sans sa femme ? Non, son cœur n'avait rien à voir avec cette décision.

Mais il se leurrait. *Tu as tout changé, petite mortelle.*

— Comment peux-tu faire une chose pareille ? avait demandé Lothaire à Ivana avant qu'elle ne le quitte pour aller au-devant de la mort.

Au moins comprenait-il sa réponse, désormais.

Parce que tout ce qui est bon en moi est né avec Elizabeth.

Il se frotta la poitrine, surpris par la douleur qu'il ressentait à cet endroit. *J'aurais aimé la voir une dernière fois...*

Puis il redressa les épaules et se téléporta à la rencontre de l'aube, pour défier un ennemi qu'il avait fui toute sa vie.

Un ennemi dont il espérait aujourd'hui qu'il aurait le dessus.

46

— Je le sens venir, avoua Ellie à Balery en sirotant un Coca. Je suis en train de tomber amoureuse de lui.

Elle et la fey étaient installées sur la terrasse et regardaient le coucher de soleil en attendant Lothaire. Ellie était inquiète : il n'avait pas donné signe de vie de toute la journée.

À son départ, elle lui avait promis de ne pas s'en faire. *Eh bien, c'est raté.*

Thad était passé les voir, un peu plus tôt. Pendant des heures, Balery et lui avaient tenté de la distraire, mais son angoisse n'avait fait que s'intensifier.

À 16 heures, elle avait exigé que Balery jette les os. Ce que la fey avait vu alors l'avait fait blêmir. Elle n'avait réussi à prononcer qu'un mot :

— *... brûle.*

Puis elle s'était ressaisie, avait affiché un sourire forcé et annoncé que ce tirage d'os était raté. Ellie avait eu beau insister, elle avait refusé d'en dire plus.

— J'avais compris, dit Balery. Ça se voit rien qu'à la façon dont tu le regardes. Tu le lui as dit ?

— Pas encore, grommela Ellie.

Toujours butée, mais de moins en moins tout de même, elle avait fait marche arrière, et *Ne tombe jamais amoureuse de Lothaire* était devenu *Ne lui dis pas que tu l'aimes en premier*.

— Elizabeth, soupira Balery. Il y a quelque chose que tu dois savoir à propos de Saroya et...

Lothaire apparut alors ; Ellie resta bouche bée.

Il était grièvement brûlé à certains endroits. De la sueur et du sang suintaient de sa peau carbonisée.

Avant qu'Ellie ou Balery aient pu dire un mot, il attrapa Ellie par le bras et la téléporta jusqu'à leur chambre, dans l'appartement.

— Mon Dieu, Lothaire ! Qu'est-ce qui t'est arrivé ?

Qu'a vu Balery dans ses os ?

Les iris du vampire étaient d'un rouge plus sombre encore que d'ordinaire et semblaient gagner du terrain sur le blanc de ses yeux.

— Regarde ce que j'ai récupéré, Lizvetta.

Il tenait entre deux doigts un simple anneau d'or. Dans son regard se mêlaient folie et douleur.

— C'est bien, non ?

Il eut un rire amer.

— Bien ? C'est ton *arrêt de mort*.

— De quoi parles-tu ?

— Je ne peux pas te sauver. Quoi que je fasse, mes serments contrôlent mes actes.

Ellie frissonna de tout son être.

— Je ne comprends pas. S'il te plaît, calme-toi, Lothaire. Tu as bu le sang de quelqu'un ?

— Lizvetta, je ne peux même pas tuer ton corps en premier pour épargner ton âme…

— Me tuer ? Et mon âme ? Tu te remets à raconter n'importe quoi ! s'écria-t-elle. Sers-toi de cet anneau pour me débarrasser de Saroya, et c'est tout !

Il se mit à faire les cent pas dans la pièce, ce qui n'était jamais bon signe.

— Je ne peux pas la trahir. Tu ne comprends pas !

— Alors explique-moi !

Comme si cela exigeait de lui un effort incommensurable, il raconta :

— J'ai juré sur le Mythos de faire de Saroya une immortelle – et de te détruire. Cela veut dire que tu ne feras pas que mourir, mais que ton âme disparaîtra. J'ai tout essayé pour me défaire de ce serment… je continue à chercher…

Depuis le début, il savait qu'il aurait à faire une chose pareille ? Même Ellie savait que les serments faits sur le Mythos étaient irrévocables.

— Laisse-moi partir, Lothaire.

Il allait et venait toujours.

— Même si tu étais de l'autre côté de la terre, cela ne changerait rien. Le moment venu, je serai forcé… forcé de t'éliminer.

Elle se sentit soudain oppressée.

— Mon âme disparaîtra de mon corps… ou de *tout* ?

— Elle s'éteindra ! Ce sera comme si tu n'avais jamais existé.

Respire, Ellie. Respire.

— C'est ce que tu évoquais sans arrêt à demi-mot, n'est-ce pas ? Pourquoi ne pas me l'avoir dit ? J'aurais pu me préparer…

— Je ne pouvais pas. J'étais physiquement incapable de te dire quelque chose dans ce sens, de te mettre sur un chemin qui risquait de m'empêcher d'accomplir mon serment. Je croyais pouvoir te sauver de toute façon.

Ellie était désespérée. *Et je vais quand même mourir.* Elle se retrouvait à la case départ.

Non, c'était bien pire. Au moins, avant, elle n'était pas amoureuse d'un vampire, et elle aurait pu quitter le couloir de la mort pour accéder au paradis…

Mais là, elle allait devoir quitter le royaume du plaisir pour… le néant.

Je ne serai plus ? Mon âme sera détruite par l'homme que j'ai commencé à aimer ?

Il passa une main dans ses cheveux pleins de suie.

— Je n'ai même pas pu rester exposé au soleil…

Elle ouvrit la bouche. C'était donc pour cela qu'il avait la peau brûlée ? Balery lui avait expliqué que cette douleur-là était insupportable pour un vampire.

— Tu as essayé de mourir pour moi ?

— Évidemment ! cria-t-il en la serrant contre lui. Je préférerais mourir plutôt que de te faire du mal !

Elle avait un peu de mal à le croire, mais savait qu'il était incapable de mentir. Aujourd'hui, Lothaire avait cherché à mettre fin à ses jours pour elle, avait défié un instinct de survie qui l'avait maintenu en vie pendant des milliers d'années.

— Comment se fait-il que tu arrives à me dire tout ça aujourd'hui ? Parce que c'est comme si c'était fait ?

Il la prit par les épaules, la regarda. Et dans son expression, Ellie trouva sa réponse.

— Oh.

Les larmes roulèrent sur ses joues. Pourquoi ne pas pleurer, après tout ? Elle ne s'était jamais sentie aussi désemparée. Au moins savait-elle désormais contre quoi il avait dû lutter.

— Est-ce… est-ce que ce sera douloureux ? demanda-t-elle.

En entendant ces mots, il poussa un rugissement d'angoisse, et une larme de sang perla au coin d'un de ses yeux.

— Lizvetta, je t'en prie, ne…

— Tu ne peux pas te servir de l'anneau pour me faire revenir ?

— On ne peut pas inverser un serment ! Mais je trouverai un moyen de te faire revenir !

Elle se mit à sangloter.

— Lo… Lothaire… J… j'ai peur…

Un nouveau rugissement d'agonie sortit de la poitrine du vampire, puis il la serra contre lui. Il tremblait de tout son corps, livrant un terrible combat intérieur.

— Si je n'arrive pas à te sauver, je te rejoindrai.

Et, l'étreignant de toutes ses forces, il la berça en murmurant des mots en russe.

Il sentait la cendre. *Il a essayé de brûler pour moi.*

Était-ce là la dernière odeur qu'elle percevrait jamais ?

— Ne me rejoins pas, Lothaire. Je ne veux pas que tu…

— *Aaaaannnnneauuuuuu !*

Ellie tourna brusquement la tête.

— Qu'est-ce que c'est ?

— *Retire mon aaaaannnnneauuuuuu !* hurlait une voix de femme, juste en face de la terrasse – au vingt-cinquième étage.

Lothaire lâcha aussitôt Ellie et ôta l'anneau.

— La Dorada ! Mais comment a-t-elle fait pour nous trouver, bordel ?

Cette femme, dehors, contrôlait les faits et gestes de Lothaire ? Exactement comme ils l'avaient redouté !

— *Ennemi de Toujours ! Laisse-moi entrer ! Ne me résiste pas !*

Sa voix grésillait, comme si elle parlait dans un micro défectueux.

— Je ne peux pas lutter contre elle, lâcha Lothaire à mi-voix, en se dirigeant vers le mur qui jouxtait la porte-fenêtre et sur lequel étaient gravés des symboles. Ellie, va jusqu'à la porte d'entrée ! Tu devrais pouvoir l'ouvrir d'ici à quelques instants.

Quand Lothaire eut déverrouillé les protections magiques, la Dorada sauta par-dessus la rambarde de la terrasse. Sur un geste de sa main, la porte-fenêtre s'ouvrit.

Devant le regard ébahi d'Ellie, la sorceri entra en flottant dans les airs, à quinze centimètres du sol.

Lothaire lui avait parlé un peu de la Dorada – elle était à moitié folle, avait l'apparence grotesque d'une momie et hurlait pour récupérer son anneau.

Mais là, elle se régénérait. Elle n'avait toujours qu'un œil, mais il était stupéfiant – vert olive, avec de longs cils. Certaines mèches de ses cheveux étaient d'un noir épais, somptueux, alors que d'autres étaient molles et filasse. Et si une moitié de son visage était couverte d'une peau lisse et hâlée, l'autre était prise dans une gangue de gaze putréfiée.

Un pectoral en or massif couvrait son torse, une jupe de fils d'or lui ceignait les hanches…

— Va-t'en, Elizabeth ! Cours !

Ellie referma la bouche et fit demi-tour pour gagner la porte d'entrée. Elle longea les nombreux couloirs, courut, courut. Enfin, la porte fut en vue.

Elle la déverrouilla sans problème, l'ouvrit… et se figea dans un cri. Depuis sa chambre, Lothaire lui répondit d'un hurlement.

Des wendigos lui barraient la route.

Leurs corps émaciés étaient difformes et voûtés, leurs crocs aussi longs que son doigt. Une peau terreuse s'étirait sur leur carcasse squelettique, mais semblait pourtant flotter à certains endroits…

L'horreur la saisit. Ce n'était pas leur peau, c'était celle de quelqu'un d'autre.

Manches, gilets, cols…

Une main devant la bouche, Ellie recula. *C'est trop. Je ne peux plus supporter ça.*

Ils s'engouffrèrent dans l'appartement, se léchant les lèvres en la regardant. Leurs yeux rouges brillaient.

De faim.

Elle se précipita pour rejoindre Lothaire, courut plus vite qu'elle n'avait jamais couru. Les wendigos étaient sur ses talons, grognaient, bavaient. Elle entra dans la chambre en trombe.

Les yeux écarquillés, Lothaire lui tendit la main, mais ne bougea pas, ne chercha pas à la protéger. Elle se cacha derrière lui malgré tout.

— Elle contrôle mes mouvements, Elizabeth ! Elle m'a dit de ne pas bouger. Je suis pris au piège.

La Dorada tira le fauteuil de bureau de Lothaire et s'y installa. Elle avait adopté un air décontracté, mais bougeait au ralenti.

— Comment as-tu trouvé cet endroit ? demanda Lothaire.

— Une vieille connaissance à moi.

La sorceri leva l'anneau dans la lumière de la lampe, puis le passa au pouce qu'il lui restait et fit signe à Elizabeth.

— Viens par ici, ma fille.

Lentement, Ellie fit non de la tête.

— Viens, ou je force ton vampire à te boire jusqu'à la mort.

Lothaire la prit par le poignet jusqu'à ce que la Dorada lui ordonne :

— Lâche-la.

Il obéit immédiatement.

Voyant le pouvoir qu'avait la Dorada sur Lothaire, Ellie traversa la pièce et vint se placer devant elle. *Va-t-elle me tuer ? Me transformer en l'une de ces choses ?*

— À genoux.

N'ayant guère le choix, Ellie obtempéra.

De son œil unique, la sorceri scruta son visage.

— Saroya la Faucheuse d'Âmes est-elle enfouie dans ce corps, Lothaire ? La déesse des vampires était-elle celle que tu voulais pour femme ? Peut-être avais-tu l'intention de faire de cette humaine une immortelle avec mon anneau.

Lothaire ne répondit pas.

— Protèges-tu ce corps avec ardeur pour préserver Saroya ? Ou peut-être que la fille est tienne…

— C'est pour m'insulter que tu es venue ? Tu connais la réponse à cette question.

Tiens, il parle en lothairien ?

La Dorada leva sa main valide et la posa sur le front d'Ellie.

— Affronte-moi, Saroya.

Ellie se tendit, résistant de toutes ses forces à Saroya.

— Non, Dorada ! hurla Lothaire. Ne fais pas ça !

— Je sais que tu sens ma présence, déesse, dit la Dorada. Maintenant, éveille-toi !

Le pectoral de la Dorada se mit à vibrer, tandis qu'une puissante énergie se répandait dans la pièce. Ellie sentait Saroya s'agiter dans sa poitrine, mais résistait.

Lothaire lui aussi luttait contre le contrôle qu'exerçait la Dorada sur lui.

— Cela ne concerne pas seulement les crimes que j'ai commis contre toi. Que veux-tu de Saroya ?

— La vengeance.

Ellie resta silencieuse, luttant pour retenir la déesse.

— De quoi veux-tu te venger ? demanda Lothaire.

— À ton avis, vampire, pourquoi me trouvais-je dans ce tombeau ? Parce que les tueurs de Saroya m'ont poursuivie sans relâche ! Désespérée, je me suis tournée vers l'anneau, mais elle était trop puissante pour qu'il puisse la faire disparaître. Alors, j'ai souhaité ne jamais être trouvée par ses tueurs et ne jamais subir les tourments qu'elle voulait m'infliger. Et l'anneau a fait en sorte que je sois pour toujours hors de sa portée, en laissant mes autres ennemis me piéger dans ce tombeau pendant une éternité.

Elle regarda dans le vide un long moment avant de se tourner de nouveau vers Lothaire.

— Puis tu es venu me réveiller. Aussitôt, j'ai senti que Saroya n'avait plus rien de divin. Toi, tu voulais lui redonner du pouvoir en te servant de l'anneau. J'ai tout fait pour que cela n'arrive jamais.

— Cela n'a aucun sens, Dorada. Saroya n'avait aucune raison de te tuer. Qui étais-tu, pour une déesse ?

Ellie sentit sa vue se troubler. Elle perdait du terrain, ne tiendrait plus très longtemps…

La Dorada regarda Lothaire en fronçant les sourcils.

— Tu ne connais donc pas la prophétie ?

— De quoi parles-tu ? Quelle prophétie ?

Cette fois, elle semblait amusée.

— Mmm... Sache juste qu'elle est sur le point de s'accomplir.

Ellie poussa un cri, s'effondra. Et ce fut le noir.

Saroya se sentait poussée à faire surface. Elle cligna des yeux. La chambre de Lothaire ? Une main sur le front, elle se mit à genoux... et découvrit qu'elle était encerclée par des wendigos.

Face à son ennemie jurée.

La prédiction ! La peur la submergea, l'étouffa. Mais Saroya décida de bluffer. De faire comme si elle avait encore du pouvoir.

— Dorada, dit-elle avec un sourire en coin. Ça fait un bail, dis donc.

La sorceri sourit, révélant des chicots pourris au milieu de dents d'un blanc éclatant.

— Tu n'es plus la déesse aux yeux de chat, dit-elle.

Sa voix grésillait, et elle parlait une langue hésitante, par le biais d'un sort de traduction.

— Tu n'es plus vraiment belle à voir, rétorqua Saroya. Je comprends qu'il n'y ait plus que des monstres baveux pour te tenir compagnie.

— Régénération, dit la Dorada en haussant les épaules.

Ses bijoux étincelaient au point d'être aveuglants. Les plaques d'or étaient si lourdes qu'elles semblaient menacer d'écrasement sa carcasse putréfiée.

— Ton homme m'a fait beaucoup de mal. Je voulais me venger de Lothaire. J'ignorais que je pourrais prendre ma revanche sur toi par la même occasion.

Non, je rêve... C'est la prédiction... C'est la prédiction... La peur étreignait Saroya, mais elle se força à balayer d'un geste les propos de la Dorada.

— Que pourrais-tu me faire ? Je suis une déesse.

Et je transpire de trouille ?

— Tu n'as aucun pouvoir. Et tu es l'incarnation du mal. Très facile à contrôler, en ce qui me concerne.

Bien, procéderai-je ainsi que la prophétie l'a dit il y a bien longtemps de cela ?

Saroya déglutit.

— Si tu essaies, tu échoueras. Et je te ferai goûter à la colère divine.

La Dorada sourit. Grimaça, plutôt. Son rictus était repoussant.

— Je crois que je vais prendre ce risque.

Saroya se tourna vers Lothaire.

— Mais fais quelque chose, vampire !

Son visage n'était que tension, et il semblait sur le point de bondir, mais il ne bougea pas. De toute évidence, il était sous la coupe de la Dorada.

— Ne tue pas Saroya, Dorada. Il doit y avoir un autre moyen de régler cela !

Elle comprit tout à coup. Lothaire faisait comme si elle était celle que le destin lui avait réservée parce qu'il savait que, pour le punir, la Dorada l'éliminerait.

Ce petit malin avait trouvé un moyen de ne pas respecter ses engagements.

— Je ne suis pas sa femme ! Si tu veux te venger de Lothaire, tu dois tuer...

— Pourquoi me renier maintenant, Saroya ? hurla Lothaire.

La Dorada leva la main, ses doigts écartés dirigeant une énergie magique droit sur Saroya. Ses bijoux brillaient plus que jamais, son œil scintillait. Les wendigos se mirent à hurler à la mort tandis que, dans l'air, l'électricité devenait palpable.

— Non ! hurla Saroya. Ne fais pas ça !

— Jamais je ne t'aurais fait de mal, déesse. Jamais je ne t'aurais prise pour cible si tu ne m'avais pas poursuivie avec tes tueurs. Idiote ! C'est toi qui m'as mise sur ce chemin ! C'est toi qui as fait en sorte que s'accomplisse la prophétie.

— Tu le paieras, Dorada ! Ma sœur...

— Transmets-lui mon bon souvenir.

La Dorada ferma l'œil et serra le poing.

Les ténèbres s'ouvrirent devant Saroya, la prophétie se répétant encore et encore dans son esprit tandis qu'elle perdait lentement connaissance.

Il est prédit que la Dorada, reine des Ors et du Mal, sorceri au pouvoir immense, détruira Saroya la Faucheuse d'Âmes, déesse de la mort divine, la condamnant à l'éther qui l'engendra, à l'immatérialité du chaos dont elle naquit…

Il est prédit. Une prophétie qui s'accomplit. Ténèbres. Silence. Froid.

Néant.

Mes actes avaient une conséquence. Telle fut la dernière pensée de Saroya.

47

Elizabeth s'effondra, inerte. Des heures semblèrent s'écouler tandis que Lothaire – et la Dorada – attendaient qu'elle reprenne connaissance.

Enfin, elle ouvrit les yeux et se redressa d'un bond, portant une main nerveuse à sa poitrine.

— Saroya est partie ? Seigneur, elle est partie ! dit-elle en se tournant vers Lothaire.

Le vampire la fixa longuement, notant sa peau lumineuse, ses yeux brillants. Et ce sourire…

Jusque-là, l'allure d'Elizabeth l'avait impressionné. Mais, libérée de Saroya, sa femme était irrésistible.

L'être qu'elle abritait avait dû amoindrir le besoin qu'il avait d'elle. En cet instant, c'était comme si son désir pour elle et son instinct de protection avaient été multipliés de façon exponentielle.

Avant d'être injectés directement dans son cœur.

Ma femme. C'était donc cela dont on parlait tant.

Elizabeth… Elle irradiait de beauté, comme si un vitrail avait été brisé pour laisser passer la lumière pure.

— Tue-la, Lothaire, ordonna la Dorada.

— À quoi bon ? dit-il, luttant contre l'emprise de la sorceri. Tu m'as pris Saroya.

— Au cas où cette mortelle serait celle qui t'est vraiment destinée.

Jusque-là enchaîné par les serments qu'il avait faits, il se sentait plus puissant que jamais maintenant qu'il en était libéré. Elizabeth était le phare vers lequel tout son être se dirigeait.

— Jamais je ne lui ferai de mal. Et tu sais que je ne peux pas mentir.

— Je me doutais un peu que c'était elle. Maintenant, je t'ordonne de la tuer.

— Va te faire foutre, Dorada.

Qu'y avait-il de plus fort que l'emprise de la Dorada sur lui ? *L'emprise d'Elizabeth sur moi.*

— Tu ne peux pas me forcer à lui faire du mal. Tu n'es pas complètement régénérée, et tuer une déesse t'a beaucoup affaiblie. Je me battrai contre toi jusqu'à ce que nous n'ayons plus ni l'un ni l'autre assez de force pour faire souffrir Elizabeth.

— Alors, je vais faire simple, répliqua la Dorada d'un ton sec. Tu la tues, ou je te force à te suicider.

Il éclata de rire.

— Alors, vas-y lentement, *súka*. J'aime beaucoup les préliminaires.

— Lentement ? Mais j'ai tout le temps qu'il faut pour te regarder arracher ta propre peau.

— Non ! s'écria Elizabeth en courant se mettre devant Lothaire. Je t'en prie, Dorada, ne fais pas ça !

La sorceri ne sembla même pas la voir.

— Je veux que tu t'écorches comme si tu retirais ta chemise, vampire. Ensuite, une de mes bêtes portera ta peau jusqu'à ce qu'elle pourrisse sur elle.

— C'est *toi* qui les habilles ainsi ? Avec de la *peau* ?

Elizabeth déglutit, prise de nausée.

— Commence par le cou, Ennemi de Toujours.

Autour d'eux, les wendigos s'installèrent sur le sol, prêts pour le spectacle… et le festin qui suivrait.

Lothaire sentit ses propres griffes sur son cou. *Je ne peux pas m'arrêter…*

— Attends ! hurla Elizabeth. Pourquoi ne pas passer un marché avec nous ?

— Tu oses m'adresser la parole ?

La Dorada tourna son regard de borgne vers Elizabeth.

— Nous avons quelque chose que tu recherches, dit-elle, sans avoir la moindre idée de ce qu'elle faisait.

Mais entre les wendigos, cette horrible momie et l'exorcisme de Saroya, elle se sentait prête à absolument tout. Même si elle avait encore un peu de mal à se représenter clairement le plan destiné à sauver son vampire.

— Le registre des dettes de sang de Lothaire. Empêche-le encore un instant de se mutiler et laisse-moi t'expliquer.

D'un geste, la Dorada fit signe à Lothaire d'arrêter, puis se tourna vers Ellie.

— Je t'écoute.

— Des milliers d'êtres ont une dette envers lui. Il tient ce registre depuis des lustres. Si tu nous laisses la vie à tous les deux et que tu ne cherches plus jamais à te mettre en travers de notre route, nous te donnerons... la moitié du registre.

— Mais qui sont ces êtres ? La lie du Mythos ? demanda la sorceri en retirant une bande de gaze purulente pour jeter un œil sur la plaie béante qui se trouvait dessous, avant de soupirer : Des immortels velléitaires ?

Ellie secoua la tête.

— Nous avons des rois, des reines, des dieux. Et des bons ! Des êtres sur qui tu n'as aucune emprise pour l'instant. Mais tu ne peux pas forcer Lothaire à te le donner juste parce que tu as le pouvoir de le contrôler comme une marionnette. Il faut que ce soit un marché équitable.

La Dorada cligna de l'œil.

— Et pourquoi cela ?

Bonne question. Réfléchis, Ellie, réfléchis !

— Pour que tu fasses payer leur dette à ces créatures, elles doivent s'en remettre à toi... euh... de leur plein gré.

Ce qui semblait logique.

— Si tu gardes Lothaire sous ton emprise et que tu lui voles son registre, tous ces serments ne vaudront même plus le papier sur lequel ils ont été consignés.

— Tu peux parler, dit la Dorada en s'adressant à Lothaire. Ce registre existe-t-il vraiment ?

Ellie s'attendait qu'il pousse un hurlement, refusant de marchander le travail de toute une vie.

Mais non. Il me regarde comme s'il était… impressionné.

— Le registre est exactement comme l'a dit ma femme.

Euh… la partie livre, oui, mais la partie « de leur plein gré »…

La Dorada inclina la tête, ramena sur une épaule des cheveux magnifiques tombant en cascade sur des lambeaux de tissu.

— C'est moi qui choisis les noms.

— Si tu m'accordes l'usage de l'anneau, dit Lothaire, je te les laisse tous.

Ellie poussa un petit cri.

— Mais cet anneau, c'est rien que des ennuis ! Il est dangereux !

— Ça, c'est rien de le dire, grommela la Dorada. Je le porte, mais je ne m'en sers plus.

— Alors, tu n'as aucune raison de ne pas me le prêter, Dorada.

Ellie secoua la tête.

— Non, Lothaire.

— Puisque nous en sommes aux négociations et que tu as l'anneau, dit Lothaire à la Dorada, *j'aimerais bien pouvoir bouger de nouveau, bordel !*

La Dorada n'eut qu'un geste à faire pour le libérer.

Il prit Ellie par les bras.

— Il me faut ce pouvoir, Lizvetta. Tu dois devenir vampire. Et même si la disparition de Saroya me réjouit au plus haut point, la couronne de la Horde est partie avec elle. Je refuse de ranger mes ambitions sur une étagère comme s'il ne s'agissait que d'un vulgaire jeu d'échecs dont on range les pions.

— Je t'en prie, nous trouverons une solution ensemble, dit Ellie.

Mais il campa sur ses positions.

— Et s'il existe d'autres serments que tu m'as cachés, dont je ne sais rien ?

— Il n'y en a pas. Tu peux me faire confiance.

— C'est ce que je fais depuis le début, et ce soir, j'ai failli mourir deux fois à cause de toi.

Il grimaça. Mais il se tourna vers la Dorada et lança :

— Laisse-moi l'anneau jusqu'à demain minuit, et le registre est à toi.

La Dorada ferma son œil un court instant.

— Apporte-moi le registre, dit-elle enfin. Et s'il est conforme à ce qu'a dit ta mortelle, tu auras l'anneau.

Un peu partout dans la pièce, les wendigos grommelèrent, furieux de ne pas avoir droit à un carnage.

Lothaire alla chercher le registre dans son coffre et le montra à la Dorada. L'œil de la sorcière s'alluma. Ils jurèrent l'un et l'autre de faire ce qu'ils avaient dit.

Le registre de Lothaire, offert librement, lui achetait vingt-quatre heures en possession de l'anneau. Après quoi la Dorada reviendrait chercher son bien.

Avec un grand sérieux, elle retira l'anneau et le tendit au vampire.

— Cette fois, je garde mon pouce, Ennemi de Toujours.

Et quand Lothaire lui donna son précieux livre, il le lâcha sans un regard de regret.

Car il ne quittait pas Ellie des yeux.

48

— Alors, qu'est-ce que ça fait, d'être libérée de Saroya ? demanda Lothaire.

Il venait de se doucher et se rhabillait. Sa peau cicatrisait, et l'odeur de brûlé qui semblait déranger Elizabeth avait disparu.

Lui non plus n'aimait guère ce souvenir de sa tentative de suicide. Mais, à présent, tout rentrait dans l'ordre. La pression de ces dernières semaines retombait enfin.

— J'avais juré de gagner la guerre qui nous opposait, dit Elizabeth. Mais j'ai malgré tout du mal à croire qu'elle n'est plus. Elle, et la Dorada. Je n'arrive pas à croire que tout cela est terminé.

— Grâce à toi. Tu as réussi à passer un marché avec la Dorada. Tu as embobiné la Reine du Mal. Je suis tellement fier de toi, Lizvetta.

Sa femme, si intelligente, l'avait encore surpris. Elle sourit, ramena une mèche de cheveux derrière son oreille. Il se rendit compte que le compliment lui faisait plaisir, mais l'étonnait aussi.

Il se rembrunit. Elle réagissait comme s'il ne l'avait jamais complimentée. Cela lui était sûrement déjà arrivé, pourtant. Sûrement.

Même s'il ne se souvenait pas quand.

Conscient comme il l'était de l'importance de l'ego, cette constatation l'atterra. *Mais ça va changer. Beaucoup de choses vont changer…*

— Lothaire, tu n'aurais pas eu, par hasard, le temps de retirer Balery du registre, avant de le donner à la Dorada ?

— À ton avis ? demanda-t-il, le plus sérieusement du monde.

— Je pense que… tu l'as eu.

— Tu te trompes.

Ellie se décomposa.

— Oh.

— Mais j'ai réussi à supprimer un oracle fey du nom de Sorcière.

— Je le savais ! s'exclama-t-elle avant de lui décocher ce sourire qui le bouleversait.

— Je l'ai fait pour toi.

— Peu importe. Ce qui compte, c'est que tu l'aies fait. Mais j'aimerais que tu m'expliques ce qui s'est passé avant, avec toi et… mon âme, reprit-elle en cessant de sourire.

— Je te raconterai tout. Un jour.

Les préjugés et la soif de vengeance m'aveuglaient.

— Pour l'instant, reprit-il en brandissant l'anneau, nous devons te faire franchir la dernière étape, puis songer à notre avenir.

Lothaire allait devoir changer de stratégie. Sans Saroya, la Horde ne tomberait jamais sous sa coupe. Mais en se libérant de ses serments, il avait économisé un vœu…

Désormais, tout se déroulait clairement dans son esprit. Ses priorités s'établissaient ainsi, par ordre d'importance : faire d'Elizabeth une immortelle, trouver un moyen de tromper la Horde et de la soumettre, localiser et conquérir la Dacie.

Pour pouvoir tuer Serghei.

Ainsi, il aurait quand même sa femme à ses côtés, deux trônes et sa vengeance. Tout irait bien…

Mais quand Lothaire prit Elizabeth dans ses bras, il découvrit qu'elle tremblait.

— Tu es en sécurité, maintenant, mon amour. J'ai réinstallé les barrières magiques. Et tu seras chez Sorcière quand la Dorada et ses wendigos reviendront. Tu ne reverras plus jamais ces monstres. De ta vie. Qui sera très, très longue, conclut-il en glissant un doigt sous le menton d'Ellie.

— Je n'ai pas envie de ça, Lothaire.

Il inspira profondément, s'exhortant à la patience.

— Pour voler l'anneau à la Dorada, j'ai combattu des sectes et des monstres de légende. Pour le retrouver, j'ai survécu à la prison de l'Ordre, j'ai exterminé des armées. J'ai sacrifié mon registre. Et tout cela, je l'ai fait pour toi ! Tu ne comprends donc pas le cadeau que tu es sur le point de recevoir ?

— J'ai du mal à le considérer comme tel. Tu m'as dit que je ne reverrais plus jamais ma famille. Que je ne pourrais jamais retrouver ma vie d'avant, profiter du soleil, chasser, marcher dans la montagne, partager de grands repas avec ceux que j'aime.

Lothaire sentait la colère monter. La jalousie, aussi. Encore.

— Tu dois oublier les autres mortels. Ils font partie de ton passé. Je suis ton avenir, moi !

— Mais je ne peux pas abandonner ma famille comme ça !

— Bien sûr que si, tu peux. C'est ce que j'ai fait.

— Tous les membres de ta famille sont morts !

— Vraiment ? Elizabeth, rappelle-toi ce que je t'ai dit : les mortels et les vampires ne font pas bon ménage.

— On y arrive bien, nous.

— Si tu savais le nombre de fois où j'ai failli perdre le contrôle et t'annihiler... Et puis, les dieux punissent très durement les immortels qui se révèlent inutilement aux humains. Ce n'est pas moi qui ai fait cette loi, mais nous sommes tenus, toi et moi, de la respecter. S'il te plaît, ne gâche pas cette nuit, Elizabeth.

— Fais-moi d'abord l'amour. Aime l'humaine une dernière fois.

— Tu ne dois pas repousser l'échéance.

— Mais tu ne m'écoutes pas ! Donne-moi juste un peu de temps. Je ne dis pas que je ne serai jamais d'accord, mais j'ai besoin de temps pour faire le point. Il y a une heure à peine, tu étais près de supprimer mon âme ! C'est trop, tout ça. Je ne sais plus quoi penser, moi !

Les larmes se mirent à rouler sur ses joues, et Lothaire n'aimait pas la voir pleurer. Cela le déstabilisait, lui donnait le sentiment d'avoir échoué. *Ma femme ne devrait jamais avoir de raison de pleurer.*

D'un geste tendre, il essuya ses joues.

— Tu as juré de me laisser prendre les décisions pour toi pendant trois semaines. Le temps n'est pas encore écoulé.

— S'il te plaît. Je te supplie de ne pas me faire ça. J'aimerais qu'on en parle, c'est tout.

Il resta silencieux. Même s'il avait été le genre d'homme à discuter de ses décisions avec sa femme, le temps leur manquait. *Elle ne sera pas en sécurité, pas tant qu'elle n'aura pas été transformée.*

— Lothaire, si tu tiens à moi, tu ne feras pas ça.

Il la prit par les épaules.

— Ce que tu dis est horrible. C'est parce que je tiens à toi que je dois le faire.

— Tu ne peux pas te servir de cet anneau sur moi ! Tu as dit toi-même que tu n'étais pas sûr de ce qu'il ferait.

— Le premier vœu est toujours le plus précis. Je vais donc commencer par ça.

— Tu t'entends parler ? Tu es dans le flou total, mais c'est de ma vie qu'il s'agit ! J'ai lu dans *Le Livre du Mythos* que le catalyseur, pour la métamorphose, c'était la *mort* !

— Nous n'allons pas procéder comme d'habitude. Regarde-moi, Elizabeth, et écoute-moi : je suis absolument certain que les choses se dérouleront comme je l'ai prévu. Jamais je ne jouerais avec ta vie.

Comme elle tremblait de plus en plus, il ajouta :

— Crois-tu vraiment que je n'aie pas répété mon souhait, encore et encore, vérifiant chaque terme avec l'aide de Sorcière ? Pour ce genre de chose, je fais attention.

— Tu ne pourras pas me convaincre.

— Alors, fais-moi confiance, Elizabeth. Je suis mieux placé que toi pour savoir ce qu'il faut faire. La difficulté, c'était de trouver l'anneau et de comprendre comment s'en servir, mais le processus en lui-même se fera sans difficulté. En un clin d'œil, tu deviendras vampire, comme si je t'avais transformée moi-même.

— Tu as dit qu'en général, les gens étaient transformés parce qu'ils étaient sur le point de mourir. Je suis en pleine santé. Je suis jeune…

— Mes ennemis te prendront systématiquement pour cible. Même s'ils n'ont pas de dette envers moi, certains chercheront à m'atteindre en faisant souffrir ma femme. Tu es mon point faible.

— Ton point faible… répéta-t-elle doucement.

— Réfléchis, mon amour. Si tu avais pu te téléporter, tu aurais disparu au nez et à la barbe de ces wendigos. Comment pourrai-je t'emmener dans mon monde si tu n'as pas la force de te défendre ni le pouvoir d'échapper à une menace en un éclair ?

— S'il ne promet que violence et agitation, je préfère ne pas y aller, dans ton monde ! Qu'est-ce que tu dis de ça ? Je n'aurais pas à me téléporter pour fuir les wendigos, parce qu'il n'y en aurait pas dans mon appartement !

— Tu n'accepterais pas ce don pour être avec moi ? Tu m'aimes… Tu devrais faire tout ce que je te demande.

Les femmes amoureuses faisaient des sacrifices. C'était aussi simple que cela.

Au cours de sa très longue existence, il avait regardé autour de lui, et dans leur grande majorité les femmes cédaient à l'homme qu'elles désiraient. Bon, ces cinquante dernières années, les choses avaient un peu changé, mais…

— Tu m'en demandes trop ! Si tu te sers de cet anneau, je ne te le pardonnerai jamais.

— Tu finiras par t'y faire. Tu t'es fait à tout jusqu'à présent.

Elle fronça les sourcils, le fixa d'un regard dur.

— Non, Lothaire, je ne m'y ferai pas.

— Comme l'a dit la Dorada : je prends le risque.

Il va vraiment le faire ! En proie à la panique, Ellie pivota et se rua une nouvelle fois vers la porte.

Derrière elle, Lothaire poussa un soupir agacé, puis lança :

— Prépare-toi, Elizabeth !

Tandis qu'elle courait dans le couloir, elle l'entendit dire autre chose, mais n'en saisit pas le sens.

Soudain, un véritable incendie l'embrasa tout entière. Portant les mains à sa poitrine, elle ralentit, mais ne cessa pas de courir. Dans sa bouche, elle sentit pousser des crocs.

Non, non, non !

Il apparut devant elle, la prit contre lui.

— C'est fait, Elizabeth. Tu es comme moi, désormais. Tu vois comme c'était facile ?

Elle enfouit son visage entre ses mains. La tête lui tournait. Tout était trop fort, elle se sentait plus légère que l'air.

Et les *odeurs*… Était-ce celle du sang qu'elle sentait ? Contre son oreille, le cœur de Lothaire lui évoqua le bourdon d'une cloche.

Il lui prit les mains. Elle vit avec horreur que ses ongles étaient noirs… et ressemblaient désormais à des griffes.

— Non, laisse-moi te regarder, mon amour. Tes iris sont noirs, d'une beauté sans nom. Mais tu dois te calmer. Tout va bien, maintenant. Tu es en sécurité, tu es avec moi.

— J… je s… suis *un vampire* ?

Garde l'esprit ouvert, garde l'esprit ouvert.

Comme elle restait sans rien dire, il posa le bout d'un doigt contre une de ses griffes, visiblement ravi de constater à quel point elle était acérée.

— Et regarde ces petits crocs, souffla-t-il d'une voix rauque. Ah, Lizvetta, je pourrais jouir rien qu'en les regardant. Tu es parfaite, à tous points de vue.

On aurait dit un petit garçon avec un nouveau jouet. Ellie, elle, se sentait perdue, vide.

Les émotions la submergeaient, les pulsions aussi. Des pulsions qu'elle ne comprenait pas. *Je le hais ! Je l'aime ? J'ai besoin de le goûter. Bois mon sang !*

Jamais elle ne s'était sentie aussi étrangère à son corps. Pas même lorsque Saroya l'habitait.

Avec l'anneau, il pourrait tout changer. Il pourrait faire en sorte que tout redevienne comme avant. Si elle lui donnait une raison de le faire, si elle l'effrayait assez…

— Calme-toi, souffla-t-il en prenant le visage d'Ellie entre ses mains. Plus rien ne nous séparera, maintenant.

— Serre-moi… murmura-t-elle.

— Oui !

Il la pressa contre lui, calant sa tête dans son cou.

— Je n'ai plus peur de te faire mal, désormais.

Je le déteste… Je l'aime… Son odeur !

— L… Lothaire… j… j'ai *envie* de toi…

— Elizabeth, tu ne pourrais pas me faire plus plaisir.

Maintenant qu'elle était immortelle, Lothaire pouvait enfin admettre ce qu'il éprouvait pour elle, cesser de lutter contre ses sentiments.

Quand elle noua ses mains sur sa nuque, plaquant sa poitrine contre le torse de Lothaire, il murmura :

— C'est un signe que la transformation s'est réalisée parfaitement – les vampires sont connus pour avoir une libido débridée.

Elle se hissa sur la pointe des pieds pour l'embrasser au creux du col en V de son tee-shirt, s'attarda ici et là…

Et planta ses crocs dans sa chair.

Un plaisir comme il n'en avait jamais connu traversa Lothaire, fulgurant.

— Oooh ! Elizavetta…

Quand elle répondit d'un gémissement et suça, il perdit conscience quelques instants.

— Non ! rugit-il en la repoussant. Tu as bu sur *moi*. Tu ignores donc à quel point mon esprit est souillé ? Empoisonné par tous ces souvenirs qui ne m'appartiennent pas ? Et je suis certain que tu es une *cosaş*, comme moi !

— Retransforme-moi ! s'écria Ellie, les yeux noirs d'émotion, du sang coulant à la commissure de ses lèvres. Sinon, je vais devenir folle !

Il secoua la tête.

— J'avais prévu… de procéder en douceur… de t'apprendre à aimer mon goût goutte par goutte. Mais toi, tu as bu à la source dès la première fois…

— Retransforme-moi !

— J'avais considéré cette éventualité, j'étais même allé jusqu'à envisager d'utiliser un deuxième vœu pour t'immuniser contre mon sang. Après tout, un jour ou l'autre, tu aurais bu directement sur moi. Mais je voulais aussi les deux trônes…

Il poussa un soupir las.

— Je n'arrive pas à croire que je vais faire une chose pareille…

Il posa les doigts sur l'anneau, le fit tourner.

— Quand ma femme boira sur moi, elle n'absorbera que les rêves que je ferai dorénavant. Aucun souvenir de mes victimes ne l'affectera, aucun souvenir de ma vie passée ne la troublera.

Le visage d'Ellie se décomposa, et elle vacilla.

— Bien, conclut Lothaire. Cela vient de nous coûter un royaume. Et pourtant… c'était nécessaire. Il est assez rare que nous buvions le sang de nos semblables, mais maintenant, tu pourras boire sur moi. D'ailleurs, tu ne boiras *que* sur moi.

Son sang la rendrait plus forte encore. Un lien indéfectible les unissait désormais.

— J'aurais pu souhaiter que tu n'absorbes aucun souvenir, poursuivit-il. Mais je veux que tu saches ce que je fais, que tu voies mon courage quand je me bats pour toi et pour nos enfants. Je veux que tu sois fière de ton homme.

Et, chaque jour, elle rêverait de ses sentiments pour elle, sentirait leur force toujours croissante.

Ce lien lui rendrait la vie plus facile. Il s'y connaissait peu en relations amoureuses, en vie de couple, en expression des sentiments. Mais il n'aurait pas besoin d'apprendre : elle connaîtrait tout simplement son esprit aussi bien que lui.

Elle articula quelque chose.

— Je serai tout ce dont tu as besoin, je te nourrirai.

Elle n'avait bu qu'une petite gorgée, et il avait maintenant l'intention de la rassasier.

L'imaginer buvant à son cou, ses petits crocs plongeant dans sa chair…

Son sexe se raidit si rapidement qu'il dut retenir un grognement. Peut-être allait-il devoir revoir son planning et commencer par posséder et nourrir son épouse vampire.

Ellie semblait un peu perdue, comme si elle cherchait une porte de sortie. Il allait faire en sorte qu'elle n'en trouve aucune.

Et puis, tout à coup, elle lécha le sang au coin de ses lèvres, et le désir brilla dans ses yeux. Son souffle devint haletant.

— L… Lothaire ?

Il entendait son cœur battre la chamade, sentait son excitation. Mais la faim qu'il lut dans son regard le fit presque défaillir.

Tout ce que tu veux, Elizabeth.

49

Le cœur de Lothaire battait à tout rompre, et Ellie l'entendit changer de rythme quand il baissa les yeux pour la regarder.

— Tu es si belle, Elizabeth... Ma longue attente est amplement récompensée.

Sans lui lâcher la main, il les téléporta jusqu'à son coffre, dans lequel il jeta l'anneau.

— Voilà, c'est fait, maintenant, dit-il en l'entraînant vers le lit. Ce soir, une nouvelle vie commence pour nous deux.

Déjà, elle se sentait palpiter de partout. Une chaleur moite gagnait son sexe, la pointe de ses seins se durcissait, et ses crocs perçaient sa langue.

En goûtant, même brièvement, au sang de Lothaire, elle avait eu le sentiment d'arriver enfin *à la maison*.

Et pourtant, elle était furieuse contre lui.

— Je ne voulais pas ça.

Ces sentiments étaient trop forts, trop intenses. *Ça fait peur*.

— Tu es en colère. Mais cela passera.

Elle ne répondit pas, essaya juste de rester concentrée.

— Après ce soir, je te montrerai tout le plaisir qui t'attend encore, et tu me pardonneras.

Elle secoua la tête.

— J'ai mis à mal ton But Suprême, et tu ne veux pas me rejeter ? Me renier ?

Il se contenta de sourire, de cette bouche si sensuelle.

— Avec toi à mes côtés, qui sait ce que je pourrai gagner ? Ensemble, nous serons invincibles. Et puis, je n'ai plus de temps pour me venger, maintenant. Je dois apprendre à ma femme à se téléporter, à se nourrir. Je dois l'aider à découvrir sa force et lui montrer comment la contrôler. Mais d'abord, ajouta-t-il en l'attirant contre lui, je dois réussir à lui faire admettre que je suis son homme et qu'elle m'aime.

La satisfaction qu'elle percevait chez lui était enivrante. Il semblait vibrer de contentement. Elle sentait aussi à quel point il avait envie d'elle.

— Je ne t'ai jamais dit que je t'aimais.

— Tu le dois, dit-il d'un ton supérieur. Et maintenant que tu appartiens à mon espèce, tu te sentiras encore plus liée à moi.

Il glissa une main derrière la nuque d'Ellie et l'attira vers lui pour laisser courir ses lèvres dans son cou. Quand il lui donna un petit coup de langue, elle se sentit électrisée et frémit contre lui.

— Je te veux nue, femme.

En un éclair, il lui arracha ses vêtements.

— Retire-moi ma chemise, lui souffla-t-il à l'oreille. Je veux sentir la pointe de tes seins contre moi.

Ô Seigneur, elle aussi ! Avec un gémissement, elle posa les mains sur la chemise. Le tissu lui sembla se déchirer sous ses doigts.

— C'est excitant, cette force, non ?

Elle avait mis sa chemise en lambeaux ? De quelle ampleur était cette force, exactement ?

Mais déjà, elle pensait à autre chose. Son regard s'était posé sur le torse nu de Lothaire, sur la morsure qu'elle y avait laissée. Pourquoi n'avait-elle jamais complètement apprécié la beauté de ce corps, de cette peau douce qui appelait de nouveau sa morsure, la tentait, attisait sa faim ?

Lothaire amena les mains d'Ellie sur sa ceinture.

— Défais-la, si tu veux plus de moi.

Même si elle l'avait voulu, elle n'aurait pu arrêter cela. Son corps battait comme une corde de guitare que l'on pince.

Elle tira à peine. La ceinture se déchira en deux.

— *Vide*, murmura-t-elle en tirant sur le jean de Lothaire. *Faim.*

Le reste des vêtements du vampire ne résista pas à la frénésie de ses doigts, et bientôt, il fut nu devant elle.

— Lothaire... que m'arrive-t-il ?

— Je vais m'occuper de toi. Tout ira bien, si tu me fais confiance.

Il prit les petites mains d'Elizabeth, les posa sur son torse. De leur propre chef, ses griffes se plantèrent en lui, possessives, le maintenant tout proche.

Comme si j'allais un jour avoir envie de m'en aller.

— Ce soir, tu vas redécouvrir ton corps. Et moi aussi.

Son apparence avait changé, mais heureusement, pas trop. Si elle n'avait plus de marques de bronzage, sa peau était uniformément dorée, comme quand elle avait dix-neuf ans. La longue crinière qui cascadait sur ses épaules était plus soyeuse, et d'une couleur encore plus intense qu'avant. Ses iris oscillaient entre le gris scintillant et le noir de jais, ses crocs s'acéraient sous les yeux de Lothaire.

Voir chez Ellie tant de traits vampiriques réveillait ses propres instincts, refoulés depuis si longtemps. Cela faisait des semaines qu'il se retenait de la plaquer contre n'importe quoi et de lui faire l'amour.

Mais il avait dû renoncer à la pousser sur le lit pour la pénétrer par-derrière.

Renoncer à lui relever les genoux jusqu'aux épaules pour s'enfoncer en elle jusqu'à la garde.

En l'occurrence, il la fit reculer jusqu'à ce qu'elle soit dos au mur et posa sa main sur sa gorge tandis qu'il embrassait son oreille, sa joue, sa lèvre inférieure. Il en lécha le sang, se goûtant lui-même sur Ellie.

— Tu es infiniment plus forte, aujourd'hui.

Mais elle restait fragile comparée à lui, dont la puissance s'était accrue avec les années.

— Alors, tu n'auras pas à te retenir ?

Je ne peux pas mentir.

— Je vais tout te donner.

En entendant ces mots, Ellie riva son regard sur son cou et sur la veine qui y battait.

— Tu veux encore du sang ?

Elle détourna le regard, mais sa langue darda entre ses lèvres, la trahissant.

— N'aie jamais honte de ta soif. Nous la tenons pour sacrée. Regarde-moi et dis-moi que tu en veux encore.

Elle leva un regard hésitant vers lui.

— Dieu me pardonne… Oui, j'en veux.

— Là, tout de suite, il y a un endroit de mon corps où mon sang afflue.

Comprenant ce qu'il voulait dire, elle ouvrit de grands yeux. Sans lui laisser le temps de protester, il les téléporta jusqu'au lit.

— Allonge-toi.

Elle obtempéra, et il se mit à genoux à côté de sa tête. Puis il empoigna son sexe.

— Plonge tes jolis petits crocs dedans et bois, Elizabeth.

Il était évident qu'elle en avait envie. Il savait qu'elle entendait le sang pulser dans son membre en érection.

— Mais je vais te faire mal.

Il glissa une main sous sa tête pour l'amener vers lui, pour qu'elle pose ses lèvres contre son sexe.

— Bois, répéta-t-il.

Prends tout d'elle. N'était-ce pas ce qu'il avait toujours eu en tête quand ils faisaient l'amour ? Ce soir, il pensait : *Donne-lui tout…*

Dans un gémissement, elle ouvrit les lèvres et donna de longs coups de langue, s'installant de façon à pouvoir descendre jusqu'à son scrotum, puis remonter le long de son sexe dressé. Mais elle ne le mordit pas.

Au lieu de cela, elle murmura son nom et l'embrassa tendrement, encore et encore, caressant son visage avec son membre, le chérissant…

D'un geste doux, il ramena une mèche de cheveux derrière l'oreille d'Ellie, priant pour qu'elle ne s'arrête plus jamais, même s'il avait envie de sa morsure.

Pour la tenter, il passa une griffe le long de son sexe. Le sang apparut.

— Lizvetta, mon amour… Bois !

Le regard d'Ellie ne quittait pas les gouttes carmin qui perlaient le long du sexe en érection de Lothaire. Un cri lui échappa soudain. Elle avait le sentiment que ses crocs s'allongeaient dans sa bouche.

— Je serai tout ce que tu voudras. Goûte-moi !

Il plaça une main sur sa hanche, enfonça ses griffes dans la chair d'Ellie. Il se comportait de façon plus agressive avec elle, désormais. Plus animale.

Cela la stimulait, appelait de sa part une réponse tout aussi animale, mais elle secoua la tête.

— Lothaire, je n'arrive pas à te faire du mal !

— Est-ce que tes crocs sont douloureux ?

— Ô Seigneur, oui !

— Tu dois les enfoncer profondément. Dans *ma* chair. Sinon, la douleur ne fera que croître.

Elle leva les yeux vers lui, cherchant du courage, et ouvrit les lèvres.

— C'est ça. Nourris-toi, mon amour.

Elle passa la langue sur les gouttes de sang. Dès le premier contact, un gémissement lui échappa.

Le sang de Lothaire était brûlant. De nouveau, elle avait le sentiment de faire ce qu'elle devait faire, d'être où elle devait être.

Mais la soif et le désir la submergeaient, insupportables.

— Tu dois me mordre, souffla Lothaire.

Avant même d'en avoir pris consciemment la décision, elle planta ses crocs dans le sexe en érection. Lorsqu'elle perça la chair de Lothaire, ses yeux se retournèrent dans leurs orbites.

— *Dieux du ciel ! Oui !* rugit-il en donnant un coup de reins.

L'évidence même. Tandis que le sang délicieux de Lothaire coulait sur sa langue, elle entendit son cœur dans ses propres oreilles, battant au rythme de ses grognements d'extase.

— Suce, Lizvetta. Suce jusqu'au bout. Pour toi, je suis fort.

Elle s'exécuta, s'enivrant de ce liquide riche et épais. Elle avait le sentiment d'avoir attendu toute sa vie de boire ainsi. À chaque goulée, sa poitrine et son sexe s'engorgeaient, les pointes de ses seins durcissaient. Elle était en feu, les battements de son cœur – ou de celui de Lothaire ? – la secouaient de soubresauts.

Le sang de Lothaire avait sur elle un effet qu'elle ne comprenait pas. Elle se sentait plus en vie que jamais, mais ne contrôlait plus ses émotions. Un instant, elle était sur le point de pleurer, et l'autre, d'éclater d'un rire hystérique.

Elle suça plus avidement encore.

— Continue, ne retire pas tes crocs, dit-il en se mettant sur le dos. Mais je dois t'embrasser moi aussi.

Elle ne le lâcha pas tandis qu'il l'installait contre lui.

— Crie, Lizvetta. Je veux t'entendre crier pour moi.

Quand il enfouit son visage entre ses cuisses et posa sa bouche sur son sexe, elle hurla.

— Ah ! Continue, ordonna-t-il avec un coup de langue. Et tu seras récompensée.

Elle se souvint vaguement de la dernière fois qu'il lui avait dit cela. Elle voulait sa récompense, et elle le sucerait jusqu'à ce qu'il la force à arrêter.

Il frémit de plaisir quand elle planta ses griffes en lui, le tirant contre elle, affamée. Alors, il prit son clitoris entre ses lèvres et l'aspira.

Ravissement. *Ne me prends jamais cela*. Elle planta ses griffes dans les fesses de Lothaire. *Je veux que cela ne finisse jamais.*

Quand il grogna contre son sexe, les vibrations intensifièrent son plaisir. *Je vais jouir*. Jouir comme jamais elle n'avait joui.

Le sang de Lothaire sur sa langue. Ses muscles souples sous ses griffes. Son sexe dans sa bouche affamée.

Elle sentait monter la semence le long du membre puissant, crut la goûter.

Lorsqu'elle perçut le picotement des crocs de Lothaire sur elle, elle ouvrit brusquement les yeux. Et se laissa emporter.

Elle hurla, aspira plus fort, hurla encore.

Il rugit contre elle tandis que son sperme jaillissait en longs jets sur son torse, atteignant presque sa poitrine.

L'odeur du sperme, du sexe. Du sang. *Divin*.

Même après avoir joui, il resta dur longtemps entre les lèvres d'Elizabeth.

— Il va falloir que tu me le rendes, mon amour, si tu veux ta récompense, haleta-t-il.

Puis il prit délicatement le visage d'Ellie entre ses mains et, du pouce, appuya sur le muscle de sa mâchoire pour lui faire lâcher prise.

Elle le fit à contrecœur, donnant de grands coups de langue sur son membre avant qu'il ne s'éloigne de sa bouche. *Je deviens folle*.

D'un geste, il essuya négligemment le sperme sur son torse et, en un éclair, se glissa entre ses jambes.

— Maintenant que la première vague est passée…

Il introduisit un doigt dans le sexe trempé d'Elizabeth.

— Lothaire !

Il en glissa un second sans rien dire. Puis, pratiquant de petits mouvements du poignet, il les bougea en elle, plus vite, plus loin. Elle trouva soudain très, très sexy les veines qui palpitaient sur son bras et dans son cou.

— Est-ce que… est-ce que c'est toujours comme ça ?

L'orgasme humain ? Un pétard de papillote. L'orgasme vampire ? Une explosion nucléaire !

— Une fois que nous saurons de quoi ton corps est capable ? Ça ne fera qu'être meilleur à chaque fois. Je vais te faire aimer ça. Tu finiras par me remercier de t'avoir transformée.

Elle secoua la tête avec véhémence.

— Je n'ai pas encore accepté de…

Il caressa le fond de l'étroit fourreau jusqu'à ce qu'elle hurle.

— Tu disais quoi, au fait ?

Quand il s'arrêta, elle s'écria :

— Ce n'est pas juste !

— Tu veux que je sois injuste encore une fois ?

Nouvelle caresse, nouvelle pause.

Plongeant son regard dans celui de Lothaire, Elizabeth eut une nouvelle fois le sentiment de conclure un marché avec le diable, de vendre son âme le temps d'un cri de plaisir…

— Encore, je t'en supplie. Ne t'arrête pas…

50

Sous l'effet de l'émotion, les yeux d'Elizabeth étaient d'un noir de jais. Lothaire la caressait, sentait son souffle court entre ses lèvres maculées de sang. Le simple fait de la regarder lui serrait le cœur.

Mais Lothaire ne pouvait pas se permettre de savourer ce sentiment si peu familier, ni la fulgurance du plaisir qu'ils venaient de partager. Il avait un but à atteindre : la convaincre que c'était ainsi que devaient se dérouler les choses.

Si sa femme avait un défaut, c'était son obstination. Bien sûr, il aimait désormais ce trait de caractère, le trouvait admirable. Mais cela ne l'empêcherait pas de chercher à le contrecarrer, de temps en temps.

Il se sentait prêt à relever le défi.

Il glissa de nouveau un doigt en elle. Son sang coulant désormais dans les veines d'Elizabeth, le petit point rugueux dans son sexe avait augmenté de volume, et il le sentirait contre son membre, plus tard, quand il la prendrait. Son gland se calerait tout contre.

Et elle, elle le sentirait tellement que…

— Je t'inonderai de plaisir, de richesses, souffla-t-il en tournant le pouce sur son clitoris. Tu ne le regretteras jamais. Ce soir, je vais te faire jouir au moins dix fois, et chaque fois, ce sera plus fort que la précédente.

Un éclair d'inquiétude traversa le regard d'Ellie. Il avait entendu dire par des humains transformés que le sexe, quand on était immortel, était mille fois plus intense. Pas étonnant qu'elle ait un peu peur.

— Chut, mon amour. Tu peux le supporter, désormais. Jamais je ne ferais à ton corps une chose pour laquelle tu ne me remercierais pas ensuite.

— Comme me faire changer d'espèce.

— Exactement, répondit-il sans la moindre honte.

Retirant son doigt, il glissa les mains sous les fesses d'Ellie pour la soulever. Et, d'un seul coup de reins rapide et puissant, il la pénétra.

Lothaire se retira, pour s'enfouir plus profondément encore, imprimant à ses hanches étroites un mouvement de torsion afin qu'Ellie sente des choses qu'elle n'avait jamais imaginées possibles.

— Oui, oui ! *Oui ?*

L'orgasme la saisit avant même qu'elle ait compris à quel point elle en était proche.

— Je jouis… oh ouiii !

Elle sentit son sexe se contracter autour de celui de Lothaire, tandis qu'il frémissait, luisant de sueur, au-dessus d'elle, lui aussi tout proche de l'orgasme.

— Ça n'arrête pas, Lothaire !

Son sexe frottait sur ce point en elle et prolongeait l'orgasme, encore et encore.

Il fut impitoyable, plongea en elle chaque fois plus loin, jusqu'à ce qu'elle lui demande d'arrêter en sanglotant – tout en s'arc-boutant pour venir à sa rencontre.

Mais il serra les dents, ralentit le mouvement.

— Est-ce que tu l'acceptes ? demanda-t-il en l'agrippant par les cheveux pour amener son visage près du sien. Est-ce que tu m'acceptes ?

Elle l'imaginait presque disant « pardonnes » au lieu d'« acceptes ».

— Oui ! Oui !

Elle lui aurait dit n'importe quoi en cet instant, pourvu qu'il continue à bouger en elle.

Il se pencha pour l'embrasser, lécha ses lèvres, ses crocs si sensibles. Tandis qu'un sang riche coulait entre leurs langues, elle mit les draps en lambeaux avec ses griffes.

La première fois qu'ils avaient fait l'amour, elle l'avait supplié d'être plus doux. Cette fois, elle exigea :

— Plus fort !

— Tu veux que j'y aille plus fort ?

Quelque chose, dans le ton de Lothaire, la mit en garde. Peut-être ne devait-elle pas aller si loin. Pourtant, elle lui lacéra le dos pour l'éperonner. Et, l'espace d'un instant, il y eut dans son regard... de l'étonnement ?

Mais, bien vite, Lothaire l'impitoyable reprit le dessus. Avec un grognement, il la plaqua sur le matelas et s'enfonça en elle, encore plus fort, encore plus loin. Leurs peaux claquèrent l'une contre l'autre, les gémissements d'Ellie devinrent continus, et Lothaire poussa des hurlements en russe.

Et toujours, le battement de leurs deux cœurs résonnait, assourdissant.

Déjà, elle était au sommet de la vague, sur le point de jouir de nouveau. Un plaisir aussi intense, aussi pur, l'aurait tuée si elle avait été encore humaine.

— Dis-moi que tu m'aimes, haleta-t-il entre deux coups de boutoir.

Elle faillit le hurler. Mais, malgré la puissance de l'émotion, elle se raccrocha à un reste d'obstination. *Je ne le dirai pas en premier.*

Et quand l'orgasme la secoua, elle ne put rien faire d'autre que hoqueter son nom.

Au moment où elle redoutait de ne plus pouvoir endurer d'autres coups de reins, Lothaire cessa de bouger, resta tendu au-dessus d'elle.

— Jamais je ne te laisserai partir, Lizvetta ! dit-il, absolument immobile en elle, le visage figé dans un masque de tension. Tu es à moi ! rugit-il, les yeux rougeoyants, le regard rivé à celui d'Ellie. *À moi !* Ah, Seigneurs… tu es… *mienne*…

L'extase illumina ses traits.

Sa semence jaillit brusquement. Agité d'une fureur incontrôlable, il se mit à aller et venir à toute vitesse entre les cuisses d'Ellie. Des jets de sperme l'inondèrent, brûlants. Il se vidait en elle, encore et encore.

Quand il eut terminé, il se laissa tomber sur elle.

— *Lizvetta*… murmura-t-il, épuisé.

Elle le serra contre elle et déposa de petits baisers sur sa tempe moite, dans son cou. Il resta en elle un long moment, le sexe encore palpitant.

Tandis que leurs cœurs battaient à l'unisson, elle retrouva cette proximité avec lui qui lui avait tant manqué.

— Ce n'est que le début, mon amour, promit-il, tandis que son sexe bougeait en elle.

À l'aube, après d'innombrables assauts sexuels, il la serra sur sa poitrine, fort. Mais elle trouva cela bon.

— Sais-tu seulement depuis quand j'attends de serrer ma femme ainsi ? murmura-t-il en effleurant ses cheveux des lèvres. Tu n'auras plus jamais besoin de rien, Elizabeth. Le monde est à ta disposition, tu n'auras qu'à te servir.

Elle se sentait protégée. En sécurité. Elle avait les paupières lourdes, mais redoutait de s'endormir. Et si elle se réveillait et réalisait que tout cela n'était qu'un rêve ?

— J'ai tellement sommeil…

— L'aube arrive, ma belle. Il est l'heure pour tout bon vampire d'aller se coucher.

Elle se redressa, haussant les sourcils.

— Pour tout bon vampire ? Tu vas rester éveillé, alors ?

Il prit son visage entre ses mains et l'embrassa délicatement, lécha tendrement ses crocs, lui donna une dernière goutte de son sang – le baiser le plus doux qui soit avant d'aller se coucher. Puis il la replaça dans le creux de ses bras.

Alors, pourquoi avait-elle un vague pressentiment ? Pourquoi lui semblait-il qu'elle venait bel et bien de vendre son âme au diable, sans possibilité de se rétracter ?

Non, non. Quelle femme aurait pu ne pas aimer ce dieu, cet amant décadent ayant pouvoir et argent, et qui semblait vouer un culte au corps de sa maîtresse ?

S'il lui avait dit qu'il l'aimait, là, tout de suite, elle l'aurait dit à son tour. Et elle aurait été sincère.

Mais il ne dit rien. Et il ne s'était jamais excusé de tout ce qu'il lui avait fait subir.

Lothaire m'a bien eue...

Lothaire avait exactement zéro royaume sous sa coupe.

Aucune de ses vengeances n'avait été accomplie, et tous ses plans étaient en suspens.

Pourtant, il se sentait plus détendu que jamais et ne pouvait s'empêcher de sourire.

Le contentement qu'il éprouvait en caressant les cheveux d'Elizabeth qui s'endormait contre lui était... indescriptible.

Il lui avait donné du plaisir avec son corps, avait attisé son désir avant de l'assouvir. Il l'avait nourrie de son sang jusqu'à ce que sa peau soit chaude. Maintenant, elle dormait, et il la protégeait de toute la force accumulée pendant ces années de survie.

Bien sûr qu'elle l'aimait. Il savait qu'elle avait été sur le point de le lui dire, tout à l'heure. Elle lui serait donc fidèle...

Indescriptible.

Lothaire avait répété avec soin le vœu de transformation, et l'anneau avait fait exactement ce qu'il lui avait demandé. Ce qui signifiait que, le lendemain, il offrirait à Ellie ce qu'aucun autre homme ne pouvait lui offrir.

Quand, dans son sommeil, elle se mordit inconsciemment la lèvre inférieure avec un croc, il soupira d'aise.

L'Ennemi de Toujours qui soupire d'aise, putain…

Seigneurs dieux, cela lui arrivait enfin.

Le bonheur.

Puis ses propres crocs s'allongèrent. *Je tuerai quiconque tentera de me priver de ce bonheur.*

51

Au crépuscule, Ellie s'éveilla sans la moindre difficulté. Elle dormait, et l'instant d'après, elle était réveillée. Bizarre.

Lothaire l'observait avec une tendresse qui la déconcerta, ses cheveux ébouriffés tombant sur son front.

Jusque-là magnifique, il était désormais à couper le souffle. Il avait la beauté d'un être aimé.

— Bon crépuscule, dit-il d'une voix râpeuse.

La version vampire de « bonjour » ?

— Euh… à toi aussi.

— Comment te sens-tu ?

Mentalement ? *Le jury délibère encore.* Physiquement ? *Dans une forme étonnante.* Mais hors de question qu'elle le reconnaisse à voix haute.

Ellie ne voulait pas qu'il s'imagine pouvoir adopter une conduite aussi cavalière à son égard en toute impunité. Si elle optait pour une vie de vampire avec lui, elle devait absolument tuer cette attitude dans l'œuf.

Elle haussa les épaules.

— Ça va. C'est différent, c'est sûr.

Elle n'avait mal absolument nulle part, malgré des ébats pour le moins fougueux.

Mais je n'ai pas non plus une énorme envie de gaufres, alors que d'habitude…

— À quoi penses-tu ?

— La nourriture me manque.

Elle se leva, un peu triste, sentant sur elle le regard de Lothaire comme jamais elle ne l'avait senti.

Palpable. *Possessif.*

— Ton petit déjeuner, ce sera moi. Je me suis rechargé avec ce qu'il y avait dans le frigo. Viens, Lizvetta, tu vas adorer mon goût. Et je sais de quelle façon tu préfères boire sur moi…

Quelle prétention ! Elle le regarda, encore allongé sur le lit – qui lui évoqua une scène de meurtre. Le matelas était en lambeaux. Avait-elle fait cela avec ses griffes ? Il y avait du sang partout.

Elle rougit en réalisant qu'elle ne lui avait pas offert son sang. Cela faisait-il d'elle une maîtresse égoïste ?

Il suivit son regard, visiblement assez fier de l'état du lit, et lui adressa un sourire satisfait, comme s'il venait d'avoir le dernier mot. Et elle trouva ses crocs incroyablement… sexy.

Elle n'arrivait plus à penser, tout à coup. *Les lécher, les sentir dans ma chair.* Elle passa la langue sur l'un des siens.

Ce vampire lubrique allait faire d'elle une esclave du sexe, si elle n'y prenait pas garde.

Elle secoua la tête, puis alla dans sa chambre, pour s'habiller. Nue en compagnie de Lothaire, elle ne se faisait pas confiance.

Quand elle ouvrit la porte de son dressing, elle en arracha la poignée.

— Tu t'habitueras à cette force, dit-il, apparaissant soudain derrière elle. Ce n'est pas mal, d'être forte, ajouta-t-il tandis qu'elle fixait la poignée, bouche bée.

Encore sous le choc, elle la posa sur une étagère, puis choisit des vêtements, prenant soin de ne pas déchirer les étoffes qui, entre ses mains, semblaient aussi fragiles que des toiles d'araignées.

Lothaire l'observa, fasciné, comme s'il ne l'avait jamais vue nue – mais peut-être ne voulait-il tout simplement pas la quitter des yeux.

— Reconnais-le. Le sexe vampire, c'est mieux.

Une explosion atomique.

— Peu importe, Lothaire. Il faut qu'on parle.

— Nous parlerons, dit-il en l'attirant contre lui pour qu'elle sente son sexe en érection, dur comme de l'acier. Quand nous aurons refait l'amour et que tu te seras nourrie sur moi encore une fois. La Dorada sera de retour à minuit, mais après, j'aurai une surprise pour toi…

— *Maintenant.* Va t'habiller, s'il te plaît.

Voyant qu'elle était sérieuse, il haussa les épaules.

— Je me sens d'humeur magnanime, en ce moment.

Le vainqueur. S'il était arrogant avant, il était maintenant insupportable. Cela la hérissa comme jamais.

Il disparut. Quand elle le rejoignit dans sa chambre, il sortait de son dressing, habillé de pied en cap. Comme ils l'avaient souvent fait, il s'installa à son bureau, et elle sur le canapé.

— Je t'écoute, Elizabeth. Qu'est-ce qui ne peut pas attendre ?

— Lothaire, tu ne peux pas continuer à prendre des décisions à ma place.

— Bien sûr que si, je peux.

— Non. Cette aventure, nous la commençons ensemble, à égalité. Dis-le.

— Je ne peux pas le dire. Tu as toujours la possibilité de mentir, mon amour. Moi, je ne l'ai pas.

— Qu'est-ce que ça veut dire, exactement ?

Elle l'avait mal compris.

— Nous ne sommes pas égaux, Elizabeth. J'ai des milliers d'années de connaissances d'avance sur toi. La foutue sagesse de l'âge, comme on dit.

Autour d'elle, la pièce se mit à bouger.

— Tu es ma femme, le bien que je chéris le plus au monde, et je suis ton partenaire, techniquement ton roi. Je prendrai les décisions pour nous deux, et tu me feras confiance.

— Comment peux-tu dire une chose pareille ?

— Tu ne voulais pas devenir vampire, mais pour finir, tu adores ça.

— J'ai adoré une nuit. Pour la suite, ça reste à voir !

Elle se répéta qu'il ne savait pas ce qu'il disait. Comme l'avait expliqué Balery, Lothaire manquait d'empathie parce qu'il n'avait jamais appris comment – ou pourquoi – changer de comportement. *Sois patiente, Ellie…*

— Lothaire, promets-moi de ne jamais plus négliger mes choix.

— Je vais m'occuper de toi pour le restant de mes jours, faire tout ce qui sera nécessaire pour assurer ta sécurité. Si cela doit impliquer de prendre des décisions à ta place, alors il en sera ainsi.

Elle resta bouche bée. Elle était vampire, désormais, et il continuait de la traiter comme de la merde.

Ça ne s'arrêtera jamais.

Une éternité à vivre aux côtés de ce connard arrogant ?

— Non, Lothaire. Tu arrêtes tes conneries tout de suite, ou je te quitte. Est-ce que tu comprends ce que je te dis ? Rien ne m'oblige à rester avec toi, et je préfère être seule plutôt que d'être traitée comme une gamine en permanence.

— Ton sang est encore très chaud. Les choses devraient revenir à la normale avec le temps, dit-il avec un regard indulgent. Je te pardonne ces paroles inconsidérées.

Elle en eut le souffle coupé.

— Tu me *pardonnes* ? Parlons-en, justement de pardonner. Qui devrait pardonner qui ?

— Pardonner *à* qui, corrigea-t-il.

— La ferme ! Je suis dans mon droit, là ! Est-ce qu'il faut que je te rappelle tout ce que tu m'as fait subir ? Les menaces contre ma famille ? Mon séjour en prison ? Pas une seule fois tu ne t'es excusé. Pas une seule fois tu ne m'as demandé pardon. À moi. Tu as juste ordonné à ta minette de surmonter tout ça. Et *ensuite seulement* tu as admis que j'étais celle que le destin te réservait. Une fois que la petite lumière s'était enfin allumée dans ton cerveau embrumé.

— Et tu m'as répondu que tu y arriverais, à surmonter ça ! répliqua Lothaire. Tu l'as juré, même.

— J'ai *menti*.

Il eut l'air stupéfait, comme si cette éventualité ne l'avait pas effleuré un instant.

— Alors, tu m'as déjà trahi !

— Tu pensais vraiment que j'allais tout oublier en l'espace de quelques semaines ? Je ne pouvais pas ! Surtout que, de ton côté, tu n'as pas changé d'un iota ! Et encore, c'était *avant* que tu fasses de moi une buveuse de sang contre ma volonté !

— Faire de toi une buveuse de sang annule toutes mes fautes envers toi ! hurla Lothaire en se levant d'un bond. Tu devrais m'être encore plus reconnaissante ! J'ai combattu pendant des années pour trouver cet anneau ! J'ai risqué ma vie, encore et encore – et je n'affronte pas la mort à la légère !

— Mais je ne t'ai rien demandé ! Je n'ai jamais rien demandé à personne !

Devenir la créature de Lothaire, faite sur mesure pour lui ? Son bien le plus cher ?

— Tu m'as dit que tu acceptais ce qu'il y avait entre nous. Que tu m'acceptais. Je t'ai crue. Je t'ai fait *confiance* !

— Tu as menti aussi, s'écria Ellie. Tu m'as dit que jamais je ne le regretterais. Et là, je le regrette, de tout mon cœur ! Il semble évident que ça ne marchera jamais entre nous.

Sur le visage de Lothaire, la fureur céda le pas à un sourire narquois qu'elle n'aima pas du tout.

— Il n'y a qu'un problème. Tu m'aimes. Tu ne peux plus vivre sans moi.

Il pensait qu'elle était à sa merci ; lui faire du mal parce qu'il continuait à lui en faire lui coûta beaucoup.

— Non, je ne t'aime pas.

Après cette nuit, je suis folle de toi. Mais elle ne voulait pas qu'il connaisse ses sentiments, ne voulait pas lui offrir d'autre prise sur elle. Et puis, l'amour ne faisait pas tout. Si elle avait appris une chose, en grandissant dans cette communauté misérable qui avait été la sienne, c'était que, parfois, l'amour ne suffisait pas.

— Et là encore, tu me mens, dit Lothaire.

Mais dans son regard, elle crut voir l'ombre du doute.

— Que je t'aime ou pas, j'avais décidé de nous donner une chance. Mais tu fiches tout en l'air. Avec ton arrogance et son égoïsme, tu bousilles tout !

C'était comme s'il ne l'écoutait pas. L'esprit de Lothaire était accroché à une seule chose :

— Si, tu m'aimes. C'est évident. Je le saurais même si tu ne m'avais pas dit que ce que nous éprouvons l'un pour l'autre, tous les couples ne l'éprouvent pas forcément. C'est bien comme ça que tu l'avais formulé, non ?

— Je t'ai dit ça la nuit où j'ai compris que tu allais vraiment me tuer. À ma place, tu aurais dit n'importe quoi aussi, non ?

— Ça suffit, Elizabeth. Tu te comportes comme une idiote.

— Bien sûr, c'est moi qui fais l'idiote. Jamais toi. Parce que je suis un être inférieur, par rapport à toi, c'est bien ça ? Comment veux-tu que j'aime quelqu'un qui me traite comme un chien ? Tu voudrais que j'aie des sentiments amoureux pour un homme qui m'a enlevée, tourmentée et prévoyait de détruire mon âme ? À ton avis, qu'est-ce que ça dirait de moi, une attitude pareille ? Et toi, quelle estime aurais-tu pour une femme qui laisse un connard la traiter comme ça ?

— Si tu ne m'aimes pas, alors qu'avons-nous fait, ces trois dernières semaines ?

— Nous ? Moi, j'ai tout fait pour survivre ! C'est aussi simple que ça !

D'une voix éteinte, inquiétante, Lothaire lâcha :

— Ce n'était rien d'autre qu'une ruse, pour toi ?

— Mais comment veux-tu qu'il en soit autrement ? Dis-le-moi, Lothaire, ça m'intéresse. Persuade-moi de t'aimer. Dis-moi pourquoi je devrais t'aimer.

— Parce que n'importe quelle autre femme m'aimerait ! Et pourtant, tu as feint d'avoir de l'affection pour moi ?

Cette fois, son regard rougeoyait de fureur.

Elle eut peur. Et cela la fit aller encore plus loin.

— Il ne s'est pas passé un seul instant sans que je pense à tout ce que tu m'as fait.

— Es-tu prête à faire ce qu'il faudra pour survivre ? Tu ne sais pas comment te téléporter, ni où trouver du sang. Tu dépends entièrement de moi. Si je dois me servir de ta soif pour te garder à mes côtés, je le ferai.

Il venait de piétiner irrémédiablement toute la confiance qu'elle avait pu avoir en lui.

Elle sentit ses lèvres remonter sur ses crocs, les sentit s'allonger tandis que les souvenirs l'assaillaient. « J'ai décidé de t'autoriser à aller en prison ce soir », « Je tuerai ta famille et j'y prendrai du plaisir… »

La peur et la frustration accumulées débordaient aujourd'hui.

— Je ne veux plus jamais voir ta tête.

— Dommage, Elizabeth, parce que tu es coincée avec moi. Pas pour quelques décennies, pas pour quelques siècles, mais pour l'éternité. Les enfants dont tu as parlé ? Ils seront de moi, et de personne d'autre.

— Je m'en vais !

Elle quitta la pièce et s'engagea dans le couloir, frémissant au souvenir des créatures qui l'avaient poursuivie jusqu'ici, la veille.

Il se téléporta devant elle avec un rire moqueur.

— Tu me quittes ? En admettant que tu arrives à franchir la limite magique, où iras-tu ?

Elle le contourna.

— Où iras-tu pour que je ne te trouve pas ? dit-il en la suivant.

Ils arrivèrent dans le salon. C'était l'endroit où il l'avait amenée la toute première fois, alors qu'elle quittait tout juste la salle d'exécution. Il l'avait poussée en avant, la faisant tomber sur le sol.

— Où est-ce que j'irai ? Pourquoi pas là où est allée ma famille – et où tu ne l'as pas trouvée ? Je finirai par me libérer.

Elle crut distinguer de l'inquiétude dans les yeux de Lothaire, mais la colère du vampire prit vite le dessus.

— Tu dois te résigner au fait que tu ne les reverras jamais ! Ils sont morts, pour toi, tout comme tu l'es pour eux.

— Et ça veut dire quoi, ça ?

— Ils pensent que tu as péri lors de ton évasion, abattue par un gardien. Ils ne sauront jamais la vérité, *minette*.

Pour Ellie, ce fut la goutte d'eau.

Plutôt que de me tirer, je vais me lâcher.

Elle attrapa un vase, qu'elle jeta sur Lothaire.

— Je te déteste ! Seule une folle pourra jamais t'aimer !

Une lampe suivit la même trajectoire.

— Tu es moche à l'intérieur !

Elle s'empara de l'épée décorative avec laquelle elle l'avait menacé, le premier jour.

— Et si tu me jetais à travers le salon, maintenant ?

— Sorcière avait bien dit que tu n'étais pas commode, la première fois qu'elle t'a rencontré. Mais elle n'avait rien vu.

— Je vais te tuer !

— Tu ne me feras pas le moindre mal. Tu peux le nier tant que tu veux, mais tu m'aimes. Utilise ta petite épée pour me convaincre du contraire ou rends-toi à l'évidence : tu es à moi pour toujours.

Et il éclata de rire, d'un rire qui blessa Elizabeth, lui fit l'effet d'une lame tranchante. Folle de rage, elle brandit l'épée.

— N'approche pas ! hurla-t-elle quand il fit un pas vers elle. Je ne… Il faut que je quitte cet endroit ! Laisse-moi tranquille !

— Il faut que tu quittes cet endroit ? Mais je ne te laisserai pas partir.

— N'approche pas, je t'ai dit ! Sinon, je te plante !

Un voile rouge recouvrit soudain ses yeux. Littéralement.

Des larmes de sang. *Seigneur, je pleure du sang, maintenant. Je n'y vois plus rien.*

— Jamais tu ne pourrais me faire du mal. Maintenant, arrête de te comporter comme une enfant et range cette épée avant de blesser quelqu'un.

Elle hurla de fureur, mais entendit le rire de Lothaire malgré tout.

Je ne peux pas arrêter de hurler… Je serre la poignée de l'épée jusqu'à l'écraser… Je donne un coup, un autre…

Le rire cessa. Qu'est-ce qui avait causé ce bruit sourd, sur le sol ? Elle déglutit, la tête lui tournait.

Non, ce n'était pas le corps de Lothaire. *Ce salaud me joue encore un tour…*

Elle se frotta les yeux et vit…

Horreur.

Lothaire était allongé sur le dos, la tête perpendiculaire à son corps. Son cou avait été tranché, sa colonne vertébrale sectionnée.

Tout à coup, elle sentit ses doigts s'engourdir et lâcha l'épée, qui tomba sur le sol dans un claquement métallique.

Ses jambes cédèrent, et elle s'effondra à côté du corps. *Je… je l'ai tué ?*

Ses larmes redoublant, elle se jeta sur Lothaire. *Non, non, non !* Il était invincible – *rien* ne pouvait l'abattre. Et surtout pas elle. *Qu'ai-je fait ?*

Elle ne s'était même pas approchée assez près pour le toucher ! *Comment ? Comment est-ce possible ?*

Après la fureur, l'angoisse la saisit. Malgré tout ce qui s'était passé, pas un instant elle n'avait envisagé de lui faire du mal... de le tuer. Elle ne pensait pas pouvoir vivre avec lui, mais cela ne signifiait pas qu'elle n'avait pas éprouvé de l'amour pour lui. *Je n'étais pas assez près !*

— Il n'est p... pas m... mort, sanglota-t-elle. Non. C'est p... pas p... possible.

Ellie se redressa, hagarde, tirant sur ses cheveux. Ses yeux rougis par le sang jetaient des regards égarés tout autour d'elle.

Elle se figea. *L'anneau*.

— Je refuse qu'il soit m... mort...

Elle se leva d'un bond, courut vers le coffre.

— J... je vais le faire revenir.

— Tu ne feras rien du tout, dit une voix derrière elle.

Ellie pivota sur elle-même. Une femme aux longs cheveux noirs, avec des oreilles pointues et de petits crocs, se tenait près du corps de Lothaire. À côté d'elle se trouvait un imposant démon, qui observait la scène avec attention.

— Qui es-tu ? demanda Ellie. Comment as-tu franchi la limite magique ?

— La Valkyrie qui est sur le point de t'enlever. Et une devineresse m'a tuyautée.

— Essaie seulement de m'empêcher de faire ce que je veux faire, cracha Ellie en montrant les crocs. Essaie, pour voir.

Aussitôt, se déplaçant à une vitesse semblable à celle de Lothaire, la créature aux cheveux de jais fut sur Ellie, poing en avant.

Prise de court, Ellie pivota sur un pied et sentit le sang dans sa bouche avant de tomber à genoux. En un éclair, la femme lui attrapa les mains, avant de lui glisser une lame sur la gorge.

— Lâche-moi !

— Alors, comme ça, tu es une ancienne humaine ? Ça a dû lui rabattre un peu le caquet, à l'autre enfoiré.

Elle fit un signe au démon.

— Allez, Deshazior.

Aussitôt, le démon se téléporta et attrapa Ellie par le bras. Il pouvait la téléporter hors d'ici en un instant.

Loin de Lothaire.

— Non ! Ne me touche pas ! siffla Ellie en luttant de toute sa force nouvelle.

Mais elle ne parvint pas à se libérer. Alors, elle se tourna vers la Valkyrie.

— Je dois prendre l'anneau ! Je t'en supplie ! Je te donnerai quelque chose en échange, mais écoute-moi !

L'autre ne bougea pas.

— Non ! Ne fais pas ça ! hurla Ellie au démon.

Mais déjà, il les téléportait, la Valkyrie et elle. Juste avant de disparaître, Ellie se retourna pour regarder Lothaire.

Le vampire dont elle était *réellement* tombée amoureuse. *J'ai tué l'homme que j'aimais.*

Mais je le ramènerai à la vie…

Un instant plus tard, ils apparurent tous les trois devant une imposante bâtisse autour de laquelle volaient des fantômes en longs manteaux rouges. La foudre zébrait le ciel nocturne. Partout résonnaient des cris.

Ils m'ont emmenée dans un coven de Valkyries ? Il fallait qu'elle sache où elle se trouvait, puis qu'elle mette sur pied un plan d'évasion. *Je dois récupérer l'anneau avant l'arrivée de la Dorada*.

Tandis que la Valkyrie la tirait en direction de l'entrée, Ellie réfléchissait à toute vitesse. En pointant une lame sur lui, elle pouvait forcer le démon à la ramener chez Lothaire. Là, elle guérirait le vampire, leur ferait remonter le temps s'il le fallait.

Me libérer. Trouver une épée. Ce n'est pas terminé. Elle serra les poings, mais ses nouvelles griffes mordirent sa chair, la faisant saigner.

Quand la femme la poussa dans l'escalier menant au perron, le démon lui fit la révérence en riant.

— À ton service, Carafina.

— *Non !* s'exclama Ellie.

C'était son seul moyen de rentrer chez elle ! Elle se débattit, mais le démon avait déjà disparu.

Après avoir offert, le plus normalement du monde, une mèche de ses cheveux aux fantômes volants, ladite Carafina saisit Ellie et la tint contre elle pour entrer.

— Mais lâche-moi, à la fin ! grogna Ellie en se débattant.

La Valkyrie avait des yeux violets qui brillaient de façon étrange.

— Je suis la seule chose qui te protège de mes sœurs, pour l'instant.

À l'intérieur se trouvaient d'autres femmes aux oreilles pointues. Leur nombre était impressionnant. Certaines étaient penchées par-dessus la balustrade du palier, d'autres alignées le long des murs. Toutes étaient, à leur façon, d'une beauté éblouissante, possédaient des griffes et des crocs et se déplaçaient avec une grâce extraordinaire.

En passant devant l'une d'elles, Ellie entendit :

— On laisse une sangsue entrer à Val-Hall sans rien lui demander ?

Val-Hall, la forteresse des Valkyries ! En *Louisiane* !

Seigneur ! Comment vais-je rentrer à New York ? Ses larmes redoublèrent, inutiles, mais cette fois elle parvint à les ravaler plus vite. *Je n'ai pas dit mon dernier mot !*

— Où est-ce que l'Ennemi de Toujours a trouvé une femme vampire ? demanda une autre. Oh, beurk ! Je déteste quand les sangsues se mettent à chialer !

— Alors, pourquoi tu les fais toujours pleurer, quand tu en croises sur le champ de bataille ? demanda une troisième voix.

Le reste du groupe éclata de rire.

Retourner auprès de Lothaire. Retourner auprès de Lothaire. Mais Ellie perdait ses forces, elle le sentait. Sa bouche était sèche, elle mourait de soif. Était-ce à cause de ses larmes ?

— Je rêve ou elle vient de poser les yeux sur mon cou, la garce ? lança une petite rousse. Parce que si elle me mate en vue de me bouffer, ça va chauffer !

Elles pénétrèrent dans une autre pièce. D'autres Valkyries s'y trouvaient. L'une d'elles, aux grands yeux dorés, était assise au bout d'une immense table, une chauve-souris sur l'épaule.

— Bienvenue, Ellie Ann Peirce Daciano. Je suis Nïx la Savante, et c'est moi qui vais te dire l'avenir ce soir.

C'est donc elle, la célèbre Nïx ?

— Qu'est-ce que je fais ici ?

— Cara la Juste, qui t'a kidnappée ce soir, a prévu de t'échanger contre des renseignements. Vois-tu, Lothaire a enlevé la sœur jumelle de Cara, notre Reine, Furie, et l'a emprisonnée.

Cara poussa Ellie un peu plus fort, ses yeux virant à l'argenté sous le coup de l'émotion.

— Ton amant l'a enchaînée au fond de l'océan pour qu'elle se noie éternellement, jusqu'à la nuit des temps. C'était il y a soixante ans !

Des *flammes* venaient-elles de jaillir derrière la tête de Cara ?

— Tout doux, Carafina, murmura Nïx. Tes ailes commencent à se voir.

Des ailes de feu ? Mais Ellie était trop bouleversée pour s'en préoccuper vraiment.

— Tu arrives trop tard. Il est mort, lâcha-t-elle.

— Quoi ? s'écria Nïx, que la nouvelle sembla affecter réellement. Mais je n'avais pas prédit ça, moi !

— J… je l'ai décapité.

La nausée la saisit. Du sang remonta de son estomac, mais elle se retint de vomir.

— Une vampire a décapité l'Ennemi de Toujours ? murmura quelqu'un dans la pièce. Franchement, là, j'hésite entre éviscérer la sangsue et lui demander un autographe.

Ellie fit volte-face en sifflant.

— Il n'est pas mort, dit Cara à Nïx. Sa femme a laissé un petit bout de tendon en place, ce n'est pas une décapitation totale. Il se régénérera.

L'espoir s'empara du cœur d'Ellie.

— Il… il va vivre, alors ?

— Approche un peu, Elizabeth, que je voie tout ça.

Ellie obtempéra et eut le sentiment que la devineresse lisait dans son esprit. Au bout de ce qui lui sembla durer des heures, Nïx annonça :

— Lothaire est tout ce qu'il y a de plus vivant.

— Tu jures ?

— Souvent, oui, mais pas autant que Regin, qui pourrait passer pour un charretier. Et devant Bertille, j'essaie d'éviter, dit-elle en caressant la chauve-souris.

— Je voulais dire, tu es sûre que Lothaire va vivre ?

— Il va vivre.

Sans savoir pourquoi, Ellie crut cette Valkyrie un peu folle. Si Nïx disait qu'il allait vivre, il vivrait. Elle poussa un soupir de soulagement. Cara revint à la charge aussitôt.

— Et dès qu'il sera guéri, il viendra te chercher. En attendant, tu vas rester là. On ne s'évade pas de Val-Hall. Si tu essaies de te téléporter, les spectres t'en empêcheront. Violemment.

Ellie n'écoutait plus. *Je ne l'ai pas tué*, se répétait-elle. *Je ne l'ai pas tué*.

— Tu es une prisonnière politique, en quelque sorte, ajouta Nïx.

Il va venir me chercher. Jamais Ellie n'aurait cru qu'une telle perspective l'enchanterait.

Puis elle fronça les sourcils. Lothaire viendrait-il ? Lui pardonnerait-il ? À un moment donné, quand ils se battaient, il avait semblé prêt à la tuer. Et ça, c'était avant qu'elle ne manque de le décapiter. Mais non, bien sûr, il comprendrait forcément que c'était un accident.

Elle était sa femme vampire. Il fallait qu'il vienne la chercher. Rassurée, Ellie regarda enfin autour d'elle.

Que Lothaire soit vivant la réjouissait au plus haut point, mais elle n'était pas heureuse pour autant.

De nouveau, elle se retrouvait en prison.

52

Loin, très loin, Lothaire entendit des êtres murmurer en... dace ?

Où suis-je ? S'était-il encore téléporté durant son sommeil ? *Pourquoi est-ce que je n'arrive pas à ouvrir les yeux ?*

Elizabeth ! Tous les muscles de son corps se tendirent à cette pensée.

— Pour être fou, il est fou, dit une voix grave. Et sa femme, c'est pareil ?

— Au moins la malédiction prendra-t-elle fin, dit une voix féminine.

— C'est vrai, Mina, mais Lothaire est une malédiction en soi, non ? dit sèchement un autre homme. Nous aurions peut-être dû le laisser à York.

— Est-ce qu'il faut que je dise : « Je te l'avais bien dit » plus tôt, ou simplement plus souvent ? demanda un autre homme d'un ton pâteux. Et puis, c'est *New* York. De toute évidence, il y a une différence entre les deux.

Blyad' ! C'étaient bien des Daces ! Ils l'avaient capturé. *Où est Elizabeth ?*

Puis la mémoire lui revint. La dernière chose qu'il se rappelait, c'étaient ses cris et ses yeux noirs de fureur tandis qu'elle gesticulait avec une épée. Elle l'avait pointée sur lui.

Puis il y avait eu la morsure de la lame. *Elle... elle m'a quasiment coupé la tête ?*

Seigneurs, elle lui avait menti, avait feint de l'aimer et avait tenté de le tuer ! Souvent, il s'était demandé quel coup d'épée finirait par mettre un terme à son existence. Jamais il n'avait imaginé qu'il le recevrait de sa femme.

Trahi. De nouveau.

Il porta une main hésitante à son cou, sentit un pansement. Pourquoi les Daces l'avaient-ils soigné ?

— Ah, enfin, il se réveille.

Quand Lothaire réussit à ouvrir les paupières, il découvrit qu'il était allongé dans un lit, dans une chambre digne d'un palais.

Une odeur de sang frais flottait dans la pièce. De la lumière pénétrait par la fenêtre ouverte et arrivait jusqu'à ses bras, mais ne le brûlait pas. Autour du lit se tenaient des silhouettes floues.

Il tenta de se redresser, sans succès.

Peu à peu, il vit moins trouble et distingua trois hommes très grands, très bruns, qui se ressemblaient beaucoup, et une femme plus petite, blonde. Tous étaient vêtus à l'ancienne.

Un autre vampire de stature imposante était assis à un bureau, ses pieds bottés posés sur le plateau. Il buvait à une flasque quelque chose dont l'odeur évoquait le sang alcoolisé. Il était vêtu de façon un peu plus moderne que les autres, et ses yeux étaient bleu glacier. *Comme les miens, autrefois.*

Le Dace de la Forêt Ensanglantée !

— Où suis-je ? demanda Lothaire.

Sa gorge le brûlait comme s'il avait avalé un tisonnier.

— Dans le château des Daces, répondit celui qui était assis. Je suis le prince Stelian. Près du lit se tiennent les princes Trehan, Viktor et Mirceo, ainsi que la sœur de Mirceo, l'adorable princesse Kosmina.

Celle-ci fit la révérence, un peu nerveuse.

— Une vampire ?

Lothaire n'avait pas vu de vampire femme de souche depuis plusieurs siècles.

— Ici, elles ont échappé à la peste.

Lothaire regarda Stelian.

— Tu étais à Helvita, l'autre jour.

— C'est exact. Notre mission était de sortir notre reine des griffes des hommes de Tymur. Dans la mesure où tu avais – comment dit-on de nos jours ? – *fait une boulette*.

— Votre reine ?

Lothaire fut pris de vertige.

— Bienvenue dans ton royaume, mon roi. Tu es notre monarque, dorénavant. Tout récemment monté sur le trône.

Le vampire leva la flasque et fit mine de porter un toast.

— Comment est-ce possible ? Je n'ai rien conquis, je n'ai pas combattu contre vous.

— La famille royale t'a choisi comme monarque, à l'unanimité moins une voix.

— Pourquoi faites-vous cela ? demanda Lothaire en toussant du sang. Pourquoi ne pas prendre vous-mêmes le pouvoir et mettre l'un des vôtres sur le trône ?

— Tiens, oncle Lothaire, dit la jeune femme en se précipitant pour lui tendre un calice incrusté de pierres précieuses. Bois ceci. Il y a des herbes médicin…

D'un revers de la main, Lothaire jeta le calice contre le mur. Du sang parfumé éclaboussa la pièce.

— *Oncle ?*

Stelian soupira.

— Techniquement, tu es notre cousin. Mais Mirceo et Kosmina sont plus jeunes, donc ils nous appellent, nous les cousins plus âgés, « oncles », selon la tradition ancienne.

— Ça ne répond pas à ma question !

— En mourant, intervint Trehan, Ivana l'Audacieuse a condamné sa famille à l'affrontement fratricide et à la trahison jusqu'à ce que tu deviennes roi et que nous te jurions tous fidélité.

— Ma mère n'était pas une sorcière.

Stelian écarta d'un geste cet argument.

— Peut-être a-t-elle joué sur des intrigues déjà en cours. Tout ça, c'était longtemps avant nous. En tout cas, six générations ont été décimées par les meurtres et les guerres civiles. Nous avons finalement décidé de mener notre enquête sur toi, pour voir si tu ferais un bon roi.

Il but une gorgée et ajouta à mi-voix :

— Avant qu'on s'entre-tue.

Les autres regardèrent Stelian. Il haussa les épaules.

— Lothaire finira par l'apprendre, de toute façon.

— Nous avons enquêté, dit Viktor, mais nous avons estimé que tu étais trop fou pour diriger quoi que ce soit.

— Tu n'arrêtais pas de te pointer en bordure de notre royaume, à demi nu, et de hurler que quelqu'un, je cite, « ose enfin venir t'affronter, bordel de merde », expliqua Mirceo.

— Oh, soigne un peu ton langage, s'offusqua Kosmina.

Mirceo lui tapota la main et reprit :

— Et puis, tu voulais toujours provoquer Serghei, qui est mort depuis...

— Mort ?

Ma vengeance n'a plus lieu d'être ?

— Oui, confirma Mirceo. Depuis plus d'un millénaire.

Toutes ces années que Lothaire avait gâchées à ruminer sa vengeance... envers un homme qui n'était plus.

— Sans parler du fait que tu as essayé de dévorer le chef de la Horde dans la forêt. Et puis, tu as découvert ta femme et tu t'es assagi, tu es devenu plus lucide. Nous avons alors décidé de vous prêter allégeance, à toi et à ta reine.

Lothaire se tendit un peu plus encore. Donc, Elizabeth avait été la clé ? C'était elle qui l'avait amené jusqu'au trône ? La prédiction de Sorcière avait été juste. Dommage qu'Elizabeth ait tenté de lui trancher la tête.

— Où est-elle ?

Cette salope.

Il la jetterait dans les oubliettes du château, la condamnerait à la prison pour l'éternité.

Blyad' ! Pourquoi cette pensée ne le réjouissait-elle pas ?

Uniquement parce qu'elle était sa femme ?

Il détestait ce lien établi par le destin ! Et maintenant, ils étaient aussi unis par le sang.

Mais, malgré cela, Elizabeth n'avait conçu aucun sentiment pour lui et avait violemment tenté de se débarrasser de lui au moment où il avait baissé la garde…

— Après avoir attenté à ta vie, dit Stelian, elle a été enlevée par une Valkyrie nommée Cara la Juste.

C'est donc Carafina qui a capturé ma femme. Elizabeth était à Val-Hall. Ces créatures de foudre allaient la terroriser plus qu'il ne l'avait jamais fait. Sa femme l'avait trahi, et elle allait payer.

Lothaire aurait voulu pouvoir en rire.

Mais son amertume vacilla sous le poids d'un autre sentiment.

Un sentiment de perte.

— Et la Dorada ? demanda-t-il. Vous l'avez vue ?

— Elle a récupéré son anneau, vous êtes quittes, dit Stelian. Dieu ait pitié des pauvres âmes qui figurent dans ton registre…

Déjà, Lothaire regrettait son registre, sa fortune passée. Il allait en commencer un autre, tiens ! Peut-être qu'avec la Dorada, ils pourraient échanger des dettes comme on échange des images de foot…

Kosmina se racla la gorge. Quand tous les regards furent sur elle, elle devint cramoisie.

— N… nous redoutons que la reine Elizabeth soit gardée par l'Antique Fléau. Il n'existe aucun moyen d'en venir à bout.

— Ton *oncle* connaît un moyen de contourner le Fléau, dit Lothaire avec un certain mépris pour celle qu'il ne trouvait vraiment pas futée. Mais je n'y aurai pas recours.

Carafina voulait le forcer à révéler où était sa sœur ? Tout le monde pensait qu'il était au courant, juste parce qu'il avait été le premier à la noyer.

Je n'aurais peut-être pas dû choisir des fonds marins sujets aux séismes et balayés par un fort courant…

Quand il disait qu'il ignorait où se trouvait Furie, il était sincère.

Même avec l'aide de Sorcière, Lothaire n'était pas arrivé à retrouver la reine des Valkyries. Et en admettant qu'il la trouve, jamais il ne l'échangerait contre Elizabeth.

« Tu es moche à l'intérieur ! avait-elle hurlé. Seule une folle pourra jamais t'aimer ! »

Elle n'était pas tombée amoureuse de lui.

Et cela prouvait à quel point elle était idiote. Or, il n'avait ni temps ni patience pour les idiotes.

Maudite sois-tu, Elizabeth ! Pourquoi…

— Une petite décapitation de rien du tout, et tu prends la mouche ? Tss, tss… soupira Stelian.

Ils savaient ce qu'elle lui avait fait ? *Je les tuerai tous…*

— Elle a laissé deux millimètres de tendon, ajouta Stelian. C'est largement suffisant, pour la régénération.

Lothaire le fixa d'un regard mauvais.

— C'est toi qui as voté contre moi.

— En effet. Sur le moment, ça m'a semblé être la meilleure chose à faire. Et ça me paraît encore plus sage maintenant que tu as perdu ta reine.

— Je ne l'ai pas *perdue*.

— Je ne suis pas un expert, question femmes…

Les autres levèrent les yeux au ciel.

— … mais il me semble qu'une tentative de décapitation indique simplement un besoin d'*espace*.

Lothaire n'aimait décidément pas ce petit con de Stelian.

— C'est bien comme ça qu'on dit, de nos jours, non ? continua le Dace d'un ton innocent.

— Nous avons déjà réuni des hommes pour aller négocier avec les Valkyries, intervint Viktor. Si nous échouons, je mènerai le siège de Val-Hall avec joie.

Des reflets noirs teintèrent ses yeux, comme si la perspective d'une guerre l'excitait.

Bien. Celui-ci aime se battre, donc.

— Renvoyez-les. Carafina peut attendre et pourrir sur pied.

Devant le regard incrédule de Viktor, Lothaire ajouta :

— Je ne veux pas récupérer ma femme.

— Quels que soient tes griefs envers la reine Elizabeth, cela ne devrait pas passer avant le bien de la couronne, intervint Mirceo.

— Ne prononce plus jamais son nom, murmura Lothaire, ou ce sera le dernier mot qui franchira tes lèvres.

Mirceo resta bouche bée.

— Si c'est ce que tu… ordonnes, mon roi…

— Tu n'as pas l'habitude de recevoir des ordres, Mirceo, je me trompe ?

Lothaire les regarda tous l'un après l'autre.

— Vous pensez tous que j'en veux, de votre royaume. Mais je préfère peut-être la putain de Horde !

De nouveau, Kosmina s'étrangla en entendant un tel langage et rougit.

— Va voir par la fenêtre, dit Stelian.

Lothaire se leva sans se soucier de sa nudité et fit ce qu'on lui disait. Kosmina manqua de défaillir et se téléporta, plus rouge que jamais. Mirceo rit sous cape.

— Nous avons des vêtements pour toi, mon oncle. Fais attention, tu pourrais lancer une nouvelle mode.

À la fenêtre, Lothaire regarda dehors, stupéfait. *Pourquoi Ivana a-t-elle quitté cet endroit ?*

Il se trouvait dans le légendaire château de Dacie, tout en pierres noires, au pied duquel coulait une rivière de sang.

Le magnifique bâtiment avait été construit sur un promontoire rocheux d'où l'on pouvait surveiller le royaume tout entier, jusqu'aux limites brumeuses qui marquaient l'horizon. D'immenses grottes se trouvaient au-dessus ; en dessous, dans le brouillard, il distinguait des rues pavées et sinueuses. L'architecture était ancienne, mais raffinée, avec des façades en pierre taillée.

Au sommet d'une grotte, un prisme géant diffractait la lumière du soleil et éclairait tout le royaume de ses rayons tamisés, qui illuminaient, mais ne brûlaient pas. Pas même la peau d'un vampire.

Et tout ce que je vois est… à moi.

Quand il eut retrouvé l'usage de la parole, il se retourna.

— Mon couronnement aura lieu dès que ma gorge sera guérie. Vous me jurerez alors fidélité.

C'était vraiment en train d'arriver. Ces imbéciles l'invitaient à diriger ce royaume fantastique.

— Très bien, dit Stelian sans dissimuler sa déception. Prendras-tu un autre nom ?

C'était une tradition vampire. L'oncle Fyodor avait changé de nom quand il avait été couronné par la Horde. Il avait opté pour un nom qui signifiait « roi pour l'éternité ».

Enfin, pas tout à fait, mon oncle.

— Non, j'ai fait trop de choses avec ce nom, déjà. Je le garde. On m'appellera le roi Lothaire, l'Ennemi de Toujours.

Il aurait quand même sa guerre vampire, mais avec quelques changements. *Je me servirai des Daces pour massacrer la Horde.* Retourner sa veste ne lui posait aucun problème, il changeait d'alliés comme de chemise.

Et ensuite, il aurait terminé. Il aurait tout ce qu'il avait toujours voulu avoir. Et il connaîtrait le bonheur.

Je le connaissais, avant. Mais elle me l'a pris.

D'un coup d'épée. De tous les coups jamais encaissés, de toutes les tortures, celui-ci avait été le plus douloureux.

Pourquoi, Elizabeth ?

Les poings serrés, il ordonna :

— Laissez-moi m'habiller, maintenant.

Laissez-moi savourer l'idée que ma femme est retenue prisonnière dans un enfer peuplé de Valkyries. Carafina la furieuse allait la terroriser, Regin la belliqueuse ne la lâcherait pas. Nïx sauverait-elle Elizabeth ou laisserait-elle les choses suivre leur cours sans intervenir ?

J'espère bien qu'elle va opter pour la seconde solution. Peut-être devrait-il envoyer un petit cadeau d'adieu à sa femme ?

Oui, pour lui dire que je suis roi, désormais, et que je la renie.

— Un roi aux yeux rouges, qui répudie sa femme. Dieux du ciel, protégez-nous… grommela Stelian avant d'imiter les autres et de se téléporter hors de la pièce.

53

— L'idée, c'est de tuer ou d'être tuée, sangsue, déclara Regin la Radieuse d'un ton lugubre. Alors, lève ton arme et prépare-toi à mourir. Parce que je vais te couper la tête.

Ellie bâilla. Dix jours de ce régime, ça commençait franchement à faire.

— Ma vieille, j'en ai ras le bol, des jeux vidéo.

Le compagnon berserk de Regin, Declan, était occupé par des réunions avec d'autres créatures de son genre à propos de l'Accession, et Regin passait ses journées à briller sur le canapé et à jouer avec Ellie.

Au début, Regin avait été excitée à l'idée de rencontrer Ellie, cette dernière ayant fait ce que la Valkyrie rêvait de faire depuis des siècles.

— Qu'on paie un verre de gros rouge épais à cette sale sangsue ! Tu as fait mordre la poussière à Lothaire ? Merde alors ! Raconte-moi tout, seconde par seconde. Avec une voix voilée, d'accord ?

La seule chose que les Valkyries détestaient plus que les vampires en général, c'était Lothaire en particulier.

Bien sûr, Regin, à la place d'Ellie, aurait réussi à récupérer « les crocs et la tête de Lothaire ».

Pourtant, au bout de quelques jours, Regin avait compris qu'Ellie éprouvait encore des sentiments pour l'ennemi juré des Valkyries.

— Hou, c'est pas cool, ça, la péquenaude. Pas cool du tout.

Pourquoi n'était-il pas encore venu chercher Ellie ? Nïx passait la voir de temps en temps et lui donnait des informations à sa manière – c'est-à-dire de façon pas toujours cohérente. Par elle, Ellie savait que Lothaire se remettait et avait été invité à monter sur le trône de Dacie.

Serghei n'était plus. Lothaire était devenu roi, ainsi qu'il l'avait toujours souhaité.

Quand elle pensait à lui, Ellie était assaillie par des émotions contradictoires – culpabilité, colère, désir.

Tout était-il pardonné ? Bien sûr que non ! Elle était encore furieuse contre lui. Mais elle se languissait de lui, attendait impatiemment qu'il vienne la chercher. La sauver. Ellie savait qu'il le pouvait – elle le croyait capable de tout, ou presque. Mais au bout de presque deux semaines, elle commençait à se demander si le roi Lothaire allait un jour venir chercher sa reine.

— S'il est guéri, pourquoi ne vient-il pas me chercher ? avait-elle demandé à Nïx.

— Qui ?

— Euh… *Lothaire*.

— Ça ne me dit rien…

— Est-ce que je peux envoyer un message en Dacie pour lui expliquer ce qui s'est passé ?

— Qui envoie un message à qui ? s'était écriée Nïx, les yeux brillants d'excitation.

Pour l'heure, Ellie se tournait vers Regin.

— On rejouera demain. Et puis, c'est l'heure de mon dîner, non ?

Les iris ambre de Regin virèrent à l'argenté sous le coup de la colère. Puis elle poussa un cri qui agressa les tympans sensibles d'Ellie.

— Je ne suis pas ton fournisseur ! Va sucer ailleurs, Vampirellie.

Furieuse, Ellie lança un poing dans le bras de Regin, de toute sa nouvelle force vampire. Nïx lui avait dit dès le début : « Si mes demi-sœurs dépassent les bornes, frappe. *Fort*. »

Ellie avait découvert que c'était la seule façon de traiter avec les Valkyries. Elles aimaient les femmes qui ne se laissaient pas marcher sur les pieds ? Eh bien, elle allait devenir très populaire dans le coven.

— Sale garce ! hurla Regin. Je te préviens, tu vas pas pouvoir surfer sur la vague « J'ai planté Lothaire » très longtemps !

Nïx avait raconté à tout le monde qu'Ellie avait délibérément attaqué Lothaire, et la quasi-décapitation du méchant le plus craint du Mythos avait fait d'Ellie une « créature qu'il valait mieux ne pas faire chier ».

— Apporte-moi à boire, Regin. Vite.

— La prochaine fois, je me laisserai pas faire ! Et ton sang est dans le micro-ondes, connasse.

Et elle s'en alla. Apparemment, Regin traitait toutes ses amies de cette façon.

Ellie haussa les épaules. Chaque Valkyrie était excentrique à sa manière, de Nïx au regard vide à Cara l'intimidante – qui était en partie furie, une race de guerrières que même les Valkyries craignaient.

Parmi toutes celles qui habitaient à Val-Hall, la plupart se méfiaient du vampirisme d'Ellie, mais elle avait le sentiment que, peu à peu, elles l'adoptaient. Et quand elles se lâchaient un peu, les Valkyries étaient assez *drôles*.

Elles étaient toutes demi-sœurs, donc formaient une espèce de très grande famille, avec tout ce que comportait une famille de cette taille : querelles internes, concours de jurons, favoritisme et loyauté indéfectible.

D'une certaine manière, Ellie se sentait chez elle.

Elle soupira. Ses propres amis – Thad et Balery – lui manquaient tout de même. Et sa vraie famille aussi…

Les yeux d'Ellie se posèrent soudain sur le canapé, où se trouvait le *portable oublié* de Regin. Elle écarquilla les yeux. Cela faisait dix jours qu'elle tentait de convaincre ses geôlières de lui laisser passer un coup de fil, sans succès.

Avec autant de précautions que pour ramasser un œuf, Ellie prit le téléphone. Oserait-elle appeler les siens pour leur dire qu'elle allait bien ?

Elle venait de se convaincre qu'il valait mieux n'en rien faire quand elle réalisa qu'elle devait au moins leur dire qu'ils pouvaient sortir de leur cachette en toute sécurité, désormais.

Et puis, elle refusait toujours l'idée de ne plus jamais les voir, de ne plus jamais retourner dans ses montagnes.

Elle comprenait maintenant les réserves de Lothaire à propos du mélange humains/immortels. Chaque fois qu'elle prenait une poignée de porte, celle-ci se brisait dans sa main. Mais elle se sentait capable de contrôler sa force.

Quant à la mise en garde interdisant de révéler quoi que ce soit du Mythos aux humains sans que ce soit absolument nécessaire, cela faisait longtemps que sa famille avait pris l'habitude du surnaturel, d'abord avec Saroya, puis avec Lothaire.

Si les dieux voulaient punir Ellie, elle leur rappellerait qu'en hébergeant Saroya en elle pendant six ans, elle avait déjà largement purgé sa peine.

Avec cette pensée en tête, elle composa le numéro de sa mère.

— Maman ? C'est moi, Ellie.

— Seigneur Dieu tout-puissant ! Je savais que t'étais pas morte ! Ils nous ont dit que tu avais été abattue en voulant t'évader, mais je savais que tu étais vivante ! Pourquoi n'es-tu pas rentrée à la maison ?

Ellie entendait la surprise dans le ton de sa mère, la comprenait. Puisqu'elle était vivante et en liberté, elle aurait dû être à la maison, fin de l'histoire.

— Je vais revenir. Dans quelque temps. Mais c'est… compliqué, maman. Et vraiment très difficile à croire.

— Dis toujours, je m'accrocherai.

Par où commencer ? Tant de choses étaient arrivées. Que devait-elle dire ? Que devait-elle taire ?

— Dis-moi d'abord comment va Josh.

— Il est de plus en plus turbulent, indiscipliné et obstiné, alors naturellement, toute la famille est très fière…

Dans la pièce d'à côté, des Valkyries hurlèrent.

— Mais qu'est-ce que c'est qu'ce boucan ? s'exclama la mère d'Ellie.

— C'est la télé ! Attends, je baisse le son.

Elle courut jusqu'à la porte, la ferma, la verrouilla – et cassa la poignée. *Merde.*

— Et les autres, comment vont-ils ? Toi, maman ?

— Oh, ma chérie, ça va, dit-elle d'un ton enjoué.

Trop enjoué.

— Dis-moi ce qui ne va pas, maman.

Sa mère poussa un gros soupir.

— On fait tout ce qu'on peut pour rembourser l'emprunt chaque mois, mais la compagnie minière nous tient à la gorge, ma fille.

Ellie sentit ses crocs s'allonger, la violence bouillir en elle.

— Tous les hommes sont retournés à la mine.

— Quoi ? Mais ils avaient juré de ne plus jamais y mettre les pieds ! Et le magasin d'Ephraïm ?

— Vu la situation économique… il a dû fermer. C'était soit la mine, soit perdre le terrain. Tes cousins étaient déjà bien contents de trouver du boulot.

— Je vais m'arranger pour vous envoyer de l'argent, d'accord ?

— Et toi, Ellie, comment vas-tu ? Raconte.

Ellie se mordit la lèvre.

— Tu te souviens du démon aux yeux rouges que tout le monde a vu ce soir-là ?

— Celui à cause de qui on se cache ? L'homme-phalène ?

— Oui, c'est ça. Seulement, ce n'est ni un démon ni l'homme-phalène, et vous n'avez plus besoin de vous cacher. Il ne vous fera jamais de mal.

Lothaire avait juré de ne pas s'en prendre à sa famille. Et Ellie était bien placée pour savoir à quel point ces serments liaient ceux qui les faisaient.

— Mais il est *quoi*, alors ?

Ellie hésita, puis se lança :

— C'est un vampire. C'est lui qui m'a fait sortir de prison. Il s'appelle Lothaire Daciano.

Le simple fait de prononcer son nom lui serra le cœur. *Tu as pris mon nom dès l'instant où je t'ai marquée...*

— Un v... vampire ? bredouilla sa mère. Oh, Ellie, tu vas me donner une crise cardiaque. Tu en es sûre ?

— J'en suis sûre. Je l'ai vu boire du sang.

— Doux Jésus ! Est-ce que ce... vampire t'a fait du mal ? Tu es avec lui, là ?

— Il m'a protégée, m'a fait voyager partout dans le monde avec lui. Il pensait que ce monstre de Saroya était sa femme, mais en fait, c'est moi.

— Saroya tue encore ?

— Saroya est partie, maman. Pour toujours.

— Tu es guérie ! Pourquoi tu ne le disais pas plus tôt ?

Parce que j'ai été guérie d'un mal pour aussitôt être affligée d'un autre. Qu'il te sera encore plus difficile d'accepter.

— Euh... j'ai du mal à réaliser, en fait.

— Et tu es toujours avec ce vampire, là ? Où est-ce qu'il faut que j'envoie les garçons te chercher ?

— Non, maman ! Sauf si tu veux qu'ils se fassent tous tuer. Et puis, je ne suis pas avec lui, en ce moment. J'ai été comme qui dirait enlevée par certains de ses ennemis. Un groupe de filles. Mais plutôt sympas, en fait, précisa Ellie. On me donne tout ce que je veux à manger – *tout le sang que je veux boire* – et on regarde des séries à la télé ensemble. J'ai ma chambre à moi, aussi – *qui appartenait jusque-là à une espèce de princesse de glace* –, et elles sont vraiment gentilles avec moi.

Être prisonnière ne plaisait pas plus que cela à Ellie, mais tant qu'elle n'avait pas fait le tour de tous ses nouveaux pouvoirs, se trouver dans un espace protégé et à l'abri du soleil n'était pas plus mal.

Elle en découvrait sans cesse un peu plus sur le Mythos, et les filles étaient de bonne compagnie. *Elles m'emmerdent, mais pas plus que je ne les emmerde.*

Une des choses qu'elle avait apprises ? Se battre était plutôt rigolo quand on ne souffrait jamais longtemps des coups reçus.

— Non, en fait, je suis plutôt bien, ici.

D'une certaine manière, elle était reconnaissante aux Valkyries de tolérer sa présence. Car Lothaire n'était pas venu la chercher.

Et, au fond d'elle-même, Ellie savait qu'elle n'avait nulle part où aller. Ce qui la terrifiait.

— Elles m'apprennent plein de choses sur les vampires – *sur moi* – en attendant que Lothaire vienne payer la rançon.

Nïx, surtout, lui avait sauvé la mise, en lui présentant la même monitrice de téléportation qu'à Thad – mais Ellie n'avait pas le droit de voir le jeune homme, ni de communiquer avec lui. Thad était trop fidèle à Lothaire, et les Valkyries redoutaient qu'il ne transmette des informations sur elle à leur ennemi.

La monitrice, une halfelin moitié vampire, moitié Valkyrie nommée Emmaline MacRieve, était mignonne comme un cœur, d'une finesse absolue, avec de tout petits crocs, des oreilles pointues et de longues boucles blondes. Elle s'était montrée très encourageante quand Ellie avait commencé à se téléporter. Enfin, à vaciller.

Ellie ne maîtrisait pas encore la question, mais elle s'entraînait tous les jours.

Elle voyait bien, néanmoins, qu'Emmaline gardait ses distances, et il y avait quelque chose, chez elle, qu'elle ne parvenait pas à identifier et qui la rendait méfiante à son tour.

Emmaline avait probablement eu affaire à Lothaire et n'en gardait pas un très bon souvenir. Visiblement, tout le monde, dans le Mythos, avait une histoire à raconter à propos du vampire.

— En attendant qu'il paie la rançon ? Je croyais qu'il te protégeait. Qu'est-ce qu'il attend ?

— On a eu... comment dire ? des mots. Mais il va venir me chercher, j'en suis sûre !

S'il te plaît, viens me chercher, Lothaire.

— À quoi est-ce qu'il ressemble ? demanda sa mère en allumant une cigarette.

— Il est grand, beau et riche à millions.

Et assez célèbre.

Dans le monde des mortels, Lothaire aurait été une idole. L'acteur qui aurait fait rêver toutes les filles. Avec la particularité d'avoir commis une moyenne de deux meurtres par jour pendant des millénaires.

En tant que « femme de Lothaire », Ellie aussi avait gagné en notoriété, surtout parmi les créatures du Mythos curieuses d'en savoir plus sur la mortelle sortie du couloir de la mort qui avait survécu à sa transformation en vampire, alors que, jusqu'à présent, aucune femme n'y était parvenue.

— C'est aussi quelqu'un de puissant, dit Ellie. Et de célèbre.

Détesté pour sa façon d'agir en douce, et toujours brutalement.

Oui, Ellie avait entendu le récit de ses méfaits et savait que tous, dans le Mythos, le considéraient comme un être diabolique. Mais, au bout du compte, elle avait décidé que, diabolique ou pas, c'était son homme.

Elle soupira. L'était-il vraiment ? Elle se posait la question sans arrêt. Viendrait-il la chercher ?

Dans son esprit, les choses se résumaient ainsi : ils avaient beaucoup à faire pour que leur couple dure. Et maintenant qu'elle n'était plus en proie à cette fureur vampire toute neuve, elle était prête à faire des efforts.

Mais soit la guérison de Lothaire prenait plus longtemps que prévu, soit il avait décidé de ne pas venir la chercher.

Pourtant, un immortel comme lui, d'un âge aussi avancé, devait être suffisamment mûr pour accepter de tout mettre à plat, non ?

— Et s'il ne vient pas, qu'est-ce qui va se passer, Ellie ?

Bonne question.

— Je verrai…

— Yo ! Pourquoi elle est verrouillée, cette porte ? hurla Regin depuis le couloir. Et à qui elle parle, Vampirellie, putain ?

— Maman, il faut que j'y aille ! Mais je vous envoie de l'argent dès que je peux !

La porte vola en éclats, révélant une Regin luminescente.

— Toi, la sangsue, t'es morte.

— Je t'aime, maman, je vous aime tous ! Je te rappelle bientôt !

Elle raccrocha le téléphone… et l'écrasa par accident.

Regin se rua sur elle.

Ellie se prépara à l'impact et ferma les yeux tandis qu'une sensation étrange la submergeait. Elle attendit…

Il y eut un choc bruyant du côté de la télévision.

— Je vais te mettre une de ces raclées ! hurla Regin.

Lorsque Ellie ouvrit les yeux, elle était de l'autre côté de la pièce, et Regin venait de percuter la télévision tête la première.

Je me suis téléportée ? Enfin ! Cette sensation bizarre… quand l'avait-elle éprouvée, déjà ?

Quand je me suis battue avec Lothaire ! À ce moment-là aussi, je me suis téléportée ? Pas étonnant, alors, qu'elle l'ait atteint avec l'épée.

Comme elle aurait aimé le lui expliquer, là, tout de suite !

Mais, pour le moment, elle avait une Valkyrie furieuse à affronter. Et maintenant qu'elle pouvait disparaître, Regin ne l'attraperait plus jamais !

— Qu'est-ce qui t'arrive, la luciole ? Tu as oublié comment on changeait de chaîne ? Ah ah ah, Valkyrie, tu m'attraperas pas, euh… la défia Ellie en chantonnant. La péquenaude s'en va, ah ah ah…

Quand Regin sauta par-dessus le canapé, Ellie se téléporta de nouveau, mais la Valkyrie avait anticipé sa réapparition, et elle la plaqua au sol.

— Ouille !

Regin entreprit alors de lui montrer de quoi elle était réellement capable, forçant Ellie à se frapper elle-même au visage.

— Mais pourquoi tu te tapes comme ça ? Hein, vampire ? Arrête de te taper.

— Un vampire ? demanda Nïx depuis la porte, les cheveux en bataille, le regard plus que jamais dans le vague.

Sur son épaule, la chauve-souris battait des ailes, aussi folle que sa propriétaire.

— À Val-Hall ?

Dans ses yeux, l'ambre se mêlait à l'argenté dans un tourbillon. Une électricité étrange se mit à crépiter dans l'air.

Tout, en Ellie, se mit à hurler : « Danger ! » Mais venant de Nïx, comment aurait-ce été possible ?

Laissant la chauve-souris derrière elle, la devineresse attaqua, écartant Regin d'un revers de main pour l'envoyer voler à l'autre bout de la pièce.

Avant qu'Ellie ait pu réagir, Nïx avait les deux genoux sur ses épaules et la plaquait au sol avec une puissance incroyable. Les cheveux en travers de son visage blême, elle murmura :

— Helen a eu le cœur brisé. Furie a payé très cher. Emmaline…

— Nïx ! C'est moi, Ellie ! Qu'est-ce que tu fais ?

La devineresse pencha la tête à la manière d'un animal.

— Tu ne sais pas où est Furie ?

Dehors, la foudre tomba, faisant trembler la maison.

— Nïxie, *on se calme* ! On chahutait, c'est tout !

Regin approcha en titubant et tenta de faire lâcher prise à sa sœur. Mais même elle ne pouvait rien contre la puissance de Nïx.

Enfin, la devineresse laissa Regin la tirer en arrière, et elles tombèrent toutes les deux sur le sol. Nïx cligna des yeux, apparemment stupéfaite.

— Qu'est-ce qui s'est passé ?

— C'est toi qui poses cette question ? s'écria Ellie.

Elle regretta sa virulence en voyant combien Nïx semblait soudain accablée de fatigue. Malade, même. Sa chauve-souris vint se poser sur son bras, et on eût dit qu'elle cherchait à la réconforter.

— Putain, mais qu'est-ce qui t'arrive, Nïx ? gronda Regin en se dégageant de sa sœur, avant de chasser la chauve-souris d'un geste. Tu fais vraiment que des conneries, en ce moment ! On aurait dit la chevauchée des Valkyries contre Vampirellie !

Nïx fronça les sourcils, voyant apparemment quelque chose qu'Ellie ne pouvait voir, et poussa un soupir triste.

— Et de nous deux, j'ai bien peur que ce ne soit moi qui fasse mieux…

54

Lothaire, le roi fou.

Il aimait assez ce surnom, l'entendait souvent dans la phrase : « Qu'a fait le roi fou, cette fois ? »

Non parce qu'il avait perdu la raison, mais à cause de son comportement – il dormait rarement, errait dans les rues à toute heure, prévoyait d'envoyer ses nouveaux sujets faire la guerre à la Horde à la première occasion.

Ce soir, Lothaire était à la cour, siégeant sur son trône doré décoré de crânes dorés à l'or fin – son emblème. S'il avait eu une reine, son trône aurait été identique. Bien sûr, ses crânes à elle auraient été plus *mignons*.

Mais il n'avait pas de reine.

Ses royaux cousins, qui formaient le Conseil, savaient jauger sa santé mentale et ne lui faisaient tenir cour que les soirs où il semblait plus lucide et calme.

Étonnamment, ces trois dernières semaines, cela avait été assez fréquent.

Elizabeth et lui avaient échangé leurs sangs, ce qui signifiait qu'il était lié de manière indéfectible à l'esprit d'Ellie. Contrairement au lien existant avec Chase, celui qui l'unissait à sa femme maintenait Lothaire dans une bonne santé mentale relative.

C'était une véritable bénédiction, car il ne tolérait pas que l'on dise qu'il souffrait à cause de son « épouse régicide ».

Lothaire refusait qu'on le plaigne. Combien de fois s'était-il moqué de ces hommes au cœur brisé ? Combien de fois leur avait-il lancé, narquois : « Ooooh, et est-ce qu'on s'est masturbé, hier soir, malgré les larmes ? »

Le destin étant ce qu'il était, le lien qui l'unissait à Elizabeth suffisait à assurer sa survie. Il n'avait pas besoin de sa présence physique. Et, heureusement, il ne voulait plus d'elle.

Pourquoi te mens-tu, Lothaire ?

— Je désire m'entretenir seul avec le Conseil, lança-t-il à la cour.

Ses sujets se retirèrent aussitôt, comme s'ils fuyaient quelque chose. Le moment était venu pour lui de se réunir avec les autres membres de la famille royale, maintenant qu'il les connaissait intimement – il les avait tous espionnés.

— Je ne veux plus personne dans la galerie. Cela vaut pour toi aussi, Sorcière.

Elle lui lança un regard méchant, regrettant de toute évidence d'avoir accepté ce poste d'oracle royal.

Après son couronnement – une cérémonie formelle proche de la farce tant elle était engluée dans la tradition –, Lothaire s'était téléporté jusque chez Sorcière pour lui demander une potion : il souhaitait effacer définitivement Elizabeth de sa mémoire.

Il avait trouvé la maison vide, et poussiéreuse comme si elle n'avait pas été habitée depuis un siècle. Plus d'odeurs dans l'air, plus de traces de pas dans le sable devant la porte d'entrée.

Il s'était rendu dans la ville la plus proche pour passer un coup de fil à l'aide d'un portable dérobé à son propriétaire distrait – un imbécile qui sauvait les orphelins d'un enfer quelconque – et avait composé le numéro de Sorcière.

— On peut savoir où tu es, bordel ?

— Loin. Je ne veux pas être prise entre Elizabeth et toi.

— « Entre » ? avait-il rugi, regrettant d'avoir retiré le nom de Sorcière de son registre. Tu es soit contre moi, soit avec moi ! Tu ne peux pas être « entre » ! Tu es *mon* oracle, merde !

— Et certains de tes ennemis ont découvert que nous étions en relation. Je suis poursuivie, en ce moment, par le roi et la reine des démons furie. Ils veulent que je les aide à te trouver et à trouver la sœur de la reine, qui a disparu depuis le gros pataquès, sur l'île de l'Ordre – pour ce qui est de cette dernière, je leur souhaite bonne chance, avait ajouté Sorcière, énigmatique. Mariketa l'Attendue, Portia la Reine de la Pierre, et pas mal d'autres sont sur mes talons. En ce qui te concerne, tes tâches ont été accomplies. On peut dire que c'est terminé.

— Non, pas toutes.

Il en restait une. Il voulait toujours la couronne de la Horde, envisageait toujours d'accomplir cette vengeance-là.

— Tu dois devenir mon oracle royal. Une fois dans mon royaume, plus personne ne te trouvera.

Depuis l'arrivée de Sorcière au château, son attitude laissait plus qu'à désirer. Et voilà qu'elle le fusillait du regard en quittant la pièce.

Quand il fut seul avec eux, Lothaire observa les cinq autres membres de la famille royale. Tous étaient célibataires.

Trehan avait été animé, mais n'avait pas d'épouse pour le prouver. Mirceo était le plus jeune, à peine trente ans, et serait bientôt figé dans son immortalité, perdant toutes ses capacités sexuelles. Son rythme cardiaque était erratique… et ralentissait.

Sa sœur, Kosmina, était trop immature pour s'imaginer mariée.

Lothaire ignorait si le cœur de Viktor ou de Stelian battait. Ils utilisaient tous les deux un vieux sortilège pour le cacher, ce que Lothaire trouvait étrange.

Viktor n'aurait sans doute jamais le temps de s'accoupler, de toute façon, puisqu'il passait son temps à se battre. *J'ai rencontré des goules plus pacifiques que lui.*

Quant au sixième cousin, celui qui était caché, dont Lothaire feignait d'ignorer l'existence ? *Je continue l'enquête…*

Il se tourna vers Stelian, l'air ennuyé.

— Aucun de mes sujets n'a demandé la bénédiction de son roi ?

Le grand vampire secoua la tête.

— Dans l'ensemble, ils te craignent.

— Et pourquoi cela ?

Mirceo sourit.

— Et comment trouves-tu tes appartements, mon oncle ?

C'était le chef de la garde du château. Il aimait Lothaire et le trouvait amusant, car imprévisible.

Comme moi avec Elizabeth…

— Ils me conviennent, répondit Lothaire, ce qui n'était pas un mensonge puisque son salon était de la taille d'une salle de bal.

S'il n'avait pas été un maître dans le domaine des casse-tête, il aurait pu se perdre dans ce château labyrinthique.

— Dis-moi, Mirceo, il me semble que ton cœur n'a pas battu une seule fois depuis que tu es entré.

Ou bien à peine un sursaut.

— Et… tu n'as plus besoin de respirer ?

Le jeune vampire tenta de masquer sa surprise.

— Malheureusement non, mon oncle.

Il essayait d'adopter une attitude stoïque à cet égard, mais en secret, toutes les nuits, il sortait pour baiser pratiquement tout ce qui bougeait, aussi lubrique que

Lothaire l'avait été au même âge et dans la même situation.

La veille, il avait léché avec entrain la pointe des seins d'une femme pendant qu'un autre homme le suçait, jusqu'à ce que, tout à coup, le pauvre Mirceo perde... son enthousiasme.

— N'aie pas peur, dit Lothaire. Tu ne remarqueras sans doute même pas que toutes les autres créatures sur cette terre à part toi semblent baiser comme des lapins en permanence.

Avec une seule remarque, Lothaire arrivait à mettre très mal à l'aise et Mirceo et sa prude de sœur. Un beau coup au billard.

Stelian changea prestement de sujet.

— Tu as beaucoup voyagé, ces temps-ci.

Aîné de la famille royale, il était le Gardien du Château, un des postes les plus prestigieux après celui du roi. C'était lui qui décidait qui entrait et sortait du territoire dace, et lui seul qui enseignait à ses gens à se servir de la brume pour passer inaperçus.

Il avait semblé surpris, et mécontent, que Lothaire apprenne aussi vite à maîtriser ce pouvoir.

Et il avait bien vite précisé que lui seul connaissait tous les pouvoirs ésotériques de la brume.

Laisse-moi juste un peu de temps.

Il n'en restait pas moins que le Gardien avait fait du sacré bon boulot si même *Le Livre du Mythos* ne mentionnait pas la Dacie. En l'épiant, Lothaire avait pu constater que Stelian était quelqu'un de facile à vivre – tant que personne ne cherchait à partir sans son autorisation.

Que se passait-il alors ? Même Lothaire avait esquissé une petite grimace face à la réponse glaçante de Stelian.

— Oui, c'est vrai, je voyage beaucoup, reconnut Lothaire.

Pour conforter son équilibre mental, il retournait souvent à son appartement et s'imprégnait de l'odeur d'Ellie, enfouissant son visage dans ses chemises de nuit en soie, dans son oreiller.

Ce n'était pas pareil que de la toucher, mais son odeur – combinée à leur lien de sang – suffisait à lui faire supporter la plupart des nuits.

Qu'auraient pensé les Daces s'ils avaient su que leur roi avait toujours une petite culotte de sa femme dans sa poche ?

— La capitale est d'un ennui prodigieux, dit-il à Stelian.

Et c'était vrai, même si d'autres espèces étaient les bienvenues ici… du moment qu'elles ne cherchaient pas à repartir.

En conséquence de quoi il y avait des nymphes pour s'occuper des jeunes vampires comme Mirceo.

— Tu restes bien dans la brume, quand tu voyages, n'est-ce pas ? demanda Stelian. Personne ne te voit ?

— Comment pourrais-je revenir, sinon ?

Une réponse à la Lothaire. Il avait demandé à Sorcière de lui mettre au point un fanal, rien que pour lui. Parce que, parfois, Lothaire aimait être vu.

Une partie de lui aurait voulu bannir complètement la brume, faire en sorte que ses sujets soient visibles de tous. Sinon, Lothaire n'était que le roi d'un royaume dont le monde ignorait l'existence.

En d'autres termes, il était l'arbre dans la forêt qui tombe en silence – quand personne n'est là pour être écrasé.

Mais le cocon de la brume protégeait effectivement la Dacie de toutes les invasions et autres fléaux. De plus, à chaque sortie, les Daces espionnaient tout ce qui se présentait, ce que Lothaire approuvait sans réserve…

— Je crois savoir que tu observes nos soldats à l'entraînement, dit Viktor. Que penses-tu d'eux ?

Il était général, et fier de ses bataillons. Avec raison.

L'armée était aguerrie au combat, disciplinée et maîtrisait parfaitement l'épée. À vrai dire, les Daces étaient obsédés par les armes médiévales quelles qu'elles soient – masses d'armes, poignards, fouets, haches d'armes.

Dès qu'un Dace avait une arme en main, une détermination absolue s'emparait de lui. Déjà mû par la logique, il se focalisait encore plus sur son ennemi, devenait capable d'anticiper ses mouvements.

Un peu comme moi.

— J'ai trouvé que les soldats s'embarrassaient un peu trop de l'honneur militaire, répondit Lothaire.

Toutes ces compétences, toute cette puissance, et pourtant, ils ne faisaient jamais la guerre, ne se battaient que les uns contre les autres ?

— Mais ne t'inquiète pas, Viktor, je vais m'occuper de ça. Et ils seront à la hauteur dans mon combat contre la Horde. À moins que tu ne t'inquiètes pour la défense de mon royaume caché ?

Viktor se raidit, serra les poings sous la table. Animé ou pas, il était de nature frondeuse et prompt à répliquer. Ce qui avait fait de lui un solitaire parmi les Daces réservés et cartésiens.

Quant à la jolie « nièce » de Lothaire ?

Kosmina avait vingt ans, mais les hommes de la famille royale l'avaient surprotégée, et il y avait du mal de fait.

Apparemment, avant Lothaire, elle n'avait jamais vu d'homme nu.

Dommage, Mina, parce maintenant, tous les autres hommes que tu verras vont te paraître bien… diminués, à côté de tonton Lothaire.

Pourtant, si ignorante fût-elle des choses du sexe et du péché, Kosmina était une véritable machine à tuer, qui maniait les armes à la perfection et dont les réflexes étaient stupéfiants.

Moitié collégienne nunuche, moitié tueuse implacable.

Lothaire avait remarqué que ses oreilles étaient pointues – héritage d'un ancêtre fey, qui lui avait également légué sa rapidité surnaturelle.

— Et toi ? lui demanda Lothaire. Quelle est ta fonction, ici ? À moins que tu ne sois là que pour être couvée ?

Cramoisie, elle se mit à bégayer.

— J... je... je...

— Si j'ai bien compris, l'interrompit Lothaire, tu n'es jamais sortie de Dacie. Tu te demanderais ce qui t'arrive si une voiture te percutait de plein fouet... ce qui peut se produire quand on ne sait pas ce qu'est une *putain de voiture*.

Elle ouvrit des yeux comme des soucoupes.

Il faudrait qu'il l'envoie loin d'ici, de préférence pour qu'elle enquête sur un repaire de nymphes particulièrement exubérantes, en Louisiane.

— Kosmina, tu es la lointaine cousine d'une femme qui s'appelait Ivana l'*Audacieuse*. Essaie d'être à la hauteur.

Une main couvrant sa bouche, elle se téléporta hors de la pièce.

Enfin, Lothaire se tourna vers son cousin Trehan, chargé de diriger un groupe de tueurs d'élite, et tueur lui-même. C'était le plus digne de tous les cousins, le plus « dace » et donc le moins amusant à épier. Il avait souvent le regard perdu dans le vague – probablement parce qu'il songeait à celle qui l'avait animé, puis quitté.

— Ah, Trehan, dit Lothaire en croisant les mains. Seule une femme a pu te mettre dans cet état.

— Tu sais de quoi tu parles, répondit Trehan d'un ton glacial.

Tandis que Mirceo se gavait de sexe dans tous les recoins sombres de Dacie, Trehan regagnait toujours ses appartements seul, pour se soulager lui-même, souvent plusieurs fois par nuit – tandis que Lothaire levait les yeux au ciel, dégoûté.

Et pourtant, je fais la même chose, non ?

Mais plus pour longtemps. Lothaire avait décidé qu'après cette réunion, il renouerait avec la gent féminine.

Roi puissant, il attirait forcément l'attention lorsqu'il se promenait dans les rues pavées de son royaume. Et, de toute évidence, ses sujets appréciaient la beauté, celle-ci ne fût-elle qu'extérieure.

Oui, le monarque tout-puissant allait se lancer dans la chasse aux concubines et en profiter à fond. Mais pourquoi cela ne le réjouissait-il pas ?

Le bonheur ne faisait plus partie du paysage.

Il savait désormais ce qui lui manquait, pour l'avoir brièvement éprouvé – avant même de récupérer la couronne de Dacie.

Lothaire en était arrivé à la conclusion que chaque être possédait une clé unique à son bonheur. *La mienne, c'était Elizabeth.* En s'attaquant à lui, elle lui avait dérobé cette clé.

Il sentit ses crocs s'allonger. Il en avait tué pour moins que cela. *Si tu n'es pas avec moi, tu es contre moi…* Son instinct lui dictait de punir, et son esprit ne songeait plus qu'à la vengeance.

— Sire ? dit Stelian, le regard interrogateur. Quelle vengeance envisageons-nous, ce soir ?

J'ai parlé tout haut ?

— Nous en reparlerons plus tard, répondit Lothaire, avant de se téléporter jusqu'à ses appartements, dans sa chambre, où il se mit à faire les cent pas.

La seule chose qu'il avait voulue, c'était mettre un terme à toutes ces trahisons. Il n'avait même pas cherché l'amour d'Elizabeth, pas particulièrement. Mais il avait cru que sa loyauté irait de pair avec cet amour.

Pourquoi n'avait-il pas réussi à l'obtenir ?

Dans le passé, toutes les femmes avec qui il avait couché lui étaient restées fidèles, le suivant pendant des années. Mais pas *sa* femme, celle qu'il désirait plus que toute autre.

Elle n'a pas voulu de moi. Et je n'arrive pas à comprendre pourquoi.

Il repensa aux moments passés avec Elizabeth, tentant de résoudre l'énigme qu'elle constituait à ses yeux. *Jamais je ne lui ai dit ce que je ressentais. Mais, putain, j'ai essayé de mourir pour elle ! Elle me connaissait mieux que quiconque ; elle était suffisamment intelligente pour comprendre mes sentiments.*

Peut-être aurais-je dû lui dire qu'elle était intelligente ?

Il se rappela avoir trouvé Saroya arrogante car elle n'imaginait pas un seul instant qu'on ne puisse pas la désirer. Il se souvint qu'alors, il s'était demandé si le même jugement ne pouvait pas s'appliquer à lui…

Ma propre arrogance m'a empêché de voir qu'Elizabeth ne me désirait pas de la même façon que moi je la désirais.

La plupart des nuits, il trouvait à s'occuper, mais dans les moments plus calmes, il la sentait, percevait sa présence grâce au lien du sang. Il avait essayé de s'immiscer dans ses émotions, mais la distance était trop grande, et de toute façon, il parvenait tout juste à comprendre ses propres sentiments, alors ceux de quelqu'un d'autre…

La seule chose dont il était sûr, c'était qu'elle ne vivait pas dans la peur. Elle devait donc être en sécurité.

Que vais-je faire, sans elle ?

Quand il arrivait à dormir, il la cherchait dans le lit, souffrait physiquement et psychologiquement de son absence.

Et pour cela, il lui en voulait !

Son cœur endolori lui donnait envie de hurler à la mort. Chaque battement était un supplice, un coup de poignard.

— *Elizavetta !* rugit-il, la tête renversée, les griffes plantées dans son torse, comme s'il voulait arracher ce cœur qu'elle avait ranimé et qui ne battait que pour elle.

Elle a fait de moi un être vivant.

Tel un animal qui arrache à coups de dents son membre pris au piège et qui pourrit, Lothaire s'ouvrit la poitrine.

55

— Y a un paquet ! cria quelqu'un, en bas.

De sa chambre, Ellie entendit les Valkyries se ruer dans l'escalier.

— Il est pour qui ?

— Pour moi, forcément !

— La ferme !

— Non, toi, la ferme !

Ellie soupira, toujours aussi étonnée de voir à quel point ses geôlières valkyries pouvaient être cupides. Elle les avait vues se piquer des vêtements entre elles à l'aide de sorts compliqués, se battre à l'épée pour des bijoux, en venir aux mains pour s'emparer de nouvelles armes.

Maintenant qu'elle savait se téléporter, elle aurait pu descendre et les doubler toutes pour récupérer le paquet, mais elle ne s'en sentait pas l'énergie. Elle n'avait plus d'appétit. Comparées au goût voluptueux du sang de Lothaire, les poches qu'on lui apportait lui donnaient la nausée.

Cela faisait un peu plus de trois semaines qu'elle était arrivée à Val-Hall, et elle attendait toujours qu'il vienne la chercher.

Elle avait fini par lui pardonner de l'avoir transformée en vampire. Même s'il lui arrivait parfois de se sentir monstre de foire, avec ses yeux qui viraient au noir et ses crocs qui s'allongeaient sans raison, être vampire n'était pas si terrible.

Elle trouvait même parfois agréable d'être aussi forte. Quand elle mettait la pâtée à ces bavardes de Valkyries, par exemple.

Ellie avait pardonné beaucoup de choses à Lothaire quand elle s'était rendu compte qu'entre ce qu'il disait et ce qu'il faisait, il y avait parfois une énorme différence.

Il s'était moqué d'elle parce qu'elle était une mortelle de basse extraction, mais avait tenté de s'immoler pour lui sauver la vie – alors qu'elle était encore mortelle.

Le dernier jour qu'ils avaient passé ensemble, il s'était comporté en tyran, la ridiculisant, et pourtant, quelques heures auparavant, il lui avait fait l'amour comme s'il la chérissait plus que tout.

Quand il disait qu'ils n'étaient pas égaux, cela ne signifiait pas forcément qu'il la trouvait idiote ou incapable. « Tu as embobiné la Reine du Mal. Je suis tellement fier de toi, Lizvetta », avait-il dit.

Il arrivait à Ellie de rêver très brièvement des souvenirs de Lothaire et de revoir leur nuit d'amour avec les yeux du vampire. Parfois, aussi, elle éprouvait une connexion très intense avec lui.

Mais ses pensées et ses émotions étaient toujours tellement agitées qu'il était impossible, pour une novice comme elle, d'en saisir le sens profond.

La seule chose dont elle était certaine, c'était que Lothaire lui manquait terriblement…

— C'est pour la vampire ! hurla quelqu'un, en bas.

Ellie se leva d'un bond. Le paquet venait-il de Lothaire ? De qui d'autre aurait-il pu être ?

En proie au vertige, les jambes en coton, elle se téléporta jusqu'au hall d'entrée et donna de violents coups de coude pour traverser la foule. Avec les Valkyries, il n'y avait que ça qui marchait.

Lothaire voulait encore d'elle ? Il faisait tout ce qu'il pouvait pour la libérer ?

— Donnez-le-moi !

Une des plus jeunes Valkyries lui tendit le paquet avec une moue dégoûtée.

L'élégant emballage portait une sorte de sceau royal et lui était adressé de la part de Lothaire Konstantin Daciano, roi de Dacie, Royaume du Sang et de la Brume.

Ellie déchira le papier, souriant d'excitation, souleva le couvercle de la boîte...

Elle lâcha tout d'un coup, et la boîte tomba sur le sol, éjectant son contenu. Un cœur noir ensanglanté roula aux pieds d'Ellie.

Elle porta une main à sa bouche pour s'empêcher de vomir. *Pourquoi a-t-il fait une chose pareille ? Comment...*

Autour d'elle, la foule s'écarta pour laisser passer Cara, suivie de Nïx.

— Il y a un mot, dit Cara. Lis-le.

D'une main tremblante, Ellie ramassa le parchemin.

Elizabeth,

Avec mes compliments.
Jamais plus tu ne planteras tes griffes dans mon cœur.
Puisses-tu pourrir en enfer.

L.

Les mains serrées contre sa poitrine, Nïx soupira.

— Il t'a donné son cœur. C'est d'un romantisme... Tellement mieux qu'un cœur en sucre au bout d'un bâton. Ça colle trop aux crocs, ces trucs...

— Il ne viendra pas te chercher, dit Cara, incrédule.

Ellie secoua la tête, en état de choc.

— Non, il ne viendra pas.

— Donc, tu ne peux pas servir de monnaie d'échange. Tu ne vaux plus rien. Nïx m'a conseillé de ne pas te tuer. Alors, débrouille-toi seule, maintenant.

— Vous me libérez ?

Vous me jetez dehors ?

— Pourquoi te garderait-on ?

Parce que je n'ai nulle part où aller ! Ellie ne pouvait pas retourner vivre avec sa famille. En dehors de Thad et de Sorcière, elle n'avait pas d'amis, et leur loyauté allait à Lothaire avant tout.

Ellie était devenue vampire… pour rien. Elle allait se retrouver seule dans le monde de Lothaire. Il ne voulait plus lui parler, refusait de discuter de ce qui était arrivé, souhaitait encore moins travailler à leur relation amoureuse.

Il l'avait abandonnée… au Mythos. Après l'avoir arrachée à sa famille.

À cette idée, la rage monta en elle. Cet enfoiré ! *Tu vas vivre dans ce monde, Ellie ? Alors frappe fort, sois dure !*

Prends-toi en main.

— Survivre dans le Mythos nécessite de l'audace, lui avait dit Lothaire.

Elle pouvait être aussi dingue que ces monstres. *Je viens des Appalaches, après tout !* Elle pouvait avoir plus d'audace que n'importe lequel d'entre eux !

Ellie se tourna brusquement vers Nïx.

— Est-ce que je peux lui envoyer un paquet, moi aussi ?

Nïx lui fit un petit salut, ravie.

— Je m'occuperai personnellement de son acheminement.

Mue par une fureur indicible, Ellie s'adressa à Cara :

— Donne-moi une lame.

Ce que vit Cara dans le regard d'Ellie la poussa à obtempérer. Ellie referma la main sur la poignée du couteau.

Et, devant un parterre de Valkyries incrédules…

— Naaaan… elle va pas le faire… Pu-tain, elle l'a fait !

— Ellie est ma meilleure amie !

— Je l'aimais avant même de la rencontrer ! Toi, tu la détestes, à côté.

— Tu peux être sûre qu'elle aura plus jamais à payer ses entrées en boîte, celle-là !

... Ellie fit à Lothaire un cadeau qui venait du cœur.

— Est-il sain d'esprit aujourd'hui ? grommela Stelian sur le chemin de la salle du Conseil.

Il était accompagné des autres membres du Conseil. Ensemble, ils avaient demandé à voir Lothaire pour « faire le point » sur son règne.

Mais si les nuits cohérentes et calmes avaient été fréquentes ces temps derniers, celle-ci n'appartenait pas à cette catégorie.

Lothaire passa la langue sur un de ses crocs. *Je vais vous le faire, votre point, moi*.

Dans la salle du Conseil, il y avait eu autrefois une table ronde en bois travaillé – ronde pour indiquer que tous ceux qui y prenaient place étaient égaux. Il avait fait brûler cette table pour la remplacer par une autre, rectangulaire. Un trône la dominait à une extrémité. Il n'y avait pas de siège à l'autre bout.

Et si quelqu'un se permettait de faire une remarque sur cette nouvelle déco, Lothaire se réservait le droit de supprimer le Conseil.

À vrai dire, on essayait de le faire changer d'avis sur d'autres choses. Stelian était souvent trop ivre pour avoir peur et donnait son opinion sans vergogne. Mirceo pensait la plupart du temps que Lothaire plaisantait et se croyait autorisé à railler son oncle.

Sans sa femme, Trehan se fichait bien de vivre ou de mourir. Quant à Viktor, il rêvait de combattre son roi et prenait toutes ses remarques de travers – ce qui était le but recherché par Lothaire.

Kosmina adorait son nouvel oncle, « grossier, mais pétri de bonnes intentions ». Car, ainsi qu'elle le formulait : « Peut-être ne sommes-nous pas censés le comprendre. Peut-être est-il une énigme, à l'image de ses casse-tête adorés. »

C'est bien, Kosmina, c'est bien. Mais je vais quand même t'envoyer traîner tes fesses en Louisiane.

Peut-être avaient-ils tous besoin d'assister à une démonstration du pouvoir absolu de Lothaire. Jusqu'à présent, ils l'avaient juste pris pour un idiot enamouré qui s'était fait baiser par sa femme.

Et je suis encore sous le choc… Après des semaines en Dacie et de nombreux jours passés à rêver, Lothaire n'avait toujours pas eu accès aux souvenirs d'Elizabeth. Il avait l'impression de buter tout contre, sans jamais arriver à entrer dedans.

Il savait que les vampires ne voyaient jamais dans leurs rêves ce qui risquait d'affecter leur santé mentale.

Qu'y a-t-il dans les souvenirs d'Elizabeth qui puisse m'affliger plus encore ?

Stelian se racla la gorge.

— Avant de commencer, nous aimerions te parler de ta reine.

Lothaire posa ses mains l'une contre l'autre.

— Je n'ai pas de reine, vous le savez bien.

— Tu es un monarque et le destin t'a accordé une femme, dit Mirceo. Cela signifie qu'elle est notre reine et que nous sommes là pour la servir. En ce moment même, elle est une cible pour tes ennemis.

Deux millimètres de tendon.

— Je n'ai pas envie d'entendre cela !

— Tu as besoin d'elle pour engendrer des héritiers.

— Je n'ai pas besoin d'héritiers. J'ai l'intention de vivre – et de régner – pour toujours.

Il n'avait donc pas besoin d'avoir des héritiers. Mais des enfants, tout simplement, en voulait-il ? L'idée d'avoir des enfants avec Elizabeth avait fini par le séduire. *Encore une chose dont elle me prive !*

Il fronça les sourcils.

— Qu'est-ce que c'est que cet air maussade, Viktor ? La perspective de mon règne éternel ne te ravit pas ?

L'imposant vampire se leva, les poings serrés.

— Ton programme n'est pas celui que nous envisagions, mon cousin. Tu cherches à nous engager dans un nouveau conflit et tu penses que nous devrions nous révéler au reste du Mythos ? La Dacie ne serait plus la Dacie !

— Nous avons juré allégeance à un roi *et* à une reine, ajouta Trehan avec toute l'intensité dont il était capable.

— Nous avons juré de protéger la reine Elizabeth… précisa Viktor.

En un éclair, Lothaire se leva et se téléporta pour cogner la tête de Viktor sur la table.

— Je t'ai dit de ne jamais, *jamais* prononcer ce nom en ma présence !

Viktor tira son épée et voulut frapper, mais Lothaire l'attrapa par la lame et serra.

— Si tu n'es pas avec moi, tu es contre moi.

Son sang éclaboussa le visage stupéfait de Viktor.

— Tu as commis une grave erreur, souffla Lothaire avant de lui arracher son épée, qu'il jeta à travers la pièce.

Quand les autres tirèrent leur épée à leur tour, Lothaire parcourut la pièce à une vitesse qui les stupéfia. Toutes griffes dehors, il les désarma, tranchant le tendon d'un bras ici, coupant celui d'un jarret là…

Puis il revint à Viktor et posa la main sur la tête de son cousin.

— Bien, dit-il tout en lui brisant le crâne. Est-ce que tout le monde a compris qu'on ne joue pas au con avec Lothaire ? Que je suis peut-être de la famille, mais que je suis aussi, et *à jamais*, l'Ennemi de Toujours ?

Autour de la table, les hochements de tête contraints se succédèrent.

— Avant toute chose, je suis votre *roi*, dit Lothaire en les regardant l'un après l'autre, qui essayant de reprendre son souffle, qui essuyant une blessure sanguinolente. C'est à moi que vous obéissez. C'est à moi que vous accordez votre fidélité sans faille. Jurez-le.

Contrairement à Elizabeth, en jurant, ils seraient liés à Lothaire. *Mais c'est sa loyauté à elle que je désirais plus que tout.*

Lorsque chaque cousin eut juré, il lâcha Viktor, dont le corps inerte glissa sur le sol.

— La leçon est terminée.

Ils quittèrent la pièce, emmenant Viktor, mais Stelian resta.

— Tu viens de te faire un ennemi pour la vie, dit-il. Viktor ne te pardonnera jamais cela.

— Je viens de me faire respecter !

— Viktor te ressemble trop pour tirer de cet épisode la leçon que tu entendais lui donner.

Sans y penser, Lothaire lécha la coupure, dans sa main.

— Alors, il périra bientôt.

Stelian secoua la tête.

— Maintenant qu'ils ont renoncé à toute ambition politique, tes cousins sont bons et fidèles. Ils pourraient reformer une famille unie, si tu acceptais de les guider.

— Tu n'as rien compris, Stelian. Ils sont peut-être bons et fidèles, mais moi, non, dit Lothaire en montrant les crocs.

Sorcière entra sur ces entrefaites, vêtue d'un costume traditionnel dace taché de rose vif et de vert fluo – elle était en pleine fabrication de potions.

— Il faut qu'on parle, Lothaire, dit-elle.

Elle avait déclaré qu'elle l'appellerait « sire » quand lui l'appellerait « Balery ».

Ou quand il gèlerait en enfer.

— Quoi encore, Sorcière ?

— Je ne sais pas ce que c'est exactement, ni quand ou comment ça va se manifester, mais une menace pèse sur ton royaume, et elle approche… à toute blinde.

56

— Où est-ce que je vais aller ? demanda Ellie à Nïx en arrachant son nouveau pansement.

Elle et la devineresse valkyrie, qui semblait lucide aujourd'hui, se tenaient sur la terrasse de Val-Hall, attendant le coucher du soleil.

La plupart des Valkyries du coven auraient aimé qu'elle reste, mais Cara avait été claire : « Elle reste, elle meurt. »

Bien que n'ayant pas un sou et possédant juste de quoi se changer, un sweat à capuche et un litre de sang dans un sac en papier, Ellie allait donc partir.

— Ça n'était pas censé tourner comme ça, dit-elle à la devineresse. Comment est-ce que je vais faire pour me nourrir et me protéger du soleil ? Comment je vais gagner ma vie ?

Nïx porta les mains à ses joues.

— Oh ! Et moi qui voulais t'apprendre à te servir d'un standard téléphonique !

— Je ne rigole pas, Nïx ! Je ne peux pas vraiment me servir de mon diplôme pour décrocher un boulot. Je ne peux même pas me servir de mon nom ! Si je vais à La Nouvelle-Orléans, tu crois que je trouverai du travail comme vendeuse dans un magasin du Mythos ?

— Je suppose que le moment est mal choisi pour te dire qu'un grand nombre de personnes te tueront à la seconde où elles te verront, parce que tu es une vampire. Les loups-garous, les Furies, les berserks et les sorcières essaieront d'abord de te baiser avant de comprendre qui tu es et pourquoi ils devraient avoir peur de toi. J'ai envoyé des mémos un peu partout, mais ça prend du temps, ce genre de chose.

— Pourquoi Lothaire me rejette-t-il comme ça ? « Puisses-tu pourrir en enfer. » Non, mais qu'est-ce que ça veut dire ?

— Je sais, c'est dingue, hein ? Alors que tu ne l'as même pas décapité complètement ! Malheureusement, il est encore furax, et ça peut durer plusieurs décennies. Chez les êtres très, très vieux, le temps n'a plus le même sens. En fait, Lothaire a vécu tellement longtemps que trois petites semaines lui font l'effet de quelques heures à peine. Son horloge interne lui dit que ça fait à peine une demi-journée que vous vous êtes quittés.

— Alors, il faut que j'attende qu'il retrouve la raison ? Après ce paquet, tu peux me dire ce qui pourrait bien me séduire chez un immortel complètement barré ?

— Tu ne dois pas oublier qu'il est venu me voir pour que je l'aide à te sauver. Dans la mesure où il me déteste – il croit que je l'ai trahi –, c'était un sacré effort, quand même.

— Tu l'as vraiment trahi ?

— Oui. Souvent. Mais bon, qui aime bien châtie bien, dit Nïx avec un haussement d'épaules.

— Je ne te suis plus...

Nïx la poussa brusquement dans la cour, sous le soleil de l'après-midi.

— Allez, prends ton envol, petit papillon !

Ellie se téléporta aussitôt vers l'ombre de la terrasse, mais les spectres la repoussèrent. Elle fit le dos rond, siffla... mais sa peau ne brûlait pas.

— Nïx ! Que se passe-t-il ? s'étonna-t-elle en regardant ses bras nus. Comment est-ce possible ?

— Est-ce que tu as entendu Lothaire, quand il a prononcé les paroles qui t'ont transformée ?

Ellie secoua la tête.

— Il est d'une intelligence remarquable. Je suis sûre qu'il aura tourné habilement sa phrase et dit un truc du style : « Fais d'Elizabeth un vampire avec toute la puissance de notre espèce, et aucune de ses faiblesses. »

Lothaire avait dit qu'il avait une surprise pour elle. Il l'avait vraiment écoutée quand elle lui avait expliqué combien le soleil lui manquerait…

Et il lui avait offert ce qu'aucun autre homme n'aurait pu lui offrir.

Le lever du soleil pour l'éternité.

Malheureusement, elle l'avait décapité sans lui laisser le temps de lui offrir son cadeau.

Elle se leva et fit face au soleil, encore incrédule. *Je suis vraiment libre.*

Après des années de captivité, de comptes à rendre, elle pouvait aller où bon lui semblait, faire ce qu'elle voulait. Elle pouvait parcourir le monde sans jamais avoir peur de brûler.

Mais le cadeau de Lothaire – désintéressé, puisqu'il n'aurait jamais pu en profiter avec elle – ne faisait que rappeler à Ellie qu'ils avaient eu leur chance et n'avaient pas su la saisir. Les larmes lui montèrent aux yeux, mais elle les chassa, refusant de se laisser aller devant Nïx.

Il fallait qu'elle voie sa famille, même de loin, même pendant quelques instants seulement. Alors, elle prit son sac et salua d'un geste Val-Hall, les spectres, Nïx.

— Adieu, reine Ellie ! lança la Valkyrie.

— Merci pour tout, Nïx.

Ellie enfila son sweat, mit la capuche, pour ne pas risquer d'être reconnue, et se téléporta jusque dans la forêt, près du mobile home de sa mère.

Les bois qui recouvraient la montagne étaient denses, véritables tapis de pins et de feuillus tissés si serré que la lumière du soleil atteignait difficilement le sol humide – mais elle n'avait plus à s'inquiéter de cela, de toute façon. Avançant sur un chemin qui lui était familier, elle leva les yeux et regarda le feuillage se balancer au rythme régulier de la brise montagnarde.

Ses sens étaient si aiguisés, désormais, qu'elle sentait l'odeur de la terre et que le chant des cigales était comme un rugissement dans ses oreilles.

À chaque pas, elle humait le parfum des aiguilles de pin encore vertes. Un parfum de conifère.

Comme l'odeur de Lothaire.

Ne pense pas à lui, Ellie. Regarde vers l'avant, ne ressasse pas le passé. Jamais.

Depuis l'orée de la forêt, elle aperçut son vieux mobile home et le trouva plus mal en point que jamais. Une odeur de cuisine s'en échappait, qui vint lui chatouiller les narines. Même si cela ne lui donnait plus faim, c'était une odeur agréable, qui lui rappelait sa maison.

Comment pourrait-elle quitter une nouvelle fois cet endroit ? Rester était impossible, mais elle ne savait pas où aller.

Elle envisagea brièvement de partir s'installer dans un des lieux exotiques que Lothaire lui avait fait découvrir. *Et comment se procure-t-on du sang à Bora Bora, exactement ?*

Oh, c'était Josh, là, qui jouait avec ses cousins sur une balançoire grinçante !

Comme il a grandi ! Ses cheveux étaient un peu plus auburn que ceux d'Ellie, mais tous deux avaient exactement la même couleur d'yeux.

Son petit frère lui avait tant manqué ! En le regardant, elle se laissa emporter par les souvenirs du bébé bien dodu qu'il avait été, qui roulait plus qu'il ne trottait tout autour du mobile home, à la manière d'un Culbuto, le menton toujours bien redressé, volontaire. Obstiné.

Les larmes perlèrent de nouveau.

— *Les mains en l'air ou je te bute !*

L'oncle Ephraïm. Juste derrière elle.

Elle se figea. *Seigneur !* Et elle qui ne voulait voir sa famille que de loin…

Et son oncle était tellement bon tireur qu'elle n'était pas sûre de réussir à se téléporter avant de prendre une balle entre les oreilles. *Et puis, tu voudrais te téléporter où, Ellie ?*

— J'ai dit : les mains en l'air !

Elle lâcha son sac en papier, leva les mains.

— C'est moi, oncle Ephraïm. C'est Ellie.

Et, lentement, elle se retourna, retira sa capuche.

Son oncle pâlit et baissa son fusil, la bouche ouverte.

— Ruth ! hurla-t-il en direction du mobile home. Ruth, viens vite, ta fille est en train de perdre ses yeux !

— Quoi ? s'écria Ellie.

Oh ! Les larmes !

— Attends, non, je ne perds pas mes yeux ! Ne l'appelle pas !

Trop tard. Sa mère sortait en courant, pantoufles aux pieds. Elle faillit rater les quelques marches, devant la porte.

— Quoi ? Qu'est-ce que tu dis ?

Elle écarta ses épais cheveux roux de son visage, jeta un mégot de cigarette.

Ephraïm posa sa grande main calleuse sur l'épaule d'Ellie.

— Pas de panique, ma fille, on va t'emmener à l'hôpital en un rien de temps.

— Je vais bien. C'est juste que… je pleure comme ça, maintenant.

Comme si cela pouvait avoir un sens !

Quand sa mère les rejoignit, elle regarda Ellie et secoua la tête.

— Ellie Ann, c'est des larmes, ça ? Qu'est-ce qu'il t'a fait, ce type, enfin ?

Quand Josh déboula à son tour, Ellie se détourna.

— Je ne veux pas qu'il me voie comme ça.

Sa mère attrapa l'enfant au vol et le renvoya vers ses cousins, puis se tourna vers Ellie.

— Allez, tu ferais mieux d'entrer.

Tous trois gagnèrent le mobile home en silence. Une fois à l'intérieur, sa mère examina Ellie de près – les traces de larmes, les griffes noires, les petits crocs – et comprit de quoi il retournait.

— Oh, Ellie… murmura-t-elle. Tu ne savais donc pas qu'en couchant avec les chiens, on attrape des puces ?

Elle sait ce que je suis devenue ! Comment allait-elle réagir ? *Elle va refuser de me voir ? Je vais la dégoûter ?*

— Mais ta carcasse pleine de piqûres, je l'aimerai toujours, va…

Ellie aurait voulu s'abandonner au soulagement. Mais quand sa mère lui ouvrit les bras, elle se retint de courir s'y réfugier.

— Je ne peux pas encore serrer quelqu'un contre moi. J'ai… euh… un peu trop de force.

Ephraïm regarda la mère, puis la fille.

— Ellie, j'ai comme l'impression que t'as un tas de choses à raconter.

Dans le salon du mobile home, Ellie se laissa tomber sur le canapé, soulevant poils de chien et moutons de poussière, qui flottèrent un instant dans le rayon de soleil qui baignait l'intérieur. Puis elle entreprit d'expliquer aux siens ses nouvelles aptitudes physiques, son immortalité, son besoin de sang…

Quand elle eut terminé, Ephraïm semblait en état de choc.

— Va falloir que je réfléchisse à tout ça quequ'temps. Mais ce qu'y a de sûr, c'est que t'es bien une Peirce. Transformée ou pas. Et les nôtres, on les traite comme il faut. Alors, dis-nous simplement si tu as besoin de… euh… de boire ou de quoi que ce soit. J'irai à la chasse, j'aiderai comme je pourrai.

Sa mère croisa les bras et se carra dans son grand fauteuil.

— Moi, j'aimerais en savoir un peu plus sur le vampire qui t'a fait ça.

Ellie leur parla de Lothaire – sans mentionner que c'était un coup d'enfer – et termina en disant :

— Et alors il m'a envoyé son cœur dans une boîte et m'a dit d'aller pourrir en enfer. Il n'a même pas voulu parler de ce qui s'était passé, il m'a juste envoyé un cadeau d'adieu !

— Je l'tuerai, murmura Ephraïm, les yeux brillants.

Émue, Ellie se remit à pleurer, et devant ses larmes de sang, son oncle ajouta :

— Je l'tuerai vraiment, Ellie Ann. Qu'il mette un seul pied par chez nous, et ce nom de Dieu de fils de pute est mort.

57

— Lothaire, tu as de la visite, lança Sorcière.

— De la visite ? Dans mon royaume prétendument invisible ?

Il montra les crocs à Stelian, qui se contenta de hausser les sourcils.

— Bien, fais entrer l'invité que je n'ai pas convié.

C'était Nïx, une petite boîte enrubannée entre les mains.

— Comment es-tu arrivée jusqu'ici, Valkyrie ?

Elle regarda autour d'elle, écarquilla ses grands yeux dorés et murmura :

— Arrivée où ?

Le vent avait ébouriffé ses cheveux, et elle avait de larges marques noires sous les yeux. Elle portait une blouse paysanne toute froissée, une longue jupe large et… une seule botte.

— Tu ne t'arranges pas, toi.

Pourquoi n'avait-il pas l'énergie de haïr Nïx autant qu'elle le méritait ? Sur l'île-prison, elle lui avait dit : « Il n'y aura pas de prochain match, vampire. » Parce qu'elle savait qu'il n'en aurait plus rien à faire ?

— Toi, tu t'arrangeais un peu, au contraire, dit-elle. Avant. Mais plus maintenant.

— Si tu es venue pour négocier la libération d'Elizabeth, économise ta salive.

Deux millimètres. Elle m'a ôté mon bonheur.

— Non, je ne suis que la messagère d'Elizabeth. Tu lui as envoyé ton cœur, et elle a répondu.

Il se téléporta aussitôt jusqu'à Nïx et lui arracha le paquet des mains. Comme il en soulevait le couvercle d'un air circonspect, Nïx murmura :

— Je te donne un indice : c'est celui du milieu.

Un doigt. Un des doigts si graciles d'Elizabeth. Le voir ainsi sectionné provoqua en lui une réaction viscérale. La douleur irradia dans sa propre main, remonta dans son bras, jusqu'à son cœur régénéré.

Il referma la boîte, la gorge serrée, et la glissa dans sa poche.

— Tu lui as donné ton cœur, et elle t'a fait un doigt, soupira Nïx. On écrira des chansons là-dessus, un jour.

Stelian faillit s'étouffer de rire.

Alors, Elizabeth me déteste vraiment.

Je m'en fous.

— Mon coven a vraiment pris son pied, avec cette histoire, en tout cas, reprit Nïx. Tout le monde a a-do-ré cette vamp pleine de fougue. Si je ne trouve pas très vite notre reine, elles vont probablement voter pour elle !

Compter sur les Valkyries pour tourmenter Elizabeth, c'était foutu, donc.

— Et maintenant, ta reine est passée au chapitre suivant de sa vie éternelle.

C'est-à-dire ?

Non ! Je m'en fous ! Ne me dis p…

Et merde ! Il attrapa le bras de Nïx et la téléporta vers ses appartements privés, dans les hauteurs du château. L'état dans lequel ils étaient ne lui revint que trop tard. Comme il ne laissait personne venir faire le ménage, il y avait un peu… de désordre.

— Tu fais des travaux, vampire ? demanda Nïx en balayant l'endroit du regard, remarquant les meubles qu'il avait brisés et le mur dans lequel il avait si souvent planté son poing que la paroi avait fini par s'effondrer.

Et tout cela à cause d'Elizabeth !

— Je préférais comme c'était avant, déclara Nïx en fronçant les sourcils.

— *Avant ?* Parce que, naturellement, tu es déjà venue ?

Elle haussa les épaules.

— Bon, alors tu ne veux toujours pas savoir ce que fait ta femme ?

Je ne peux pas mentir.

— Je ne suis pas venu la chercher, que je sache.

Nïx alla jusqu'à la fenêtre du salon et regarda dehors.

— Ça peut se comprendre. On dit que, même toi, tu as peur d'elle. Et par « on », je veux parler de moi. Mais la rumeur se répand, doucettement. Tu me remercieras pour ça, plus tard.

D'un pas nonchalant, elle se dirigea vers le bureau et jeta un œil aux papiers dont il était jonché.

— Ça a dû te prendre un bout de temps, de régénérer ton cœur. Toute cette douleur... Si seulement je pouvais me trouver un mec aussi romantique...

— Romantique ? J'ai fait ça pour marquer la fin de notre couple. Gardez-la à Val-Hall autant que vous voudrez, si ça vous fait plaisir.

— Oh non. Elle est partie. Destination inconnue.

Lothaire sentit son estomac se nouer. Le tatouage de dissimulation, autour de la cheville d'Elizabeth, avait disparu lors de sa transformation. Serait-elle en sécurité, sans la protection des spectres ?

Mais qui cherchait-il à tromper ? C'était une femme brutale – une vampire qui l'avait mis à genoux. *Lui !*

— Elle a juste dit qu'elle voulait voir le monde.

Il faillit répondre à Nïx qu'il s'en fichait complètement, mais le mensonge lui brûla la gorge.

— Savais-tu que sa tête était mise à prix ?

— Par Kristoff ?

— Kristoff ? s'étonna Lothaire.

Je crois que je vais aller prendre des nouvelles du Visiteur des Charniers...

— Il est absent en ce moment. Il devrait être de retour à Oblak d'ici à quelques semaines. Si j'arrive à m'en souvenir, je lui dirai que tu as l'intention de passer le voir.

— C'est ça.

— N'aie pas peur, va. Très peu de créatures du Mythos s'attaqueront à Ellie. Surtout maintenant que j'ai raconté un peu partout ce qu'elle t'a fait. Et puis, tout le monde sait que, comme tu ne veux plus d'elle, elle ne peut pas servir de monnaie d'échange.

Je ne veux plus d'elle ? Il la cherchait encore dans son sommeil, refermait les bras sur du vide. Quand il se réveillait, c'était pour rugir de frustration, tant il était bouleversé de ne pas la trouver à ses côtés.

— Tu peux jouer la comédie, Lothaire, et faire comme si c'était merveilleux de vivre sans elle. Mais toi et moi, on sait qu'elle te manque.

— Peut-être que tout ce qui me manque, c'est une femme. Si ça se trouve, je serai le seul vampire à renier son âme sœur et à s'envoyer en l'air avec d'autres.

D'ailleurs, à partir d'aujourd'hui, c'était ce qu'il allait faire. Son projet de concubines avait été retardé à cause de la régénération de son cœur. Ensuite, il avait manqué d'enthousiasme parce que son nouveau cœur lui faisait encore plus mal que le précédent. Mais il allait cesser de reporter.

Nïx examina ses ongles comme s'il venait d'énoncer l'absurdité du siècle.

— As-tu une idée du nombre de fois où j'ai entendu ça ?

Il se téléporta jusqu'à elle et avança lentement, jusqu'à ce qu'elle soit dos au mur.

— Ah, ma fleur, aurais-tu envie que je te montre comme je l'ai vite oubliée ? souffla-t-il d'un ton dégoulinant de sous-entendus.

— Oh oui, murmura-t-elle, sensuelle. Embrasse-moi, Lothaire.

Il haussa les sourcils. *Était-il possible pour un homme de la repousser ?* Nïx était d'une beauté à couper le souffle et, en apparence en tout cas, consentante. Il écarta ses cheveux pour lui dégager le visage.

J'ai toujours su qu'elle avait envie de moi. Quelle femme aurait pu lui résister ?

Elizabeth. *Parce que je suis moche à l'intérieur.*

Laissant de côté ses pensées et ses contentieux passés avec Nïx, il se pencha et esquissa un sourire en imaginant la tête d'Elizabeth lorsqu'elle apprendrait qu'il avait d'autres femmes dans sa vie, qu'il couchait avec des dizaines d'entre elles, sans jamais avoir une pensée pour elle.

Pas une seule pensée. *Je vais embrasser Nïx, et ce sera mieux qu'avec Lizvetta.*

Mieux que la nuit où il avait possédé son âme sœur pour la première fois, l'aidant à le prendre en elle ? Mieux que la nuit où il l'avait transformée, quand elle l'avait griffé en buvant son sang ?

Son cœur qui battait à l'unisson du sien, sa façon de tourner autour de lui, la manière dont elle redressait le menton d'un air obstiné, son regard gris déterminé…

Au moment d'atteindre les lèvres de Nïx, il se figea.

Mieux qu'avec Lizvetta ? Idiot, ça ne peut pas *être mieux.*

La fureur s'empara de lui.

— Aaah ! hurla-t-il. C'est elle ! Cette salope m'a anéanti !

Et il lança son poing dans le mur, juste à côté de la tête de Nïx. Qui bâilla.

— Tu savais que cela allait arriver ! Tu savais qu'on ne s'embrasserait pas. Et pourtant, tu m'as dit que je restais une énigme pour toi en matière de prédiction.

— Pas besoin d'être devineresse pour voir combien tu souffres, Lothaire. Elizabeth est la pièce manquante de ton casse-tête. Sans elle, tu resteras incomplet, même si tu t'envoies en l'air avec toutes les Valkyries du Mythos, si belles et éthérées soient-elles.

Elizabeth est mon bonheur.

— Je pourrais la haïr, après ce qu'elle m'a fait.

— Pour une décapitation ratée ? Ben dis donc, jamais je ne t'aurais cru aussi douillet. Je me pose des questions sur notre amitié, du coup.

Il montra de nouveau les crocs.

— Ce n'est pas à cause de mon cou ! Elle m'a trahi.

Elle avait feint de l'aimer.

— J'en ai assez. J'ai été trahi par tout le monde, dans ma vie. Mon père, mon oncle, toi…

— Moi ?

— Ne fais pas l'innocente, Valkyrie. Je sais que tu m'as trahi. Tu as prévenu Stefanovich que j'allais essayer de le tuer. *Et il a bien écouté.*

Elle haussa les épaules.

— Oui, c'est vrai, je le lui ai dit. Mais seulement après t'avoir prévenu que j'allais le faire. Je t'ai demandé à plusieurs reprises d'être patient, de me faire confiance, mais tu n'as pas voulu m'écouter. Tu t'es lancé bille en tête.

— Tu étais ma plus vieille amie ! Pas un instant je n'ai cru que tu lui parlerais !

— J'ai fait ça pour ton bien, pour que ton destin prenne une autre direction avant que la tragédie ne t'accable.

— La *tragédie* ?

Cette fois, il frappa son bureau, dont le plateau vola en éclats. Tous les papiers s'éparpillèrent.

— Qu'est-ce qui aurait pu être pire que ce qui s'est passé ? J'ai vécu six siècles d'enfer à cause de toi ! As-tu la moindre idée de ce que c'était que de vivre dans la terre, de sentir les insectes ronger mon cadavre vivant, mâchonner ma chair, sans savoir quand cela prendrait fin ? Seigneurs ! Les racines de l'arbre de sang poussant en moi…

Il vacilla, les souvenirs menaçant de le submerger, de lui faire perdre la raison.

— Il… se nourrissait de moi. J'ai prié pour mourir, pour que ces souffrances cessent, d'une façon ou d'une autre !

— Si Stefanovich ne t'avait pas capturé, tu n'aurais jamais rencontré ton âme sœur.

Inspire. Souffle. Calme-toi.

— De quoi tu parles, noms des dieux ?

— T'es-tu jamais demandé pourquoi je t'ai trahi, comme tu dis ?

— Parce que nous sommes des ennemis naturels. Instinctivement, tu méprises ce que je suis. Ça devait arriver.

Nïx s'installa sur le rebord de la fenêtre.

— Si tu n'avais pas été capturé par Stefanovich, tu aurais trouvé la mort lors de l'invasion de Draiksulia.

— Mais… la Horde n'a jamais envahi la dimension fey.

Elle claqua des doigts.

— *Exactement*. Vous avez été épargnés, toi et les alliés des Valkyries. Il a suffi d'un murmure dans l'oreille de ton père.

Lothaire resta bouche bée.

— Et si tu avais trouvé la mort à ce moment-là, tu ne serais jamais entré en contact avec Saroya – qui aurait tué encore plus en possédant le corps d'Elizabeth, ne laissant aucun créneau possible pour un exorcisme.

Les grands yeux vides de Nïx se mirent à scintiller.

— J'ai vu ton âme sœur opter pour un autre avenir aussi clairement que je te vois. Un matin d'automne, Elizabeth s'occupait du linge pour aider sa mère, le pliait et l'empilait. Puis elle est allée prendre le Remington de son père et est partie seule dans la forêt. Elle a posé le canon sous son menton. Il y a eu du sang et des morceaux d'os et de cerveau partout sur les feuilles.

Il vacilla.

— Je l'ai vu. Tu penses toujours que je suis une traîtresse ?

Sans ce qu'a fait Nïx, je n'aurais jamais eu Elizabeth. Mais il ne l'avait pas, de toute façon !

— Pourquoi m'as-tu laissé si longtemps dans la tombe ? demanda-t-il, méfiant. Tu étais là, la nuit où Fyodor m'a libéré – je t'ai vue, dans les bois.

— Avec toi, je n'ai aucune vision. Si je t'ai trouvé, c'est parce que j'ai vu le destin d'Helen. Tu sais ce qu'elle est devenue pour toi.

Ma tante.

— Oui. Un embarras.

— Dis encore une fois du mal de feu ma sœur, Lothaire, et je m'en vais poser ma folie ailleurs.

— Ailleurs en dehors de la Dacie ? Si tu as réussi à trouver ce royaume, tu aurais pu m'indiquer comment y aller ! J'ai passé des siècles à le chercher, moi ! Tu es bien placée pour le savoir !

— Tu n'étais pas prêt. Aurais-tu préféré faire la guerre aux Daces plutôt que de devenir leur roi parce qu'ils t'y ont invité ? Tout ce qu'il fallait, c'était de la patience, et ça, je te l'ai suffisamment répété. Mais tu ne m'as jamais écoutée. C'est toi qui as mis à mal la confiance qu'il y avait entre nous. Pas moi.

— Malgré tous nos différends, je suis venu à ton secours, il y a quelques semaines à peine. Tu m'as tourné le dos, et tu as envoyé la Dorada chez moi ! Ne le nie pas !

— J'espérais que Dora trouverait ton adresse sans problème. MapQuest n'est pas toujours très fiable.

Lothaire serra les poings.

— Tu voulais Elizabeth, et tu avais besoin que Saroya dégage – sans pour autant revenir sur tes serments, poursuivit Nïx.

Elle avait envoyé la Dorada pour *l'aider* ?

— Mon plan était brillantissime, non ?

— Et risqué.

Si Elizabeth n'avait pas été aussi futée… *nous serions morts tous les deux*.

— Aux grands risques les grandes récompenses, non ? dit Nïx avant de rire sous cape. J'adore annoncer aux créatures du Mythos : « Veuillez noter que votre dette de sang sera désormais gérée par la Dorada. »

Toutes ces explications bouleversaient Lothaire. *Ma haine millénaire envers Nïx était donc sans fondement ?*

Qui serait son ennemi juré, si ce n'était pas Nïx ? Dans tout le Mythos, elle était le seul adversaire à sa mesure. C'était, entre autres, pour cela qu'il n'avait pas cherché à se venger quand elle l'avait trahi.

Je peux toujours la tuer, mais jamais la ressusciter…

— Tu as vu Dora alors qu'elle jubilait encore, après une victoire longtemps espérée. La plupart du temps, elle est tellement *apocalyptique*. Et maintenant, elle a de mauvais *et* de bons pions à avancer pour mener sa guerre. Je vais devoir remettre tout ça en ordre, dit Nïx avant de froncer les sourcils, l'air soudain très, très fatigué.

Elle se mit à compter sur ses doigts, puis murmura :

— *Comment* vais-je me rappeler qu'il faut remettre tout ça en ordre ?

Il y eut un long silence, puis elle lança un regard mauvais à Lothaire.

— Je manque de provoquer une apocalypse pour toi, et tu ne veux même pas d'Elizabeth !

— Elle m'a quasiment décapité ! Jamais je n'avais frôlé la mort d'aussi près !

— Et donc maintenant, tu boudes tout seul dans ton château. Après tous les malheurs que tu as infligés à tant de gens ? Quand c'est toi qui distribues, ça va, mais encaisser les coups, tu n'y arrives pas ?

— C'est différent.

— En quoi ?

Il passa une main dans ses cheveux.

— C'est différent, c'est tout.

— En *quoi* ? insista Nïx.

— En ce que je crois... enfin, je pense que j'étais en train de tomber amoureux d'elle.

— Alors, pourquoi est-ce qu'elle n'est pas ici avec toi aujourd'hui ?

— Ce n'était pas réciproque !

Le dire tout haut lui fit un choc. Lothaire Daciano, roi des Daces, reconnaissait qu'il craquait pour une femme qui ne l'aimait pas ?

— Tu penses cela parce que tu l'as vu dans ses souvenirs ou à cause de ce qu'elle a fait ?

— Je ne peux pas voir ses souvenirs, Nïx. Mais je sais pourquoi : c'est parce que les vampires ne voient pas ce qu'ils ne sont pas capables d'accepter !

Et je n'arrive pas à accepter l'idée qu'elle s'est jouée de moi. Elle avait été meilleure que lui.

— Dis-moi juste ce que... dis-moi comment j'aurais dû faire, pour qu'elle m'aime.

Nïx leva les yeux au ciel.

— Hou là. Pas simple.

— Va te faire foutre !

— Pourquoi devrais-je t'aider, d'abord ? Tu m'as trahie bien plus que je ne t'ai trahi. Pourquoi t'en prendre à Furie au lieu de te venger directement sur moi ?

— Parce que ça aurait été trop facile, tiens ! Tu es encore plus folle que moi ! Pourquoi est-ce que tu n'arrives pas à retrouver Furie, devineresse ? Elle aussi, c'est un grand trou noir dans tes visions ? J'étais certain que tu la retrouverais.

— Est-ce que tu aurais décidé de ne pas l'emprisonner ?

— Non. J'ai suivi les ordres de mon roi. Et tu es bien placée pour savoir que j'étais dans l'impossibilité de lui désobéir.

— Bref, aideras-tu les Valkyries à retrouver Furie, maintenant ?

— Je l'ai déjà dit à Regin : j'ignore où elle se trouve.

— Mais tu le savais, avant, Lothaire. C'est toi qui l'as enchaînée au fond de l'océan.

— Pour tout ce que tu as fait pour moi par le passé, te venir en aide devrait être une question d'honneur, dit Lothaire. Hélas, je n'ai pas d'honneur.

Le visage de Nïx se décomposa.

— Je ne peux pas t'aider dans ces conditions. Tu es plus consumé par la haine que je ne le pensais, et tu en sais encore moins sur les femmes que je ne l'imaginais. Je perds mon temps avec toi, alors que j'ai beaucoup d'autres choses à faire.

Elle tourna les talons et se dirigea vers la porte.

— J'ai bu le sang du commandant Webb ! lança Lothaire. J'ai ses souvenirs. Je sais que tu travaillais pour lui.

Lothaire savait aussi que Webb avait probablement... ressuscité. Qu'il était devenu immortel.

Avant que Lothaire ne le morde, cet enfoiré avait avalé un échantillon de sang, comme une capsule de cyanure. Au moment de sa mort, Webb avait dans les veines le sang d'un immortel, un sang si puissant que même Lothaire en avait senti les effets.

Webb reviendrait. Mais sous quelle forme, seuls les dieux auraient pu le dire.

Je devrais peut-être dire à Chase tous les vilains secrets que j'ai appris sur son père de substitution, pour qu'il se sente moins coupable.

Et pour le préparer.

Mais Lothaire restait Lothaire et, lien de sang ou pas, Chase restait une tête de nœud. *Je ne donne pas sans contrepartie.*

C'était pourtant ce qu'il avait fait avec Elizabeth, non ?

Nïx se retourna, le visage accablé de fatigue.

— Je ne travaillais pas avec Webb, je me servais de lui.

— Que penseraient tes alliés s'ils connaissaient les liens qui t'unissaient à lui ? Par le biais de Webb, tu as envoyé une sorcière dans la prison de l'île. Tu y as même envoyé ta propre sœur. Et je n'ai toujours pas compris pourquoi tu avais fait mettre mon nom sur la liste des créatures à capturer. Encore une trahison, tiens.

Elle pencha la tête sur le côté. Ses yeux étaient argentés.

— Il fallait qu'on t'attrape avant que tu ne te serves de l'anneau, Lothaire. Une seconde de plus, et tu aurais sérieusement amoché la mauvaise femme. Et je t'assure que tu ne peux même pas imaginer ce qui serait arrivé à ton âme sœur si Saroya avait été transformée en vampire, avec le pouvoir de téléportation... De plus, j'avais six bonnes raisons de te vouloir sur cette île : il fallait supprimer les wendigos, sauver la vie de Thad, donner du sang à Chase pour le stabiliser jusqu'à ce que le berserk en lui prenne la barre, et j'ai oublié les autres raisons. Peu importe. Je te le répète, et tu devrais le noter une bonne fois pour toutes : qui aime bien châtie bien.

— Donc, à partir de maintenant, il ne me reste plus qu'à me sentir redevable envers toi ? Tu penses vraiment que l'animosité que tu m'inspires va disparaître comme ça ?

Même s'il l'avait voulu, il n'aurait pas pu. Elle avait raison, il était consumé par la haine.

— Je *vois* Furie qui se noie, mais je ne la trouve jamais. C'est ma sœur ! Mais tu refuses de m'épargner ça ?

Je devrais peut-être lui dire où je l'ai laissée...

Mais il y avait autre chose.

— Toi et moi, nous savons très bien à qui elle est liée. La noyer, c'était aussi un choix stratégique.

Nïx semblait découragée. Elle serra les bras autour de son torse, ses lèvres remuant en silence.

Alors, il comprit. *Pour m'aider ce soir, elle s'est fait du mal. Mais que s'est-elle fait exactement ?*

— Nïx ?

Elle semblait éreintée, perdue, n'avait plus rien de l'être maléfique qu'il avait toujours vu en elle.

— Comment vais-je me rappeler l'apocalypse ? lui demanda-t-elle en norvégien ancien.

Sa voix était lugubre, son corps si frêle agité de tremblements.

— Il y a tant à voir, à retenir, tellement de visages…

Si les souvenirs avaient obscurci les pensées de Lothaire, les visions avaient assombri celles de Nïx. Il avait poursuivi un unique But Suprême. Apparemment, Nïx en avait poursuivi des milliers.

— Comment ? s'écria-t-elle.

Un éclair claqua, et la foudre tomba pour la première fois *à l'intérieur* des grandes grottes de Dacie.

Dans les rues, on se mit à crier. Le tonnerre fit vibrer tout le royaume, résonnant jusqu'à ce que le sol tremble. *La menace inconnue dont parlait Sorcière.*

— Calme-toi, Valkyrie, dit Lothaire en prenant Nïx par les épaules pour la secouer doucement.

Elle se débattit violemment, et deux autres éclairs illuminèrent le ciel presque simultanément. On aurait dit des détonations. Elle pouvait provoquer l'effondrement du château !

— Phénïx, calme-toi !

Il la prit dans ses bras pour la téléporter…

Aussitôt, les éclairs cessèrent. Quelques secondes s'écoulèrent. Dans les rues, les cris se raréfièrent, puis se turent. La catastrophe avait été évitée.

— Phénïx ? murmura-t-elle. Personne ne m'appelle plus comme ça, à part toi. Tous ceux qui m'appelaient ainsi sont morts. Ils sont tous morts.

Il poussa un soupir.

— Ils meurent toujours avant nous, hein ?

— Ça ne rate jamais.

— Ça remonte à quand, la dernière fois que tu as dormi un peu ?

— À la fois où je t'ai vu sur l'île.

Il y avait de cela plusieurs semaines.

— Pourquoi ? Les cris des Valkyries t'empêchent de dormir, à Val-Hall ?

— Non, j'aime bien m'endormir en les écoutant. Mais c'est parce qu'on a tout le temps besoin de moi. Les créatures du Mythos n'arrêtent jamais, avec leurs cœurs en détresse et leurs désirs inassouvis… C'est beaucoup de boulot. Je les sens qui souffrent ; c'est un peu comme une dent cariée que je n'arrive jamais à arracher.

— Tu as besoin d'un homme pour t'aider à les maintenir à distance.

— Ça, c'est rien de le dire.

Il étouffa un juron, puis murmura :

— Tu peux rester ici ce soir, si tu veux.

Il la téléporta jusqu'au salon et l'installa délicatement sur le canapé.

— Je me charge des créatures du Mythos pour cette nuit.

— C'est d'un calme divin, ici, tout en haut de ce château. La reine blanche et le roi noir peuvent faire une trêve, pour une fois…

Mon ennemie, mon amie d'autrefois. Pourquoi avait-elle continué à l'aider ? Il lâcha un « Bonne nuit » un peu sec et la recouvrit d'un plaid.

— Reste, dit-elle. Juste le temps que je m'endorme.

Il hésita, puis se laissa glisser par terre, le dos contre le canapé, les bras autour de ses jambes relevées.

— Pourquoi veux-tu que je reste ?

Elle bâilla à s'en décrocher la mâchoire, un peu comme les enfants.

— On peut se protéger l'un l'autre, en alternant. Comme avant.

Et cet instant lui évoquait effectivement les temps passés. Mais il dit :

— Tu ne peux quand même pas me faire confiance. J'envisage de te couper les cheveux dans ton sommeil, pour pouvoir franchir la barrière des spectres.

— Naturellement. Parle-moi d'autre chose.

— De quoi ?

— De n'importe quoi.

Il soupira, puis décida d'être honnête.

— Je me sens... vieux.

Il savait qu'elle compatirait. Quand ils étaient amis, il lui avait avoué une fois : « Phénïx, tu es la seule qui comprend la vérité : la vie éternelle, si on est seul, n'est rien d'autre qu'une punition éternelle. »

— Lothaire, j'ai foulé des sols plus jeunes que nous.

Il se passa une main sur le visage.

— Quand j'étais avec Elizabeth, je ne me sentais pas vieux. Je me sentais comme un jeune vampire qui commence sa vie avec une femme à ses côtés. Le monde était à nous.

— Je t'envie d'avoir connu ça.

Il laissa passer quelques instants, puis lâcha à mi-voix :

— Si cela pouvait forcer Elizabeth à m'aimer, je retournerais dans ma tombe.

— Oh, Lothaire... soupira Nïx en lui tapotant l'épaule. J'ai essayé de t'aider, pour ça. Je me suis occupée d'elle à Val-Hall. Je lui ai montré qu'elle pouvait s'exposer au soleil.

Il pivota, pour faire face à la devineresse.

— Est-ce qu'elle était contente ? Qu'est-ce qu'elle a dit ? Elle a parlé de moi ?

Bien qu'il eût juré de ne jamais faire un cadeau sans envisager de retour sur investissement, Lothaire en avait finalement fait un. À Elizabeth. *Je lui ai donné le soleil*. Il avait voulu qu'elle ait ce plaisir-là, même si lui ne l'avait pas...

— Elle était… triste.

— Triste ? Et elle n'a pas parlé de moi ?

Jamais il ne comprendrait les femmes.

— Pendant les semaines où tu l'as ignorée, humiliée en ne venant pas la chercher ? Honnêtement, Lothaire, si elle avait parlé de toi à qui que ce soit… ça aurait craint.

Il fixa le plafond. Le silence se fit.

Merde, Nïx allait s'endormir et le laisser seul et mal en point, à se demander comment il avait pu rendre Elizabeth triste, et s'il devait envoyer à son âme sœur un autre cœur noir pour faire pénitence.

— Je ne suis pas un trouillard, tu sais, grommela-t-il.

— Alors, rêve de ses souvenirs, murmura Nïx avant de sombrer.

58

Cela faisait plusieurs jours qu'Ellie passait dans la maison de son enfance, et elle ne parvenait toujours pas à s'y réhabituer.

Tout en reprisant des chaussettes, elle regarda autour d'elle, essayant de voir l'intérieur du mobile home avec les yeux de Lothaire.

Sa mère, aux fourneaux, faisait frire le poulet en prévision du retour d'Ephraïm et des autres après leur journée à la mine. Au mur était accroché un poster de Billy Bass, dit Grande Gueule, en concert. Des poupées en porcelaine bon marché étaient alignées sur une étagère. Deux chiens de chasse, Bo et Bo Junior, dormaient à ses pieds.

Lothaire détestait sans doute les animaux. Il aurait trouvé tout cela de mauvais goût et moche à faire peur.

Elle haussa les épaules. Même après avoir connu le luxe de l'appartement de New York et la magnificence de Val-Hall, elle préférait sa maison. Bien qu'elle n'eût plus l'impression d'y être chez elle.

Parce que Lothaire n'est pas avec moi.

Sa mère la regarda.

— Si tu soupires après ce vampire, je te conseille d'arrêter tout de suite, Ellie Ann Peirce.

— À vrai dire, je crois que mon nom, c'est Daciano, désormais.

— Ne dis pas de bêtises ! Je pourrais le tuer, ce monstre, pour tout ce qu'il t'a fait.

— Ce n'est pas un monstre, maman. Je crois qu'il a juste mal compris…

Josh entra en bondissant et courut vers Ellie.

— Ma cabane, c'est la plus belle ! dit-il en se hissant sur elle avant de se laisser tomber sur le canapé.

Il passait son temps à jouer dans la cabane qu'elle avait construite pour lui dans un arbre – en moins de quarante-cinq minutes, et sans marteau. Elle avait enfoncé les clous avec son pouce dans des planches « empruntées » ici et là.

Au départ, Josh s'était un peu méfié de cette sœur partie depuis si longtemps, comme s'il sentait qu'elle n'était plus tout à fait comme lui. Ellie ne pensait pas avoir changé tant que ça – sauf quand elle avait faim ou était en colère –, mais le gamin était resté sur ses gardes.

Maintenant, il ne la lâchait plus. Mais elle ne cherchait pas à le faire partir. Comme il lui sautait dessus à tout moment, elle avait dû beaucoup, beaucoup travailler le contrôle, afin de maîtriser sa force de vampire.

— Josh, je n'arrive pas à croire que tu aies tant grandi !

Il plia le bras droit pour lui montrer ses muscles. Elle réprima un sourire et feignit d'être vraiment impressionnée.

— Oncle Ephraïm dit que je vais dépasser les trois mètres.

— Peut-être. Si tu manges ta soupe.

— Et maman dit que tu es revenue ici parce que tu as divorcé et que si un monsieur te demande, je dois lui dire que tu es morte et puis lui cracher sur les bottes.

Ellie eut un haussement de sourcils en direction de sa mère.

— Un divorce ? Vraiment ?

Sa mère haussa les épaules.

Ellie se tourna vers Josh.

— Et si tu allais te laver les mains pendant que je te fais un sandwich beurre de cacahuètes/confiture ?

— Sans croûte ?

— Ça dépend de l'état des finances, mon chéri.

Devant son air déçu, elle reprit :

— Je plaisantais. Sans croûte, promis.

Quand il fut parti, Ellie annonça à sa mère qu'elle sortirait, ce soir-là. Cela faisait une semaine qu'elle cherchait un moyen de pénétrer dans l'appartement de Lothaire et de voler les bijoux qui s'y trouvaient.

Sans succès.

Alors, elle avait décidé d'aller jouer les cambrioleuses. Pour sortir sa famille de la mine, elle était prête à tout.

Le mobile home se mit à bouger tout à coup, et de l'huile s'échappa de la friteuse. Au moment où Josh revenait de la salle de bains, les yeux écarquillés, une puissante explosion retentit.

Ellie et sa mère échangèrent un regard. En dehors des explosions programmées, une seule chose pouvait faire ce genre de bruit.

Une autre mine venait de s'effondrer.

Lothaire s'endormit peu de temps après Nïx. Sa tête tomba en avant. Derrière ses paupières, ses yeux bougeaient dans tous les sens.

Enfin, il entrevit une portion des souvenirs d'Elizabeth. Il redoutait ce qu'il risquait d'y trouver, mais il s'ouvrit sans retenue à son passé.

À la mort de son père, Ellie avait été terrassée par le chagrin, mais s'était laissé peu de temps pour le pleurer. Elle s'était jetée dans le travail pour tenter d'offrir un quotidien un peu meilleur à sa mère et à son frère.

Lothaire la vit dans différentes situations, mettant son intelligence à l'épreuve pour avancer, à l'école, au travail. Certains de ses efforts avaient été couronnés de succès, elle avait trouvé un rythme de croisière.

Jusqu'au jour où Lothaire et Saroya étaient venus bouleverser son existence. Un an d'enfer s'était achevé par un véritable carnage.

Ensuite, il y avait eu la prison. Les yeux de Lothaire se mirent à piquer quand il sentit l'odeur épicée qui y flottait en permanence. Puis son cœur s'emballa lorsqu'il la vit se redresser dans son lit, réveillée par les cris et gémissements des détenues dans la nuit.

Sa lèvre inférieure trembla lorsqu'il découvrit qu'elle rêvait de ses fanions de l'université et des joues rouges de son petit frère. Ne pas le voir grandir lui était si difficile !

Mais, en cinq ans, elle ne s'était pas autorisé une seule larme.

Il vit la préparation de son exécution, les aiguilles plantées dans ses avant-bras, son « sauvetage » et son départ pour un endroit plus étrange encore.

Il revécut ses propres moqueries, comme si elles lui avaient été destinées, à lui. Il avait raillé son milieu et sa famille, l'avait blessée à de nombreuses reprises.

S'il avait un jour loué son intelligence, elle n'en avait aucun souvenir. Non seulement il n'était jamais revenu sur ses propos, mais il n'avait jamais cherché à réparer le mal qu'il avait fait.

Lothaire l'entendit penser : « Est-ce qu'il me considère encore comme une paysanne retardée et vulgaire ? Ma présence le mettrait sans doute mal à l'aise en société. Ça fait mal. »

Non ! Tu es tout pour moi !

Du point de vue d'Ellie, il revécut la nuit où il lui avait dit qu'il la garderait auprès de lui, qu'il l'avait choisie. Il la sentit vibrer d'espoir ; plus tard, il sentit sa déception et sa tristesse, quand elle avait compris qu'il la tuerait de toute façon, qu'il détruirait son âme.

Au début de son épreuve avec Saroya, Elizabeth avait accepté l'idée de mourir. Mais, ce soir-là, pour la première fois depuis qu'il l'avait envoyée dans le couloir de la mort, elle s'était remise à espérer.

Que pouvait-il y avoir de pire que l'espoir piétiné ?

Elizabeth avait été franche : « S'il ne promet que violence et agitation, je préfère ne pas y aller, dans ton monde ! »

Pourquoi aurait-elle décidé de vivre dans le royaume des immortels et, pire, de le choisir, lui, comme protecteur ?

Il ne lui avait donné aucune raison de le préférer à sa famille. Il s'était contenté de décréter qu'elle ne reverrait plus jamais ceux qu'elle aimait.

En voyant les souvenirs de sa vie en famille, où se mêlaient solidarité, bonheur d'être ensemble, entraide, il comprenait le ridicule qu'il y avait à lui demander de tourner le dos à tout cela.

Sa famille avait elle aussi été loyale envers Elizabeth. Sans poser de questions, ses cousins avaient enterré deux corps derrière la grange.

Je ne m'étais même pas posé la question de savoir ce qu'il advenait des victimes de Saroya. Je m'en fichais.

Elizabeth lui avait dit une fois que sa famille était unie, qu'au cœur de leur montagne elle formait un réseau de solidarité et de soutien à toute épreuve.

À côté de tout ça, ma propre famille n'est rien. Ivana avait été trahie par son père. Le père de Lothaire l'avait torturé.

Trahison et lâcheté n'avaient pas leur place chez les Peirce.

Le dévouement d'Elizabeth pour les autres était la seule chose que Lothaire ne lui enviait pas, même s'il aspirait à en être l'objet.

D'accord, elle aimait sa famille et lui était fidèle, mais cela ne voulait pas dire qu'elle n'aurait pas pu aimer Lothaire aussi et lui être fidèle – du moment qu'il ne mettait jamais les siens en colère.

Mais au lieu de tout cela, il avait initié toute une série d'événements destinés à la séparer de ceux qu'elle aimait. Il lui avait volé sa famille.

Exactement comme Serghei m'a volé Ivana.

Dans son sommeil, il se mit à transpirer. Enfin, il entrevoyait la vérité : *J'ai fait à Elizabeth… ce qu'il m'a fait.*

Si Lothaire n'avait pas eu accès aux souvenirs d'Ellie jusque-là, c'était pour une raison simple : il ne supportait pas de voir la façon dont il avait traité sa propre femme.

Quelques secondes avant de s'éveiller, désespérant de regagner un jour le cœur d'Ellie, il entrevit un autre souvenir. Alors qu'il dormait, une nuit, et qu'il était en proie à l'un de ses terribles cauchemars, elle l'avait observé avec une grande tendresse, le cœur débordant de sentiments pour lui – comme celui de Lothaire débordait de sentiments pour elle aujourd'hui. Elle lui avait caressé le front, l'avait apaisé par de douces paroles.

Jamais il ne l'avait su. Seigneurs… elle l'aimait vraiment.

Lothaire sentait cet amour brûler en elle comme une force. *J'aurais pu avoir sa loyauté. Son amour…*

Il s'éveilla en poussant un cri

— Lizvetta !

Je savais qu'elle m'aimait !

Il se retourna, mais Nïx n'était plus sur le canapé. Il la trouva assise sur le rebord de la fenêtre, saluant ses sujets. Elle semblait revigorée, s'était recoiffée.

— Elizabeth m'aimait vraiment ! lança-t-il sans préambule. Alors, pourquoi a-t-elle riposté de la sorte ?

Nïx haussa les épaules, puis envoya un baiser à quelqu'un dans la foule.

— Parce qu'elle était une toute jeune vampire, avec des émotions qu'elle ne maîtrisait pas encore ? As-tu dit quelque chose qui aurait pu provoquer sa fureur ?

Il se massa la nuque.

— J'ai peut-être été un peu… indélicat dans le choix de mes mots.

— Et en plus, elle s'est téléportée et a abattu l'épée sur toi.

— Impossible. Elle n'était vampire que depuis quelques heures.

— Elle peut se téléporter n'importe où dans le monde, maintenant.

Imprévisible Elizabeth.

— Je suis fier d'elle. Mais si elle peut se téléporter partout, ira-t-elle voir sa famille ?

Il était incapable de penser à autre chose qu'à la manière dont il allait pouvoir récupérer sa femme. Son esprit était focalisé sur une seule mission : retrouver Elizavetta.

— Qu'a-t-elle dit quand elle a quitté Val-Hall ?

Nïx se tourna vers lui.

— Je me souviens qu'elle est restée quelques instants sur la terrasse, un peu perdue. La reine des Daces était seule, sans un sou, avec ses quelques vêtements – des récups de Valkyries, quand même – dans un sac en papier. Elle ne savait pas du tout ce qu'elle allait faire, ni comment elle allait se nourrir, et redoutait que sa famille ne la rejette. Ah, et aussi, il lui manquait un doigt.

Avec un cri de frustration, Lothaire se téléporta jusqu'à un mur neuf pour y enfoncer le poing.

— Tu me racontes tout ça ? Autant m'éviscérer !

— Si je te le dis, c'est juste pour que tu saches qu'elle risque de ne pas te sauter au cou en te voyant débouler.

— J'ai senti son émotion. Je sais qu'elle m'aimait.

— Jusqu'à ce que tu lui brises le cœur.

Un long moment passa, puis, à mi-voix, Lothaire demanda :

— Elle ne m'accordera plus jamais son amour, alors ?

— À ta place, je garderais précieusement le doigt, Lothaire. Il se pourrait que ce soit la seule chose qu'elle t'accorde.

La clé du problème, c'est sa famille. Il redressa la tête et hurla :

— Stelian !

Quand l'immense vampire apparut, il s'inclina devant Nïx, qui lui répondit d'un sourire absent.

Lothaire alla droit au but.

— Je veux que tu achètes la montagne dans laquelle vit la famille de ma femme. Mets tout à son nom. Mens, vole, trompe ou tue s'il le faut.

Stelian le salua d'un air sarcastique.

— Nous avons des intermédiaires qui traitent avec les humains. C'est comme si c'était fait.

— Et achète aussi la montagne d'à côté, au cas où.

— Je vois que nous envisageons d'acheter le pardon de la reine. Ce n'est pas trop tôt.

— Ta gueule.

Stelian disparut.

Nïx approuva d'un hochement de tête.

— Je vois que tu commences à comprendre, vampire…

Elle s'interrompit soudain, sauta du rebord de la fenêtre. Ses yeux n'étaient qu'un tourbillon argenté.

— Lothaire… il se passe quelque chose. Quelque chose de moche.

Lui aussi avait senti un danger. Son lien avec Elizabeth était plus clair, maintenant. Plus qu'il ne l'avait jamais été.

— Que vois-tu, Nïx ?

Avec un regard de démente, elle murmura :

— Ellie, qui tourne sur elle-même… Du sang lui coule de la bouche. Va dans la montagne, Lothaire, suis les cris !

59

— Elizabeth !

Lothaire la trouva à genoux dans un champ en plein soleil, couverte de poussière de charbon, les mains plaquées sur ses oreilles, d'où coulait un filet de sang. Il se fit à demi réel, mais malgré cela, la lumière le brûla.

— L… Lothaire ?

Son visage était baigné de larmes, du sang coulait aussi de sa bouche. Elle était frêle, n'avait de toute évidence pas bu assez et était blessée.

Autour d'eux gisaient des mortels en piteux état.

— Je suis là. Dis-moi ce qui s'est passé.

Elle secoua la tête, en proie à une confusion intense. Elle n'entendait plus, pouvait à peine parler.

— Aide… moi…

Il la prit dans ses bras et la téléporta jusque chez elle.

— Non ! hurla-t-elle en se débattant. Retourne là-bas !

Lothaire ralentit sa respiration, s'efforçant de faire battre son cœur à l'unisson de celui d'Ellie, qui tambourinait dans sa poitrine. Quand il résonna plus clairement dans ses oreilles, Lothaire ferma brièvement les yeux – et vit dans l'esprit d'Ellie, parla directement à ses pensées.

— *Chuuuut… Calme-toi, mon amour.*

— *Ramène-moi là-bas ! Les miens sont en train de mourir !*

— *Je vais m'en occuper. Montre-moi ce qui s'est passé.*

— *Je dois y retourner !*

— *Je sauverai tous ceux qui sont encore en vie. Tu sais que je peux tout faire. Tu me fais confiance ?*

Les lèvres d'Ellie se mirent à trembler. Ses larmes redoublèrent.

— *Est-ce que je peux ?*

— *Toi seule peux avoir confiance en moi.*

Et des paroles en russe lui échappèrent :

— *Je livrerai toutes les batailles pour toi, j'anéantirai toute adversité. Car tu es à moi, belle Ellie. Je t'aime à la folie. Une folie telle que ma vie avant toi paraît raisonnable.*

— *Lothaire ?*

— *Repose-toi sur moi. Il le faut. Pour ta famille.*

Un moment s'écoula, puis, enfin, elle hocha la tête, et il eut envie de hurler son contentement.

— *Alors bois.*

Il mordit son propre poignet et plaqua l'entaille contre les lèvres d'Ellie.

— *Bois pour guérir.*

Et, comme elle résistait, il hurla à son esprit :

— *Bois, maintenant !*

Ellie fut secouée de soubresauts, ouvrit grand les yeux et appuya ses lèvres sur le poignet de Lothaire. Quand elle aspira doucement, un indicible plaisir le parcourut, mais il resta concentré. Son But Suprême était en jeu.

Tandis qu'elle reprenait des forces sur lui et guérissait peu à peu, il murmura à son esprit :

— *Laisse-moi voir ce qui est arrivé. Montre-moi.*

Et soudain, il vit l'enfer.

Une explosion, dans une mine. Des dizaines d'hommes pris au piège… Elizabeth essayant de téléporter ses cousins tandis que les galeries continuaient à s'effondrer… Elle ne pouvait en sortir qu'un à la fois et s'épuisait rapidement… Une nouvelle explosion lui perça les tympans… Un étai s'abattit sur elle, lui écrasant la cage thoracique… Elle souffrait de blessures internes.

— *Si d'autres galeries s'effondrent, Lothaire, si un incendie éclate...*

— *Où dois-je me téléporter ? Imagine cet endroit, précisément.*

Elle s'exécuta.

— *Laisse-moi voir le visage de tes cousins.*

Les visages apparurent, l'un après l'autre. Il restait douze hommes. Lothaire mémorisa leurs traits.

Il se téléporta, mais au moment où le lien avec Ellie se rompit, il crut l'entendre dire : *Reviens-moi vivant.*

Deux petites missions : trouver les mortels et retourner auprès d'Elizabeth.

À l'intérieur régnait une obscurité totale, qui l'engloutit comme seule la terre peut vous engloutir. Même lui avait du mal à voir quelque chose là-dedans.

La poussière lui piqua les yeux, envahit ses poumons. Il eut soudain le sentiment qu'on l'emplissait de terre et se figea. Il était possible qu'il finisse enterré dans ces galeries.

La terre, qui m'écrase...

Réprimant de violents frissons, il lutta pour respirer. Bientôt, des gouttes de sueur froide perlèrent à son front.

Il avait dit à Nïx qu'il retournerait dans sa tombe pour Elizabeth. *Eh bien, nous y voilà !*

Non, concentre-toi ! Deux petites missions. S'il sauvait sa famille, Elizabeth accepterait de revenir à ses côtés. *Je pourrais la ramener à la maison dès aujourd'hui.*

Il agrippa le premier rocher gênant son passage, le poussa sur le côté. Puis un autre. Hurlant sous l'effort, il avança peu à peu dans la galerie dégagée.

Mais les étais pliaient sous le poids de la terre, au-dessus. Il entendait les poutres craquer sous leur fardeau.

Tandis que des traînées de calcaire lui tombaient dessus, il se remit à frissonner. *Concentre-toi !*

Enfin, il aperçut les lumières venant des casques des mineurs. La plupart étaient sans connaissance, mais tous avaient le cœur battant. Leurs visages étaient couverts de poussière de charbon, si bien que Lothaire ne put pas distinguer leurs traits.

Il allait donc devoir les sauver tous, et trier plus tard.

Ceux qui étaient encore conscients reculèrent, méfiants.

— Qui t'es, toi ?

— Ces… yeux !

— T'es quoi ?

Il attrapa les hommes par le col et les téléporta six par six, les déposant dans le champ brûlé de soleil et regardant brièvement leurs visages pour retrouver les cousins d'Ellie.

Mais il ne trouvait pas celui auquel Ellie tenait le plus en secret. Son oncle Ephraïm. Lothaire avança plus loin encore dans les entrailles de la terre. Il y voyait de moins en moins.

Au moment où il apercevait l'homme, quelques mètres plus loin, Lothaire sentit de nouveau la terre qui tremblait.

Il attrapa l'oncle Ephraïm et le téléporta jusqu'au champ, pour repartir aussitôt. Il manquait un cousin.

Il avait sauvé le mortel préféré d'Ellie, et voilà qu'il retournait dans la mine, prenant le risque d'y être enterré pour un vague cousin ? Il fut tenté de faire demi-tour et de dire qu'il n'y avait plus personne. Elle voulait qu'il revienne, non ? C'était ce qu'elle avait dit. Il avait envie de ne plus se consacrer qu'à eux deux, maintenant.

Mais elle lui faisait confiance pour sauver tous ceux qui étaient encore vivants. *La loyauté doit aller dans les deux sens.* En même temps, s'il plongeait pour elle dans cet enfer, elle aurait intérêt à manifester un peu de…

Il sentit l'étincelle trop tard.

Lothaire était venu. Était-il venu *pour* elle ?

Les blessures d'Ellie guérissaient à vue d'œil. Le sang du vampire agissait comme un combustible puissant et chaud, comparé au sang d'animaux qu'elle s'était forcée à ingurgiter.

Déjà, elle avait recouvré l'ouïe et sentait que tout rentrait dans l'ordre dans sa cage thoracique.

Elle n'avait plus peur pour sa famille, car Lothaire était capable de tout. Il avait dit qu'il sauverait tous les vivants, et c'était ce qu'il ferait.

C'est drôle, Ellie, son côté « c'est moi le plus fort » ne t'a pas gênée, là.

Mais, immortel ou pas, si la poussière de charbon prenait feu, là au fond, il pouvait… mourir. Éperdue d'angoisse, Ellie se mit à faire les cent pas en se mordant la lèvre.

Elle ne pouvait pas le perdre encore une fois. Les larmes lui montèrent de nouveau aux yeux. Pourquoi mettait-il aussi longtemps à revenir ? Elle frissonna, les chutes de pierres et la poussière de charbon encore à l'esprit.

— Seigneur… dit-elle soudain.

Elle s'en souvenait, maintenant. Il avait rêvé qu'il était enterré, pris au piège. Elle avait essayé de calmer ce terrible cauchemar.

Et moi, je l'envoie dans une mine effondrée. Dans un cri, elle se téléporta jusqu'au champ où se trouvaient les victimes.

Il en avait sauvé tant. Elle compta rapidement. Tous ses cousins étaient là, ainsi que son oncle. Alors, pourquoi Lothaire était-il retourné dans la mine ?

Elle remarqua soudain qu'un de ses cousins éloignés aidait les autres, mais n'était pas recouvert de poussière. Il ne se trouvait pas dans la mine au moment de l'explosion, mais elle l'ignorait. Et Lothaire l'ignorait donc aussi.

Il est en train de chercher quelqu'un qu'il ne trouvera jamais.

Redoutant le pire, elle se téléporta dans la mine et tomba aussitôt à terre, quand les flammes passèrent au-dessus d'elle. Mais il n'y avait pas d'incendie, avant ! *Seigneur, ô seigneur*... Elle tira son tee-shirt sur sa bouche pour que la poussière inflammable n'entre pas dans ses poumons.

Si Lothaire en avait trop respiré...

Elle rampa, aveuglée par les nuages de fumée, luttant pour le *sentir*. Elle avança ainsi dans les galeries qui parcouraient la montagne. Il avait dit qu'entre eux existaient des liens indéfectibles...

Attention, tu perds la tête, Ellie !

Une fois son calme retrouvé, elle réussit à se concentrer. Son instinct la guida, lui indiquant quels rochers contourner, quelle galerie emprunter. Et, très vite, la connexion entre elle et Lothaire fut rétablie et s'intensifia. C'était comme un bruit qui devient de plus en plus clair quand on approche de sa source.

J'y suis presque...

Là !

— Lothaire !

Il était inerte, coincé sous un éboulis de roches en flammes. Sa peau brûlait.

Quand elle le tira de sous les gravats, elle ne put retenir un cri. Ses poumons chargés de charbon avaient explosé, déchirant sa cage thoracique.

Il entrouvrit les yeux et articula :

— *Laisse-moi*... *Pars*... *Sors*... *d'ici*...

Ses paupières retombèrent, et son corps se détendit complètement.

Tu ferais mieux de garder tes ordres pour quelqu'un qui les suivra, vampire.

60

— Voilà ta mère, annonça Ephraïm à Ellie, qui appliquait une compresse froide sur le visage de Lothaire.

Cela faisait deux jours que le vampire était allongé dans l'obscurité, inconscient, dans la chambre d'Ellie. Bo Junior était roulé en boule à ses pieds depuis presque aussi longtemps.

Ce chien avait toujours eu un côté mauvais. Il était presque logique que le clébard hargneux s'attache au vampire soupe au lait.

Après avoir été soigné à la tête, Ephraïm avait aidé Ellie à nettoyer les blessures de Lothaire et à l'installer confortablement. Il était même allé tuer un cerf pour nourrir celui qui lui avait sauvé la vie.

Tout le monde, y compris la mère d'Ellie – *surtout* sa mère – avait changé de refrain à propos du vampire.

— Donc, si j'ai bien compris, avait dit sa mère en fixant Lothaire d'un regard impressionné – car, même brûlé et enveloppé de gaze, il était encore d'une beauté divine –, l'homme le plus beau que tu aies jamais vu t'a transformée pour que tu ne tombes plus jamais malade et que tu ne meures pas, puis t'a gâtée pourrie en te couvrant de bijoux et de vêtements de luxe, tout en te faisant parcourir le monde ?

— Vu sous cet angle, évidemment, ça paraît tout à fait déraisonnable de ma part de l'avoir rejeté et quasiment décapité sans le vouloir.

— Tu te moques de qui, Ellie Ann Daciano ?

— Tu as oublié le reste de ce que je t'ai raconté ? s'était écriée Ellie. Il m'a traitée comme… comme tu traites Bo !

— Ce chien dort avec moi, je te signale !

— Si je reste avec Lothaire, je devrai vivre à l'intérieur d'une montagne !

Sa mère s'était rembrunie.

— Tu veux dire, dans un terrier, un truc comme ça ?

— Dans un château. Mais ce n'est pas le problème…

Au chevet de Lothaire, Ephraïm murmura :

— J'ai essayé de lui parler, mais c'est difficile. Elle l'a vraiment adopté, ton vampire.

La mère d'Ellie entra dans la chambre et fronça aussitôt les sourcils en constatant que Lothaire était toujours endormi.

— Non, mais regardez-le… murmura-t-elle. Jamais je ne me lasserai de ce visage…

« Et encore, tu n'as pas vu ses yeux », faillit dire Ellie.

— Il est vraiment très beau, non ? On dirait une statue.

Lothaire se remettait peu à peu et retrouvait les traits angéliques si parfaits auxquels Ellie avait été habituée.

Sa mère rajusta les couvertures qui masquaient les fenêtres, s'affaira dans la pièce, arrangeant la disposition des ballons et peluches qui ne cessaient d'arriver en témoignage de reconnaissance pour ce que Lothaire avait fait.

Puis elle s'assit à côté du lit.

— Un homme aussi beau qui veut mon bébé pour en faire sa reine, soupira-t-elle. Reine Elizabeth. Tu vas vivre dans un château, tu pourras te déplacer comme une *fée* – Ellie ne la corrigea pas – et tu seras riche et aimée de lui.

— Maman, je te le répète, nous ne savons pas pourquoi il est revenu. Si ça se trouve, il a juste besoin d'un héritier…

— Et pourquoi cet ange aurait-il sauvé tous les hommes de la famille, alors ?

— Il n'a jamais dit qu'il était revenu pour moi.

À moins qu'il ne l'ait dit en russe. Elle se souvenait de l'émotion qu'elle avait saisie dans ses paroles, une émotion qu'elle avait ressentie comme une promesse…

— Tu as intérêt à espérer que si, grommela sa mère.

— Tout ce que je dis, c'est qu'il a la réputation d'être méchant. Je n'ai pas la moindre idée de ce qu'il mijote.

— On n'est pas vraiment des saints, tous autant qu'on est, Mademoiselle Transparence. Bon Dieu, Ellie, mais depuis quand tu juges les gens de cette façon ?

Ma mère est déçue parce que je n'ai pas su faire marcher mon mariage avec un vampire. Sa mère n'avait encore jamais adressé la parole à Lothaire, mais elle avait déjà demandé à Josh de l'appeler « tonton ».

Ephraïm secoua la tête.

— Ça va plus être possible pour toi de vivre avec ta mère, maintenant. T'en as bien conscience ?

— Oh que oui…

Alors, j'espère vraiment que Lothaire est venu pour les bonnes raisons…

— Je suis dans le mobile home, c'est ça ? demanda Lothaire d'une voix rauque en s'éveillant dans le lit d'Ellie.

Il avait d'abord senti sa délicieuse odeur sur l'oreiller, juste avant que celle d'une pauvre vermine qui rôtissait dans la cuisine ne prenne le dessus.

Il regarda autour de lui – cloisons en plastique et draps usés jusqu'à la trame, poupées en porcelaine moches à faire peur. Et un chien vraiment hideux qui dormait à ses pieds. Mais qui lui plut tout de suite.

Elizabeth croisa les bras.

— Soit je te ramenais ici, soit je te laissais dans la mine.

Quand il vit les ballons et les ours en peluche avec des boutons à la place des yeux, Lothaire regretta presque la mine.

Ellie se leva et, en tapant sur sa cuisse, s'adressa au chien.

— Allez, toi, descends de là.

La bête émit un grognement au moment où Lothaire disait :

— Il peut rester.

Elle se rassit en grommelant.

— Vous allez bien ensemble, tous les deux, tiens. Il est à toi, d'ailleurs, désormais.

Il est à nous, donc.

— C'est quoi, ces ours immondes avec mon nom dessus ?

— Tous les membres de ma famille t'adorent, maintenant. Ils voulaient te remercier de les avoir sauvés. Tu les as tous sortis de la mine, tu sais.

— Et ensuite, c'est toi qui m'as sauvé la vie.

En risquant la tienne. Sa loyauté avait vite été récompensée. *Mais si tu te remets en danger encore une fois…*

D'un geste, elle indiqua que ce n'était rien.

— En tout cas, on a dans la cuisine plus de ragoût qu'on ne pourrait en manger en un mois.

— Et comment expliquent-ils leur sauvetage ?

— Mes cousins savent ce que nous sommes, mais ils n'en parleront à personne, et surtout pas à des étrangers, tu peux me croire. Les autres mineurs pensent que tu es… l'homme-phalène.

Lothaire leva les yeux au ciel.

— L'homme-phalène. Arrête. Tu plaisantes ?

Elle haussa les épaules.

— Écoute, je te suis très reconnaissante pour ce que tu as fait, mais pourquoi es-tu revenu ?

— Pour toi. J'ai obtenu un trône. Reviens avec moi en Dacie et sois ma reine.

— Les derniers mots que tu m'as adressés évoquaient ma putréfaction en enfer.

Elizabeth l'inattendue ne lui tombait pas dans les bras comme il l'avait prévu, et ce malgré ses actes héroïques et ses blessures. Peut-être l'avait-il réellement perdue.

— Lothaire, tu m'as envoyé ton cœur et tu m'as dit que je n'y planterais plus jamais mes griffes.

— Je vais te le redonner, dit-il en portant ses griffes à sa poitrine, prêt à l'ouvrir. Cela me fait plus de mal que...

— Non ! s'écria-t-elle en se ruant en avant pour stopper ses mains. Tu viens juste de te régénérer !

Il laissa retomber ses mains en grommelant :

— Mon putain de cœur ne fonctionne pas comme il faut sans toi.

Elle parut s'adoucir, puis demanda :

— As-tu vraiment changé ?

— Je sais maintenant que je dois tenir compte de ton opinion, si je ne veux pas que tu me décapites.

— Lothaire... dit-elle d'un ton d'avertissement. Tu ne voulais pas vraiment de moi avant que je devienne vampire. Et ça me fait mal.

— Quand tu as été libérée de Saroya, cette nuit-là, ça a été comme si on m'insufflait des sentiments pour toi. Pour la première fois, j'ai vu clairement qui tu étais, compris que c'était toi, ma femme. Et c'était avant que tu ne sois vampire.

— Et s'il n'y avait pas eu d'anneau, pas de moyen de me transformer en vampire ? Aurais-tu pu m'accepter ?

— Jamais.

Une expression blessée se peignit sur le visage d'Ellie.

— Je ne suis pas suicidaire, Ellie. En tant que mortelle, tu pouvais périr si facilement... Quand un vampire perd sa femme, sa vie se termine aussi. Il devient un mort-vivant, à moins qu'il ne s'offre au soleil.

— C'est pour ça que tu étais si obsédé par l'idée de faire de moi une vampire ?

Il haussa les épaules.

— Et aussi parce que le sexe est meilleur.

— Pff !

— Et puis, c'est plus sûr. Chaque fois que je refoulais mes instincts de vampire, j'avais peur de te blesser.

— Si j'étais restée mortelle, est-ce que tu aurais pu ressentir la même chose pour moi ?

— Je ne me serais jamais autorisé à m'avouer les sentiments que j'avais pour toi alors que tu étais si vulnérable. Mais lorsque je t'ai transformée, tu t'es révélée si forte…

Sa voix baissa d'une octave quand il ajouta :

— Tu as comblé tous mes désirs. Tu m'as rendu *faible*.

Lorsqu'elle mordilla sa lèvre inférieure d'un de ses petits crocs, ses pensées s'obscurcirent un instant.

— Les sentiments que tu avais pour moi ?

— Allons, Elizabeth. Tu es intelligente. Tu sais que je suis amoureux de toi, non ? Alors, rentreras-tu avec moi ?

— Mais tu m'as dit que nous n'étions pas égaux. Ce n'est pas vraiment comme ça que je conçois une relation amoureuse, moi.

— Tu t'es téléportée dès que tu as été changée en vampire. Tu as failli me décapiter. La plupart des créatures du Mythos tremblent en entendant ton nom. Tu es toujours restée loyale envers ta famille, quoi que je t'offre en échange, et malgré toutes mes menaces. J'ai beaucoup à apprendre de toi, Elizabeth.

La voyant toujours hésitante, il ajouta :

— Je comprends combien ta famille compte pour toi car je me rappelle combien ma mère comptait pour moi. Durant tous ces millénaires, j'ai haï Serghei parce qu'il m'avait pris ma famille, et je comprends maintenant que j'ai essayé de faire la même chose avec toi.

— Et que se passera-t-il si on se dispute encore ? Est-ce que tu refuseras de me parler ? Je voulais te dire que j'étais désolée de t'avoir blessé – jusqu'à ce que tu m'envoies cet horrible paquet !

— Et tu m'as envoyé ce doigt en guise de réponse. Ce qui était franchement marrant, je dois l'admettre.

— Tu n'as pas répondu à ma question. Le relationnel n'est pas ton fort. Le couple non plus. Nous nous disputerons sans arrêt.

— Je te l'ai dit, c'est à toi de m'apprendre tout cela. Et puis, tu auras accès à mes pensées, et tu sauras ce que j'éprouve vraiment. Tout ce que tu as à faire, c'est boire mon sang tous les soirs.

Il posa les yeux sur les lèvres d'Ellie, et ses crocs le démangèrent.

— Mon sang te manque, reconnais-le.

— Non ! s'écria-t-elle en serrant les lèvres.

— Alors, pourquoi tes petits crocs sexy sont-ils aussi pointus ? Seigneurs... je vais te faire des choses vraiment, vraiment cochonnes au château.

Il plongea le regard dans les yeux d'Ellie, qui s'obscurcissaient.

— J... je... j'ai pas dit que j'étais d'accord pour venir avec toi.

— Dans ce cas, dis-moi où je vais pouvoir faire ces choses à ma femme. Si on reste ici, le lit ne résistera pas, et je ne donne pas cher des cloisons.

— Tu dois d'abord t'excuser de m'avoir traitée aussi mal, dit Ellie en redressant le menton.

Elle cède du terrain. Il réprima un sourire victorieux et déclara sincèrement :

— Je te demande pardon, Elizabeth. J'ai essayé de revenir à temps avec l'anneau, et mon intention, dès notre première rencontre, était de te traiter comme une reine.

Il se tut un instant, puis reprit :

— Tu sais, il faudra que tu me le dises, quand je dois m'excuser. Toujours.

— Je te le dirai jusqu'à ce que tu piges tout seul !

— Ah ! Tu es d'accord, alors ? Parfait. Allons-nous-en.

Il s'assit dans le lit, baissa les yeux et se figea.

— Lizvetta ? Je rêve ou je porte un marcel ?

— Je suppose que le moment est mal choisi pour te donner ta casquette Heineken ?

— Ces représailles sont inqualifiables. Rien que pour cela, je t'ordonne de me pardonner le mal que je t'ai fait.

— Toujours aussi autoritaire, à ce que je vois.

— J'ai littéralement risqué ma peau pour pouvoir te le dire en face.

Il la vit se retenir de sourire.

— J'ai dit à Nïx que j'étais prêt à retourner dans ma tombe pour que tu m'aimes de nouveau. Cette mine, c'était presque pire qu'une tombe, donc…

— Essaies-tu de me culpabiliser pour mieux me manipuler ?

Il lui fit un clin d'œil.

— Bien sûr. Maintenant, dis-moi que tu m'aimes.

— Je t'aime, Lothaire. Je ne sais pas exactement pourquoi, mais je t'aime vraiment. Et je suis prête à tenter le coup. Si tu restes ici avec moi.

Ellie s'était pratiquement décidée à partir vivre avec Lothaire, dans son château, et à devenir la reine des vampires, mais l'occasion était trop bonne et elle avait envie de rire un peu.

Lothaire déglutit, tandis que son regard se posait sur les babioles disposées sur le rebord de la fenêtre, puis sur les peluches.

— Tu finirais par te plaire ici, Lothaire. J'en suis sûre !

— Ces animaux en peluche me dégoûtent, dit-il d'un air affligé. Et cet endroit est tellement… misérable. Tu ne peux pas… vouloir habiter ici alors qu'un château t'attend, avec des serviteurs prêts à satisfaire le moindre de tes désirs.

— Mais bien sûr que si, je peux ! Et puis, ici, tu n'aurais pas besoin de toutes ces fringues à la mode.

Il fit la grimace.

— Je ne pense pas pouvoir vivre ici. Vraiment, Elizabeth, je ne crois pas.

Et parce qu'elle était en connexion absolue avec lui, elle sentit une émotion proche de la panique en lui.

— Tu ne veux même pas essayer ?

— À vrai dire, je ne vais même pas pouvoir rester beaucoup plus longtemps.

Elle lui tapota la main.

— Je sais, mon chéri. Je sais.

Le regard de Lothaire rougeoya.

— Si tu sais que je ne peux pas rester et que tu ne viens pas avec moi... c'est que tu crois que nous pourrons vivre séparés. J'ai déjà essayé ! Et j'ai détesté !

Il fit un effort pour se calmer, ouvrit la bouche pour dire quelque chose, la referma. Quelques instants s'écoulèrent, puis il lâcha :

— J'ai décidé d'acheter cette montagne et tous les terrains qui l'entourent. Pour toi.

Elle en eut le souffle coupé.

— Lothaire... je ne sais pas quoi dire.

— Rentre avec moi au château des Daces, et je ferai bâtir ici un manoir pour ta mère. Nous pourrions venir la voir régulièrement, ajouta-t-il avec un peu plus de difficulté.

Ellie se pencha en avant jusqu'à ce que leurs visages soient face à face.

— On viendra tous les week-ends, toutes les fêtes de fin d'année, et pour toutes les courses de stock-cars, vampire.

Elle posa ses lèvres sur celles de Lothaire, soupirant d'aise tant c'était bon. Elle était sûre désormais que sa vie était auprès de lui.

— Si tu es d'accord pour ramener ça aux dimanches et fêtes, j'achète des maisons à toute ta famille, dit-il entre deux baisers. Pour ce qui est du stock-car, tu pousses le bouchon un peu loin, ma chérie.

Épilogue

Quelque temps plus tard…

— On vous avait suivis en douce, dit Stelian à Lothaire, une coupe de sang à l'hydromel à la main. On trouvait vraiment amusant de voir cette jeune femme te mener par le bout du nez.

Il semblait stupéfait. Lothaire connaissait cette expression, pour l'adopter souvent.

— Mais tu ne comprenais rien de ce que tu disais ? poursuivit Stelian en regardant Elizabeth.

Assise de l'autre côté du salon, devant la cheminée, elle riait avec Kosmina et Sorcière, le chien royal à ses pieds.

— Rien, dit Lothaire d'un ton à la fois sinistre et fier. Ce que j'aimerais bien savoir, c'est comment elle a obtenu que j'accepte la venue de sa famille pour Noël. En fait, ma reine, on ne la voit jamais venir. Et quand on la voit, c'est trop tard.

Ce soir, Elizabeth avait réussi à convaincre Lothaire d'accompagner Joshua – et huit de ses cousins – dans leur tournée d'Halloween.

Bon, ça ne devait pas être si compliqué.

Cela n'aurait dû surprendre personne, mais le petit mortel vouait un vrai culte à Lothaire.

Ma famille s'agrandit à la vitesse de celle d'un chat qui sort beaucoup.

Elizabeth croisa son regard et lui adressa un de ces sourires qui le bouleversaient. Elle portait les bijoux qu'il lui avait offerts et rayonnait de bien-être.

Elle n'avait pas eu de mal à se faire à son nouveau style de vie, avait pris les choses comme elles venaient. À chacune de ses incursions dans le royaume, elle en découvrait un peu plus sur la langue et les coutumes de ses sujets.

Et elle leur parlait un peu des siennes. Les Daces, si réservés, l'adoraient, la trouvaient rafraîchissante. Comme prévu.

Elizabeth s'excusa et se téléporta pour s'installer à côté de Lothaire, sur le canapé. Leur chien – que Lothaire refusait d'appeler Bo junior – émit des grognements indignés, pas encore habitué à ce que ses maîtres se téléportent.

Lothaire prit la main d'Ellie et la porta à ses lèvres pour l'embrasser. Aussitôt, Stelian s'excusa et s'écarta, avec un regard circonspect en direction d'Elizabeth.

— Tout le monde s'entend beaucoup mieux, tu ne trouves pas ? dit-elle.

Elle avait depuis longtemps déjà vu en rêve les souvenirs de Lothaire en Dacie, et après avoir analysé les relations qu'il entretenait avec les autres membres de la famille royale, avait décidé de les « sauver » tous.

Maintenant qu'elle était reine, la glace avait un peu fondu entre eux. Ils se retrouvaient parfois autour du feu, dans le salon, avec plaisir.

— Est-ce que je le reconnaîtrais, si c'était le cas ?

— Tiens, du lothairien ? s'étonna-t-elle en haussant les sourcils. Moi, en tout cas, je trouve que les choses s'améliorent.

Lors de sa rencontre avec Viktor, elle avait dit au général :

— Tu es le courageux soldat dont Lothaire parle tant ! Pas étonnant qu'il t'ait nommé chef de ma garde. Quand il est loin, il refuse que quiconque s'occupe de moi en dehors de toi.

Le soldat s'était incliné, respectueux.

À Mirceo, elle avait dit :

— Tu devrais demander à Balery de voir combien de temps encore tu vas attendre ton âme sœur. Le compte à rebours, ça aide, des fois.

Le conseil venait d'une reine sage, qui avait eu quelques expériences douloureuses avec le compte à rebours.

— Si je peux vivre avec Lothaire, avait-elle expliqué à Trehan, alors tout est possible pour ta femme et toi. Vous ne pourriez pas retenter votre chance, tous les deux ?

Avec Kosmina, elle n'était pas arrivée à grand-chose.

— Je ne sais même pas par où commencer, avait-elle avoué à Lothaire. Il est possible qu'il faille la redémarrer complètement…

Allô, la Louisiane ?

Pour Elizabeth, ils finissaient par former une vraie famille, du moins quelque chose d'approchant. Et si Lothaire était toujours un peu mal à l'aise avec ses cousins, c'était juste parce qu'il redoutait de s'attacher à eux.

Il avait ri quand elle le lui avait dit, prêt à lui assurer qu'il détestait ces gens et ne voulait pas les avoir sur le dos. Mais il n'avait pas réussi à prononcer le premier mot de son explication.

En conséquence de quoi ils envahissaient son espace personnel.

Malgré cela, il était de nouveau heureux. Et quand il regardait son exquise épouse, il pensait : *Mais je garde jalousement la clé.*

La reine Elizabeth Daciano était son But Suprême et l'avait toujours été.

Ivana l'Audacieuse se serait-elle inclinée devant elle ? Oui. Mais, au fond, il savait que cela n'avait plus d'importance.

Chaque nuit, Elizabeth buvait son sang. Le lien qui les unissait se renforçait encore, et grâce à lui, Lothaire maintenait la folie à distance. Il ne serait jamais complètement sain d'esprit, non. Mais tant qu'Ellie serait là, il tiendrait bon.

Quand elle dormait, elle rêvait de ce qu'il avait fait pendant la journée. S'il partait pour accomplir ses devoirs de monarque, elle l'embrassait et lui disait :

— Ne fais rien qui me fasse regretter de rêver, Lothaire.

Seules deux missions un peu urgentes restaient à accomplir. Il devait récompenser Nïx et tenir le serment fait à sa mère de régner un jour sur la Horde.

Il avait décidé d'aider la devineresse à retrouver sa sœur Furie. Il n'avait pas particulièrement envie que Phénïx connaisse le bonheur en même temps que lui, mais il n'aimait pas avoir de dettes.

Et quand il songeait à l'amour qu'il avait pour Elizabeth et au bonheur qu'il éprouvait de l'avoir à ses côtés chaque jour, il était obligé d'admettre qu'il avait une grosse, une énorme dette envers Nïx.

Encore aurait-il fallu qu'il la trouve pour le lui dire. Mais depuis qu'il était parti chercher Elizabeth, elle avait disparu.

Et personne, dans le Mythos, ne parvenait à localiser Nïx la Savante…

Quant au serment fait à Ivana, Lothaire était partagé.

— Ivana voulait que tu diriges la Horde pendant que Serghei dirigerait la Dacie, pour réunir les deux royaumes, c'est ça ? avait souligné Ellie. Qu'aurait-elle dit si elle avait su que tu prendrais la place de Serghei sur le trône ?

Bonne remarque.

Mais Elizabeth avait ensuite ajouté :

— Bien sûr, si la couronne attend juste qu'on veuille bien la prendre, je sais que mon homme est taillé pour la course…

Afin d'éviter un conflit à grande échelle, Trehan avait proposé de faire éliminer par ses tueurs les deux autres prétendants au trône, Kristoff le Visiteur des Charniers et Emmaline l'Improbable, fille halfelin de la Valkyrie

Helen et de Fyodor, l'oncle de Lothaire, également connu sous le nom de roi Demestriu.

Kristoff et Emmaline étaient des héritiers légitimes, mais ils ne tenaient pas la Soif pour sacrée.

Lothaire avait dit à Trehan d'attendre, mais de se tenir prêt.

C'est en pensant à tout cela qu'il annonça à Elizabeth :

— Je vais rendre visite à un des prétendants au trône de la Horde, ce soir.

— Es-tu obligé d'y aller ?

— Je dois parler à Kristoff, pour obtenir qu'il annule la récompense offerte pour ta capture.

Ellie sourit.

— Et tu as envie de voir sa tête quand tu apparaîtras devant lui.

— Aussi.

Elle me connaît si bien.

— Tu restes ici, toi ?

— Cette fois, oui.

— Très bien, dit Lothaire, cachant son excitation.

Car, ce soir, il avait l'intention de revenir avec un prisonnier. À quoi bon avoir des oubliettes si elles restaient inoccupées ?

Elizabeth découvrirait-elle ses manigances dans ses prochains rêves ? Ce n'était rien de bien sérieux. Il n'y aurait sans doute pas de mort.

Il sourit. Bien sûr qu'elle verrait tout cela. Alors, il « nota » un message rien que pour elle : *Reconnais-le, tu aimes bien quand je suis un peu méchant…*

Elle le regarda.

— N'oublie pas notre nouvelle devise, Lothaire : « Nous pouvons toujours les tuer plus tard, mais nous ne pouvons pas les ressusciter. »

— Ma femme, si sage et intelligente, dit-il en glissant une main sur la nuque d'Ellie pour l'attirer contre lui. Tu es tout pour moi.

Avec un soupir de contentement, elle pressa ses lèvres contre celles de Lothaire et l'embrassa avec une fougue telle qu'il faillit la ramener vers leur lit.

Enfin, il réussit à s'écarter et murmura au creux de son oreille :

— À mon retour, porte de la soie rouge.

Les yeux d'Ellie virèrent au noir. Son regard était brûlant.

— Je ferai en sorte que tu sois... satisfait.

— Petite coquine, plaisanta-t-il tandis que son corps se raidissait de désir.

Je vais faire vite.

Lothaire se téléporta jusqu'au château de Mont Oblak, siège des Abstinents, et sortit son épée. Il pénétra dans les appartements du Visiteur des Charniers et trouva Kristoff debout devant une fenêtre, ses cheveux d'un blond pâle balayés par le vent.

Ses yeux bleu foncé marquaient l'absence de soif, mais il semblait préoccupé.

Rêvait-il à sa future femme ? Ou songeait-il au père qu'il n'avait pas connu ?

Lothaire se souvenait de s'être penché sur un nouveau-né nommé Kristoff. Il y avait des lustres de cela, il avait rôdé autour de son berceau, résolu à assassiner l'héritier légitime de Stefanovich... jusqu'à ce que le bébé aux cheveux si blonds tende sa petite main et lui attrape le doigt.

Comme s'il le reconnaissait.

Si Kristoff faisait une seule erreur ce soir, Lothaire ne se montrerait pas aussi miséricordieux.

Avançant telle une ombre, silencieux comme la mort, Lothaire posa son épée contre le cou de Kristoff.

— *Bonsoir, mon frère...*

Extraits du *Livre du Mythos*

Le Mythos

« *Les créatures conscientes quoique non humaines constitueront une strate qui coexistera avec celle des hommes, mais restera à jamais dissimulée à leurs yeux.* »

La plupart des créatures du Mythos sont immortelles et se régénèrent quand elles sont blessées. Les espèces les plus puissantes ne peuvent être tuées que par feu magique ou décapitation.

Sous le coup d'une émotion intense, leurs yeux changent de couleur, couleur qui varie en fonction de l'espèce.

Les Valkyries

« *Lorsqu'une jeune guerrière pousse un cri sauvage au moment d'expirer sur le champ de bataille, son appel monte jusqu'à Wotan et Freyja. Les dieux envoient la foudre la frapper, la recueillent en leur demeure et préservent à jamais son courage en sa fille immortelle, une Valkyrie.* »

Les Valkyries tirent leur subsistance de l'énergie électrique terrestre, puissance collective qu'elles se partagent selon leurs besoins et qu'elles restituent en cas d'émotion intense sous forme de foudre.

Elles sont douées d'une force, d'une vélocité et d'une vivacité surnaturelles.

Si elles ne s'entraînent pas à y résister, elles peuvent être hypnotisées par des objets brillants ou des pierres précieuses.

On les appelle aussi « vierges guerrières ».

Les Berserks

« Le berserk solitaire ne connaît que la fureur du combat et la soif de sang... »

Petit groupe de guerriers mortels, célèbres pour leur impitoyable brutalité, ayant juré fidélité à Wotan.

Plus forts et plus rapides que de simples humains, ils sont capables de conjurer l'esprit de l'ours et d'en canaliser la férocité. C'est la fureur sacrée, qui les rend temporairement aussi puissants qu'un immortel.

Quand un berserk remporte sa deux centième bataille au nom de Wotan, le dieu lui accorde l'*ohalla* – l'immortalité combinée à une puissance inédite.

L'Ordre

« Les tueurs d'immortels. Une fois capturé par l'Ordre, un immortel ne reparaît jamais... »

Organisation innternationale mise sur pied pour étudier – et exterminer – les immortels.

Passe pour être une légende urbaine.

Les Vampires

Les Déchus sont ceux qui ont tué en vidant leur victime de son sang. On les reconnaît à leurs yeux rouges.

Ils se déplacent souvent en se téléportant – en glissant, suivant l'expression consacrée dans le Mythos. Toutefois, ils ne peuvent prendre pour destination que des endroits où ils se sont déjà rendus par le passé, ou qu'ils peuvent voir.

La Métamorphose

« *La mort seule permet de devenir autre…* »

Certaines créatures peuvent transformer les humains – ou les autres créatures du Mythos – en êtres de leur propre espèce. Elles emploient toutes des moyens différents, mais la métamorphose nécessite forcément un même catalyseur, la mort, et le succès n'en est jamais garanti.

L'Accession

« *L'heure viendra où tous les immortels du Mythos, des factions les plus puissantes – Valkyries, vampires et Lycae – jusqu'aux fantômes, changeformes, elfes, sirènes et autres, seront condamnés à s'entre-tuer.* »

Sorte de système magique de régulation de la population des immortels, qui ne cesse d'augmenter.

Se déclenche tous les cinq cents ans. Maintenant, peut-être…

10709

Composition
FACOMPO

Achevé d'imprimer en Slovaquie
Par NOVOPRINT SLK
Le 19 février 2014

Dépôt légal : février 2014
EAN 9782290072233
L21EPSN001075N001

ÉDITIONS J'AI LU
87, quai Panhard-et-Levassor, 75013 Paris

Diffusion France et étranger : Flammarion